John Irving

Straße der Wunder

Roman
*Aus dem Amerikanischen
von Hans M. Herzog*

Büchergilde Gutenberg

Titel der 2015 bei Simon & Schuster,
New York, erschienenen Originalausgabe:
›Avenue of Mysteries‹
Copyright © 2015 by Garp Enterprises, Ltd.

Lizenzausgabe für die
Büchergilde Gutenberg Verlagsges. mbH,
Frankfurt am Main, Zürich, Wien
www.buechergilde.de
Mit freundlicher Genehmigung des
Diogenes Verlags, Zürich
Alle deutschen Rechte vorbehalten
Copyright © 2016
Diogenes Verlag AG Zürich
Druck und Bindung: CPI books GmbH, Ulm
Printed in Germany 2016
ISBN 978 3 7632 6860 3

Für Martin Bell und
Mary Ellen Mark:
Lasst uns gemeinsam beenden,
was wir gemeinsam begonnen haben.

Außerdem für Minnie Domingo und
Rick Dancel und ihre
Tochter Nicole Dancel,
die mir
die Philippinen zeigten.

Und für meinen Sohn Everett,
der in Mexiko mein Dolmetscher und Übersetzer war,
sowie für Karina Juárez,
unsere Reiseführerin in Oaxaca
– dos abrazos muy fuertes.

Journeys end in lovers meeting.
William Shakespeare, ›What You Will‹

Inhalt

1. Verlorene Kinder 11
2. Das Monster Maria 35
3. Mutter und Tochter 56
4. Der kaputte Außenspiegel 68
5. Bei keinem Wind weichen 85
6. Sex und Glaube 101
7. Zwei Jungfrauen 121
8. Zwei Kondome 140
9. Falls Sie sich gefragt haben 164
10. Kein Mittelweg 185
11. Spontane Blutungen 199
12. Calle Zaragoza 218
13. Jetzt und immerdar 239
14. Nada 269
15. Die Nase 296
16. König der Tiere 326
17. Silvesterabend im Encantador 363
18. Die Lust vermag es 393
19. Wunderknabe 411
20. Casa Vargas 440
21. Mister geht schwimmen 474
22. Mañana 506
23. Weder Tier noch Pflanze oder Mineral 534

24	Arme Leslie	555
25	Fünfter Aufzug, dritte Szene	571
26	Verstreut	602
27	Eine Nase für eine Nase	630
28	Die sich nähernden gelben Augen	659
29	Eine einfache Fahrt	681
30	Das Verstreuen	699
31	Adrenalin	721
32	Nicht die Manilabucht	746
	Danksagungen	773
	Zitatnachweis	775

I

Verlorene Kinder

Hin und wieder legte Juan Diego Wert darauf klarstellen: »Ich bin Mexikaner – ich bin in Mexiko geboren und auch dort aufgewachsen.« In letzter Zeit hatte er sich jedoch angewöhnt zu sagen: »Ich bin Amerikaner – ich lebe seit vierzig Jahren in den USA.« Oder er sagte, um der Nationalitätenfrage aus dem Weg zu gehen: »Ich bin aus dem Mittleren Westen – genauer gesagt: aus Iowa.«

Nie sagte er, er sei mexikanischstämmiger Amerikaner. Was nicht nur daran lag, dass Juan Diego dieses Etikett missfiel, denn dafür hielt er es nämlich, und es missfiel ihm tatsächlich. Juan Diego war vielmehr der Ansicht, dass die Leute ständig nach Gemeinsamkeiten in der mexikanisch-amerikanischen Erfahrungswelt suchten und er in seiner eigenen Erfahrungswelt keinen gemeinsamen Nenner erkannte; genauer gesagt, er suchte gar nicht danach.

Stattdessen sagte Juan Diego, er habe zwei Leben geführt – getrennt voneinander und vollkommen unterschiedlich. Die mexikanische Erfahrungswelt war sein erstes Leben, seine Kindheit und frühe Jugend. Nachdem er Mexiko verlassen hatte – und nie zurückgekehrt war –, hatte er ein zweites Leben begonnen, in einer amerikanischen Erfahrungswelt, einer im Mittleren Westen. (Oder wollte er damit auch sagen, dass sein zweites Leben relativ ereignislos verlaufen war?)

Doch Juan Diego betonte immer, er habe diese beiden Leben in seinem Kopf – oder jedenfalls in seiner Erinnerung, aber auch in seinen Träumen – »doppelgleisig« gelebt und nachgelebt.

Eine gute Freundin Juan Diegos, die auch seine Ärztin war, zog ihn wegen dieser »Doppelgleisigkeit« regelmäßig auf. Sie gab ihm zu verstehen, entweder sei er immerzu ein mexikanischer Junge oder ein Erwachsener aus Iowa. Auch wenn Juan Diego sonst nur wenig unwidersprochen ließ, so hatte er ihr in dieser Frage doch beigepflichtet.

Ehe die Betablocker seine Träume beeinträchtigten, hatte Juan Diego seiner Ärztin erzählt, er sei immer während des »harmlosesten« seiner wiederkehrenden Alpträume aufgewacht. Bei diesem Alptraum handelte es sich eigentlich um eine Erinnerung an den schicksalsträchtigen Morgen, als er zum Krüppel wurde. Und harmlos war auch nur der Anfang dieses Alptraums oder dieser Erinnerung. Es geschah in Oaxaca, Mexiko, auf dem Gelände der städtischen Müllkippe im Jahre 1970 – als Juan Diego vierzehn war.

In Oaxaca war er ein sogenanntes Müllkippenkind gewesen *(un niño de la basura)* und hatte in einer Hütte in Guerrero gewohnt, der Siedlung für Familien, die auf der Deponie *(el basurero)* arbeiteten. 1970 lebten nur zehn Familien in Guerrero. Damals hatte die Stadt Oaxaca etwa 100 000 Einwohner; viele von ihnen wussten nicht, dass das Sammeln und Sortieren der Gegenstände auf dem *basurero* hauptsächlich von den Müllkippenkindern erledigt wurde. Sie hatten die Aufgabe, Glas, Aluminium und Kupfer vom übrigen Müll zu trennen.

Wer wusste, was die Kinder dort machten, nannte sie *los pepenadores* – »die Müllsammler«. Und das war Juan Diego mit vierzehn: ein Müllkippenkind, ein Müllsammler. Doch der Junge war auch ein Leser; es sprach sich herum, dass ein *niño de la basura* sich selbst das Lesen beigebracht hatte. In der Regel waren Müllkippenkinder nicht die eifrigsten Leser, und junge Leser, egal, welcher Herkunft und welchen Hintergrunds, sind selten Autodidakten. Deshalb sprach es sich herum, und so hörten die Jesuiten, die so großen Wert auf Bildung legen, von dem Jungen aus Guerrero. Die beiden alten Jesuitenpriester im *Templo de la Compañia de Jesús* (dem Tempel der Gesellschaft Jesu) nannten Juan Diego den »Müllkippenleser«.

»Jemand sollte dem Müllkippenleser ein paar gute Bücher bringen – Gott weiß, was der Junge auf seiner Halde für Lesestoff findet!«, sagte entweder Pater Alfonso oder Pater Octavio. Immer, wenn einer der beiden alten Priester »jemand sollte« sagte, dann war Bruder Pepe derjenige, der es tat. Und Pepe war ein Vielleser.

Denn Bruder Pepe hatte ein Auto – und weil er aus Mexico City kam, fiel ihm das Autofahren in Oaxaca relativ leicht. Pepe war Lehrer an der Jesuitenschule; sie war schon lange eine angesehene Schule – jeder wusste, dass die Gesellschaft Jesu gut darin war, Schulen zu betreiben. Das jesuitische Waisenhaus allerdings war recht neu (das ehemalige Kloster war erst in den sechziger Jahren umgebaut worden), und nicht alle fanden den Namen dieses Waisenhauses gelungen; manche hielten *Hogar de los Niños Perdidos* für zu lang und für ein wenig streng.

Doch Bruder Pepes Herz gehörte der Schule *und* dem

Waisenhaus; im Laufe der Jahre mussten die meisten zartbesaiteten Seelen, denen der Klang des Namens »Heim der verlorenen Kinder« nicht gefiel, zugeben, dass die Jesuiten auch ein ziemlich gutes Waisenhaus betrieben. Außerdem nannten es die Leute sowieso nur noch »Verlorene Kinder«. Eine der Nonnen, die sich um die Kinder kümmerten, war in dieser Hinsicht direkter; bestimmt bezog sich Schwester Gloria nur auf einige besonders aufsässige Kinder, nicht auf *alle* Waisen, wenn sie gelegentlich *»los perdidos«* – die Verlorenen – murmelte.

Glücklicherweise brachte nicht Schwester Gloria dem jungen Müllkippenleser die Bücher auf die Deponie; hätte Gloria die Bücher ausgewählt und zugestellt, wäre Juan Diegos Geschichte vielleicht schon zu Ende gewesen, ehe sie begann. Doch für Bruder Pepe hatte Lesen einen besonderen Stellenwert; er war Jesuit, weil die Jesuiten ihn zu einem Leser gemacht *und* ihm Jesus nahegebracht hatten, wenn auch nicht unbedingt in dieser Reihenfolge. Man fragte Pepe besser nicht, ob Lesen oder Jesus ihn gerettet hatten, und was bei seiner Rettung die größere Rolle gespielt hatte.

Mit fünfundvierzig war er zu dick – »eine Figur wie eine Putte, wenn auch kein himmlisches Wesen«, wie Bruder Pepe sich selbst beschrieb.

Pepe war der Inbegriff von Güte; er verkörperte jenes berühmte Mantra der heiligen Teresa von Ávila, das in seinen täglichen Gebeten immer an erster Stelle stand: »O Herr, bewahre uns vor törichter Andacht und sauertöpfischen Heiligen!« Dieses Gebet der Teresa von Ávila gefiel Pepe am allerbesten. Kein Wunder, dass die Kinder ihn mochten.

Bruder Pepe war nie zuvor auf der Müllkippe von Oaxaca gewesen. Damals verbrannte man dort alles Brennbare; überall loderte es. (Bücher waren praktische Feueranzünder.) Als Pepe aus seinem vw Käfer stieg, passten der Gestank der Müllkippe und die Hitze der Feuer zu seiner Vorstellung von der Hölle – nur wäre er nie auf die Idee gekommen, dass in der Hölle Kinder arbeiteten.

Auf dem Rücksitz des Käfers lagen einige sehr gute Bücher; gute Bücher waren der beste Schutz vor dem Bösen, den Pepe je in Händen gehalten hatte; den Glauben an Jesus konnte man nicht in Händen halten, jedenfalls nicht so wie gute Bücher.

»Ich suche den Leser«, sagte Pepe zu den Deponiearbeitern, sowohl den Erwachsenen als auch den Kindern; der Blick, mit dem *los pepenadores* Pepe bedachten, ließ erkennen, wie gering sie das Lesen schätzten. Eine Erwachsene sprach zuerst – sie war vielleicht in Pepes Alter oder ein wenig jünger, wahrscheinlich die Mutter des einen oder anderen Müllkippenkindes. Sie sagte Pepe, er solle Juan Diego in Guerrero suchen, in der Hütte von *el jefe*.

Bruder Pepe war verwirrt; vielleicht hatte er sie falsch verstanden. *El jefe* war der Deponiechef, der Boss der Müllkippe. War der Leser der Sohn des Chefs?, fragte Pepe die Arbeiterin.

Etliche Müllkippenkinder lachten, dann wandten sie sich ab. Die Erwachsenen fanden es weniger lustig, und die Frau sagte nur: »Nicht wirklich.« Sie deutete in Richtung Guerrero, wo die Hütten aus dem errichtet worden waren, was die Arbeiter auf der Müllkippe gefunden hatten. Guerrero war eine Deponiesiedlung; sie schmiegte sich an einen Hügel unter dem *basurero*, die Hütte des Chefs lag ganz am Rand – in dem Teil, der der Deponie am nächsten war.

Schwarze Rauchsäulen standen über der Müllkippe wie gen Himmel ragende finstere Pfeiler. Hoch oben kreisten Geier, doch Pepe sah, dass es auch unten Aasfresser gab. Überall auf der Kippe waren Hunde, die den Höllenfeuern auswichen, den Männern in Lastwagen aber nur widerwillig Platz machten und sonst fast keinem. Für die Kinder waren diese Hunde bedrohliche Konkurrenz, auch sie durchsuchten den Müll – wenn auch nicht nach den gleichen Dingen. (Die Hunde interessierten sich nicht für Glas, Aluminium oder Kupfer.) Die meisten waren natürlich Streuner, und manche hatten nicht mehr lange zu leben.

Pepe blieb nicht lange genug, um die toten Hunde zu entdecken oder herauszufinden, was mit ihnen geschah; sie wurden verbrannt, doch manchmal erst, nachdem die Geier sie gefunden hatten.

Am Fuß der Halde, in Guerrero, sah Pepe noch mehr Hunde. Die Bewohner hatten sie zu sich genommen, und Pepe fand, sie sähen wohlgenährter aus und zeigten ein ausgeprägteres Revierverhalten. Sie glichen mehr den Hunden, die man in jeder beliebigen Wohngegend antraf; sie waren reizbarer und aggressiver als die Kippenhunde, die eher unterwürfig oder verstohlen herumschlichen, ihr Revier aber auf eine durchtriebene Art verteidigten.

Man sollte sich lieber nicht von einem Hund auf der Müllkippe beißen lassen, auch nicht von einem in Guerrero, da war sich Pepe ziemlich sicher, schließlich kamen die meisten von ihnen ursprünglich auch von der Kippe.

Manchmal brachte Bruder Pepe kranke Kinder zur Untersuchung durch Dr. Vargas ins Rotkreuz-Krankenhaus an der Calle Armenta y López; Vargas gab den Waisenhauskindern und den Müllkippenkindern immer den Vorrang. Er hatte Pepe erzählt, für die Kinder, die auf der Deponie wühlten, ginge von den Hunden und von Spritzen die größte Gefahr aus – auf der Kippe lagen jede Menge weggeworfene Spritzen mit gebrauchten Injektionsnadeln herum. Ein *niño de la basura* konnte sich leicht an einer schmutzigen Nadel stechen.

»Hepatitis B oder C, Tetanus – von allen sonstigen denkbaren bakteriellen Infektionen ganz zu schweigen«, hatte Dr. Vargas zu Pepe gesagt.

»Und ein Hund auf der Müllkippe, eigentlich jeder Hund in Guerrero, könnte vermutlich Tollwut haben«, hatte Bruder Pepe ergänzt.

»Man muss die Müllkippenkinder schlicht gegen Tollwut impfen, wenn sie von so einem Hund gebissen werden«, sagte Vargas. »Doch sie haben eine Heidenangst vor Spritzen. Sie fürchten sich vor *gebrauchten* Nadeln, und das ist auch gut so, aber dadurch haben sie auch Angst, sich *impfen* zu lassen! Werden sie von Hunden gebissen, haben sie mehr Angst vor der Impfung als vor der Tollwut, und das ist schlecht.« Pepe hielt Vargas für einen guten Menschen, auch wenn der ein Wissenschaftler war und nicht gläubig. (Pepe wusste, dass Vargas in geistlichen Dingen anstrengend sein konnte.)

Als Pepe aus seinem Wagen stieg und sich der Hütte des *jefe* in Guerrero näherte, dachte er an die Tollwutgefahr; die Arme fest um die guten Bücher geschlungen, die er dem Müllkippenleser mitbrachte, nahm er sich vor dem Gebell und den unfreundlich aussehenden Hunden in Acht. »*¡Hola!*«, rief der füllige Jesuit in Richtung der fliegengitterbewehrten Hüttentür. »Ich habe Bücher für Juan Diego, den Leser, dabei – *gute* Bücher!«, rief Bruder Pepe. Als er das böse Knurren aus dem Inneren der Hütte hörte, trat er von der Fliegengittertür zurück.

Die Arbeiterin auf der Deponie hatte etwas vom Boss der Müllkippe gesagt – *el jefe* persönlich. Sie hatte seinen Namen genannt. »Sie werden Rivera problemlos erkennen. Ihm gehört der furchterregendste Hund.«

Doch hinter der Fliegengittertür sah Bruder Pepe den so grimmig knurrenden Hund nicht. Er wich einen weiteren Schritt von der Tür zurück, als sie plötzlich aufging. Es war nicht Rivera oder sonst wer, der einem Deponieboss ähnelte; die kleine, aber finster dreinblickende Person in der Tür von Riveras Hütte war auch nicht Juan Diego, sondern ein dunkeläugiges, wild aussehendes Mädchen – die dreizehnjährige Lupe, die jüngere Schwester des Müllkippenlesers. Lupe sprach vollkommen unverständlich; was sie von sich gab, klang nicht mal annähernd wie Spanisch. Nur Juan Diego wusste, was sie meinte; er fungierte für seine Schwester als Dolmetscher. Doch Lupes seltsame Sprache war nicht das Rätselhafteste an ihr; das Mädchen konnte Gedanken lesen. Lupe wusste, was man gerade dachte – und manchmal wusste sie mehr über einen als das.

»Es ist ein Typ mit einem Stapel Bücher!«, rief Lupe in die Hütte, was zu einer Bellkakophonie des unangenehm klingenden, aber noch immer nicht zu sehenden Hundes führte. »Er ist Jesuit, ein Lehrer, einer von den Gutmenschen aus dem Waisenhaus.« Lupe hielt inne und las Bruder

Pepes Gedanken, die leicht verwirrt waren; er hatte kein Wort von dem verstanden, was sie gesagt hatte. »Er hält mich für geistig behindert und befürchtet, dass mich das Waisenhaus nicht aufnimmt – dass die Jesuiten mich für *nicht lernfähig* halten könnten!«, rief Lupe ihrem Bruder zu.

»Sie ist *nicht* geistig behindert!«, rief der Junge irgendwo im Hütteninneren. »Sie versteht alles!«

»Vermutlich suche ich deinen Bruder«, sagte der Jesuit zu dem Mädchen. Pepe lächelte sie an, und sie nickte; Lupe sah, dass ihm seine heroischen Bemühungen, die vielen Bücher festzuhalten, den Schweiß auf die Stirn trieben.

»Der Jesuit ist nett, nur ein wenig fett«, rief das Mädchen Juan Diego zu. Sie ging wieder in die Hütte und hielt Bruder Pepe, der vorsichtig eintrat, die Fliegengittertür auf; er sah sich überall nach dem knurrenden, aber weiterhin unsichtbaren Hund um.

Der Junge, der Müllkippenleser persönlich, war kaum besser zu sehen. Die ihn umgebenden Bücherregale waren stabil gebaut – Riveras Arbeit, dachte Pepe. So wie viele jugendliche, aber ernsthafte Leser war Juan Diego ein verträumt aussehender Knabe; er wirkte nicht wie jemand, der gut schreinern konnte. Er sah seiner Schwester sehr ähnlich, und beide erinnerten Pepe an jemanden. Nur kam der schwitzende Jesuit gerade nicht drauf, wer dieser Jemand sein könnte.

»Wir sehen beide unserer Mutter ähnlich«, sagte ihm Lupe. Juan Diego, der auf einem durchgesessenen Sofa lag, ein Buch aufgeschlagen auf der Brust, dolmetschte Lupe diesmal nicht; was die Bemerkungen seiner hellseherischen

Schwester anging, wollte er den jesuitischen Lehrer lieber im Dunkeln lassen.

»Was liest du gerade?«, fragte Bruder Pepe den Jungen.

»Heimatgeschichte – *Kirchen*geschichte, könnte man sagen«, antwortete Juan Diego.

»Es ist langweilig«, sagte Lupe.

»Lupe findet es langweilig – vermutlich ist es *ein wenig* langweilig«, räumte der Junge ein.

»Lupe liest auch?«, fragte Bruder Pepe. Neben dem Sofa stand ein improvisierter, aber ziemlich stabiler Tisch aus einem Sperrholzbrett und zwei Orangenkisten, auf dem Pepe seine Bücherladung ablegte.

»Ich lese ihr alles laut vor«, sagte Juan Diego dem Lehrer. Der Junge hielt seine aktuelle Lektüre hoch. »In dem Buch steht, dass ihr als Dritte gekommen seid, ihr Jesuiten«, erläuterte Juan Diego. »Sowohl die Augustiner als auch die Dominikaner waren vor euch in Oaxaca – dann erst kamt ihr in die Stadt. Vielleicht sind die Jesuiten deshalb in Oaxaca keine besonders große Nummer«, fuhr der Junge fort. (Für Bruder Pepe hörte sich das erstaunlich vertraut an.)

»Und die Jungfrau Maria stellt Unsere Liebe Frau von Guadalupe in den Schatten; Guadalupe wird von Maria *und* der Jungfrau der Einsamkeit untergebuttert«, brabbelte Lupe unverständlich los. »*La Virgen de la Soledad* ist in Oaxaca ein Superstar – die Jungfrau der Einsamkeit und ihre blöde Burro-Geschichte! *Nuestra Señora de la Soledad* buttert Guadalupe auch unter. Ich bin für Guadalupe!«, sagte Lupe und zeigte auf sich; sie wirkte erbost.

Bruder Pepe sah Juan Diego an, der offenbar vom Krieg

der Jungfrauen die Nase voll hatte, aber brav alles dolmetschte.

»Ich kenne das Buch!«, rief Pepe.

»Tja, das überrascht mich nicht, es ist eins von *euren*«, sagte Juan Diego und reichte Pepe seine Lektüre. Der alte Band roch stark nach Müllkippe, und einige Seiten sahen angekokelt aus. Es war einer dieser akademischen Wälzer – katholische Gelehrsamkeit von der Sorte, die fast keiner liest. Das Buch stammte aus der Bibliothek im ehemaligen Kloster, dem jetzigen *Hogar de los Niños Perdidos*. Viele der alten und unlesbar gewordenen Bücher hatte man zur Deponie gebracht, als das Kloster umgebaut wurde, um die Waisen aufzunehmen und auch um für die Jesuitenschule mehr Platz in den Regalen zu schaffen.

Bestimmt hatten Pater Alfonso oder Pater Octavio entschieden, welche Bücher in den Müll wanderten und welche es wert waren, aufbewahrt zu werden. Die Geschichte, wie die Jesuiten als Dritte in Oaxaca eintrafen, hatte den beiden alten Priestern vielleicht missfallen, dachte Pepe; außerdem hatte das Buch wahrscheinlich kein Jesuit, sondern ein Augustiner oder ein Dominikaner geschrieben, und das allein mochte dafür gesorgt haben, dass das Buch den Höllenfeuern des *basurero* überantwortet wurde. (Tatsächlich legten die Jesuiten großen Wert auf Bildung, doch keiner hatte je behauptet, sie wären nicht konkurrenzorientiert.)

»Ich habe dir einige *lesbarere* Bücher mitgebracht«, sagte Pepe zu Juan Diego. »Ein paar Romane, gut erzählt – *Literatur* eben«, schloss der Lehrer aufmunternd.

»Keine Ahnung, was ich von *Literatur* halten soll«, sagte

die dreizehnjährige Lupe misstrauisch. »Nicht alle diese Geschichten sind so toll, wie behauptet wird.«

»Fang bloß nicht damit an«, sagte Juan Diego zu ihr. »Die Hundegeschichte war einfach nichts für Kinder.«

»*Welche* Hundegeschichte?«, wollte Bruder Pepe wissen.

»Fragen Sie lieber nicht«, bat ihn der Junge, doch es war zu spät; Lupe kramte herum, durchstöberte die Regale, in denen vor den Flammen gerettete Bücher standen.

»Dieser Russe«, sagte das auffällige Mädchen.

»Hat sie ›Russe‹ gesagt – du liest doch nicht etwa auch Russisch, oder?«, fragte Pepe Juan Diego.

»Nein, nein, sie meint den Schriftsteller. Der Autor ist Russe«, erklärte der Junge.

»Wie verstehst du sie eigentlich?«, fragte ihn Pepe. »Ist das überhaupt Spanisch, was sie da spricht …«

»Natürlich ist es Spanisch!«, rief die Kleine; sie hatte das Buch gefunden, das ihre Zweifel am Erzählen, an der Literatur geweckt hatte, und reichte es Bruder Pepe.

»Lupes Sprache ist nur ein wenig anders«, sagte Juan Diego. »Ich verstehe sie.«

»Ach, *der* Russe«, sagte Pepe. Es handelte sich um eine Sammlung von Čechovs Kurzgeschichten, *Die Dame mit dem Hündchen* und andere Erzählungen.

»Es geht dabei überhaupt nicht um das Hündchen«, beklagte sich Lupe, »sondern um Leute, die nicht miteinander verheiratet sind, aber Sex miteinander haben.«

Juan Diego dolmetschte wieder brav. »Sie hat nur Hunde im Kopf«, erklärte der Junge Pepe. »Ich habe ihr gesagt, die Erzählung ist nichts für sie.«

Pepe hatte Mühe, sich an *Die Dame mit dem Hünd-*

chen zu erinnern; an das Hündchen selbst erinnerte er sich selbstredend gar nicht. In der Erzählung ging es um eine verbotene Liebe – mehr fiel ihm nicht ein. »Ich bin mir auch nicht sicher, ob das Buch altersgerecht *für dich* ist«, sagte der Lehrer und Jesuit mit einem verlegenen Lächeln.

In dem Moment merkte Pepe, dass es sich um eine englische Übersetzung von Čechovs Erzählungen handelte beziehungsweise eine amerikanische, in den 1940er Jahren in New York erschienene Ausgabe. »Aber das ist ja *Englisch*!«, rief Bruder Pepe. »Verstehst du Englisch?«, fragte er das wild aussehende Mädchen. »Kannst etwa auch Englisch lesen?«, fragte der Jesuit den Müllkippenleser. Sowohl der als auch seine jüngere Schwester zuckten die Achseln. Wo habe ich nur dieses Zucken schon mal gesehen?, fragte sich Pepe erneut.

»Bei unserer Mutter«, antwortete Lupe, doch Pepe verstand sie nicht.

»Was ist mit unserer Mutter?«, fragte Juan Diego seine Schwester.

»Er hat überlegt, woher er unser *Achselzucken* kennt«, antwortete ihm Lupe.

»Du hast dir also auch Englisch beigebracht«, sagte Pepe langsam zu dem Jungen; aus unerfindlichen Gründen bescherte ihm das Mädchen auf einmal eine Gänsehaut.

»Englisch ist auch nur ein bisschen anders – ich versteh's«, sagte der Junge, als ginge es immer noch darum, dass er die fremden Laute seiner Schwester verstand.

Pepes Gedanken überschlugen sich. Das waren außergewöhnliche Kinder – der Junge konnte alles lesen; womöglich gab es nichts, was er nicht verstand. Und die Kleine – nun, sie war anders. Sie dazu zu bringen, normal zu reden, wäre eine echte Herausforderung. Aber waren diese Müllkippenkinder nicht genau die Sorte *begabter* Schüler, wie sie die Jesuitenschule suchte? Und hatte nicht die Arbeiterin auf der Kippe gesagt, Rivera, *el jefe*, sei »nicht wirklich« der Vater des jungen Lesers? Aber wer war denn dann der Vater der beiden, und wo steckte er? Und von einer Mutter war weit und breit nichts zu sehen, jedenfalls nicht in dieser verwahrlosten Hütte, dachte Pepe. Die Tischlerarbeiten waren in Ordnung, doch alles andere war das reinste Chaos.

»Sag ihm, wir sind keine *niños perdidos* – er hat uns doch gefunden, oder?«, sagte Lupe plötzlich zu ihrem begabten Bruder. »Sag ihm, wir gehören nicht ins Waisenhaus. Ich muss nicht normal reden – du verstehst mich ja gut«, sagte sie zu Juan Diego. »Sag ihm, wir haben eine Mutter, und wahrscheinlich kennt er sie sogar!«, rief Lupe. »Sag ihm, Rivera ist *wie* ein Vater, nur besser. Sag ihm, *el jefe* ist *besser* als jeder Vater!«

»Sprich langsam, Lupe!«, sagte Juan Diego. »Wenn du nicht langsamer redest, kann ich ihm gar nichts sagen.« Es gab eine ganze Menge, was er Bruder Pepe erzählen sollte, angefangen damit, dass Pepe ihre Mutter wahrscheinlich kannte – abends ging sie auf der Calle Zaragoza arbeiten, doch sie arbeitete auch für die Jesuiten; sie war deren beste Putzfrau.

Da die Mutter der beiden nachts auf der Straße arbeitete, war sie vermutlich eine Prostituierte, und Bruder Pepe kannte Esperanza tatsächlich – keine Frage, woher die Kinder ihre dunklen Augen und das unbekümmerte Achselzucken hatten, auch wenn unklar war, wem der Junge seine Lesebegabung verdankte.

Bezeichnenderweise verwendete der Junge nicht die Formulierung »nicht wirklich«, wenn er von Rivera als seinem möglichen Vater sprach. In Juan Diegos Worten war der Deponiechef »wahrscheinlich nicht« sein Vater, doch Rivera *könnte* des Jungen Vater sein – man müsse sich ein »vielleicht« hinzudenken, so formulierte es Juan Diego. Wenn es nach Lupe ging, so war *el jefe* »garantiert nicht« ihr Vater. Lupe hatte den Eindruck, sie habe *viele* Väter, »zu viele, um alle aufzuzählen«, doch der Junge ging über diese biologische Unmöglichkeit stillschweigend hinweg. Er sagte lediglich, Rivera und ihre Mutter seien »nicht mehr auf diese Art zusammen gewesen«, als Esperanza mit Lupe schwanger wurde.

Es war zwar eine recht langatmige, aber unaufgeregte Art des Geschichtenerzählens – wie der Junge seine und Lupes Einschätzung des Deponiechefs als »wie ein Vater, nur besser« zum Besten gab und wie die Müllkippenkinder der Meinung waren, sie hätten hier ein Zuhause. Juan Diego teilte Lupes Meinung, sie seien »kein Waisenhausmaterial«. Etwas geschönt klang es bei Juan Diego etwa so: »Wir sind weder jetzt noch in Zukunft *niños perdidos*. Wir haben hier in Guerrero ein Zuhause. Und wir haben auf der Müllkippe *Arbeit*!«

Womit sich jedoch für Bruder Pepe die Frage stellte, warum diese Kinder nicht auf der Deponie neben *los pepenadores* arbeiteten. Warum waren Lupe und Juan Diego nicht mit den anderen Kindern da draußen beim Mülldurchsuchen? Behandelte man sie besser oder schlechter als die

Kinder der anderen Familien, die auf der Kippe arbeiteten und in Guerrero wohnten?

»Besser *und* schlechter«, antwortete Juan Diego dem Jesuitenlehrer, ohne zu zögern. Bruder Pepe dachte an die Verachtung, die die anderen Müllkippenkinder für das Lesen übrighatten, und Gott allein wusste, was sie von dem wild aussehenden Mädchen hielten, das unverständliches Zeug brabbelte und in dessen Gegenwart es Pepe kalt den Rücken runterlief.

»Rivera lässt uns die Hütte nur mit ihm zusammen verlassen«, erklärte Lupe. Juan Diego übersetzte das nicht nur, er ging für Bruder Pepe auch ins Detail.

Rivera beschütze sie wirklich, sagte der Junge zu Pepe. *El jefe* sei *wie* ein Vater und *besser* als ein Vater, weil er für die Müllkippenkinder sorgte *und* auf sie achtgab. »Und er schlägt uns nie«, unterbrach ihn Lupe; auch das übersetzte Juan Diego brav.

»Verstehe«, sagte Bruder Pepe. Doch er begriff erst allmählich, in welcher Lage sich die Müllkippenkinder befanden, die zwar einerseits besser war als die der anderen. Andererseits war sie auch schlechter – weil die jungen Müllsucher und deren Familien in Guerrero Lupe und Juan Diego ablehnten. Die beiden Geschwister mochten zwar Riveras Schutz genießen (weswegen man sie ablehnte), doch *el jefe* war *nicht wirklich* ihr Vater. Und ihre Mutter, die abends auf dem Straßenstrich arbeitete, war eine Prostituierte, die gar nicht in Guerrero wohnte.

Es gibt überall eine Hackordnung, dachte Bruder Pepe traurig.

»Was ist eine Hackordnung?«, fragte Lupe ihren Bruder.

(Jetzt begriff Pepe allmählich, dass das Mädchen seine Gedanken kannte.)

»Eine Hackordnung heißt, dass sich die anderen *niños de la basura* für was Besseres halten«, antwortete ihr Juan Diego.

»Ganz genau«, bestätigte Pepe ein wenig irritiert. Da war er gekommen, um den Müllkippenleser, den berühmten Knaben aus Guerrero, kennenzulernen und ihm gute Bücher zu bringen, wie es sich für einen guten Lehrer ziemte – und stellte nun fest, dass er, der Jesuit Pepe höchstpersönlich, derjenige war, der noch eine Menge zu lernen hatte.

In diesem Moment zeigte sich der permanent grollende, aber bisher unsichtbare Hund, wenn es denn ein Hund war. Das wieselartige kleine Geschöpf kroch unter dem Sofa hervor – mehr nagetier- als hundeähnlich, war Pepes erster Gedanke.

»Er heißt Schmutzigweiß und ist ein Hund, keine Ratte!«, sagte Lupe entrüstet zu Bruder Pepe.

Juan Diego dolmetschte das für Pepe, ergänzte dann aber: »Schmutzigweiß ist ein dreckiger kleiner Feigling – und undankbar dazu.«

»Ich habe ihm das Leben gerettet!«, rief Lupe. Sogar als der magere, krumme Hund sich den ausgestreckten Armen des Mädchens näherte, zog er unwillkürlich die Lefzen hoch und bleckte die spitzen Zähne.

»Man hätte ihn Vormtodebewahrt nennen sollen statt Schmutzigweiß«, sagte Juan Diego lachend. »Als sie ihn fand, steckte sein Kopf in einem Milchkarton.«

»Er ist noch ein Welpe. Er war am Verhungern«, protestierte Lupe.

»Schmutzigweiß hungert immer noch nach irgendwas«, sagte Juan Diego.

»Hör auf«, befahl ihm seine Schwester; der Welpe zitterte in ihren Armen.

Pepe versuchte, seine Gedanken zu unterdrücken, was aber schwieriger war, als er sich vorgestellt hatte; er zog es vor, aufzubrechen, und sei es auch überstürzt – immer noch besser, als dem übersinnlich begabten Mädchen zu erlauben, weiter seine Gedanken zu lesen. Die unschuldige Dreizehnjährige sollte nicht wissen, was Pepe dachte.

Er ließ den Motor seines VW Käfers an; weder von Rivera noch von dessen »furchterregendstem« Hund war etwas zu sehen, als der Lehrer Guerrero verließ. Die schwarzen Rauchsäulen stiegen überall aus dem *basurero* empor, so wie die schwärzesten Gedanken des gutherzigen Jesuiten.

Die Mutter der beiden Müllkippenkinder, Esperanza, hieß bei den Patres Alfonso und Octavio nur »die Gefallene«. In den Köpfen der beiden alten Priester gab es keinen tieferen Fall als den, eine Prostituierte zu sein; keine noch so erbärmlichen menschlichen Wesen waren so verloren wie diese bedauernswerten Frauen. Dass Esperanza als Putzfrau für die Jesuiten arbeitete, war ein vermeintlich frommer Versuch, sie zu retten.

Aber müssen diese Müllkippenkinder nicht auch gerettet werden?, fragte sich Pepe. Gehören sie nicht auch zu »den Gefallenen«, oder laufen sie nicht Gefahr, in Zukunft zu fallen? Oder zumindest noch weiter abzustürzen?

Als der Junge aus Guerrero erwachsen war, als sich Juan Diego bei seiner Ärztin über die Betablocker beklagte, hätte

Bruder Pepe neben dem ehemaligen Müllkippenkind stehen sollen; Pepe hätte Juan Diegos Kindheitserinnerungen *und* dessen wüsteste Träume bezeugt. Selbst die *Alpträume* dieses Müllkippenlesers waren es wert, bewahrt zu werden, wie Bruder Pepe wusste.

Als die beiden Müllkippenkinder knapp über zehn waren, war Juan Diegos häufigster Traum kein Alptraum. Der Junge träumte oft, dass er flog – nun ja, nicht direkt. Eher war es eine unbeholfen aussehende, sonderbare Fortbewegungsart in der Luft, die mit »Fliegen« wenig zu tun hatte. Es war immer derselbe Traum: Die Menschen in einer Menge schauten nach oben und sahen, dass Juan Diego am Himmel entlangspazierte. Von unten, vom Boden aus, schien der Junge ganz vorsichtig kopfüber durch die Luft zu gehen. (Wobei er offenbar vor sich hin zählte.)

Juan Diegos Himmelswanderung hatte nichts Unbeschwertes – weder flog er frei wie ein Vogel noch mit der mächtigen Schubkraft eines Flugzeugs. Und doch wusste er in diesem wiederkehrenden Traum, dass er genau dort hingehörte. Aus seiner umgekehrten himmlischen Perspektive sah er die angespannt nach oben schauenden Gesichter in der Menschenmenge.

Wenn er Lupe den Traum schilderte, fügte der Junge hinzu: »In jedem Leben kommt ein Augenblick, wo man loslassen muss – mit beiden Händen.« Für eine Dreizehnjährige ergab das natürlich keinen Sinn, nicht einmal für eine normale Dreizehnjährige. Lupes Antwort verstand nicht einmal Juan Diego.

Als er Lupe fragte, was sie von seinem Traum halte, fiel

ihre Reaktion wie so oft verrätselt aus, doch diesmal verstand Juan Diego sie wenigstens akustisch.

»Es ist ein Traum über die Zukunft«, sagte das Mädchen.

»Wessen Zukunft?«, fragte Juan Diego.

»Hoffentlich nicht deine«, antwortete seine Schwester noch verrätselter.

»Aber ich *mag* diesen Traum!«, hatte der Junge erwidert.

»Es ist ein *Todestraum*.« Mehr ließ sich Lupe zu dem Thema nicht entlocken.

Doch jetzt, als älterem Mann und seit er Betablocker nahm, war Juan Diego sein Kindheitstraum, am Himmel spazieren zu gehen, abhandengekommen, so wie er auch den Alptraum jenes längst vergangenen Morgens nicht mehr nacherlebte, als er in Guerrero zum Krüppel wurde. Dem Müllkippenleser fehlten beide Träume.

Er hatte sich bei seiner Ärztin beklagt. »Die Betablocker blockieren meine Erinnerungen!«, rief Juan Diego. »Sie stehlen mir meine Kindheit und rauben mir meine Träume!« Für seine Ärztin bedeutete dieser hysterische Ausbruch nur, dass Juan Diego der Nervenkitzel durch das Adrenalin fehlte. (Bei Betablockern ist es mit Adrenalin nicht mehr weit her.)

Seine Ärztin Rosemary Stein, eine nüchterne Frau, war seit zwanzig Jahren eng mit Juan Diego befreundet; seine in ihren Augen hysterischen Übertreibungen waren ihr vertraut.

Dr. Stein wusste sehr genau, warum sie Juan Diego die Betablocker verschrieben hatte; ihr Freund lief Gefahr, einen Herzinfarkt zu bekommen. Er hatte nicht nur einen sehr hohen Blutdruck (170 zu 100), sondern war sich auch ziemlich sicher, dass seine Mutter und einer seiner möglichen Väter an einem Herzinfarkt gestorben waren – seine Mutter noch dazu in jungen Jahren. An Adrenalin mangelte es Juan Diego nicht – dem Kampf-oder-Flucht-Hormon, das bei Stress, Angst, Schicksalsschlägen, Leistungsdruck *und* während eines Herzinfarkts freigesetzt wird. Außerdem hält Adrenalin das Blut vom Darm und von den inneren Organen fern – das Blut steht den Muskeln zur Verfügung, damit man angreifen oder weglaufen kann. (Vielleicht braucht ein Müllkippenleser mehr Adrenalin als die meisten anderen Menschen.)

Betablocker können Herzinfarkte nicht verhindern, hatte Dr. Stein Juan Diego erklärt, sondern blockieren nur die Adrenalinrezeptoren im Körper; Betablocker schützen das Herz vor der möglicherweise verheerenden Wirkung des Adrenalins während eines Herzinfarkts.

»Wo sind denn meine verdammten Adrenalinrezeptoren?«, hatte Juan Diego seine Ärztin Dr. Stein gefragt. (»Dr. *Rosemary*« nannte er sie, um sie aufzuziehen.)

»In der Lunge, den Blutgefäßen, im Herzen – fast überall«, hatte sie geantwortet. »Adrenalin erhöht die Herz- und Atemfrequenz, die Härchen auf den Armen richten sich auf, die Pupillen weiten sich, die Blutgefäße verengen sich – nicht gut, wenn man einen Herzinfarkt hat.«

»Was wäre denn *gut*, wenn man einen Herzinfarkt hat?«, hatte Juan Diego sie gefragt. (Müllkippenkinder sind hartnäckig, sie lassen nicht locker.)

»Ein ruhiges, entspanntes Herz, eins, das langsam schlägt, nicht schnell und immer schneller«, antwortete Dr. Stein. »Ein Patient auf Betablockern hat einen niedrigen Puls, der sich unter keinen Umständen beschleunigen kann.«

Eine Blutdrucksenkung erfordert allerdings Disziplin; Betablocker und gleichzeitiger Konsum von zu viel Alkohol treiben den Blutdruck wieder in die Höhe; doch Juan Diego trank so gut wie nicht. (Na schön, er trank Bier, aber *nur* Bier – und zwar in Maßen, wie er fand.) Außerdem konnten Betablocker auch zu Durchblutungsstörungen in den Extremitäten führen, wodurch Hände und Füße sich kalt anfühlten. Über diese Nebenwirkung beklagte sich Juan Diego jedoch nicht – seiner Freundin Rosemary gegenüber hatte er sogar scherzhaft bemerkt, für einen Jungen aus Oaxaca sei frieren ein Luxus.

Manche Patienten, die Betablocker nehmen, beklagen die damit einhergehende Lethargie, die sich sowohl in allgemeiner Erschöpfung als auch in Antriebslosigkeit äußert, doch was kümmerte ihn das in seinem Alter? (Juan Diego war inzwischen vierundfünfzig.) Er war mit vierzehn zum Krüppel geworden; *Hinken* war seine sportliche Betätigung. Juan Diego hatte vierzig Jahre lang zur Genüge gehinkt; auf noch mehr Sport konnte er gut verzichten!

Er hätte sich allerdings gern lebendiger gefühlt, nicht so »reduziert« – mit diesem Wort hatte er die Wirkung der Medikamente auf sein sexuelles Interesse umschrieben. (Juan Diego sagte nicht, er sei impotent; selbst im Gespräch mit seiner Ärztin beließ er es bei dem eher diffusen Wort »reduziert«.)

»Ich wusste nicht, dass du zurzeit eine sexuelle Beziehung unterhältst«, sagte Dr. Stein zu ihm; tatsächlich wusste sie sehr wohl, dass er in *keiner* Beziehung war.

»Meine liebe Dr. Rosemary«, erwiderte Juan Diego. »*Wäre* ich in einer sexuellen Beziehung, würde sich diese Reduziertheit noch schlimmer anfühlen.«

Sie verschrieb ihm Viagra – sechs Tabletten im Monat, 100 Milligramm – und forderte ihn auf, damit zu experimentieren.

»Warte nicht, bis du jemanden kennenlernst«, sagte Rosemary.

Er hatte nicht gewartet; zwar hatte er niemanden kennengelernt, aber experimentiert hatte er dennoch. Dr. Stein hatte sein Rezept Monat für Monat erneuert. »Vielleicht reicht eine halbe Tablette aus«, hatte Juan Diego ihr nach seinen ersten Experimenten erzählt. Die überzähligen Tabletten hortete er. Über die Nebenwirkungen von Viagra hatte er sich nicht beklagt. Die Pillen ermöglichten ihm, eine Erektion zu bekommen; er konnte einen Orgasmus haben. Was war dagegen schon eine verstopfte Nase?

Auch die Schlaflosigkeit war für Juan Diego weder etwas Neues noch übermäßig beunruhigend; es hatte fast etwas Tröstliches, nachts mit seinen inneren Dämonen allein im Dunkeln zu liegen. Viele von Juan Diegos Dämonen begleiteten ihn seit seiner Kindheit – er kannte sie so gut, dass sie ihm so vertraut waren wie Freunde oder Verwandte.

Eine Überdosis Betablocker kann zu Schwindel, gar zu Ohnmachtsanfällen führen, doch Juan Diego machte sich deswegen keine Sorgen. »Krüppel wissen, wie man fällt – hinzufallen ist für uns nichts Besonderes«, sagte er zu Dr. Stein.

Doch mehr noch als die Erektionsstörungen beunruhigten ihn seine zerstückelten Träume; Juan Diego sagte, seinen Erinnerungen und Träumen fehle eine nachvollziehbare Chronologie. Deshalb hasste er Betablocker, weil sie ihn von seiner Kindheit abschnitten, und ihm war seine

Kindheit offenbar wichtiger als anderen Leuten die ihrige – den meisten anderen, dachte Juan Diego. Seine Kindheit und die Menschen, denen er damals begegnet war – die sein Leben verändert hatten oder Zeugen dessen wurden, was ihm in dieser entscheidenden Zeit widerfahren war –, waren für Juan Diego eine Art Religionsersatz.

Auch wenn sie eine enge Freundin war, wusste Dr. Rosemary Stein doch nicht alles über Juan Diego; über die Kindheit ihres Freundes wusste sie zum Beispiel nur sehr wenig. Als Juan Diego mit untypischer Schärfe zu ihr sprach, scheinbar über die Betablocker, kam das für Dr. Stein wohl aus heiterem Himmel. »Glaub mir, Rosemary, wenn ich religiös wäre – was ich, wie du weißt, nicht bin – und die Betablocker hätten mir meine Religion genommen, dann würde ich mich darüber nicht bei dir beklagen! Ganz im Gegenteil, ich würde dich bitten, allen deinen Patienten Betablocker zu verschreiben!«

Dabei handelte es sich bestimmt wieder um eine der hysterischen Übertreibungen ihres temperamentvollen Freundes, dachte Dr. Stein. Schließlich hatte er sich die Hände verbrannt, als er Bücher vor den Flammen rettete – selbst Bücher über katholische Geschichte. Doch Rosemary Stein kannte nur Bruchstücke aus Juan Diegos Leben als Müllkippenkind; über seine späteren Jahre wusste sie mehr. Den Jungen aus Guerrero kannte sie eigentlich nicht.

2

Das Monster Maria

2010 war am Tag nach Weihnachten ein Schneesturm durch New York City gefegt. Tags darauf standen überall auf den nicht geräumten Straßen Manhattans verlassene Privatwagen und Taxis herum. An der Madison Avenue, Nähe East 62nd Street, war ein Bus ausgebrannt; die im Schnee durchdrehenden Hinterräder hatten Feuer gefangen und die Flammen auf den Bus übergegriffen. Der Schnee um das verkohlte Wrack war mit Aschepartikeln gesprenkelt.

Den Gästen in den Hotels am Central Park South – und den wenigen mutigen Familien mit kleinen Kindern, die im Neuschnee herumtollten – musste der Anblick des makellos weißen Parks und der fehlende Verkehr auf den breiten Avenues und kleineren Querstraßen seltsam vorkommen. An diesem strahlend weißen Morgen lag selbst der Columbus Circle gespenstisch still und leer da; auf einer normalerweise geschäftigen Kreuzung wie etwa Ecke 59th Street und Seventh Avenue war nicht mal ein Taxi unterwegs. Die einzigen Autos weit und breit waren stecken geblieben, halb unter Schnee begraben.

Manhattan hatte an diesem Morgen etwas von einer Mondlandschaft, was den Portier in Juan Diegos Hotel bewog, sich um Hilfe für den behinderten älteren Herrn zu kümmern. Für einen Krüppel war es der falsche Tag, ein Taxi an den Straßenrand zu winken oder das Risiko einzugehen, in einem zu fahren. Der Portier hatte einen Limousinenservice, wenn auch keinen sehr guten, überredet, Juan Diego nach Queens zu bringen, trotz der widersprüchlichen Meldungen, ob der John F. Kennedy International Airport offen sei oder nicht. Im Fernsehen hieß es, der JFK sei geschlossen, doch Juan Diegos Flug mit Cathay Pacific nach Hongkong sollte angeblich pünktlich starten. Sosehr der Portier das bezweifelte (der Flug der Gesellschaft Cathay Pacific würde verspätet abheben, wenn nicht sogar abgesagt werden, das stand für ihn fest), hatte er sich trotzdem um den besorgten und verkrüppelten Gast bemüht. Juan Diego wollte unbedingt rechtzeitig am Flughafen sein, obwohl bisher wegen des vielen Schnees keine Flugzeuge gestartet waren.

Hongkong war ihm nicht wichtig; das war ein Umweg, auf den Juan Diego hätte verzichten können, aber ein paar seiner Kollegen hatten ihn überredet, dort einen Zwischenhalt einzulegen, wenn er schon bis auf die Philippinen flog. Was es da wohl zu sehen gab?, hatte sich Juan Diego gefragt. Er verstand zwar nicht, was »Bonusmeilen« genau bedeuteten (oder wie sie berechnet wurden), wohl aber, dass sein Flug mit Cathay Pacific gratis war; seine Freunde hatten ihn außerdem davon überzeugt, First Class zu fliegen – offenbar auch etwas, was man erlebt haben musste.

Juan Diego vermutete, dass ihm seine Freunde so viel Aufmerksamkeit schenkten, weil er sich aus dem Lehrbetrieb zurückzog; warum sonst, wenn nicht deswegen, hätten seine Kollegen darauf bestanden, ihm bei der Organisation dieser Reise zu helfen? Doch es gab auch andere Gründe. Er war zwar jung für jemanden, der sich zur Ruhe setzte, doch er war wirklich »behindert«, und seine engen Freunde und Kollegen wussten, dass er Medikamente für sein Herz nahm.

»Vom *Schreiben* ziehe ich mich nicht zurück!«, hatte er ihnen versichert. (Juan Diego war auf Einladung seines Verlags über Weihnachten nach New York gekommen.) Er beendete lediglich seine Lehrverpflichtungen, sagte Juan Diego, obwohl Schreiben und Lehren für ihn jahrelang untrennbar gewesen waren; zusammen hatten sie sein gesamtes Erwachsenenleben bestimmt.

Ein ehemaliger Student aus einem seiner Schreibseminare war sehr intensiv an den Vorbereitungen für seine Philippinenreise beteiligt gewesen, Juan Diego betrachtete es inzwischen als feindliche Übernahme. Dieser Student, er hieß Clark French, hatte Juan Diegos Mission in Manila – so hatte Juan Diego sein Vorhaben jahrelang insgeheim genannt – zu seiner eigenen gemacht. Was Clark schrieb, war genauso energisch, so penetrant, wie er die Mission seines alten Lehrers an sich riss – wenigstens fand Juan Diego das.

Und doch hatte er sich der gutgemeinten Unterstützung seines früheren Studenten nicht widersetzt, da er ihn nicht kränken wollte. Außerdem fiel es Juan Diego nicht leicht zu reisen, und er hatte gehört, dass die Philippinen schwierig sein konnten – sogar gefährlich. Ein wenig übergründliche Planung könnte nicht schaden, befand er.

Und ehe er sich's versah, war aus seiner Mission in Manila eine Philippinen-Rundreise geworden, mit diversen Abstechern und abenteuerlichen Ausflügen. Er befürchtete, dass der eigentliche Grund der Reise aus dem Blickfeld geraten war, obwohl Clark French seinem alten Lehrer bestimmt versichert hätte, dass seine Hilfsbereitschaft seiner Bewunderung darüber entsprang, welch ehrenwertes Anliegen Juan Diego bewogen hatte, diese Reise nach all den Jahren überhaupt anzutreten.

Als Teenager in Oaxaca hatte Juan Diego einen amerikanischen Wehrdienstverweigerer kennengelernt; der Kriegsgegner war aus den Vereinigten Staaten geflohen, um der Einberufung nach Vietnam zu entgehen. Der Vater des Wehrdienstverweigerers gehörte zu den Tausenden amerikanischer Soldaten, die im Zweiten Weltkrieg auf den Philippinen gestorben waren – wenn auch weder auf dem berüchtigten Todesmarsch von Bataan noch in der Schlacht um Corregidor. (Die genauen Einzelheiten hatte Juan Diego nicht immer parat.)

Der amerikanische Wehrdienstverweigerer wollte nicht in Vietnam sterben. Und er wollte die Amerikanische Gedenkstätte und den Soldatenfriedhof bei Manila besuchen, um seinem im Krieg gefallenen Vater die letzte Ehre zu erweisen – so erzählte er Juan Diego. Doch er überlebte seine unter keinem guten Stern stehende Flucht nach Mexiko nicht; der junge Amerikaner starb in Oaxaca. Juan Diego hatte damals gelobt, statt seiner die Reise auf die Philippinen anzutreten; er würde für ihn nach Manila fahren.

Doch Juan Diego hatte nie den Namen des jungen Amerikaners erfahren; der Kriegsgegner hatte zwar mit ihm und seiner scheinbar zurückgebliebenen Schwester Lupe Freundschaft geschlossen, doch sie kannten ihn nur als »den guten Gringo«. Die Müllkippenkinder hatten *el gringo bueno* kennengelernt, ehe Juan Diego zum Krüppel wurde.

Zuerst wirkte der junge Amerikaner zu nett, um todgeweiht zu sein, auch wenn Rivera ihn einen »Mezcalhippie« genannt hatte und die Müllkinder wussten, was *el jefe* von den Hippies hielt, die damals aus den USA nach Oaxaca kamen.

Der Deponiechef glaubte, dass diejenigen von ihnen, die bewusstseinserweiternde Pilze aßen, »die Dummen« waren; weil sie auf der Suche nach etwas seien, was sie für tiefgründig hielten – in Riveras Worten »etwas so Lächerliches wie die innere Verbundenheit von allem«, dabei wussten die Müllkippenkinder, dass *el jefe* selbst die Jungfrau Maria verehrte.

Die Mezcalhippies dagegen, sagte Rivera, seien zwar klüger, aber sie seien »selbstzerstörerisch« und obendrein süchtig nach Prostituierten, jedenfalls glaubte das der Deponiechef. Der gute Gringo »brachte sich auf der Calle Zaragoza um«, sagte *el jefe*. Die Müllkippenkinder hofften, dass er unrecht hatte; Lupe und Juan Diego himmelten *el gringo bueno* an. Sie wollten nicht, dass den netten Jungen seine sexuellen Begierden *oder* das berauschende Getränk zerstörte, das aus dem vergorenen Saft einer bestimmten Agavenart destilliert wurde.

»Es kommt aufs Gleiche heraus«, hatte Rivera den beiden Kindern düster erklärt. »Glaubt mir, womit man's am Ende zu tun hat, ist in jedem Fall nicht gerade erhebend. Straßenmädchen und zu viel Mezcal – am Ende guckt man nur noch diesen kleinen Wurm an!«

Juan Diego wusste, dass der Deponiechef den Wurm am Boden der Mezcalflasche meinte, aber Lupe sagte, *el jefe* habe auch an seinen Penis gedacht – wie der aussah, nachdem er bei einer Prostituierten gewesen war.

»Warum glaubst du, dass alle Männer ständig an ihren Penis denken?«, fragte Juan Diego seine Schwester.

»Weil sie's tatsächlich tun«, gab die Gedankenleserin zurück. Das war sozusagen der Zeitpunkt, nach dem Lupe den guten Gringo nicht mehr anhimmeln wollte. Der todgeweihte Amerikaner hatte eine imaginäre Grenze überschritten – sozusagen die *Penisgrenze*, auch wenn Lupe es nie so formuliert hätte.

Als der Müllkippenleser Lupe eines Abends vorlas, war Rivera bei ihnen in der Hütte in Guerrero gewesen. Vielleicht baute der Deponiechef gerade ein neues Bücherregal, oder der Grill war defekt, und Rivera reparierte ihn; aber vielleicht war *el jefe* auch einfach nur vorbeigekommen, um nachzusehen, ob Schmutzigweiß (alias Vormtodebewahrt) gestorben war.

Das Buch, aus dem Juan Diego an jenem Abend vorlas, war wieder einer dieser entsorgten akademischen Wälzer gewesen, eine jener sterbenslangweiligen Demonstrationen von Gelehrsamkeit, die von einem der beiden alten Jesuitenpriester, Pater Alfonso oder Pater Octavio, zum Verbrennen ausgewählt worden waren.

Dieses spezielle ungelesene gelehrte Werk hatte übrigens ein Jesuit verfasst, und sein Thema war sowohl literarischer als auch historischer Natur – eine Analyse von D. H. Lawrences Schriften über Thomas Hardy. Da der Müllkippenleser weder etwas von Lawrence noch von Hardy gelesen hatte, wäre eine gelehrte Abhandlung zum Thema »Lawrences Schriften über Hardy« für ihn sogar auf Spanisch rätselhaft gewesen. Doch Juan Diego hatte dieses Buch deswegen ausgewählt, weil es auf Englisch war; er wollte Englischlesen üben, allerdings hätte sein nicht gerade gebannt lauschendes Publikum (das nur aus Lupe, Rivera und dem unangenehmen Hund Schmutzigweiß bestand) ihm *en español* vielleicht besser folgen können.

Nicht eben einfacher wurde die Angelegenheit dadurch, dass etliche Seiten verbrannt waren und das angekokelte Buch so übel nach Müllkippe stank, dass Schmutzigweiß wiederholt daran zu schnuppern versuchte.

Der Müllkippenchef konnte Lupes vor dem Tode bewahrten Hund genauso wenig leiden wie Juan Diego. »Den hättest du besser im Milchkarton stecken lassen«, war Riveras einziger Kommentar gewesen, doch Lupe hatte Schmutzigweiß (wie immer) empört verteidigt.

Und in dem Moment las ihnen Juan Diego laut eine besonders hochgestochene Stelle vor, in der es um das Konzept einer fundamentalen Wechselbeziehung aller Wesen untereinander ging.

»Halt, halt, halt – warte mal«, hatte Rivera den Vorleser unterbrochen. »*Wer* hat das gesagt?«

»Es könnte von diesem Hardy stammen, vielleicht ist es seine Idee«, sagte Lupe. »Aber doch eher von diesem Lawrence – es hört sich nach ihm an.«

Als Juan Diego Lupes Bemerkung für Rivera übersetzte, pflichtete der sofort bei. »*Oder* von dem, der das Buch geschrieben hat – wer auch immer das sein mag«, ergänzte der Deponiechef. Lupe nickte zustimmend. Das blöde Buch war ebenso langweilig wie diffus: Es handelte sich um die offenbar pingelige Untersuchung eines Themas, das sich jeder konkreten Darstellung entzog.

»Was soll das für eine ›fundamentale Wechselbeziehung

aller Wesen untereinander‹ sein – *welche* Wesen haben denn angeblich eine Beziehung?«, rief der Müllkippenboss. »Das hätte auch ein pilzeessender Hippie sagen können!«

Was Lupe, die so etwas selten tat, laut auflachen ließ. Bald lachten sie und Rivera gemeinsam, was sogar noch seltener vorkam. Juan Diego würde nie vergessen, wie glücklich er war, seine kleine Schwester und *el jefe* lachen zu hören.

Und jetzt, vierzig Jahre später, war Juan Diego unterwegs auf die Philippinen, eine Reise, die er an Stelle des namenlosen guten Gringos zu Ehren von dessen Vater machte. Und doch hatte kein einziger seiner Freunde Juan Diego gefragt, wie er beabsichtigte, dem toten Soldaten die letzte Ehre zu erweisen – auch der gefallene Vater war namenlos. Natürlich wussten alle, dass Juan Diego Schriftsteller war; vielleicht unternahm der Literat die Reise für *el gringo bueno* nur symbolisch.

Als junger Autor war er viel gereist, und in seinen frühen Romanen war die Entwurzelung durchs Reisen ein immer wiederkehrendes Thema – vor allem in seinem Zirkusroman, der in Indien spielte, der mit dem Bandwurmtitel. Niemand hatte ihm diesen Titel ausreden können, wie sich Juan Diego vergnügt erinnerte. *Eine von der Jungfrau Maria in Gang gesetzte Geschichte* – was für ein sperriger Titel, und was für eine lange und komplizierte Geschichte! Vielleicht meine komplizierteste, dachte Juan Diego, während sich die Limousine einen Weg durch die verlassenen, zugeschneiten Straßen Manhattans bahnte, entschlossen auf den FDR Drive zusteuernd. Der Wagen war ein SUV, dessen Fahrer von anderen Fahrzeugen und anderen Fahrern keine hohe Meinung hatte. Laut dem Limousinenchauffeur waren andere Fahrzeuge in der Stadt schlecht auf Schnee vorbereitet, und die wenigen, die »einigermaßen« ausgerüstet waren, hatten mit Sicherheit »die falschen Reifen«; was die anderen Fahrer betraf, die hatten eben keine Ahnung, wie man bei Schnee fuhr.

»Wo sind wir denn hier – in scheiß *Florida*?«, schrie der Chauffeur aus seinem Fenster einem liegengebliebenen Autofahrer zu, dessen Fahrzeug seitlich weggerutscht war und eine Querstraße blockierte.

Auf dem FDR Drive hatte ein Taxi die Leitplanke durchbrochen und steckte auf dem Joggingpfad neben dem East River im hüfttiefen Schnee; der Taxifahrer versuchte, seine Hinterräder auszugraben, aber nicht mit einer Schaufel, sondern mit einem Eiskratzer.

»Wo kommst du denn her, du Wichser – aus scheiß *Mexiko*?«, rief Juan Diegos Fahrer ihm zu.

»Ich bin übrigens aus Mexiko«, sagte Juan Diego zu seinem Fahrer.

»Sie habe ich nicht gemeint, Sir, Sie kommen pünktlich zum JFK. Ihr Problem ist, dass Sie dort einfach warten werden«, teilte ihm der Fahrer in nicht gerade freundlichem Ton mit. »Es fliegt nichts – falls Ihnen das noch nicht aufgefallen sein sollte, Sir.«

Tatsächlich war Juan Diego nicht aufgefallen, dass keine Flugzeuge flogen; er wollte nur am Flughafen und abflugbereit sein, wann auch immer sein Flugzeug startete. Die Verspätung, falls es denn eine gab, war ihm nicht wichtig. Undenkbar war, diesen Flug zu verpassen. Er ertappte sich dabei, wie er »Hinter jeder Reise steckt ein Grund« ausprobierte, ehe ihm einfiel, dass er diesen Satz bereits geschrieben hatte. Darauf hatte er schon äußerst eindringlich in *Eine von der Jungfrau Maria in Gang gesetzte Geschichte* hingewiesen. Und siehe da, ich reise wieder – es gibt *immer* einen Grund, dachte er.

»Die Vergangenheit umgab ihn wie Gesichter in einer Menschenmenge. Darunter gab es eines, das er kannte, aber wessen Gesicht war es?« Eingehüllt vom Schnee und eingeschüchtert von seinem pöbelnden Fahrer, vergaß Juan Diego kurz, dass er auch das schon geschrieben hatte.

Juan Diegos Chauffeur klang zwar ungehobelt, aber er kannte sich in Jamaica, Queens, aus, wo eine breite Straße den ehemaligen Müllkippenleser an die Periférico erinnerte – eine von Bahngleisen durchschnittene Straße in Oaxaca. Zur Periférico nahm *el jefe* die Müllkippenkinder mit, um Lebensmittel einzukaufen; dort auf dem Markt, in La Central, gab es das billigste, nahezu vergammelte Essen – außer 1968, während der Studentenunruhen, als La Central vom Militär besetzt wurde und der Lebensmittelmarkt auf den Zócalo, den Hauptplatz im Stadtzentrum von Oaxaca, umzog.

Als sie damals das erste Mal mit *el jefe* auf den Zócalo zum Einkaufen gingen, waren Juan Diego und Lupe zwölf und elf. Die Studentenunruhen hielten nicht lange an, und der Markt zog wieder nach La Central und an die Periférico (mit der verloren wirkenden Fußgängerbrücke über den Bahngleisen). Doch den Zócalo bewahrten die Müllkippenkinder in ihrem Herzen; er war ihr Lieblingsplatz, wo sie so viel Zeit wie möglich verbrachten.

Warum sollten sich ein Junge und ein Mädchen aus Guerrero nicht für die Stadtmitte interessieren? Warum sollten zwei *niños de la basura* nicht auf die vielen Touristen in der Stadt neugierig sein? Die städtische Müllkippe war in den Reiseführern nicht verzeichnet. Welcher Tourist besichtigte schon den *basurero*, wenn ihn doch schon ein Luftzug von der Halde oder ein leichtes Stechen in den Augen von den ständig dort brennenden Feuern Reißaus nehmen ließ, sofern ein Blick auf die Müllkippenhunde (oder ein Blick der Hunde auf die Touristen) nicht schon genügte.

War es denn ein Wunder, dass bei der damals erst elfjährigen Lupe die verrückte und ambivalente Fixierung auf Oaxacas diverse Jungfrauen begann? Dass nur ihr Bruder ihr Gebrabbel verstand, schnitt Lupe von jedem sinnvollen Dialog mit Erwachsenen ab; zu der Zeit war Juan Diego erst zwölf. Und natürlich waren das *religiöse* Jungfrauen, *wunderwirkende* Jungfrauen von der Sorte, die Gefolgschaft verlangten, und zwar nicht nur von elfjährigen Mädchen.

Stand nicht zu erwarten, dass sich Lupe zunächst zu diesen Jungfrauen hingezogen fühlte? (Die Gedankenleserin Lupe kannte im wirklichen Leben niemanden, der diese Fähigkeit mit ihr teilte.) Doch welches Müllkippenkind wäre in Sachen Wunder nicht ein wenig misstrauisch? Und welche Daseinsberechtigung hatten diese konkurrierenden Jungfrauen eigentlich im Hier und Jetzt? Hatten sie in letzter Zeit etwa irgendwelche Wunder gewirkt? Musste Lupe diesen hochgepriesenen, aber untätigen Jungfrauen denn da nicht kritisch gegenüberstehen?

In Oaxaca gab es einen Madonnenladen; die Müllkippenkinder entdeckten ihn auf einem ihrer ersten Ausflüge in die Gegend um den Zócalo. Sie befanden sich schließlich in Mexiko: Nachdem die spanischen Eroberer das Land überrannt hatten, stieg die ständig missionierende katholische Kirche groß ins Madonnengeschäft ein. Einst Kernland der mixtekischen und zapotekischen Zivilisationen, hatten die spanischen Eroberer der indigenen Bevölkerung seit Jahrhunderten Madonnen angedreht – angefangen bei den Augustinern über die Dominikaner bis hin zu, *drittens,* den Jesuiten, die alle *ihre* Jungfrau Maria anpriesen.

Inzwischen hatte man es allerdings nicht mehr nur mit Maria zu tun; das war Lupe in den vielen Kirchen Oaxacas aufgefallen, doch nirgends in der Stadt fand man so viele rivalisierende Jungfrauen wie in dem kitschigen Madonnenladen an der Avenida de la Independencia. Da gab es lebensgroße Madonnen und überlebensgroße Madonnen. Um aus der Vielzahl an billigen und geschmacklosen Kopien überall im Laden nur drei zu nennen: die Gottesmutter Maria, aber auch Unsere Liebe Frau von Guadalupe und, versteht sich, *Nuestra Señora de la Soledad. La Virgen de la Soledad* war die Madonna, die Lupe abschätzig als »Ortsheilige« bezeichnet hatte – die oft geschmähte Jungfrau der Einsamkeit und ihre »blöde Burro-Geschichte«. (An dem *burro,* einem Eselchen, hatte Lupe vermutlich nichts auszusetzen.)

Der Madonnenladen verkaufte auch lebensgroße (und überlebensgroße) Varianten des gekreuzigten Christus; wer genug Kraft hatte, konnte einen riesigen blutenden Jesus nach Hause tragen. Doch das Hauptgeschäft machte der Madonnenladen, den es seit 1954 gab, damit, die Weihnachtsfeiern *(las posadas)* auszustatten.

Tatsächlich nannten nur die beiden Geschwister das Geschäft an der Independencia Madonnenladen, für alle anderen war es der Laden für Weihnachtsbedarf; selbst nannte sich das schaurige Geschäft *La Niña de las Posadas* (also »Das Mädchen von den Weihnachtsfeiern«). Das namenstiftende *Mädchen* war die Madonna, die man aussuchte und mit nach Hause nahm; anscheinend ließ sich besonders mit lebensgroßen Madonnen Schwung in die Weihnachtsfeier bringen – jedenfalls mehr als mit einem gequälten Gekreuzigten.

So ernst es Lupe mit Oaxacas Madonnen war, den Weihnachtsfeierladen hielten Juan Diego und seine Schwester für einen Witz. Diese käuflichen Jungfrauen waren nicht halb so realistisch wie die Prostituierten auf der Calle Zaragoza; die Madonnen zum Mitnehmen gehörten eher in die Kategorie aufblasbare Sexpuppe. Und die blutenden Jesusse waren einfach grotesk.

Außerdem gab es (wie Bruder Pepe es formuliert hätte) eine Hackordnung unter den in den verschiedenen Kirchen in Oaxaca ausgestellten Madonnen – und *diese* Madonnen machten Lupe leider Gottes schwer zu schaffen. Die Katholiken hatten ihre eigenen Madonnenläden in Oaxaca, und dort gab es für Lupe nichts zu lachen.

Das zeigte unter anderem die »blöde Burro-Geschichte« und wie abgrundtief Lupe *La Virgen de la Soledad* verabscheute. Die Basílica de Nuestra Señora de la Soledad war bombastisch – ein pompöser Schandfleck zwischen Morelos und Independencia –, und als die Geschwister sie zum ersten Mal besuchten, versperrte ihnen ein lärmender Lindwurm von Pilgern den Zutritt, Landbewohner (Bauern oder Obstpflücker, wie Juan Diego annahm), die nicht nur laut schreiend und rufend beteten, sondern sich der strahlenden Statue der Virgen de la Soledad auf den Knien näherten, indem sie durch den gesamten Mittelgang der Kirche auf sie zu rutschten. Lupe fand die betenden Pilger abstoßend, genau wie den Status Unserer Jungfrau der Einsamkeit als Ortsheilige, die gelegentlich sogar »Oaxacas Schutzpatronin« genannt wurde.

Wäre Bruder Pepe zugegen gewesen, hätte der freundliche Lehrer Lupe und Juan Diego womöglich davor gewarnt, selbst einem Hackordnungsvorurteil zu erliegen: Auch Müllkippenkinder müssen sich irgendwem überlegen fühlen; und so fühlten sich *los niños de la basura* in der kleinen Siedlung in Guerrero eben diesen Landeiern überlegen. Angesichts der laut betenden Pilger in der Basilika Unserer Jungfrau der Einsamkeit und ihres derb-rustikalen Aufzugs stand für Juan Diego und Lupe außer Zweifel, dass sie als Müllkippenkinder diesen wehklagenden und auf den Knien herumrutschenden Bauern oder Obstpflückern (oder was auch immer diese Bauerntölpel sein mochten) definitiv überlegen.

Auch die Kleidung der Virgen de la Soledad gefiel Lupe ganz und gar nicht; ihr streng geschnittener Mantel war schwarz mit einer goldenen Borte. »Die Madonna sieht aus wie eine böse Königin«, sagte Lupe.

»Du meinst, sie sieht reich aus«, sagte Juan Diego.

»Die Jungfrau der Einsamkeit ist keine von uns«, stellte Lupe fest. Damit meinte sie, die Jungfrau sei keine Indigene, sondern eine Spanierin, also eine Europäerin (sprich, eine *Weiße*).

Die Jungfrau der Einsamkeit, sagte Lupe, sei »eine weißgesichtige dumme Gans in einem schicken Mantel«. Außerdem ärgerte sich Lupe darüber, dass Guadalupe in der Basílica de Nuestra Señora de la Soledad nur die zweite Geige spielte; Guadalupes Altar befand sich links des Mittelgangs, abseits – und es war nur ein unbeleuchtetes Porträt der dunkelhäutigen Jungfrau (nicht einmal eine Statue). Dabei war Unsere Liebe Frau von Guadalupe eine indigene Jungfrau; sie war eine Einheimische, eine Indianerin, also das, was Lupe mit »eine von uns« meinte.

Bruder Pepe wäre erstaunt darüber gewesen, wie viele Müllkippenbücher Juan Diego gelesen und wie aufmerksam Lupe zugehört hatte. Die beiden alten Priester, die Patres Alfonso und Octavio, mochten die Jesuitenbibliothek von den überflüssigsten und aufrührerischsten Stoffen gesäubert haben, doch der junge Müllkippenleser hatte viele gefährliche Bücher vor den Höllenfeuern des *basurero* gerettet.

Dabei handelte es sich um Werke, in denen die katholische Indoktrination der indigenen Bevölkerung Mexikos festgehalten war; es waren die Jesuiten gewesen, die während der spanischen Eroberungen die Köpfe und Gedanken manipulierten, und die beiden Geschwister hatten eine Menge über jesuitische Konquistadoren der römisch-katholischen Kirche gelernt. Doch während Juan Diego ursprünglich um des Lesens willen zum Leser geworden war, hatte sich Lupe von Anfang an mehr für Inhalte interessiert – und ihrem Bruder aufmerksam zugehört.

In der Basilika Unserer Jungfrau der Einsamkeit gab es eine Seitenkapelle mit Marmorfußboden, in der auf Wandgemälden die Burro-Geschichte erzählt wurde: Eine Gruppe von Bauern hatte sich zum Gebet versammelt, ihnen folgte ein einzelner Esel. Auf dem Rücken des Burros war eine lange Kiste festgebunden, die wie ein Sarg aussah.

»Jeder Idiot hätte doch sofort in die Kiste geguckt«, sagte Lupe jedes Mal. Aber nicht diese Bauerntölpel – bestimmt hatten Sie wegen ihrer Sombreros nicht genug Sauerstoff im Hirn.

Es wird bis heute darüber gestritten, was mit dem Burro geschah. War er eines Tages einfach stehen geblieben und hatte sich hingelegt, oder fiel er tot um? An der Stelle jedenfalls wurde die Basílica de la Virgen de la Soledad errichtet. Denn erst da öffneten die dummen Bauern die Kiste. Darin lag eine Statue Unserer Jungfrau der Einsamkeit; auf ihrem Schoß lag eine zweite, viel kleinere Figur – ein bis auf ein Lendentuch nackter Jesus.

»Was hat denn dieser Schrumpfjesus da verloren?«, fragte Lupe jedes Mal. Das Missverhältnis war tatsächlich irritierend: Die Jungfrau der Einsamkeit war mehr als doppelt so groß wie Jesus. Dabei handelte es sich nicht um ein Jesuskind, sondern um einen erwachsenen *bärtigen* Jesus, nur dass er unnatürlich klein war und ein Lendentuch trug.

Lupes Ansicht nach war der Esel als Lasttier »missbraucht« worden; außerdem deutete der weitgehend unbekleidete Jesus im Schoß der Jungfrau Lupes Ansicht nach auf einen »sogar noch schlimmeren Missbrauch« hin. Und so verwarfen die Müllkippenkinder Oaxacas Schutzheilige und diejenige Jungfrau, um die am meisten Wirbel gemacht wird, als einen Schwindel oder Betrug – »eine Sektenjungfrau« nannte Lupe sie. Dazu, dass der Madonnenladen an der Independencia gleich um die Ecke zur Basílica de Nuestra Señora de la Soledad lag, sagte Lupe nur trocken: »Passt.«

Lupe hatte eine Menge Bücher für Erwachsene vorgelesen bekommen; was sie sagte, mochte für jeden außer Juan Diego unverständlich sein, aber was Sprache und Vokabular anging, war sie ihrem Alter weit voraus.

Anders als die Basilika Unserer Jungfrau der Einsamkeit mochte Lupe die Dominikanerkirche an der Calle Macedonio Alcalá und nannte sie ein »prachtvolles Bauwerk«. Während sie sich über den Mantel mit Goldborte Unserer Jungfrau der Einsamkeit ärgerte, gefielen Lupe die Deckenvergoldungen in der Iglesia de Santo Domingo; es störte sie nicht, »wie spanisch-barock« Santo Domingo war, »wie ausgesprochen europäisch«. Und der goldverzierte Schrein der Basilika von Guadalupe gefiel ihr ebenfalls – auch weil Unsere Liebe Frau von Guadalupe in der Kirche Santo Domingo nicht unscheinbar wirkte.

Als explizite Guadalupe-Anhängerin reagierte Lupe empfindlich, wenn *ihre* Jungfrau von »dem Monster Maria« in den Schatten gestellt wurde. Lupe fand nicht nur, dass Maria die beherrschende Figur im »Jungfrauenstall« der katholischen Kirche war, sie hielt sie auch für »eine tyrannische Jungfrau«.

Und das war das Hühnchen, das Lupe mit dem jesuitischen *Templo de la Compañia de Jesús* an der Ecke Magón und Trujano zu rupfen hatte – denn der machte die Jungfrau Maria zur Hauptattraktion. Sobald man den Jesuitentempel betrat, wurde die Aufmerksamkeit auf das Weihwasserbecken – *agua de San Ignacio de Loyola* – und ein Porträt des beeindruckenden, wie in vielen Darstellungen hilfesuchend gen Himmel blickenden Ignatius von Loyola persönlich gelenkt.

Hat man das Weihwasserbecken passiert, findet sich in einer einladenden Nische ein schlichter, aber attraktiver Schrein zu Ehren der Guadalupe. Besonders liebevoll war die berühmteste Äußerung der dunkelhäutigen Jungfrau gestaltet, in großen, von den Kirchenbänken und Kniekissen aus leicht lesbaren Lettern.

Wann immer Lupe dort betete, wiederholte sie diesen Satz pausenlos: »›*¿No estoy aquí, que soy tu madre?*‹« – »›Bin ich nicht hier, denn ich bin eure Mutter?‹«

Ja, man könnte sagen, dass Lupe hier ihre kindliche Liebe einer fremden Mutter und Jungfrau schenkte statt ihrer leiblichen Mutter, die als Prostituierte (und als Putzfrau für die Jesuiten) arbeitete – einer Frau, die ihren Kindern nicht nur keine nennenswerte, sondern außerdem eine häufig abwesende Mutter war, die von Lupe und Juan Diego »getrennt« wohnte. Und Esperanza hatte Lupe ohne Vater gelassen, sah man von dem Müllkippenchef und von Lupes Vorstellung ab, zahlreiche Väter zu haben.

So kam es, dass Lupe Unsere Liebe Frau von Guadalupe gleichzeitig aufrichtig verehrte und intensiv an ihr zweifelte, wobei ihre Zweifel dem Gefühl entsprangen, Guadalupe habe sich der Jungfrau Maria unterworfen und sei deshalb mitschuldig daran, dass die Mutter Jesu das Sagen hatte.

Juan Diego konnte sich an keine einzige Lesung auf der Müllkippe erinnern, durch die Lupe diesen Eindruck hätte gewinnen können; seines Wissens ging Lupe diesen zwiespältigen Pfad aus eigenem Antrieb.

Und ganz gleich, wie geschmackvoll und angemessen die Verehrung war, die Unserer Lieben Frau von Guadalupe entgegengebracht wurde – der Jesuitentempel behandelte die dunkelhäutige Madonna durchaus respektvoll –, die Jungfrau Maria stand fraglos im Mittelpunkt. Sie überragte alles, eine gewaltige Mutter Gottes auf einem noch zusätzlich erhöhten Altar, während der vergleichsweise winzige Jesus, bereits am Kreuz leidend, blutend zu ihren großen Füßen lag.

»Was soll das mit dem Schrumpfjesus?«, fragte Lupe jedes Mal.

»Wenigstens hat dieser Jesus Klamotten an«, erwiderte daraufhin Juan Diego.

Dort, wo die großen Füße der Jungfrau Maria waren, sah man aus Wolken herausschauende Engelsgesichter, die verwirrenderweise das dreistöckige Podest bildeten.

»Was soll das bedeuten?«, fragte Lupe, ebenfalls jedes Mal. »Die Jungfrau Maria trampelt auf Engeln herum – ich fasse es nicht!«

Und zu beiden Seiten der riesigen Heiligen Jungfrau standen zwei deutlich kleinere, im Lauf der Zeit dunkler gewordene Statuen zweier eher unbekannter Personen: der Eltern der Jungfrau Maria.

»Sie hatte *Eltern*?«, fragte Lupe immer. »Wer weiß denn überhaupt, wie sie aussahen? Wen *interessiert* das?«

Keine Frage, die hoch aufragende Statue der Jungfrau Maria im Jesuitentempel *war* »das Monster Maria«. Die Mutter der Müllkippenkinder klagte, wie schwierig die übergroße Madonna zu putzen sei. Die Leiter sei zu groß; es gebe keine sichere oder »passende« Stelle, um sie anzulehnen, außer an die Jungfrau Maria selbst. Esperanza betete unablässig zu Maria; die beste Putzfrau der Jesuiten, die abends auf der Calle Zaragoza anschaffen ging, war ein Jungfrau-Maria-Fan ohne Wenn und Aber.

Große Blumensträuße – insgesamt *sieben*! – umgaben den Altar der Mutter Jesu, doch selbst diese Sträuße ließ sie winzig erscheinen. Sie überragte nicht nur alles, sondern schien alles und jeden zu *bedrohen*. Sogar Esperanza, die sie verehrte, hielt die Statue der Jungfrau Maria für »zu groß«.

»Eindeutig *tyrannisch*«, wiederholte Lupe dann.

»›¿*No estoy aquí, que soy tu madre?*‹« Juan Diego ertappte sich dabei, wie er auf dem Rücksitz der Limousine, die sich mittlerweile dem völlig verschneiten Cathay-Pacific-Terminal des New Yorker Flughafens JFK näherte, den Spruch Unserer Lieben Frau von Guadalupe vor sich hinmurmelte: »›Bin ich nicht hier, denn ich bin eure Mutter?‹« – das war so viel bescheidener als der durchdringende Blick der herrischen Riesin in der Jesuitenkirche.

Das Gemurmel seines Fahrgastes bewog den streitsüchtigen Limousinenfahrer, Juan Diego im Rückspiegel anzusehen.

Schade, dass Lupe nicht bei ihrem Bruder war, sie hätte die Gedanken des Fahrers gelesen – sie hätte Juan Diego verraten können, was der hasserfüllte Mann gerade dachte.

Ein erfolgreicher Bohnenfresser, dachte der Fahrer – so schätzte er seinen amerikanischen Fahrgast mexikanischer Abstammung ein.

»Wir sind fast bei Ihrem Terminal, Kumpel«, sagte der Fahrer; wie er zuvor das Wort »Sir« betont hatte, war nicht freundlicher gewesen. Doch Juan Diego erinnerte sich gerade an Lupe und an ihre gemeinsame Zeit in Oaxaca. Der Müllkippenleser hing seinen Tagträumen nach und überhörte deshalb den respektlosen Tonfall seines Fahrers.

Es war also nicht etwa so, dass Juan Diego von abschätzigen Bemerkungen verschont blieb, die anderen Amerikanern mexikanischer Abstammung zu schaffen machten. Er merkte es nur meistens nicht, weil er mit seinen Gedanken anderweitig beschäftigt und ganz weit weg war.

3

Mutter und Tochter

Der gehbehinderte Mann hatte nicht erwartet, siebenundzwanzig Stunden auf dem JFK-Flughafen festzusitzen. Zugegeben, die First-Class-Lounge von British Airways war bequemer als das, was die Fluggäste der Economy-Klasse aushalten mussten – den Verkaufsständen ging das Essen aus, und die Toiletten wurden nicht ordentlich gereinigt –, doch der Flug von Cathay Pacific nach Hongkong, geplante Abflugzeit 9.15 Uhr am 27. Dezember, startete erst am nächsten Tag gegen Mittag, und Juan Diego hatte die Betablocker samt seinen Toilettenartikeln in seinem aufgegebenen Koffer verstaut. Der Flug nach Hongkong dauerte über sechzehn Stunden. Juan Diego würde mehr als dreiundvierzig Stunden ohne seine Medikamente auskommen müssen. (In der Regel geraten Müllkippenkinder nicht in Panik.)

Juan Diego war drauf und dran, Rosemary anzurufen – um sie zu fragen, ob es riskant für ihn sei, sein Medikament so lange Zeit auszusetzen –, verzichtete dann aber darauf. Er erinnerte sich noch an Dr. Steins Worte: Sie hatte ihm eingeschärft, sein Medikament nur *nach und nach* abzusetzen, sollte er aus irgendeinem Grund einmal keine Betablocker nehmen können. (Unerklärlicherweise ließ ihn die Formulierung *nach und nach* glauben, es sei gefahrlos möglich,

Betablocker abrupt abzusetzen oder sie nach einer Pause weiterzunehmen.)

Juan Diego wusste, er würde in den siebenundzwanzig Stunden, die er in der British-Airways-Lounge verbringen musste, kein Auge zutun können, und freute sich darauf, den Schlaf auf dem sechzehnstündigen Flug nach Hongkong nachzuholen. Wahrscheinlich rief er Dr. Stein nicht an, weil er froh darüber war, eine Weile keine Betablocker zu nehmen. Mit ein wenig Glück käme vielleicht einer seiner alten Träume zurück und damit seine ihm so wichtigen Kindheitserinnerungen – chronologisch, so hoffte er. (Als Romanschriftsteller war er etwas eigen, was die korrekte zeitliche Abfolge betraf – ein wenig altmodisch.)

British Airways gab sich die größte Mühe, es dem verkrüppelten Mann bequem zu machen, und die anderen Passagiere der First Class, die Juan Diegos Hinken und den unförmigen Schuh an seinem lädierten Fuß, eine Spezialanfertigung, bemerkt hatten, waren ebenfalls sehr verständnisvoll; obwohl es nicht genug Sitzgelegenheiten in der Lounge gab, beschwerte sich niemand, dass Juan Diego zwei Stühle zusammengeschoben und sich so ein improvisiertes Sofa gebaut hatte, um seinen armen Fuß hochlegen zu können.

Ja, durch das Hinken wirkte Juan Diego älter, als er war – er sah mindestens wie vierundsechzig aus, nicht wie vierundfünfzig. Und noch etwas: Durch den Anflug von Resignation in seinen Gesichtszügen wirkte er entrückt, als hätte er den Löwenanteil an Aufregung bereits in seiner längst vergangenen Kindheit und frühen Jugend erlebt. Schließlich hatte er alle überlebt, die er liebte – was ihn augenscheinlich hatte altern lassen.

Sein Haar war immer noch schwarz und voll; nur aus der Nähe und wenn man sehr genau hinschaute, sah man vereinzelte graue Haare. Er trug es lang, was ihn zugleich wie einen aufsässigen Teenager und einen alternden Hippie aussehen ließ – also wie jemand, der sich absichtlich unmodisch gibt. Seine braunen Augen waren fast so dunkel wie die schwarzen Haare; er war noch immer ein gutaussehender Mann und ein schlanker dazu, wirkte aber irgendwie »alt«. Frauen, vor allem jüngere Frauen, boten ihm oft ihre Hilfe an, die er eigentlich nicht brauchte.

Eine schicksalhafte Aura umgab ihn. Er bewegte sich langsam; häufig schien er in Gedanken oder in seinen Phantasien versunken zu sein – als wäre seine Zukunft vorherbestimmt und als hätte er sich damit abgefunden.

Juan Diego hielt sich nicht für einen so berühmten Schriftsteller, dass ihn viele seiner Leser erkennen würden, und Menschen, die kein Buch von ihm gelesen hatten, erkannten ihn nie. Nur seine eingefleischten Fans fanden ihn mit untrüglichem Gespür. Das waren überwiegend Frauen – vor allem ältere Frauen, doch zu den passioniertesten Leserinnen seiner Bücher gehörten auch viele Studentinnen.

Juan Diego war nicht der Meinung, dass es an den Themen seiner Romane lag, dass er vor allem Leserinnen hatte. Er sagte immer, Frauen seien generell besonders enthusiastische Romanleserinnen, Männer hingegen weniger. Er hatte keine Begründung anzubieten, sondern lediglich beobachtet, dass es so war.

Juan Diego war kein Theoretisierer; Spekulieren lag ihm

nicht. Er war sogar ein wenig berühmt für das, was er bei einem Interview gesagt hatte, als der Journalist ihn aufforderte, zu einem besonders ausgelutschten Thema Spekulationen anzustellen.

»Ich spekuliere nicht«, hatte Juan Diego erwidert. »Ich beobachte nur; ich beschreibe nur.« Natürlich hatte der Journalist – ein hartnäckiger junger Bursche – weitergebohrt. Journalisten mögen Spekulationen; sie fragen Schriftsteller immer, ob der Roman tot sei oder im Sterben läge. Dabei hatte er die ersten Romane, die er je las, aus den Höllenfeuern des *basurero* gerettet und sich dabei die Hände verbrannt. Man fragt einen Müllkippenleser nicht, ob der Roman tot ist oder im Sterben liegt.

»Kennen Sie irgendwelche *Frauen*?«, hatte Juan Diego diesen jungen Mann gefragt. »Ich meine Frauen, die *lesen*«, hatte er etwas lauter gesagt. »Sie sollten mit Frauen reden und sie fragen, was sie lesen!« (Mittlerweile schrie Juan Diego.) »An dem Tag, an dem Frauen aufhören zu lesen, an dem Tag stirbt der Roman!«, rief der Müllkippenleser.

Schriftsteller haben mehr Leser, als sie denken. Juan Diego war berühmter, als er glaubte.

Diesmal entdeckten ihn eine Mutter und ihre Tochter. »Ich hätte Sie überall erkannt. Selbst wenn Sie es versuchen würden, vor mir können Sie sich nicht verstecken«, sagte die recht resolute Mutter zu Juan Diego. Wie sie mit ihm sprach, klang fast so, als hätte er *tatsächlich* versucht, sich vor ihr zu verstecken. Und wo hatte er einen so durchdringenden Blick schon einmal gesehen? Die hoch aufragende und imposante Statue der Jungfrau Maria – zweifellos hatte *sie* so einen

Blick. Die Heilige Jungfrau hatte eine bestimmte Art, auf einen herabzusehen, doch Juan Diego wusste nie, ob ihre Miene mitleidig oder mitleidlos war. (Und bei dieser elegant gekleideten Mutter war er sich ebenfalls nicht sicher.)

Was die Tochter anging, die sich ebenfalls als Fan entpuppte, so hielt Juan Diego sie für etwas leichter durchschaubar. »Ich hätte Sie auch im Dunkeln erkannt – wenn sie nur mit mir geredet hätten, nicht einmal einen ganzen Satz, hätte ich schon gewusst, wer Sie sind«, behauptete die Tochter, ein wenig zu ernst. »Ihre *Stimme*«, sagte sie stockend, als hätte es *ihr* die Stimme verschlagen. Sie war jung und etwas theatralisch, aber auf eine bäurische Art hübsch; die Handgelenke und Fußknöchel waren dicklich, die gerundeten Hüften und tiefhängenden Brüste ließen sie stämmig wirken. Ihr Teint war dunkler als der ihrer Mutter; die Gesichtszüge waren ausgeprägter, oder weniger fein, und sie war – besonders in ihrer Art zu reden – direkter, deftiger.

»Mehr wie eine von uns«, hätte Juan Diegos jüngere Schwester vielleicht gesagt. (Sie sah indigener aus, hätte Lupe gedacht.)

Juan Diego irritierte, dass er plötzlich daran denken musste, was für aufgedonnerte Kopien der Madonnenladen in Oaxaca aus dieser Mutter und ihrer Tochter gemacht hätte. Bestimmt hätte man den schlampigen Kleidungsstil der Tochter hervorgehoben; aber war es die Kleidung selbst, oder hinterließ nur die etwas nachlässige Art, wie sie getragen wurde, diesen Eindruck?

Der Madonnenladen hätte der lebensgroßen Schaufensterpuppe eine nuttige Haltung verpasst – eine Anmach-

Pose – und ihren üppigen Hüften ein Eigenleben. (Oder waren das eher Juan Diegos ureigenste Phantasien?)

Doch sie hätten nie und nimmer eine Schaufensterpuppe herstellen können, die der Mutter des Frauenduos entsprach. Die Mutter umgab eine Aura von Kultiviertheit und Autorität, und sie war eine eher klassische Schönheit; sie strahlte Extravaganz aus, Überlegenheit und ein angeborenes Privileg auf bevorzugte Behandlung in jeder Lebenslage. Wäre diese Mutter die Jungfrau Maria gewesen, so hätte sie sich von niemandem in den Stall schicken lassen und erst Ruhe gegeben, wenn sie einen Platz in der Herberge ergattert hätte. Diese Frau war davor gefeit, imitiert zu werden. Unvorstellbar, dass der geschmacklose Madonnenladen an der Independencia sie hätte als Sexpuppe nachbilden können; Die Mutter war eher »ein Unikat« als »eine von uns«. Für sie wäre in dem Madonnenladen kein Platz, befand Juan Diego; sie würde nie zum Verkauf stehen. Und man würde sie auch nicht mit nach Hause nehmen wollen – wenigstens nicht, um seine Gäste zu unterhalten oder als Amüsement für die Kinder. Nein, dachte Juan Diego, man würde sie behalten wollen, ganz für sich allein.

Irgendwie, und ohne dass er den beiden Frauen auch nur ein Wort über seine Gefühle für sie verriet, schienen sie alles über ihn zu wissen. Und trotz ihrer offensichtlichen Verschiedenheit arbeiteten sie zusammen, sie waren ein Team. Rasch hatten sie erkannt, wie absolut hilflos Juan Diego seiner Situation, wenn nicht gar seinem ganzen Leben, gegenüberstand, und die Initiative ergriffen. Juan Diego war müde; ohne zu zögern, machte er die Betablocker dafür verantwortlich. Er hatte sich nicht groß gewehrt, als die beiden

Frauen ihn unter ihre Fittiche nahmen, dies geschah allerdings erst, nachdem sie bereits vierundzwanzig Stunden in der First-Class-Lounge von British Airways gewartet hatten.

Juan Diegos wohlmeinende Kollegen, alles gute Freunde, hatten für ihn einen zweitägigen Aufenthalt in Hongkong eingeplant; jetzt sah es so aus, als bliebe ihm nur eine Nacht, ehe er frühmorgens den Anschlussflug nach Manila erwischen musste.

»Wo steigen Sie in Hongkong ab?«, hatte ihn die Mutter, die Miriam hieß, gefragt. Sie redete nicht um den heißen Brei herum; passend zu ihrem durchdringenden Blick war sie ausgesprochen direkt.

»Wo *wollten* Sie denn absteigen?«, fragte die Tochter, die Dorothy hieß. Sie glich ihrer Mutter nur wenig: Dorothy war zwar so resolut wie Miriam, aber längst nicht so schön.

Was hatte Juan Diego bloß an sich, das anderen Menschen das Gefühl gab, sie müssten seine Angelegenheiten für ihn regeln? Zuerst hatte Clark French sich in die Reisevorbereitungen seines ehemaligen Dozenten eingeschaltet. Jetzt kümmerten sich zwei wildfremde Frauen um die Angelegenheiten des Schriftstellers in Hongkong.

Er musste wie ein Anfänger in Sachen Reisen wirken, als er in seinen Unterlagen nach dem Namen seines Hongkonger Hotels suchen musste. Während er noch in der Jacketttasche nach seiner Lesebrille kramte, schnappte sich die Mutter seinen Reiseplan. »Lieber Gott – im Intercontinental Grand Stanford Hong Kong wollen Sie nicht wohnen«, sagte Miriam (die Mutter). »Vom Flughafen aus ist das eine Stunde Fahrt.«

»Es liegt nämlich in Kowloon«, ergänzte Dorothy.

»Am Flughafen gibt es ein passables Hotel«, sagte Miriam. »Das sollten Sie nehmen.«

»Wir steigen *immer* da ab«, sagte Dorothy seufzend.

Juan Diego wollte gerade sagen, dass er seine Zimmerreservierung stornieren und eine neue machen müsste – doch viel weiter kam er nicht.

»Schon erledigt«, sagte die Tochter; ihre Finger flogen über die Tastatur ihres Laptops. Für Juan Diego war es ein Wunder, wie junge Leute anscheinend ständig ihre Laptops benutzen konnten, ohne dass sie eingestöpselt waren. Warum sind ihre Akkus nie leer?, dachte er. (Und wenn sie nicht an ihren Laptops klebten, tippten sie wie besessen auf ihren Handys herum, die man offenbar ebenfalls nie aufladen musste.)

»Ich dachte, es wäre eine zu lange Reise, um den Laptop mitzunehmen«, sagte Juan Diego zu der Mutter, die ihn mitleidig musterte. »Ich habe meinen zu Hause gelassen«, sagte er kleinlaut in Richtung der schwer arbeitenden Tochter, die kein einziges Mal von dem sich ständig ändernden Bildschirm ihres Laptops aufgeschaut hatte.

»Ich storniere gerade Ihr Zimmer mit Hafenblick – zwei Nächte im Intercontinental Grand Stanford, *adieu*. Ich mag den Laden eh nicht«, sagte Dorothy. »Ich buche Ihnen dafür eine Königssuite im Regal Airport Hotel am internationalen Flughafen von Hongkong. Es ist nicht ganz so geschmacklos wie sein Name – trotz des ganzen Weihnachtskrempels.«

»*Eine* Nacht, Dorothy«, rief ihre Mutter der jungen Frau in Erinnerung.

»Erledigt«, sagte Dorothy. »Eins muss man dem *Regal* lassen: Wie man die Lampen ein- und ausschaltet, das ist echt schräg.«

»Wir zeigen es ihm, Dorothy«, sagte ihre Mutter. »Ich habe alles von Ihnen gelesen – jedes Wort, das Sie geschrieben haben«, teilte Miriam ihm mit und legte ihre Hand auf sein Handgelenk.

»Ich habe *fast* alles gelesen«, sagte Dorothy.

»Es gibt *zwei* Bücher, die du nicht gelesen hast, Dorothy«, sagte ihre Mutter.

»*Zwei* – na so was«, sagte Dorothy. »Das ist doch fast alles, stimmt's?«, fragte sie Juan Diego.

Natürlich sagte er: »Ja – fast.« Ihm war nicht klar, ob und wenn ja welche der Frauen mit ihm flirtete – die junge Frau oder ihre Mutter. Die Unsicherheit ließ Juan Diego noch älter wirken, doch offengestanden war er schon seit einiger Zeit nicht mehr auf dem Markt gewesen. Es war lange her, dass er mit jemandem zusammen gewesen war – nicht dass er überhaupt je viele Dates gehabt hätte, was zwei so weltgewandten Reisenden wie diesem Mutter-Tochter-Team bestimmt aufgefallen war.

Sahen Frauen, wenn sie ihn kennenlernten, in ihm eine verletzte Seele oder vielmehr einen jener Männer, die die Liebe ihres Lebens verloren hatten? Was ließ die Frauen glauben, Juan Diego sei jemand, der über einen Verlust nicht hinwegkam?

»Der Sex in Ihren Romanen gefällt mir richtig gut«, sagte Dorothy zu ihm. »Mir gefällt, wie Sie das machen.«

»Mir gefällt es *besser*«, sagte Miriam zu ihm und warf ihrer Tochter einen wissenden Blick zu. »Ich kann beurteilen, was *wirklich* schlechter Sex ist«, sagte sie zu Dorothy.

»Erspar uns bitte die Einzelheiten, Mutter«, entgegnete Dorothy.

Juan Diego war aufgefallen, dass Miriam keinen Ehering trug. Sie war eine große, gepflegte Frau, die in ihrem perlgrauen Hosenanzug, zu dem sie ein silberfarbenes T-Shirt trug, angespannt und ungeduldig wirkte. Das Beigeblond ihrer Haare war sicher nicht deren natürliche Farbe, und vermutlich hatte sie ihr Gesicht ein wenig richten lassen – entweder kurz nach einer Scheidung oder einige Zeit nachdem sie Witwe geworden war. (Juan Diego kannte sich mit solchen Dingen nicht aus und mit Frauen wie Miriam – außer in seinen Romanen – erst recht nicht.)

Dorothy, die Tochter, die gesagt hatte, ihren ersten Juan-Diego-Roman habe sie auf dem College gelesen – »als Pflichtlektüre« –, sah immer noch fast wie eine Studentin aus.

Die beiden waren nicht nach Manila unterwegs – »noch nicht«, hatten sie ihm gesagt –, doch Juan Diego wusste nicht mehr, wohin sie ihre Reise von Hongkong aus führte, sofern sie es überhaupt erwähnt hatten. Miriam hatte ihm nicht ihren vollen Namen genannt, aber ihr Akzent klang europäisch – ihm war ihre »fremdartige« Aussprache aufgefallen. Allerdings kannte er sich mit Akzenten nicht aus, und somit hätte Miriam unter Umständen durchaus auch Amerikanerin sein können.

Dorothy wiederum würde zwar nie so schön wie ihre Mutter werden, doch die junge Frau sah auf eine missmutige, nachlässige Weise gut aus – sie war auf eine Art hübsch, mit der eine junge, etwas übergewichtige Frau noch ein paar Jahre durchkommen würde. (»Üppig« würde nicht immer das Wort sein, das man mit Dorothy verband, wie Juan Diego wusste – dem insgeheim klar war, dass er über diese lebenstüchtigen Frauen *schrieb*, noch während er sich von ihnen helfen ließ.)

Wer auch immer sie waren und wohin auch immer unterwegs, was Reisen in der First Class von Cathay Pacific anging, waren diese Mutter und ihre Tochter alte Hasen. Als sie endlich an Bord des Fluges 841 nach Hongkong gingen, ließen die beiden nicht zu, dass die puppengesichtige Flugbegleiterin Juan Diego zeigte, wie man den kindischen einteiligen Schlafanzug anzog oder die kokonartige »Schlafkapsel« bediente. Und während Miriam ihm in den Pyjama half, verwandelte Dorothy als Technologieexpertin des Zwei-Frauen-Teams seinen Sitz in das bequemste Bett, das Juan Diego jemals in einem Flugzeug gesehen hatte, und deckte ihn dann mit ihrer Mutter eigenhändig zu.

Ich glaube, sie flirten *beide* mit mir, überlegte Juan Diego, als er einschlief – auf jeden Fall die Tochter. Natürlich erinnerte Dorothy Juan Diego an Studentinnen, die er im Laufe der Jahre kennengelernt hatte; viele von ihnen, das wusste er, hatten nur so getan, als würden sie mit ihm flirten. Es gab junge Frauen dieses Alters – darunter einige alleinstehende, burschikose Autorinnen –, bei denen der ältere Schriftsteller den Eindruck hatte, sie verfügten nur über zwei Varianten von Sozialverhalten: Sie konnten flirten, und sie wussten, wie man tiefste Verachtung an den Tag legte.

Juan Diego schlief schon fast, als ihm wieder einfiel,

dass er die Betablocker ungeplant ausgesetzt hatte; er fing bereits an zu träumen, als ihm, wenn auch nur kurz, ein leicht beunruhigender Gedanke kam, nämlich: Eigentlich weiß ich nicht, was passiert, wenn man die Einnahme von Betablockern aussetzt und dann wieder fortsetzt. Doch der Traum (oder die Erinnerung) holte ihn ein, und er ließ sich einfangen.

4
Der kaputte Außenspiegel

Da war ein Gecko. Er zuckte vor dem ersten morgendlichen Sonnenstrahl zurück und klammerte sich an das Fliegengitter der Hüttentür. Einen Wimpernschlag später, im Bruchteil einer Sekunde, bevor der Junge das Gitter berühren konnte, war der Gecko verschwunden. Juan Diegos Träume aus seinem früheren Leben begannen oft mit dem blitzartigen Verschwinden des Geckos – so wie viele Morgen des Jungen in Oaxaca begonnen hatten.

Rivera hatte die Hütte zwar ursprünglich nur für sich gebaut, sie innen aber später für die Kinder umgestaltet; auch wenn er wahrscheinlich nicht Juan Diegos und bestimmt nicht Lupes Vater war, hatte *el jefe* mit deren Mutter eine Vereinbarung getroffen. Selbst mit vierzehn wusste Juan Diego, dass zwischen den beiden inzwischen nicht mehr viel lief. Obwohl ihr Name »Hoffnung« bedeutete, war Esperanza weder eine Quelle der Hoffnung für ihre beiden Kinder gewesen, noch hatte sie Rivera je ermutigt – jedenfalls hatte Juan Diego nichts dergleichen bemerkt. Nicht dass ein Vierzehnjähriger so etwas unbedingt bemerken würde, und mit dreizehn war Lupe ebenfalls keine verlässliche Zeugin für das, was sich zwischen ihrer Mutter und dem Mülldeponiechef abgespielt haben mochte oder auch nicht.

Apropos »verlässlich«: Rivera war der einzige Mensch, bei dem man sich darauf verlassen konnte, dass er sich um die beiden Kinder kümmerte – soweit überhaupt jemand *los niños de la basura* beschützen konnte.

Wenn *el jefe* abends nach Hause – oder wohin auch immer – fuhr, überließ er seinen Pick-up und seinen Hund Juan Diego. Der Truck bot den Kindern im Notfall einen zweiten Unterschlupf – im Gegensatz zur Hütte ließ sich die Fahrerkabine abschließen –, und außer Juan Diego oder Lupe traute sich niemand an Riveras Hund heran. Sogar der Deponiechef selbst nahm sich vor Diablo in Acht; der unterernährt aussehende Rüde war ein Terrier-Spürhund-Mischling.

Laut *el jefe* war das Tier teils Pitbull, teils Bluthund – begierig, zu kämpfen und alles Mögliche zu erschnüffeln.

»Diablo hat die biologische Tendenz, aggressiv zu sein«, hatte Rivera gesagt.

»Du meinst vermutlich, er hat die *genetische* Tendenz«, hatte Juan Diego ihn korrigiert.

Dass ein Müllkippenkind sich ein so anspruchsvolles Vokabular aneignen konnte, war kaum vorstellbar; abgesehen von der schmeichelhaften Zuwendung, die dem Jungen durch Bruder Pepe zuteil wurde, hatte Juan Diego nie eine Schulbildung genossen. Dennoch war es ihm nicht nur gelungen, sich selbst das Lesen beizubringen, er drückte sich auch sehr gewählt aus und sprach sogar Englisch – dabei war er ausschließlich über die amerikanischen Touristen mit gesprochenem Englisch in Kontakt gekommen. Damals waren die in Oaxaca lebenden Amerikaner entweder Kunsthandwerker oder die üblichen Kiffer. Als sich der Vietnamkrieg in die Länge zog – und besonders nach 1968, als Nixon mit seinem Versprechen, ihn zu beenden, die Wahl gewonnen hatte –, kamen immer mehr jener verlorenen Seelen (»junge Männer auf der Suche nach sich selbst«, wie Bruder Pepe sie nannte), darunter viele Kriegsdienstverweigerer.

Juan Diego und Lupe versuchten, sich mit den Kiffern zu unterhalten, allerdings wenig erfolgreich. Die pilzeessenden Hippies waren zu sehr damit beschäftigt, ihr Bewusstsein durch Halluzinogene zu erweitern; sie vergeudeten keine Zeit mit Kindern. Die Mezcalhippies dagegen sprachen gern mit den Müllkippenkindern, und gelegentlich gab es unter ihnen auch Leser, deren Erinnerungsvermögen allerdings durch den Schnaps beeinträchtigt war. Von den Kriegsdienstverweigerern gaben etliche ihre zerlesenen Taschenbücher an Juan Diego weiter. Natürlich handelte es sich dabei überwiegend um amerikanische Romane; nach deren Lektüre konnte Juan Diego sich vorstellen, in den USA zu leben.

Einen weiteren Sekundenbruchteil nachdem der frühmorgendliche Gecko verschwunden und die Fliegengittertür der Hütte hinter Juan Diego zugeknallt war, flog eine Krähe von der Motorhaube von Riveras Pick-up auf, und sämtliche Hunde in Guerrero fingen an zu bellen. Der Junge beobachtete die fliegende Krähe – alles, was damit zu tun hatte, sich in die Lüfte zu erheben, faszinierte ihn –, während Diablo, der sich von der Ladefläche des Pick-ups aufrappelte, ein infernalisches Gebell anstimmte, das sämtliche anderen Hunde in der Nachbarschaft zum Schweigen brachte. Diablos Bellen kam von seinen Bluthundgenen; der Pitbull-Anteil, das Kämpfergen jedoch, war für das fehlende

Lid über dem blutunterlaufenen und ständig offenen linken Auge des Hundes verantwortlich. Die hellrote Narbe an der Stelle, wo das Augenlid gewesen war, verlieh Diablo einen stechend bösen Blick. (Die Verletzung mochte von einem Kampf unter Hunden oder von einem Menschen mit einem Messer stammen; der Deponiechef war nicht dabei gewesen.)

Wo das ungefähr dreieckige, mit nicht gerade chirurgischer Präzision entfernte Stück aus einem der langen Ohren des Hundes geblieben war, darüber ließ sich nur spekulieren.

»Das warst *du*, Lupe«, sagte Rivera einmal lächelnd zu dem Mädchen. »Von dir würde sich Diablo alles gefallen lassen – du dürftest sogar sein Ohr essen.«

Lupe hatte mit Zeigefingern und Daumen ein perfektes Dreieck gebildet. Was sie sagte, erforderte wie immer Juan Diegos Dolmetscherdienste, sonst hätte Rivera das Mädchen nicht verstanden. »Kein Tier und kein Mensch hat Zähne, um so zu beißen«, stellte Lupe kategorisch fest.

Los niños de la basura wussten nie, wann (oder woher) Rivera jeden Morgen auf dem *basurero* auftauchte. Gewöhnlich hielt er tagsüber in der Fahrerkabine seines Pick-ups ein Nickerchen; entweder weckte ihn dann das Zuknallen der Gittertür oder Hundegebell, wenn nicht einen Sekundenbruchteil später Diablos Kläffen oder der davonflitzende Gecko.

»*Buenos días, jefe*«, sagte Juan Diego dann.

»Es ist ein guter Tag, um alles richtig zu machen, *amigo*«, antwortete Rivera dem Jungen häufig. Dann fuhr der Deponiechef fort: »Und wo ist unsere geniale Prinzessin?«

»Ich bin da, wo ich immer bin«, antwortete Lupe dann und ließ die Gittertür hinter sich zuknallen, was man bis zu den Höllenfeuern des *basurero* hinüber hören konnte. Noch mehr Krähen flogen auf, und erneut hob wildes Gebell an; die Deponiehunde *und* die Hunde in Guerrero bellten um die Wette, doch sobald Diablo sein bedrohliches Geheul anstimmte (und dazu Juan Diegos nacktes Knie unterhalb seiner ausgefransten Shorts anstupste), verstummten sie alle.

Die Deponiefeuer, diese schwelenden Hügel aus aufgetürmtem und durchwühltem Abfall, brannten schon lange. Rivera musste sie beim ersten Tageslicht angezündet haben, bevor er sich in seinen Pick-up zu einem Nickerchen verzog.

Die Müllkippe von Oaxaca war eine brennende Einöde; Juan Diegos Augen tränten schon, wenn er aus der Hütte trat. Auch aus Diablos lidlosem Auge sickerte immer eine Träne, sogar wenn der Hund schlief – das Auge stand offen, sah aber nichts.

An diesem Morgen hatte Rivera auf der Müllhalde wieder einmal eine Wasserpistole gefunden und sie auf die Ladefläche des Pick-ups geworfen, wo Diablo kurz an ihr leckte, ehe er von ihr abließ.

»Die ist für dich!«, rief Rivera Lupe zu, die gerade eine Maismehltortilla mit Marmelade in sich hineinstopfte; sie hatte Marmelade an Kinn und Wangen und hielt Diablo das Gesicht hin, damit er es ableckte. Sie überließ dem Hund auch die restliche Tortilla.

Auf der Straße beugten sich zwei Geier über einen toten Hund, und zwei weitere Geier kreisten über ihnen; sie flogen am Himmel Abwärtsspiralen. Morgens lag im *basurero* immer mindestens ein toter Hund. Wenn ihn nicht die Geier fanden und rasch genug vertilgten, verbrannte ihn jemand. Irgendwo loderte immer ein Feuer.

In Guerrero ging man mit toten Hunden anders um, denn diese Hunde hatten in der Regel vorher jemandem gehört. Den Hund eines Nachbarn verbrannte man nicht. Außerdem war das Feuermachen in Guerrero streng reglementiert (aus Angst, die kleine Siedlung könnte abbrennen). Man ließ also den toten Hund liegen, und sofern das Tier einen Besitzer hatte, schaffte der den Kadaver weg, oder die Aasfresser übernahmen das irgendwann.

»Den Hund kannte ich nicht – und du?«, sagte Lupe zu Diablo, während sie die Wasserpistole untersuchte, die *el jefe* gefunden hatte, aber Diablo ließ nicht durchblicken, ob er ihn gekannt hatte.

Offenbar war heute ein Kupfertag, der Ladung hinten auf dem Pick-up nach zu schließen. In der Nähe des Flughafens gab es eine Fabrik, in der Kupfer verarbeitet wurde, und etwas weiter weg eine für Aluminium.

»Immerhin ist heute kein Glastag; ich mag keine Glastage«, sagte Lupe zu Diablo oder vor sich hin.

Wenn Diablo in der Nähe war, hörte man Schmutzigweiß nie knurren – der Feigling winselte nicht mal, dachte Juan Diego.

»Er ist *kein* Feigling! Er ist ein Welpe!«, schrie Lupe ihren Bruder an. Dann brabbelte sie immer weiter (vor sich hin) über die Wasserpistole, die Rivera auf der Müllkippe gefunden hatte, und irgendwas über deren »mickrigen Spritzmechanismus«.

Der Müllkippenchef und Juan Diego sahen Lupe nach,

die in die Hütte zurücklief, vermutlich, um die neue Spritzpistole zu ihrer Sammlung zu legen.

El jefe hatte den Propangastank vor der Hütte der Kinder überprüft; er vergewisserte sich immer, dass der kein Leck hatte, doch an diesem Morgen kontrollierte er, wie viel Gas noch drin war, indem er den Tank anhob und sein Gewicht prüfte.

Juan Diego hatte sich oft gefragt, auf Grund welcher Indizien der Deponiechef zu dem Schluss gekommen war, dass er wahrscheinlich nicht Juan Diegos Vater war. Zugegeben, er und Rivera sahen einander nicht ähnlich, doch – wie Lupe auch – glich Juan Diego seiner Mutter so sehr, dass er wohl kaum auch noch irgendeinem Vater ähneln konnte.

»Hoffentlich gleichst du Rivera in puncto *Güte*«, hatte Bruder Pepe zu Juan Diego gesagt, als er wieder einmal einen Stapel Bücher vorbeibrachte. (Juan Diego hatte Pepe ausgehorcht, was der über seinen vermutlichen Vater wusste oder gehört haben mochte.)

Wann immer Juan Diego *el jefe* fragte, warum der sich in die Wahrscheinlich-nicht-Kategorie einordnete, lächelte der Deponiechef und antwortete, um der Vater einer Leseratte zu sein, sei er »vermutlich nicht klug genug«.

Plötzlich sagte Juan Diego, der zugesehen hatte, wie Rivera den Propangastank anhob (ein voller Tank ist sehr schwer): »Eines Tages, *jefe*, werde ich stark genug sein, um den Propangastank selbst hochzuheben – sogar einen vollen.« (Damit gab er Rivera indirekt zu verstehen, dass er sich wünschte und hoffte, dieser sei sein Vater.)

Doch Riveras einzige Reaktion war, dass er mit einem knappen »Los, komm!« in seinen Pick-up stieg.

»Du hast den Außenspiegel immer noch nicht repariert«, sagte Juan Diego zu *el jefe,* als die Hüttentür aufging und Lupe, vor sich hinbrabbelnd zum Truck gelaufen kam. Das Knallen des zufallenden Fliegengitters ließ die über den toten Hund gebeugten Geier – sie waren inzwischen zu viert – völlig unbeeindruckt, denn nicht einer zuckte bei dem Knall auch nur zusammen.

Rivera hatte gelernt, Lupe nicht mit seinen schlüpfrigen Witzen über Wasserpistolen aufzuziehen. Einmal hatte er gesagt: »Ihr Kinder seid so verrückt nach diesen Spritzpistolen – die Leute werden noch glauben, ihr probiert's mit künstlicher Befruchtung.«

Dieser Begriff wurde in medizinischen Kreisen seit dem späten 19. Jahrhundert verwendet, doch die Müllkippenkinder kannten ihn aus einem vor dem Verbrennen geretteten Science-Fiction-Roman. Lupe war so angewidert gewesen, als sie Rivera den Begriff »künstliche Befruchtung« benutzen hörte, dass sie einen regelrechten Anfall vorpubertären Zorns bekommen hatte; damals war sie elf oder zwölf gewesen.

»Lupe sagt, sie weiß, was künstliche Befruchtung ist – sie findet es aber eklig«, hatte Juan Diego seine Schwester gedolmetscht.

»Lupe weiß *nicht,* was künstliche Befruchtung ist«, hatte der Deponiechef widersprochen, das wütende Kind aber dennoch besorgt angesehen. Wer wusste schon, was Juan Diego ihr vorgelesen hatte? Schon als kleines Mädchen hatte Lupe alles Obszöne registriert, es aber strikt abgelehnt.

Lupe verlieh ihrer moralischen Empörung auch weiterhin

(wenn auch unverständlich) Ausdruck. Juan Diego sagte nur: »Doch, sie weiß es. Soll sie sie dir etwa erklären?«

»Nein, bloß nicht!«, hatte Rivera gerufen. »War nur ein Scherz! Und du hast recht, die Wasserpistolen sind nur Spielzeug. Wir wollen es dabei belassen.«

Doch Lupe brabbelte immer weiter. »Sie sagt, du denkst immer nur an Sex«, hatte Juan Diego für Rivera gedolmetscht.

»Nicht immer!«, hatte Rivera gerufen. »In eurer Gegenwart versuche ich es zu unterlassen.«

Lupe gab keine Ruhe. Sie hatte mit den Füßen aufgestampft – ihre Stiefel, die sie auf der Müllkippe gefunden hatte, waren ihr zu groß. Das Stampfen ging in einen improvisierten Tanz mit eingebauter Pirouette über, während sie Rivera weiter beschimpfte.

»Sie findet es erbärmlich, dass du Prostituierte ablehnst, obwohl du dich immer noch mit ihnen rumtreibst«, gab Juan Diego weiter.

»Schon gut, schon gut!«, hatte Rivera gerufen und die muskulösen Arme hochgereckt. »Spritzpistolen sind nur *Spielzeug* – davon wird niemand schwanger! Ganz wie ihr wollt.«

Lupe hatte ihren Tanz beendet; doch jetzt zeigte sie auf ihre schmollende Oberlippe.

»Was jetzt? Was ist das, Zeichensprache?«, hatte Rivera Juan Diego gefragt.

»Lupe sagt, so kriegst du nie eine Freundin, die *keine* Prostituierte ist – nicht mit diesem albernen Schnurrbart«, hatte der Junge geantwortet.

»Lupe sagt, Lupe sagt«, hatte Rivera gemurmelt, doch das

Mädchen starrte ihn nur wortlos an und strich sich mit dem Zeigefinger über einen nicht existierenden Schnauzbart.

Ein anderes Mal hatte Lupe zu Juan Diego gesagt: »Rivera ist zu hässlich, um dein Vater zu sein.«

»*Innerlich* ist *el jefe* nicht hässlich«, hatte der Junge erwidert.

»Er hat überwiegend gute Gedanken, außer über Frauen«, sagte Lupe.

»Rivera liebt uns«, meinte Juan Diego.

»Stimmt, *el jefe* liebt uns, und zwar alle beide«, gab Lupe zu. »Obwohl ich nicht sein Kind bin – und du wahrscheinlich auch nicht.«

»Rivera hat uns seinen Namen geschenkt, uns *beiden*«, erinnerte sie der Junge.

»Ich glaube, es ist eher eine Art Leihgabe«, widersprach Lupe.

»Wie kann ein Name eine Leihgabe sein?«, hatte der Junge sie gefragt; seine Schwester zuckte die Achseln, das gleiche Achselzucken wie bei ihrer Mutter – aus dem man nicht recht schlau wurde. (Irgendwie war es immer gleich und doch irgendwie jedes Mal anders.)

»Vielleicht bin ich Lupe Rivera und werde es immer sein«, hatte das Mädchen ein wenig ausweichend gesagt. »Doch du bist jemand anderes. Du wirst nicht immer Juan Diego Rivera sein – das bist nicht du.« Mehr ließ sie sich nicht entlocken.

An dem Morgen, als sich Juan Diegos Leben schlagartig ändern sollte, riss Rivera keine ordinären Spritzpistolenwitze. Der Müllkippenchef saß gedankenverloren am Lenkrad seines Pick-ups, bereit, seine allmorgendliche Runde zu drehen, angefangen mit einer Ladung Kupfer – einer schweren Fracht.

In der Ferne verlor ein Flugzeug an Höhe; offenbar befand es sich im Landeanflug, dachte Juan Diego. Er suchte noch immer permanent den Himmel ab nach allem, was flog. In der Nähe von Oaxaca gab es einen Flugplatz (kaum mehr als eine Landepiste), und der Junge sah gerne den Flugzeugen nach; er war noch nie geflogen.

Juan Diegos Traum war natürlich von dem bedrückenden Vorwissen geprägt, wer sich an diesem Morgen an Bord des besagten Flugzeugs befand – und kaum erschien die Maschine am Himmel, kam das Wissen um Juan Diegos Zukunft. In der Realität aber lenkte an jenem Morgen etwas sehr Gewöhnliches Juan Diegos Aufmerksamkeit von dem Flugzeug ab. Der Junge hatte etwas entdeckt; eine Feder, dachte er, allerdings weder von einer Krähe noch einem Geier. Eine etwas anders (wenn auch nicht übermäßig anders) aussehende Feder steckte unter dem linken Hinterreifen des Trucks.

Lupe war schon ins Fahrerhaus neben Rivera gerutscht.

Diablo mochte verhungert und schmal aussehen, dennoch war er ein gutgenährter Hund und den Straßenkötern, die die Müllkippe nach Fressbarem durchstöberten, weit überlegen. Er war ungesellig und eindeutig ein Macho (in Guerrero nannte man ihn nur »den Rüden«).

Wenn Diablo die Vorderpfoten auf den Werkzeugkasten hinten auf der Ladefläche stützte, erschien sein Kopf im Außenspiegel – in dem kaputten auf der Fahrerseite. Als der Müllkippenchef in diesen kaputten Außenspiegel schaute, bot sich ihm ein facettenreiches Bild: ein Spinnennetz aus geborstenem Glas, in dem Diablos Gesicht plötzlich vier Augen, zwei Mäuler und zwei Zungen hatte.

»Wo ist dein Bruder?«, fragte Rivera das Mädchen.

»Ich bin nicht die einzige Verrückte«, sagte Lupe, doch Rivera verstand kein Wort.

Wenn er in seinem Pick-up ein Nickerchen hielt, legte Rivera meist den Rückwärtsgang ein, denn im ersten Gang drückte ihm der Schaltknüppel in die Rippen und hinderte ihn am Einschlafen.

Jetzt tauchte Diablos »normales« Gesicht im intakten Außenspiegel auf der Beifahrerseite auf, doch im kaputten Rückspiegel auf der Fahrerseite konnte Rivera nicht erkennen, dass Juan Diego sich nach der rötlich-braunen Feder unter dem linken Hinterreifen des Pick-ups bückte. Der Truck ruckte abrupt zurück und überrollte den rechten Fuß des Jungen. Es ist nur eine Hühnerfeder, erkannte Juan Diego, eine banale Feder von einem der Hühner, die sich hier viele Familien hielten. In derselben Sekunde zog er sich sein lebenslanges Hinken zu.

Die kleine Unebenheit unter dem linken Hinterreifen, Juan Diegos Fuß, ließ die Guadalupepuppe auf dem Armaturenbrett mit den Hüften wackeln. »Pass auf, dass du nicht schwanger wirst«, ermahnte Lupe die Puppe, doch Rivera verstand sowieso nicht, was sie sagte; stattdessen hörte *el jefe* Juan Diego wie am Spieß schreien. »Du hast deine Wunderkraft verloren – mit dir ist es aus«, tadelte Lupe die Guadalupepuppe. Rivera hatte den Truck gestoppt, sprang aus der Kabine und lief zu dem Verletzten. Diablo bellte wie verrückt, ganz anders als sonst, und diesmal stimmten alle

Hunde in Guerrero in sein Gebell ein. »Jetzt schau, was du angerichtet hast«, schimpfte Lupe mit der Puppe auf dem Armaturenbrett, kletterte dann aber rasch ebenfalls aus dem Auto und lief zu ihrem Bruder.

Sein rechter Stiefel war vom Fuß gerutscht, der völlig zerquetscht war, wobei das plattgedrückte, blutende Körperteil im stumpfen Winkel vom rechten Bein abstand und dadurch irgendwie kleiner wirkte. Rivera trug Juan Diego nach vorn zum Fahrerhaus; der Junge hätte weitergeschrien, doch der Schmerz verschlug ihm den Atem.

»Versuch normal zu atmen, sonst wirst du ohnmächtig«, sagte Rivera zu ihm.

»Vielleicht reparierst du jetzt endlich diesen blöden Spiegel!«, schrie Lupe den Müllkippenchef an.

»Was will sie?«, fragte Rivera den Jungen. »Hoffentlich geht's nicht um meinen Außenspiegel.«

»Ich *versuch* ja schon, normal zu atmen«, versicherte ihm Juan Diego.

Lupe stieg als Erste in den Pick-up, damit Juan Diego den Kopf auf ihren Schoß legen und den verletzten Fuß aus dem Beifahrerfenster stecken konnte. »Bring ihn zu Doktor Vargas!«, schrie sie Rivera zu, der immerhin das Wort »Vargas« verstand.

»Zuerst hoffen wir auf ein Wunder, dann probieren wir's mit Vargas«, sagte Rivera.

»Erwartet keine Wunder«, sagte Lupe; sie stupste die Guadalupepuppe auf dem Armaturenbrett an, die sofort wieder mit den Hüften wackelte.

»Gebt mich nicht bei den Jesuiten ab«, bat Juan Diego. »Von denen mag ich nur Bruder Pepe.«

»Vielleicht sollte ich eurer Mutter beichten, was passiert ist«, sagte Rivera. Er fuhr langsam weiter, da er in Guerrero keine Hunde umbringen wollte, gab aber Gas, sobald der Pick-up in die Hauptstraße einbog.

Das Schaukeln des Autos ließ Juan Diego aufstöhnen; sein aus dem Fenster hängender Fuß hatte die Beifahrerseite mit Blut besudelt. In dem intakten Außenspiegel tauchte Diablos blutbespritztes Gesicht auf. Der Fahrtwind wehte ein wenig davon auf die Ladefläche, wo Diablo es aufleckte.

»Das ist Kannibalismus!«, rief Rivera. »Du treuloser Hund!«

»Kannibalismus ist das falsche Wort«, erklärte Lupe, wie üblich mit indigniertem Unterton. »Hunde mögen Blut; Diablo ist ein braver Hund.«

Da er vor Schmerzen die Zähne zusammenbiss und seinen Kopf auf Lupes Schoß hin- und herwarf, konnte Juan Diego diesmal nicht dolmetschen.

Für den Bruchteil einer Sekunde beobachtete er einen unheimlichen Blickkontakt zwischen der Guadalupe-Puppe auf Riveras Armaturenbrett und seiner aufgebrachten Schwester. Lupe war nach Unserer Lieben Frau von Guadalupe benannt worden, Juan Diego nach dem Indianer, dem 1531 die dunkelhäutige Madonna erschienen war. *Los niños de la basura* waren zwar als Kinder von Indianern in der Neuen Welt geboren worden, doch in ihren Adern floss auch spanisches Blut; das machte sie (in ihren eigenen Augen) zu Nachkommen der Konquistadoren. Juan Diego und Lupe hatten deshalb das Gefühl, dass die Madonna von Guadalupe sich nicht zwangsläufig um sie kümmerte.

»Du undankbares Heidenkind solltest sie nicht schlagen, sondern zu ihr beten!«, tadelte Rivera das Mädchen. »Bete für deinen Bruder, bitte die Madonna um Hilfe!«

Zu oft schon hatte Juan Diego Lupes abfällige Bemerkungen zu diesem Thema übersetzt; deshalb biss er erneut die Zähne zusammen und schwieg.

»Guadalupe wurde von den Katholiken korrumpiert«, fing Lupe wieder an. »Sie war unsere Jungfrau, doch die Katholiken haben sie gestohlen und zur dunkelhäutigen Dienerin der Jungfrau Maria gemacht. Genauso gut hätten sie sie Marias Sklavin nennen können, wenn nicht sogar Marias Putzfrau!«

»Blasphemie! Sakrileg! Ungläubige!«, schrie Rivera. Der Müllkippenchef brauchte keine Übersetzung von Lupes Tirade – er kannte das alles schon. Für Rivera war es kein Geheimnis, dass Lupe mit Unserer Lieben Frau von Guadalupe eine Hassliebe verband. *El jefe* wusste auch, dass Lupe die Mutter Jesu nicht mochte. Nach Ansicht des verwirrten Kindes war die Jungfrau Maria eine Hochstaplerin; die Jungfrau von Guadalupe war das Original, das die gerissenen Jesuiten für ihre katholischen Umtriebe gestohlen hatten. Die dunkelhäutige Jungfrau sei kompromittiert, also »korrumpiert«, worden. Das Mädchen war sich sicher, dass Unsere Liebe Frau von Guadalupe früher einmal wundertätig gewesen war, es jetzt aber nicht mehr sei.

Diesmal versetzte Lupes linker Fuß der Guadalupepuppe einen beinahe tödlichen Tritt, doch der Saugnapf klebte fest am Armaturenbrett, während sich die Puppe auf keineswegs jungfräuliche Art drehte und wand.

Um die Wackelpuppe zu treten, hatte Lupe ihren Schoß nur ein wenig nach oben, Richtung Windschutzscheibe, gereckt, doch diese Bewegung genügte, um Juan Diego laut aufschreien zu lassen.

»Siehst du? Jetzt hast du deinem Bruder weh getan!«, rief Rivera, doch Lupe beugte sich über Juan Diego und küsste ihn auf die Stirn, wobei ihre nach Rauch riechenden Haare über sein Gesicht fielen.

»Vergiss nie«, flüsterte Lupe Juan Diego ins Ohr, »*wir* sind das Wunder – du und ich. Sie sind es nicht. Nur wir. Wir sind die Wundersamen.«

Der Junge lag mit geschlossenen Augen da und hörte das Flugzeug über sie hinwegbrausen. Er wusste nur, dass sie in Flugplatznähe waren, aber nicht, wer sich in dem Flugzeug befand und gleich landen würde. Doch in seinem Traum wusste er das natürlich alles und kannte (jedenfalls teilweise) auch die Zukunft.

»Wir sind die Wundersamen«, flüsterte Juan Diego. Er schlief und träumte, und seine Lippen bewegten sich, doch man hörte keinen Ton – er war ein Schriftsteller, der im Traum schrieb. Außerdem flog die Cathay Pacific 841 immer noch mit sehr hoher Geschwindigkeit Richtung Hongkong – zur Rechten des Flugzeugs lag die Formosastraße, zur Linken das Südchinesische Meer.

Doch in Juan Diegos Traum war er erst vierzehn, lag mit vor Schmerzen zusammengebissenen Zähnen in Riveras Pick-up und konnte nichts weiter tun, als die Worte seiner hellseherischen Schwester zu wiederholen: »Wir sind die Wundersamen.«

Vielleicht schlief ja nicht nur Juan Diego selbst, sondern

mit ihm auch alle anderen Passagiere. Jedenfalls hörte weder die beängstigend kultivierte Mutter noch ihre etwas weniger beängstigende Tochter, was er gesagt hatte.

5
Bei keinem Wind weichen

Der Amerikaner, der an jenem Morgen in Oaxaca landete und für Juan Diegos Zukunft so wichtig werden sollte, war ein Scholastiker, ein junger Jesuit in Priesterausbildung. Man hatte ihn als Lehrer für die Jesuitenschule und das Waisenhaus eingestellt; Bruder Pepe hatte ihn aus einer langen Liste mit Bewerbern ausgewählt. Zwar hatten die beiden alten Priester im *Templo de la Compañia de Jésus*, die Padres Alfonso und Octavio, Zweifel geäußert, ob der junge Amerikaner auch ausreichend Spanisch sprach, die Pepe jedoch mit dem Hinweis zerstreute, wie überqualifiziert der Scholastiker und was für ein außergewöhnlich guter Student er gewesen sei – gewiss würde sich sein Spanisch entsprechend rasch verbessern.

Jeder im *Hogar de los Niños Perdidos* war auf den Neuankömmling gespannt. Mit Ausnahme von Schwester Gloria hatten alle Nonnen im *Niños Perdidos* Pepe anvertraut, der junge Lehrer auf dem Foto sehe sehr sympathisch aus. Pepe äußerte sich nicht dazu, doch auch er fand das Foto ansprechend. (Denn falls jemand auf einem Foto überhaupt engagiert aussehen konnte, dann doch zweifellos der junge Amerikaner.)

Die Patres Alfonso und Octavio hatten Bruder Pepe zum Flughafen geschickt, um den neuen Missionar in Empfang zu nehmen. Aufgrund des Fotos auf der Personalakte hatte Bruder Pepe einen größeren, reifer wirkenden Mann erwartet. Doch der noch nicht dreißigjährige Edward Bonshaw hatte nicht nur kürzlich enorm abgenommen, sondern seither auch keine neue Kleidung gekauft. Alles, was er trug, hing sackartig, geradezu clownesk an ihm herunter, was den höchst ernsthaft aussehenden Scholastiker irgendwie kindlich wirken ließ oder vielmehr wie das jüngste Kind einer Großfamilie, das Nesthäkchen, das die Klamotten seiner älteren Geschwister auftragen muss. Das Hawaiihemd (mit aufgedrucktem Papageien-in-Palmen-Motiv) hing ihm bis zu den Knien, und die kurzen Ärmel hörten bei ihm unter den Ellenbogen auf, und als der junge Bonshaw die Gangway herunterstieg, stolperte er über die Aufschläge seiner schlabbrigen Hose.

Wie üblich hatte das Flugzeug bei der Landung mehrere Hühner überfahren, die auf dem Rollfeld hin und her liefen. Da, wo sich die beiden Hügelketten der Sierra Madre treffen, kann es windig sein, und die unberechenbaren Luftströme wirbelten die rotbraunen Federn nach oben. Doch Edward Bonshaw übersah die Hühner und betrachtete stattdessen die Federn und den Wind, als wären sie eine freundliche, nur ihm zugedachte Begrüßung.

Als Bruder Pepe gerade »Edward?« sagen wollte, klebte ihm plötzlich eine Hühnerfeder an der Unterlippe, und er prustete und spuckte. Der junge Amerikaner wirkte auf ihn irgendwie zerbrechlich, fehl am Platz und unvorbereitet, doch dann fiel Pepe ein, wie unsicher er selbst in diesem Alter gewesen war, und der junge Bonshaw tat ihm so leid, wie ihm sonst die Kinder im *Niños Perdidos* leidtaten.

Der dreijährige Vorbereitungsdienst für das Priesteramt hieß Pastoralkurs, wonach Edward Bonshaw noch weitere drei Jahre Theologie erwarteten. Erst das Studium, dann die Weihe, rief Pepe sich in Erinnerung, während er den jungen Scholastiker musterte, der mit den Händen fuchtelte, um die Hühnerfedern loszuwerden. Und nach seiner Priesterweihe stand Edward Bonshaw noch ein viertes Studienjahr bevor – dabei hatte der arme Kerl schon einen Doktortitel in englischer Literatur! (Kein Wunder, dass er so abgenommen hat, dachte Bruder Pepe.)

Doch Pepe hatte den strebsamen jungen Mann unterschätzt, der sich offenbar unverhältnismäßig große Mühe gab, in einem Wirbel aus Hühnerfedern wie ein Konquistador zu wirken. Bruder Pepe wusste nicht, dass Edward Bonshaw aus einer – selbst nach jesuitischen Maßstäben – beeindruckenden Sippe stammte.

Ursprünglich kamen die Bonshaws aus der Gegend um Dumfries in Schottland, nahe der englischen Grenze. Edwards Urgroßvater Andrew war in eine kanadische Provinz am Atlantik ausgewandert. Edwards Großvater Duncan war dann seinerseits in die Vereinigten Staaten ausgewandert, wenn auch unter Vorbehalt. (Wie Duncan Bonshaw es gern formulierte: »Nur nach Maine, nicht in die restlichen USA.«) Edwards Vater Graham war weiter gen Westen gezogen, allerdings nicht weiter als Iowa. Edward Bonshaw kam in Iowa City zur Welt; bis er nach Mexiko aufbrach, hatte er den Mittleren Westen noch nie verlassen.

Wie die Bonshaws katholisch wurden, wussten nur Gott und der Urgroßvater. Wie viele Schotten war Andrew Bonshaw protestantisch erzogen worden; er hatte Glasgow als

Protestant verlassen, doch als er in Halifax an Land ging, hatte er feste Bande zu Rom geknüpft.

Etwas Wundersames musste während Andrew Bonshaws Atlantiküberquerung nach Nova Scotia geschehen sein, das ihn zum Katholiken werden ließ. Doch Andrew hatte selbst im Alter nie darüber gesprochen und das Wunder mit ins Grab genommen. Das Einzige, was er von dieser Reise erzählte, war, dass eine Nonne ihm unterwegs das Mah-Jongg-Spielen beigebracht habe. *Etwas* musste also bei einem ihrer Spiele passiert sein.

Edward Bonshaw war den meisten Wundern gegenüber skeptisch, interessierte sich aber außerordentlich für das Wundersame, für alles, was mit Wundern zusammenhing. Dennoch hatte er seinen Katholizismus kein einziges Mal in Frage gestellt – nicht einmal die rätselhafte Bekehrung seines Urgroßvaters. Natürlich hatten alle nachfolgenden Bonshaws Mah-Jongg gelernt.

»Offenbar gibt es im Leben der meisten tiefgläubigen Menschen einen rätselhaften Widerspruch«, sollte Juan Diego später in seinem Indienroman *Eine von der Jungfrau Maria in Gang gesetzte Geschichte* schreiben. Auch wenn der in diesem Roman vorkommende Missionar frei erfunden war, so hatte sich Juan Diego beim Schreiben vermutlich doch von Edward Bonshaw inspirieren lassen.

»Edward?«, setzte Bruder Pepe noch einmal an, und versuchte es dann, nach erneutem Zögern mit »*Eduardo?*«. (Pepe fehlte es an Zutrauen in sein Englisch; er fragte sich, ob er *Edward* vielleicht irgendwie falsch ausgesprochen hatte.)

»A-*ha*!«, rief der junge Edward Bonshaw und wechselte

ohne ersichtlichen Grund plötzlich zum Lateinischen über. »*Haud ullis labentia ventis!*«, ließ er Pepe wissen.

Bruder Pepes Lateinkenntnisse bewegten sich auf Anfängerniveau. Das einzige Wort, das er heraushörte und verstand, war das für *Wind* oder allenfalls dessen Plural; er vermutete, dass Edward Bonshaw mit seiner klassischen Bildung angeben wollte. Tatsächlich aber zitierte der junge Bonshaw das Motto auf seinem Familienwappen – die Bonshaws hatten nicht nur einen Familientartan, sondern auch ein Familienwappen mit einem Familienwahlspruch, den Edward immer für sich aufsagte, wenn er nervös oder unsicher war.

Haud ullis labentia ventis bedeutete »bei keinem Wind weichen«.

Herrgott im Himmel, wen haben wir denn da?, wunderte sich Bruder Pepe; der arme Mann ging davon aus, dass es sich um etwas Religiöses handeln musste, wenn es lateinisch war. Pepe kannte diese Jesuiten, die ihr Leben geradezu fanatisch nach dem Ordensgründer Ignatius von Loyola ausrichteten. In Rom hatte der heilige Ignatius verkündet, er würde sein Leben opfern, wenn er die Sünden verhindern könnte, die eine einzige Prostituierte in einer einzigen Nacht beging. Bruder Pepe, der sein ganzes Leben in Mexico City und Oaxaca verbracht hatte, konnte nur zu gut ermessen, wie verrückt Ignatius von Loyola gewesen sein musste – sofern er tatsächlich dafür sein Leben hatte opfern wollen.

Sogar eine Pilgerreise kann ein sinnloses Unterfangen sein, wenn ein Narr sie unternimmt, zitierte Pepe in Gedanken, als er auf dem von Federn übersäten Rollfeld vortrat, um den jungen amerikanischen Missionar zu begrüßen.

»Edward – Edward Bonshaw«, sprach Pepe den Scholastiker an.

»Mir hat *Eduardo* gefallen. Das ist neu – ich find's *toll*!«, sagte Edward Bonshaw und überraschte Bruder Pepe mit einer kräftigen Umarmung. Pepe freute sich enorm darüber; ihm gefiel die Begeisterungsfähigkeit des jungen Amerikaners. Und Edward (alias *Eduardo*) schob sofort eine Erklärung seines lateinischen Ausrufs nach. Pepe war überrascht, dass »Bei keinem Wind weichen« kein Bibel-, sondern ein schottischer Wahlspruch war – wenn nicht gar ein *protestantischer*, spekulierte er.

Der junge Mann aus Iowa war zweifellos ein positiver und kontaktfreudiger Mensch, noch dazu mit einer herzlichen Ausstrahlung, befand Pepe. Doch was werden die *anderen* von ihm halten? fragte sich Pepe, der diese für einen sauertöpfischen Haufen hielt. Die anderen, das waren die beiden alten Priester, Pater Alfonso und Pater Octavio, aber auch und vielleicht in erster Linie Schwester Gloria. Oh, wie sehr werden ihnen die Umarmungen auf die Nerven gehen – ganz zu schweigen von dem schreiend bunten Hawaiihemd!, dachte Bruder Pepe; er selbst hatte damit keine Probleme, im Gegenteil.

Als Nächstes wollte Eduardo (wie der Mann aus Iowa fortan am liebsten genannt wurde) Pepe zeigen, wie grob man mit seinem Gepäck umgesprungen war, als er in Mexico City den Zoll passiert hatte.

»Sehen Sie nur, was die mit meinen Sachen gemacht haben!«, rief er aufgebracht und öffnete den Koffer, damit Pepe sich mit eigenen Augen überzeugen konnte. Dem temperamentvollen neuen Lehrer war egal, dass so auch die Passanten auf dem Flughafen von Oaxaca einen Blick auf seine durcheinandergeratenen Habseligkeiten werfen konnten.

Die Zollbeamten in Mexico City mussten das Gepäck des amerikanischen Scholastikers wie besessen durchwühlt haben – nur um dabei noch mehr übergroße Kleidungsstücke zu finden, wie Bruder Pepe schnell feststellte.

»Äußerst dezent – offenbar der neue päpstliche Look!«, hatte er beim Anblick des Inhalts eines ebenso unordentlichen kleineren Koffers mit noch mehr Hawaiihemden zu dem jungen Bonshaw gesagt.

»Die sind in Iowa City total angesagt«, entgegnete Edward Bonshaw, was unter Umständen auch ein Scherz war.

»Für Pater Alfonso möglicherweise ein rotes Tuch in der Suppe«, warnte Pepe. Das hörte sich irgendwie falsch an, aber Edward Bonshaw verstand ihn auch so.

»Pater Alfonso ist wohl ein wenig konservativ, was?«, fragte der junge Amerikaner.

»Eine Unterbeschreibung«, sagte Bruder Pepe.

»Eine Untertreibung«, korrigierte ihn Edward Bonshaw.

»Mein Englisch ist ein kleines Ausmaß eingerostet«, gab Pepe zu.

»Ich verschone Sie lieber erst mal mit meinem Spanisch«, sagte Edward.

Er schilderte Pepe, wie der Zollbeamte zuerst die eine, dann die zweite Peitsche gefunden hatte. »Folterinstrumente?«, hatte der Beamte den jungen Bonshaw gefragt – zuerst auf Spanisch, dann auf Englisch.

»Instrumente der *Frömmigkeit*«, hatte Edward geantwortet. Bruder Pepe dachte: O gnädiger Gott, wir haben eine arme Seele bekommen, die sich *geißelt,* dabei wollten wir doch einen *Englischlehrer!*

Der zweite Koffer, der durchwühlt worden war, steckte voller Bücher. »Noch mehr Folterinstrumente«, hatte der Zollbeamte auf Spanisch und Englisch festgestellt.

»Instrumente *zusätzlicher* Frömmigkeit«, hatte Edward Bonshaw den Beamten korrigiert. (Wenigstens *liest* dieser Flagellant, dachte Pepe.)

»Die Schwestern im Waisenhaus – darunter einige Ihrer künftigen Kolleginnen – waren von Ihrem Foto recht angetan«, sagte Bruder Pepe zu Edward, der seine durchwühlten Koffer nur mit Mühe wieder schließen konnte.

»A-*ha*! Ich habe inzwischen aber sehr abgenommen«, sagte der junge Missionar.

»Ganz offensichtlich – Sie waren doch nicht etwa krank?«, erkundigte sich Pepe.

»Entsagung, Entsagung – Entsagung ist *gut*«, erläuterte der Zelot eifrig. »Ich habe aufgehört zu rauchen, ich habe aufgehört zu trinken – ich glaube, der Alkoholverzicht hat meinen Appetit gezügelt. Ich bin einfach nicht mehr so hungrig wie früher«, sagte Bonshaw.

»A-*ha*!«, rief Bruder Pepe. (Jetzt hat er mich schon angesteckt, dachte er.) Er hatte noch nie Alkohol getrunken – keinen Tropfen. »Alkoholverzicht« hatte Bruder Pepes Appetit aber noch nie gezügelt.

»Kleidung, Peitschen, Lesestoff«, hatte der Zollbeamte den Kofferinhalt auf Spanisch und Englisch zusammengefasst.

»Nur das Allernötigste!«, hatte Edward Bonshaw verkündet.

O Herr, sei seiner Seele gnädig!, dachte Pepe, als wären die Tage des Scholastikers auf dieser Erde bereits gezählt.

Der Zollbeamte in Mexico City hatte den Amerikaner auch nach seinem Visum befragt, das zeitlich begrenzt war.

»Wie lange genau beabsichtigen Sie zu bleiben?«, hatte er gefragt.

»Wenn alles gutgeht, drei Jahre«, hatte der junge Mann aus Iowa geantwortet.

Drei Jahre? Pepe erschien unwahrscheinlich, dass Edward Bonshaw auch nur ein halbes Jahr Missionarsleben überstehen würde. Er würde neue Klamotten brauchen – solche, die ihm passten. Ihm würde der Lesestoff ausgehen, und die beiden Peitschen würden nicht reichen – nicht für die vielen Gelegenheiten, bei denen der Zelot sich weiter würde geißeln wollen.

»Bruder Pepe – Sie fahren ja einen VW Käfer!«, rief Edward Bonshaw, als dieser ihn zu dem staubig-roten Auto auf dem Parkplatz führte.

»Bitte nur Pepe – der *Bruder* muss nicht sein«, sagte Pepe, der sich fragte, ob alle Amerikaner das Offensichtliche so begeistert in die Welt hinausposaunten. Allerdings gefiel ihm der Enthusiasmus des jungen Scholastikers wirklich – in jeder Beziehung.

Nicht umsonst hatten die klugen Jesuiten Pepe zum Leiter ihrer Schule gemacht, jemanden wie ihn, der Enthusiasmus nicht nur bewunderte, sondern geradezu verkörperte. Nicht umsonst war er außerdem zum Leiter des Waisenhauses bestimmt worden. Wenn man einer erfolgreichen Schule ein Waisenhaus angliedert und es »Verlorene Kinder« nennt, braucht es einen warmherzigen Kümmerer wie Bruder Pepe, der das Ganze leitet.

Doch auch Kümmerer können unkonzentrierte Autofahrer sein. Vielleicht dachte Pepe gerade an den Müllkippenleser, oder vielleicht war er in Gedanken bei einem weiteren Stapel Bücher, den er nach Guerrero bringen wollte. Jedenfalls fuhr Pepe, statt nach Oaxaca abzubiegen, geradeaus weiter in Richtung *basurero*. Als Bruder Pepe seinen Fehler erkannte, war er bereits in Guerrero.

Die Gegend war Pepe nicht sehr vertraut. Auf der Suche nach einer sicheren Stelle, wo er wenden konnte, entschied er sich für die Schotterpiste zur Deponie. Es war eine breite Straße, auf der gewöhnlich nur stinkende Lastwagen verkehrten.

Pepe wendete den kleinen Volkswagen inmitten der wabernden schwarzen Rauchschwaden und zwischen Bergen aus schwelendem Abfall, auf denen müllsammelnde Kinder herumkletterten. Als Autofahrer musste man sich vor den Müllsammlern hüten – vor den Schmuddelkindern ebenso wie vor den streunenden Hunden. Der Gestank ließ den jungen Amerikaner würgen.

»Was ist das denn? Eine Hadesvision, mit passendem Geruch! Was ist das für ein furchtbarer Initiationsritus, den die armen Kinder durchlaufen müssen?«, fragte der junge Bonshaw theatralisch.

Wie sollen wir diesen liebenswerten Irren nur ertragen?, fragte sich Bruder Pepe; dass der Mann es gut meinte, würde ihm in Oaxaca nicht viel helfen. Doch Pepe sagte lediglich: »Das ist nur die städtische Mülldeponie. Der Geruch kommt unter anderem von den toten Hunden, die dort verbrannt werden. Unsere Mission kümmert sich hier um zwei Kinder – *dos pepenadores*, zwei Müllsucher.«

»Müllsucher!«, rief Edward Bonshaw.

»*Los niños de la basura*«, sagte Pepe leise und hoffte, damit klarzustellen, dass es ihm um die im Müll stöbernden Kinder ging und nicht um die Hunde.

In dem Moment schob ein verdreckter Junge undefinierbaren Alters mit übergroßen Stiefeln ein zitterndes Hündchen durch das Beifahrerfenster.

»Nein, danke«, sagte Edward Bonshaw höflich – eher zu dem übelriechenden Hündchen als zu dem Deponiekind, das klarstellte, das halbverhungerte Wesen sei gratis. (Deponiekinder bettelten nicht.)

»Du solltest den Hund nicht anfassen!«, rief Pepe dem Kind auf Spanisch zu. »Er könnte dich beißen!«

»Ich weiß über Tollwut Bescheid!«, rief der schmutzige Junge und zog das sich windende Hündchen wieder vom Fenster weg. »Ich weiß von den Impfungen!«, schrie der kleine Müllsammler Bruder Pepe zu.

»Was für eine wunderschöne Sprache«, stellte Edward Bonshaw fest.

Gütiger Himmel, der Scholastiker versteht ja überhaupt kein Spanisch!, schloss Pepe daraus. Die Windschutzscheibe des Käfers war mittlerweile mit einem Aschefilm überzogen, und als Pepe die Scheibenwischer betätigte, merkte er, dass sie die Asche nur verschmierten, wodurch sich die Sicht noch verschlechterte. Während Bruder Pepe ausstieg und die Scheibe mit einem alten Lappen reinigte, erzählte er dem neuen Missionar von Juan Diego, dem Müllkippenleser. Vielleicht hätte er gut daran getan, mehr von der jüngeren

Schwester des Knaben zu erzählen – genauer, dass Lupe offenbar Gedanken lesen konnte und in einer unverständlichen Sprache redete. Doch als der unverbesserliche Optimist, der er nun mal war, konzentrierte sich Bruder Pepe lieber auf das Positive und Unkomplizierte.

Das Mädchen, Lupe, war ein wenig irritierend, wohingegen der *Junge* – nun, Juan Diego war schlicht großartig. Was ließ sich schon gegen einen Vierzehnjährigen sagen, der auf einem *basurero* geboren und aufgewachsen war und sich selbst das Lesen beigebracht hatte, noch dazu in zwei Sprachen!

»Ich danke dir, Jesus«, sagte Edward Bonshaw, als sie weiterfuhren – diesmal in die richtige Richtung, zurück nach Oaxaca.

Wofür dankt er ihm bloß?, fragte sich Pepe, als der junge Amerikaner sein inbrünstiges Gebet fortsetzte. »Danke, dass ich gerade intensiv erleben durfte, wo ich am meisten gebraucht werde«, sagte der Scholastiker.

»Es ist nur die städtische Mülldeponie«, wiederholte Bruder Pepe. »Man kümmert sich hier ziemlich gut um Müllkippenkinder. Vertrauen Sie mir, Edward – auf dem *basurero* werden Sie nicht gebraucht.«

»Eduardo«, korrigierte ihn der junge Amerikaner.

»*Sí*, Eduardo«, mehr brachte Pepe nicht heraus. Jahrelang hatte er Pater Alfonso und Pater Octavio allein standhalten müssen, die beide älter und theologisch versierter waren als er und ihm öfter das Gefühl gaben, er sei ein Verräter am katholischen Glauben – als wäre er ein fanatischer säkularer Humanist oder Schlimmeres (auch wenn es vom Standpunkt eines Jesuiten wohl nichts Schlimmeres gab als das). Die Patres Alfonso und Octavio kannten ihre katholischen Glaubenssätze in- und auswendig; und als beinharte Dogmatiker konnten sie Bruder Pepe schwindlig reden und ihm das Gefühl geben, sein Glaube sei nur halb so viel wert.

Möglicherweise, so dachte Pepe, hatte er in Edward Bonshaw endlich einen würdigen Gegner für die beiden alten Jesuitenpriester gefunden – eine zwar überdrehte, aber mutige Kämpfernatur, die von Grund auf in Frage stellen könnte, wie die Dinge im *Niños Perdidos* gehandhabt wurden.

Hatte der junge Scholastiker tatsächlich Gott dafür gedankt, dass er die Welt der Deponiekinder gerade hatte »intensiv erleben« dürfen, wie er es nannte? Glaubte der Amerikaner allen Ernstes, man müsse für das Seelenheil der Müllkippenkinder sorgen?

»Tut mir leid, dass ich Sie nicht gebührend empfangen habe, Señor Eduardo«, sagte Bruder Pepe gerade. »*Lo siento – bienvenido*«, fuhr Pepe bewundernd fort.

»*¡Gracias!*«, rief Edward. Durch die ascheverschmierte Windschutzscheibe sah man auf einmal, dass alle Fahrzeuge vor ihnen im Kreisverkehr irgendetwas auswichen. »Ein überfahrenes Tier?«, wollte Edward Bonshaw wissen.

Um den unsichtbaren Kadaver stritt sich eine Ansammlung von Hunden und Krähen, die Pepe durch lautes Hupen zu verscheuen suchte. Die Krähen flogen auf, die Hunde stoben auseinander. Auf der Straße blieb nur noch eine Blutspur zurück. Das überfahrene Tier, falls das Blut von ihm stammte, war verschwunden.

»Hunde und Krähen haben es gefressen«, erklärte Edward Bonshaw. Noch mehr Feststellungen des Offensichtlichen, dachte Bruder Pepe. In diesem Moment redete Juan Diego im Schlaf – und weckte sich damit selbst aus seinem sogenannten Traum (oder vielmehr den Puzzlesteinen der Erinnerung, die ihm gefehlt hatten, seit die Betablocker ihm die Kindheit und seine besonders prägende frühe Jugend geraubt hatten).

»Nein, das ist kein überfahrenes Tier«, sagte Juan Diego. »Es ist *mein* Blut. Es ist von Riveras Pick-up getropft – Diablo hat nicht alles aufgeleckt.«

»Ist das für ein Buch?«, wollte Miriam, die resolute Mutter, von Juan Diego wissen.

»Klingt nach einer schaurigen Geschichte«, befand Dorothy, die Tochter.

Ihre nicht gerade engelsgleichen Gesichter schauten auf ihn herab; ihm fiel auf, dass beide im Waschraum gewesen und sich die Zähne geputzt haben mussten – im Gegensatz zu ihm hatten sie beide einen ausgesprochen frischen Atem.

Cathay Pacific 841 befand sich im Landeanflug auf Hongkong; in der Kabine roch Juan Diego einen fremdartigen, aber angenehmen Duft, ganz sicher nicht den von der Müllkippe in Oaxaca.

»Wir wollten Sie gerade wecken, da sind Sie aufgewacht«, sagte ihm Miriam.

»Die Matcha-Muffins dürfen Sie nicht verpassen – fast so gut wie Sex«, behauptete Dorothy.

»Sex, Sex, Sex – es reicht, Dorothy«, befand ihre Mutter.

Juan Diego, der wusste, wie übel sein Atem roch, schenkte den beiden ein schmallippiges Lächeln. Allmählich wurde ihm klar, wo er sich befand und wer diese beiden attraktiven Frauen waren. O Gott, ich habe ja die Betablocker ausgesetzt, fiel ihm ein. Ich war vorübergehend da, wo ich *hingehöre*!, dachte er. Wie sehr sich sein Herz dorthin zurücksehnte!

Doch was war *das* denn? Er steckte immer noch in seinem clownesken Cathay-Pacific-Schlafanzug und hatte eine Erektion. Dabei hatte er nicht einmal die übliche halbe Viagra genommen – die graublauen Tabletten lagen samt den Betablockern in seinem großen Koffer im Rumpf des Flugzeugs.

Juan Diego hatte während des gut sechzehnstündigen Fluges länger als fünfzehn Stunden geschlafen. Mit deutlich rascheren, leichteren Schritten humpelte er zum Waschraum. Seine selbsternannten Engel (auch wenn sie nicht ganz in die *Schutz*engelkategorie gehörten) sahen ihm wohlwollend nach.

»Er ist *entzückend*, nicht wahr?«, fragte Miriam ihre Tochter.

»Er ist ziemlich süß, stimmt«, sagte Dorothy.

»Gott sei Dank, dass wir ihn entdeckt haben – ohne uns wäre er völlig aufgeschmissen!«, erklärte die Mutter.

»Gott sei Dank«, wiederholte Dorothy, was aus dem Mund der jungen Frau mit den vollen Lippen ein wenig deplatziert klang.

»Ich glaube, er hat *geschrieben* – stell dir vor, im Schlaf an einem Buch zu arbeiten!«, rief Miriam aus.

»Über Blut, das von einem Pick-up tropft!«, sagte Dorothy. »Und heißt *Diablo* nicht Teufel?«, fragte sie ihre Mutter, die nur mit den Schultern zuckte.

»Ehrlich, Dorothy – du mit deinen ewigen Matcha-Muffins. Es ist doch nur ein Muffin, meine Güte«, sagte

Miriam ihrer Tochter. »Matcha-Muffins essen ist nicht mal annähernd vergleichbar mit Sex.«

Dorothy verdrehte seufzend die Augen; ihr Körper wirkte ständig so, als würde sie sich lümmeln, egal, ob sie saß oder stand. (Allerdings konnte man sie sich am besten liegend vorstellen.)

Juan Diego tauchte aus dem Waschraum auf und lächelte das ach so hilfreiche Mutter-Tochter-Team an. Es war ihm gelungen, sich des verrückten Cathay-Pacific-Pyjamas zu entledigen, und er freute sich auf einen Matcha-Muffin, wenn auch nicht so sehr wie Dorothy.

Juan Diegos Erektion hatte sich nicht ganz gelegt, und er war sich ihrer sehr bewusst; schließlich hatten ihm die Erektionen lange gefehlt, und normalerweise musste er eine halbe Viagra nehmen, um eine zu bekommen.

Sein verkrüppelter Fuß pochte ein bisschen, wie immer kurz nach dem Aufwachen, doch jetzt pochte er irgendwie anders – jedenfalls bildete Juan Diego sich das ein. In Gedanken war er wieder vierzehn, und Riveras Pick-up hatte soeben seinen rechten Fuß plattgefahren. Er spürte Lupes warmen Schoß an Nacken und Hinterkopf. Die Guadalupepuppe auf Riveras Armaturenbrett wackelte aufreizend – so aufreizend, wie sich Miriam und ihre Tochter Dorothy im Moment vor Juan Diego präsentierten (wenn auch ohne die Hüften zu bewegen).

Doch der Schriftsteller konnte nicht sprechen; Juan Diego hatte die Zähne fest zusammengebissen, als bemühte er sich immer noch, nicht vor Schmerzen zu schreien und den Kopf im Schoß seiner längst verstorbenen Schwester hin- und herzuwerfen.

6
Sex und Glaube

Den langen Gang zum Regal Airport Hotel am internationalen Flughafen von Hongkong schmückte eine Ansammlung von Weihnachtsnippes – glücklich dreinblickende Rentiere und Elfenhelfer des Weihnachtsmannes, aber kein Schlitten, keine Geschenke, kein Weihnachtsmann.

»Der Weihnachtsmann wird grade flachgelegt – wahrscheinlich hat er einen Escortservice angerufen«, teilte Dorothy Juan Diego mit.

»Genug Sex, Dorothy«, ermahnte ihre Mutter das widerspenstig wirkende Mädchen.

Aus der Gereiztheit, die ihr offenbar mehr als nur Mutter-Tochter-haftes Geplänkel durchzog, schloss Juan Diego, dass dieses Mutter-Tochter-Team schon jahre-, wenn nicht jahrhundertelang gemeinsam reiste.

»Jedenfalls steigt der Weihnachtsmann hier ab«, sagte Dorothy zu Juan Diego. »Diesen Weihnachtskrempel gibt es das ganze Jahr.«

»Dorothy, du bist nicht das ganze Jahr hier«, sagte Miriam. »Das kannst du doch gar nicht wissen.«

»Wir sind oft genug hier«, antwortete die Tochter mürrisch. »Jahrein, jahraus, so kommt es mir jedenfalls vor«, sagte sie zu Juan Diego.

Sie fuhren eine Rolltreppe hoch, an einer Weihnachtskrippe vorbei. Juan Diego wunderte sich, dass er noch kein einziges Mal im Freien gewesen war, seit er im Schneegestöber am JFK-Flughafen aus dem Wagen gestiegen war. Die üblichen Verdächtigen – Menschen und, mit einer exotischen Ausnahme, lauter Nutztiere – umstanden die Krippe, wobei die wunderwirkende Jungfrau Maria nach Juan Diegos Ansicht unmöglich nur menschlich sein konnte; hier in Hongkong lächelte sie schüchtern und schlug vor ihren Bewunderern keusch die Augen nieder. Sollte im Stall nicht die gesamte Aufmerksamkeit ihrem kostbaren in der Krippe liegenden Sohn gelten? Offenbar nicht – die Jungfrau Maria stahl ihm die Schau (und nicht nur hier in Hongkong, dachte Juan Diego).

Neben ihr stand Joseph – der arme Narr. Doch falls Maria wirklich eine Jungfrau war, schien Joseph mit dieser Geburt gut klarzukommen – keine finsteren oder misstrauischen Blicke, weder auf die neugierigen Könige, Weisen oder Hirten noch auf die anderen Gaffer und Groupies im Stall: eine Kuh, ein Esel, ein Haushahn, ein Kamel (wobei natürlich das Kamel der besagte Exot war).

»Bestimmt war einer der Weisen der Vater«, schlug Dorothy vor.

»Genug Sex, Dorothy«, sagte ihre Mutter.

Juan Diego nahm fälschlicherweise an, nur er habe bemerkt, dass das Christuskind in der Krippe fehlte – vielleicht lag es ja irgendwo zugedeckt im Heu. »Der kleine Jesus –«, begann er.

»Jemand hat das Jesuskind vor Jahren entführt«, erklärte Dorothy. »Den Hongkongchinesen ist das offenbar egal.«

»Vielleicht bekommt das Christuskind ja gerade ein Facelifting«, überlegte Miriam.

»Nicht jeder kriegt ein Facelifting, Mutter«, sagte Dorothy.

»Das Jesuskind ist kein Kind, Dorothy«, entgegnete ihre Mutter. »Glaub mir, Jesus hatte ein Facelifting.«

»Die katholische Kirche hat mehr als nur ein Facelifting hinter sich, um besser auszusehen«, sagte Juan Diego scharf – als wären Weihnachten und der ganze Wirbel um die Krippe eine rein römisch-katholische Angelegenheit. Mutter und Tochter wunderten sich über seinen verärgerten Ton, dabei hatten sie (fast) alle seine Romane gelesen und hätten es daher besser wissen müssen. Er hatte weiterhin eine Rechnung offen – nicht mit religiösen Menschen oder Menschen, die an sonst etwas glaubten, sondern mit der katholischen Kirche und einigen ihrer sozialen und politischen Gepflogenheiten.

Dennoch taten alle immer überrascht, wenn in Juan Diegos Worten gelegentlich eine gewisse Schärfe anklang; er wirkte so sanftmütig, bewegte sich aufgrund seiner Behinderung eher bedächtig und nicht wie jemand, der Risiken einging, außer in seiner Phantasie.

Am oberen Ende der Rolltreppe standen die drei Reisenden vor einem Labyrinth unterirdischer Gänge, Schilder wiesen in alle möglichen Richtungen: Kowloon, Hong Kong Island und nach einer Halbinsel namens Sai Kung.

»Fahren wir mit dem Zug?«, fragte Juan Diego seine beiden weiblichen Fans.

»Jetzt nicht«, sagte Miriam und hakte ihn unter. Einer der Gänge musste zum Flughafenbahnhof führen, doch die unzähligen Werbeschilder für Schneiderläden, Restaurants und Juweliere mit einem endlosen Angebot an Opalen verwirrten Juan Diego.

»Was ist an Opalen so besonders?«, fragte Juan Diego, doch die Frauen schienen nur sehr selektiv zuzuhören.

»Zuerst checken wir im Hotel ein, damit wir uns ein wenig frischmachen können«, teilte ihm Dorothy mit und hakte sich auf der anderen Seite bei ihm unter.

Juan Diego humpelte los, auch wenn er sich einbildete, weniger stark zu hinken als sonst. Zu seinem Erstaunen schob Dorothy Juan Diegos großen Rollkoffer und ihren eigenen mühelos, mit einer Hand, vor sich her. Wie schafft sie das nur?, wunderte sich Juan Diego gerade, als sie an der Rezeption ihres Hotels an einem großen Spiegel vorbeikamen. Als Juan Diego sich kurz darin musterte, waren seine zwei tatkräftigen Begleiterinnen links und rechts von ihm nicht zu sehen, was aber auch daran liegen mochte, dass er wirklich nur einen sehr flüchtigen Blick in den Spiegel geworfen hatte.

»Nachher nehmen wir den Zug nach Kowloon – nach Einbruch der Dunkelheit spiegeln sich die Lichter der Wolkenkratzer auf Hong Kong Island im Hafenwasser«, raunte Miriam Juan Diego ins Ohr.

»Dann essen wir einen Happen, gönnen uns ein, zwei Drinks und fahren zurück ins Hotel«, sagte ihm Dorothy ins andere Ohr. »Dann haben wir die nötige Bettschwere.«

Eine innere Stimme sagte Juan Diego, dass er die beiden Frauen schon einmal gesehen hatte, aber wo nur und wann?

Etwa in dem New Yorker Taxi, das die Leitplanke durchbrochen hatte und in dem hüfthohen Schnee auf dem Joggingpfad neben dem East River feststeckte?

»Wo kommst du denn her, du Wichser – aus Scheiß-*Mexiko*?«, hatte Juan Diegos Chauffeur dem Fahrer eines anderen Wagens zugerufen.

Das Heckfenster des Taxis hatte die Gesichter seiner zwei weiblichen Fahrgäste eingerahmt; für Juan Diego sahen sie durchaus wie Mutter und Tochter aus, wenn auch nicht wie Miriam und Dorothy, dafür wirkten sie zu verängstigt. Vor wem oder was hätten sich die zwei schon fürchten sollen? Doch der Gedanke hakte sich fest: Er hatte diese beiden beeindruckenden Frauen schon einmal gesehen, daran bestand für ihn kein Zweifel.

»Es ist sehr *modern*.« Mehr fiel Juan Diego zum Regal Airport Hotel nicht ein, während er mit Miriam und Dorothy im Aufzug nach oben fuhr. Die beiden hatten für ihn eingecheckt; er hatte nur seinen Reisepass vorzeigen müssen, er glaubte nicht, dass er bezahlt hatte.

Es war eins dieser Hotels, wo der Zimmerschlüssel wie eine Kreditkarte aussieht; nach Betreten des Zimmers steckte man die Karte in einen kleinen Kasten an der Wand, direkt hinter der Tür.

»Sonst funktionieren die Lampen nicht, und der Fernseher geht nicht an«, hatte Dorothy erklärt.

»Rufen Sie uns an, wenn Sie mit den modernen Geräten Probleme haben«, hatte Miriam zu Juan Diego gesagt.

»Nicht nur Probleme mit dem modernen Kram – *egal*, welche Probleme«, hatte Dorothy ergänzt und auf die Hülle von Juan Diegos Kartenschlüssel ihre eigene Zimmernummer und die ihrer Mutter gekritzelt.

Dann schläft also jede allein?, hatte sich Juan Diego gefragt, als die beiden sein Zimmer verlassen hatten.

Unter der Dusche meldete sich seine Erektion zurück; er wusste, er sollte einen Betablocker nehmen – das war überfällig. Doch die Erektion ließ ihn zögern. Was, wenn entweder Miriam oder Dorothy ihm Avancen machen würden oder, noch unvorstellbarer, alle beide?

Juan Diego nahm die Betablocker aus seinem Kulturbeutel und legte sie neben das Wasserglas auf dem Waschbeckenrand. Es waren Lopressor-Tabletten, elliptisch und bläulich grau. Dann nahm er das Viagra-Döschen heraus und öffnete es. Die Viagra-Pillen waren zwar wie die Betablocker blaugrau, aber sonst eher rautenförmig, wie ein Football mit vier abgerundeten Ecken.

Sollte das Wunder geschehen, dass Miriam oder Dorothy ihm Avancen machten, wäre es zu früh, das Viagra jetzt zu nehmen. Dennoch entnahm er seinem Kulturbeutel den Tablettenteiler und legte ihn vorsorglich zu den Viagra-Tabletten, ebenfalls neben das Wasserglas – nur als Erinnerung, dass eine *halbe* Viagra genügte. (Als Romanautor musste er immer umsichtig sein.)

Ich phantasiere wie ein notgeiler Teenager!, dachte Juan Diego, während er sich umzog. Sein Verhalten überraschte ihn selbst am meisten. Unter diesen ungewöhnlichen Umständen entschied er sich schließlich dagegen, Medikamente zu nehmen; es störte ihn, wie sehr die Betablocker ihn reduzierten, wie er sich Dr. Stein gegenüber ausgedrückt hatte, und er war nicht so dumm, die halbe Viagra zu früh zu nehmen. Bei seiner Rückkehr in die Staaten durfte er nicht vergessen, sich bei Rosemary für ihren Rat zu bedanken, er solle experimentieren.

Schade, dass Juan Diego nicht mit seiner befreundeten Ärztin reiste, denn sich bei Rosemary »zu bedanken« war nicht das Vordringlichste. Dr. Stein hätte ihn vielmehr daran erinnern können, weshalb er sich wie ein euphorischer Romeo fühlte, der im Körper eines alternden Schriftstellers herumhumpelte: Wenn du Betablocker nimmst und damit aussetzt, sieh dich vor!, hatte sie ihm eingeschärft. Dein Körper hat nach Adrenalin gelechzt, und plötzlich produziert dein Körper nicht nur mehr Adrenalin, sondern auch mehr Adrenalinrezeptoren. Denn diese vermeintlichen Träume, in Wahrheit nichts anderes als intensive, gestochen scharfe Erinnerungen an seine Kindheit und frühe Jugend, waren ebenso sehr dem eigenmächtigen Aussetzen der Lopressor-Tabletten geschuldet wie sein plötzliches rauschhaftes Verlangen nach zwei Unbekannten, Mutter und Tochter, die ihm so vertraut erschienen, wie einem Fremde niemals sein sollten.

Der Flughafenexpress zur Kowloon Station kostete 90 Dollar. Vielleicht hinderte Juan Diego seine Schüchternheit daran, seine beiden Begleiterinnen unterwegs genauer zu betrachten; wie sonst ließ sich erklären, dass er seine Zugfahrkarte so ausgiebig studierte, als wollte er sie auswendig lernen, und sogar so weit ging, die chinesischen Schriftzeichen mit den entsprechenden englischen Wörtern zu vergleichen. (So war etwa 1 EINFACHE FAHRT auf Englisch in Großbuchstaben gesetzt, während es bei den chinesischen

Schriftzeichen keine entsprechende Hervorhebung zu geben schien.)

Der Schriftsteller in Juan Diego hatte an »1 einfache Fahrt« etwas auszusetzen; hätte die Ziffer *1* nicht als Wort ausgeschrieben werden müssen? Sah »eine einfache Fahrt« nicht besser aus? Fast wie ein Titel, dachte Juan Diego und kritzelte mit seinem Kugelschreiber, den er immer zur Hand hatte, etwas auf den Fahrschein.

»Was machen Sie da?«, wollte Miriam von Juan Diego wissen. »Was kann denn an einem Zugfahrschein so faszinierend sein?«

»Er *schreibt* wieder«, sagte Dorothy zu ihrer Mutter. »Er schreibt die ganze Zeit.«

»›Fahrschein in die Stadt für Erwachsene ab achtzehn‹«, las Juan Diego auf seinem Zugticket, das er anschließend in die Hemdtasche steckte. Er wusste einfach nicht, wie man sich bei einem Date verhielt, und in Gegenwart dieser beiden Frauen erst recht nicht.

»Wenn ich ›ab achtzehn‹ lese, denke ich immer ›nicht jugendfrei‹«, sagte Dorothy mit einem anzüglichen Lächeln.

»Es *reicht*, Dorothy«, sagte ihre Mutter.

Es war schon dunkel, als ihr Zug in der Kowloon Station einfuhr; am Wasser wimmelte es von Touristen, die von dort aus die Skyline des gegenüberliegenden Hongkonger Hafens fotografierten, aber Miriam und Dorothy schwebten gänzlich unbeachtet zwischen ihnen hindurch. Offenbar war Juan Diego inzwischen von dem Mutter-Tochter-Gespann so betört, dass er sich einbildete, wie seine Begleiterinnen förmlich zu schweben.

Die engen kurzärmeligen Pullover, die die beiden Frauen

unter ihren passenden Jäckchen trugen, betonten zwar ihre Brüste, wirkten aber dennoch damenhaft zurückhaltend. Vielleicht lag es an diesen konservativen Twinsets, dass man Miriam und Dorothy keine Beachtung schenkte, überlegte Juan Diego, oder daran, dass die anderen Touristen überwiegend Asiaten waren und sich offensichtlich nicht für diese beiden attraktiven westlichen Frauen interessierten. Die beiden trugen zu den Twinsets passende, figurbetonte Röcke, *eng*, wie Juan Diego gesagt hätte, wenn auch nicht übertrieben gewagt.

Bin ich denn der Einzige, der diese Frauen ständig anstarren muss?, fragte er sich. Er hatte von Mode keine Ahnung und wusste nichts über die Wirkung neutraler Farben. Er hatte weder einen Blick für das beige-braune noch für das silbrig-graue Ensemble noch für deren hervorragenden Schnitt und auch nicht für deren weiche Anmutung. Ins Auge fielen ihm nur die davon verhüllten Brüste – und natürlich die Hüften.

Später konnte sich Juan Diego so gut wie gar nicht an die Zugfahrt zur Kowloon Station erinnern, auch nicht an das geschäftige Treiben in Kowloon – nicht einmal an das Restaurant, in dem sie zu Abend aßen, außer daran, dass er ungewöhnlich hungrig gewesen war und Miriams und Dorothys Gesellschaft genossen hatte. Ja, er konnte sich nicht erinnern, wann er sich zuletzt so amüsiert hatte, auch wenn er eine knappe Woche später schon nicht mehr wusste, worüber sie sich unterhalten hatten. Über seine Romane? Seine Kindheit?

Bei Lesungen gab Juan Diego sich immer Mühe, nicht zu viel von sich zu reden, obwohl seine Leser immer möglichst viel über ihn erfahren wollten. Meist versuchte er das Gespräch von sich ab- und auf die jeweiligen Fragesteller zu lenken; bestimmt hatte er Miriam und Dorothy gebeten, von sich zu erzählen. Wie war *ihre* Kindheit, *ihre* Jugend gewesen? Und bestimmt hatte Juan Diego die beiden Frauen, wenn auch diskret, nach den Männern in ihrem Leben gefragt; zweifellos war er neugierig darauf gewesen zu erfahren, ob sie eine feste Beziehung hatten. Allerdings konnte er sich anschließend an nichts erinnern, außer an seine obsessive Betrachtung der Fahrkarte unterwegs zur Kowloon Station und an eine kurze Unterhaltung über Bücher auf der Rückfahrt zum Regal Airport Hotel.

In seiner Erinnerung haften blieb allerdings ein heikler Augenblick auf einem der schicken, blitzsauberen unterirdischen Bahnsteige der Kowloon Station, wo Juan Diego mit den beiden Frauen auf den Zug wartete.

In diesem überwiegend verglasten, ganz in Goldtönen gehaltenen Bahnhofsinterieur mit den allgegenwärtigen glänzenden Mülleimern aus rostfreiem Edelstahl, die wie Polizisten über die Sauberkeit wachten, kam Juan Diego sich vor wie auf einem Krankenhausflur. Nachdem er lange vergeblich das Display seines Smartphones nach der Kamera abgesucht hatte, weil er unbedingt ein Foto von Mutter und Tochter knipsen wollte, nahm die chronisch besserwisserische Miriam ihm das Handy weg.

»Dorothy und ich, wir wollen keine Fotos – wir sind absolut nicht fotogen –, aber wie wär's, wenn ich eins von *Ihnen* mache«, schlug Miriam vor.

Bis auf ein junges händchenhaltendes chinesisches Liebespaar (fast noch Kinder, dachte Juan Diego) waren sie ganz allein auf dem Bahnsteig. Der junge Chinese beobachtete fasziniert, wie Dorothy ihrer Mutter Juan Diegos Handy wieder entriss.

»Gib her, lass *mich* das machen«, sagte sie. »Du machst schreckliche Fotos.«

Doch der junge Chinese ließ sich von Dorothy das Handy geben. »Wenn ich es mache, kriege ich Sie alle drei aufs Bild«, sagte der junge Bursche.

»Wunderbar, vielen Dank!«, sagte Juan Diego.

Worauf Miriam ihrer Tochter einen jener Blicke zuwarf, die besagten: Hättest du *mich* einfach machen lassen, Dorothy, wäre das nicht passiert.

Sie alle hörten den Zug kommen, und die junge Chinesin sagte etwas zu ihrem Freund, vermutlich: Der Zug kommt. Beeil dich!

Das tat er auch. Er knipste einfach drauflos, guckte jedoch anschließend wie seine Freundin enttäuscht, vielleicht weil das Bild unscharf war, vermutete Juan Diego. Doch dann fuhr der Zug ein, Miriam schnappte sich das Handy, doch Dorothy entriss es ihr, und als Juan Diego im Flughafenexpress Platz nahm und ihm Dorothy sein Mobiltelefon zurückgab, war es bereits nicht mehr im Kameramodus.

»Wir sind nicht fotogen, Punkt«, sagte Miriam zu dem chinesischen Paar, das immer noch übertrieben irritiert wirkte (zweifellos weil ihre Bilder sonst viel besser wurden).

Juan Diego beschäftigte sich wieder mit seinem Handy, das für ihn ein Buch mit sieben Siegeln war. Was hatte es mit dem Media-Center-Symbol auf sich? Nichts, was ich will, dachte Juan Diego, als Miriam ihre Hände über die seinen legte; sie beugte sich so nah zu ihm, als müsste sie sich über großen Lärm hinweg mit ihm verständigen, und tat so, als wären sie allein, obwohl doch Dorothy neben ihnen saß und alles mithören konnte.

»Es hat *nichts* mit Sex zu tun, Juan Diego, was ich Sie jetzt fragen will«, sagte Miriam, womit sie Dorothy ein hämisches Lachen entlockte, das so laut war, dass das chinesische Pärchen, das etwas abseits miteinander flüsterte, herumfuhr. (Das Mädchen saß zwar auf dem Schoß des Jungen, schien aber aus irgendeinem Grund sauer auf ihn zu sein.) »Darum geht's nun *wirklich* nicht, Dorothy«, blaffte Miriam.

»Wir werden ja sehen«, blaffte Dorothy zurück.

»In *Eine von der Jungfrau Maria in Gang gesetzte Geschichte* gibt es eine Stelle, wo Ihr Missionar – wie hieß er noch mal –«, setzte Miriam an.

»Martin«, soufflierte Dorothy.

»Genau, *Martin*«, sagte Miriam. »Aha, dann hast du diesen Roman also auch gelesen«, ergänzte sie, an ihre Tochter gewandt. »Also dieser Martin bewundert doch Ignatius von Loyola, stimmt's?«, fragte Miriam Juan Diego, redete aber, ohne die Antwort des Schriftstellers abzuwarten, sofort weiter. »Ich denke dabei an die Begegnung des Heiligen mit einem Mohren auf einem Maultier und ihre anschließende Debatte über die Jungfrau Maria.«

»Sowohl der Mohr als auch der heilige Ignatius ritten auf Maultieren«, unterbrach Dorothy ihre Mutter.

»Ich *weiß*, Dorothy«, sagte Miriam herablassend. »Und der Mohr sagt, er könne zwar glauben, dass die Mutter Gottes ohne männliches Zutun empfangen hat, aber nicht, dass sie nach der Entbindung immer noch Jungfrau war.«

»An der Stelle geht es natürlich sehr wohl um Sex«, sagte Dorothy.

»Tut es *nicht*, Dorothy«, wies ihre Mutter sie zurecht.

»Und nachdem der Mohr weitergeritten ist, denkt Ignatius, er sollte dem Muslim hinterherreiten und ihn *umbringen*, stimmt's?«, fragte Dorothy Juan Diego.

»St-st-stimmt«, stotterte Juan Diego, dachte aber weder an den weit zurückliegenden Roman noch an den Missionar, den er darin Martin genannt hatte und der Ignatius von Loyola bewunderte. Vielmehr dachte er an Edward Bonshaw alias Señor Eduardo und an den Tag seiner Ankunft in Oaxaca, der Juan Diegos Leben so von Grund auf verändert hatte. Als Rivera den verletzten Juan Diego zum *Templo de la Compañia de Jésus* fuhr, während der Junge, den Kopf auf Lupes Schoß, mit schmerzverzerrtem Gesicht auf dem Rücksitz lag, war auch Edward Bonshaw zur Jesuitenkirche unterwegs. Doch während Deponiechef Rivera auf ein Wunder der Sorte hoffte, wie es seiner Meinung nach nur die Jungfrau Maria bewirken konnte, sollte der neue amerikanische Missionar zum zuverlässigsten Wunder in Juan Diegos Leben werden – ein Wunder von einem *Menschen*, kein Heiliger, und mit menschlichen Schwächen.

Ach, wie mir Señor Eduardo fehlt!, dachte Juan Diego, die Augen von Tränen verschleiert.

»Schon erstaunlich, wie hartnäckig der heilige Ignatius Marias Jungfräulichkeit verteidigte«, sagte Miriam gerade, verstummte aber, als sie Juan Diegos Tränen sah.

»Die Leugnung des nachgeburtlichen vaginalen Zustandes der Jungfrau Maria war ein unangemessenes und untragbares Verhalten«, warf Dorothy ein.

In diesem Moment, als Juan Diego mit den Tränen kämpfte, wurde ihm klar, dass Mutter und Tochter fast wortwörtlich aus *Eine von der Jungfrau Maria in Gang gesetzte Geschichte* zitierten. Doch wie kam es, dass sie sich so genau an diese Stelle aus seinem Roman erinnerten?

»Oh, nicht weinen – Sie lieber Mann!«, sagte da Miriam plötzlich zu ihm und berührte sein Gesicht. »Diese Stelle *liebe* ich einfach!«

»*Du* hast ihn zum Weinen gebracht«, sagte Dorothy zu ihrer Mutter.

»Nein, nein – es ist nicht so, wie Sie denken«, begann Juan Diego.

»Ihr Missionar«, fuhr Miriam fort.

»Martin«, präzisierte Dorothy.

»Ich *weiß*, Dorothy!«, sagte Miriam. »Dass Martin Ignatius bewundernswert findet, ist nur so rührend, so zauberhaft.« Und sie fuhr fort: »Ich meine, dieser Ignatius von Loyola klingt doch völlig durchgeknallt!«

»Er will irgendeinen Fremden auf einem Maultier umbringen – nur weil der den nachgeburtlichen vaginalen Zustand der Jungfrau Maria in Frage stellt. Der spinnt total!«, stellte Dorothy fest.

»Doch wie immer«, zitierte Juan Diego aus seinem eigenen Buch, »bemühte sich Ignatius, in dieser Angelegenheit Gottes Willen zu erfahren.«

»Verschonen Sie mich mit Gottes Willen!«, riefen Miriam und Dorothy wie aus einem Mund. (Damit war ihnen die Aufmerksamkeit des chinesischen Paares gewiss.)

»Und wo sich der Weg teilte, ließ Ignatius die Zügel seines Maultiers locker; falls das Tier dem Mohren folgte, würde Ignatius den Heiden töten«, sagte Juan Diego. Er hätte die Geschichte auswendig hersagen können. Dass ein Romanschriftsteller sich fast Wort für Wort an das erinnern kann, was er geschrieben hat, war nichts Ungewöhnliches, dachte Juan Diego. Aber dass Leser es noch so genau im Kopf haben – *das* war ungewöhnlich, oder etwa nicht?

»Doch das Maultier wählte den anderen Weg«, zitierten Mutter und Tochter unisono, und für Juan Diego klangen sie wie der allwissende Chor in einer griechischen Tragödie.

»Aber der heilige Ignatius war tatsächlich verrückt – er muss geisteskrank gewesen sein«, sagte Juan Diego; er wusste nicht recht, ob sie das verstanden.

»Ja«, sagte Miriam. »Es ist sehr mutig von Ihnen, das anzusprechen, gerade in einem Roman.«

»Das Thema des nachgeburtlichen vaginalen Zustandes einer Person ist ein sexuelles Thema«, stellte Dorothy fest.

»Ist es *nicht* – es geht um *Glauben*«, sagte Miriam.

»Es geht um Sex und Glauben«, murmelte Juan Diego, was er durchaus nicht diplomatisch meinte, sondern eindeutig ernst, das merkten auch die beiden Frauen.

»Kannten Sie jemanden wie diesen Missionar, der den heiligen Ignatius bewunderte?«, fragte ihn Miriam.

»Martin«, wiederholte Dorothy leise.

Ich glaube, ich brauche einen Betablocker, dachte Juan Diego, sprach es aber nicht aus.

»Sie meint: Hat es Martin wirklich gegeben?«, erklärte Dorothy; sie hatte gesehen, wie der Schriftsteller bei der Frage ihrer Mutter zusammenzuckte, und zwar so heftig, dass Miriam seine Hände losließ.

Juan Diegos Herz raste – seine Adrenalinrezeptoren empfingen wie verrückt, doch er bekam kein Wort heraus. »Ich habe so viele Menschen verloren«, stotterte Juan Diego, doch das Wort Menschen vernuschelte er, wie früher Lupe.

»Vermutlich hat's ihn sehr wohl gegeben«, sagte Dorothy zu ihrer Mutter.

Jetzt ergriffen beide je eine Hand von Juan Diego, der dasaß und zitterte.

»Der Missionar, den ich kannte, war *nicht* Martin«, brach es schließlich aus ihm heraus.

»Aber Dorothy, unser lieber Juan Diego hat viele ihm nahestehende Menschen verloren – wir haben doch beide das Interview gelesen«, tadelte Miriam ihre Tochter.

»Ich weiß«, erwiderte Dorothy, »aber du hast zuerst nach dieser Martin-Figur gefragt.«

Juan Diego konnte nur stumm den Kopf schütteln; dann kamen ihm die Tränen, jede Menge Tränen. Er hätte diesen Frauen nicht erklären können, warum (und um wen) er weinte – na ja, jedenfalls nicht im Flughafenexpress.

»Eduardo!«, rief Juan Diego. »Señor Eduardo!«

In diesem Moment rastete die junge Chinesin aus, die immer noch auf dem Schoß ihres Freundes saß – und die immer noch wegen irgendetwas sauer war –, und fing an, auf ihren Freund einzuschlagen – mehr aus Frustration als aus Wut und wie zum Spaß (und überhaupt nicht gewalttätig).

»Ich hab ihm *gesagt,* dass Sie es sind!«, sagte das Mädchen plötzlich zu Juan Diego. »Ich wusste, Sie sind es, aber er hat mir nicht geglaubt!«

Offenbar hatte sie den Schriftsteller erkannt, vielleicht von Anfang an, doch ihr Freund hatte ihr nicht geglaubt –

oder er las keine Bücher. In Juan Diegos Augen sah der junge Chinese nicht wie ein Leser aus, und dass seine Freundin eine Leserin war, kam für den Autor nicht überraschend. Hatte Juan Diego das nicht immer wieder betont? Leser*innen* hielten die Literatur am Leben – hier war noch eine. Als Juan Diego Señor Eduardos Namen sagte, war die junge Chinesin davon überzeugt, dass sie den Schriftsteller leibhaftig vor sich hatte.

Es war, wie Juan Diego klar wurde, ein klassischer Fall von Schriftsteller-Wiedererkennung. Er wünschte, er könnte aufhören zu schluchzen. Er winkte der jungen Chinesin zu und rang sich ein Lächeln ab; hätte er bemerkt, wie Miriam und Dorothy das junge chinesische Paar ansahen, hätte er sich vielleicht gefragt, wie sicher er in Begleitung dieser ihm unbekannten Mutter und ihrer Tochter war, aber Juan Diego sah den vernichtenden Blick nicht, mit dem seine Begleiterinnen seine chinesische Leserin zum Schweigen brachten – ein drohender Blick, der so viel besagte wie: Wir haben ihn zuerst gefunden, du miese kleine Schlampe. Verschwinde und such dir deinen eigenen Lieblingsautor – der hier gehört *uns*!

Warum hatte Edward Bonshaw immer Thomas von Kempen zitiert? Er mokierte sich öfter über eine Stelle aus *Die Nachfolge Christi:* »Sei nicht oft bei Jünglingen und Fremden.«

Tja, es wäre ohnehin zu spät gewesen, Juan Diego jetzt noch vor Miriam und Dorothy zu warnen. Man lässt nicht seine Betablocker aus, um dann zwei Frauen wie diese Mutter samt ihrer Tochter zu ignorieren.

Dorothy hielt Juan Diego an ihre Brust gedrückt, wiegte ihn in ihren erstaunlich starken Armen, wo er weiterschluchzte. Bestimmt war ihm aufgefallen, dass die junge Frau einen jener dünnen BHs trug, so dass man ihre Brustwarzen durch den BH *und* den Pulli hindurch sah, den Dorothy unter ihrem offenen Strickjäckchen trug.

Zweifellos war es Miriam, die Juan Diego jetzt den Nacken massierte; erneut hatte sie sich ganz nah zu ihm hinübergebeugt und ihm ins Ohr geflüstert. »Sie wunderbarer Mann, natürlich schmerzt es, *Sie* zu sein! Was Sie alles *empfinden*! Kaum ein Mann hat Ihre Bandbreite an Gefühlen und Empfindungen«, sagte Miriam. »Die arme Mutter in *Eine von der Jungfrau Maria in Gang gesetzte Geschichte* – mein Gott! Wenn ich daran denke, was ihr alles zustößt –«

»Lass es!«, warnte Dorothy ihre Mutter.

»Eine Statue der Jungfrau Maria fällt von ihrem Sockel und erschlägt sie! Sie ist auf der Stelle tot«, fuhr Miriam fort.

Dorothy spürte, wie Juan Diego an ihren Brüsten erschauerte. »Jetzt hast du's geschafft, Mutter«, sagte die Tochter missbilligend. »Willst du ihn *noch* unglücklicher machen?«

»Du verstehst nicht, worum es wirklich geht«, sagte ihre Mutter rasch. »Es steht doch im Roman: ›Wenigstens war sie glücklich. Nicht jeder Christ konnte schließlich von sich behaupten, auf der Stelle von der Heiligen Jungfrau getötet zu werden.‹ Das ist eine *lustige* Szene, Herrgott noch mal!«

Doch (wieder) schüttelte Juan Diego den Kopf, diesmal zwischen Dorothys Brüsten. »Das war doch nicht *Ihre* Mutter – das ist doch nicht *ihr* zugestoßen, oder?«, fragte ihn Dorothy.

»Genug der autobiographischen Anspielungen, Dorothy«, mahnte ihre Mutter.

»Das musst *du* gerade sagen«, entgegnete Dorothy.

Es konnte Juan Diego nicht entgangen sein, dass auch Miriam attraktive Brüste hatte, auch wenn ihre Brustwarzen sich nicht durch den Pulli abzeichneten. Nicht so ein moderner BH, dachte Juan Diego, während er sich abmühte, Dorothys Frage über *seine* Mutter zu beantworten, die nicht von einer von ihrem Sockel fallenden Statue der Jungfrau Maria erschlagen worden war – zumindest nicht wirklich.

Doch einmal mehr bekam Juan Diego kein Wort heraus. Er war emotional wie sexuell aufgeladen; durch seinen Körper rauschte so viel Adrenalin, dass er weder seine Lust noch die Tränen in den Griff bekam. Ihm fehlten alle, die er je gekannt hatte; er begehrte sowohl Miriam als auch Dorothy, und zwar so sehr, dass er nicht hätte sagen können, welche der beiden Frauen er mehr wollte.

»Armes Baby«, flüsterte Miriam Juan Diego ins Ohr; er spürte, wie sie seinen Nacken küsste.

Dorothy atmete nur ein. Juan Diego spürte, wie sich ihre Brust gegen sein Gesicht wölbte.

Was hatte Edward Bonshaw doch gleich gesagt in den Augenblicken, wenn der Zelot der Meinung war, die menschlichen Schwächen müssten Gottes Willen weichen, wenn wir Sterbliche uns Gottes Willen nur anhören konnten, und ihm dann gehorchen? Juan Diego hörte immer noch Señor Eduardo sagen: »*Ad majorem Dei gloriam* – zur größeren Ehre Gottes.«

Blieb Juan Diego unter diesen Umständen – an Dorothys Busen geschmiegt, von ihrer Mutter geküsst – überhaupt etwas anderes übrig als sich einfach nur anzuhören, was Gottes Wille war, und ihm dann zu gehorchen? Natürlich gab es dabei einen Widerspruch: Juan Diego befand sich nicht unbedingt in der Gesellschaft der Sorte Frauen, die sich um Gottes Willen scherten. (Miriam und Dorothy waren eher Frauen der Sorte »Verschon mich mit Gottes Willen!«.)

»*Ad majorem Dei gloriam*«, murmelte der Romancier.

»Muss wohl Spanisch sein«, teilte Dorothy ihrer Mom mit.

»Meine Güte, Dorothy«, sagte Miriam. »Das ist Latein, verdammt.«

Juan Diego spürte, wie Dorothy mit den Achseln zuckte. »Egal, was es ist«, sagte die rebellische Tochter, »es geht um Sex, das weiß ich genau.«

7
Zwei Jungfrauen

Auf dem Nachttisch in Juan Diegos Hotelzimmer befand sich ein Bedienfeld mit Knöpfen. Es diente dazu, die Lampen in Schlafzimmer und Bad zu dimmen – oder sie aus- und einzuschalten –, doch verwirrenderweise reagierten Radio und Fernseher ebenfalls auf die Knöpfe.

Das sadistische Zimmermädchen hatte das Radio angelassen – diese Unsitte muss Hotelzimmermädchen auf der ganzen Welt in Fleisch und Blut übergegangen sein –, doch Juan Diego gelang es, das Radio ganz leise zu stellen, wenn auch nicht, es auszuschalten. Auch die Lampen hatten sich bis auf ein schwaches Leuchten dimmen, aber nicht vollständig ausschalten lassen. Der Fernseher war kurz zum Leben erwacht, blieb jetzt aber dunkel und stumm. Juan Diego wusste zwar, dass er notfalls seine Schlüsselkarte aus dem Schlitz neben der Zimmertür ziehen konnte, nur würde damit der ganze Stromkreis im Zimmer unterbrochen und er müsste im Stockdunkeln herumtasten.

Mit gedimmtem Licht kann ich zur Not leben, dachte der Autor. Er begriff nur nicht, wie er im Flugzeug fünfzehn Stunden hatte schlafen können und trotzdem schon wieder müde war. Zu allem Überfluss hatte das grausame Zimmermädchen auch noch seine Utensilien im Bad umgestellt. Der Tablettenzerteiler lag nun auf der anderen Seite des Waschbeckens, obwohl er ihn so sorgsam neben seine Betablocker (und das Viagra) platziert hatte.

Die Betablockereinnahme war überfällig, das wusste er; dennoch schluckte er keine der graublauen Lopressor-Pillen. Er hatte zwar eine in die Hand genommen, sie aber gleich wieder in ihren Behälter zurückgelegt. Stattdessen hatte Juan Diego eine Viagra genommen – eine *ganze*, denn er stellte sich vor, dass er mehr als eine halbe brauchen würde, falls Dorothy ihn anrufen oder bei ihm anklopfen sollte.

Während er in dem schummrig beleuchteten Zimmer vor sich hin dämmerte, stellte sich Juan Diego außerdem vor, dass auch Miriams Erscheinen eine ganze Viagra erforderlich machen könnte. Und weil er nur eine halbe Tablette gewohnt war – 50 statt 100 Milligramm –, merkte er, dass seine Nase noch verstopfter war als sonst; er hatte eine trockene Kehle und spürte, dass Kopfschmerzen unterwegs waren. Dabei hatte er vorausschauend wie immer die Tablette mit viel Wasser runtergespült, um einer Dehydrierung des Körpers entgegenzuwirken. Außerdem würde das Wasser dafür sorgen, dass er nachts aufstehen und pinkeln gehen musste, sollte das Bier diesen Zweck nicht erfüllen. Falls Dorothy oder Miriam nicht auftauchten, würde er dann nicht bis zum Morgen mit der Einnahme einer Lopressor-Pille warten müssen, und, da er die Betablocker schon länger ausgesetzt hatte, sollte er nicht lieber *zwei* auf einmal nehmen?, überlegte Juan Diego. Doch seine irritierenden, adrenalingesteuerten Begierden kollidierten mit seiner Müdigkeit und seinen ewigen Selbstzweifeln. Warum sollte eine dieser begehrenswerten Frauen ausgerechnet mit *mir* schlafen wollen?, fragte er sich. Inzwischen war er natürlich eingeschlafen. Es war niemand da, um es zu bemerken, doch sogar im Schlaf hatte er eine Erektion.

Wenn das Adrenalin seinen Appetit auf Frauen so angeregt hatte, dass er es sogar mit zweien auf einmal probieren wollte, hätte Juan Diego sich denken können, dass seine Träume (in denen er seine prägendsten Erlebnisse als Jugendlicher nachempfand) geradezu in einer Flut von Einzelheiten ertrinken würden.

In seinem Traum im Regal Airport Hotel erkannte Juan Diego Riveras Pick-up beinahe nicht wieder. Der Fahrtwind hatte Juan Diegos Blut in diagonalen Schlieren über die Karrosserie verteilt; kaum besser sah Diablos blutbespritztes Gesicht aus. Kirchgänger wie Touristen trauten ihren Augen nicht, als sie an dem leeren Pick-up vorbeikamen, der vor dem *Templo de la Compañia de Jesús* parkte.

Diablo, den man auf der Ladefläche von Riveras Pick-up zurückgelassen hatte, verteidigte sein Revier aggressiv; außer einen tollkühnen Jungen, der eine der Blutschlieren auf der Beifahrertür berührte, weil er wissen wollte, ob es tatsächlich Blut war, bellte er alle weg.

»*¡Sangre!*«, sagte der mutige Knabe.

Dann murmelte jemand anderes: »*Una matanza*« (»ein Blutbad«, »ein Massaker«) – einige Blutspritzer auf einem alten Pick-up und ein blutbefleckter Hund, und schon ließen sich die Menschen zu den wildesten und voreiligsten Schlussfolgerungen hinreißen. Die Ersten eilten bereits ins Gotteshaus, um das mutmaßliche Opfer einer mutmaßlichen Bandenschießerei, das dort angeblich zu Füßen der

Jungfrau Maria abgelegt worden sei, in Augenschein zu nehmen. (Wer würde sich so etwas entgehen lassen?)

Gerade als sich besagte Vorhut vom Corpus delicti (dem Pick-up am Straßenrand) zum Opfer im Kircheninneren begab, fand Bruder Pepe eine Parklücke für seinen staubig-roten VW Käfer, direkt hinter dem blutbeschmierten Fahrzeug mit dem gefährlich aussehenden Diablo auf der Ladefläche.

Bruder Pepe hatte Riveras Pick-up erkannt; er sah das Blut und zog seinerseits den voreiligen Schluss, dass den armen Kindern in Riveras Obhut etwas unaussprechlich Schlimmes zugestoßen sein musste.

»*Los niños*«, rief Pepe entsetzt. Und dann rasch zu Edward Bonshaw, der neben ihm saß: »Lassen Sie Ihre Sachen hier! Offenbar gibt's Ärger.«

»Ärger?«, wiederholte der Zelot auf seine eifrige Art. Irgendwo in der Menge fiel das Wort *perro*, und Edward Bonshaw, der hinter dem davonwatschelnden Bruder Pepe hereilte, warf einen Blick auf den furchterregenden Diablo. »Was ist mit dem Hund?«, rief Edward Bruder Pepe zu.

»*Ensangrentado*«, wiederholte Bruder Pepe. »Blutbefleckt.«

»Das sehe ich selbst!«, sagte Edward Bonshaw ein wenig pikiert.

In der Jesuitenkirche drängten sich die bestürzten Schaulustigen. »*¡Un milagro!*«, rief einer der Gaffer.

Edward Bonshaws Spanisch war eher selektiv als einfach nur schlecht; er kannte das Wort *milagro*, das sofort sein nachhaltiges Interesse weckte.

»Ein Wunder?«, sagte Edward fragend zu Pepe, der sich zum Altar durchzwängte. »Was für ein Wunder?«

»Keine Ahnung, ich bin doch eben erst angekommen!«

Bruder Pepe atmete schwer. Wir wollten einen Englischlehrer, aber geschickt haben sie uns *un milagrero*, dachte der arme Pepe, »einen Wundersucher«.

Rivera hatte vernehmlich um ein Wunder gebetet, was einige der Gaffer zweifellos aufgeschnappt hatten, und jetzt redeten plötzlich alle von einem Wunder.

El jefe hatte Juan Diego ganz vorsichtig vor dem Altar abgelegt, dennoch schrie der Junge laut auf vor Schmerzen (die er im Traum allerdings herunterspielte). Immer wieder bekreuzigte sich Rivera nun vor der imposanten Marienstatue und kniete vor ihr nieder; und ebenso häufig warf er ängstliche Blicke über die Schulter, ob etwa die Mutter des Müllkippenkindes auftauchte; daher war unklar, ob der Deponiechef eher um Juan Diegos Heilung betete oder auf ein Wunder hoffte, das ihn vor Esperanzas Zorn rettete – weil diese nämlich garantiert ihm die Schuld an dem Unfall geben würde.

»Das hört sich nicht gut an«, murmelte Edward Bonshaw. Ein vor Schmerz schreiendes Kind schien nicht das Zeug zu einem Wunder zu haben.

»Ein Fall von Wunschhoffen«, seufzte Bruder Pepe; das klang irgendwie falsch, was ihm klar war. Er fragte Lupe, was geschehen sei, verstand das wirre Kind aber nicht.

»Welche Sprache spricht sie?«, fragte Edward eifrig. »Klingt ein bisschen wie Latein.«

»Es ist Kauderwelsch, auch wenn sie angeblich hochintelligent, sogar hellseherisch veranlagt ist«, flüsterte Bruder

Pepe dem Neuankömmling ins Ohr. »Niemand versteht sie – außer dem Jungen.« Das Geschrei war unerträglich.

In diesem Moment sah Edward Bonshaw Juan Diego, der vor der gewaltigen Jungfrau Maria auf dem Boden lag und blutete. »Barmherzige Mutter! Rette das arme Kind!«, rief der Mann aus Iowa, womit er zwar die murmelnde Menge zum Schweigen brachte, aber nicht den schreienden Jungen.

Juan Diego hatte die anderen Menschen im Gotteshaus in seinem Zustand nicht wahrgenommen, außer zwei Frauen, die in der vordersten Bankreihe knieten und offenbar trauerten. Sie waren ganz in Schwarz gekleidet – verschleiert, die Köpfe völlig bedeckt. Seltsamerweise beruhigte ihr Anblick das weinende Kind, und die Schmerzen ließen nach.

Das war zwar kein richtiges Wunder, doch angesichts der plötzlich nachlassenden Schmerzen fragte sich Juan Diego, ob die beiden Frauen etwa ihn betrauerten – ob er schon gestorben war oder ob er gerade im Sterben lag? Als der Junge wieder zu ihnen hinübersah, fiel ihm auf, dass die beiden schwarzgekleideten Frauen, die Köpfe gesenkt, so still und reglos verharrten wie Statuen.

Schmerz hin oder her, Juan Diego rechnete nicht damit, dass die Jungfrau Maria seinen Fuß heilen würde; er erwartete auch von Unserer Lieben Frau von Guadalupe kein Wunder.

»Die faulen Jungfrauen arbeiten heute nicht, oder sie wollen dir nicht helfen«, teilte Lupe ihrem Bruder mit. »Wer ist der komische Gringo? Was will der?«

»Was hat sie gesagt?«, fragte Edward Bonshaw den Jungen.

»Dass die Jungfrau Maria eine Hochstaplerin ist«, antwortete der Junge und spürte sofort, wie seine Schmerzen zurückkehrten.

»Eine Hochstaplerin? Doch nicht unsere Maria!«, rief Edward Bonshaw aus.

»Das ist das Müllkippenkind, von dem ich Ihnen erzählt habe, *un niño de la basura*«, versuchte Bruder Pepe zu erklären. »Ein kluges Kind –«

»Wer sind Sie? Was wollen Sie?«, fragte Juan Diego den Gringo in dem komischen Hawaiihemd.

»Er ist euer neuer Lehrer, Juan Diego – sei nett«, ermahnte Bruder Pepe den Jungen. »Er ist einer von uns, Mr. Edward Bon –«

»Eduardo«, korrigierte der Mann aus Iowa Pepe.

»Pater Eduardo? *Bruder* Eduardo?«, wollte Juan Diego wissen.

»*Señor* Eduardo«, sagte Lupe plötzlich. Sogar der Amerikaner hatte sie verstanden.

»Eigentlich reicht Eduardo vollkommen«, sagte Edward bescheiden.

»Señor Eduardo«, wiederholte Juan Diego; aus irgendeinem Grund gefiel dem verletzten Müllkippenleser der Klang des Namens. Der Junge hielt nach den beiden trauernden Frauen in der vordersten Bankreihe Ausschau, konnte sie aber nicht entdecken. Verhielt es sich bei diesen Frauen etwa wie mit seinen Schmerzen, die kamen und gingen?

»Warum ist die Jungfrau Maria eine Hochstaplerin?«, fragte Edward Bonshaw den Jungen, der immer noch reglos zu Füßen der heiligen Mutter lag.

»Fragen Sie nicht – nicht jetzt. Dazu ist keine Zeit«,

wollte Bruder Pepe sagen, doch Lupe brabbelte schon wieder unverständliches Zeug – zeigte zuerst auf Maria, dann auf die kleinere, dunkelhäutige Jungfrau in ihrem schlichten Schrein, an dem die meisten achtlos vorbeigingen.

»Ist das Unsere Liebe Frau von Guadalupe?«, fragte der neue Missionar. Von dort, wo er stand, am Altar des Monsters Maria, wirkte die Guadalupe-Figur in ihrer Nische winzig und wie vorsätzlich versteckt.

»¡Sí!«, rief Lupe und stampfte mit dem Fuß auf; plötzlich spuckte sie auf den Boden, fast genau zwischen die beiden Jungfrauen.

»Noch eine mögliche Hochstaplerin«, sagte Juan Diego, um das spontane Spucken seiner Schwester zu erklären. »Aber Guadalupe ist nicht durch und durch schlecht; sie ist nur ein wenig korrumpiert.«

»Ist die Kleine –«, hub Edward Bonshaw an, doch Bruder Pepe legte dem Mann aus Iowa warnend die Hand auf die Schulter.

»Sagen Sie's nicht«, bat Pepe den Amerikaner.

»Nein, ist sie *nicht*«, antwortete Juan Diego. Das Wort *zurückgeblieben* hing unausgesprochen in der Kirche. (Natürlich hatte Lupe dennoch die Gedanken des neuen Missionars gelesen und wusste, was er gedacht hatte.)

»Mit dem Fuß des Jungen stimmt etwas nicht – er ist plattgequetscht und zeigt in die falsche Richtung«, sagte Edward zu Bruder Pepe. »Sollte er nicht zu einem Arzt?«

»¡Sí!«, rief Juan Diego. »Bringt mich zu Doktor Vargas. Nur *el jefe* glaubt an Wunder.«

»*El jefe?*«, fragte Señor Eduardo, der eine religiöse Anspielung auf den Allmächtigen vermutete.

»Nicht *der jefe*«, sagte Bruder Pepe.

»Welcher dann?«, fragte der Mann aus Iowa.

»*El jefe*«, sagte Juan Diego und zeigte auf den verstörten und schuldbewussten Rivera.

»A-*ha*! Der Vater des Jungen?«, fragte Edward Pepe.

»Nein, wahrscheinlich nicht – er ist der Deponiechef«, sagte Bruder Pepe.

»Er hat den Pick-up gefahren! Er ist zu faul, um den Außenspiegel reparieren zu lassen! Und sieh dir seinen blöden Schnurrbart an! Mit dieser haarigen Raupe auf der Oberlippe kriegt er außer einer Prostituierten keine Frau ab, nie und nimmer!«, wetterte Lupe.

»Herrje – sie spricht ihre eigene Sprache, nicht wahr?«, fragte Edward Bonshaw Bruder Pepe.

»Das ist Rivera. Er hat den Pick-up gefahren, der rückwärts über meinen Fuß gerollt ist, aber er ist wie ein Vater zu uns – *besser* als ein Vater. Er lässt uns nicht im Stich«, teilte Juan Diego dem neuen Missionar mit. »Und er hat uns noch nie geschlagen.«

»A-*ha*«, wiederholte Edward, für einmal ganz untheatralisch. »Und eure *Mutter*? Wo ist –«

Wie von den heiligen Jungfrauen gerufen (die an diesem Tag offenbar nicht in Aktion treten wollten), kam in diesem Moment Esperanza in die Kirche gestürmt und eilte nach vorn zu ihrem Sohn. Sie war eine bildschöne junge Frau, die, wo und wann sie auftauchte, jedes Mal einen Auftritt hinlegte. Sie sah nicht nur nicht wie eine Putzfrau in einem Jesuitenkloster aus; für den Mann aus Iowa sah sie auch nicht aus wie eine Mutter.

Was war das nur bei Frauen mit solchen *Vorbauten*?,

fragte sich Bruder Pepe im Stillen. Warum mussten die immer derart wogen?

»Chronisch zu spät, meistens hysterisch«, stellte Lupe missmutig fest. Ihre Blicke zur Jungfrau Maria und Unserer Lieben Frau von Guadalupe waren zweifelnd gewesen, doch von ihrer Mutter wandte sie den Blick einfach nur ab.

»Sie ist doch bestimmt nicht Juan Diegos –«, fing Señor Eduardo an.

»Doch, ist sie – und auch die des Mädchens«, sagte Pepe nur.

Esperanza faselte wirres Zeug; offenbar flehte sie die Jungfrau Maria an, statt etwas so Banales zu tun, wie Juan Diego zu fragen, was ihm zugestoßen sei. Ihre Beschwörungen klangen für Bruder Pepe wie Lupes Gebrabbel – war da etwa Vererbung im Spiel? –, und (natürlich) steuerte Lupe ihren Kommentar bei, indem sie anklagend auf den raupenlippigen Deponiechef zeigte und zum soundsovielten Mal den Unfallhergang zum Besten gab. Rivera sah aus, als würde er sich am liebsten zu Füßen der Jungfrau Maria auf den Boden werfen und den Kopf gegen den Sockel schlagen, auf dem die völlig unbeteiligt wirkende Mutter Jesu stand. Aber war sie auch wirklich unbeteiligt?

In dem Moment sah Juan Diego nach oben in das für gewöhnlich ausdruckslose Gesicht der Jungfrau Maria. Schärften etwa die Schmerzen seinen Blick, und starrte die Jungfrau Maria tatsächlich missbilligend auf seine Mutter Esperanza herab – sie, die trotz ihres Namens so wenig Hoffnung in das Leben ihres Sohnes gebracht hatte? Aber warum genau fixierte sie die Mutter der beiden Kinder mit ihrem stechenden Blick?

Die offenherzige Bluse zeigte viel Brustansatz der untypischen Putzfrau, und von ihrem Sockel herab hatte die Muttergottes freien Einblick in das Dekolleté.

Esperanza hingegen bekam Marias Missbilligung nicht mit. Zur Überraschung Juan Diegos, der es gewohnt war, Lupes Dolmetscher zu sein, verstand seine Mutter diesmal durchaus, was ihre ungestüme Tochter brabbelte.

Esperanza hörte auf, vor den Zehen der Jungfrau Maria die Hände zu ringen und die unbeteiligt dastehende Statue um Beistand anzuflehen. Juan Diego staunte immer wieder, wie gut seine Mutter mit Schuld umgehen konnte – indem sie sie anderen zuwies. In diesem Fall traf es *el jefe* mit voller Wucht, der sich selbst ewig Vorwürfe machen würde, dass er den kaputten Außenspiegel nicht repariert und außerdem in der Fahrerkabine seines Pick-ups geschlafen hatte, weshalb der Schaltknüppel im Rückwärtsgang steckte. Esperanza ging mit den Fäusten auf ihn los, trat ihn gegen die Schienbeine und riss ihn an den Haaren, wobei ihm ihre Armreife das Gesicht zerkratzten.

»Sie müssen Rivera helfen«, sagte Juan Diego zu Bruder Pepe, »sonst können wir ihn gleich mit zu Dr. Vargas nehmen.« Zu Lupe sagte er: »Hast du mitbekommen, wie die Jungfrau Maria unsere Mutter angesehen hat?« Doch seine sonst scheinbar allwissende Schwester zuckte nur die Achseln.

»Die Jungfrau Maria hat gegen jeden was«, sagte Lupe. »Keiner ist für diese große Schlampe gut genug.«

»Was hat sie gesagt?«, wollte Edward Bonshaw wissen.

»Das weiß Gott allein«, sagte Bruder Pepe, als Juan Diego nicht dolmetschte.

»Wenn du dir über etwas Sorgen machen willst«, sagte Lupe zu ihrem Bruder, »dann darüber, wie Guadalupe *dich* angesehen hat.«

»Wie denn?«, fragte Juan Diego das Mädchen. Als er sich zu der kaum beachteten Statue der Guadalupe umwandte, durchfuhr ihn ein stechender Schmerz.

»Als ob sie noch nicht genau wüsste, was sie von dir halten soll«, sagte Lupe. »Als hätte sie sich diesbezüglich noch nicht entschieden«, sagte ihm das hellsichtige Mädchen.

»Bringt mich hier weg«, sagte Juan Diego zu Bruder Pepe. »Señor Eduardo, Sie müssen mir helfen«, bat er als Nächstes den neuen Missionar und ergriff dessen Hand. »Rivera kann mich zwar tragen«, fuhr Juan Diego fort. »Aber vorher müssen Sie ihn retten.«

»Esperanza, *bitte*, verschonen Sie ihn«, rief Bruder Pepe und griff nach den schmalen Handgelenken der Putzfrau. »Wir müssen Juan Diego zu Dr. Vargas bringen – dazu brauchen wir Rivera und seinen Pick-up.«

»Seinen *Pick-up*?!«, rief die überspannte Mutter.

»Beten Sie«, sagte Edward Bonshaw zu Esperanza, erstaunlicherweise in makellosem Spanisch.

»*Beten?*«, wiederholte Esperanza. Und dann, an Pepe gewandt, der seinen blutenden Daumen betrachtete, wo ihn einer von Esperanzas Armreifen verletzt hatte: »Wer ist das?«

»Unser neuer Lehrer, auf den wir alle gewartet haben«, antwortete Bruder Pepe, als ob es ihm selbst gerade erst bewusst geworden wäre. »Señor Eduardo ist aus *Iowa*«, betonte er. Bei ihm klang *Iowa*, als wäre es *Rom*.

»*Iowa?*«, wiederholte Esperanza, von seiner Begeisterung angesteckt, mit wogendem Busen. »Señor Eduardo«, wiederholte sie und machte vor dem Mann aus Iowa einen ungelenken, aber ihr Dekolleté enthüllenden Knicks. »*Wo* beten? *Hier* beten? *Jetzt* beten?«, fragte sie den neuen Missionar in dem knallbunten Papageienhemd.

»*Sí*«, bestätigte Señor Eduardo, bemüht, überallhin zu schauen außer auf ihre Brüste.

Eins muss man dem Typ lassen, der weiß, wie man's macht, dachte Bruder Pepe.

Rivera hatte Juan Diego schon hochgehoben, und der Junge schrie vor Schmerz auf, gerade laut genug, um die murmelnde Menschenmenge verstummen zu lassen.

»Sieh ihn dir an«, sagte Lupe ihrem Bruder.

»Sieh dir – wen an?«, fragte Juan Diego.

»Na *ihn*, den Gringo – den Papageienmann!«, sagte Lupe. »*Er* ist der Wundermann. Erkennst du das nicht? *Er* ist es. Er ist wegen uns gekommen – jedenfalls wegen *dir*.«

»Wie meinst du das, ›Er ist wegen uns gekommen‹ – was soll das denn heißen?«

»Jedenfalls wegen *dir*«, wiederholte Lupe und wandte sich ab; sie wirkte fast gleichgültig, als glaube sie ihren eigenen Worten nicht mehr. »Genau genommen ist der Gringo wohl nicht *mein* Wunder, sondern deins«, sagte sie verzagt.

»Der Papageienmann«, wiederholte Juan Diego fröhlich in Riveras starken Armen, doch dann sah er, dass Lupe nicht lächelte. Ernst wie immer ließ sie ihren prüfenden Blick über die Menge gleiten, als hielte sie nach ihrem eigenen Wundermann Ausschau, den sie aber nicht fand.

»Ihr Katholiken«, sagte Juan Diego und zuckte zusammen, als Rivera sich mit ihm einen Weg durch den verstellten Eingang der Jesuitenkirche bahnte; Bruder Pepe und Edward Bonshaw war nicht klar, ob der Junge mit »Ihr Katholiken« die gaffende Menschenmenge oder die laut, aber ohne spürbares Ergebnis betende Mutter der beiden Müllkippenkinder meinte; Esperanza betete immer laut, so wie Lupe, und sie betete in Lupes Sprache. Und jetzt hatte die hübsche Mutter aufgehört, die Jungfrau Maria anzuflehen, und widmete ihre ganze Aufmerksamkeit der kleineren, dunkelhäutigen Jungfrau.

»Oh, du, der man einst keinen Glauben schenkte – du, an der man zweifelte, du, die erst beweisen musste, wer sie war«, betete Esperanza zu der kindgroßen Statue Unserer Lieben Frau von Guadalupe.

»Ihr Katholiken –«, begann Juan Diego erneut. Diablo sah die Müllkippenkinder kommen und wedelte mit dem Schwanz, doch der Junge packte den neuen Missionar an seinem Hawaiihemd. Plötzlich hatte er ganz viele Papageien in der Hand. »Ihr Katholiken habt unsere Jungfrau gestohlen«, sagte Juan Diego zu Edward Bonshaw. »Guadalupe gehört *uns*, und ihr habt sie uns weggenommen – ihr habt sie *benutzt*, habt sie zu einer Nebenjungfrau, einer *Akolythin* eurer Jungfrau Maria degradiert.«

»Zu einer *Akolythin*!«, wiederholte der Mann aus Iowa. Und zu Bruder Pepe gewandt: »Dieser Knabe spricht erstaunlich gut Englisch!«

»*Sí*, erstaunlich«, bestätigte Pepe.

»Aber vielleicht deliriert er auch wegen der Schmerzen«, vermutete der neue Missionar. Bruder Pepe glaubte nicht, dass die Schmerzen etwas damit zu tun hatten, schließlich hörte er Juan Diegos Guadalupetirade nicht zum ersten Mal.

»Für ein Deponiekind ist er *milagroso*«, wie Bruder Pepe es formulierte – *wundersam*. »Er liest besser als unsere Schüler, und nicht zu vergessen – er ist Autodidakt.«

»Ja, ich weiß – das ist erstaunlich. Ein *Autodidakt*!«, rief Señor Eduardo.

»Weiß Gott, wie und wo er sein Englisch gelernt hat, jedenfalls nicht nur auf dem *basurero*«, fuhr Pepe fort, »der Bursche treibt sich auch mit Hippies und Wehrdienstverweigerern herum – aus dem wird mal was!«

»Irgendwann landet eben alles auf dem *basurero*«, brachte Juan Diego zwischen vor Schmerz zusammengebissenen Zähnen hervor. »Sogar Bücher auf Englisch.« Er hatte es aufgegeben, nach den beiden trauernden Frauen Ausschau zu halten, denn seine Schmerzen bedeuteten wohl, dass er *nicht* im Sterben lag; deshalb sah er sie auch nicht mehr.

»Ich fahre nicht mit der Raupenlippe«, sagte Lupe gerade. »Ich will mit dem Papageienmann fahren.«

»Wir wollen auf der Ladefläche mitfahren, wie Diablo«, teilte Juan Diego Rivera mit.

»*Sí*«, sagte der seufzend; er wusste, wann er verloren hatte.

»Ist der Hund friedlich?«, wollte Señor Eduardo von Bruder Pepe wissen.

»Ich fahre im VW hinterher«, antwortete Pepe. »Wenn Sie in Stücke gerissen werden, bin ich Zeuge – und kann den Zuständigen da oben Empfehlungen unterbreiten, was ihre spätere Heiligsprechung angeht.«

»Ich habe das ernst gemeint«, sagte Edward Bonshaw.

»Ich auch, Edward – Verzeihung, *Eduardo* –, ich auch«, erwiderte Pepe.

Rivera hatte gerade den Verletzten auf der Ladefläche des Pick-ups abgelegt und dessen Kopf auf Lupes Schoß gebettet, als die beiden alten Priester erschienen. Edward Bonshaw saß ganz hinten und stützte sich am Reserverad des Trucks ab, die Kinder zwischen sich und Diablo, der den neuen Missionar misstrauisch ansah, wobei ständig eine Träne aus dem lidlosen linken Auge des Hundes tropfte.

»Was geht hier vor, Pepe?«, fragte Pater Octavio. »Ist jemand ohnmächtig geworden oder hatte einen Herzschlag?«

»Es sind diese Müllkippenkinder«, sagte Pater Alfonso und runzelte die Stirn. »Den Geruch kann man bis ins Jenseits riechen.«

»Wofür betet Esperanza denn?«, wollte Pater Octavio von Pepe wissen, da man die durchdringende Stimme der Putzfrau mit Sicherheit im Jenseits *hören* konnte – oder wenigstens bis auf den Vorplatz des Jesuitentempels.

»Juan Diego ist von Riveras Pick-up überrollt worden«, begann Bruder Pepe. »Der Junge wurde zwecks eines Wunders hierhergebracht, doch unsere beiden Jungfrauen haben's nicht gerichtet.«

»Dann sind sie jetzt vermutlich unterwegs zu Dr. Vargas«, sagte Pater Alfonso. »Aber was hat dieser Gringo da verloren?«, fragte er, wie Octavio seine ungewöhnlich empfindsame und häufig verächtlich gekräuselte Nase rümpfend, wobei sein Naserümpfen nicht nur dem Müllwagen galt, sondern auch dem Gringo mit den polynesischen Papageien auf seinem geschmacklosen Hawaiihemd.

»Sag nicht, Rivera hat auch noch einen Touristen überfahren!«, sagte Pater Octavio zu Pepe.

»Das ist der Mann, auf den wir alle gewartet haben«, gab dieser mit einem schelmischen Lächeln zurück. »Edward Bonshaw aus Iowa – unser neuer Lehrer.« Am liebsten hätte er noch ergänzt, dass Señor Eduardo *un milagrero* war – ein Wundersucher –, aber er riss sich am Riemen. Die Patres sollten sich über Edward Bonshaw ihr eigenes Urteil bilden. »Der Mann, auf den wir alle gewartet haben« – mit dieser Formulierung hatte Pepe die beiden erzkonservativen Priester einerseits provozieren wollen. Doch gleichzeitig achtetete er darauf, das Thema *Wunder* nur beiläufig zu erwähnen. »*Señor Eduardo es bastante milagroso*«, so formulierte es Pepe – »Señor Eduardo ist recht wundersam.«

»Señor Eduardo«, wiederholte Pater Octavio.

»*Wundersam!*«, rief Pater Alfonso entsetzt. Er und Pater Octavio verwendeten das Wort *milagroso* niemals leichtfertig.

»Oh, Sie werden schon sehen – Sie werden sehen«, sagte Bruder Pepe unschuldig.

»Hat der Amerikaner noch andere Hemden, Pepe?«, fragte Pater Octavio.

»Die ihm auch passen?«, ergänzte Pater Alfonso.

»*Sí, jede Menge* – alles Hawaiihemden!«, antwortete Pepe. »Und sie sind ihm wohl alle ein wenig zu groß, weil er so viel abgenommen hat.«

»Wieso? Ist er etwa todkrank?«, fragte Pater Octavio. Das mit dem Abnehmen fanden die beiden Patres ebenso abstoßend wie das schauderhafte Hawaiihemd; sie waren fast so übergewichtig wie Bruder Pepe.

»Na – *und*? Stirbt er denn nun?«, fragte Pater Alfonso Bruder Pepe.

»Nicht dass ich wüsste«, antwortete Pepe und verbiss sich ein schelmisches Lächeln. »Mir kommt er im Gegenteil kerngesund vor – und eifrig bemüht, sich nützlich zu machen.«

»*Nützlich*«, wiederholte Pater Octavio, als wäre das ein Todesurteil. »Wie utilitaristisch.«

»Erbarmen«, sagte Pater Alfonso.

»Ich fahre ihnen nach«, sagte Pepe und watschelte eilig zu seinem Wagen. »Falls etwas passieren sollte.«

»Erbarmen«, wiederholte Pater Octavio.

»Wenn die Amerikaner anfangen, sich *nützlich* zu machen ...«, sagte Pater Alfonso.

Riveras Truck fuhr los, und Bruder Pepe fädelte sich hinter ihm in den Straßenverkehr ein. Er sah Juan Diegos Kopf, den dessen seltsame Schwester schützend in ihren Händen hielt. Neben den Geschwistern stand Diablo, die Vorderpfoten auf den Werkzeugkasten des Pick-ups gestützt, das normale Ohr und das mit der dreieckigen Bisswunde flatterten im Wind. Doch eigentlich hatte Bruder Pepe nur Augen für Edward Bonshaw.

»Sieh ihn dir an«, hatte Lupe zu Juan Diego gesagt. »*Ihn*, den Gringo – den Papageienmann!«

Was Bruder Pepe sah, war ein Mann, der wirkte, als ob er *angekommen* sei – jemand, der sich noch nie zuvor irgendwo zu Hause gefühlt, aber unversehens seinen Platz in der Welt gefunden hatte.

Bruder Pepe wusste nicht, ob er aufgeregt, besorgt oder beides sein sollte. Doch er erkannte in diesem Moment, dass Señor Eduardo tatsächlich seine Aufgabe im Leben gefunden hatte.

Genauso fühlte sich Juan Diego in seinem Traum – wie man sich eben fühlt, wenn man merkt, dass plötzlich alles anders ist und das Leben eine neue Richtung einschlägt.

»Hallo?«, sagte eine junge Frauenstimme aus dem Telefonhörer, den Juan Diego, wie er erst jetzt bemerkte, in der Hand hielt.

»Hallo«, sagte der Schriftsteller, der auch erst jetzt seine pochende Erektion bemerkte.

»Hi, *ich* bin's – *Dorothy*«, sagte die junge Frau. »Sie sind doch allein, meine Mutter ist nicht bei Ihnen, oder?«

8

Zwei Kondome

Was soll man von den Träumen eines Romanschriftstellers halten? Offensichtlich war Juan Diego so frei, sich vorzustellen, was Bruder Pepe dachte und empfand. Aber in welcher Erzählperspektive träumte Juan Diego? (In Pepes bestimmt nicht.)

Darüber und über andere Aspekte seines regen Traumlebens hätte sich Juan Diego gern unterhalten, aber jetzt schien ihm nicht der passende Zeitpunkt zu sein. Dorothy spielte mit seinem Penis; wie der Romancier bemerkt hatte, ging die junge Frau bei diesem koitalen Nachspiel mit der gleichen unerschütterlichen Akribie vor wie sonst bei ihrem Handy und ihrem Laptop. Juan Diego neigte kaum zu Männerphantasien, nicht einmal als Prosaautor.

»Ich glaube, du kannst noch mal«, sagte die nackte junge Frau. »Na gut, vielleicht nicht sofort, aber ziemlich bald. Guck dir den Burschen an!«, rief sie. Beim ersten Mal war sie ebenfalls nicht schüchtern gewesen.

In seinem Alter sah sich Juan Diego seinen Penis nicht sehr oft an, im Gegensatz zu Dorothy, die sich von Anfang an für ihn interessiert hatte.

Was ist nur aus dem Vorspiel geworden?, hatte sich Juan Diego gefragt. (Nicht dass er mit Vor- *oder* Nachspiel sehr erfahren gewesen wäre.) Er hatte versucht, Dorothy zu erklären, warum die Mexikaner Unsere liebe Frau von Guadalupe derart vergötterten. Sie lagen aneinandergeschmiegt in Juan Diegos schummrig beleuchtetem Bett, wo sie das ganz leise gestellte Radio nur wie von einem weit entfernten Planeten hörten, als die junge Frau ungeniert die Bettdecke zurückschlug und seine durch Adrenalin aufgeladene und durch Viagra verstärkte Erektion betrachtete.

»Das Problem begann mit Cortés, dem Konquistador, der 1521 das Aztekenreich eroberte – Cortés war *sehr* katholisch«, sagte Juan Diego gerade zu der jungen Frau. Dorothy lag halb auf ihm, eine warme Wange auf seinem Bauch, und betrachtete seinen Penis. »Cortés kam aus der Extremadura; die Guadalupe von Extremadura, also die Madonnen*statue*, wurde angeblich vom heiligen Lukas, dem Evangelisten, geschnitzt. Entdeckt wurde sie im 14. Jahrhundert«, fuhr Juan Diego fort, »bei so einem typischen Heilige-Jungfrau-Auftritt – inklusive einfachem Hirten. Als sie ihm befahl, an der Stelle ihrer Erscheinung zu graben, fand er dort die Ikone.«

»Das ist kein Altherrenpenis, du hast da einen richtig munteren kleinen Burschen«, sagte Dorothy, ohne auch nur ansatzweise auf das Thema Guadalupe einzugehen. Sprach's und legte los; Dorothy ließ nichts anbrennen.

Juan Diego bemühte sich, sie nicht zu beachten. »Die Guadalupe von Extremadura hatte einen olivfarbenen Teint, wie die meisten Mexikaner«, erzählte Juan Diego weiter, obwohl es ihn irritierte, mit dem Hinterkopf der jungen dunkelhaarigen Frau zu sprechen. »Daher war die Extremadura-Guadalupe das perfekte Mittel für die Missionare, die Cortés nach Mexiko folgten, um die Eingeborenen zum Christentum zu bekehren.«

»Hm-m«, machte Dorothy und schob sich Juan Diegos Penis in den Mund.

Juan Diego war kein selbstsicherer Mann, was Sex anging – nie gewesen; von seinen Soloexperimenten mit Viagra einmal abgesehen, hatte er in letzter Zeit überhaupt keinen sexuellen Kontakt gehabt. Dennoch hatte er gelassen bleiben können, als Dorothy ihm einen blies – indem er einfach weiterredete. Bestimmt war das der Romanschriftsteller in ihm: Er konnte sich auf die Langstrecke konzentrieren; Kurzgeschichten waren nie sein Ding gewesen.

»Zehn Jahre nach der Eroberung durch die Spanier, auf einem Hügel bei Mexico City –«, sagte Juan Diego zu der jungen Frau, die an seinem Penis lutschte.

»Tepeyac«, unterbrach ihn Dorothy kurz, wobei sie das Wort völlig korrekt betonte, ehe sie seinen Schwanz wieder in den Mund nahm. Juan Diego war verblüfft, dass diese nur mäßig gebildet wirkende junge Frau den Namen dieses Ortes kannte, ging aber äußerlich genauso lässig darüber hinweg wie über den Blowjob.

»Es war frühmorgens an einem Dezembertag des Jahres 1531 –«, setzte Juan Diego wieder an.

Er spürte ein jähes, von Dorothys Zähnen verursachtes Zwicken, als die impulsive junge Frau losredete, während sein Penis noch in ihrem Mund steckte: »Im spanischen Reich feierte man an diesem Morgen das Fest der Unbefleckten Empfängnis Mariens – kein Zufall, oder?«

»Stimmt, aber –«, begann Juan Diego, hielt jedoch erneut inne. Die Andacht mit der Dorothy ihn jetzt lutschte, ließ vermuten, dass die junge Frau auf weitere Ausführungen zu dem Thema verzichten würde. »Der Bauer Juan Diego, nach dem ich benannt wurde, hatte eine Vision: Er sah eine junge Frau, ein kaum fünfzehn- oder sechzehnjähriges Mädchen, in einer Aura von Licht«, mühte sich der Schriftsteller weiter. »Doch als sie zu ihm sprach und durch die Art, wie sie sich ausdrückte, wurde diesem Bauern Juan Diego angeblich klar, dass sie entweder die Jungfrau Maria selbst oder *wie* die Jungfrau Maria war. Sie verlangte, dass er an der Stelle, an der sie ihm erschienen war, ihr zu Ehren eine Kirche errichtete, eine richtige Kirche, nur für sie.«

Dorothy ließ ein vermutlich skeptisch gemeintes Grunzen oder ein ähnlich uneindeutiges Gurgeln hören. Daraus schloss Juan Diego, dass Dorothy die Geschichte nicht nur kannte, sondern dass sie ihre Einstellung dazu besonders eindeutig zeigen wollte.

»Was sollte der arme Bauer machen?«, rief Juan Diego, was Dorothy, ihrem plötzlichen Schnauben nach zu urteilen, als rein rhetorische Frage auffasste. Dieses derbe Schnauben ließ Juan Diego – *nicht* den Bauern, den *anderen* Juan Diego – zusammenzucken. Zweifellos befürchtete er ein weiteres schmerzhaftes Zwicken durch die Zähne der geschäftigen jungen Frau, doch er kam, jedenfalls fürs Erste, noch einmal glimpflich davon.

»Also, dieser Bauer erzählte seine kaum glaubhafte Geschichte dem spanischen Erzbischof –«, nahm Juan Diego den Faden wieder auf.

»Zumárraga!«, stieß Dorothy hervor, und man hörte einen kleinen Würgelaut.

Was für eine außergewöhnlich gut informierte junge

Frau – sie kennt sogar den Namen des zweifelnden Erzbischofs!, staunte Juan Diego.

Dass Dorothy offenbar sämtliche Einzelheiten kannte, brachte Juan Diego vorübergehend davon ab, seine Version der Geschichte der Guadalupe weiterzuerzählen; kurz vor dem *wundersamen* Teil der Geschichte hielt er inne, entweder aus Frust, weil Dorothy sich mit seinem Thema fast besser auskannte als er selbst, oder (endlich doch noch!) durch den Blowjob abgelenkt.

»Und was tut dieser zweifelnde Erzbischof?«, rief Juan Diego, was nicht als rhetorische Frage gemeint war, sondern als Test für Dorothy, die ihn jedoch auch diesmal nicht enttäuschte – außer dass sie aufhörte, an seinem Schwanz zu lutschen. Mit einem hörbaren *Plopp* gab ihr Mund seinen Penis frei, so dass Juan Diego wieder zusammenzuckte.

»Dieses Arschloch von einem Bischof sagte dem Bauern, er solle es beweisen – als wäre das dessen Aufgabe gewesen«, sagte Dorothy verächtlich. Sie rutschte an Juan Diegos Körper hoch und massierte seinen Penis zwischen ihren Brüsten.

»Und der arme Bauer ging zurück zur Jungfrau und bat sie um ein Zeichen, etwas, was ihre Identität beweisen würde«, fuhr Juan Diego fort.

»Als – wäre – das – *deren* – verdammte – Aufgabe«, ergänzte Dorothy, während sie kleine Küsse über seinen Hals verteilte und an seinen Ohrläppchen knabberte.

In diesem Moment wurde es unübersichtlich – das heißt, es lässt sich unmöglich aufdröseln, wer was zu wem sagte. Schließlich kannten sie beide die Geschichte und hatten es eilig, sie hinter sich zu bringen. Die Jungfrau trug Juan

Diego (dem Bauern) auf, Blumen zu sammeln; dass im Dezember Blumen wuchsen, ist unter Umständen nicht sehr glaubhaft – dass die Blumen, die der Bauer fand, kastilische Rosen waren, die in Mexiko nicht heimisch sind, ist noch weniger glaubhaft.

Doch in dieser Geschichte geht es um *Wunder*, und als Dorothy oder Juan Diego (der Schriftsteller) an die Stelle der Erzählung kamen, wo der Bauer dem Bischof die Rosen zeigt – die Jungfrau hatte die Rosen in dem schlichten Umhang des Bauern arrangiert –, hatte Dorothy selbst ein kleines Wunder vollbracht. Die einfallsreiche junge Frau hatte ein Kondom dabei, das sie Juan Diego irgendwie überstreifte, während beide redeten; sie war gut in Multitasking, etwas, das Juan Diego schon bei vielen seiner jungen Studentinnen beobachtet und zu schätzen gelernt hatte.

Zu seinen spärlichen sexuellen Erfahrungen gehörte bisher keine Frau, die ihre eigenen Kondome mitbrachte und sie auch noch spielend überstreifen konnte; auch war er noch nie einer Frau begegnet, die sich so selbstverständlich und selbstbewusst in die obere Stellung begab wie Dorothy, die sich jetzt auf ihn schwang.

Seine Unerfahrenheit mit Frauen – besonders mit jungen Frauen, die so initiativ und sexuell so versiert und raffiniert waren wie Dorothy – machte ihn sprachlos. Es ist durchaus fraglich, ob Juan Diego den nachfolgenden Teil der Guadalupe-Geschichte hätte zu Ende erzählen können – nämlich was geschah, als der arme Bauer seinen Umhang voller Rosen vor Bischof Zumárraga ausbreitete.

Es war Dorothy, die, nachdem sie sich rittlings auf Juan Diegos Penis niedergelassen hatte, mit diesem Teil der Geschichte fortfuhr, während ihre pendelnden Brüste seine Wangen streichelten. Als die Blumen aus dem Umhang fielen, erschien dahinter, in den bäuerlich groben Stoff gewirkt, das Bild Unserer Lieben Frau von Guadalupe – die Hände zum Gebet gefaltet, die Augen züchtig niedergeschlagen.

»Nicht das Bild der Guadalupe auf dem blöden Umhang«, erzählte die junge Frau, während sie sich auf Juan Diego hin- und herwiegte, »sondern die Jungfrau selbst – also, wie sie *aussah* –, das hat den Bischof angeblich beeindruckt.«

»Wie meinst du das?«, brachte Juan Diego atemlos heraus. »Wie sah Guadalupe denn *aus*?«

Dorothy warf den Kopf zurück und schüttelte ihre lange Mähne; ihre Brüste baumelten über Juan Diego, und er hielt den Atem an, als er einen Schweißtropfen zwischen ihnen hinablaufen sah.

»Ich meine ihr ganzes Gebaren!«, keuchte Dorothy. »Sie hielt die Hände vor ihre Titten, so dass man nicht mal *sah*, ob sie überhaupt welche hatte; sie schaute zwar nach unten, dennoch konnte man in ihren Augen ein unheimliches Licht sehen. Ich meine nicht im farbigen Teil –«

»Der Iris –«, setzte Juan Diego an.

»Nicht in ihrer Iris, in den *Pupillen*«, stieß Dorothy hervor. »Ich meine in der *Mitte* ihrer Augen – dort war ein unheimliches Licht.«

»Genau!«, ächzte Juan Diego; das hatte er auch schon immer gedacht, aber bis jetzt keinen gefunden, der seine Ansicht teilte. »Aber Guadalupe war anders – damit meine ich nicht nur ihre dunkle Haut«, sagte er keuchend, während Dorothy sich immer heftiger auf ihm auf und ab bewegte.

»Sie sprach Nahuatl, die Landessprache – sie war *Indianerin*, keine Spanierin. Und falls sie Jungfrau war, dann eine *aztekische.*«

»Und hat das diesen dämlichen Bischof gekümmert?«, fragte ihn Dorothy. »Guadalupes Selbstinszenierung war schließlich so verdammt *keusch,* so marienmäßig«, rief die sich verausgabende junge Frau.

»*¡Sí!*«, rief Juan Diego. »Diese manipulativen Katholiken –« Weiter kam er nicht, denn nun packte ihn Dorothy mit schier übernatürlicher Kraft an den Schultern, riss ihn herum und auf sich drauf.

Doch kurz bevor sie ihn herumdrehte, fing er einen unheimlichen Blick aus ihren Augen auf.

Was hatte Lupe damals gesagt, vor so langer Zeit? »Wenn du dir über etwas Sorgen machen willst, dann darüber, wie Guadalupe *dich* angesehen hat. Als ob sie noch nicht genau wüsste, was sie von dir halten soll«, sagte Lupe. »Als hätte sie sich diesbezüglich noch nicht entschieden«, hatte ihm das hellsichtige Mädchen erklärt.

Hatte Dorothy Juan Diego nicht *genauso* angesehen? Der Blick war ihm durch Mark und Bein gegangen. Doch jetzt, unter ihm, schien Dorothy wie entfesselt, warf den Kopf von einer Seite zur anderen, während sie mit den Hüften so heftig aufwärtsstieß, dass Juan Diego sich an sie klammerte, um nicht abgeworfen zu werden. Doch was riskierte er schon? Das Bett war *king-size,* er konnte gar nicht herunterfallen.

Zuerst glaubte er, das immer lautere Ohrenrauschen bedeute, dass er gleich kommen würde. Oder war sein Gehör überempfindlich geworden? War es das gedämpfte Radio, das er da hörte? Die unbekannte Sprache war verstörend und seltsam vertraut zugleich. Redet man hier nicht Mandarin?, überlegte Juan Diego, doch die Frauenstimme im Radio klang nicht chinesisch – und alles andere als *gedämpft*. Hatte etwa Dorothy während ihres heftigen Liebesspiels mit ihren wild um sich schlagenden Händen, Armen oder Beinen versehentlich das Bedienfeld auf dem Nachttisch getroffen? Die Frau im Radio, egal, in welcher Sprache, schrie jedenfalls wie am Spieß.

Erst da wurde Juan Diego klar, dass die schreiende Frau Dorothy war. Das Radio war weiterhin gedämpft; Dorothys Orgasmus dagegen gellte so laut, dass Juan Diego regelrecht Hören und Sehen verging.

In Juan Diego kollidierten daraufhin zwei Gedanken. Während er spürte, dass auch er gleich kommen würde, heftiger als jemals zuvor, wuchs in ihm die Überzeugung, dass er unbedingt zwei Betablocker nehmen sollte. Doch nicht nur das, er glaubte auch zu wissen, in welcher Sprache Dorothy redete, auch wenn er sie vor vielen Jahren, als Kind, zum letzten Mal gehört hatte. Was Dorothy schrie, kurz bevor sie kam, klang wie Nahuatl – die Sprache Unserer Lieben Frau von Guadalupe, die Sprache der Azteken. Doch Nahuatl war eine der Indianersprachen des mittleren und südlichen Mexikos. Warum sollte – und konnte – Dorothy sie sprechen?

»Warum gehst du nicht ans Telefon?«, fragte ihn Dorothy ruhig auf Englisch. Beide Hände hinter dem Kopf verschränkt, machte sie ein Hohlkreuz, damit Juan Diego leichter von ihr heruntergleiten und das Telefon auf dem Nachttisch erreichen konnte. Lag es an dem schummrigen

Licht, das Dorothys Haut dunkler erscheinen ließ, als sie wirklich war? Oder war die junge Frau tatsächlich dunkelhäutiger, als Juan Diego bisher bemerkt hatte?

Er musste sich weit vorstrecken, um das klingelnde Telefon zu erreichen, wobei erst sein Brustkorb, dann sein Bauch Dorothys Brüste streifte.

»Das ist bestimmt meine Mutter«, teilte ihm die träge junge Frau mit. »Wie ich sie kenne, hat sie zuerst in meinem Zimmer angerufen.«

Sogar *drei* Betablocker, dachte Juan Diego. »Hallo?«, sagte er verlegen ins Telefon.

»Ihnen müssen die Ohren klingeln«, sagte Miriam am anderen Ende. »Mich überrascht, dass Sie das Telefon überhaupt hören konnten.«

»Ich höre Sie gut«, sagte Juan Diego lauter als beabsichtigt; ihm klingelten tatsächlich immer noch die Ohren.

»Bestimmt hat die ganze Etage, wenn nicht das ganze Hotel Dorothy gehört«, ergänzte Miriam. Juan Diego fiel keine Erwiderung ein. »Wenn meine Tochter ihr Sprachvermögen wiedererlangt hat, möchte ich gern mit ihr reden. Oder könnten *Sie* ihr etwas ausrichten«, fuhr Miriam fort, »sobald sie wieder sie selbst ist?«

»Sie ist durchaus sie selbst«, sagte Juan Diego mit unangebrachter und übertriebener Würde. Wie konnte man so etwas Albernes über jemanden sagen? Warum sollte Dorothy *nicht* sie selbst sein? Wer sonst sollte die junge Frau bei ihm im Bett sein?, fragte sich Juan Diego, während er Dorothy den Hörer weiterreichte.

»Was für eine Überraschung, Mutter«, sagte die junge Frau lakonisch. Juan Diego konnte nicht hören, was Miriam zu ihrer Tochter sagte, Dorothy jedenfalls sagte nur wenig.

Juan Diego hielt das Telefonat zwischen Mutter und Tochter für eine passende Gelegenheit, um unauffällig das Kondom zu entfernen, doch als er sich von Dorothy runterwälzte und ihr den Rücken zukehrte, entdeckte er zu seiner Überraschung, dass das Kondom schon entfernt worden war.

Es war wohl eine Frage der Generation. Die jungen Leute heutzutage!, wunderte sich Juan Diego. Können Kondome nicht nur herbeizaubern, sondern sie auch genauso schnell wieder verschwinden lassen. Aber wo *ist* es?, fragte sich Juan Diego. Als er sich zu Dorothy umdrehte, schlang sie einen ihrer kräftigen Arme um ihn und drückte ihn an ihren Busen. Auf dem Nachttisch lag zwar die Folienverpackung, doch das Kondom selbst war nirgends zu sehen.

Wo zum Teufel war das gebrauchte Kondom?, fragte sich Juan Diego, der sich selbst einmal als »detailversessen« bezeichnet hatte (er meinte damit als Schriftsteller). Steckte es etwa unter Dorothys Kopfkissen oder irgendwo zwischen den zerwühlten Laken?

»Ich bin mir durchaus bewusst, dass sein Flug früh am Morgen geht, Mutter«, sagte Dorothy gerade. »Ja, ich *weiß*, dass wir deshalb hier abgestiegen sind.«

Ich muss pinkeln, dachte Juan Diego, und wenn ich ins Bad gehe, darf ich nicht vergessen, *zwei* Lopressor-Pillen zu nehmen. Doch als er sich davonstehlen wollte, verstärkte Dorothys starker Arm den Griff um seinen Nacken, und sein Gesicht wurde gegen eine ihrer Brüste gedrückt.

»Aber wann geht *unser* Flug?«, hörte er Dorothy ihre

Mutter fragen. »*Wir* fliegen doch nicht als Nächstes nach Manila, oder?« Entweder die Aussicht, mit Dorothy und Miriam in Manila zu sein, oder Dorothys Brust an seinem Gesicht hatte Juan Diegos Erektion neu belebt. Und dann hörte er Dorothy sagen: »Du machst Witze, oder? Seit wann wirst du in Manila ›erwartet‹?«

Oje, dachte Juan Diego – aber wenn mein Herz es verkraftet, mit einer jungen Frau wie Dorothy zusammen zu sein, werde ich es bestimmt auch überleben, mit Miriam in Manila zu sein (jedenfalls glaubte er das).

»Er ist ein *Gentleman*, Mutter – natürlich hat nicht er mich angerufen«, sagte Dorothy, ergriff Juan Diegos Hand und drückte sie gegen die andere Brust. »Ja, ich habe ihn angerufen. Und versuch du mir nicht weiszumachen, *du* hättest nicht auch mit dem Gedanken gespielt.«

Mit einer von Dorothys Brüsten im Gesicht und der anderen in seiner zu kleinen Hand musste Juan Diego unvermittelt an eine von Lupes Bemerkungen denken, die sie oft zu den unpassendsten Gelegenheiten von sich gegeben hatte: »*No es un buen momento para un terremoto*«, hatte Lupe damals gesagt. »Das ist kein guter Zeitpunkt für ein Erdbeben.«

»Du mich auch«, sagte Dorothy und legte auf. Es mochte kein guter Zeitpunkt für ein Erdbeben sein, aber für Juan Diego war es auch nicht der passende Zeitpunkt, um pinkeln zu gehen.

»Ich habe da so einen Traum«, begann er, aber Dorothy setzte sich plötzlich auf und schubste ihn auf den Rücken.

»Glaub mir, wovon *ich* träume, willst du lieber nicht wissen«, sagte sie ihm. Sie hatte sich zusammengerollt, das

Gesicht auf seinem Bauch, aber von ihm abgewandt; wieder einmal betrachtete Juan Diego ihren dunkelhaarigen Hinterkopf. Als Dorothy sich mit seinem Penis zu beschäftigen begann, fragte sich der Autor, wie man das wohl nannte – *Nachspiel* vermutlich.

»Ich schätze, du kannst noch mal«, sagte die nackte junge Frau. »Na gut, vielleicht nicht sofort, aber recht bald. Guck dir den Burschen doch *an*!«, rief sie aus. Er war genauso steif wie beim ersten Mal; die junge Frau zögerte nicht, ihn erneut zu besteigen.

Oje, dachte Juan Diego wieder. Und er dachte auch daran, wie dringend er pinkeln musste, und als er sagte: »Das ist kein guter Zeitpunkt für ein Erdbeben«, war das nicht bildlich gesprochen.

»Ich werd dir zeigen, was ein Erdbeben ist«, sagte Dorothy.

Der Schriftsteller erwachte in dem sicheren Gefühl, dass er gestorben und zur Hölle gefahren war; für ihn stand schon lange fest, dass, falls es die Hölle gab (was Juan Diego bezweifelte), dort pausenlos Konservenmusik gegen irgendeinen fremdsprachigen News Channel anplärrte. Und genau diese Art Höllenspektakel weckte ihn. Er lag zwar immer noch im Bett – in seinem Zimmer im Regal Airport Hotel, das jetzt hell erleuchtet war; alle Lampen, die Musik im Radio und der News Channel im Fernseher waren voll aufgedreht.

War das Dorothys Vorstellung von einem amüsanten Weckruf? Oder war sie etwa aus irgendeinem Grund beleidigt abgezogen? Juan Diego konnte sich nicht erinnern. Er hatte das Gefühl, so tief geschlafen zu haben wie noch nie, wenn auch höchstens fünf Minuten.

Er schlug auf das Bedienfeld auf seinem Nachttisch ein, wobei er sich den Handballen verletzte. Immerhin gelang es ihm, die Lautstärke von Radio- und Fernsehgerät so weit zu regulieren, dass er das klingelnde Telefon hören konnte; als er den Hörer abnahm, brüllte ihm jemand etwas in einer asiatisch klingenden Sprache ins Ohr (wie auch immer »asiatisch klingend« klingen mochte).

»Tut mir leid, ich verstehe Sie nicht«, sagte Juan Diego auf Englisch. »*Lo siento* –«, versuchte er es auf Spanisch, doch der Anrufer fiel ihm ins Wort.

»Du Arschkoch!«, schrie der asiatisch klingende Mensch.

»Sie meinen wohl Arschloch –«, widersprach der Schriftsteller, doch der wütende Anrufer hatte bereits aufgelegt. Jetzt erst fiel Juan Diego auf, dass die Folienverpackungen von seinem ersten und zweiten Kondom nicht mehr auf seinem Nachttisch lagen; offenbar hatte Dorothy sie mitgenommen oder in den Papierkorb geworfen.

Juan Diego sah, dass das zweite Kondom noch immer an seinem Penis hing; es war sogar der einzige Beleg dafür, was geschehen sein musste. Ab dem Zeitpunkt, als Dorothy ihn zu einem zweiten Versuch bestiegen hatte, konnte er sich an nichts mehr erinnern. Das Erdbeben, das sie ihm versprochen hatte, war irgendwo in der Zeit verebbt; und falls die junge Frau mit ihren wie Nahuatl klingenden Lustschreien erneut die Schallmauer durchbrochen hatte, so hatten sie weder in seiner Erinnerung noch in einem Traum Spuren hinterlassen.

Der Schriftsteller wusste nur, dass er zwar geschlafen,

aber *nicht* geträumt hatte – nicht einmal einen Alptraum hatte er gehabt. Juan Diego stieg aus dem Bett und humpelte ins Bad; dass er nicht pinkeln musste, ließ darauf schließen, dass er bereits gepinkelt hatte. Aber doch hoffentlich nicht ins Bett oder ins Kondom oder auf Dorothy! Als er ins Bad kam, sah er, dass sein Lopressor-Behälter offen stand. Als er zum Pinkeln aufgestanden war, musste er einen (oder zwei) Betablocker genommen haben. Doch wie lange mochte das her sein? Noch bevor Dorothy gegangen war? Und hatte er nur eine Lopressor eingenommen, wie es auf seinem Rezept stand, oder die zwei, die er seiner Meinung nach hätte nehmen sollen? Eigentlich hätte er natürlich *nicht* zwei nehmen sollen. Wenn man eine Dosis ausließ, durfte man anschließend nicht einfach eine doppelte nehmen.

Draußen dämmerte bereits der Morgen herauf und schien in das grell erleuchtete Hotelzimmer hinein; Juan Diego wusste, dass seine Maschine sehr früh startete. Für die eine Nacht hatte er kaum etwas ausgepackt und musste also auch nicht viel wieder einpacken. Diesmal achtete er aber sorgfältig darauf, welche Artikel er in welche Toilettentasche packte; er würde die Lopressor-Tabletten (und das Viagra) in sein Kabinengepäck stecken.

Er warf das zweite Kondom ins Klo, aber es irritierte ihn, dass er das erste nicht fand. Und wann hatte er gepinkelt? Jeden Moment, so stellte er sich vor, könnte Miriam anrufen oder an die Tür klopfen und ihm sagen, dass es Zeit sei aufzubrechen. Daher schlug er schnell die Bettdecke zurück und suchte unter den Kissen nach dem ersten Kondom. Das verfluchte Ding lag auch in keinem der Papierkörbe, genauso wenig wie die Folienverpackungen.

Als Juan Diego unter der Dusche stand, sah er das fehlende Kondom am Boden der Wanne den Abfluss umkreisen. Es hatte sich entrollt und glich einer ertrinkenden Nacktschnecke; die einzige Erklärung war, dass es an seinem Rücken, seinem Hintern oder hinten an einem seiner Beine geklebt hatte.

Wie peinlich! Hoffentlich hatte Dorothy es nicht gesehen. Hätte er aufs Duschen verzichtet, wäre er vielleicht mit dem an seinem Körper klebenden gebrauchten Kondom ins Flugzeug nach Manila gestiegen.

Leider duschte er noch, als das Telefon klingelte. Männern seines Alters, das wusste Juan Diego – und zweifellos standen die Chancen für verkrüppelte Männer seines Alters noch schlechter –, widerfuhren im Bad die schlimmsten Unfälle. Juan Diego stellte die Dusche ab, stieg vorsichtig aus der Wanne und auf die glitschigen Bodenfliesen. Er war tropfnass, doch als er nach einem Badetuch griff, um sich abzutrocknen, blieb es im Handtuchhalter stecken, und als Juan Diego fester zog, löste sich die Aluminiumstange aus der Badezimmerwand und riss die Porzellanhalterung mit. Während das Porzellan auf den nassen Fliesen in tausend durchscheinende Splitter zerschellte, traf ihn die Aluminiumstange im Gesicht und verletzte ihn über einer Augenbraue an der Stirn, so dass es blutete. Tropfend humpelte er ins Schlafzimmer, das Badetuch gegen die Wunde gepresst.

»Hallo!«, rief er in den Hörer.

»A-ha, wach sind Sie also – immerhin ein Anfang«, hörte er Miriams Stimme durch den Hörer. »Sie müssen unbedingt verhindern, dass Dorothy noch einmal einschläft.«

»Dorothy ist nicht hier«, sagte Juan Diego.

»Sie geht nicht an ihr Telefon – dann ist sie wohl unter der Dusche«, sagte ihre Mutter. »Sind Sie startklar?«

»Wie wär's in zehn Minuten?«, fragte Juan Diego.

»Höchstens acht, aber lieber fünf – ich komme zu Ihnen«, sagte Miriam. »Dorothy holen wir danach ab; Frauen ihres Alters brauchen immer am längsten.«

»Ich werde bereit sein«, versprach Juan Diego.

»Alles in Ordnung?«, fragte ihn Miriam.

»Ja, natürlich«, behauptete er.

»Sie klingen so anders«, sagte sie und legte auf.

Anders?, wunderte sich Juan Diego. Er sah, dass er auf das Laken geblutet hatte; Wasser war aus seinen Haaren in die Stirnwunde geronnen und hatte das Blut zu einem hellen Rosa verdünnt; die Wunde, so klein sie auch war, blutete immer weiter.

Stimmt, Schnittwunden, besonders im Gesicht, bluten oft heftig – und er kam geradewegs aus einer heißen Dusche. Juan Diego versuchte, das Bett mit seinem Badetuch zu reinigen, doch das Tuch war blutiger als das Laken und machte die Schweinerei nur noch schlimmer. Jetzt sah es so aus, als hätte gerade ein ritueller Sexualmord stattgefunden.

Juan Diego ging wieder ins Bad, wo ihn noch mehr Blut und noch mehr Wasser erwarteten – und natürlich die überall verstreuten Splitter. Er wusch sich das Gesicht und vor allem die Stirn mit kaltem Wasser, damit die blöde Schnittwunde endlich aufhörte zu bluten. Da hatte er so viele Viagra-Tabletten dabei, dass sie für ein halbes Leben gereicht hätten, und seine verhassten Betablocker, aber kein Verbandszeug. Er pappte ein Stück Klopapier auf die Wunde.

Als Miriam an die Tür klopfte, war er bis auf den orthopädischen Schuh, den er noch anziehen musste, reisefertig. Das war immer ein wenig umständlich und manchmal auch zeitaufwendig.

»Kommen Sie«, sagte Miriam und stieß ihn aufs Bett, »ich helfe Ihnen.« Er saß am Fußende des Bettes, während sie ihm den Maßschuh anzog; sie schien sich damit so erstaunlich gut auszukennen, dass sie nicht einmal hinschauen musste und stattdessen ausgiebig das blutverschmierte Bett musterte.

»Weder ein Fall von Entjungferung noch Mord«, stellte Miriam fest. »Was die Zimmermädchen glauben werden, ist Ihnen wohl egal.«

»Ich habe mich geschnitten«, sagte Juan Diego. Dabei konnte Miriam das blutgetränkte Toilettenpapier auf Juan Diegos Stirn unmöglich entgangen sein.

»Vermutlich keine Rasurverletzung«, sagte sie. Er sah ihr nach, als sie vom Bett aufstand und erst zum Schrank und dann zur Kommode ging, um nachzusehen, ob er auch nichts vergessen hatte. »Ich sehe immer noch einmal gründlich nach, bevor ich abreise – in jedem Hotelzimmer«, teilte sie ihm mit.

Er konnte sie nicht davon abhalten, noch einen Blick ins Bad zu werfen. Juan Diego wusste, dass er keine seiner Toilettenartikel dort zurückgelassen hatte. Leider fiel ihm erst jetzt wieder ein, dass das erste Kondom noch in der Wanne war, wo es nun verloren neben dem Stöpsel lag – das Symbol eines Akts kläglicher Wollust.

»Hallo, kleines Kondom«, hörte er Miriam im Bad sagen. Juan Diego saß immer noch am Fußende des blutbefleckten

Bettes. »Was die Zimmermädchen glauben werden, ist Ihnen wohl egal«, wiederholte Miriam, als sie ins Schlafzimmer zurückkam, »aber spülen die meisten Leute diese Dinger nicht im Klo runter?«

»*Sí*«, druckste Juan Diego, mehr brachte er nicht heraus. Er neigte nicht besonders zu Männerphantasien, aber auf so eine wie diese wäre Juan Diego bestimmt nie verfallen.

Ich muss wohl zwei Lopressor-Pillen genommen haben, dachte er; er fühlte sich noch reduzierter als sonst. Vielleicht konnte er im Flugzeug schlafen. Es ließ sich nicht vorhersagen, wie sich seine Träume während des Flugs entwickeln würden. Doch Juan Diego war so müde, dass er hoffte, die Betablocker würden sein Traumleben vorübergehend einschränken.

»Hat meine Mutter dich geschlagen?«, fragte ihn Dorothy, als Juan Diego und Miriam ihr Hotelzimmer betraten.

»Das habe ich *nicht*, Dorothy«, sagte ihre Mutter. Miriam hatte schon begonnen, nun auch das Zimmer ihrer Tochter zu durchkämmen. Dorothy trug erst Rock und BH, aber noch nichts darüber. Ihr Koffer (in dem ein ausgewachsener Hund bequem Platz gefunden hätte) lag offen auf dem Bett.

»Ein Badezimmerunfall«, sagte Juan Diego nur und zeigte auf das auf seiner Stirn pappende Klopapier.

»Ich glaube, es blutet nicht mehr«, beruhigte ihn Dorothy. Sie stand im BH vor ihm und pulte an dem Klopapier herum, und als sie es von seiner Stirn klaubte, fing die kleine Schnittwunde erneut zu bluten an – aber nur so schwach, dass Dorothy die Blutung stillen konnte, indem sie einen Zeigefinger anfeuchtete und auf die Stelle über der Augenbraue drückte. »Halt einfach still«, sagte die junge Frau, während Juan Diego sich bemühte, nicht auf ihren bezaubernden BH zu starren.

»Um Himmels willen, Dorothy – zieh dich doch endlich an«, sagte ihre Mutter.

»Und wohin gehen wir – ich meine, wir *alle*?«, fragte die junge Frau treuherzig ihre Mutter.

»Erst ziehst du dich an, dann verrate ich es dir«, antwortete Miriam. »Ehe ich es vergesse«, sagte sie unvermittelt zu Juan Diego, »ich habe noch Ihren Reiseplan, den wollte ich Ihnen längst zurückgeben.« Erst da fiel Juan Diego wieder ein, dass Miriam ihm seinen Reiseplan ja schon am JFK-Flughafen weggenommen hatte. »Ich habe ein paar Vorschläge reingeschrieben – etwa, wo Sie in Manila übernachten sollten. Nicht diesmal – dafür ist der Aufenthalt zu kurz. Aber auf der Rückreise, ich meine beim zweiten Mal, sind Sie etwas länger in Manila, und da lohnt es sich schon, in einem anständigen Hotel abzusteigen. Ich war so frei, *uns* für alle Fälle eine Kopie Ihres Reiseplans zu machen«, fuhr Miriam fort.

»*Uns?*«, hakte Dorothy misstrauisch nach, »oder *dir*, was meinst du?«

»Ich sagte *uns*, Dorothy.«

»Hoffentlich sehen wir uns wieder«, sagte Juan Diego plötzlich. »Zu dritt«, ergänzte er – verlegen, weil er zunächst nur Dorothy angesehen hatte. Die junge Frau hatte eine Bluse angezogen, aber noch nicht zugeknöpft; sie betrachtete ihren Nabel und pulte dann darin herum.

»Oh, *Sie* werden uns wiedersehen – garantiert«, entgegnete Miriam und betrat das Bad, in dem sie sich ebenfalls gründlich umsah.

»Ja, *garantiert*«, bestätigte Dorothy und pulte weiter an ihrem Nabel herum.

»Mach endlich die Bluse zu, Dorothy – dazu hat sie Knöpfe, Herrgott noch mal!«, rief ihre Mutter aus dem Badezimmer.

»Ich habe nichts liegenlassen, Mutter«, rief Dorothy, inzwischen vollständig angezogen, und gab Juan Diego einen flüchtigen Kuss. Er sah, dass sie einen kleinen Hotelbriefumschlag in der Hand hielt, den sie ihm nun verstohlen in die Jackentasche schob. »Bitte erst später lesen. Es ist ein Liebesbrief!«, flüsterte die junge Frau, worauf sich ihre Zunge flink zwischen seine Lippen schob.

»Du überraschst mich, Dorothy«, sagte Miriam, als sie ins Schlafzimmer zurückkam. »Juan Diego hat in seinem Bad ein größeres Chaos angerichtet als du in deinem.«

»Dich zu überraschen ist der Zweck meines Daseins, Mutter«, sagte die junge Frau.

Juan Diego lächelte die beiden unsicher an. Er hatte sich seine Reise auf die Philippinen immer als eine sentimentale Reise vorgestellt – weil er sie ja nicht für sich selbst unternahm, sondern für einen toten Freund, der diese Reise machen wollte, aber gestorben war, ehe er sie antreten konnte.

Doch nun schien sie untrennbar mit Miriam und Dorothy verbunden zu sein, und was war so eine Reise denn wenn nicht etwas, was er einzig und allein für sich selbst unternahm?

»Und was genau ist euer nächstes Ziel?«, traute sich Juan Diego die Mutter und ihre Tochter zu fragen, die (offensichtlich) erfahrene Weltreisende waren.

»O Mann – wir haben so viel Scheiß zu erledigen!«, stöhnte Dorothy.

»*Verpflichtungen*, Dorothy – deine Generation verwendet das Wort *Scheiß* inflationär«, korrigierte Miriam sie.

»Wir sehen uns früher wieder, als du denkst. Irgendwann enden wir in Manila, aber nicht heute«, sagte die junge Frau verrätselt.

»Letztendlich werden wir uns in Manila treffen«, erklärte ihm Miriam ein wenig ungeduldig. Und ergänzte: »Wenn nicht schon früher.«

»Wenn nicht schon früher«, wiederholte Dorothy. »Ganz genau!«

Mit diesen Worten wuchtete die junge Frau unversehens, und ehe Juan Diego ihr helfen konnte, ihr Ungetüm von einem Koffer vom Bett, aber Dorothy hob ihn hoch wie nichts. Juan Diego versetzte es einen Stich, als ihm einfiel, wie die junge Frau *ihn* an den Schultern hochgehoben und ihn dann auf sich drauf gezogen hatte.

Was für ein starkes Mädchen!, mehr fiel Juan Diego dazu nicht ein. Als er sich umdrehte und nach seinem Koffer (*nicht* nach dem Handgepäck) greifen wollte, sah er zu seinem Erstaunen, dass Miriam ihn genommen hatte – samt ihrem eigenen großen Koffer. Was für eine starke Mutter!, dachte Juan Diego und humpelte hinter den beiden starken Frauen in den Hotelflur hinaus. Er beeilte sich, um mit ihnen Schritt zu halten; fast hätte er nicht bemerkt, dass er eigentlich kaum humpeln musste.

Es war eigenartig. Sie standen an der Sicherheitskontrolle des Hongkonger Flughafens. Und da wurde Juan Diego mitten im Gespräch, an dessen Inhalt er sich nachträglich nicht mehr erinnern konnte, von Miriam und Dorothy getrennt. Er war in die Metalldetektorschleuse getreten und hatte sich zu Miriam umgedreht, die gerade ihre Schuhe auszog und aufs Band legte; ihm fiel auf, dass ihre Zehennägel in derselben Farbe lackiert waren wie Dorothys. Dann hatte er den Detektor passiert, und als er sich wieder nach den Frauen umschaute, waren beide weg, einfach (oder auch nicht so einfach) verschwunden.

Juan Diego fragte einen der Sicherheitsleute nach den beiden. Doch der Sicherheitsmann war ein ungeduldiger junger Bursche und wurde von irgendeinem Problem mit dem Metalldetektor abgelenkt.

»*Was für* Frauen? *Welche* Frauen? Ich habe hier ganze Heerscharen von Frauen gesehen – die sind bestimmt weitergegangen!«, sagte der Security-Mann.

Juan Diego wollte versuchen, den beiden eine SMS zu schicken oder sie anzurufen, scrollte seine Kontakte durch und merkte erst jetzt, dass er vergessen hatte, sich ihre Nummern geben zu lassen. Und auf seinem Reiseplan fand er auch nur die Namen und Adressen verschiedener Hotels in Manila.

Was hatte Miriam nicht für ein Theater um sein »zweites Mal« in Manila gemacht, rief sich Juan Diego in Erinnerung, grübelte dann aber nicht weiter, sondern machte sich auf den Weg zu seinem Gate – zu seinem *ersten* Aufenthalt in Manila. Er war ungewöhnlich müde.

Das liegt bestimmt an den Betablockern, mutmaßte Juan Diego.

Der Matcha-Muffin auf dem Flug war ein wenig enttäuschend und längst kein so erhebendes Erlebnis wie sein *erster* Matcha-Muffin mit Miriam und Dorothy kurz nach der Landung in Hongkong.

Erst in der Luft fiel Juan Diego der Liebesbrief ein, den ihm Dorothy in die Jackentasche gesteckt hatte. Er nahm den Umschlag heraus und öffnete ihn.

»Wir sehen uns bald wieder!«, hatte Dorothy geschrieben. Sie hatte ihre – offenbar frisch geschminkten – Lippen auf das Hotelbriefpapier gedrückt, direkt neben das Wort »bald«. Ihr Lippenstift, das fiel ihm jetzt erst auf, passte farblich zum Nagellack auf ihren – und Miriams – Zehennägeln. Magenta, würde er sagen.

Juan Diego entging nicht, was außer dem sogenannten Liebesbrief noch in dem Umschlag lag: die beiden leeren Folienverpackungen, die das erste und zweite Kondom enthalten hatten. Mit der Metalldetektorschleuse am Hongkonger Flughafen hatte offenbar tatsächlich etwas nicht gestimmt, überlegte Juan Diego; das Gerät hatte die Kondom-Folienverpackungen ohne Piepen passieren lassen. Eindeutig nicht die Art von *sentimentaler* Reise, die er im Sinn gehabt hatte, doch nun gab es kein Zurück mehr.

9
Falls Sie sich gefragt haben

Edward Bonshaw hatte eine L-förmige Narbe auf der Stirn – er war als Kind gestürzt. Er war über einen schlafenden Hund gestolpert, als er mit einem Mah-Jongg-Spielstein im Händchen herumlief. Der winzige Stein bestand aus Elfenbein und Bambus; eine Ecke war über der Nasenwurzel in Edwards bleiche Stirn getrieben worden, wo er zwischen den blonden Augenbrauen einen perfekten Hakenabdruck hinterließ.

Edward hatte sich hochgerappelt, war aber zu benommen gewesen, um aufzustehen. Blut rann den Nasenrücken entlang und tropfte von der Nasenspitze herab. Der Hund, der jetzt wach war, hatte mit dem Schwanz gewedelt und dem Jungen das Gesicht geleckt.

Der kleine Edward genoss die Zuwendung und Aufmerksamkeit des Hundes. Er war sieben; sein Vater hatte ihn als »Muttersöhnchen« abgestempelt, aus dem einzigen Grund, dass Edward verkündet hatte, er könne die Jagd nicht leiden.

»Warum soll ich auf etwas schießen, was lebendig ist?«, hatte er seinen Vater gefragt.

Die Hündin jagte auch nicht gern. Sie war als Welpe in den Swimmingpool eines Nachbarn gestolpert und dabei fast ertrunken; seither war sie wasserscheu, was für einen Labrador nicht normal war. Auch »nicht normal« war laut

Edwards gebieterischem Vater, dass der Hund sich weigerte, etwas zu apportieren (weder einen Ball noch einen Stock und schon gar keinen toten Vogel).

»Warum *apportiert* sie nicht? Ist ein Labrador nicht ein *Apportier*hund?«, stichelte Edwards grausamer Onkel Ian immer wieder.

Doch Edward liebte den nichtapportierenden, nichtschwimmenden Labrador, und der liebe Hund vergötterte den Jungen; dem drastischen Urteil von Edwards Vater Graham nach waren beide »feige«. Für den jungen Edward war der Bruder seines Vaters, sein herrischer Onkel Ian, ein liebloser Trottel.

Diese Vorgeschichte muss man kennen, um zu begreifen, was als Nächstes geschah. Edwards Vater und Onkel Ian waren auf Fasanenjagd gewesen und trugen die erlegten Vögel unter Gepolter aus der Garage in die Küche.

Die Bonshaws hatten in Coralville gewohnt – damals noch ein beschaulicher Vorort von Iowa City –, und als die beiden Männer, gefolgt von Ians aggressivem und charakterlosem Chesapeake-Bay-Retrieverrüden, hereinkamen, einem Abbild seines Besitzers, fanden sie Edward mit blutüberströmtem Gesicht auf dem Küchenfußboden sitzen. Der apportier- und schwimmunlustige Labrador war scheinbar gerade dabei, den Jungen mit Haut und Haar aufzufressen, den Kopf zuerst.

»Scheiß *Beatrice*!«, schrie Edwards Vater und machte mit dem Labrador kurzen Prozess.

Graham Bonshaw hatte den Labrador *Beatrice* genannt, der würdeloseste weibliche Vorname, der ihm einfiel, und darum passend für eine Hündin, die man laut Onkel Ian sterilisieren sollte, »damit sie sich nicht fortpflanzt und eine edle Rasse weiter schwächt«.

Die beiden Jäger ließen Edward auf dem Küchenboden sitzen, brachten Beatrice nach draußen und erschossen sie in der Auffahrt.

Das war eigentlich nicht die Geschichte, die man erwartete, wenn Edward Bonshaw später in seinem Leben auf die L-förmige Narbe auf seiner Stirn zeigte und mit entwaffnendem Gleichmut sagte: »Falls ihr euch gefragt habt, woher ich die Narbe habe –«, worauf er haarklein erzählte, wie seine über alles geliebte Beatrice, »der sanftmütigste Hund, den man sich vorstellen kann«, erschossen wurde.

Und all die Jahre, erinnerte sich Juan Diego, hatte Señor Eduardo die hübsche kleine Mah-Jongg-Kachel aufgehoben – den Spielstein, der seiner blassen Stirn einen Stempel aufgedrückt hatte.

Hatte diese belanglose, von der Handtuchstange verursachte Schnittwunde auf Juan Diegos Stirn, die endlich nicht mehr blutete, die alptraumhafte Erinnerung an den von ihm so innig geliebten Edward Bonshaw ausgelöst? Oder lag es daran, dass Juan Diego auf dem kurzen Flug von Hongkong nach Manila nicht richtig schlafen konnte? Er hatte den ganzen immerhin zweistündigen Flug in einem Zustand zwischen Wachen und Schlafen verbracht und lauter unzusammenhängendes Zeug geträumt – vorwiegend die grässliche Geschichte von Edward Bonshaws Narbe –, für ihn ein weiterer Beleg dafür, dass er die doppelte Dosis Betablocker genommen hatte.

Doch trotz seiner Müdigkeit war Juan Diego dankbar dafür, überhaupt geträumt zu haben – wenn auch zusammenhanglos. Am selbstbewusstesten und mit dem sicheren Gefühl zu wissen, wer er war, lebte er nun mal in der Vergangenheit – nicht nur als Schriftsteller.

In unzusammenhängenden Träumen gibt es oft zu viele Dialoge, und wenn etwas passiert, dann schlagartig und ohne Vorwarnung. Dr. Vargas' Behandlungsräume im Cruz Roja, dem Rotkreuzkrankenhaus in Oaxaca, lagen unmittelbar neben der Notaufnahme, was immer wieder für Verwicklungen sorgte. Ein Beispiel war dieses Mädchen, das von einem der Dachhunde Oaxacas gebissen worden war und eben versehentlich in Dr. Vargas' orthopädischem Sprechzimmer gelandet war statt in der Notaufnahme; sie hatte die Hände schützend vor das Gesicht gehalten, worauf der Hund sie in die Arme und Hände gebissen hatte. Dennoch wies das Mädchen keine offensichtlichen orthopädischen Probleme auf. Dr. Vargas war Orthopäde – außerdem untersuchte er Zirkusleute (hauptsächlich Zirkuskinder), Müllkippenkinder und die Waisen aus dem *Niños Perdidos*.

Vargas war sauer, dass man ihm das Hundebissopfer brachte. »Du wirst schon wieder gesund«, tröstete er das weinende Mädchen, und zu dessen völlig aufgelöster Mutter sagte er: »Sie gehört in die Notaufnahme, nicht hierher.« Die anderen Patienten im Wartezimmer (einschließlich des vor kurzem gelandeten Edward Bonshaw) starrten entsetzt auf das übel zugerichtete Mädchen.

»Was ist ein Dachhund?«, wollte Señor Eduardo von Bruder Pepe wissen. »Hoffentlich keine Hunde*rasse*!«

Juan Diego war als Nächster dran, und er wurde auf einer Rollbahre in Dr. Vargas' Untersuchungszimmer geschoben.

Lupe brabbelte etwas, was ihr verletzter Bruder nicht dolmetschen wollte. Einige der Dachhunde, behauptete sie, seien Geister – echte Geister von Hunden, die mutwillig gequält und getötet worden waren und nun aus Rache die Flachdächer der Stadt unsicher machten und unschuldige Menschen angriffen. Die Hunde lebten auf Dächern, weil sie fliegen konnten; weil sie Geisterhunde waren, konnte ihnen niemand etwas anhaben – jedenfalls nicht mehr.

»Das ist aber eine lange Antwort!«, staunte Edward Bonshaw. »Was hat sie gesagt?«

»Sie haben recht, es ist keine Hunderasse.« Mehr verriet der Junge dem neuen Missionar nicht.

»Fast alle sind Mischlinge. In Oaxaca gibt es viele Straßenköter, manche sind wild. Die Hunde treiben sich einfach auf den Dächern herum. Keiner weiß, wie sie raufkommen«, erklärte Bruder Pepe.

»Sie können *nicht* fliegen«, ergänzte Juan Diego, doch Lupe brabbelte weiter.

»Und was ist mit *dir* passiert?«, fragte Dr. Vargas das Mädchen. »Beruhig dich, und sprich ganz langsam, damit ich dich verstehe.«

»*Ich* bin der Patient, sie ist nur meine Schwester«, sagte Juan Diego zu dem jungen Arzt. Hatte er denn nicht gesehen, wer auf der Rollbahre lag?

Bruder Pepe hatte Dr. Vargas bereits erklärt, dass er die beiden Müllkippenkinder schon früher untersucht hatte, aber Vargas sah zu viele Patienten – besonders schwer fiel es ihm, die Kinder auseinanderzuhalten.

Dr. Vargas war jung, gutaussehend, erfolgsverwöhnt und gefiel sich in einer etwas arroganten Vornehmheit. Er neigte zu voreiligen Schlüssen und urteilte in der Regel abfällig über Menschen, denen er zum ersten Mal begegnete. Jeder wusste, dass er der führende orthopädische Chirurg in Oaxaca war; verkrüppelte Kinder waren sein Spezialgebiet, und wen ließen verkrüppelte Kinder kalt? Doch Vargas eckte bei allen an. Die Kinder mochten ihn nicht, weil er sich nicht an sie erinnern konnte, und die Erwachsenen hielten ihn für arrogant.

»*Du* bist also der Patient«, sagte Dr. Vargas zu Juan Diego. »Erzähl mir was von dir. Nicht dass du ein Müllkippenkind bist. Das rieche ich schon; ich weiß über die Deponie Bescheid. Ich meine deinen Fuß – erzähl mir einfach, was da passiert ist.«

»Was mit meinem Fuß passiert ist, hat aber mit der Deponie zu tun«, sagte Juan Diego zu dem Arzt. »Ein Pickup mit einer Ladung Kupfer – einer schweren – ist mir in Guerrero rückwärts über den Fuß gefahren.«

Manchmal redete Lupe in Listen; jetzt war eine dieser Gelegenheiten. »Erstens: Der Arzt ist ein armer Trottel«, fing das hellsichtige Mädchen an. »Zweitens: Er hat ein schlechtes Gewissen, weil er am Leben ist. Drittens: Er findet, er hätte sterben sollen. Viertens: Er wird sagen, du musst geröntgt werden, doch das ist reine Hinhaltetaktik – er weiß jetzt schon, dass er deinen Fuß nicht wieder hinkriegt.«

»Das klingt ein wenig wie Zapotekisch oder Mixtekisch, ist es aber nicht«, verkündete Dr. Vargas; er fragte nicht nach, was Lupe gesagt hatte, doch wie alle anderen Kinder auch konnte Juan Diego den jungen Arzt nicht leiden und beschloss, ihm alles zu erzählen. »*Das* hat sie alles gesagt?«, fragte Vargas.

»Was die Vergangenheit angeht, hat sie meisten recht«, sagte ihm Juan Diego. »Bei der Zukunft ist ihre Fehlerquote höher.«

»Du musst wirklich geröntgt werden, und wahrscheinlich kriege ich deinen Fuß tatsächlich nicht wieder hin, aber um sicherzugehen, muss ich erst die Röntgenaufnahmen sehen«, sagte Dr. Vargas zu Juan Diego. »Hast du unseren Jesuitenfreund da als geistlichen Beistand mitgebracht?«, fragte der Arzt den Jungen mit einer Kopfbewegung Richtung Bruder Pepe. (In Oaxaca kannte jeder Bruder Pepe; fast so viele hatten schon von Dr. Vargas gehört.)

»Meine Mutter ist Putzfrau bei den Jesuiten«, antwortete Juan Diego, und mit einer Kopfbewegung Richtung Rivera: »Aber er kümmert sich um uns. *El jefe* –«, begann der Junge, doch Rivera unterbrach ihn.

»Ich habe den Pick-up gefahren«, sagte der Deponiechef schuldbewusst.

Lupe spielte ihre alte Leier über den kaputten Außenspiegel ab, doch Juan Diego verzichtete auf eine Übersetzung. Außerdem war Lupe schon weiter; sie verriet mehr Details, *warum* Dr. Vargas so ein armer Trottel war.

»Vargas war besoffen und hat verschlafen. Er hat den Flieger verpasst – eine Reise mit der Familie. Das blöde Flugzeug ist abgestürzt. An Bord waren seine Eltern, seine Schwester, deren Ehemann und die zwei Kinder. Alle tot!«, rief Lupe. »Während Vargas seinen Rausch ausschlief.«

»Was für eine strapazierte Stimme«, sagte Vargas zu Juan Diego. »Ich sollte mal einen Blick in ihren Hals werfen. Mir ihre Stimmbänder ansehen.«

Juan Diego sagte zu Dr. Vargas, das mit dem Flugzeugabsturz, bei dem seine ganze Familie starb, tue ihm leid.

»*Das* hat sie dir gesagt?«, fragte Vargas den Jungen.

Lupe hörte nicht auf zu brabbeln: Vargas hatte das Haus seiner Eltern und ihren gesamten Besitz geerbt. Seine Eltern waren »sehr religiös« gewesen; dass Vargas »nicht religiös« war, hatte lange zu familiären Spannungen geführt. Inzwischen war der junge Arzt offenbar »*weniger* religiös«.

»Wie kann er ›weniger religiös‹ sein als damals, als er bereits ›nicht religiös‹ war, Lupe?«, wollte Juan Diego von seiner Schwester wissen, doch das Mädchen zuckte nur mit den Schultern. Sie wusste gewisse Dinge einfach; die Botschaften erklärten sich ihr nicht immer.

»Ich sage dir nur, was ich weiß«, sagte Lupe immer. »Frag mich nicht, was es bedeutet.«

»Halt, halt, *halt*!«, warf Edward Bonshaw auf Englisch ein. »*Wer* war ›nicht religiös‹ und wurde dann ›weniger religiös‹? Ich kenne dieses Phänomen«, fügte Edward, an Bruder Pepe gewandt, hinzu.

Auf Englisch erzählte Juan Diego Señor Eduardo alles, was Lupe ihm über Dr. Vargas gesagt hatte; nicht einmal Bruder Pepe kannte die komplette Geschichte. In der Zwischenzeit untersuchte Vargas weiter den zerquetschten und verdrehten Fuß des Jungen. Allmählich konnte Juan Diego den Arzt etwas besser leiden; Lupes irritierende Gabe, dank deren sie die Vergangenheit eines Menschen (und, in geringerem Maße, auch dessen Zukunft) sehen konnte, lenkte den Jungen von seinen Schmerzen ab, und Juan Diego wusste zu schätzen, dass Vargas diese Ablenkung genutzt hatte, um ihn zu untersuchen.

»Wo lernt denn ein Müllkippenkind Englisch?«, fragte Dr. Vargas auf Englisch Bruder Pepe. »*Ihr* Englisch ist nicht so gut, Pepe, aber vermutlich sind Sie dennoch nicht unschuldig daran, dass der Junge es so gut gelernt hat.«

»Er hat es sich selbst beigebracht, Vargas – er versteht und spricht Englisch und kann es sogar lesen«, antwortete Pepe.

»Diese Begabung gilt es zu fördern, Juan Diego«, sagte Edward Bonshaw. »Es tut mir sehr leid, was mit Ihrer Familie passiert ist, Dr. Vargas«, sagte Señor Eduardo. »Mit familiären Unglücksfällen kenne ich mich ein wenig aus –«

»Wer ist der Gringo?«, fragte Vargas grob auf Spanisch.

»Der Papageienmann«, sagte Lupe, und ihr Bruder dolmetschte.

»Edward ist unser neuer Lehrer«, teilte Bruder Pepe Dr. Vargas mit. »Aus *Iowa*«, ergänzte er.

»Eduardo«, korrigierte Edward Bonshaw und streckte schon die Hand aus, als sein Blick auf Dr. Vargas' blutbespritzte Latexhandschuhe fiel.

»Kommt er auch bestimmt nicht aus *Hawaii*, Pepe?«, fragte Vargas, dem die Papageien auf dem schrillen Hawaiihemd des neuen Missionars natürlich nicht entgangen waren.

»Wie Sie, Dr. Vargas«, begann Edward Bonshaw, nachdem er klugerweise Abstand davon genommen hatte, die Hand des jungen Arztes zu schütteln, »wurde ich in meinem Glauben von Zweifeln heimgesucht.«

»Ich war von Anfang an nicht gläubig und hatte folglich auch keine Zweifel«, erwiderte Vargas in seinem korrekten, aber abgehackt klingenden Englisch, das für Zweifel keinen Raum ließ. »Das ist es auch, was mir an Röntgenbildern gefällt«, fuhr er fort. »Röntgenbilder sind nichts Spirituelles, sondern weit weniger zweideutig als so manches, was mir spontan einfällt. Du kommst zu mir, verletzt und mit zwei Jesuiten. Du bringst deine hellseherische Schwester mit, die – wie du selbst sagst – in puncto Vergangenheit meist richtiger liegt als bei der Zukunft. Dein verehrter *jefe* begleitet dich – ein Deponiechef, der sich um dich kümmert *und* dich überfährt.« (Rivera hatte Glück, dass Vargas seine Einschätzung der Lage auf Englisch, nicht auf Spanisch abgab, denn Rivera machte sich auch so schon genug Vorwürfe.) »Und die Röntgenbilder werden uns die Grenzen dessen aufzeigen, was man für deinen Fuß noch tun kann. Rein medizinisch gesehen, Edward«, sagte Vargas, und nach einer Pause: »Was den geistlichen Beistand betrifft – tja, den überlasse ich euch Jesuiten.«

»Eduardo«, verbesserte Edward Bonshaw den Arzt. Señor Eduardos Vater Graham (der Hundemörder) hatte mit zweitem Vornamen ebenfalls *Edward* geheißen, was für Edward Bonshaw Grund genug war, sich lieber *Eduardo* nennen zu lassen.

Nun wurde Vargas doch noch ein wenig ausfällig – allerdings diesmal auf Spanisch. »Wie typisch jesuitisch das ist: Diese Deponiekinder wohnen in Guerrero, und ihre Mutter *putzt* den *Templo de la Compañia de Jesús*! Und vermutlich putzt sie auch im *Niños Perdidos*?«

»*Sí* – das Waisenhaus auch«, bestätigte Pepe.

Juan Diego war kurz davor, Vargas zu erzählen, dass seine Mutter Esperanza nicht nur putzte, aber was Esperanza tat, war (bestenfalls) *zweifelhaft,* und der Junge wusste inzwischen, wie wenig der junge Arzt von Zweifeln hielt.

»Aber wo ist deine Mutter jetzt?«, fragte Dr. Vargas den Jungen. »Putzt sie etwa jetzt auch gerade?«

»Sie ist in der Kirche und betet für mich«, antwortete Juan Diego.

»Los, gehen wir zum Röntgen – damit wir weiterkommen«, sagte Dr. Vargas prompt; er musste sich sichtlich zusammenreißen, um keine abfällige Bemerkung über die heilende Kraft des Gebetes zu machen.

»Danke, Vargas«, sagte Bruder Pepe; das klang so unecht, dass alle ihn ansahen, sogar Edward Bonshaw, der ihn eben erst kennengelernt hatte. »Danke, dass Sie uns mit Ihrem standhaften Atheismus weitgehend verschont haben«, sagte Pepe, was deutlich ehrlicher klang.

»Das *tue* ich schon die ganze Zeit, Pepe«, erwiderte Vargas.

»Ihr mangelnder Glaube ist Ihre Sache, Dr. Vargas«, sagte Edward Bonshaw. »Aber vielleicht ist jetzt nicht der geeignete Zeitpunkt, sich darüber auszubreiten – dem Jungen zuliebe«, fügte der neue Missionar hinzu und machte so den mangelnden Glauben zu seiner eigenen Sache.

»Schon in Ordnung, Señor Eduardo«, sagte Juan Diego in seinem fast perfekten Englisch. »Ich habe auch Defizite, was den Glauben angeht – ich bin kaum gläubiger als Dr. Vargas.« Doch Juan Diego war gläubiger, als er zu sein vorgab – und zwar nicht nur in jungen Jahren. Bei der Kirche hatte er »so seine Zweifel« – einschließlich »der örtlichen Jungfrauenpolitik«, wie er es insgeheim nannte, doch die Wunder faszinierten ihn. Gegenüber Wundern war er offen.

»Sag das nicht, Juan Diego – du bist zu jung, um dich vom Glauben zu lösen«, sagte Edward.

»Dem *Jungen* zuliebe«, sagte Vargas in seinem abgehackt klingenden Englisch, »sollte man sich jetzt vielleicht besser mit der Realität als mit dem Glauben befassen.«

»Ich für mein Teil weiß nicht, *was* ich glauben soll«, warf Lupe ein, ohne darauf zu achten, wer sie verstehen konnte (oder nicht). »Ich *will* an Guadalupe glauben, aber seht euch doch an, wie sie sich benutzen lässt, wie die Jungfrau Maria sie *manipuliert*! Wie kann man Guadalupe vertrauen, wenn sie dem Monster Maria den Chefposten überlässt?«

»Guadalupe lässt sich von Maria herumschikanieren, Lupe«, sagte Juan Diego.

»Brr! Halt! Sag so was nicht!«, tadelte Edward Bonshaw den Jungen. »Um zynisch zu sein, bist du viel zu jung.« (Ging es um religiöse Themen, beherrschte der neue Missionar Spanisch besser, als man zuerst vermutet hatte.)

»Lassen Sie uns zum Röntgen gehen, *Eduardo*«, sagte Dr. Vargas. »Machen wir weiter. Diese Kinder wohnen in Guerrero und arbeiten auf der Müllkippe, während ihre Mutter für euch putzt. Wenn das nicht zynisch ist!«

»Ja, röntgen«, stimmte Bruder Pepe zu.

»Es ist eine *angenehme* Müllkippe!«, warf Lupe ein. »Sag Vargas, uns *gefällt* die Müllkippe, Juan Diego. Wenn's nach Vargas und dem Papageienmann geht, müssen wir am Ende noch ins *Niños Perdidos* umziehen!«, feixte Lupe, doch Juan Diego dolmetschte nichts; er blieb stumm.

»Machen wir jetzt die Röntgenbilder oder nicht?«, fragte der Junge, der endlich wissen wollte, was mit seinem Fuß los war.

»Vargas findet, es ist sinnlos, deinen Fuß zu operieren«, sagte ihm Lupe. »Wenn die Blutzufuhr beeinträchtigt ist, muss er *amputieren*! Er glaubt, mit nur einem Fuß *oder* wenn du hinkst, kannst du nicht in Guerrero bleiben! Sehr wahrscheinlich wird dein Fuß von selbst heilen, rechtwinklig abstehend – für immer. Du wirst wieder gehen können, aber erst nach ein paar Monaten. Du wirst nie wieder gehen können, ohne zu hinken – das glaubt er jedenfalls. Vargas fragt sich, warum der Papageienmann mitgekommen ist, aber nicht unsere Mutter. Sag ihm endlich, dass ich alles weiß, was er denkt!«, schrie Lupe ihren Bruder an.

Nun dolmetschte Juan Diego doch. »Sie sagt, dass Sie Folgendes glauben ...«, begann er. Und dann erzählte er Vargas haarklein, was Lupe gesagt hatte – mit effektvollen Pausen, in denen er für Edward Bonshaw auch noch alles auf Englisch übersetzte.

Doch Vargas besprach sich mit Bruder Pepe, als wären die Kinder gar nicht da: »Ihr Deponiekind ist zweisprachig, und seine Schwester kann Gedanken lesen. Im Zirkus wären sie viel besser aufgehoben, Pepe. So müssten sie nicht mehr in Guerrero leben und im *basurero* arbeiten.«

Edward Bonshaw spitzte die Ohren. »Zirkus?«, fragte er. »Hat er Zirkus gesagt, Pepe? Das sind *Kinder*, keine *Tiere*! Da wird sich das *Niños Perdidos* doch bestimmt um sie kümmern, oder? Um einen *verkrüppelten* Jungen und ein Mädchen, das nicht einmal sprechen kann!«

»Lupe spricht eine Menge! Sie redet zu viel«, sagte Juan Diego.

»Es sind keine Tiere – *no animals*!«, wiederholte Señor

Eduardo. *No animals*, diese Worte verstand Lupe (sogar auf Englisch) und wandte nun ihre ganze Aufmerksamkeit dem Papageienmann zu.

Oje, dachte Bruder Pepe. Gott steh uns bei, wenn das verrückte Mädchen *seine* Gedanken liest.

»Gewöhnlich kümmert sich der Zirkus um seine Kinder«, sagte Dr. Vargas auf Englisch zu dem Mann aus Iowa, mit einem Seitenblick auf den schuldbewussten Rivera. »Diese Kinder könnten dort als Kuriositäten auftreten –«

»Als *Kuriositäten*?«, rief Señor Eduardo händeringend; vielleicht hatte Lupe eine Vision von Edward Bonshaw als siebenjährigem Jungen. Jedenfalls fing das Mädchen an zu weinen.

»O *nein*!«, plärrte Lupe und bedeckte mit beiden Händen die Augen.

»Noch mehr Gedankenleserei?«, fragte Vargas scheinbar desinteressiert.

»Kann das Mädchen wirklich Gedanken lesen, Pepe?«, fragte Edward.

Oh, hoffentlich nicht jetzt, dachte Pepe, sagte aber nur: »Der Junge hat sich selbst das Lesen beigebracht, in zwei Sprachen. Wir können dem Jungen helfen – denken Sie an ihn, Edward! Dem Mädchen können wir nicht helfen«, fügte Pepe leise auf Englisch hinzu, doch Lupe hätte ihn auch nicht gehört, wenn er es auf Spanisch gesagt hätte, denn jetzt brüllte sie aus voller Kehle.

»O nein! Sie haben seinen *Hund* erschossen! Sein Vater und sein Onkel – sie haben den armen *Hund* des Papageienmannes erschossen!«, jammerte Lupe in ihrem heiseren Falsett. Juan Diego wusste, wie sehr seine Schwester Hunde liebte; mehr konnte oder wollte sie nicht sagen, sondern schluchzte untröstlich.

»Was hat sie jetzt?«, fragte der Mann aus Iowa Juan Diego.

»Hatten Sie einen Hund?«, fragte der Junge zurück.

Edward Bonshaw fiel auf die Knie. »Gütige Maria, Mutter Jesu – danke, dass du mich hierher gebracht hast, wo ich hingehöre!«, rief der neue Missionar.

»Anscheinend hatte er wirklich einen Hund«, sagte Dr. Vargas auf Spanisch zu Juan Diego.

»Der Hund ist tot, er wurde erschossen«, sagte der Junge möglichst leise zu Vargas. Da Lupe gerade weinte und der Amerikaner laut die Jungfrau Maria pries, hörte vermutlich niemand den folgenden Wortwechsel zwischen Arzt und Patient:

»Kennen Sie jemanden im Zirkus?«, fragte Juan Diego Dr. Vargas.

»Ich kenne die Person, die du kennen solltest, wenn es so weit ist«, antwortete ihm Vargas. »Wir müssen eure Mutter informieren –« Da sah Vargas, wie Juan Diego instinktiv die Augen schloss. »Oder vielleicht Pepe – wir werden Pepes Zustimmung brauchen, falls eure Mutter der Idee nicht wohlwollend gegenübersteht.«

»*El hombre papagayo* –«, begann Juan Diego.

»Für ein konstruktives Gespräch mit dem Papageienmann bin ich nicht unbedingt geeignet«, unterbrach Dr. Vargas seinen Patienten.

»Seinen *Hund*! Sie haben seinen Hund erschossen! Arme *Beatrice*!«, jammerte Lupe.

Trotz Lupes unverständlicher Privatsprache hatte Edward Bonshaw das Wort *Beatrice* herausgehört.

»Hellseherei ist ein Gottesgeschenk, Pepe«, sagte Edward zu ihm. »Ist das Mädchen wirklich hellseherisch veranlagt? Sie haben das Wort selbst benutzt.«

»Vergessen Sie das Mädchen, Señor Eduardo«, sagte Bruder Pepe leise – und wieder auf Englisch. »Denken Sie an den Jungen, ihn können wir retten oder ihm wenigstens helfen, sich selbst zu retten. Der Junge ist *rettbar*.«

»Aber das Mädchen *weiß* Dinge –«, insistierte der Mann aus Iowa.

»Nichts, was ihr helfen wird«, sagte Pepe rasch.

»Das Waisenhaus wird die beiden doch aufnehmen, oder?«, wollte Señor Eduardo von Bruder Pepe wissen.

Pepe machten die Nonnen im Waisenhaus Sorgen; nicht dass diese grundsätzlich etwas gegen Müllkippenkinder gehabt hätten – das Problem war wohl eher die Mutter der Kinder, Esperanza, die Putzfrau mit dem nächtlichen Zweitjob. Doch Pepe sagte nur: »*Sí, Eduardo* – das *Niños Perdidos* wird die Kinder aufnehmen.« Pepe hielt inne und überlegte, was er als Nächstes sagen sollte und ob er es sagen sollte – er war sich nicht sicher.

Keiner bemerkte, dass Lupe aufgehört hatte zu weinen. »*El circo*«, sagte das hellseherische Mädchen und zeigte auf Bruder Pepe.

»Was ist mit dem Zirkus?«, fragte Juan Diego seine Schwester.

»Bruder Pepe hält es für eine gute Idee«, antwortete ihm Lupe.

»Pepe hält das mit dem Zirkus für eine gute Idee«, dolmetschte Juan Diego für alle. Doch Pepe wirkte weiterhin unsicher.

Damit war das Gespräch vorübergehend beendet. Das Entwickeln der Röntgenbilder dauerte eine ganze Weile, aber noch länger mussten sie auf den Befund des Radiologen warten – so lange, dass der Befund eigentlich allen klar war.

Juan Diego kam inzwischen zu dem Schluss, dass er Dr. Vargas eigentlich mochte. Lupe war zu einem etwas anderen Ergebnis gekommen: Das Mädchen himmelte Señor Eduardo an – vor allem, aber nicht nur, aufgrund dessen, was einst mit dessen Hund geschehen war. Schließlich schlief das Mädchen ein, mit dem Kopf auf Edward Bonshaws Schoß. Dass sie, der nichts entging, ihn so vertrauensvoll akzeptierte, bestärkte den neuen Lehrer in seinem Eifer. Immer wieder sah er Bruder Pepe vielsagend an. ›Und *du* glaubst, wir können sie nicht retten? *Natürlich* können wir das!‹

Herr im Himmel, betete Pepe – welch gefährlicher Weg liegt vor uns, und wir begeben uns in die Hände von Irren und in Hände, die wir nicht kennen. Heilige Maria, bitte führe uns!

Dr. Vargas setzte sich neben Edward Bonshaw und Bruder Pepe. Vargas berührte das schlafende Mädchen leicht am Kopf. »Ich möchte einen Blick in ihren Hals werfen«, erinnerte der junge Arzt die Anwesenden. Dann fuhr er fort, er habe seine Krankenschwester gebeten, eine Kollegin zu rufen, die ebenfalls im Cruz Roja praktizierte. Dr. Gomez war eine Hals-Nasen-Ohren-Spezialistin – wenn sie abkömmlich wäre, um sich Lupes Kehlkopf anzusehen, wäre das ideal. Doch falls Dr. Gomez nicht persönlich vorbeischauen könnte, würde sie ihm zumindest die nötigen Untersuchungsinstrumente leihen, in erster Linie eine Speziallampe und einen kleinen Spiegel, den man in den hinteren Rachenraum hielt.

»Unsere Mutter«, sagte Lupe im Schlaf. »Sollen sie ihr doch in den Hals gucken.«

»Sie ist nicht wach – Lupe redet dauernd im Schlaf«, sagte Rivera.

»Was sagt sie denn, Juan Diego?«, fragte Bruder Pepe.

»Es geht um unsere Mutter«, sagte Juan Diego. »Lupe kann selbst im Schlaf Ihre Gedanken lesen, Doktor«, warnte der Junge Vargas.

»Ihre Mutter klingt auch so, aber anders – niemand versteht sie, wenn sie aufgeregt ist oder betet. Aber natürlich ist Esperanza älter«, versuchte Pepe zu erklären. Er suchte nach den richtigen Worten, auf Englisch und auf Spanisch. »Esperanza kann sich verständlich machen – sie ist nicht *immer* unmöglich zu verstehen. Und von Zeit zu Zeit arbeitet Esperanza als Prostituierte!«, verriet Pepe, nachdem er sich vergewissert hatte, dass Lupe weiterhin schlief. »Während dieses Kind, dieses *unschuldige* Mädchen – nun, sie kann anderen nicht vermitteln, was sie meint, außer mit Hilfe ihres Bruders.«

Dr. Vargas sah Juan Diego an, der stumm nickte; Rivera nickte ebenfalls – der Deponiechef nickte und weinte gleichzeitig. Vargas fragte Rivera: »Hatte Lupe als Säugling und als kleines Kind mal Atemnot – fällt Ihnen da irgendwas ein?«

»Sie hatte Krupp – hat pausenlos gehustet«, sagte Rivera schluchzend.

Als Bruder Pepe Edward Bonshaw die Hintergründe zu Lupes Krankheit erklärte, fragte der Mann aus Iowa: »Kriegen nicht viele Kinder Krupp?«

»Sie meinen Pseudokrupp. Aber Lupes Heiserkeit ist deutlich ausgeprägt – was eindeutig für eine Belastung der Stimmbänder spricht«, sagte Dr. Vargas langsam. »Ich will mir unbedingt Lupes Hals ansehen, ihren Kehlkopf, die Stimmbänder.«

Edward Bonshaw, auf dessen Schoß das hellsichtige Mädchen schlief, saß da wie angewachsen. Seine übereilt abgegebenen Gelübde schienen ihn gleichzeitig zu belasten und ihm Kraft zu geben: seine Verehrung für Ignatius von Loyola, aus dem einzigen, verrückten Grund, weil dieser geschworen hatte, sein Leben zu opfern, wenn er die Sünden einer einzigen Prostituierten in einer einzigen Nacht verhindern könne; die beiden begabten Müllkippenkinder an der Schwelle zu Gefahr oder Rettung – vielleicht von *beidem*! Und jetzt Dr. Vargas, dieser junge atheistische Naturwissenschaftler, der an nichts anderes dachte, als den Hals der jungen Hellseherin zu untersuchen samt Kehlkopf und *Stimmbändern* – oh, was bot sich ihm da für eine Gelegenheit, und was war das für ein Kollisionskurs!

Jetzt wachte Lupe auf – jedenfalls schlug sie die Augen auf.

»Was ist mein Kehlkopf?«, fragte das Mädchen seinen Bruder. »Ich will nicht, dass Vargas ihn sich ansieht.«

»Sie will wissen, was ihr Kehlkopf ist«, dolmetschte Juan Diego für Dr. Vargas.

»Das ist der Übergang von Rachen zu Luftröhre, wo die Stimmbänder sind«, erklärte Vargas.

»Ich lasse keinen an meinen Kehlkopf. Was ist überhaupt damit?«, fragte Lupe.

»Jetzt macht sie sich um ihren Kehlkopf Sorgen«, berichtete Juan Diego.

»Ihr Kehlkopf besteht aus Knorpeln und schützt ihre Luftröhre; durch diese Röhre wird die Atemluft geleitet, zu Lupes Lunge und wieder hinaus«, erklärte Vargas.

»In meinem Hals sind Röhren?«, fragte Lupe.

»Wir alle haben Röhren im Hals, Lupe«, sagte Juan Diego.

»Wer auch immer Dr. Gomez ist, Vargas will Sex mit ihr haben«, erzählte Lupe ihrem Bruder. »Dr. Gomez ist verheiratet, sie hat Kinder, sie ist *viel* älter als er, aber trotzdem will Vargas Sex mit ihr haben.«

»Dr. Gomez ist eine Hals-Nasen-Ohren-Spezialistin, Lupe«, sagte Juan Diego.

»Dr. Gomez darf sich meinen Kehlkopf angucken, aber Vargas nicht – der ist ekelhaft!«, sagte Lupe. »Ich will keinen Spiegel hinten in meinem Hals haben – Spiegel haben uns heute kein Glück gebracht!«

»Lupe ist wegen des Spiegels ein wenig besorgt«, mehr gab Juan Diego davon nicht an Dr. Vargas weiter.

»Sag ihr, der Spiegel tut nicht weh«, sagte Vargas.

»Frag ihn, ob das weh tut, was er mit Dr. Gomez machen will!«, rief Lupe.

»Entweder Dr. Gomez oder ich werden Lupes Zunge mit einer Kompresse festhalten, um zu verhindern, dass ihre Zunge in den hinteren Kehlbereich gerät –«, erklärte Vargas, doch Lupe schnitt ihm das Wort ab.

»Diese Frau Gomez darf meine Zunge halten, aber Vargas nicht«, sagte Lupe.

»Lupe freut sich darauf, Dr. Gomez kennenzulernen«, dolmetschte Juan Diego diplomatisch.

»Dr. Vargas«, sagte Edward Bonshaw, nachdem er tief durchgeatmet hatte, etwas gestelzt, »ich finde, zu einem uns beiden genehmen anderen Zeitpunkt sollten Sie und ich das Gespräch über unseren Glauben fortsetzen.«

Dr. Vargas legte die Finger seiner Hand, die das schlafende Mädchen so sanft berührt hatte, fest um das Handgelenk des neuen Missionars. »Ich glaube Folgendes, Edward – oder *Eduardo* oder wie auch immer Sie heißen mögen«, sagte Vargas. »Ich glaube, das Mädchen hat irgendein Problem in ihrem Hals; vielleicht befindet es sich im Kehlkopf und beeinträchtigt ihre Stimmbänder. Und dieser Junge wird sein Leben lang hinken, ob er seinen Fuß behält oder verliert. *Damit* müssen wir uns befassen – ich meine hier, im Diesseits«, schloss Dr. Vargas.

Edward Bonshaw lächelte, und plötzlich schien seine helle Haut zu leuchten, als wäre in ihm ein Licht angeknipst worden, und eine kleine Stirnfalte erschien, exakt zwischen den blonden Augenbrauen und damit genau in der Mitte der L-förmig gezackten Narbe auf Eduardos weißer Stirn. »Falls Sie sich fragen, woher meine Narbe stammt ...«, begann Edward Bonshaw seine Geschichte – so wie er sie *immer* begann.

10
Kein Mittelweg

Wir sehen uns früher wieder, als du denkst. Irgendwann enden wir in Manila, aber nicht heute«, hatte Dorothy verrätselt erklärt.

Lupe war beinahe hysterisch gewesen, als sie Juan Diego prophezeit hatte, sie würden noch im *Niños Perdidos* enden – was nicht die ganze Wahrheit war. Die Müllkippenkinder (wie auch die Nonnen sie nannten) zogen zwar tatsächlich mit ihren wenigen Habseligkeiten von Guerrero in das Jesuiten-Waisenhaus um. Dort änderte sich allerdings einiges für sie. Auf der Deponie hatten nur Rivera und Diablo auf die Geschwister aufgepasst, doch im *Niños Perdidos* wachten die Nonnen mit Argusaugen über sie – unterstützt von Bruder Pepe und Señor Eduardo.

Rivera litt sehr darunter, dass er ersetzt worden war, doch der Deponiechef hatte es sich mit Esperanza gründlich verscherzt, weil er ihren einzigen Sohn überfahren hatte, und bei Lupe hatte er verschissen, weil er den kaputten Außenspiegel nicht rechtzeitig repariert hatte. Lupe behauptete zwar, nur Diablo und Schmutzigweiß würden ihr fehlen, doch in Wahrheit fehlten ihr alle Hunde, die in Guerrero *und* die Deponiehunde – und sogar die toten. (Und natürlich fehlte den Kindern auch Rivera, ganz egal, was Lupe gesagt hatte.)

Was die Nonnen im *Niños Perdidos* anging, sollte Bruder Pepe recht behalten: Für sie waren nicht die Kinder das Problem, die wurden, wenn auch widerstrebend, akzeptiert; deren Mutter Esperanza dagegen war ihnen ein Dorn im Auge. Allerdings brachte Esperanza jeden zur Weißglut, sogar die ausgesprochen nette Hals-Nasen-Ohren-Spezialistin Dr. Gomez; die konnte ja schließlich nichts dafür, dass Dr. Vargas Sex mit ihr haben wollte.

Lupe mochte die Ärztin auf Anhieb – sogar noch, als diese sich über sie beugte und sich ihren Kehlkopf aus der Nähe ansah (während Vargas ihr natürlich nicht von der Seite wich). Dr. Gomez hatte eine Tochter in Lupes Alter; die HNO-Spezialistin wusste, wie man mit jungen Mädchen redete.

»Weißt du, was das Besondere an Entenfüßen ist?«, wollte Dr. Gomez, die mit Vornamen Marisol hieß, von Lupe wissen.

»Enten können besser schwimmen als laufen«, antwortete Lupe. »Da wächst was über ihren Zehen, das sie miteinander verbindet.«

Als Juan Diego übersetzt hatte, erwiderte Dr. Gomez: »Enten haben Schwimmfüße. Eine Membrane wächst über ihren Zehen, man sagt auch Gewebe dazu. Ein solches Gewebe hast du auch in deinem Kehlkopf, Lupe – das führt zu einer kongenitalen Kehlkopfstenose. *Kongenital* bedeutet, dass du das von Geburt an hast; deinen Kehlkopf verengt ein Stückchen Bindegewebe. Das ist ziemlich selten, also etwas *Besonderes*«, sagte Dr. Gomez zu Lupe. »Kommt nur bei einer von zehntausend Geburten vor – so besonders bist du, Lupe.«

Lupe zuckte die Achseln. »Diese Membrane ist nicht das Besondere an mir«, sagte sie, unübersetzt. »Ich weiß Dinge, die ich eigentlich nicht wissen darf.«

»Lupe kann hellsehen. Bei der Vergangenheit liegt sie meist richtig«, versuchte Juan Diego Dr. Gomez zu erklären. »Bei der Zukunft hapert es dagegen mit der Genauigkeit.«

»Was meint Juan Diego damit?«, wollte Dr. Gomez von Dr. Vargas wissen.

»Fragen Sie nicht *Vargas* – der will mit Ihnen ins Bett!«, rief Lupe. »Er *weiß*, dass Sie verheiratet sind, er *weiß*, dass Sie Kinder haben – und Sie sind viel zu alt für ihn –, aber er will Sie trotzdem. Vargas denkt *ständig* nur an Sex mit Ihnen!«, sagte Lupe.

»Sag mir, was du damit meinst«, bat Dr. Gomez, diesmal Juan Diego. Scheiß drauf, dachte er und erzählte ihr alles – Wort für Wort.

»Das Mädchen kann Gedanken lesen«, sagte Vargas, als Juan Diego fertig war. »Ich wollte es dir irgendwann, in einem privateren Rahmen, gestehen, Marisol, das heißt, falls ich mich je getraut hätte.«

»Lupe weiß, was mit seinem Hund passiert ist!«, klärte Bruder Pepe in dem offensichtlichen Versuch, das Thema zu wechseln, Marisol Gomez auf und zeigte auf Edward Bonshaw. »Lupe weiß über fast jeden Bescheid und bei fast jedem, was er denkt«, sagte Juan Diego zu Dr. Gomez.

»Sie kann sogar im Schlaf Gedanken lesen«, sagte Vargas. »Aber ich glaube nicht, dass das Kehlkopfgewebe etwas damit zu tun hat.«

»Das Kind drückt sich völlig unverständlich aus«, sagte

Dr. Gomez. »Eine Kehlkopfmembran erklärt ihre Tonlage – die Heiserkeit und die Anspannung darin –, aber nicht, dass keiner sie versteht«, erläuterte Dr. Gomez weiter. »Außer dir natürlich«, sagte sie zu Juan Diego.

»Marisol ist ein hübscher Name – erzähl ihr von unserer zurückgebliebenen Mutter«, sagte Lupe zu Juan Diego. »Sag Dr. Gomez, sie soll mal einen Blick in den Hals unserer Mutter werfen; bei ihr stimmt wesentlich mehr nicht als bei mir!«, sagte Lupe. »*Sag* das Dr. Gomez!«

Und Juan Diego sagte es.

»Es geht nicht darum, dass etwas mit dir nicht stimmt, Lupe«, beruhigte Dr. Gomez das Mädchen, nachdem Juan Diego sie über Esperanza ins Bild gesetzt hatte. »Mit einer kongenitalen Kehlkopfstenose ist man nicht *behindert* – es ist etwas *Besonderes*.«

»Manche Dinge, die ich weiß, würde ich lieber nicht wissen«, sagte Lupe, doch das ließ Juan Diego unübersetzt.

»Zehn Prozent der Kinder mit Bindegewebswucherungen haben begleitende Fehlbildungen«, sagte Dr. Gomez zu Dr. Vargas, ohne ihm in die Augen zu blicken.

»Erklären Sie, was *Fehlbildungen* bedeutet«, sagte Lupe.

»Lupe will wissen, was *Fehlbildungen* sind«, dolmetschte Juan Diego.

»Abweichungen von der Regel – Unregelmäßigkeiten«, antwortete Dr. Gomez.

»Abnormitäten«, sagte Dr. Vargas zu Lupe.

»So abnorm wie *Sie* bin ich nicht!«, gab Lupe zurück.

»Vermutlich brauche ich nicht zu wissen, was Lupe gerade gesagt hat«, sagte Vargas zu Juan Diego.

»Ich muss einen Blick in den Hals der Mutter werfen«,

sagte Dr. Gomez, diesmal nicht zu Vargas, sondern zu Bruder Pepe. »Ich muss ohnehin mit der Mutter reden. Es gibt da einige Möglichkeiten, Lupes Bindegewebe zu –«

Weiter kam die hübsche und jugendlich aussehende Mutter Marisol Gomez mit ihren Ausführungen nicht; Lupe unterbrach sie. »Es ist *mein* Bindegewebe!«, rief das Mädchen. »Keiner rührt meine Abnormitäten an«, sagte Lupe und sah Vargas finster an.

Als Juan Diego die Worte seiner Schwester wiederholt hatte, sagte Dr. Gomez: »Das ist eine der Möglichkeiten: dass wir nichts machen. Ich will mir aber trotzdem die Mutter ansehen, auch wenn ich nicht damit rechne, dass sie ebenfalls eine Stenose hat.«

Bruder Pepe stand auf und ging Esperanza suchen. Vargas hatte gesagt, er wolle auch mit Juan Diegos Mutter reden – über dessen Optionen. Wie die Röntgenbilder zeigten, gab es für Juan Diegos Fuß nicht viele Optionen. Der Fuß war inoperabel und würde so bleiben, wie er war: zerquetscht, aber ausreichend durchblutet und nach einer Seite verdreht. Die Verletzung war irreversibel, und der Fuß durfte eine ganze Weile nicht belastet werden, hatte Vargas gesagt. Zuerst würde Juan Diego einen Rollstuhl bekommen, dann Krücken – und am Ende würde das Hinken zurückbleiben. (Das Leben eines Krüppels besteht darin, andere dabei zu beobachten, wie sie Dinge tun, die er selbst nicht tun kann – nicht die schlechteste Option für einen zukünftigen Schriftsteller.)

Esperanzas Hals war allerdings eine andere Geschichte. Esperanza hatte zwar keine Kehlkopfstenose. Ein Abstrich ergab jedoch eine Gonorrhö. Dr. Gomez erklärte Esperanza, neunzig Prozent der Rachentripperinfektionen blieben unentdeckt – aufgrund fehlender Symptome.

Esperanza hatte gefragt, was genau mit »Rachen« gemeint war. »Das ist der Raum weit hinten in Ihrem Mund, in den Ihre Nasenlöcher, Speiseröhre und Luftröhre münden«, hatte Dr. Gomez ihr geantwortet.

Lupe war bei diesem Gespräch nicht zugegen gewesen, aber den Jungen hatte Bruder Pepe unbedingt dabeihaben wollen, denn falls Esperanza ausrastete oder hysterisch wurde, war er der Einzige, der verstand, was sie sagte. Esperanza hatte die Diagnose anfangs gleichgültig zur Kenntnis genommen; Gonorrhö hatte sie schon früher gehabt, wenn sie auch damals noch nicht wusste, dass man »Señor Tripper«, wie sie achselzuckend feststellte, auch im Mund bekommen konnte; das Achselzucken hatte Lupe eindeutig von ihr, wenn auch hoffentlich nicht noch mehr.

»Mit Fellatio gibt es folgendes Problem«, sagte Dr. Gomez zu Esperanza. »Die Spitze der Harnröhre kommt mit dem Rachenraum in Kontakt; das schreit förmlich nach Schwierigkeiten.«

»Fellatio? Harnröhre?« Juan Diego blickte Dr. Gomez fragend an, doch diese schüttelte nur den Kopf.

Esperanza hingegen sah nicht ein, warum ihr Sohn nicht die Wahrheit erfahren sollte. »Ein Blowjob halt, das blöde Loch in deinem Penis.« Bruder Pepe war froh, dass er Lupe nicht mit hereingenommen hatte. Sie wartete im Nebenzimmer, zusammen mit dem neuen Missionar, der dort ebenfalls deutlich besser aufgehoben war. Bruder Pepe und Juan Diego würden ihm anschließend zwar lückenlos über

Esperanzas Rachenraum Bericht erstatten, alles andere aber ausklammern.

»Versuchen *Sie* mal, einen Kerl zu bewegen, sich für einen Blowjob ein Kondom überzuziehen!«, sagte Esperanza gerade zu Dr. Gomez.

»Ein Kondom?«, fragte Juan Diego.

»Ein Gummi!«, rief Esperanza entnervt. »Was bringen eure Nonnen ihm eigentlich bei?«, fragte sie Pepe. »Der Kleine weiß ja gar nichts!«

»Er kann *lesen*, Esperanza. Bald wird er alles wissen«, gab Bruder Pepe zurück, der wusste, dass Esperanza Analphabetin war.

»Ich kann Ihnen ein Antibiotikum verschreiben«, bot Dr. Gomez Juan Diegos Mutter an, »aber Sie werden sich wieder anstecken – in null Komma nichts.«

»Geben Sie mir einfach das Antibiotikum«, sagte Esperanza. »Natürlich werde ich mich wieder anstecken! Ich bin schließlich Prostituierte.«

»Liest Lupe auch *Ihre* Gedanken?«, fragte Dr. Gomez Esperanza, die sofort aus der Haut fuhr. Der Junge mochte Dr. Gomez; er würde ihr nicht erzählen, welchen Mist und welche wüsten Beschimpfungen seine Mutter von sich gab.

»Sag dieser Fotze von Ärztin gefälligst, was ich gesagt habe!«, schrie Esperanza ihren Sohn an.

»Tut mir leid«, sagte Juan Diego zu Dr. Gomez, »aber ich verstehe meine Mutter nicht – sie ist eine tobsüchtige, vulgäre Irre.«

»*Sag's* ihr, du kleiner Scheißkerl!«, schrie Esperanza und machte Anstalten, mit den Fäusten auf Juan Diego loszugehen. Bruder Pepe wollte dem Jungen beispringen, doch

Juan Diego wusste selbst, wie er seine Mutter in Schach halten konnte.

»Fass mich nicht an!«, sagte Juan Diego zu Esperanza. »Komm bloß nicht in meine Nähe – du bist ansteckend. Du bist *ansteckend*!«, wiederholte der Junge.

An diesem Punkt wurde Juan Diego jäh aus seinem unruhigen Traum gerissen – was entweder an dem Triggerwort *ansteckend* liegen mochte oder am Geräusch des Fahrwerks, das gerade ausgefahren wurde, weil seine Maschine zur Landung ansetzte. Nun würden sie also jeden Moment in Manila ankommen, wo ihn sein reales Leben erwartete, oder vielmehr sein wenn schon nicht ganz und gar reales, doch immerhin gegenwärtiges Leben.

So gern Juan Diego auch träumte und so ungern er dann wieder erwachte – sobald seine Mutter involviert war, wachte er gern schnell wieder auf. Wenn die Betablocker seine Träume nicht zerhackten, sorgte Esperanza dafür. So wenig Hoffnung, wie sie ins Leben ihrer Kinder brachte, war ihr Name der reine Hohn. »*Des*esperanza« (Hoffnungslosigkeit) nannten die Nonnen sie hinter ihrem Rücken, oder gar »Desesperación« (Verzweiflung). Schon als Vierzehnjähriger hatte Juan Diego das Gefühl, der Erwachsene in der Familie zu sein – zusammen mit seiner einfühlsamen dreizehnjährigen Schwester. Esperanza war (außer in sexueller Hinsicht) noch ein Kind – selbst in den Augen ihrer Kinder.

Selbst zum Putzen trug Esperanza immer nur Klamotten, die sie auch zum Anschaffen in der Calle Zaragoza trug oder vor dem Hotel Somega, dem »Hurenhotel«, wie Rivera es nannte.

Auch in Geldangelegenheiten war Esperanza wie ein

Kind. Die Waisen im *Niños Perdidos* durften kein Geld besitzen, was nicht bedeutete, dass Juan Diego und Lupe nicht doch welches bunkerten. (Man kann den Müllsammlern das Sammeln nicht abgewöhnen; *pepenadores* behalten den Sammel- und Sortierreflex, selbst wenn sie schon lange nicht mehr nach Aluminium, Kupfer oder Glas suchen.) Die Müllkippenkinder versteckten ihr Geld sehr geschickt, die Nonnen fanden es jedenfalls nie.

Im Gegensatz zu Esperanza, die oft blank war und ihre eigenen Kinder immer wieder bestahl. Allerdings zahlte sie ihren Kindern das Geld auch wieder zurück, auf ihre Weise. So schob sie etwa nach einer erfolgreichen Nacht jedem ein paar Centavos unters Kopfkissen. Zum Glück hatten beide eine feine Nase und konnten das Geld ihrer Mutter rechtzeitig riechen. Esperanzas Parfüm verriet, dass sie da gewesen war.

»*Lo siento, madre*«, sagte Juan Diego leise vor sich hin, als sein Flieger in Manila landete. »Es tut mir leid, Mutter.« Mit vierzehn war er noch nicht alt und einfühlsam genug, um Mitleid empfinden zu können – weder für das Kind *noch* für die Erwachsene in ihr.

Barmherzigkeit wurde bei den Jesuiten großgeschrieben – besonders bei den Patres Alfonso und Octavio. Aus Barmherzigkeit hatten sie die Prostituierte als Putzfrau angestellt; die Priester nannten diesen Akt der Nächstenliebe Esperanza »eine zweite Chance« geben. (Pepe und Edward debattierten eine halbe Nacht darüber, worin wohl Esperanzas *erste* Chance bestanden hatte – nämlich ehe sie Prostituierte wurde und bei den Jesuiten putzen durfte.)

Juan Diego und Lupe verdankten ihren neuen Status als Waisen ebenfalls der jesuitischen Barmherzigkeit; die Kinder hatten schließlich eine Mutter, unabhängig davon, wie ungeeignet Esperanza für diese Rolle war. Zweifellos hielten sich die Patres Alfonso und Octavio für außerordentlich barmherzig, als sie Juan Diego und Lupe ein eigenes Schlaf- und Badezimmer zugestanden, wobei die Tatsache, dass das Mädchen auf ihren Bruder angewiesen war, dafür offenbar nicht den Ausschlag gab (ein weiterer Punkt, der in einer weiteren nächtlichen Debatte zwischen Bruder Pepe und Señor Eduardo erörtert wurde).

Die anderen Waisen waren nach Geschlechtern getrennt. Der Schlafraum der Knaben lag auf einer Etage des *Niños Perdidos,* der der Mädchen auf einer anderen; es gab ein Jungenbad und eins für die Mädchen (wenn auch mit besseren Spiegeln). Wenn die Waisen Verwandte hatten, durften diese sie nicht in ihre Zimmer begleiten. Anders als Esperanza, die Juan Diego und Lupe sehr wohl in der zu einem Schlafraum umgestalteten ehemaligen Bibliothek, dem einstigen Leseraum für Gastgelehrte, besuchte. (Die meisten Bücher standen noch in den Regalen und wurden regelmäßig von Esperanza abgestaubt, die, wie die Jesuiten nicht müde wurden zu betonen, eine sehr gute Putzfrau war.)

Es wäre schwierig gewesen, Esperanza von ihren eigenen Kindern fernzuhalten, zumal sie ebenfalls im *Niños Perdidos* wohnte, wenn auch im Dienstbotentrakt. Nur weibliche Bedienstete übernachteten im Waisenhaus, angeblich zum Wohle der Kinder, wobei diese Frauen, allen voran natürlich Esperanza (die sich besonders laut und besonders ausgiebig zu diesem Thema ausließ), nachdrücklich darauf hinwiesen, es seien vor allem die Priester (»diese zölibatären Freaks«, wie Esperanza sie nannte), vor denen die Kinder beschützt werden müssten.

Doch niemand, nicht einmal Esperanza, hätte die Patres Alfonso und Octavio dieser speziellen, häufig genug vorkommenden Perversion unter Priestern bezichtigt. Und niemand hielt die Waisen im *Niños Perdidos* für ernstlich gefährdet. Wenn sich die weiblichen Angestellten über Kinder als Opfer von sexuellen Übergriffen durch Priester unterhielten, dann immer nur sehr allgemein und in dem Sinne, wie »unnatürlich« das Zölibat für Männer sei. Aber was war mit den Nonnen? Für Frauen, darin waren sich die Dienstmädchen einig, war das Zölibat schon eher vorstellbar, wenn auch nicht »natürlich«. Einige der Frauen vertraten allerdings die Ansicht, die Nonnen könnten sich glücklich schätzen, keinen Sex haben zu müssen. Nur Esperanza höhnte: »Seht euch die Nonnen doch mal *an*. Wer würde mit *denen* schon Sex haben wollen?« Doch das war unfreundlich und wie vieles von dem, was Esperanza sagte, nicht zwangsläufig wahr. (Ja, wie man sich denken kann, wurde auch das Zölibat und dessen Unnatürlichkeit in den nächtlichen Debatten zwischen Bruder Pepe und Edward Bonshaw erörtert.)

Darüber, dass er sich selbst auspeitsche, versuchte Señor Eduardo gegenüber Juan Diego Witze zu machen. Wie gut, sagte er, dass er im Waisenhaus ein eigenes Schlafzimmer hatte. Juan Diego wiederum wusste vom gemeinsamen Badezimmer des Flagellanten und Bruder Pepes; manchmal fragte er sich, ob der arme Pepe – etwa in der Badewanne oder an den Handtüchern – wohl Spuren von Edward Bonshaws Blut fand. Pepe zeigte selbst zwar keine masochistischen Neigungen, lachte sich aber ins Fäustchen, als die alten Patres Alfonso und Octavio, die sich Edward sonst so überlegen fühlten, diesen ausgerechnet wegen seiner schmerzhaften Selbstkasteiungen lobten.

»Wie ausgesprochen zwölftes-Jahrhundert-mäßig!«, rief Pater Alfonso bewundernd aus.

»Ein erhaltenswertes Ritual«, sagte Pater Octavio.

Allerdings kam keiner dieser Bewunderer des 12. Jahrhunderts auf die Idee, Edward Bonshaws Selbstgeißelungen mit den polynesischen Papageien und Dschungelszenen auf seinen übergroßen, von ihnen oft kritisierten Hawaiihemden in Zusammenhang zu bringen. Der Zelot geißelte sich so stark, dass er überall am Körper Wunden hatte, doch zwischen den verrückten Farben und dem allgemeinen Tohuwabohu auf Edwards Hawaiihemden fielen die Blutspuren nicht weiter auf.

Das gemeinsame Bad und die Nähe ihrer Schlafzimmer machten aus Pepe und dem Amerikaner so etwas wie eine Wohngemeinschaft. Ihre Zimmer lagen auf demselben Stock wie der ehemalige Leseraum, den inzwischen die Müllkippenkinder bewohnten. Bestimmt wussten Pepe und Edward über die nächtlichen Besuche Esperanzas Bescheid; meist erschien sie sogar erst in den frühen Morgenstunden, als wäre sie eher der Geist der Mutter der Müllkippenkinder als deren leibhaftige Mutter. Aber gerade weil Esperanza eine leibhaftige *Frau* war, mochte sie auf die beiden zölibatären Männer irritierend gewirkt haben; und bestimmt bekam sie gelegentlich mit, wie Edward Bonshaw sich geißelte.

Wenn die Mutter ihre Kinder besuchte, dann immer

barfuß, sie wusste, dass die Flure sauber waren, sie hatte sie schließlich selbst gereinigt. So blieb sie unbemerkt, denn wenn sie Feierabend hatte, lag das Waisenhaus immer schon in tiefem Schlaf. Esperanza kam in erster Linie, um Juan Diegos und Lupes Bad benutzen zu können. In den Hotels im Zócalo und im Dienstbotentrakt gab es offenbar nicht genügend Privatsphäre. Und wer weiß, was die anderen Dienstmädchen im *Niños Perdidos* alles anstellten, nur um ihr Gemeinschaftsbad nicht auch noch mit einer Prostituierten teilen zu müssen?

Warum sollten diese an sich praktikablen und einigermaßen sittlichen Wohnverhältnisse nicht funktionieren und von Dauer sein? War es denn so abwegig, dass die Müllkippenkinder ihr neues Leben im *Niños Perdidos* zu schätzen begannen? Und war es denn so abwegig, dass Edward, der nimmermüde Flagellant, und Esperanza, die vergängliche Schönheit, wechselseitig voneinander lernten?

Edward Bonshaw hätte bestimmt gut daran getan, sich Esperanzas Überlegungen zu Zölibat und Selbstgeißelung anzuhören, wie sie auch zum Thema, sein Leben hinzugeben, um die Sünden einer einzigen Prostituierten in einer einzigen Nacht zu verhindern, so einiges anzumerken gehabt hätte.

Umgekehrt hätte Señor Eduardo Esperanza vielleicht fragen können, warum sie immer noch als Prostituierte arbeitete, obwohl sie bereits eine andere Arbeit und einen sicheren Schlafplatz hatte. War es eine Frage der Eitelkeit? War Esperanza so eitel, dass sie sich lieber begehrt fühlte, als wirklich geliebt zu werden?

Neigten Edward Bonshaw und Esperanza nicht beide

zu Extremen? Wäre nicht ein Mittelweg beiden besser bekommen?

So formulierte es bei einem ihrer vielen nächtlichen Gespräche Bruder Pepe gegenüber Señor Eduardo: »Gütiger Herr im Himmel, es muss doch einen Mittelweg geben, der es einem erlaubt, ohne sein Leben zu opfern, die Sünden einer einzigen Prostituierten in einer einzigen Nacht zu verhindern!« Doch Pepe und Eduardo gelangten zu keiner Einigung; Edward Bonshaw würde diesen Mittelweg nie erkunden.

Sie alle würden nicht lange genug unter einem Dach wohnen, um herauszufinden, was hätte geschehen können. Vargas hatte das Wort Zirkus als Erster erwähnt; die Idee stammte von ihm.

Gebt ruhig dem Atheisten die Schuld! Macht doch den Humanisten (den unermüdlichen Feind des Katholizismus) für das verantwortlich, was als Nächstes geschah! Es hätte vielleicht kein übles Leben werden können für Juan Diego und Lupe, die nicht ganz waschechten Waisen mit den speziellen Privilegien im *Niños Perdidos*. Alles hätte gut ausgehen können.

Doch Vargas hatte den Zirkussamen gesät. Welches Kind liebt den Zirkus nicht oder bildet sich nicht zumindest ein, ihn zu lieben?

11

Spontane Blutungen

Als die Müllkippenkinder von der Hütte in Guerrero ins Waisenhaus umzogen, brachten sie fast so viele Wasserpistolen mit wie Kleidungsstücke. Natürlich mussten die Kinder damit rechnen, dass die Nonnen die Spritzpistolen konfiszierten, doch Lupe sorgte dafür, dass sie nur die kaputten fanden. Auch erfuhren die Nonnen nie, wozu die Wasserpistolen dienten.

Juan Diego und Lupe hatten an Rivera geübt; wenn sie es fertigbrächten, den Deponiechef reinzulegen, so dachten sie, würde es auch bei jedem anderen klappen. Doch Rivera ließ sich nicht zum Narren halten, denn erstens konnte er sehr wohl echtes Blut von falschem unterscheiden, und zweitens war er es, der dauernd für Lupe Rote Bete kaufen musste.

Die Müllkippenkinder füllten die Wasserpistolen jeweils mit einer Mischung aus Rote-Bete-Saft und Wasser. Juan Diego fügte oft noch ein wenig Speichel zu der Mixtur hinzu, weil die Spucke dem Rote-Bete-Saft angeblich eine »blutigere Konsistenz« gab.

»Erklär mir, was *Konsistenz* bedeutet«, hatte Lupe gesagt.

Der Trick funktionierte so, dass Juan Diego die gefüllte Spritzpistole unter dem Hemd in seinem Hosenbund versteckte. Das sicherste Ziel war ein Schuh; die Opfer spürten nicht, wenn das Kunstblut auf ihre Schuhe gespritzt wurde, außer wenn sie Sandalen trugen.

Frauen bespritzte Juan Diego gern von hinten, auf die nackten Waden. Bis die Frauen sich umdrehten, um nachzusehen, hatte er die Wasserpistole längst versteckt. Genau dann fing Lupe an zu brabbeln. Zuerst zeigte sie auf die spontanen Blutungen an den Waden, dann Richtung Himmel; wenn das Blut vom Himmel geschickt wurde, musste dessen Ursprung doch gewiss das ewige Domizil Gottes (und der seligen Toten) sein. »Sie sagt, das Blut ist ein Wunder«, dolmetschte Juan Diego die Worte seiner Schwester.

Manchmal korrigierte er sich auch. »Nein, Verzeihung – entweder ist es ein Wunder, oder es sind gewöhnliche Blutungen«, sagte Juan Diego dann, während Lupe sich bereits bückte und, ehe das Opfer reagieren konnte, das Blut, wundersam oder nicht, mit Hilfe ihres Lappens von dem Schuh (oder der nackten Frauenwade) abwischte. Wenn sich die Opfer spontan erkenntlich zeigen wollten, war es für die Müllkippenkinder Ehrensache zu protestieren; sie weigerten sich immer, für ihre Hilfe Geld anzunehmen – jedenfalls zunächst; sie waren, wie sie betonten, Müllkippenkinder, keine Bettler.

Der Rollstuhl, den Juan Diego nach dem Unfall eine Weile benutzen musste, war natürlich von Vorteil; meist hielt der Junge dann die Hand auf und nahm den Obolus widerstrebend entgegen; außerdem ließen sich Spritzpistolen bestens darin verstecken. Die Krücken, die auf den Rollstuhl folgten, waren schon heikler, weil der Junge jeweils eine der beiden loslassen musste, um die Hand auszustrecken. In dieser Phase nahm meist Lupe das Geld entgegen – wenn auch nie mit der Hand, die das Blut abgewischt hatte.

Während seiner dritten Genesungsphase, die auf einen Dauerzustand hinauslief und in der Juan Diego ruckartig zu humpeln begann, trafen die Müllkippenkinder eher spontane Entscheidungen. Meist gab Lupe (auf ihre ungnädige Art) nach, wenn *Männer* sie unbedingt belohnen wollten. Und Juan Diego merkte, dass weibliche Opfer des Wundmaletricks einen verkrüppelten Jungen anrührender fanden als ein finster dreinblickendes Mädchen. Oder spürten die Frauen etwa, dass Lupe ihre Gedanken las?

Die Müllkippenkinder behielten sich das Wort *Stigmata* für die Gelegenheiten vor, bei denen Juan Diego – immer von hinten, immer aus dem Hinterhalt – sich traute, mit der Wasserpistole direkt auf die Hand eines potenziellen Kunden zu zielen.

Wenn plötzlich ein Spritzer verdünntes Rote-Bete-Blut auf Ihrer Handfläche erscheint – und ein Mädchen kniet zu Ihren Füßen, um das Blut von Ihrer Hand in ihr eigenes verzücktes Gesicht zu schmieren –, nun, dann sind Sie womöglich für religiöse Überlegungen empfänglicher als sonst. Und genau in diesem Moment schrie der verkrüppelte Junge das Wort *Stigmata;* bei den Touristen rund um den Zócalo verfiel Juan Diego in zweisprachiges Schreien.

Das eine Mal, als die beiden es schafften, Rivera hereinzulegen, hatten sie ihn am Schuh getroffen. Der Deponiechef hatte einen Blick gen Himmel geworfen, suchte aber dort nicht nach göttlichen Indizien. »Vielleicht blutet ja ein Vogel«, hatte Rivera nur gesagt; Geld bot *el jefe* den Müllkippenkindern keins an.

Der direkte Treffer auf Riveras Hand wurde kein Erfolg. Als Lupe ihr Gesicht in seine Handfläche drückte, hatte *el jefe* seine Hand in aller Ruhe weggezogen. Und während Juan Diego etwas von *estigmas* schrie, leckte der Deponieboss an dem »Blut« an seiner Hand.

»*Los betabeles*«, sagte *el jefe* und lächelte Lupe an. Rote Bete.

Das Flugzeug war auf den Philippinen gelandet. Juan Diego wickelte den Rest seines Matcha-Muffins in eine Papierserviette und steckte ihn in seine Jackentasche. Die Passagiere standen bereits im Mittelgang und holten ihr Handgepäck aus den Ablagefächern – ein heikler Moment für einen älteren Krüppel. Aber Juan Diegos Gedanken waren nicht bei seinem Gepäck; in seinen Gedanken waren er und Lupe wieder Teenager und streiften über den Zócalo in der Innenstadt von Oaxaca auf der Suche nach arglosen Touristen und ahnungslosen Einheimischen, denen man weismachen konnte, ein unsichtbarer Gott habe sie aus himmlischer Höhe für eine spontane Blutung ausersehen.

Wie immer und überall – und auch jetzt in Manila – erbarmte sich eine Frau des hinkenden älteren Mannes. »Darf ich Ihnen helfen?«, fragte die junge Mutter. Sie reiste mit ihren Kindern, einem kleinen Mädchen und einem noch kleineren Jungen. Die Frau hatte in mehr als einer Hinsicht alle Hände voll zu tun, doch Juan Diegos Hinken löste nun mal (vor allem bei Frauen) spontan den Helferreflex aus.

»Nein, nein, ich komme zurecht. Aber danke!«, sagte Juan Diego sofort. Die junge Mutter lächelte und wirkte regelrecht erleichtert. Ihre Kinder starrten weiter auf Juan

Diegos seitlich abstehenden rechten Fuß; Kinder waren von dieser Zwei-Uhr-Stellung immer fasziniert.

In Oaxaca, erinnerte sich Juan Diego, hatten die Müllkippenkinder gelernt, auf dem Zócalo besonders wachsam zu sein. Der Platz war zwar für den Straßenverkehr gesperrt, aber von Bettlern und Straßenhändlern bevölkert. Manche von ihnen wollten sich ihr Revier nicht von zwei dahergelaufenen Kindern streitig machen lassen, und einer der Straßenhändler (ein Ballonverkäufer) hatte Juan Diego und Lupe bei ihrem Trick mit der Spritzpistole beobachtet. Eines Tages schenkte der Händler Lupe einen Ballon und sagte dann zu Juan Diego: »Der Stil des Mädchens gefällt mir, Blutjunge, aber du bist zu leicht zu durchschauen.« Um den Hals trug der Händler einen schweißfleckigen Wildlederschnürsenkel, an dem ein Krähenfuß hing, den er beim Reden wie einen Talisman befingerte. »Ich habe auf dem Zócalo schon oft echtes Blut gesehen, Blutjunge – manchmal passieren hier Unfälle«, sagte der Ballonverkäufer. »Du willst doch nicht, dass dir die falschen Leute auf die Schliche kommen, oder? *Dich* würden die falschen Leute nicht haben wollen, aber *sie* würden sie nehmen«, sagte er und zeigte mit dem Krähenfuß auf Lupe.

»Er weiß, woher wir kommen; die Krähe, der dieser Fuß gehörte, hat er im *basurero* geschossen«, erzählte Lupe Juan Diego. »In dem Ballon ist ein winzig kleiner Nadelstich. Er verliert Luft. Den kann er nicht verkaufen. Morgen ist er futsch.«

»Ihr Stil gefällt mir«, sagte der Ballonverkäufer erneut zu Juan Diego. Er sah Lupe an, gab ihr einen anderen Ballon. »Kein Nadelstich; der verliert keine Luft. Aber wer weiß, was morgen sein wird? Ich habe im *basurero* nicht nur Krähen geschossen, Schwesterchen«, sagte der Ballonverkäufer zu Lupe. Die Müllkippenkinder konnten nicht fassen, dass der unheimliche Händler Lupe auch ohne Dolmetscher verstanden hatte.

»Er bringt Hunde um, er hat auf dem *basurero* Hunde erschossen – *viele* Hunde!«, rief Lupe und ließ beide Ballons los. Es waren Heliumballons; bald schwebten sie hoch über dem belebten Platz, sogar der mit dem Nadelstich. Danach war der Zócalo für die beiden nie wieder wie früher, und sie trauten dort keinem mehr über den Weg.

Es gab einen Kellner im Café unter den Arkaden des beliebtesten Touristenhotels, dem Marqués del Valle. Dieser Kellner wusste, was es mit den *Stigmata* auf sich hatte; entweder hatte auch er sie heimlich beobachtet, oder der Ballonverkäufer hatte ihm davon erzählt. »Habt ihr zwei den Patres Alfonso oder Octavio nicht etwas zu beichten?«, fragte er die Kinder. Und drohte ihnen, den Nonnen im *Niños Perdidos* »vielleicht etwas zu erzählen, wenn …«.

»Was könnten Sie denn den Nonnen *vielleicht erzählen*?«, fragte ihn Juan Diego.

»Ich meine das mit dem falschen Blut, das müsst ihr beichten«, antwortete der Kellner.

»Sie sagten *vielleicht erzählen*.« Juan Diego ließ nicht locker. »Sagen Sie's nun den Nonnen, oder sagen Sie's ihnen nicht?«

»Ich lebe von Trinkgeldern«, antwortete der Kellner. So ging den Müllkippenkindern die beste Stelle verloren, um Touristen mit Rote-Bete-Saft zu bespritzen.

Lupe gestand ihrem Bruder, sie habe in der Nähe des Marqués del Valle sowieso ein ungutes Gefühl; ein Tourist war von einem Balkon im vierten Stock auf den Zócalo gesprungen, und zwar kurz nachdem der unglückliche junge Mann Lupe sehr großzügig dafür belohnt hatte, dass sie ihm das »Blut« von seinem Schuh gewischt hatte. Der Tourist war eine jener sensiblen Seelen, die Lupe nicht glauben wollten, dass sie keine Bettlerin war, und hatte ihr spontan einen sehr großen Batzen Geld gegeben.

»Lupe, der Typ hat sich nicht umgebracht, weil sein Schuh plötzlich blutete«, hatte Juan Diego erklärt, doch Lupe hatte trotzdem ein ungutes Gefühl.

»Ich wusste, dass er wegen irgendwas traurig war«, sagte Lupe. »Er hatte kein gutes Leben.«

Juan Diego machte es ebenfalls nichts aus, künftig einen Bogen um das Hotel zu machen; es hatte ihm schon vor der Begegnung mit dem geldgierigen Kellner missfallen. Denn das Marqués del Valle hieß nach dem Adelsitel, den Cortés sich selbst verliehen hatte, und Juan Diego misstraute grundsätzlich allem, was mit der Eroberung Mexikos durch die Spanier zu tun hatte – den Katholizismus eingeschlossen. Oaxaca war einst das Zentrum der zapotekischen Zivilisation gewesen, und Juan Diego hielt sich und Lupe für Zapoteken. Die Müllkippenkinder hassten Cortés, sie waren Anhänger von Benito Juárez, nicht von Cortés, wie Lupe gern sagte – sie waren *indigen,* wie die Geschwister glaubten.

Im Bundesstaat Oaxaca vereinen sich zwei Bergketten der Sierra Madre zu einem einzigen Gebirge; die Stadt Oaxaca ist die Hauptstadt des Staates. Doch außer dass sie in den Bergen Kaffee anbauten, interessierten sich die spanischen Eroberer kaum für den Staat Oaxaca, ganz im Gegensatz zur katholischen Kirche, die sich erwartungsgemäß mit missionarischem Eifer überall einmischte. Mehrere Jahrhunderte später zerstörten, wie von zapotekischen Göttern heraufbeschworen, zwei Erdbeben die Stadt Oaxaca – eines 1854, das andere 1931.

Lupes obsessives Verhältnis zu Erdbeben lag größtenteils in dieser Vorgeschichte begründet. »*No es un buen momento para un terremoto*« (»Das ist kein guter Zeitpunkt für ein Erdbeben«), sagte sie bei den unpassendsten Gelegenheiten, wünschte sich aber gleichzeitig, dass ein drittes Erdbeben Oaxaca und seine 100 000 Einwohner vernichtete; als Begründung für diesen Wunsch reichten ihr bereits die Traurigkeit des Selbstmörders aus dem Marqués del Valle oder das abscheuliche Verhalten des Ballonverkäufers, dieses keineswegs reumütigen Hundemörders. Jemand, der Hunde umbrachte, hatte Lupes Ansicht nach den Tod verdient.

»Aber ein *Erdbeben*, Lupe?«, fragte Juan Diego seine Schwester. »Was soll dann mit uns *anderen* geschehen? Haben wir denn alle den Tod verdient?«

»Wir sollten Oaxaca besser verlassen – na ja, jedenfalls *du*«, antwortete Lupe. »Ein drittes Erdbeben ist garantiert fällig«, so formulierte sie es. »Du solltest aus Mexiko verschwinden«, fügte sie hinzu.

»Aber du nicht? Wieso bleibst du hier?«, fragte Juan Diego sie dann immer.

»Einfach so. Ich bleibe in Oaxaca. Einfach so«, wiederholte Lupe ein ums andere Mal, wie sich Juan Diego auch vierzig Jahre später noch erinnerte.

In diesem nachdenklichen Zustand traf der Schriftsteller Juan Diego zu seinem ersten Besuch in Manila ein; er war zugleich abgelenkt und desorientiert. Die junge Mutter der beiden Kleinkinder hatte recht gehabt, ihm ihre Hilfe anzubieten, und Juan Diego unrecht, als er ihr erklärte, er käme »zurecht«. Dieselbe aufmerksame Frau wartete mit ihren Kleinkindern am Gepäckband. Auf dem Förderband gab es sehr viele Koffer für deutlich weniger Menschen, die davor warteten – darunter einige, die dort eindeutig nichts verloren hatten. Juan Diego war sich nicht bewusst, wie überfordert er in Menschenmengen wirkte, doch die junge Mutter musste bemerkt haben, was nicht zu übersehen war: Der distinguiert aussehende, hinkende Herr schien nicht zu wissen, was ihn als Nächstes erwartete.

»Manila ist ein chaotischer Flughafen. Werden Sie abgeholt?«, fragte ihn die junge Frau; sie war eine Filipina und sprach ausgezeichnet Englisch. Juan Diego hatte ihre Kinder ausschließlich Tagalog reden hören, doch sie schienen zu verstehen, was ihre Mutter zu ihm sagte.

»Ob ich abgeholt werde?«, fragte sich Juan Diego laut. (Wie ist es möglich, dass er so was nicht *weiß*?, musste die junge Frau gedacht haben.) Juan Diego öffnete den Reißverschluss eines Seitenfachs seiner Reisetasche, in dem sich sein Reiseplan befand; als Nächstes würde er in der Jackentasche nach seiner Lesebrille tasten – genauso wie in der Erste-Klasse-Lounge von British Airways auf dem New Yorker JFK-Flughafen, als Miriam ihm seinen Reiseplan entrissen hatte. Und da stand er wieder und sah aus wie einer, der zum ersten Mal eine so weite Reise angetreten hat.

Sein hartnäckiger ehemaliger Student Clark French hatte die Organisation der Reise auf die Philippinen für ihn übernommen; ohne in seinem Reiseplan nachzusehen, wusste Juan Diego nicht, was als Nächstes anstand. Er erinnerte sich, dass Miriam seine Unterkunft in Manila moniert hatte. Natürlich hatte sie einige Alternativen vorgeschlagen – »Für das zweite Mal«, hatte sie gesagt. Was *dieses* Mal betraf, wusste Juan Diego nur noch, wie Miriam im Brustton der Überzeugung *vertrauen Sie mir* gesagt hatte. (»Aber, vertrauen Sie mir, das Hotel, in dem Sie absteigen, wird Ihnen nicht gefallen« – so hatte sie es formuliert.) Während er seinen Reiseplan danach absuchte, was Clark French in Manila für ihn organisiert hatte, überlegte Juan Diego, weshalb er Miriam *nicht* vertraute – und sie dennoch begehrte.

Er las, dass er im Makati Shangri-La in Makati City absteigen würde; was ihn erschreckte, weil er nicht wusste, dass Makati City als Teil von Großmanila galt. Und weil er gleich am nächsten Tag nach Bohol weiterreiste, holte ihn niemand, den er kannte, am Flugzeug ab – nicht einmal jemand aus Clark Frenchs Verwandtschaft. Aus Juan Diegos Reiseplan ging hervor, dass er von einem Chauffeur am Flughafen abgeholt würde. »Nur ein Chauffeur«, wie Clark es auf dem Plan notiert hatte.

»Nur ein Chauffeur holt mich ab«, beantwortete Juan Diego schließlich die Frage der jungen Filipina.

Die junge Mutter sagte auf Tagalog etwas zu ihren Kindern. Sie wies auf ein großes, sperrig aussehendes Gepäckstück, das gerade um eine Ecke des Transportbandes auf sie zukam und dabei mehrere andere Koffer vom Gepäckkarussell schubste. Die Kinder kicherten über den aufgeblähten Koffer. In diesen blöden Koffer hätte man spielend zwei ausgewachsene Labrador-Retriever packen können, dachte Juan Diego; natürlich war es peinlicherweise sein Koffer, und auch der stempelte ihn als Novizen ab. Das Monster war orangefarben – von demselben unnatürlichen Orange, das Jäger bei einer Treibjagd tragen, oder wie die Kegel, die im Straßenverkehr eingesetzt werden. Die Verkäuferin, die Juan Diego den Koffer angedreht hatte, wusste ihn mit dem Argument zu überzeugen, damit hätte er keine Verwechslungen zu befürchten.

Im selben Moment, als der philippinischen Mutter und ihren lachenden Kindern dämmerte, dass der schrille Albatros unter den Gepäckstücken dem Krüppel gehörte, musste Juan Diego an Señor Eduardo denken, dessen Labrador erschossen worden war, als der Junge in einem so sensiblen Alter gewesen war. Bei der schrecklichen Vorstellung, dass sein grässlicher Koffer groß genug war, um zwei Exemplare von Edward Bonshaws geliebter Beatrice aufzunehmen, traten Juan Diego Tränen in die Augen.

Wenn ältere Leute plötzlich feuchte Augen bekommen oder gar weinen, wissen ihre Mitmenschen oft nicht, was die Tränen zu bedeuten haben. Wer weiß schon, in welche Zeit in ihrem Leben sie sich gerade zurückversetzt fühlen? Die wohlmeinende Mutter und ihre Kinder etwa stellten sich vor, dass dem hinkenden Mann die Tränen kamen, weil sie sich über sein Gepäck lustig gemacht hatten. Womit die Verwirrung keineswegs endete. In der Ankunftshalle, wo Freunde, Verwandte *und* Chauffeure auf eintreffende

Passagiere warteten, herrschte Chaos. Die junge Filipina zog Juan Diegos Zwei-Hunde-Rollkoffer, während Juan Diego sich mit ihrem Koffer und seiner Reisetasche abmühte; die Kinder trugen Rucksäcke und schleppten gemeinsam die Reisetasche ihrer Mutter. Natürlich war es unter diesen Umständen sinnvoll, dass Juan Diego der hilfsbereiten jungen Frau seinen Namen verriet, damit sie gemeinsam nach seinem Chauffeur Ausschau halten konnten, der ein Schild mit dem Namen Juan Diego Guerrero in die Höhe halten würde. Doch sie fanden nur eins mit SEÑOR GUERRERO. Juan Diego war verwirrt, doch die Filipina wusste sofort, dass es sein Chauffeur war.

»Das sind doch *Sie,* oder?«, fragte ihn die geduldige junge Frau.

Warum ihn sein eigener Name verwirrt hatte, ließ sich nicht so einfach beantworten – nur mit einer Geschichte –, aber Juan Diego reagierte schnell: Er war zwar nicht als Señor Guerrero *geboren* worden, war aber jetzt der Guerrero, den der Chauffeur suchte. »Sie sind der *Schriftsteller,* Sie sind *der* Juan Diego Guerrero, nicht wahr?«, hatte ihn der gutaussehende junge Mann gefragt.

»Ja, der bin ich«, antwortete ihm Juan Diego. Er wollte sich bei der jungen Mutter für ihre Hilfe bedanken, doch als sich Juan Diego nach ihr umsah, waren sie und die Kinder verschwunden; sie hatten sich aus dem Staub gemacht und nie erfahren, dass er *der* Juan Diego Guerrero (der Schriftsteller) war. Egal – sie hatten für dieses Jahr ihre gute Tat getan, dachte Juan Diego.

»Ich bin nach einem Schriftsteller benannt worden«, sagte der junge Chauffeur keuchend; es war ein ziemlicher Kampf, bis er das scheußliche orange Ungetüm in den Kofferraum seiner Limousine gehievt hatte. »Bienvenido Santos – haben Sie mal was von ihm gelesen?«

»Nein, aber ich habe von ihm gehört«, antwortete Juan Diego (und dachte, wie schrecklich er das fände, jemanden so lau über sich sprechen zu hören).

»Sie können Ben zu mir sagen«, schlug der Chauffeur vor. »Manche Leute finden Bienvenido verwirrend.«

»Mir *gefällt* Bienvenido«, sagte Juan Diego.

»Ich bin Ihr Chauffeur, egal, wohin Sie in Manila fahren – nicht nur auf dieser Fahrt«, sagte Bienvenido. »Ihr ehemaliger Student hat mich bestellt – er hat mir auch gesagt, dass Sie Schriftsteller sind«, erklärte der Chauffeur. »Tut mir leid, dass ich Ihre Bücher noch nicht gelesen habe. Ich weiß nicht, ob Sie berühmt sind –«

»Ich bin nicht berühmt«, sagte Juan Diego rasch.

»Bienvenido Santos ist berühmt – jedenfalls hier auf den Philippinen«, sagte der Chauffeur. »Jetzt ist er tot. Ich habe alle seine Bücher gelesen. Sie sind ziemlich gut. Ich halte es aber für einen Fehler, sein Kind nach einem Schriftsteller zu nennen. Ich wusste, ich würde alle Bücher von Mr. Santos lesen müssen; es waren viele. Was, wenn ich sie nicht gemocht hätte? Was, wenn ich ungern lesen würde? Es kann auch eine Last sein – mehr will ich damit gar nicht sagen«, schloss Bienvenido.

»Ich kann Sie verstehen«, sagte Juan Diego.

»Haben Sie Kinder?«, fragte der Chauffeur.

»Nein, habe ich nicht«, sagte Juan Diego, doch eigentlich gab es darauf auch keine einfache Antwort – das war eine andere Geschichte, an die Juan Diego nur ungern dachte.

»*Falls* ich je Kinder habe, werde ich sie nicht nach Schriftstellern nennen«, sagte er dazu nur.

»Ich kenne schon eins Ihrer Ziele, während Sie hier sind«, sagte sein Chauffeur. »Soviel ich weiß, wollen Sie das Manila American Cemetery and Memorial –«

»Nicht während dieses Aufenthaltes«, unterbrach ihn Juan Diego. »Diesmal bleibe ich nur kurz, aber wenn ich zurückkomme –«

»Egal, wann Sie hinmöchten, ich fahre Sie, Señor Guerrero«, sagte Bienvenido rasch.

»Sagen Sie bitte Juan Diego zu mir …«

»Klar, wenn Sie das möchten«, erwiderte der Chauffeur. »Worauf ich hinauswill, Juan Diego, es ist für alles gesorgt, alles ist organisiert. Egal, was Sie wollen, egal, zu welcher Zeit –«

»Vielleicht wechsle ich das Hotel – diesmal nicht, aber wenn ich zurückkomme«, entfuhr es Juan Diego.

»Ganz, wie Sie wollen«, sagte Bienvenido.

»Über das Makati Shangri-La habe ich Schlechtes gehört«, sagte Juan Diego.

»In meinem Beruf höre ich viel Schlechtes. Über jedes Hotel!«, sagte der junge Chauffeur.

»Was haben Sie über das Makati gehört?«, fragte ihn Juan Diego.

Der Verkehr stockte; der Tumult auf der verstopften Flughafenstraße erinnerte Juan Diego an die chaotische Atmosphäre, die er sonst von Busbahnhöfen kannte. Der Himmel hatte eine schmutzig beige Farbe, die Luft war feucht und übelriechend, und die Klimaanlage im Wagen war zu kalt eingestellt.

»Die Frage ist, was man glauben kann, verstehen Sie«, antwortete Bienvenido. »Man hört alles Mögliche.«

»Das war mein Problem bei dem Roman – daran zu glauben«, sagte Juan Diego.

»Bei welchem Roman?«, fragte Bienvenido.

»Shangri-La ist ein imaginäres Land in einem Roman aus den dreißiger Jahren, er hieß *Der verlorene Horizont*, den Namen des Autors habe ich vergessen«, sagte Juan Diego (und dachte, wie schrecklich es wäre, jemanden so etwas über ihn und eins *seiner* Bücher sagen zu hören! Das wäre so, als würde man seine eigene Todesanzeige lesen). Er fragte sich gerade, warum das Gespräch mit dem Chauffeur so anstrengend war, als sich auf einmal eine Lücke im Verkehr auftat.

Sogar schlechte Luft ist besser als eine Klimaanlage, befand Juan Diego. Er öffnete ein Fenster, und die schmutzigbeige Luft blies ihm ins Gesicht. In den Erinnerungen an seine Jugend waren auch die Straßen südlich des Zócalo völlig verpestet, vor allem die Calle Zaragoza, aber auch die Straßen, die vom Waisenhaus und vom Zócalo zur Calle Zaragoza führten. (Wenn die Nonnen schliefen, suchten Juan Diego und Lupe auf der Calle Zaragoza nach Esperanza.)

»Eines der Dinge, die ich über das Makati Shangri-La gehört habe, ist sicher erfunden«, setzte Bienvenido an.

»Und zwar?«, fragte Juan Diego seinen jungen Chauffeur.

Kochgerüche wehten durch das offene Fenster in das fahrende Auto. Sie kamen jetzt an einer Art Barackensiedlung vorbei, wo sie langsamer fahren mussten, weil sich ständig Fahrräder zwischen den Autos hindurchschlängelten, Kinder barfuß und ohne Hemd auf die Straße flitzten und die spottbilligen Jeepneys mit ausgeschalteten oder kaputten Scheinwerfern herumfuhren, ihre Fahrgäste auf Holzbänken zusammengedrängt wie in einer Kirche. (Vielleicht musste Juan Diego ja an Kirchenbänke denken, weil die Jeepneys mit religiösen Parolen beschriftet waren.)

GOTT IST GUT! stand auf einem der Gefährte zu lesen. GOTT KÜMMERT SICH UM DICH, DAS STEHT FEST auf einem anderen. Juan Diego war eben erst in Manila angekommen, und schon war sein wunder Punkt getroffen: Die spanischen Eroberer und die katholische Kirche waren vor ihm auf den Philippinen gewesen, und sie hatten ihre Spuren hinterlassen. (Sein Chauffeur hieß Bienvenido, und die Jeepneys, das billigste Transportmittel für Einkommensschwache, waren mit Werbung für *Gott* gespickt!)

»Mit den Hunden stimmt etwas nicht«, sagte Bienvenido.

»Mit den Hunden? Mit *welchen* Hunden?«, fragte Juan Diego.

»Mit denen im Makati Shangri-La, den Bombenspürhunden«, erläuterte der junge Chauffeur.

»Hat es im Makati Shangri-La einen *Bombenanschlag* gegeben?«, fragte Juan Diego.

»Nicht dass ich wüsste«, antwortete Bienvenido. »In allen Hotels gibt es Bombenspürhunde. Aber es heißt, im Shangri-La wüssten die Hunde nicht, wonach sie suchen sollen – sie beschnüffeln einfach *alles*.«

»Das klingt nicht so schlimm«, sagte Juan Diego. Er mochte Hunde und nahm sie immer in Schutz. (Vielleicht waren die Bombenspürhunde im Shangri-La einfach nur besonders gründlich.)

»Es heißt, die Hunde im Shangri-La seien nicht ausgebildet«, sagte Bienvenido gerade.

Doch Juan Diego konnte sich auf dieses absurde Gespräch nicht konzentrieren. Manila erinnerte ihn an Mexico City; darauf war er nicht vorbereitet gewesen, und jetzt drehte sich die Unterhaltung auch noch um Hunde.

Im *Niños Perdidos* hatten ihm und Lupe die Deponiehunde gefehlt. Wenn auf dem *basurero* ein Wurf Hunde zur Welt gekommen war, hatten die Kinder versucht, sich der Welpen anzunehmen, und wenn ein Welpe starb, hofften Juan Diego und Lupe immer, ihn vor den Geiern zu finden. Die Müllkippenkinder hatten Rivera geholfen, die Hundekadaver zu verbrennen – sie zu verbrennen war auch ein Zeichen dafür, dass man die Hunde liebte.

Nachts, wenn sie auf der Calle Zaragoza ihre Mutter suchten, versuchten Juan Diego und Lupe, nicht an die Dachhunde zu denken; diese Hunde waren anders, sie waren unheimlich und, wie Bruder Pepe gesagt hatte, überwiegend Mischlinge, aber Pepe irrte sich mit der Behauptung, nur *einige* Dachhunde seien wild, denn das waren tatsächlich *die meisten*. Dr. Gomez sagte, sie wisse, wie die Hunde auf die Dächer gekommen seien, auch wenn Bruder Pepe behauptete, das könne nicht sein.

Viele von Dr. Gomez' Patienten waren von Dachhunden gebissen worden; schließlich war sie Hals-Nasen-Ohren-Spezialistin, und im Hals-Nasen-Ohren-Bereich versuchten die Hunde zuerst zu beißen. Die Hunde griffen das Gesicht an, sagte Dr. Gomez. Vor Jahren hatten die Leute in den Dachgeschosswohnungen der Häuser südlich des Zócalo ihre Haushunde auf den Flachdächern frei herumlaufen lassen, worauf die zahmen Hunde entweder weggelaufen oder von wilden Hunden verjagt worden waren; viele dieser Häuser standen so dicht nebeneinander, dass die Hunde gefahrlos von Dach zu Dach springen konnten. Inzwischen ließen die Anwohner ihre Hunde nicht mehr auf die Dächer, wodurch bald alle Hunde, die auf den Dächern lebten, verwilderte Hunde waren.

Nachts spiegelten sich auf der Calle Zaragoza die Scheinwerfer der vorbeifahrenden Autos in den Augen der Dachhunde wider. Kein Wunder, dass Lupe diese Hunde für Geister hielt. Sie liefen am Rand der Flachdächer entlang, als jagten sie Menschen auf der Straße. Wenn man sich gerade nicht unterhielt oder Musik hörte, konnte man ihr Hecheln von oben hören. Manchmal, wenn die Hunde von Dach zu Dach sprangen, fiel einer von ihnen herunter und starb dabei natürlich, es sei denn, er fiel auf einen Passanten, der seinen Sturz sozusagen abfederte. Diese glücklichen Hunde starben zwar nicht, aber wenn sie durch den Sturz verletzt wurden, bissen sie in der Regel die Menschen, auf die sie gefallen waren.

»Sie mögen wohl Hunde«, stellte Bienvenido fest.

»Das stimmt – ich mag Hunde wirklich«, sagte Juan Diego, wurde aber von seinen Gedanken an die Geisterhunde von Oaxaca abgelenkt (falls die Dachhunde, oder einige von ihnen, wirklich Geister waren).

»Diese Hunde sind nicht die einzigen Geister in der Stadt – Oaxaca wimmelt von Geistern«, hatte Lupe auf ihre altkluge Art gesagt.

»Ich habe noch keine gesehen«, gab Juan Diego zurück.

»Das wirst du schon noch.« Mehr verriet Lupe nicht.

Kaum waren seine Gedanken zurück in der Gegenwart, lenkte Juan Diego einer der überladenen Jeepneys ab; offensichtlich war GOTT KÜMMERT SICH UM DICH, DAS STEHT FEST eine beliebte Botschaft. Dann fiel Juan Diego ein ganz anderer Aufkleber auf dem Heckfenster eines Taxis auf. KINDERSEXTOURISTEN stand auf dem Taxi. SCHAU NICHT WEG. ZEIG SIE AN.

Na klar – zeigt die Schweine an!, dachte Juan Diego. Für all die Kinder, die angeworben wurden, um mit Touristen Sex zu haben, überlegte Juan Diego, stand offenbar nicht ganz so fest, dass Gott sich auch um sie kümmerte.

»Ich bin gespannt, was Sie zu den Bombenspürhunden sagen werden«, sagte Bienvenido, doch als er einen Blick in den Rückspiegel warf, sah er, dass sein Fahrgast schlief. Oder war er etwa tot?, dachte der Chauffeur mit Schrecken, doch Juan Diegos Lippen bewegten sich. Vielleicht, stellte sich der Chauffeur vor, dass der nicht sehr berühmte Schriftsteller im Schlaf an Dialogen feilte. So wie sich Juan Diegos Lippen bewegten, schien er ein Selbstgespräch zu führen – wie das Schriftsteller so tun, nahm Bienvenido an. Der junge Filipino konnte weder wissen, an welchen ganz realen Streit sich der ältere Mann erinnerte, noch hätte Bienvenido raten können, wohin Juan Diegos Träume ihn als Nächstes bringen würden.

12

Calle Zaragoza

Jetzt hören Sie mir mal gut zu, Herr Missionar – die beiden sollten unbedingt zusammenbleiben«, sagte Vargas gerade. »Der Zirkus wird für Kleidung und medizinische Behandlung sorgen, für drei Mahlzeiten am Tag, ein Bett zum Schlafen, und *außerdem* gibt es eine Familie, die sich um die Kinder kümmert.«

»*Welche* Familie? Es ist ein *Zirkus*! Die schlafen in *Zelten*!«, rief Edward Bonshaw.

»*La Maravilla* ist eine Art Familie, Eduardo«, sagte Bruder Pepe zu dem Mann aus Iowa. »Zirkuskindern fehlt es an nichts«, fügte er hinzu, aber es klang wenig überzeugt.

So wie *Niños Perdidos* war auch der Name von Oaxacas kleinem Zirkus auf Kritik gestoßen. Zunächst war er verwirrend – *Circo de La Maravilla*. Das *L* in *La* wurde groß geschrieben, weil Das Wunder eine leibhaftige Person war, eine Artistin. (Die Nummer an sich wiederum, das angebliche Wunder, wurde zur allgemeinen Verwirrung klein geschrieben – *la maravilla*.) Auch waren einige der Ansicht, der Zirkus des Wunders betreibe irreführende Werbung. Die anderen Nummern waren gewöhnlich und nicht sehr wundersam; die Tiere waren nichts Besonderes. Und es gab Gerüchte.

In Oaxaca war immer nur von der Person La Maravilla die Rede. (Wie *Niños Perdidos* wurde auch der Zirkusname gern abgekürzt; die Leute sagten, sie gingen in *el circo* oder zu *La Maravilla*.) Das Wunder war immer ein Mädchen; es hatte schon viele gegeben, weil bei der atemberaubenden Nummer immer wieder Artistinnen zu Tode gekommen waren, und diejenigen, die überlebten, blieben nicht mehr sehr lange Das Wunder. Wahrscheinlich setzte der Stress den Mädchen zu. Schließlich riskierten sie ihr Leben, während sie mitten in der Pubertät steckten. Vielleicht setzten ihnen zusätzlich auch ihre Hormone zu. War nicht genau das wundersam, dass diese Mädchen ihr Leben aufs Spiel setzten, während sie gerade ihre erste Periode bekamen und ihre Brüste knospten? War nicht das Erwachsenwerden an sich die wahre Gefahr, das eigentliche Wunder?

Einige der älteren Müllkippenkinder hatten sich in den Zirkus geschlichen und Lupe und Juan Diego von *La Maravilla* erzählt. Aber Rivera hätte solchen Unfug nie erlaubt. Wenn *La Maravilla* in die Stadt kam, schlug er seine Zelte in Cinco Señores auf; das Zirkusgelände lag näher am Zócalo und der Innenstadt von Oaxaca als an Guerrero.

Was lockte die Massen in diesen Zirkus? War es die Aussicht, ein unschuldiges junges Mädchen sterben zu sehen? Doch Bruder Pepe lag nicht so falsch, als er La Maravilla – oder jeden anderen Zirkus – als eine Art Familie bezeichnete (wobei es natürlich gute und schlechte Familien gibt).

»Aber was kann La Maravilla mit einem *Krüppel* anfangen?«, fragte Esperanza.

»Also bitte! Nicht, wenn der Junge gleich danebensteht!«, rief Señor Eduardo.

»Schon in Ordnung. Ich bin ein Krüppel«, sagte Juan Diego.

»*La Maravilla* wird dich nehmen, weil du unentbehrlich bist, Juan Diego«, sagte Dr. Vargas. »Lupe braucht einen Dolmetscher«, sagte Vargas zu Esperanza. »Mit einer Wahrsagerin, die keiner versteht, kann man nichts anfangen.«

»Ich bin keine Wahrsagerin!«, sagte Lupe, doch das ließ Juan Diego unübersetzt.

»Die Frau, die Sie brauchen, heißt Soledad«, sagte Vargas zu Edward Bonshaw.

»Welche Frau? Ich will keine *Frau*!«, rief der neue Missionar in der Annahme, Dr. Vargas habe die Bedeutung eines Keuschheitsgelübdes missverstanden.

»Keine Frau für *Sie,* Mr. Zölibat«, sagte Vargas. »Ich meine die Frau, mit der Sie wegen der Kinder sprechen müssen. Soledad ist die Frau, die sich im Zirkus um die Kinder kümmert – sie ist die Frau des Löwenbändigers.«

»Kein besonders vertrauenerweckender Name für die Frau eines Löwenbändigers«, bemerkte Bruder Pepe. »Man möchte bestimmt nicht ›Einsamkeit‹ heißen, nicht wenn man mit einem Löwenbändiger verheiratet ist. *Einsamkeit* verheißt nichts Gutes – das klingt so, als wäre ihr Witwendasein programmiert.«

»Herrgott noch mal, Pepe, sie heißt doch nur so«, protestierte Vargas.

»Sie sind Atheist, das ist Ihnen doch bewusst, oder?«, sagte Señor Eduardo und zeigte auf Vargas. »Diese Kinder können im *Niños Perdidos* wohnen und dort zur Schule gehen, und Sie wollen die beiden in Gefahr bringen! Ist es die jesuitische Erziehung, vor der Sie Angst haben, Dr. Vargas? Sind Sie ein so überzeugter Atheist, dass Sie befürchten, wir könnten diese Kinder zu Gläubigen machen?«

»Diese Kinder sind in *Oaxaca* in Gefahr!«, rief Vargas. »Was sie glauben, ist mir egal.«

»Er ist Atheist«, sagte der Mann aus Iowa – diesmal zu Bruder Pepe.

»Gibt es in dem Zirkus Hunde?«, fragte Lupe. Juan Diego dolmetschte für sie.

»Ja, die gibt es – dressierte Hunde, und sie treten auch auf. Soledad bildet die neuen Akrobaten aus, einschließlich der Flieger, aber die Hunde haben ihr eigenes Zelt. Magst du Hunde, Lupe?«, fragte Vargas das Mädchen; sie zuckte die Achseln. Juan Diego merkte, dass Lupe die *Idee*, zum Zirkus *La Maravilla* zu gehen, genauso gut gefiel wie ihm; Lupe konnte nur Vargas nicht leiden.

»Versprich mir etwas«, sagte Lupe zu Juan Diego und nahm seine Hand.

»Klar. Was denn?«, sagte Juan Diego.

»Wenn ich sterbe, sollst du mich im *basurero* verbrennen – wie die Hunde«, sagte Lupe ihrem Bruder. »Nur du und Rivera, sonst niemand. Versprich es mir.«

»O Gott!«, rief Juan Diego.

»Kein Gott«, sagte Lupe. »Nur du und Rivera.«

»Okay«, sagte Juan Diego. »Versprochen.«

»Wie gut kennen Sie diese Soledad?«, wollte Edward Bonshaw von Dr. Vargas wissen.

»Sie ist eine meiner Patientinnen«, antwortete der. »Soledad war früher Akrobatin, Trapezkünstlerin. Da sind die Gelenke extremer Belastung ausgesetzt – hauptsächlich

Hände, Handgelenke und Ellenbogen. Das viele Greifen und Festhalten, von den Stürzen ganz zu schweigen«, sagte Vargas.

»Gibt es für die Luftakrobaten denn kein Netz?«, fragte Señor Eduardo.

»In den meisten mexikanischen Zirkussen nicht«, sagte Vargas.

»Gütiger Herr im Himmel!«, rief der Amerikaner. »Und Sie behaupten, diese Kinder seien in *Oaxaca* in Gefahr!«

»Beim Wahrsagen ist das Risiko eines Sturzes nicht ganz so hoch, und auch die Gelenke werden nicht belastet«, entgegnete Vargas.

»Ich weiß nicht bei allen, was ihnen durch den Kopf geht. Ich weiß nur, was *manche* denken«, sagte Lupe. Juan Diego wartete. »Was ist mit denen, deren Gedanken ich nicht lesen kann?«, fragte Lupe. »Was sagt eine Wahrsagerin denen?«

»Wir müssen mehr darüber erfahren, wie so ein Beiprogramm funktioniert. Wir werden darüber nachdenken«, dolmetschte Juan Diego seine Schwester.

»Das habe ich nicht gesagt«, protestierte Lupe.

»Wir werden darüber nachdenken«, wiederholte Juan Diego unbeirrt.

»Was ist mit dem Löwenbändiger?«, fragte Bruder Pepe Vargas.

»Was soll mit ihm sein?«, fragte Vargas zurück.

»Wie ich höre, hat Soledad Scherereien mit ihm«, sagte Pepe.

»Das Zusammenleben mit Löwenbändigern ist offenbar kein Zuckerschlecken – vermutlich ist beim Löwenbändigen eine ganze Menge Testosteron im Spiel«, sagte Vargas achselzuckend. Lupe äffte sein Achselzucken nach.

»Der Löwenbändiger ist also ein Machotyp?«, fragte Pepe.

»Angeblich ja«, antwortete Vargas. »Allerdings ist er nicht mein Patient.«

»Beim Löwenbändigen ist das Risiko eines Sturzes nicht ganz so hoch, und auch die Gelenke werden nicht belastet«, kommentierte Edward Bonshaw.

»Schon klar, wir denken drüber nach«, sagte Lupe.

»Was hat sie gesagt?«, fragte Vargas Juan Diego.

»Wir denken drüber nach«, antwortete ihm Juan Diego.

»Du kannst jederzeit ins *Niños Perdidos* kommen und mich besuchen«, sagte Señor Eduardo zu Juan Diego. »Ich sage dir dann, was du lesen könntest, wir können über Bücher reden, und du könntest mir zeigen, woran du gerade schreibst –«

»Der Junge *schreibt*?«, fragte Vargas.

»Das hat er vor, ja – er lechzt nach Bildung und hat Talent; er ist eindeutig *sprach*begabt, für ihn kommt eine höhere Ausbildung in Frage«, sagte Edward Bonshaw.

»Und Sie können jederzeit in den Zirkus kommen«, sagte Juan Diego zu Señor Eduardo. »Sie könnten mich besuchen und mir Bücher mitbringen –«

»Ja, natürlich könnten Sie das«, sagte Vargas zu Edward Bonshaw. »Nach Cinco Señores können Sie praktisch zu Fuß gehen. La Maravilla ist aber auch ein Wanderzirkus, und gelegentlich geht er auf Tournee; die Kinder werden sogar Mexico City sehen. Vielleicht können Sie sie begleiten. Es heißt doch, Reisen bildet, nicht wahr?«, fragte Vargas den

Mann aus Iowa und wandte, als Edward nicht antwortete, seine Aufmerksamkeit wieder den Müllkippenkindern zu. »Was genau fehlt euch vom *basurero*?«, fragte er sie. (Jeder, der die beiden kannte, wusste, wie sehr Lupe die Hunde vermisste, nicht nur Schmutzigweiß und Diablo. Bruder Pepe wusste, dass man von *Niños Perdidos* zu Fuß ganz schön lange nach Cinco Señores unterwegs war.)

Lupe antwortete Vargas nicht, und Juan Diego zählte im Stillen alles auf, was er von Guerrero und der Deponie vermisste: den blitzschnellen Gecko an der Fliegengittertür der Hütte; die riesige Menge an Müll; Rivera auf die unterschiedlichste Weise zu wecken, wenn *el jefe* in der Fahrerkabine seines Pick-ups schlief; wie Diablo die kläffenden anderen Hunde verstummen ließ; die ernste Würde, mit der sie die Hunde im *basurero* verbrannt hatten.

»Lupe vermisst die Hunde«, sagte Edward Bonshaw, und Lupe wusste, es war die Antwort, die Vargas erwartet hatte.

»Wisst ihr was?«, sagte Vargas plötzlich, als wäre ihm das eben erst eingefallen. »Bestimmt würde Soledad die Kinder im Hundezelt schlafen lassen. Wer weiß, vielleicht könnte das den Hunden sogar gefallen, dann wären alle glücklich! Manchmal ist es so einfach«, sagte er achselzuckend. »Glaubt Lupe etwa, ich sehe nicht, dass sie mich nachäfft?«, fragte Vargas Juan Diego, was beide Geschwister mit einem stummen Achselzucken quittierten.

»Kinder, die gemeinsam mit Hunden ein Zelt bewohnen!«, rief Edward Bonshaw.

»Warten wir ab, was Soledad sagt«, entgegnete Vargas.

»Mir sind Tiere meist lieber als Menschen«, bemerkte Lupe.

»Lass mich raten: Lupe sind Tiere lieber als Menschen«, sagte Vargas zu Juan Diego.

»Ich sagte: meist«, korrigierte ihn Lupe.

»Ich weiß, dass Lupe mich hasst«, sagte Vargas.

Während Lupe und Vargas einander anfifteten, musste Juan Diego an die Mariachi-Bands denken, die sich auf dem Zócalo den Touristen aufdrängten. An Wochenenden spielten immer irgendwelche Bands auf dem Zócalo – einschließlich der miserablen Schulbands mit Cheerleaderinnen. Lupe schob Juan Diego dann in seinem Rollstuhl durch die Menschenmenge, und alle machten ihnen Platz, sogar die Cheerleaderinnen. »Als wären wir berühmt«, sagte Lupe zu Juan Diego.

Die zwei Müllkippenkinder *waren* berühmt dafür, dass sie die Calle Zaragoza unsicher machten; sie gehörten bald dazu. Doch die albernen Stigmatatricks zogen dort nicht – niemand hätte den Kindern Geld gegeben, weil sie Blut wegwischten. Auf der Calle Zaragoza wurde regelmäßig zu viel Blut vergossen; es aufzuwischen wäre Zeitverschwendung gewesen.

Juan Diego und Lupe sahen die Frauen, die auf der Calle Zaragoza auf den Strich gingen, und die Männer, die in ihren Autos langsam an ihnen vorbeifuhren. Auch im Hof des Hotels Somega konnten sie das Kommen und Gehen von Prostituierten und ihren Freiern beobachten. Aber ihre Mutter bekamen sie nie zu Gesicht und wussten deshalb auch nicht mit Sicherheit, ob Esperanza tatsächlich auf der Straße anschaffen ging oder nicht, zumal es im Somega vermutlich auch noch andere Gäste gab, die weder Prostituierte noch Freier waren. Doch Rivera war nicht der Einzige, der das Somega »das Hurenhotel« genannt hatte, und die vielen wechselnden Besucher schienen diesen Eindruck zu bestätigen.

Eines Nachts, als Juan Diego noch den Rollstuhl benutzen musste, waren er und Lupe auf der Calle Zaragoza einer Prostituierten namens Flor gefolgt; sie wussten zwar, dass Flor nicht ihre Mutter war, aber sie sah von hinten ein wenig wie Esperanza aus – Flor *ging* wie Esperanza.

Lupe schob den Rollstuhl gern mit Tempo und fuhr auf die ahnungslos vor ihnen gehenden Menschen so nahe drauf, bis er sie anstieß. Juan Diego befürchtete immer, dass die Leute dann rückwärts auf seinen Schoß fallen würden; deshalb beugte er sich vor und streckte die Hände aus. So hatte er auch Flor das erste Mal berührt, wobei er sie eigentlich warnend an der Hand hatte fassen wollen; doch da Flor beim Gehen die Arme schlenkerte, griff Juan Diego daneben und an Flors sich wiegenden Hintern.

»Jesus, Maria und Joseph!«, rief die großgewachsene Flor, holte aus, fuhr herum – und fand sich einem im Rollstuhl sitzenden Jungen gegenüber.

»Ich bin's nur und meine Schwester«, sagte Juan Diego, der zusammengezuckt war. »Wir suchen unsere Mutter.«

»Sehe ich wie eure Mutter aus?«, fragte Flor. Sie war Transvestit und Prostituierte. Damals gab es in Oaxaca nicht sehr viele Transvestiten, die auf den Strich gingen; Flor fiel wirklich auf, nicht nur wegen ihrer Größe. Sie war fast eine Schönheit, wobei der Bartschatten auf ihrer Oberlippe diesen Eindruck nicht im Geringsten schmälerte.

»Du siehst ein wenig wie unsere Mutter aus«, antwortete Juan Diego Flor. »Ihr seid beide sehr schön.«

»Flor ist etwas größer, und dann ist da noch der Du-weißt-schon-was«, sagte Lupe und fuhr sich mit dem Finger über die Oberlippe. Das brauchte Juan Diego nicht zu dolmetschen.

»Ihr Kinder solltet nicht hier sein«, sagte Flor zu ihnen. »Ihr gehört ins Bett.«

»Unsere Mutter heißt Esperanza«, sagte Juan Diego. »Vielleicht hast du sie gesehen ... vielleicht *kennst* du sie.«

»Ich kenne Esperanza«, bestätigte Flor. »Aber man sieht sie hier nicht häufig. Ganz im Gegensatz zu euch.«

»Vielleicht ist unsere Mutter ja besonders beliebt«, sagte Lupe. »Vielleicht verlässt sie einfach das Hotel Somega nie, weil die Männer alle zu ihr kommen.« Doch das dolmetschte Juan Diego nicht.

»Egal, was sie brabbelt, eins kann ich euch verraten«, sagte Flor. »Hier kommt und geht niemand unbemerkt, das kann ich euch garantieren. Vielleicht ist eure Mutter gar nicht hier gewesen; vielleicht solltet ihr beide einfach nur sofort *schlafen* gehen.«

»Flor weiß eine Menge über den Zirkus, ich kann es in ihren Gedanken lesen«, sagte Lupe. »Na los, frag sie danach.«

»Wir haben ein Angebot von La Maravilla – nur im Beiprogramm«, sagte Juan Diego. »Wir würden zwar unser eigenes Zelt haben, müssten es aber mit den Hunden teilen – es sind *dressierte* Hunde, sehr schlaue. Du siehst nicht zufällig irgendwelche Zirkusleute, oder?«, fragte der Junge.

»Zwerge lasse ich nicht ran. Irgendwo muss man eine Grenze ziehen«, sagte Flor. »Dabei interessieren die sich ganz besonders für mich, ich weiß auch nicht, warum.«

»Ich kann heute Nacht bestimmt kein Auge zumachen«, sagte Lupe zu Juan Diego. »Ich werde die ganze Zeit an Zwerge denken, die ihre Finger nicht von Flor lassen können.«

»Du wolltest, dass ich sie frage. Ich werde auch nicht schlafen können«, entgegnete Juan Diego.

»Frag Flor, ob sie Soledad kennt«, bat Lupe.

»Vielleicht wollen wir das gar nicht wissen«, sagte Juan Diego, fragte Flor aber dennoch, was sie über die Frau des Löwenbändigers wusste.

»Sie ist eine einsame, unglückliche Frau«, antwortete Flor. »Ihr Mann ist ein Schwein. In seinem Fall bin ich auf Seiten der Löwen«, schloss sie.

»Ich schätze, Löwenbändiger lässt du auch nicht ran«, sagte Juan Diego.

»Den nicht, *chico*«, sagte Flor. »Seid ihr nicht aus dem *Niños Perdidos*? Arbeitet eure Mutter nicht da? Warum wollt ihr in ein Zelt mit Hunden ziehen, wenn ihr nicht müsst?«

Lupe zählte eine ganze Reihe von Gründen auf. »Erstens: Wir lieben Hunde«, begann sie. »Zweitens: Weil wir Stars sein wollen – in einem Zirkus könnten wir berühmt werden. Drittens: Weil uns der Papageienmann besuchen kommt, und unsere Zukunft –« Sie hielt kurz inne. »Jedenfalls seine Zukunft«, fuhr Lupe fort und zeigte auf ihren Bruder. »Seine Zukunft liegt in den Händen des Papageienmanns – das weiß ich einfach, Zirkus hin oder her.«

»Ich kenne den Papageienmann nicht, bin ihm nie begegnet«, sagte Flor zu den Kindern, nachdem Juan Diego mit Mühe Lupes Liste übersetzt hatte.

»Der Papageienmann will keine Frau«, berichtete Lupe,

was Juan Diego ebenfalls dolmetschte. (Das hatte Señor Eduardo ja in Lupes Gegenwart selbst gesagt.)

»Ich kenne massenweise Papageienmänner!«, sagte die Transvestiten-Prostituierte.

»Lupe meint, dass der Papageienmann ein Keuschheitsgelübde abgelegt hat«, setzte Juan Diego zu einer Erklärung an, doch Flor fiel ihm ins Wort.

»O nein – *solche* Männer kenne ich keine. Tritt der Papageienmann auch im La Maravilla auf?«

»Er ist der neue Missionar im *Templo de la Compañia de Jesús* – ein Jesuit aus Iowa«, sagte Juan Diego.

»Jesus, Maria und Joseph!«, rief Flor wieder aus. »*So* ein Papageienmann.«

»Sein Hund wurde getötet, das hat sein Leben verändert«, sagte Lupe, was Juan Diego jedoch unübersetzt ließ. Vor dem Somega war eine Schlägerei im Gange; die Auseinandersetzung hatte offenbar im Hotel begonnen, sich aber aus dem Hof auf die Calle Zaragoza verlagert.

»Mist, es ist der gute Gringo – der Kleine gerät dauernd in Schwierigkeiten«, sagte Flor. »Vermutlich wäre er in Vietnam sicherer gewesen.«

In Oaxaca gab es immer mehr amerikanische Hippies; manche kamen mit ihren Freundinnen, die aber nie lange blieben. Doch die meisten dieser jungen Männer im wehrpflichtigen Alter kamen allein oder waren bald allein. Sie flüchteten vor dem Vietnamkrieg oder vor dem, was aus ihrem Land geworden war, sagte Edward Bonshaw. Der Mann aus Iowa bemühte sich um sie – er versuchte, ihnen zu helfen –, doch die Hippies hatten mit Religion nichts am Hut. Wie die Dachhunde waren sie verlorene Seelen – sie verwilderten oder ließen sich wie Geister durch die Stadt treiben.

Flor versuchte den Wehrdienstverweigerern ebenfalls zu helfen; die verlorenen jungen Männer kannten Flor alle. Vielleicht mochten sie sie, weil sie ein Transvestit war – wie sie war Flor eigentlich immer noch ein Junge –, doch die verlorenen Amerikaner mochten Flor auch, weil sie hervorragend Englisch sprach. Flor hatte in Texas gelebt, war aber nach Mexiko zurückgekehrt. Sie begann ihre Geschichte immer mit den gleichen Worten: »Sagen wir so: Um aus Oaxaca herauszukommen, musste ich nach Houston. Warst du schon mal in Houston? Sagen wir so: Ich musste da raus.«

Lupe und Juan Diego war der gute Gringo schon früher in der Gegend um die Calle Zaragoza begegnet. Eines Morgens hatte Bruder Pepe ihn schlafend auf einer Bank in der Jesuitenkirche gesehen. *El gringo bueno* hatte das Cowboylied *Streets of Laredo* gesungen, im Schlaf und immer nur und immer wieder die erste Strophe, hatte Pepe erzählt.

As I walked out in the streets of Laredo
As I walked out in Laredo one day,
I spied a young cowboy, all wrapped in white linen,
Wrapped in white linen and cold as the clay.

Zu den Müllkippenkindern war der Hippie immer freundlich. Was den Tumult im Hotel Somega betraf, so hatte man *el gringo bueno* offenbar nicht einmal die Zeit gegeben, sich anzuziehen. Jetzt lag er zusammengekrümmt in einer Art Embryohaltung auf dem Gehsteig, um sich vor Tritten zu schützen; er trug nichts weiter als eine Jeans. Seine Hände klammerten sich um ein Paar Sandalen und ein schmutziges langärmeliges Hemd – das einzige Hemd, das ihn die Müllkippenkinder je hatten tragen sehen. Doch die Tätowierung des jungen Mannes hatten Lupe und Juan Diego noch nicht gesehen. Sie war riesengroß und stellte einen gekreuzigten Christus dar: Jesu Christi blutiges, dornengekröntes Haupt bedeckte die Brust des schlanken Hippies, Jesu Christi Torso schmückte seinen nackten Bauch, während Jesu Christi ausgestreckte Arme (und seine schlimm zugerichteten Handgelenke und Hände) auf die Ober- und Unterarme des jungen Mannes tätowiert worden waren. Es sah so aus, als wäre Jesu Oberkörper mit Gewalt auf den Oberkörper des guten Gringos aufgebracht worden. Jesus und der Hippie waren beide unrasiert, und ihre langen Haare ähnlich verfilzt.

Auf der Calle Zaragoza beugten sich zwei Schläger über den jungen Mann. Den einen, einen großen, bärtigen Mann namens Garza, kannten die Müllkippenkinder bereits. Entweder ließ er einen in die Lobby des Somega oder nicht; meist forderte er die Kinder auf zu verschwinden. Er sah den Innenhof des Hotels als sein Revier an. Der andere Schläger – der junge, dicke – war Garzas persönlicher Sklave, César. (Garza fickte alles.)

»Geht euch bei so was einer ab?«, fragte Flor die beiden Schläger.

Auf dem Gehweg der Calle Zaragoza war noch eine Prostituierte, eine der jüngeren; ihre Haut war mit Pockennarben übersät, und sie trug nicht viel mehr am Leib als der gute Gringo. Sie hieß Alba, was »Morgendämmerung« bedeutet, und Juan Diego fand, genauso sähe sie aus: Die

Begegnung mit einem solchen Mädchen würde so flüchtig wie ein Sonnenaufgang sein.

»Er hat mir nicht genug bezahlt«, sagte Alba zu Flor.

»Es war mehr, als sie vorher gesagt hatte«, sagte *el gringo bueno*. »Ich habe ihr das bezahlt, was sie zuerst verlangt hat.«

»Nehmt den Gringo mit«, sagte Flor zu Juan Diego. »Wenn ihr euch aus dem *Niños Perdidos* rausschleichen konntet, könnt ihr euch auch wieder reinschleichen, stimmt's?«

»Die Nonnen werden ihn am Morgen finden – oder Bruder Pepe oder Señor Eduardo oder unsere Mutter findet ihn«, sagte Lupe.

Juan Diego versuchte Flor die Situation zu erklären. Dass er und Lupe sich Schlaf- und Badezimmer teilten und dass ihre Mutter oft unangemeldet vorbeikam, um ihr Bad zu benutzen, und so weiter. Aber Flor wollte, dass die Müllkippenkinder den guten Gringo von der Straße schafften. Im *Niños Perdidos* war er sicher; die Kinder sollten ihn mitnehmen – im Waisenhaus würde ihn niemand schlagen.

»Sagt den Nonnen, ihr habt ihn auf dem Gehweg gefunden und euch barmherzig verhalten«, schlug Flor Juan Diego vor. »Sag ihnen, abends hatte der Junge keine Tätowierung, aber als ihr morgens aufgewacht seid, war der Gekreuzigte überall auf seinem Körper.«

»Und wir hörten ihn im Schlaf singen – dieses Cowboylied –, und zwar stundenlang, konnten aber im Dunkeln nichts sehen«, spann Lupe die Geschichte weiter. »*El gringo bueno* muss die ganze Nacht lang tätowiert worden sein!«

Wie aufs Stichwort hatte der halbnackte junge Mann zu

singen begonnen. Offenbar hatte er *Streets of Laredo* gesungen, um die zwei Schläger zu verspotten, die ihn schikaniert hatten. Diesmal sang er nur die zweite Strophe.

I see, by your outfit, that you are a cowboy.«
These words he did say as I slowly walked by.
»Come sit down beside me and hear my sad story,
Got shot in the breast, and I know I must die.

»Jesus, Maria und Joseph!«, sagte Juan Diego leise, mehr nicht.

»Ey, wie läuft's denn so, Mann auf Rädern?«, fragte der gute Gringo Juan Diego, als hätte er den Jungen in seinem Rollstuhl eben erst bemerkt. »Ey, rasendes Schwesterchen! Hast du schon Strafzettel für zu schnelles Fahren gekriegt?« (Lupe hatte den guten Gringo schon mal mit dem Rollstuhl angerempelt.)

Flor half dem Hippie in seine Klamotten. »Wenn du ihn noch mal anrührst, Garza«, sagte sie dabei, »schneid ich dir deinen Schwanz und die Eier ab, während du schläfst.«

»Du hast genauso ein Gehänge zwischen den Beinen baumeln«, entgegnete Garza.

»Falsch, mein Gehänge ist viel größer als deins«, widersprach Flor.

César, Garzas Sklave, fing an zu lachen, doch die Blicke, die ihm Garza und Flor zuwarfen, ließen ihn verstummen.

»Sag doch gleich am Anfang, was du kostest, Alba«, riet Flor der jungen Prostituierten mit der schlechten Haut. »Du solltest wissen, was du dir wert bist.«

»Du hast mir überhaupt nichts zu sagen, Flor«, sagte Alba, wartete damit aber, bis sie wieder im Hof des Somega Hotels waren.

Flor begleitete die Müllkippenkinder und den guten Gringo noch bis zum Zócalo. »Ich schulde dir was!«, rief der junge Amerikaner ihr nach, als sie kehrtmachte. »Euch Kindern bin ich auch was schuldig«, sagte er zu den beiden Geschwistern. »Ich werde euch etwas schenken.«

»Wie sollen wir ihn denn verstecken?«, fragte Lupe ihren Bruder. »Wir können ihn heute Nacht zwar problemlos ins *Niños Perdidos* reinschmuggeln, aber wir kriegen ihn morgen früh doch unmöglich wieder raus.«

»Ich arbeitete noch an der Geschichte, dass seine Tätowierung des blutenden Jesus ein Wunder ist«, sagte ihr Juan Diego. (Das war durchaus eine Idee, die einen Müllkippenleser ansprach.)

»Irgendwie ist es tatsächlich ein Wunder«, fing *el gringo bueno* an. »Die Idee für diese Tätowierung kam mir –«

Lupe ließ nicht zu, dass der verlorene junge Mann seine Geschichte erzählte, nicht jetzt. »Versprich mir eins«, sagte sie zu Juan Diego.

»Noch ein Versprechen –«

»Versprich's mir einfach!«, rief Lupe. »Sollte ich auf der Calle Zaragoza landen, töte mich – bring mich einfach um. Ich möchte es aus deinem Mund hören.«

»Jesus, Maria und Joseph!«, sagte Juan Diego und versuchte dabei so zu klingen wie Flor.

Der Hippie hatte bereits vergessen, was er hatte sagen wollen, und sang die fünfte Strophe von *Streets of Laredo* mit einer solchen Inbrunst, als wäre ihm der Text gerade erst eingefallen:

Get six jolly cowboys to carry my coffin,
Get six pretty maidens to bear up my pall.
Put bunches of roses all over my coffin,
Roses to deaden the clods as they fall.

»Nun sag's schon!«, brüllte Lupe ihren Bruder an.
»Na gut, ich werd dich töten. Also, ich hab's versprochen«, sagte er.
»Moment! Mann auf Rädern, Schwesterlein – keiner bringt hier *irgendwen* um, oder?«, stellte der gute Gringo fest. »Wir sind doch alle Freunde, *oder*?«
Der Atem des guten Gringos roch nach Mezcal, was Lupe »Wurmatem« nannte, weil auf dem Boden der Mezcalflasche ein toter Wurm lag. Rivera nannte Mezcal den Tequila des armen Mannes; der Deponiechef sagte, man trinke Mezcal genau wie Tequila, mit einer Prise Salz und ein wenig Zitronensaft. Der gute Gringo roch nach Zitronensaft und Bier; in der Nacht, als die beiden Müllkippenkinder ihn ins *Niños Perdidos* schmuggelten, hatte der junge Amerikaner salzverkrustete Lippen, und in dem V-förmigen Bartrest, den er sich am Kinn hatte stehen lassen, klebte noch mehr Salz. Die Kinder ließen ihn in Lupes Bett schlafen. Er schlief schon – auf dem Rücken, schnarchend –, bevor Lupe und Juan Diego sich bettfertig gemacht hatten.
Durch die Schnarcher schien die vierte Strophe von *Streets of Laredo* aus *el gringo bueno* herauszuströmen – wie sein Geruch.

*»Oh, beat the drum slowly and play the fife lowly,
Play the dead march as you carry me along;
Take me to the valley, and lay the sod o'er me,
For I'm a young cowboy and I know I've done wrong.«*

Lupe befeuchtete einen Waschlappen und wischte dem Hippie damit die Salzkruste von Lippen und Gesicht. Eigentlich wollte sie ihn mit seinem Hemd zudecken, um nicht mitten in der Nacht den blutenden Jesus zu sehen. Doch als Lupe am Hemd des Gringos roch, stank es nach Mezcal oder Bierkotze oder wie der tote Wurm – jedenfalls zog sie einfach die Decke bis ans Kinn des jungen Amerikaners.

Der Hippie war groß und schlank, und seine langen Arme – auf denen Jesu geschundene Handgelenke und Hände zu sehen waren – lagen links und rechts von seinem Körper auf der Bettdecke. »Was ist, wenn er bei uns im Zimmer stirbt?«, fragte Lupe. »Was geschieht mit der Seele eines Menschen, wenn er im Zimmer anderer Leute in einem fremden Land stirbt? Wie kommt die Seele des Gringos wieder nach Hause?«

»Großer Gott«, sagte Juan Diego.

»Lass Gott aus dem Spiel. Wir sind für den Gringo verantwortlich. Was machen wir, falls er stirbt?«, fragte Lupe.

»Wir verbrennen ihn auf dem *basurero*. Rivera hilft uns bestimmt«, sagte Juan Diego; das meinte er nicht ernst, sondern wollte Lupe nur dazu bringen, sich schlafen zu legen. »Die Seele des guten Gringos wird dem Feuer entkommen und mit dem Rauch zum Himmel aufsteigen.«

»Na gut, wir haben einen Plan«, sagte Lupe. Als sie in Juan Diegos Bett stieg, hatte sie mehr Kleidungsstücke an, als sie gewöhnlich zum Schlafen trug. Lupe erklärte, sie wolle »züchtig bekleidet« sein, da der Hippie in ihrem Schlafzimmer war. Juan Diego sollte auf der Seite des Bettes schlafen, die näher beim Gringo war. »Hoffentlich wird deine Wundergeschichte gut«, sagte sie zu ihrem Bruder und drehte ihm in dem schmalen Bett den Rücken zu. »Niemand wird uns abnehmen, dass die Tätowierung ein *milagro* ist.«

Daraufhin lag Juan Diego die halbe Nacht wach und übte, wie er die Blutende-Christus-Tätowierung des Amerikaners als nächtliches Wunder verkaufen würde. Kurz bevor er endlich einschlief, merkte Juan Diego, dass Lupe ebenfalls wach lag. »Wenn er besser riechen und nicht dauernd diesen Cowboysong singen würde, würde ich ihn ja heiraten«, sagte Lupe.

»Du bist erst dreizehn«, gab Juan Diego zu bedenken.

In seinem Mezcalrausch schaffte *el gringo bueno* nur noch die ersten zwei Zeilen der ersten Strophe von *Streets of Laredo;* als der Song verklang, wünschten sich die Müllkippenkinder beinahe, der gute Gringo würde weitersingen.

As I walked out in the streets of Laredo
As I walked out in Laredo one day –

»Du bist erst *dreizehn,* Lupe«, wiederholte Juan Diego, diesmal mit mehr Nachdruck.

»Ich meine später, wenn ich älter bin – falls ich älter werde«, sagte Lupe. »Ich kriege allmählich Brüste, aber sie sind noch sehr klein. Ich weiß, dass sie wahrscheinlich nicht größer werden.«

»Was soll das heißen, falls du älter wirst?«, fragte Juan Diego. Die Geschwister lagen im Dunkeln und drehten einander den Rücken zu, aber Juan Diego spürte, wie Lupe neben ihm mit den Achseln zuckte.

»Ich glaube nicht, dass der gute Gringo und ich noch viel älter werden«, antwortete sie.

»Das *weißt* du aber nicht, Lupe.«

»Ich weiß, dass meine Brüste nicht größer werden«, entgegnete ihm Lupe.

Juan Diego lag noch eine Weile wach und dachte darüber nach, was seine Schwester gesagt hatte. Er wusste, dass Lupe meist recht hatte, wenn es um die Vergangenheit ging. Dass seine kleine Schwester bei der Zukunft eine schlechtere Trefferquote hatte, tröstete ihn immerhin etwas.

13
Jetzt und immerdar

Was Juan Diego mit den Bombenspürhunden im Makati Shangri-La widerfuhr, lässt sich zwar ruhig und rational erklären, doch den panischen Blicken des Hotelportiers wie auch der Sicherheitsleute des Shangri-La nach zu urteilen (die sofort die Kontrolle über die beiden Hunde verloren), verlief die Ankunft des prominenten Gastes alles andere als ruhig und rational. Dafür ging auch alles viel zu schnell. »Prominenter Gast«, so lautete die hochtrabende Bezeichnung neben Juan Diego Guerreros Namen auf der Buchungsliste des Hotels: *Prominenter Gast*. Clark French hatte offensichtlich ganze Arbeit geleistet.

Was sein Zimmer betraf, so hatte der mexikanisch-amerikanische Romancier ein Upgrade mit Annehmlichkeiten bekommen, eine davon ungewöhnlich. Außerdem war das Hotelmanagement instruiert worden, Mr. Guerrero nicht Amerikaner mexikanischer Abstammung zu nennen. Und doch wäre man nie auf die Idee gekommen, dass der flotte Hoteldirektor höchstpersönlich an der Rezeption darauf wartete, den erschöpften Juan Diego als Prominenten willkommen zu heißen – schon gar nicht, wenn man Zeuge des rüden Empfangs gewesen war, der dem Schriftsteller an der Hotelauffahrt des Shangri-La zuteilwurde. Leider war Clark nicht da, um seinen alten Dozenten zu begrüßen.

Während er zum Eingang hinauffuhr, sah Bienvenido im Rückspiegel, dass sein geschätzter Fahrgast noch immer schlief, den Kopf ans Autofenster gelehnt; deshalb versuchte er sofort, den Portier wegzuscheuchen, der sich beeilte, die hintere Tür der Limousine zu öffnen. Bienvenido stieg aus und trat, mit beiden Armen fuchtelnd, in die Zufahrt.

Wer konnte denn ahnen, dass Bombenspürhunde auf Armwedeln ansprangen? Die zwei Hunde stürzten sich auf Bienvenido, der sofort die Arme hochriss, als würde er von einer Waffe bedroht. Und als der Hotelportier die hintere Limousinentür trotzdem öffnete, begann Juan Diego, der vollkommen leblos wirkte, aus dem Wagen zu rutschen. Was die Bombenspürhunde in noch größere Aufregung versetzte; beide sprangen auf den Rücksitz der Limousine, so dass den Sicherheitsleuten die Ledergeschirre aus den Händen gerissen wurden.

Der Sitzgurt verhinderte, dass Juan Diego ganz aus dem Wagen fiel; mit einem Ruck schreckte er auf. Er hatte einen Hund auf dem Schoß, der ihm das Gesicht leckte; es war ein mittelgroßer Hund (wie ein kleiner Labrador, vielleicht ein Weibchen), mit den für Labradors typischen weichen Schlabberohren und den warmen, weit auseinanderstehenden Augen.

»Beatrice!«, rief Juan Diego. Es ist nicht schwer zu erraten, wovon er geträumt hatte, aber als Juan Diego einen Frauennamen rief, schien der Labrador, der tatsächlich ein Labrador*mischling* und ein Rüde war, verwirrt zu sein – er hieß James. Und dass Juan Diego »Beatrice!« rief, verschreckte den Portier, der angenommen hatte, der neu eintreffende Gast sei tot, so sehr, dass er zu schreien anfing.

Offensichtlich neigten die Bombenspürhunde zur Aggressivität, wenn geschrien wurde. James (auf Juan Diegos Schoß) war bestrebt, Juan Diego zu verteidigen, indem er den Portier anknurrte, doch Juan Diego hatte den *anderen* Hund nicht bemerkt. Es handelte sich um einen Schäferhund-Mischling mit keck aufstehenden Ohren und struppig-borstigem Fell. Er gehörte eindeutig zu der nervösen Sorte, und als dieser wild aussehende Hund zu bellen begann (Juan Diego direkt ins Ohr), musste der Schriftsteller angenommen haben, er säße neben einem *Dachhund,* und dass Lupe vielleicht doch recht gehabt hatte, als sie sagte, manche von denen wären Geister. Ein Auge des Schäferhundmischlings hatte eine Macke; es war grünlich gelb und schaute permanent in eine andere Richtung als das gute Auge des Hundes. Für Juan Diego ein weiteres Indiz dafür, dass das zitternde Tier neben ihm ein Dachhund *und* ein Geist war; er löste seinen Sicherheitsgurt und versuchte auszusteigen – nicht ganz einfach mit einem Labradormischling auf dem Schoß.

Doch genau in diesem Moment stießen beide Hunde ihre Schnauzen in Juan Diegos Schritt; sie nagelten ihn auf dem Sitz fest und *schnüffelten* energisch. Da die Hunde vornehmlich darauf abgerichtet waren, *Bomben* zu erschnüffeln, erregte das die Aufmerksamkeit der Sicherheitsleute. »Keine Bewegung!«, befahl einer der beiden – entweder den Hunden oder Juan Diego.

»Hunde mögen mich«, verkündete Juan Diego stolz. »Ich war ein Müllkippenkind – *un niño de la basura*«, versuchte er den Security-Männern zu erklären, doch die starrten nur auf Juan Diegos maßgefertigten Schuh. Was der behinderte

Herr sagte, ergab für die Wachleute keinen Sinn. (»Meine Schwester und ich haben versucht, uns um die Hunde auf dem *basurero* zu kümmern. Wenn die Hunde starben, haben wir uns bemüht, sie zu verbrennen, ehe die Geier über sie herfallen konnten.«)

Dann war da noch das Problem von Juan Diegos Hinken: Entweder ging er mit dem kaputten, in dem verrückten Zwei-Uhr-Winkel seitlich abstehenden Fuß voran, dann fiel sein ruckhafter Gang sofort auf, oder er fing mit dem gesunden Fuß an und zog den schlimmen nach – in jedem Fall erregten der seitlich abstehende Fuß und der unförmige Schuh Aufmerksamkeit.

»Keine Bewegung!«, befahl derselbe Security-Mann. Die Art, wie er die Stimme erhob und auf Juan Diego zeigte, machte deutlich, dass er nicht die Hunde meinte. Juan Diego erstarrte.

Wer hätte ahnen können, dass Bombenspürhunde es nicht mochten, wenn Leute plötzlich mitten in der Bewegung innehielten und sich unnatürlich ruhig verhielten? Die beiden Bombenschnüffler, deren Nasen Juan Diego gerade in Hüfthöhe anstupsten oder genauer die Tasche seines Sportsakkos, in der die Reste seines Matcha-Muffins steckten, erstarrten ebenfalls.

Juan Diego versuchte, sich an den letzten terroristischen Anschlag zu erinnern – wo war der noch gleich gewesen, auf Mindanao? War das nicht die südlichste Insel der Philippinen, die Indonesien am nächsten lag? Gab es auf Mindanao nicht einen großen muslimischen Bevölkerungsanteil? Und hatte der Selbstmordattentäter sich den Sprengstoff nicht ans Bein geschnallt? Vor der Explosion war außer dem Hinken des Attentäters niemandem etwas aufgefallen.

Das sieht nicht gut aus, dachte Bienvenido. Der Chauffeur ließ das orangefarbene Kofferungetüm bei dem feigen Portier, der noch immer nicht fassen konnte, dass der totgeglaubte Juan Diego plötzlich mit einem zombiehaften Humpeln wieder zum Leben erwacht war und einen Frauennamen rief. Der junge Chauffeur ging ins Hotel und dort zur Rezeption, wo er dem Hoteldirektor mitteilte, draußen sei man gerade im Begriff, ihren prominenten Gast zu erschießen.

»Rufen Sie Ihre unerzogenen Hunde zurück«, sagte Bienvenido. »Ihre Sicherheitsleute sind im Begriff, einen körperbehinderten Schriftsteller zu erschießen.«

Das Missverständnis war schnell geklärt. Für Juan Diego war am wichtigsten, dass die Hunde nicht bestraft wurden; der Matcha-Muffin hatte die Bombenschnüffler in die Irre geführt. »Den Hunden kann man keinen Vorwurf machen«, sagte Juan Diego zu dem Hoteldirektor. »Es sind ganz wunderbare Hunde – Sie müssen mir versprechen, dass man sie nicht bestraft.«

»Bestraft? Niemals, Sir!«, rief der Direktor entrüstet. Vermutlich hatte sich noch nie zuvor ein prominenter Gast des Makati Shangri-La so vehement für die Bombenspürhunde eingesetzt. Der Direktor persönlich brachte Juan Diego in dessen Zimmer. Zu den vom Hotel vorbereiteten Annehmlichkeiten gehörten ein Obstkorb, der Standardteller mit Crackern und Käse sowie ein Eiskühler mit vier Flaschen Bier (statt des üblichen Champagners) – eine Idee von Clark French, der wusste, dass sein verehrter Dozent nur Bier trank.

Clark French war in Manila zweifellos weniger als Schriftsteller bekannt denn als Amerikaner, der eine Filipina geheiratet hatte. Ein Blick genügte, und Juan Diego wusste, dass auch das riesige Aquarium Clarks Idee gewesen war. Clark French machte seinem ehemaligen Lehrer sehr gern Geschenke, die belegten, wie gründlich der jüngere Autor Juan Diegos Romane gelesen hatte. In einem seiner weitgehend unbeachteten Frühwerke war die Hauptperson ein Mann mit Harnwegsproblemen. Seine Freundin hat in ihrem Schlafzimmer ein riesiges Aquarium; das exotische Unterwasserleben zu sehen und zu hören hat irritierende Auswirkungen auf den Mann, dessen Harnröhre als »ein schmaler, gewundener Gang« beschrieben wird.

Juan Diego mochte Clark French schon lange, weil er sich auch die ausgefallensten Details merkte – Details der Sorte, die sich Schriftsteller in der Regel nur merken können, weil sie sie selbst einmal verwendet haben. Doch Clark erinnerte sich zwar an die Details, aber nicht daran, wie sie auf den Leser wirken sollten. In Juan Diegos Harnwegeroman sind die Unterwasserdramen im Schlafzimmeraquarium seiner Freundin ein großes Ärgernis; die Fische halten ihn wach.

Der Hoteldirektor erklärte, das beleuchtete, blubbernde Fischbecken sei eine Leihgabe von Clark Frenchs Filipinofamilie; einer Tante von Clarks Frau gehörte eine Zoohandlung in Makati City. Da das Aquarium für jeden Tisch im Hotelzimmer zu schwer war, stand es unverrückbar auf dem Schlafzimmerboden, direkt neben dem Bett und fast gleich hoch. In dem imposanten rechteckigen Trumm spielten sich unheimliche Dinge ab. Ein Willkommensgruß von Clark war mit dem Aquarium abgegeben worden: »Vertraute Details werden Dir das Schlafen erleichtern!«

»Angeblich alles Lebewesen aus dem Südchinesischen Meer«, erklärte der Hoteldirektor misstrauisch. »Bitte nicht füttern. Eine Nacht halten sie ohne Fressen aus – wie man mir versicherte.«

»Verstehe«, sagte Juan Diego. Er verstand überhaupt nicht, wie Clark – oder die philippinische Tante, der die Zoohandlung gehörte – auf die Idee kam, jemand könnte das Aquarium *beruhigend* finden. Es enthielt bestimmt hundert Liter Wasser, schätzte Juan Diego. Im Dunkeln würde die grüne Unterwasserbeleuchtung gewiss noch grüner wirken (und heller obendrein). Winzige Fische schossen wie Schatten an die Wasseroberfläche. Etwas lauerte in der dunkelsten Ecke des Beckens: Ein Augenpaar glühte, Kiemen fächelten.

»Ist es ein Aal?«, fragte Juan Diego.

Der Hoteldirektor war ein kleiner, elegant gekleideter Mann mit akkurat gestutztem Schnurrbart. »Vielleicht eine Muräne«, sagte er. »Stecken Sie besser keinen Finger ins Wasser.«

»Nein, natürlich nicht – es ist eindeutig ein Aal«, antwortete Juan Diego.

Zuerst hatte Juan Diego bereut, dass er eingewilligt hatte, sich am selben Abend von Bienvenido in ein Restaurant fahren zu lassen. Keine Touristen, überwiegend einheimische Familien – »ein echter Geheimtipp«, hatte der Chauffeur ihn zu überreden versucht. Juan Diego hatte eigentlich vorgehabt, sich vom Zimmerservice im Hotel etwas bringen zu lassen und früh zu Bett zu gehen. Doch jetzt war er regelrecht froh, vom Shangri-La wegzukommen. Die ungewohnten Fische und der böse aussehende Aal würden schon auf seine Rückkehr warten. (Lieber hätte er das Zimmer mit dem bombenschnüffelnden Labrador-Mischling James geteilt!)

Im Postskriptum zu Clark Frenchs Willkommensgruß hatte gestanden: »Bei Bienvenido bist Du in guten Händen! Alle freuen sich unbändig darauf, Dich in Bohol zu sehen! Meine ganze Familie kann es kaum erwarten, Dich kennenzulernen! Tante Carmen lässt ausrichten, die Muräne heißt Morales – nicht anfassen!«

Als Doktorand hatte Clark French unterstützt werden müssen, und Juan Diego hatte ihn unterstützt. Der junge Autor war auf unmoderne Weise überschwenglich, hatte ein übermäßig optimistisches Auftreten; nicht nur, was er schrieb, litt an einem inflationären Gebrauch von Ausrufezeichen.

»Es ist eine Muräne«, sagte Juan Diego dem Hoteldirektor. »Und sie heißt Morales.«

»Kurioser Name für einen bissigen Aal«, sagte der Hotelchef. »Die Zoohandlung hat Leute vorbeigeschickt, die das Aquarium bestückt haben: zwei Gepäckwagen für die Container mit Meerwasser, das Wasserthermometer ist äußerst empfindlich, das Wasserumwälzsystem hatte ein Problem mit Luftblasen, die Plastiktüten mit den einzelnen Lebewesen mussten per Hand getragen werden – ein beeindruckender Aufwand für eine einzige Übernachtung. Womöglich hat man der Muräne wegen der stressigen Anreise Beruhigungsmittel verabreicht.«

»Verstehe«, sagte Juan Diego. Señor Morales hatte sich nicht bewegt, er lag noch immer zusammengerollt in der hintersten Ecke des Beckens, wo er gleichmäßig atmend mit gelblichen Augen bedrohlich vor sich hin starrte.

Als Student im Schriftsteller-Workshop in Iowa und auch später, nachdem er bereits seinen ersten Roman veröffentlicht hatte, vermied Clark French jede Spur von Ironie. Clark war gnadenlos ernst und ehrlich; eine Muräne Morales zu nennen war nicht sein Stil. Die Ironie musste komplett von Tante Carmen stammen, also von Clarks neuer philippinischer Familie. Juan Diego fand es lästig, dass sie alle darauf warteten, ihn in Bohol zu treffen; doch er freute sich auch für Clark French – der anscheinend freundlose junge Schriftsteller hatte eine Familie gefunden. Clark Frenchs Kommilitonen (allesamt Möchtegern-Schriftsteller) hielten ihn für hoffnungslos naiv. Welcher junge Schriftsteller fühlt sich schon von einem sonnigen Gemüt angezogen? Clark war unwahrscheinlich positiv; er sah so gut aus, als wäre er Schauspieler, hatte eine sportliche Figur und war so bieder gekleidet wie ein Zeuge Jehovas auf Bekehrungstour. Dabei war Clark ausgesprochen katholisch.

Mit seinen religiösen Überzeugungen hatte Clark Juan Diego vermutlich an den jungen Edward Bonshaw erinnert. Clark French hatte nämlich seine philippinische Frau und ihre »ganze Familie« (wie er begeistert erzählt hatte) während einer katholischen Wohltätigkeitsreise auf den Philippinen kennengelernt. Die genauen Umstände waren Juan Diego entfallen. War es möglicherweise um Waisenkinder und ledige Mütter gegangen?

Sogar Clark Frenchs Romane verströmten ein beharrliches kämpferisches Gutmenschentum: Seine Romanhelden, allesamt verlorene Seelen und hartnäckige Sünder, fanden – nach einem moralischen Tiefpunkt – immer Erlösung; und wie zu erwarten, endeten seine Romane in einem Crescendo von Güte. Verständlicherweise wurden sie von der Kritik verrissen. Clark neigte zum Predigen; er missionierte. Juan Diego fand es traurig, dass seine Romane verrissen wurden – ähnlich wie der arme Clark selbst von seinen Kommilitonen verspottet worden war. Juan Diego gefielen Clarks Romane, denn Clark beherrschte das Handwerk. Doch auf ihm lastete der Fluch, nervtötend *nett* zu sein. Juan Diego wusste, dass es Clark damit ernst war; der junge Optimist war wirklich ein netter Kerl. Doch Clark wollte bekehren – er konnte nicht anders.

Ein Crescendo von Güte nach moralischen Tiefpunkten – formelhaft, aber funktioniert das bei religiösen Lesern? Sollte man Clark vorwerfen, dass er Leser hatte? Konnte Clark etwas dafür, dass er erbauliche Texte schrieb? (»*Unerträglich* erbaulich«, wie ein Mitdoktorand in Iowa gesagt hatte.)

Doch das Aquarium für eine Nacht war übertrieben – das war clarkiger als Clark. Oder bin ich nur einfach zu müde von der langen Reise, um die Geste zu würdigen?, fragte sich Juan Diego. Er konnte sich selbst nicht leiden, weil er Clark insgeheim vorwarf, Clark und damit ein grenzenlos guter Mensch zu sein. Juan Diego mochte ihn wirklich sehr, obwohl er stockkatholisch war.

Plötzlich spritzte nach einem wüsten Gezappel warmes Meerwasser aus dem Aquarium und ließ Juan Diego und den Hoteldirektor zusammenzucken. War ein unglücklicher Fisch gefressen worden? In dem auffallend klaren, grün beleuchteten Wasser waren weder Blutspuren noch Fischstückchen zu sehen; die wachsame Muräne ließ kein Anzeichen von Fehlverhalten erkennen. »Es ist eine gewalttätige Welt«, erklärte der Hoteldirektor; diesen Satz, der jede Ironie vermissen ließ, würde man auch an einem moralischen Tiefpunkt in einem Roman von Clark French finden.

»Ja«, war Juan Diegos einziger Kommentar. Er war als Straßenjunge geboren worden; er konnte sich selbst nicht leiden, wenn er auf andere herabsah, besonders bei guten Menschen wie Clark French, auf den Juan Diego tatsächlich herabsah, wie jeder andere literarisch ambitionierte Mensch auch – weil er *erbauliche* Bücher schrieb.

Kaum war der Direktor gegangen, wünschte Juan Diego, er hätte ihn wegen der Klimaanlage gefragt; in dem Zimmer war es zu kalt, und das Thermostat an der Wand konfrontierte den müden Reisenden mit einer Fülle von Pfeilen und Ziffern – so musste es im Cockpit eines Kampfflugzeugs aussehen, dachte Juan Diego. Warum war er nur so *müde*?, fragte er sich. Warum will ich nur noch schlafen und träumen oder Miriam und Dorothy wiedersehen?

Er setzte sich an den Schreibtisch und schlief ein und wachte erst wieder auf, als ihn fröstelte.

Es lohnte sich nicht, für eine Nacht seinen riesigen orangefarbenen Koffer auszupacken. Juan Diego platzierte seine Betablocker auf dem Waschbecken im Bad und ermahnte sich, später die übliche Dosis zu nehmen, nicht wieder die doppelte. Er zog sich aus, duschte und rasierte sich. Sein Leben als Reisender ohne Miriam und Dorothy war ähnlich wie sein normales Leben; dennoch kam es ihm ohne die beiden auf einmal leer und sinnlos vor. Wie kam das nur?, fragte er sich, so wie er sich fragte, woher seine Müdigkeit rührte.

Er schlüpfte in den Hotelbademantel und sah sich die Nachrichten an; er hatte an dem Thermostat herumgedreht und wenigstens die Geschwindigkeit des Ventilators drosseln können. Dadurch wurde es im Zimmer zwar nicht wärmer, aber es war weniger zugig. (Waren diese armen Fische, einschließlich der Muräne, nicht warme Meere gewohnt?)

Im Fernsehen lief das unscharfe Video einer Überwachungskamera von dem Selbstmordattentat in Mindanao. Das Gesicht des Terroristen war nicht zu erkennen, doch sein Hinken hatte eine beunruhigende Ähnlichkeit mit dem von Juan Diego. Der hatte sich gerade auf die leichten Unterschiede konzentriert – zumal das gleiche Bein betroffen war, das rechte –, als die Explosion alles auslöschte. Es machte klick, und der Bildschirm wurde schwarz, untermalt von einem kratzigen Geräusch. Das Video hinterließ bei Juan Diego das beklemmende Gefühl, seinem eigenen Selbstmord beigewohnt zu haben.

Ein kurzer Blick verriet ihm, dass genug Eis im Kühler war, damit das Bier bis lange nach seinem Abendessen kalt blieb – als ob die Klimaanlage nicht genügt hätte. Juan Diego zog sich bei dem grünlichen Leuchten an, das vom Aquarium ausging. »*Lo siento*, Señor Morales«, sagte er, als er das Hotelzimmer verließ. »Tut mir leid, wenn es für dich und deine Freunde nicht warm genug ist.« Als der Autor unsicher in der Tür stand, schien die Muräne ihn zu beobachten; der Blick des aalartigen Tieres war so unverwandt, dass Juan Diego dem reglosen Wesen zuwinkte, ehe er die Hotelzimmertür schloss.

In dem Familienrestaurant, zu dem Bienvenido ihn fuhr – geheim schien daran allerdings nichts zu sein –, gab es an jedem Tisch ein schreiendes Kleinkind, und alle Familien schienen sich untereinander zu kennen, riefen von Tisch zu Tisch und reichten mit Essen beladene Platten hin und her.

Das Dekor war jenseits von allem, was Juan Diego je gesehen hatte: Ein Drache mit Elefantenrüssel trampelte Soldaten nieder; eine Jungfrau Maria mit einem böse dreinblickenden Jesuskind in den Armen bewachte den Eingang des Restaurants. Es war eine bedrohliche Maria – eine Maria mit dem Habitus eines Rausschmeißers, befand Juan Diego. (Typisch Juan Diego, die Einstellung der Jungfrau Maria zu monieren. Aber hatte nicht auch der Drache mit dem Elefantenrüssel, der die Soldaten niedertrampelte, ein Problem mit seiner Einstellung?)

»Ist San Miguel nicht ein spanisches Bier?«, fragte Juan Diego Bienvenido auf dem Rückweg ins Hotel. Juan Diego hatte schon ein paar Bier intus.

»Es ist eine spanische Brauerei«, antwortete Bienvenido, »aber die Muttergesellschaft ist ursprünglich philippinisch.«

Jede Variante von Kolonialismus – besonders spanischer Kolonialismus – brachte Juan Diego unweigerlich auf die Palme. Und für Juan Diego gab es außerdem noch den *katholischen* Kolonialismus. »Kolonialismus, nehme ich an«, lautete der einzige Kommentar des Schriftstellers; er sah im Rückspiegel, dass der Chauffeur darüber nachdachte. Der arme Bienvenido; seiner Ansicht nach hatten sie sich bloß über Bier unterhalten.

»Schon möglich«, sagte er nur.

Es war wohl ein Heiligenfest – um welchen Heiligen es ging, hatte Juan Diego vergessen. Ein Wechselgebet klang an jenem Morgen, als die Kinder aufwachten und *el gringo bueno* in ihrem Zimmer im *Niños Perdidos* lag, aus der Kapelle nach oben.

»¡*Madre*!«, rief eine der Nonnen; die Stimme klang wie die von Schwester Gloria. »*Ahora y siempre, serás mi guía.*«

»Mutter!«, wiederholten die Waisen aus dem Kindergarten im Chor, »Du wirst mich führen, jetzt und immerdar.«

An Heiligenfesten drangen die Gebete der Vorschüler von unten ins Schlafzimmer der Geschwister, ehe die Kleinen zu ihrem morgendlichen Marsch durch das Gebäude aufbrachen. Und Lupe nuschelte dann im Halbschlaf jeweils im Wechsel mit ihnen ihr eigenes Gebet.

»*Dulce madre mía de Guadalupe, por tu justicia, presente en nuestros corazones, reine la paz en el mundo*«, betete Lupe mit leicht sarkastischem Unterton, »meine süße Mutter Guadalupe, in deiner in unseren Herzen gegenwärtigen Rechtschaffenheit, lass Frieden die Welt regieren.«

Doch an diesem Morgen, als Juan Diego kaum wach war und mit geschlossenen Augen im Bett lag, sagte Lupe: »Wenn *das* kein Wunder ist: Unsere leibliche Mutter hat es doch tatsächlich geschafft, durch unser Zimmer ins Bad zu gehen, ohne den guten Gringo auch nur zu bemerken.«

Juan Diego schlug die Augen auf. Entweder war *el gringo bueno* im Schlaf gestorben, oder er hatte sich überhaupt nicht bewegt; doch die Bettdecke, mit der ihn Lupe zugedeckt hatte, war weg, und der Hippie und sein gekreuzigter Christus lagen still und für jeden sichtbar da – ein Sinnbild frühzeitigen Todes, niedergestreckter Jugend –, während Esperanza drüben in der Badewanne irgendeinen Schlager trällerte. »Er ist ein schöner Junge, oder?«, fragte Lupe ihren Bruder.

»Er riecht nach Bierpisse«, stellte Juan Diego fest, als er sich über den jungen Amerikaner beugte, um sich zu vergewissern, dass er noch atmete.

»Wir sollten ihn hier rausbringen oder ihm wenigstens etwas anziehen«, sagte Lupe. Esperanza hatte schon den Stöpsel der Badewanne gezogen, und die Geschwister hörten das schlürfende Gurgeln des ablaufenden Wassers. Esperanzas Gesang klang nun gedämpft – wahrscheinlich trocknete sie sich gerade mit dem Badetuch die Haare.

In der Kapelle einen Stock tiefer, oder vielleicht in der dichterischen Freiheit, die sich Juan Diego im Traum nahm, mussten die Vorschüler erneut der Nonne, die wie Schwester Gloria klang, nachbeten: »¡*Madre! Ahora y siempre* –«

»Ich will meine Arme und Beine um dich schlingen!«, trällerte Esperanza im Bad. »Und ich will, dass meine Zunge deine Zunge berührt!«

»*I spied a young cowboy, all wrapped in white linen*«, intonierte nun der wie tot daliegende Gringo. »*Wrapped up in white linen and cold as the clay.*«

»Was auch immer das für ein Schlamassel ist, ein Wunder ist es nicht«, sagte Lupe und stand auf, um Juan Diego beim Ankleiden des hilflosen Gringos zu helfen.

»Oha!«, stöhnte der Hippie; entweder schlief er noch,

oder er war vollkommen weggetreten. »Wir sind doch alle Freunde, stimmt's?«, fragte er immer wieder. »Du riechst toll, und du bist so hübsch!«, sagte er zu Lupe, die gerade dabei war, ihm sein schmutziges Hemd zuzuknöpfen. Seine Augen waren jedoch noch immer geschlossen. Er war zu verkatert, um aufzuwachen.

»Ich heirate ihn nur, wenn er aufhört zu trinken«, sagte Lupe zu Juan Diego.

Der Atem des guten Gringos stank übler als der ganze Rest, und Juan Diego versuchte sich von dem Mief abzulenken, indem er überlegte, was das wohl für ein Geschenk sein mochte, das der freundliche Wehrdienstverweigerer ihnen am Abend (und bei etwas klarerem Kopf) versprochen hatte.

Natürlich wusste Lupe, was ihr Bruder dachte. »Irgendwelche extravaganten Geschenke kann sich der Junge wohl kaum leisten«, sagte sie. »Eines Tages, in etwa fünf bis sieben Jahren, wäre ein schlichter goldener Ehering nett, aber jetzt würde ich mit nichts Besonderem rechnen – nicht wenn der Hippie sein Geld für Alkohol und Prostituierte rauswirft.«

Wie aufs Stichwort kam Esperanza aus dem Bad, wie gewöhnlich mit zwei Handtüchern (eins um die Haare, das andere notdürftig um den Körper geschlungen), ihre Arbeitskleidung aus der Calle Zaragoza überm Arm.

»Schau dir das an, Mama!«, rief Juan Diego und begann, in Windeseile das Hemd des guten Gringos wieder aufzuknöpfen, das Lupe soeben zugeknöpft hatte. »Wir haben ihn letzte Nacht auf der Straße gefunden – da war sein Körper noch makellos. Doch jetzt, sieh ihn dir an!« Juan

Diego klappte das Hemd des Hippies auf und legte den blutenden Jesus frei. »Es ist ein *Wunder*!«, rief Juan Diego.

»Das ist *el gringo bueno*, der ist kein Wunder«, entgegnete Esperanza.

»O nein, ich wünschte, ich wär tot – sie kennt ihn! Sie waren zusammen nackt; sie hat *alles* mit ihm gemacht!«, rief Lupe.

Esperanza wälzte den Gringo auf den Bauch und zog ihm die Unterhose herunter. »*Das* nennt ihr ein Wunder?«, fragte sie ihre Kinder. Auf dem nackten Arsch des lieben Jungen war die amerikanische Flagge tätowiert; allerdings war sie vorsätzlich entzweigerissen, genau über der Arschspalte des Hippies. Es war so ziemlich das Gegenteil eines patriotischen Statements.

»Oha!«, röchelte der fast bewusstlose Gringo ins Kissen, anscheinend bestand Erstickungsgefahr.

»Er stinkt nach Kotze«, stellte Esperanza fest. »Helft mir mal, ihn in die Wanne zu kriegen – dann kommt der schon wieder zu sich.«

»Der Gringo hat ihr sein Ding in den Mund gesteckt«, brabbelte Lupe. »Sie hat sein Ding in ihren –«

»Sei bloß still, Lupe«, sagte Juan Diego.

»Vergiss, was ich von ›heiraten‹ gesagt habe«, sagte Lupe. »Weder in fünf noch in sieben Jahren – *niemals*!«

»Du wirst jemand anderen kennenlernen«, sagte Juan Diego tröstend.

»Wen hat Lupe kennengelernt? Wer hat sie so wütend gemacht?«, fragte Esperanza. Sie hob den nackten Hippie unter den Armen hoch, Juan Diego packte seine Fußgelenke, und dann trugen sie ihn gemeinsam ins Bad.

»*Du* hast sie wütend gemacht«, antwortete Juan Diego seiner Mutter. »Der bloße Gedanke an dich mit dem guten Gringo hat sie wütend gemacht.«

»Blödsinn«, sagte Esperanza. »Jedes Mädchen liebt den guten Gringo, und er liebt uns. Wärst du seine Mutter, würde es dir das Herz brechen, aber alle anderen Frauen auf der Welt macht er sehr glücklich.«

»Der gute Gringo hat *mir* das Herz gebrochen!«, jammerte Lupe.

»Was ist bloß mit ihr los, hat sie ihre Tage bekommen oder was?«, wollte Esperanza von Juan Diego wissen. »Als ich in ihrem Alter war, hatte ich meine erste Periode schon.«

»Nein, ich habe meine Tage nicht bekommen, ich werde *nie* meine Tage kriegen!«, schrie Lupe. »Ich bin *zurückgeblieben*, hast du das vergessen? Meine Periode ist ebenfalls zurückgeblieben!«

Juan Diego und seine Mutter stießen den Kopf des Hippies gegen den Heißwasserhahn, als sie ihn in die Badewanne rutschen ließen, doch der Junge zuckte nicht einmal, geschweige denn, dass er die Augen öffnete; seine einzige Reaktion war, seinen Penis in die Hand zu nehmen.

»Ist das nicht süß?«, fragte Esperanza Juan Diego. »Er ist ein entzückender Kerl, stimmt's?«

»›*I see, by your outfit, that you are a cowboy*‹«, sang der Gringo im Schlaf.

Lupe hatte den Hahn aufdrehen und das Badewasser einlassen wollen, doch als sie sah, dass *el gringo bueno* seinen Penis hielt, geriet sie erneut völlig aus der Fassung. »Was macht er da mit sich? Er denkt an Sex, ich weiß es genau!«, sagte sie.

»Er singt – er denkt *nicht* an Sex, Lupe«, sagte ihr Bruder.

»Natürlich tut er das – der gute Gringo denkt ständig an Sex. Darum sieht er so jung aus«, sagte Esperanza, ließ Wasser einlaufen und drehte dafür beide Hähne ganz auf.

»Oha!«, rief der gute Gringo und schlug endlich die Augen auf. Er sah die drei dastehen und auf ihn in der Wanne hinabblicken. Wahrscheinlich hatte er Esperanza noch nie so gesehen, eng in ein Handtuch gewickelt und das hübsche Gesicht von feuchten, strubbeligen Haarsträhnen eingerahmt. Sie hatte das Handtuch vom Kopf genommen, es war ein wenig nass, doch sie wollte es dem Hippie zum Abtrocknen dalassen. Sie würde eine Weile brauchen, um sich anzuziehen und frische Badetücher zu holen.

»Du trinkst zu viel, Kleiner«, sagte Esperanza. »Dein Körper ist nicht groß genug, um mit dem ganzen Alkohol fertig zu werden.«

»Was machst *du* denn hier?«, fragte der Gringo sie; er hatte ein strahlendes Lächeln, trotz des sterbenden Heilands auf seinem hageren Oberkörper.

»Sie ist unsere *Mutter*! Du fickst unsere *Mutter*!«, schrie Lupe.

»Auweia, Schwesterchen –«, fing der Gringo an. Natürlich hatte er sie nicht verstanden.

»Das ist unsere Mutter«, sagte Juan Diego zu dem Hippie, während die Wanne volllief.

»Oh, wow. Wir sind alle Freunde, *oder*? *Amigos,* stimmt doch?«, fragte der Junge, doch Lupe kehrte der Wanne den Rücken zu und ging zurück ins Schlafzimmer.

Nun hörten sie Schwester Gloria und die Vorschulkinder die Treppe hochkommen, denn Esperanza hatte die Tür zum Flur offen gelassen und Lupe die Badezimmertür. Schwester Gloria nannte den Zwangsmarsch der Kleinen ihren »Gesundheitsspaziergang«; die Kinder stapften, ihr *¡Madre!*-Gebet auf den Lippen, nach oben, marschierten betend durch den Flur, und das jeden Tag, nicht nur an Heiligenfesten. Schwester Gloria betonte, sie lasse die Kinder auch wegen der positiven Wirkung marschieren, die das auf Bruder Pepe und Edward Bonshaw habe, die es mochten, wenn die Kleinen das »jetzt und immerdar« wiederholten.

Schwester Gloria liebte es, andere zu bestrafen. Wahrscheinlich hatte sie es wieder einmal auf Esperanza abgesehen, die, nur mit einem Handtuch bekleidet, aus dem Bad kam. Bestimmt stellte sich Schwester Gloria vor, dass die anrührende Frömmigkeit der singenden Vorschüler wie ein flammendes Schwert in Esperanzas sündigem Herz brannte. Möglicherweise gab sie sich aber auch einer anderen Illusion hin und hoffte, der »Du wirst mich führen«-Singsang hätte einen reinigenden Effekt auf die missratenen Bälger der Prostituierten, die im Waisenhaus eine Sonderbehandlung genossen. Ein eigenes Zimmer, noch dazu mit eigenem Bad!, das stand diesen Müllkippenkindern schlicht nicht zu. Man gewährte nach Rauch stinkenden Müllsammlern keine Sonderbehandlung! So führte man kein Waisenhaus, jedenfalls nicht Schwester Gloria.

Doch an dem Morgen, als Lupe erfuhr, dass ihre Mutter und der gute Gringo miteinander im Bett gewesen waren, war Lupe nicht in Stimmung, Schwester Gloria und die Vorschulkinder das *¡Madre!*-Gebet vortragen zu hören.

»Mutter!«, wiederholte Schwester Gloria hartnäckig; sie

war vor der offenen Tür zum Schlafzimmer der Müllkippenkinder stehen geblieben, wo sie Lupe auf einem der ungemachten Betten sitzen sah. Die Vorschulkinder standen im Flur, traten auf der Stelle und spähten in das Schlafzimmer. Lupe schluchzte, nicht zum ersten Mal.

»Du wirst mich führen, jetzt und immerdar«, fielen die Kleinen zum hundertsten (oder tausendsten) Mal ein, so kam es Lupe jedenfalls vor.

»Die Mutter Maria ist eine Hochstaplerin!«, schrie Lupe die Kleinen an. »Sie soll mir ein Wunder zeigen – nur ein klitzekleines Wunder, bitte schön! –, dann würde ich vielleicht einen Moment lang glauben, dass eure Jungfrau wirklich etwas *geleistet* hat, außer Guadalupe abzuluchsen. Was hat die Jungfrau Maria jemals wirklich *getan*? Sie hat sich nicht mal *schwängern* lassen!«

Doch Schwester Gloria und die singenden Vorschüler waren mittlerweile unverständliche Ausbrüche der vermeintlich zurückgebliebenen *vagabonda*, wie Schwester Gloria sie nannte, gewohnt. »*¡Madre!*«, intonierte Schwester Gloria zum x-ten Mal, und die Kinder fielen brav ein.

Als Esperanza aus dem Bad auftauchte, war das für die Kleinen wie eine Geistererscheinung – sie brachen ihr Wechselgebet mitten im Satz ab. »*Ahora y siempre –*«, sagten die Kinder gerade und verstummten dann. Der Rest der »Jetzt und immerdar«-Beschwörung blieb ungesagt. Esperanza hatte noch immer nur ein Handtuch um, das ihren Körper spärlich bedeckte, und mit ihren wilden, frischgewaschenen Haaren erschien sie den Vorschülern nicht mehr wie die gefallene Putzfrau des Waisenhauses, sondern wie ein anderes, selbstbewussteres Wesen.

»Du wirst es überleben, Lupe«, sagte Esperanza zu ihrer Tochter, »das wird nicht der letzte nackte Junge sein, der dir das Herz bricht!« (Der Satz genügte, um auch Schwester Gloria das Gebet abbrechen zu lassen.)

»Doch, das ist er – der erste und letzte nackte Junge!«, rief Lupe. (Was die Vorschüler und Schwester Gloria natürlich nicht verstanden.)

»Beachtet Lupe einfach nicht, Kinder«, forderte Esperanza die Vorschüler auf, als sie barfuß zu ihnen in den Flur trat. »Eine Vision des Gekreuzigten hat sie verwirrt. Sie dachte, der sterbende Jesus läge in ihrer Badewanne – die Dornenkrone, all das Blut, die ganze Ans-Kreuz-genagelt-Geschichte! Wer würde nicht ausflippen, wenn er nach dem Aufwachen *so was* sähe?«, fragte Esperanza die sprachlose Schwester Gloria. »Auch Ihnen einen guten Morgen, Schwester«, sagte Esperanza hoheitsvoll und stolzierte durch den Flur davon, soweit man in einem knappen, straff gewickelten Handtuch *stolzieren* konnte. So straff, dass Esperanza nur ganz kleine Trippelschrittchen machen konnte, dennoch entfernte sie sich ziemlich schnell.

»*Welcher* nackte Junge?«, fragte Schwester Gloria die kleine Vagabundin, die weiterhin mit versteinerter Miene auf dem Bett saß. Lupe wies nur wortlos auf die offene Badezimmertür.

»›*Come sit down beside me and hear my sad story*‹«, sang jemand. »›*Got shot in the breast, and I know I must die.*‹«

Schwester Gloria zögerte; seit dem Ende des »¡*Madre!*«-Gebetes und dem Abgang der spärlich bekleideten Esperanza hörte die Nonne mit dem Raubvogelgesicht Stimmen, die aus dem Bad der Müllkippenkinder zu kommen schienen. Zuerst hatte es Schwester Gloria noch für möglich gehalten, Juan Diego mit sich selbst reden (oder singen) zu hören. Doch jetzt übertönten *zwei* Stimmen die Spritzgeräusche und das laufende Badewasser: die der Quasselstrippe Juan Diego (Bruder Pepes Lieblingsschüler) und die eines offenbar viel älteren Jungen oder jungen *Mannes*. Was Esperanza eben einen nackten *Jungen* genannt hatte, hörte sich für Schwester Gloria viel eher nach einem erwachsenen *Mann* an – deshalb hatte die Nonne gezögert.

Die Vorschüler jedoch waren indoktriniert worden; man hatte ihnen beigebracht zu *marschieren*, und so marschierten sie. Sie trampelten los, durch das Schlafzimmer der Müllkippenkinder und ins Badezimmer.

Hatte Schwester Gloria überhaupt eine *Wahl*? Falls es einen jungen Mann gab, der, auf welche Weise auch immer, dem Gekreuzigten ähnelte – ein sterbender Jesus im Bad der Geschwister –, war es dann nicht Schwester Glorias Pflicht, die Waisen davor zu schützen, was von Lupe fälschlicherweise als *Vision* interpretiert worden war (die sie, offenbar, so verstört hatte)?

Lupe ihrerseits wartete nicht länger, sondern stürzte in den Flur hinaus. »¡*Madre!*«, rief Schwester Gloria aus und eilte ins Badezimmer.

»Du wirst mich führen, jetzt und immerdar«, sangen die Vorschüler im Badezimmer – ehe das Gekreisch einsetzte. Doch Lupe ging einfach weiter den Flur hinunter.

Das Gespräch, das Juan Diego mit dem guten Gringo geführt hatte, war zwar sehr interessant gewesen, es ist aber – bedenkt man, was geschah, als die Kinder ins Bad marschierten – verständlich, warum Juan Diego (besonders als er älter war) Schwierigkeiten hatte, sich an alle Einzelheiten zu erinnern.

»Keine Ahnung, warum deine Mom mich andauernd ›Kleiner‹ nennt – ich bin nicht so jung, wie ich aussehe«, hatte *el gringo bueno* begonnen. (Natürlich wirkte er auf Juan Diego, der erst vierzehn war, nicht wie ein Kind – ein Kind war er selber –, doch Juan Diego nickte nur.) »Mein Dad ist auf den Philippinen gestorben, im Krieg – eine Menge Amerikaner sind da gestorben, aber nicht zur selben Zeit wie mein Dad«, fuhr der Wehrdienstverweigerer fort. »Mein Dad hatte echt Pech. Solches Pech vererbt sich manchmal, verstehst du. Das war ein Grund, weshalb ich fand, ich sollte nicht nach Vietnam gehen – weil das Pech eben in der Familie liegt –, aber ich wollte immer auf die Philippinen, um zu sehen, wo mein Dad begraben ist, und um ihm die letzte Ehre zu erweisen, nur um zu sagen, wie leid es mir tut, dass ich ihn nie kennenlernen durfte, verstehst du?«

Natürlich nickte Juan Diego; erst jetzt fiel ihm auf, dass zwar Wasser in die Wanne lief, die Wanne sich aber nicht füllte. Offenbar war der Hippie mit seinem tätowierten Hintern so lange auf dem Stöpsel herumgerutscht, bis der sich gelöst hatte. Außerdem rieb er sich immer mehr Shampoo in die Haare, bis das Shampoo alle war und sich rund um den glitschigen Gringo der Shampooschaum auftürmte; der Gekreuzigte war komplett verschwunden.

»Corregidor, Mai 1942 – da erreichte eine Schlacht auf den Philippinen ihren Höhepunkt«, erzählte der Hippie. »Die Amerikaner wurden ausradiert. Im April desselben Jahres war der Todesmarsch von Bataan – nach der amerikanischen Kapitulation, über hundert beschissene Kilometer. Jede Menge amerikanische Gefangene haben es nicht geschafft. Deshalb gibt es auf den Philippinen einen so großen amerikanischen Friedhof mit Gedenkstätte, und zwar in Manila. Da muss ich hin und meinem Dad sagen, dass es mir leid tut. Ich kann nicht nach Vietnam und dort sterben, ehe ich meinen Dad besucht habe«, schloss der junge Amerikaner.

»Verstehe«, sagte Juan Diego nur.

»Ich dachte, ich könnte sie davon überzeugen, dass ich Pazifist bin«, fuhr der gute Gringo fort; bis auf den Flecken Bart an seinem Kinn war er vollständig mit Schaum bedeckt. Dieses dunkle Haarbüschel schien die einzige Stelle zu sein, wo dem Jungen Bart wuchs; er sah zu jung aus, um sich regelmäßig rasieren zu müssen, floh aber seit drei Jahren vor der Einberufung. Juan Diego erzählte er, er sei sechsundzwanzig; sie hatten versucht, ihn nach dem Studium einzuziehen (also mit dreiundzwanzig). Damals hatte er sich die Tätowierung des leidenden Christus machen lassen: um die U.S. Army davon zu überzeugen, dass er Pazifist war. Natürlich funktionierte das nicht.

Als antipatriotische Geste ließ sich der gute Gringo daraufhin auch noch seinen Arsch tätowieren und floh nach Mexiko.

»Das hat man davon, wenn man so tut, als wäre man Pazifist – drei Jahre auf der Flucht«, sagte der Gringo. »Aber sieh dir an, was meinem armen Dad passiert ist: Er war jünger als ich jetzt, und da schickten sie ihn auf die Philippinen. Der Krieg war fast vorbei, doch er gehörte zu den amphibischen Truppen, die Corregidor wieder einnahmen – im Februar

1945. Man kann sterben, wenn man einen Krieg *gewinnt*, verstehst du – so wie man sterben kann, wenn man verliert. Aber ist das nun Pech oder was?«

»Es ist Pech«, stimmte Juan Diego zu.

»Das will ich meinen – ich wurde 1944 geboren, nur ein paar Monate ehe mein Dad fiel. Er hat mich nie gesehen«, sagte der gute Gringo. »Meine Mom weiß nicht mal, ob er meine Babyfotos gesehen hat.«

»Das tut mir leid«, sagte Juan Diego. Er kniete neben der Badewanne auf dem Boden. Juan Diego war so leicht zu beeindrucken wie die meisten Vierzehnjährigen; er hielt den amerikanischen Hippie für den faszinierendsten Mann, dem er je begegnet war.

»Mann auf Rädern«, sagte der Gringo und berührte Juan Diegos Hand mit seinen shampooschaumbedeckten Fingern. »Versprich mir etwas, Mann auf Rädern.«

»Klar«, sagte Juan Diego; schließlich hatte er auch Lupe gerade ein paar groteske Versprechen gemacht.

»Falls mir irgendwas zustößt, musst du für mich auf die Philippinen – und meinem Dad sagen, dass es mir leid tut«, sagte *el gringo bueno*.

»Klar, mach ich«, sagte Juan Diego.

Zum ersten Mal wirkte der Hippie überrascht. »Echt jetzt?«, fragte er.

»Ja, ich mach's«, wiederholte Juan Diego.

»Oha! Mann auf Rädern! Ich brauche wohl mehr Freunde wie dich«, sagte der Gringo. Anschließend rutschte er in der Wanne nach unten, bis ihn das Wasser und der Schaum vollkommen bedeckten; der Hippie und sein blutender Jesus waren verschwunden, als die Vorschüler, mit der aufgebrachten Schwester Gloria im Schlepptau, ins Badezimmer marschierten, wobei sie unaufhörlich sangen.

»Also, wo ist er?«, fragte Schwester Gloria Juan Diego. »Hier ist kein nackter Junge. *Welcher* nackte Junge?«, wiederholte die Nonne; die Blasen im Badewasser bemerkte sie nicht (nicht bei all dem Schaum) – oder vielmehr erst, als einer der Vorschüler darauf zeigte.

In diesem Moment erhob sich das Meeresungeheuer aus dem schaumigen Wasser. Man kann nur raten, wie der tätowierte Hippie und der gekreuzigte Christus (oder deren schaumbedeckte Kombination) auf die indoktrinierten Vorschulkinder gewirkt haben mussten: wie eine religiöse *Erscheinung*. Und sehr wahrscheinlich fand der gute Gringo, sein Auftauchen solle einen gewissen Unterhaltungswert haben. Vielleicht wollte er auch nur die Stimmung im Raum aufhellen, nachdem er Juan Diego gerade eine so tieftraurige Geschichte erzählt hatte. Also katapultierte der verrückte Hippie sich vom Boden der Badewanne nach oben, spritzte Wasser wie ein Wal und streckte seine Arme aus – als wäre er selbst ans Kreuz genagelt und kurz davor zu sterben wie der tätowierte blutende Jesus auf seinem Oberkörper. Und was war in den großen Jungen gefahren, dass er anschließend splitterfasernackt aufrecht in der Wanne stehen blieb, so dass er alle anderen im Raum überragte? Wir werden nie erfahren, was *el gringo bueno* gedacht hat oder ob er überhaupt etwas gedacht hat. (Der junge Amerikaner war auf der Calle Zaragoza nicht gerade für rationales Verhalten bekannt.)

Allerdings muss man ihm zugutehalten, dass er im Wasser untertauchte, als er und Juan Diego allein im Badezimmer gewesen waren; der gute Gringo hatte keine Ahnung, dass er vor einer Horde Kinder auftauchen würde – ganz zu schweigen davon, dass die meisten Fünfjährige waren, die an Jesus glaubten. Daran, dass kleine Kinder da waren, hatte *dieser* Jesus keine Schuld.

»Oha!«, rief der gekreuzigte Christus, der mehr wie der ertrunkene Christus aussah, wobei sich sein *Oha* für die kleinen mexikanischen Ohren sehr fremd anhörte.

Vier oder fünf der verängstigten Kinder nässten sich auf der Stelle ein; ein kleines Mädchen kreischte so laut, dass sich mehrere Kinder vor Schreck auf die Zunge bissen. Diejenigen, die der Badezimmertür am nächsten waren, flüchteten schreiend durch das Schlafzimmer und weiter auf den Flur, während andere, die offenbar glaubten, vor dem Gringochristus gäbe es kein Entkommen, pinkelnd und weinend auf die Knie fielen und sich die Hände vors Gesicht schlugen. Ein kleiner Junge schloss ein kleines Mädchen so fest in die Arme, dass es ihn ins Gesicht biss.

Schwester Gloria stand kurz vor einer Ohnmacht, hielt sich aber tapfer mit einer Hand an der Badewanne fest, worauf der Hippiejesus, der befürchtete, dass die Nonne umkippte, seine nassen Arme um sie schlang. »Oha, Schwester –«, brachte der junge Mann gerade noch heraus, ehe Schwester Gloria mit beiden Fäusten auf seinen Brustkorb einzuschlagen begann. Sie landete mehrere Treffer auf dem flehentlich himmelwärts schauenden und gepeinigten Gesicht der Jesustätowierung, doch als sie (voller Entsetzen) sah, was sie da tat, reckte Schwester Gloria die Arme in die Höhe und schaute nun selbst, so flehentlich sie konnte, himmelwärts.

»*¡Madre!*«, rief sie erneut, als wäre Mutter Maria die einzige Retterin und Vertraute der Nonne und wahrlich, wie es im Wechselgebet hieß, ihre alleinige Stütze und Führerin.

In diesem Moment rutschte *el gringo bueno* aus und fiel vornüber in die Badewanne; das seifige Wasser schwappte über den Wannenrand und überschwemmte den Badezimmerboden. Der Hippie, inzwischen auf allen vieren, war geistesgegenwärtig genug, den Wasserhahn abzustellen. Während das Wasser rasch ablief, sahen die Vorschulkinder, die sich noch im Bad befanden, die (entzweigerissene) amerikanische Flagge auf dem nackten Hintern des Gringochristus.

Schwester Gloria sah die Flagge auch – eine Tätowierung von solch säkularer Eindeutigkeit, dass sie im krassen Gegensatz zu der Tätowierung des gepeinigten Jesus stand. Für die Nonne, die instinktiv zurückschreckte, schien von dem nackten jungen Mann in der sich leerenden Wanne ein satanischer Zwiespalt auszugehen.

Juan Diego hatte sich nicht vom Fleck gerührt. Er kniete weiterhin auf dem Boden in einer Lache Badewasser. Um ihn herum lagen vor Angst bibbernde Vorschüler, zu nassen Knäueln zusammengekauert. Es waren wohl die ersten Regungen des späteren Schriftstellers, denn Juan Diego dachte an die amphibischen Truppen, die bei der Zurückeroberung von Corregidor gefallen waren – einige von ihnen kaum älter als Kinder. Er dachte an das unrealistische Versprechen, das er dem guten Gringo gegeben hatte, und er war begeistert – wie nur ein Vierzehnjähriger von einer völlig unrealistischen Zukunftsvision begeistert sein kann.

»*Ahora y siempre* – jetzt und immerdar«, wimmerte einer der pitschnassen Vorschüler.

»Jetzt und immerdar«, wiederholte Juan Diego in selbstbewussterem Ton. Er wusste, dass er sich hiermit selbst ein Versprechen gab – von diesem Augenblick an jede Gelegenheit zu ergreifen, die wie die Zukunft aussah.

14

Nada

Im Korridor vor Edward Bonshaws Klassenzimmer im *Niños Perdidos* gab es eine Büste der Jungfrau Maria mit einer Träne auf der Wange. Die Büste stand auf einem Sockel in einer Ecke der Galerie im zweiten Stock. Häufig war ein Rote-Bete-farbener Fleck auf der anderen Wange; für Esperanza sah er wie Blut aus – jede Woche wischte sie ihn ab, doch in der nächsten Woche war er wieder da. »Vielleicht ist es tatsächlich Blut«, sagte sie zu Bruder Pepe.

»Kann nicht sein«, erwiderte ihr Pepe. »Im *Niños Perdidos* sind keine Fälle von Stigmata bekannt.«

Auf dem Treppenabsatz zwischen Erdgeschoss und erstem Stock stand die Lasset-die-Kindlein-zu-mir-kommen-Statue des heiligen Vinzenz von Paul, der zwei Kleinkinder in den Armen hielt. Esperanza berichtete Bruder Pepe, sie habe auch von dem Mantelsaum des Heiligen Blut abgewischt. »Jede Woche wische ich es ab, doch es kommt wieder!«, hatte Esperanza gesagt. »Es muss *Wunderblut* sein.«

»Es kann kein Blut sein, Esperanza«, mehr ließ sich Pepe dazu nicht entlocken.

»Du weißt nicht, was ich sehe, Pepe!«, sagte Esperanza und deutete auf ihre feurigen Augen. »Und egal, was es ist, es hinterlässt einen Fleck.«

Beide hatten recht. Es war kein Blut, aber jede Woche

kam es wieder, und es hinterließ einen Fleck. Nach der Episode mit dem guten Gringo in ihrer Badewanne mussten sich die Müllkippenkinder mit dem Rote-Bete-Saft zurückhalten und auch ihre nächtlichen Besuche auf der Calle Zaragoza einschränken. Señor Eduardo und Bruder Pepe – von Schwester Gloria, dieser Hexe, und den anderen Nonnen ganz zu schweigen – behielten sie genau im Auge. Und Lupe hatte recht, was die Geschenke betraf, die *el gringo bueno* sich leisten konnte: Es waren nicht gerade imponierende Geschenke.

Der Hippie hatte zweifellos gefeilscht, als er die billigen religiösen Figuren in dem Weihnachtsladen gekauft hatte – dem Jungfrauenladen an der Avenida de la Independencia. Die eine war eher ein Totem aus der Abteilung Statuette – eher eine Figurine –, doch die Madonna von Guadalupe war lebensgroß.

Unsere Liebe Frau von Guadalupe war sogar ein wenig größer als Juan Diego. Sie war das Geschenk des guten Gringos an ihn. Ihr blaugrüner Mantel – ein lockerer, ärmelloser Umhang, eine Art Cape – wirkte recht traditionell. Ihr Gürtel beziehungsweise ihr schwarzes Mieder würde dagegen eines Tages zu der Vermutung Anlass geben, Guadalupe sei schwanger. Jahre später, 1999, ernannte Papst Johannes Paul II. Unsere Liebe Frau von Guadalupe zur Schutzpatronin von Nord- und Südamerika sowie zur Beschützerin aller ungeborenen Kinder. (»Dieser polnische Papst«, wie Juan Diego später gegen ihn wettern würde, »und sein Spleen mit den Ungeborenen.«)

Die Guadalupe aus dem Madonnenladen sah nicht schwanger aus, sie schien etwa fünfzehn oder sechzehn zu sein – und sie hatte Brüste, wodurch sie überhaupt nicht religiös wirkte. »Das ist eine Sexpuppe!«, sagte Lupe sofort.

Natürlich war sie das nicht, dennoch war das Sexpuppenhafte bei der Guadalupefigur nicht ganz von der Hand zu weisen, auch wenn Juan Diego sie nicht ausziehen konnte und sie keine beweglichen Glieder (oder erkennbaren Fortpflanzungsorgane) besaß.

»Und was ist mein Geschenk?«, fragte Lupe den Hippie.

Der gute Gringo fragte Lupe, ob sie ihm verzeihe, dass er mit ihrer Mutter geschlafen hatte. »Ja«, sagte Lupe, »aber wir können nie heiraten.«

»Das klingt ziemlich endgültig«, stellte der Hippie fest, als Juan Diego Lupes Antwort übersetzt hatte.

»Zeig mir das Geschenk!« war alles, was Lupe sagte.

Es war eine Coatlicue-Statue, so hässlich wie jede Nachbildung dieser Göttin. Juan Diego hielt es für einen Segen, dass die grässliche Statuette so klein war – sie war sogar kleiner als Schmutzigweiß. *El gringo bueno* hatte keine Ahnung, wie man den Namen der aztekischen Göttin aussprach; Lupe versuchte ihm auf ihre schwer nachvollziehbare Art zu helfen: »Coh-ah-*tlii*-kuu-eh!«, artikulierte sie ebenso nachdrücklich wie unverständlich.

Juan Diego hatte sich immer gewundert, dass einer einzelnen Göttin so viele widersprüchliche Attribute zugeschrieben wurden, verstand aber durchaus, warum Lupe das Ekel mochte. Coatlicue war eine Extremistin – eine Göttin des Gebärens und der sexuellen Unreinheit und des sündigen Verhaltens. Sie spielte in verschiedenen Schöpfungsmythen eine Rolle; sie wurde von einem Ball aus Federn geschwängert, der auf sie fiel, während sie einen Tempel ausfegte –

genug, um jeden auf Abstand zu halten, dachte Juan Diego, aber Lupe sagte, sie könne sich durchaus vorstellen, dass etwas in der Art auch ihrer Mutter Esperanza passiert war.

Anders als Esperanza war Coatlicue mit zuckenden Schlangen bekleidet; um ihren Hals hing eine Kette aus menschlichen Herzen, Händen und Schädeln. Coatlicue hatte Krallen an Händen und Füßen; ihre Brüste waren schlaff. Bei der Figurine, die der gute Gringo Lupe schenkte, bestanden Coatlicues Brustwarzen aus den Rasseln von Klapperschlangen. (»Das kommt vielleicht vom vielen Stillen«, vermutete Lupe.)

»Aber was gefällt dir an ihr, Lupe?«, hatte Juan Diego seine Schwester gefragt.

»Einige ihrer eigenen Kinder haben gelobt, sie zu töten«, hatte Lupe geantwortet. »*Una mujer difícil.*« Eine schwierige Frau.

»Coatlicue ist eine verschlingende Mutter; Gebärmutter und Grabkammer sind bei ihr eins«, erklärte Juan Diego dem jungen Hippie.

»Das leuchtet mir irgendwie ein«, sagte der gute Gringo. »Sie sieht tödlich aus, Mann auf Rädern«, stellte der Hippie nun etwas weniger unsicher fest.

»Keiner legt sich mit ihr an!«, verkündete Lupe.

Sogar Edward Bonshaw (der bei allem immer nur die Sonnenseite sah) fand Lupes Coatlicuefigurine beängstigend. »Ich verstehe ja, dass das Federballmalheur vielleicht Nachwirkungen hatte, aber diese Göttin sieht nicht sehr mitfühlend aus«, sagte Señor Eduardo so taktvoll wie möglich.

»Coatlicue hat nicht darum gebeten, als die geboren zu

werden, die sie war«, entgegnete Lupe dem Mann aus Iowa. »Sie wurde geopfert – was angeblich mit der Schöpfung zusammenhing. Nachdem man ihr den Kopf abgeschnitten hatte, spritzte das Blut in Form von zwei riesigen Schlangen aus ihrem Hals, die Schlangen bildeten dann ihr Gesicht. Manche von uns«, sagte Lupe dem neuen Missionar und wartete, bis Juan Diego mit seiner Übersetzung nachkam, »können sich nicht aussuchen, wer sie sind.«

»Aber –«, begann Edward Bonshaw.

»Ich bin, wer ich bin«, sagte Lupe; Juan Diego verdrehte die Augen, als er das für Señor Eduardo wiederholen musste. Lupe drückte das groteske Coatlicue-Totem an ihre Wange; augenscheinlich mochte sie die Göttin nicht nur, weil der gute Gringo ihr die Statuette geschenkt hatte.

Was sein Geschenk von dem Gringo anging, so masturbierte Juan Diego gelegentlich, während die Guadalupepuppe neben ihm im Bett lag – ihr verzücktes Gesicht auf dem Kissen nah an seinem Gesicht. Ihre leicht gewölbten Brüste reichten aus, um ihn zu erregen.

Die teilnahmslose Schaufensterpuppe bestand aus einem leichten, aber harten Plastik, das bei Berührung nicht nachgab. Die Guadalupejungfrau war eine Handbreit größer als Juan Diego, doch sie war hohl, weshalb sie so wenig wog, dass er sie unter einem Arm tragen konnte.

Juan Diegos Versuche, mit der lebensgroßen Guadalupepuppe Sex zu haben – besser gesagt, seine Vorstellung davon –, waren aus zwei Gründen peinlich. Zunächst einmal musste Juan Diego dazu allein in dem Schlafzimmer sein, das er mit seiner kleinen Schwester teilte – ganz zu schweigen davon, dass Lupe wusste, dass ihr Bruder daran dachte.

Das zweite Problem war der Sockel. Die reizenden Füße der Guadalupemadonna standen auf einem Sockel aus hellgrünem Gras. Der Sockel hatte den Durchmesser eines Autoreifens. Der Sockel erschwerte es Juan Diego, wenn er neben ihr lag, mit der Plastikjungfrau zu kuscheln.

Juan Diego hatte schon überlegt, den Sockel abzusägen, was aber bedeutet hätte, die hübschen Füße der Jungfrau an den Knöcheln abzutrennen – dann könnte die Statue nicht mehr stehen. Lupe kannte auch diese Überlegungen ihres Bruders.

»Ich will Unsere Liebe Frau von Guadalupe *nie* irgendwo herumliegen sehen«, sagte Lupe zu Juan Diego, »und du darfst sie auch nicht an unsere Schlafzimmerwand lehnen. Und denk nicht einmal daran, sie auf dem Kopf in eine Ecke zu stellen – dann ragen die Stümpfe ihrer abgetrennten Füße empor!«

»Sieh sie dir doch an, Lupe!«, rief ihr Bruder. Er wies auf die Puppe, die neben einem der Bücherregale in dem ehemaligen Lesezimmer stand; die Guadalupeschaufensterpuppe erinnerte vage an eine Romanheldin, die aus ihrem Roman entflohen war und nun nicht mehr zurückfand. »Sieh sie dir an«, wiederholte er. »Hast du den Eindruck, dass Guadalupe auch nur im mindesten scharf darauf ist, sich hinzulegen?«

Wie es der Teufel wollte, ging genau in diesem Moment Schwester Gloria an der Tür vorbei. Sie hatte zwar vehement gegen die Anwesenheit der Guadalupepuppe im Schlafzimmer der beiden protestiert – noch mehr unverdiente Privilegien, wie sie vermutete –, doch Bruder Pepe hatte die Kinder in Schutz genommen. Wie konnte die missbilligende Nonne eine *religiöse* Statue missbilligen? Schwester Gloria fand, Juan Diegos Guadalupefigur ähnele eher einer Schneiderpuppe – »einer anzüglichen«, wie sie es Pepe gegenüber formulierte.

»Ich will kein Wort mehr davon hören, dass sich Unsere Liebe Frau von Guadalupe hinlegt«, sagte Schwester Gloria zu Juan Diego. Die Jungfrauen aus dem *La Niña de las Posadas,* dem Madonnenladen, waren keine richtigen Jungfrauen, dachte sie. Die Eigentümer und Schwester Gloria hatten unterschiedliche Vorstellungen davon, wie Unsere Liebe Frau von Guadalupe aussehen sollte – jedenfalls nicht wie eine sexuelle Versuchung, dachte Schwester Gloria, nicht wie eine Verführerin!

Leider war es ausgerechnet diese Erinnerung, die Juan Diego in der unversehens drückenden Hitze seines Hotelzimmers im Makati Shangri-La aus seinem Traum weckte. Doch wie konnte es in diesem Kühlschrank von einem Hotelzimmer plötzlich heiß sein?

Die Fische trieben tot auf der Oberfläche des grün erleuchteten Wassers im Aquarium; das zuvor aufrecht schwimmende Seepferdchen war nicht mehr vertikal – sein lebloser Greifschwanz bedeutete, dass das Seepferdchen sich (auf ewig) zu den anderen verblichenen Mitgliedern seiner Familie der Seenadeln gesellt hatte. Waren in dem Aquarium erneut Probleme mit den Luftblasen aufgetreten? Oder hatte ein toter Fisch das Wasserumwälzsystem verstopft? Das Aquarium gurgelte auch nicht mehr, und das Wasser war still und trübe; dennoch musterte ein Paar gelblicher Augen Juan Diego aus der undurchsichtigen Tiefe des Behälters. Die Muräne, deren Kiemen den restlichen Sauerstoff aufnahmen, schien die einzige Überlebende der Katastrophe zu sein.

Oje, jetzt fiel es Juan Diego wieder ein: Nach dem Abendessen war er in ein eiskaltes Hotelzimmer zurückgekehrt; die Klimaanlage arbeitete wieder mal mit voller Kraft. Das Zimmermädchen musste sie aufgedreht haben; sie hatte auch das Radio angelassen. Juan Diego kam nicht dahinter, wie man die pausenlos dudelnde Musik abstellte; er war gezwungen gewesen, den Stecker des Radioweckers zu ziehen, damit der wummernde Lärm verstummte.

Das Zimmermädchen, das mitbekommen hatte, wie der Gast die richtige Dosis seiner Betablocker vorbereitet hatte, hatte in ihrem Übereifer dessen gesamte Medikamente (auch das Viagra) und den Tablettenteiler bereitgelegt. Das irritierte Juan Diego und lenkte ihn ab, zumal er die Einmischung des Mädchens bei seinen Toilettenartikeln und Pillen erst entdeckt hatte, nachdem er den Radiowecker ausgestöpselt und eins seiner vier spanischen Biere im Eiskübel geleert hatte. Gab es etwa überall in Manila San-Miguel-Bier?

Im grellen Licht der Aquariumskatastrophe sah Juan Diego, dass nur noch ein Bier im lauwarmen Wasser des Eiskühlers trieb. Hatte er nach dem Essen etwa drei Bier getrunken? Und wann hatte er eigentlich die Klimaanlage ganz abgestellt? Vielleicht war er ja auch mit klappernden Zähnen aufgewacht und hatte sich dann (halb erfroren und im Halbschlaf) zitternd zum Thermostat an der Schlafzimmerwand begeben.

Ein wachsames Auge auf Señor Morales gerichtet, steckte

Juan Diego rasch einen Zeigefinger in das Aquarium und zog ihn sofort wieder heraus; das Südchinesische Meer wäre nie so warm wie die langsam vor sich hin köchelnde Bouillabaisse in dem Becken.

Herrje – was habe ich nur angerichtet?, fragte sich Juan Diego. Und welch lebhafte Träume! Sehr ungewöhnlich – jedenfalls mit der richtigen Dosis Betablocker.

Auweia, jetzt fiel es ihm wieder ein – schrecklich! Er humpelte ins Bad. Dort würde sich die Macht der Suggestion offenbaren. Anscheinend hatte er den Tablettenteiler dazu benutzt, um eine Lopressor-Tablette zu halbieren; er hatte die Hälfte der richtigen Dosis genommen. (Wenigstens hatte er stattdessen keine halbe Viagra genommen!) Eine doppelte Dosis Betablocker am Vorabend und nur eine halbe Dosis gestern Abend – was Dr. Rosemary wohl dazu sagen würde?

»Nicht gut, nicht gut«, murmelte Juan Diego vor sich hin, als er in das viel zu warme Schlafzimmer zurückging.

Die drei leeren Flaschen San Miguel standen wie aufrechte kleine Leibwächter auf dem Fernsehtisch, als würden sie die Fernbedienung verteidigen. Jetzt erinnerte sich Juan Diego wieder; er hatte nach dem Abendessen länger wie betäubt dagesessen und im Fernsehen verfolgt, wie das Bild des humpelnden Terroristen auf Mindanao ausgelöscht und der Bildschirm schwarz wurde. Als er schließlich zu Bett gegangen war, nach drei eiskalten Bieren statt einem und bei eiskalter Zimmertemperatur, musste sein Hirn tiefgekühlt gewesen sein; eine halbe Lopressor-Tablette hätte Juan Diegos Träumen nichts anhaben können.

Ihm fiel wieder ein, wie schwül es draußen auf den Straßen

gewesen war, als Bienvenido ihn vom Restaurant ins Makati Shangri-La zurückgefahren hatte; Juan Diegos Hemd hatte an seinem Rücken geklebt. Die Bombenspürhunde vor dem Hotel hatten ihn hechelnd empfangen, allerdings waren es nicht dieselben wie vorher, was Juan Diego durcheinanderbrachte, und auch die Sicherheitsleute waren andere.

Der Hoteldirektor hatte das Unterwasserthermometer des Aquariums »äußerst empfindlich« genannt; hatte er nicht eher das *Thermostat* gemeint? War es in einem klimatisierten Hotelzimmer nicht Aufgabe eines Thermostats, das Wasser im Aquarium für die ehemaligen Bewohner des Südchinesischen Meeres warm genug zu halten? Doch diese Aufgabe hatte sich geändert, als Juan Diego die Klimaanlage abschaltete. Und nun hatte er ein Aquarium voll mit Tante Carmens exotischen Zierfischen gekocht; nur die böse dreinblickende Muräne klammerte sich inmitten ihrer toten und an der Wasseroberfläche treibenden Freunde ans Leben. Konnte das Thermostat das Meerwasser denn nicht auch kalt genug halten?

»*Lo siento*, Señor Morales«, wiederholte Juan Diego. Die überarbeiteten Kiemen des aalartigen Geschöpfs fächelten nun nicht mehr langsam, sondern schlugen hektisch.

Juan Diego rief den Hoteldirektor an, um das Massaker zu melden. Tante Carmens Zoohandlung in Makati City musste ebenfalls benachrichtigt werden. Vielleicht ließ sich ja wenigstens Morales retten, wenn das Zoohandlungsteam schnell genug vorbeikam und die Muräne in frischem Meerwasser wiederbelebte.

»Vielleicht muss die Muräne für den Transport sediert werden«, deutete der Hotelchef an. (So wie Señor Morales ihn anstarrte, glaubte Juan Diego nicht, dass die Muräne sich so einfach sedieren lassen würde.)

Juan Diego stellte die Klimaanlage an, ehe er zum Frühstück nach unten ging. In der Zimmertür warf er einen, wie er hoffte, letzten Blick auf die Leihgabe – das Aquarium des Todes. Mr. Morales sah Juan Diego nach, als könne er es nicht erwarten, den Schriftsteller wiederzusehen – vorzugsweise wenn Juan Diego auf dem Sterbebett lag.

»*Lo siento,* Señor Morales«, sagte Juan Diego ein letztes Mal und ließ die Tür leise hinter sich ins Schloss fallen. Doch als er sich allein in der drückend heißen Miefkiste von einem Aufzug wiederfand – wo es selbstredend keine Klimaanlage gab –, schrie Juan Diego, so laut er konnte. »Du *kannst mich mal,* Clark French!«, schrie er. »Und du ebenfalls, Tante Carmen – wer auch immer du bist, verdammt!«, brüllte Juan Diego.

Er verstummte, als er sah, dass er genau vor der Überwachungskamera stand; man hatte sie über den Aufzugknöpfen angebracht, aber Juan Diego wusste nicht, ob sie auch den Ton aufnahm. Ob mit oder ohne seinen Originalton, der Schriftsteller konnte sich vorstellen, dass die Security-Leute des Hotels den irren Krüppel beobachteten, wie er allein und brüllend im Aufzug nach unten fuhr.

Der Hoteldirektor spürte den prominenten Gast auf, als der gerade sein Frühstück beendete. »Diese unglücklichen Fische, Sir – man hat sich ihrer angenommen. Die Leute aus der Zoohandlung sind gekommen und wieder gegangen; sie trugen Mundschutz«, vertraute er Juan Diego an und senkte beim Wort »Mundschutz« die Stimme, wie um die anderen Gäste nicht zu beunruhigen, die dieses Wort womöglich mit einer ansteckenden Krankheit in Verbindung brachten.

»Haben Sie vielleicht gehört, ob die Muräne –«, begann Juan Diego.

»Der Aal hat's überlebt. Ist offenbar nicht totzukriegen«, sagte der Hotelchef. »Er war aber sehr aufgeregt.«

»Aufgeregt?«, fragte Juan Diego.

»Er hat um sich gebissen, Sir – nichts Ernstes, wie es hieß, aber immerhin. Es ist Blut geflossen«, vertraute der Direktor ihm an und senkte wieder die Stimme.

»Wo wurde gebissen?«, fragte Juan Diego.

»In eine Wange.«

»In eine *Wange*!«

»Nichts Ernstes, Sir. Ich habe das Gesicht des Mannes gesehen. Es wird heilen – keine schlimme Narbe, aber doch sehr bedauerlich.«

»Ja – *bedauerlich*«, mehr brachte Juan Diego nicht heraus. Er traute sich nicht zu fragen, ob Tante Carmen mit den Leuten aus der Zoohandlung gekommen und wieder gegangen war. Wenn er Glück hatte, war sie bereits auf dem Rückweg nach Bohol oder wartete dort (samt Clark Frenchs angeheirateter philippinischer Familie) darauf, ihn kennenzulernen. Natürlich würde die Nachricht von den toten Fischen sie auch in Bohol erreichen – einschließlich des Berichts über den *aufgeregten* Señor Morales und den Biss in die Wange des *bedauernswerten* Mitarbeiters ihrer Zoohandlung.

Was ist nur mit mir los?, fragte sich Juan Diego, als er in sein Hotelzimmer zurückkehrte. Auf dem Boden neben dem

Bett sah er ein Handtuch liegen – wo zweifellos Meerwasser aus dem Aquarium verschüttet worden war. (Juan Diego stellte sich vor, wie die Muräne mit ihrer Schwanzflosse um sich schlug und das Gesicht des verängstigten Betreuers angriff, doch an dem Handtuch befand sich kein Blut.)

Er wollte gerade ins Bad gehen, als er dort auf den Fliesen das winzige Seepferdchen entdeckte; das Seepferdchen war so klein, dass es vermutlich der Aufmerksamkeit des Zoohandlungsteams entgangen war, als seine Fischkollegen ins Klo gespült wurden. Die weitaufgerissenen runden Augen des Seepferdchens schienen noch lebendig zu sein; in seinem winzigen prähistorischen Gesichtchen stand eine Empörung über die ganze Menschheit geschrieben – wie bei einem gejagten Drachen.

»*Lo siento, caballo marino*«, sagte Juan Diego, ehe er das Seepferdchen in die Toilette spülte.

Dann wurde er wütend – wütend auf sich, auf das Makati Shangri-La, auf die servilen Schmeicheleien des Hoteldirektors. Der Lackaffe mit seinem peniblen Schnauzer hatte Juan Diego eine Broschüre des Manila American Cemetery and Memorial überreicht – eine Veröffentlichung der American Battle Monuments Commission, wie Juan Diego (bei einer flüchtigen Lektüre der Broschüre im Aufzug nach dem Frühstück) erfahren hatte.

Wer hatte dem beflissenen Hoteldirektor erzählt, dass Juan Diego ein privates Interesse am Manila American Cemetery and Memorial hatte? Sogar Bienvenido wusste, dass Juan Diego beabsichtigte, die Gräber der Amerikaner zu besuchen, die bei »Operationen« im Pazifikraum ihr Leben verloren hatten.

Hatte Clark French (oder seine Frau, die Filipina) etwa überall herumerzählt, dass Juan Diego dem heldenhaften Vater des guten Gringos die letzte Ehre erweisen wollte? Da hatte Juan Diego sein Vorhaben jahrelang für sich behalten, und nun machte der wohlmeinende Clark French auf seine hingebungsvolle Art diese höchst private Reise allgemein publik. Natürlich war Juan Diego nun sauer auf Clark. Er wollte gar nicht nach Bohol reisen, er wusste nicht einmal, was oder wo Bohol war. Doch Clark hatte darauf bestanden, sein verehrter Mentor könne zu Silvester unmöglich in Manila allein sein.

»Um Gottes willen, Clark – ich war fast mein ganzes Leben lang in Iowa City allein!«, hatte Juan Diego gesagt. »Auch *du* warst mal allein in Iowa City!«

Na ja – vielleicht hoffte der wohlmeinende Clark ja, dass Juan Diego auf den Philippinen wie er selbst seiner zukünftigen Ehefrau begegnete. War nicht Clark French womöglich wegen seiner Frau, der Filipina, so wahnsinnig glücklich? Tatsächlich war Clark schon genauso wahnsinnig glücklich gewesen, als er noch allein in Iowa City lebte. Clark war, so nahm Juan Diego an, auf *religiöse* Weise glücklich.

Vielleicht hatte aber auch Clarks angeheiratete philippinische Familie ihn unbedingt nach Bohol einladen wollen. Doch nach Juan Diegos Erfahrung war Clark durchaus auch ganz allein imstande, diese Silvestereinladung zu einer Riesensache aufzublasen.

Clark Frenchs Filipinofamilie versammelte sich jedes Jahr zwischen Weihnachten und Neujahr in einem Ferienort an einem Strand bei Panglao Beach, wo sie dann ein ganzes Hotel belegte.

»In dem Hotel sind nur wir – keine Fremden!«, hatte Clark Juan Diego erzählt.

Ich *bin* ein Fremder, du Idiot!, hatte Juan Diego gedacht. Clark French würde der einzige Mensch sein, den er dort kannte. Selbstverständlich würde die Nachricht, dass Juan Diego ein Mörder wertvollen Unterwasserlebens war, ihm nach Bohol vorauseilen. Tante Carmen würde genauestens Bescheid wissen, und Juan Diego zweifelte nicht daran, dass die Expertin für exotische Tiere (irgendwie) mit der Muräne kommunizierte. Wenn Señor Morales schon aufgeregt gewesen war, wie aufgeregt würde dann Tante Carmen alias Mrs. Morales sein?

Juan Diego steigerte sich in seine Wut hinein, wobei er genau wusste, was seine Lieblingsärztin und gute Freundin Dr. Rosemary dazu gesagt hätte, nämlich dass Wut von der Sorte, wie sie ihn im Aufzug überkommen hatte, nur zeigte, dass eine halbe Lopressor-Tablette nicht genügte.

War nicht sein Wutpegel ein sicheres Indiz dafür, dass sein Körper mehr Adrenalin und mehr Adrenalinrezeptoren produzierte? Ja. Und ja, mit der *richtigen* Dosis Betablocker stellte sich eine gewisse Lethargie ein – und von der verminderten Durchblutung der Extremitäten bekam Juan Diego kalte Hände und Füße. Und ja, von einer Lopressor-Pille (der *ganzen* Pille, keiner halben) könnte er ebenso verstörende und lebendige Träume bekommen, wie er sie hatte, als er die Betablocker ganz absetzte. Es war wirklich verwirrend.

Doch hatte er nicht nur sehr hohen Blutdruck (170 zu 100). War nicht einer von Juan Diegos möglichen Vätern in jungen Jahren an einem Herzanfall gestorben – falls man Juan Diegos Mutter glauben konnte?

Und nicht zu vergessen, was mit Esperanza geschehen war – hoffentlich wird das *nicht* mein nächster Traum!, dachte Juan Diego, wohl wissend, dass sich der Gedanke in seinem Kopf festsetzen und es nur noch wahrscheinlicher machen würde, dass er genau diesen Traum haben würde. Außerdem tauchte das, was Esperanza widerfahren war, immer wieder auf – in Juan Diegos Träumen *und* in seiner Erinnerung.

»Lässt sich nicht ändern«, sagte Juan Diego laut. Er war immer noch im Bad und erholte sich von dem ins Klo gespülten Seepferdchen, als er die andere halbe Lopressor-Tablette entdeckte und sie rasch mit einem Glas Wasser hinunterspülte.

Nahm Juan Diego für den restlichen Tag etwa bewusst ein reduziertes Gefühl in Kauf? Und wenn er später am Abend in Bohol eine volle Dosis Betablocker nähme, würde er dann nicht wieder diese Langeweile, diese Trägheit, die pure Lustlosigkeit erleben, über die er sich so oft bei Dr. Stein beklagt hatte?

Ich sollte umgehend Rosemary anrufen, dachte Juan Diego. Er war sich bewusst, dass er mit der Dosierung seiner Betablocker herumexperimentiert hatte; vielleicht war Juan Diego sogar klar, dass er die Dosis immer wieder abänderte, weil er einfach nicht widerstehen konnte und sehen wollte, was dann passierte. Ihm war durchaus bewusst, dass er das Adrenalin blockieren sollte, doch ihm fehlte das Adrenalin in seinem Leben, und er wollte mehr davon haben. Es gab keinen guten Grund, weshalb Juan Diego Dr. Stein nicht anrief.

Tatsächlich hatte Juan Diego eine sehr genaue Ahnung,

was Dr. Rosemary Stein ihm zum Thema Adrenalin und Manipulation seiner Adrenalinrezeptoren sagen würde. (Er wollte es nur nicht hören.) Und weil Juan Diego ebenfalls ahnte, dass Clark French zu den Menschen gehörte, die entweder alles wussten oder wild entschlossen waren, es herauszufinden, gab er sich einen Ruck und studierte die Broschüre des Manila American Cemetery and Memorial so sorgfältig, dass er sie danach fast auswendig konnte.

Im Wagen war Juan Diego sogar kurz davor, seinem Chauffeur zu sagen, er sei schon einmal dort gewesen. (Ich habe einen Veteranen aus dem Zweiten Weltkrieg im Hotel getroffen, ich habe ihn begleitet. Er ist mit MacArthur an Land gegangen – Sie wissen schon, als der General im Oktober 1944 zurückkehrte. MacArthur landete auf Leyte, hätte Juan Diego Bienvenido fast erzählt.) Doch stattdessen sagte er nur: »Ich fahre ein andermal auf den Friedhof. Jetzt möchte ich mir ein paar Hotels ansehen – wo ich absteigen könnte, wenn ich zurückkomme. Eine Freundin hat sie empfohlen.«

»Klar – Sie sind der Boss«, entgegnete Bienvenido.

In der Broschüre über den Manila American Cemetery and Memorial gab es ein Foto von General Douglas MacArthur, wie er auf Leyte in knietiefem Wasser an Land schritt.

Auf dem Friedhof befinden sich über 17 000 Grabsteine (diese Zahl hatte sich Juan Diego eingeprägt), ganz zu schweigen von den über 36 000 »Vermissten«, aber weniger als 4000 »Namenlose«. Juan Diego konnte es kaum erwarten, bei irgendwem mit seinem Wissen angeben zu können, nahm sich aber zusammen.

Über tausend amerikanische Soldaten waren in der Schlacht um Manila gefallen – ungefähr zur gleichen Zeit, als die amphibischen Einheiten Corregidor zurückeroberten und der Dad des guten Gringos fiel. Aber was, wenn in der einen Monat dauernden Schlacht um Manila auch einer oder mehrere von Bienvenidos Verwandten unter den hunderttausend getöteten philippinischen Zivilisten waren?

Juan Diego wagte nicht, seinen Chauffeur direkt danach zu fragen, daher erkundigte er sich, was Bienvenido über die Lage der Grabsteine auf dem riesigen, über fünfzig Hektar großen Friedhofsgelände wusste. Gab es etwa einen eigenen Bereich für die 1942 oder 1945 auf Corregidor gefallenen US-Soldaten? In der Broschüre wurde eine eigene Gedenkstätte mit mindestens elf Gräberfeldern für die Soldaten erwähnt, die ihr Leben auf Guadalcanal verloren hatten. (Dass er allerdings weder den Namen des guten Gringos noch den seines gefallenen Vaters kannte, war tatsächlich ein Problem.)

»Ich glaube, man nennt ihnen den Namen des Soldaten, und dann nennen sie einem Gräberfeld, Reihe und Grab«, antwortete Bienvenido. »Man sagt ihnen einfach den Namen – so funktioniert es.«

»Verstehe«, sagte Juan Diego nur. Der Chauffeur, der den müde wirkenden Schriftsteller im Rückspiegel beobachtete, dachte wohl, Juan Diego hätte vergangene Nacht schlecht geschlafen. Schließlich wusste Bienvenido nichts von den Aquariummorden, und der junge Chauffeur hatte keine Ahnung, dass sein Fahrgast deshalb so zusammengesackt dasaß, weil die zweite Hälfte der Lopressor-Pille allmählich zu wirken begann.

Das Sofitel Hotel, zu dem Bienvenido ihn fuhr, lag in einem Teil Manilas, der Pasay City hieß – sogar aus seiner geduckten Perspektive auf dem Rücksitz bemerkte Juan Diego die Bombenspürhunde.

»Es ist das Buffet, um das Sie sich Sorgen machen müssen«, sagte Bienvenido. »Das sagt man über das Sofitel.«

»Was ist denn mit dem Buffet?«, fragte Juan Diego. Die Aussicht auf eine Lebensmittelvergiftung schien ihn zu beleben. Doch das war nicht der Grund: Juan Diego wusste, dass er von Chauffeuren eine Menge lernen konnte; Lesereisen in jene fremdsprachigen Länder, wo er veröffentlicht wurde, hatten ihn gelehrt, seinen Fahrern aufmerksam zuzuhören.

»Ich kenne jedes Herrenklo in der Nähe jeder Hotellobby oder jedes Hotelrestaurants«, fuhr Bienvenido fort. »Als Berufschauffeur muss man solche Sachen einfach wissen.«

»Wo man pinkeln kann, meinen Sie«, sagte Juan Diego; er hatte das schon von anderen Chauffeuren gehört. »Was ist mit dem Buffet?«

»Wenn man die Wahl hat, ist das Herrenklo im Hotelrestaurant in der Regel besser als das in der Hotellobby«, erklärte Bienvenido. »Nur hier nicht.«

»Das Buffet«, erinnerte ihn Juan Diego.

»Ich habe Leute in die Pissoirs reihern sehen; ich habe gehört, wie sie sich in den Klokabinen das Hirn aus dem Leib geschissen haben«, warnte ihn Bienvenido.

»Hier? Im Sofitel? Und es liegt auch bestimmt am Buffet?«, fragte Juan Diego.

»Vielleicht steht das Essen ewig in der Gegend rum. Wer weiß, wie lange die Shrimps bei Zimmertemperatur herumgelegen haben? Es liegt am Buffet, jede Wette!«, rief Bienvenido.

»Verstehe« war Juan Diegos einziger Kommentar. Zu schade, dachte er – das Sofitel sah nett aus. Aus irgendeinem Grund musste es Miriam gefallen haben; vielleicht hatte sie das Buffet nie probiert. Oder Bienvenido irrte sich.

Sie fuhren wieder weg, ohne dass Juan Diego das Sofitel betreten hatte. Das andere von Miriam empfohlene Hotel war das Ascott.

»Hätten Sie das mit dem Ascott mal eher gesagt«, sagte Bienvenido seufzend. »Es liegt an der Glorietta in Makati City, wo wir gerade herkommen. Direkt daneben ist das Ayala Center, da können Sie alles kriegen.«

»Wie meinen Sie das?«, fragte Juan Diego.

»Kilometerweit nichts als Läden. Ein Einkaufszentrum mit Rolltreppen und Aufzügen und allen möglichen Restaurants«, antwortete Bienvenido.

Nicht dass Krüppel besonders scharf auf Einkaufszentren wären, dachte Juan Diego, sagte aber nur: »Und das Hotel an sich, das Ascott? Keine Todesfälle durch das Frühstück?«

»Das Ascott ist in Ordnung – da hätten Sie gleich absteigen sollen«, sagte ihm Bienvenido.

»Verschonen Sie mich mit *hätte sollen*«, entgegnete Juan Diego; seine Romane waren alle Lehrstücke der *Hätte-sollen*- und *Was-wäre-wenn*-Abteilung.

»Dann eben beim nächsten Mal«, sagte Bienvenido.

Sie fuhren nach Makati City zurück, damit Juan Diego persönlich im Ascott ein Zimmer für seinen zweiten Aufenthalt in Manila reservieren konnte. Er würde Clark French bitten, seine Reservierung im Makati Shangri-La zu stornieren, was die Beteiligten nach dem Aquarium-Armageddon bestimmt erleichtert aufnehmen würden.

Vom Straßeneingang des Ascott nahm man einen Aufzug zur Hotellobby, die sich in einer der oberen Etagen befand. Bei den Aufzügen, sowohl auf Straßenhöhe als auch in der Empfangshalle, standen jeweils zwei besorgt dreinblickende Sicherheitsleute mit zwei Bombenspürhunden.

Juan Diego verriet es Bienvenido nicht, doch er war geradezu vernarrt in die Hunde. Als er die Reservierung vornahm, dachte Juan Diego daran, wie Miriam im Ascott einchecken würde. Von der Stelle, wo sich die Aufzugstüren zur Lobby hin öffneten, bis zur Rezeption war es ein langer Weg; Juan Diego stellte sich vor, wie die Security-Leute Miriam auf der ganzen Strecke beobachteten. Allerdings musste man ja auch blind oder ein Bombenspürhund sein, um Miriam nicht hinterherzusehen – wenigstens er selbst konnte gar nicht anders, als jeden ihrer Schritte zu beobachten.

Was ist nur los mit mir?, fragte sich Juan Diego schon zum zweiten Mal an diesem Tag. Seine Gedanken, seine Erinnerungen – was er sich vorstellte, was er träumte – waren völlig durcheinander. Außerdem musste er andauernd an Miriam und Dorothy denken.

Wie ein Stein in einem tiefen Teich, so versank Juan Diego auf dem Rücksitz des Wagens.

»Irgendwann enden wir in Manila«, hatte Dorothy gesagt; Juan Diego überlegte, ob sie mit »wir« vielleicht »alle« gemeint hatte. Vielleicht enden wir alle in Manila, dachte Juan Diego.

Eine einzige Reise. Das klang wie ein Titel. Hatte er das

vielleicht geschrieben, oder hatte er vor, es zu schreiben? Der Müllkippenleser erinnerte sich nicht.

»Wenn er besser riechen und nicht dauernd diesen Cowboysong singen würde, würde ich den Hippie heiraten«, hatte Lupe gesagt. (»Oh, lass mich sterben!«, hatte sie auch gesagt.)

Wie sehr verfluchte er die Schimpfnamen, mit denen die Nonnen im *Niños Perdidos* seine Mutter bedacht hatten! Und Juan Diego bereute auch, dass er selbst sie ebenfalls beschimpft hatte. »*Desesperanza*«, »Hoffnungslosigkeit« hatten die Nonnen Esperanza genannt und »*Desesperación*«, »Verzweiflung«.

»*Lo siento, madre*«, sagte Juan Diego auf dem Rücksitz der Limousine leise vor sich hin, so leise, dass Bienvenido ihn nicht hören konnte.

Bienvenido war nicht klar, ob Juan Diego wach war oder schlief. Der Chauffeur hatte etwas über den Flughafen für Inlandflüge in Manila zu ihm gesagt – dass die Abfertigungsschalter willkürlich schlossen, dann spontan wieder öffneten und dass es für alles zusätzliche Gebühren gab. Doch Juan Diego reagierte nicht.

Ob er nun wach war oder schlief, der arme Kerl schien ziemlich neben der Spur zu sein, so dass Bienvenido beschloss, Juan Diego beim Check-in zu begleiten – trotz der Scherereien (selbst für einen Berufsfahrer), die er wegen des Parkens über sich ergehen lassen müsste.

»Mir ist kalt!«, rief Juan Diego plötzlich. »Frischluft, bitte! Keine Klimaanlage mehr!«

»Klar – Sie sind der Boss«, sagte Bienvenido; er schaltete die Klimaanlage ab und öffnete die automatischen Limousinenfenster. Sie waren in Flughafennähe und fuhren gerade durch eine der vielen Hüttensiedlungen, als der Wagen vor einer roten Ampel anhielt.

Ehe Bienvenido ihn warnen konnte, wurde Juan Diego von bettelnden Kindern belagert, die ihre dürren Ärmchen, Handflächen nach oben, plötzlich in die offenen hinteren Fenster der stehenden Limousine streckten.

»Hallo, Kinder«, sagte Juan Diego, als hätte er sie erwartet. (Man kann den Müllsammlern das Sammeln nicht abgewöhnen; *pepenadores* behalten den Sammel- und Sortierreflex, selbst wenn sie schon lange nicht mehr nach Aluminium, Kupfer oder Glas suchen.)

Ehe Bienvenido ihn aufhalten konnte, nestelte Juan Diego an seinem Portemonnaie herum.

»Nein, nein – geben Sie ihnen nichts«, sagte Bienvenido. »Ich meine, wirklich gar nichts. Sir, Juan Diego, bitte – es nimmt sonst kein Ende!«

Was war das überhaupt für eine komische Währung? Das war wie Spielgeld, dachte Juan Diego. Er hatte keine Münzen und nur zwei kleine Scheine. Den Zwanzig-Peso-Schein gab er der ersten ausgestreckten Hand; für das zweite Händchen hatte er nichts Kleineres als einen Fünfziger.

»*Dalawampung piso!*«, rief das erste Kind.

»*Limampung piso!*«, schrie das zweite Kind. War das Tagalog?, fragte sich Juan Diego.

Bienvenido hinderte ihn daran, den Tausend-Peso-Schein wegzugeben, doch eins der bettelnden Kinder sah ihn, ehe Bienvenido die Hand des jungen Bettlers abwehren konnte.

»Sir, bitte – das ist zu viel«, sagte der Chauffeur zu Juan Diego.

»*Sanlibong piso!*«, schrie eins der flehenden Kinder.

Die anderen Kinder nahmen den Ruf rasch auf. »*Sanlibong piso! Sanlibong piso!*«

Die Ampel wurde grün, und Bienvenido fuhr langsam an, worauf die bettelnden Kinder ihre dürren Arme aus dem Wagen zogen.

»Für diese Kinder gibt es kein Zuviel, Bienvenido – für sie gibt es nur nicht genug«, sagte Juan Diego. »Ich bin ein Müllkippenkind«, sagte er dem Chauffeur. »Ich sollte es wissen.«

»Ein Müllkippenkind, Sir?«

»Ich war ein Müllkippenkind, Bienvenido«, sagte ihm Juan Diego. »Meine Schwester und ich, wir waren *niños de la basura*. Wir sind auf einem *basurero* aufgewachsen, wir haben praktisch dort gewohnt. Wir hätten nie weggehen sollen – danach ging alles nur noch bergab!«, sagte er.

»Sir –«, begann Bienvenido, brach aber ab, als er Juan Diego weinen sah. Die schlechte Luft der verschmutzten Stadt wehte durch die geöffneten Autofenster; die Kochgerüche setzten ihm zu; auf den Straßen bettelten die Kinder; die erschöpft aussehenden Frauen trugen ärmellose Kleider oder Shorts mit Neckholdern; die Männer lungerten in Hauseingängen herum, rauchten oder redeten miteinander, als hätten sie nichts zu tun.

»Es ist ein *Slum*!«, rief Juan Diego. »Es ist ein ekelhafter, verschmutzter Slum! *Millionen* Menschen, die nichts oder nicht genug zu tun haben – und trotzdem wollen die Katholiken, dass immer mehr Kinder zur Welt kommen!«

Er meinte Mexico City; in diesem Augenblick hatte Manila ihn eindringlich an Mexico City erinnert. »Und sehen

Sie sich bloß die dummen Pilger an!«, rief Juan Diego. »Da rutschen sie auf ihren blutenden Knien und peitschen sich aus, um ihre Hingabe zu demonstrieren!«

Natürlich war Bienvenido verwirrt. Er dachte, Juan Diego meine Manila. Welche Pilger?, überlegte der Chauffeur. Doch er sagte nur: »Sir, es ist nur eine kleine Barackensiedlung – es ist kein richtiger Slum. Zugegeben, die Umweltverschmutzung ist ein Problem –«

»Achtung!«, rief Juan Diego, doch Bienvenido war ein guter Fahrer. Er hatte den Jungen aus dem überfüllten Jeepney vor ihnen fallen sehen; der Jeepneyfahrer bemerkte nichts und fuhr einfach weiter.

Der Junge war ein Straßenlümmel mit schmutzigem Gesicht und einer Art schäbiger Stola (oder Fellboa) um Hals und Schultern; das Kleidungsstück sah aus wie etwas, was sich eine alte Frau in einer kühleren Gegend um den Hals schlingen mochte. Doch als der Junge aus dem Jeepney fiel, sahen sowohl Bienvenido als auch Juan Diego, dass der Pelzschal in Wirklichkeit ein Hündchen war, und nicht der Junge. Der Hund wurde bei dem Sturz verletzt und jaulte auf; er konnte seine Vorderpfoten nicht belasten, die er zitternd vom Boden hob. Der Junge hatte sich seine nackten Knie aufgeschürft, schien aber sonst unverletzt zu sein – er sorgte sich hauptsächlich um den Hund.

GOTT IST GUT!, hatte der Aufkleber auf dem Jeepney verkündet. Weder zu dem Jungen noch zu seinem Hund, dachte Juan Diego.

»Halt – wir müssen anhalten«, sagte Juan Diego, doch Bienvenido fuhr einfach weiter.

»Nicht hier, Sir, und nicht jetzt«, sagte der junge Chauffeur. »Das Einchecken am Flughafen dauert länger als Ihr Flug.«

»Gott ist *nicht* gut«, teilte ihm Juan Diego mit. »Gott sind wir egal. Fragen Sie den Jungen, reden Sie mit seinem Hund.«

»Welche Pilger?«, fragte ihn Bienvenido. »Sie haben Pilger gesagt, Sir«, ließ der Chauffeur nicht locker.

»In Mexico City gibt es eine Straße«, fing Juan Diego an. Er schloss die Augen, öffnete sie aber schnell wieder, als wollte er die Straße in seinen Gedanken nicht sehen. »Da gehen die Pilger entlang; über diese Straße nähern sie sich dem Schrein«, fuhr Juan Diego fort, redete aber langsamer, als fiele es jedenfalls ihm schwer, sich dem Schrein zu nähern.

»Welcher Schrein, Sir? Welche Straße?«, fragte ihn Bienvenido, doch jetzt waren Juan Diegos Augen geschlossen; vielleicht hatte er den jungen Chauffeur nicht gehört. »Juan Diego?«, fragte der Chauffeur.

»Avenida de los Misterios«, sagte Juan Diego mit geschlossenen Augen; Tränen liefen ihm übers Gesicht. »Straße der Wunder.«

»Ist schon in Ordnung, Sir – Sie müssen es mir nicht sagen«, sagte Bienvenido, doch Juan Diego war bereits verstummt. Der verrückte ältere Herr war ganz offensichtlich in Gedanken woanders – weit weg oder in einer längst vergangenen Zeit oder beides.

Es war ein sonniger Tag in Manila; trotz der geschlossenen Augen zogen sich Lichtstreifen durch die Dunkelheit, in die Juan Diego blickte. Es war, als schaute man in tiefes Wasser. Einen Moment lang glaubte er, dass ihn ein Paar gelbliche Augen anstarrte, doch in der von Licht durchbrochenen Dunkelheit war nichts genau zu erkennen.

So wird es sein, wenn ich sterbe, dachte Juan Diego – nur dunkler, pechschwarz. Kein Gott. Weder Gut noch Böse. Mit anderen Worten, kein Señor Morales. Kein Gott, der sich kümmert. Auch kein Herr Moral. Nicht einmal eine Muräne, die um Atem ringt. Einfach gar nichts.

»*Nada*«, sagte Juan Diego noch immer mit geschlossenen Augen.

Bienvenido sagte nichts mehr; er fuhr einfach weiter. Doch daran, wie der junge Chauffeur nickte, und an dem offenkundigen Mitgefühl, mit dem er seinen vor sich hin dösenden Fahrgast im Rückspiegel betrachtete, wurde deutlich, dass er das Wort »nichts« kannte – wenn auch nicht die ganze Geschichte.

15
Die Nase

»Ich bin nicht besonders gläubig«, hatte Juan Diego einmal zu Edward Bonshaw gesagt.

Doch das hatte ein damals vierzehnjähriger Junge gesagt; für das Müllkippenkind war es leichter, seine Defizite in Glaubensfragen einzuräumen, als dass er sein Misstrauen gegenüber der katholischen Kirche hätte formulieren können – besonders gegenüber einem so sympathischen Scholastiker (in der Pristerausbildung!) wie Señor Eduardo.

»Sag das nicht, Juan Diego – du bist zu jung, um dich vom Glauben zu lösen«, hatte Edward Bonshaw entgegnet.

Tatsächlich fehlte es Juan Diego nicht am Glauben. Die meisten Müllkippenkinder sind auf der Suche nach Wundern. Wenigstens wollte Juan Diego an das Wunderbare glauben, an alles mögliche Unerklärliche, doch er zweifelte die Wunder aus der kirchlichen Mottenkiste an, die mit der Zeit immer unglaubwürdiger wurden.

Was dem Müllkippenleser gegen den Strich ging, war die Kirche insgesamt: ihre Politik, ihre Eingriffe in die Gesellschaft, Geschichte und Sexualität. All das konnte der vierzehnjährige Juan Diego in Dr. Vargas' Behandlungszimmer noch nicht wirklich in Worte fassen, während er zusah, wie der atheistische Arzt und der Missionar aus Iowa sich gegeneinander in Stellung brachten.

Die meisten Müllkippenkinder sind gläubig; vielleicht muss man an etwas glauben, wenn man so viel Abfall sieht. Und Juan Diego wusste, was jedes Müllkippenkind (und jedes Waisenkind) weiß: Jeder einzelne weggeworfene Gegenstand, jeder Mensch oder jedes Ding, die nicht gewollt wurden, waren vielleicht einmal gewollt – oder hätten, unter anderen Umständen, vielleicht einmal gewollt sein *können*.

Der Müllkippenleser hatte Bücher vor dem Verbrennen gerettet und sie sogar gelesen. Man sollte nie denken, ein Müllkippenleser sei nicht in der Lage zu glauben. Es dauert eine Ewigkeit, manche Bücher zu lesen, sogar (oder vor allem) solche, die nur knapp dem Verbrennen entgangen sind.

Die Flugzeit von Manila nach Tagbilaran City auf Bohol betrug nur eine Stunde, doch manche Träume können scheinbar ewig dauern. Mit vierzehn begann Juan Diegos Übergang vom Rollstuhl zum Gehen mit Krücken und (irgendwann) zum hinkenden Gehen – die Erinnerung des Jungen an diese Zeit war etwas konfus, aber diese Übergänge hatten auch eine Ewigkeit gedauert. Im Traum blieb davon nur noch das enge Verhältnis zwischen dem jungen Krüppel und Edward Bonshaw, das gerade begann – ihr Geben und Nehmen, theologisch gesprochen. Der Junge war zurückgerudert, was seinen fehlenden Glauben betraf, doch in Bezug auf die Kirche blieb er stur.

Juan Diego erinnerte sich, wie er – als er noch auf Krücken ging – gesagt hatte: »Unsere Liebe Frau von Guadalupe war nicht Maria. Eure Jungfrau Maria war nicht Guadalupe. Das ist katholischer fauler Zauber; das ist päpstlicher Hokuspokus!« (Die beiden beackerten dieses Thema nicht zum ersten Mal.)

»Ich weiß, was du meinst«, hatte Edward Bonshaw auf seine scheinbar einsichtige jesuitische Art gesagt. »Ich gebe zu, dass viel Zeit vergangen ist, ehe Papst Benedikt der XIV. Guadalupes Bild auf dem Umhang des Indios sah und verkündete, eure Guadalupe sei Maria. Darauf willst du doch hinaus, nicht wahr?«

»Zweihundert Jahre zu spät!«, hatte Juan Diego betont und mit einer seiner Krücken gegen Señor Eduardos Fuß gestoßen. »Eure Prediger aus Spanien haben sich mit den Indios die Kleider vom Leib gerissen, und ehe man sich's versieht – tja, daher stammen Lupe und ich. Wenn wir irgendwas sind, dann Zapoteken. Wir sind keine Katholiken! Guadalupe ist nicht Maria – diese Hochstaplerin.«

»Ihr verbrennt immer noch Hunde auf der Deponie – Pepe hat's mir erzählt«, sagte Señor Eduardo. »Ich begreife nicht, warum ihr glaubt, ihnen etwas Gutes zu tun, wenn ihr die Toten verbrennt.«

»Nur ihr Katholiken seid gegen Einäscherung«, machte Juan Diego dem Mann aus Iowa klar. Sie zankten sich immer weiter, sogar in Pepes VW Käfer, in dem er sie zu den Hundeverbrennungen auf der Müllkippe und wieder zurück fuhr. (Und die ganze Zeit lockte der Zirkus die Kinder vom *Niños Perdidos* fort.)

»Seht euch doch an, was ihr mit Weihnachten gemacht habt, ihr Katholiken«, sagte Juan Diego dann zum Beispiel. »Ihr habt den fünfundzwanzigsten Dezember nur deshalb als Christi Geburtstag festgelegt, um einen heidnischen Festtag zu vereinnahmen. Darauf will ich hinaus: Ihr Katholiken *vereinnahmt* einfach alles. Und wussten Sie, dass es vielleicht wirklich einen Stern von Bethlehem gegeben hat? Die Chinesen berichteten über eine Nova, einen explodierenden Stern, im Jahre fünf vor Christi Geburt.«

»Wo liest der Junge das alles, Pepe?«, fragte Edward Bonshaw dann jedes Mal.

»In unserer Bibliothek im *Niños Perdidos*«, antwortete Bruder Pepe. »Sollen wir ihm etwa das Lesen verbieten? Wir wollen doch, dass er liest, oder?«

»Und noch etwas«, erinnerte sich Juan Diego gesagt zu haben – wenn auch nicht unbedingt in seinem Traum. Die Krücken waren verschwunden; er hinkte nur noch. Sie waren irgendwo auf dem Zócalo; Lupe lief voran, und Bruder Pepe hatte Mühe, Schritt zu halten. Sogar hinkend war Juan Diego schneller als Pepe. »Was ist denn so reizvoll am Zölibat? Warum legen Priester Wert darauf, zölibatär zu sein? Erzählen uns Priester nicht ständig, was wir tun und denken sollen – in sexuellen Dingen, meine ich?«, fragte Juan Diego. »Nun, wie können sie sich in sexuellen Angelegenheiten irgendeine Kompetenz anmaßen, wenn sie nie Sex hatten?«

»Soll das heißen, Pepe, der Junge hat dank unserer Bibliothek in der Mission gelernt, die sexuelle Autorität eines zölibatären Geistlichen in Frage zu stellen?«, fragte Señor Eduardo Bruder Pepe.

»Ich denke auch über manche Sachen nach, über die ich nichts lese«, fiel Juan Diego seine damalige Reaktion ein. »Es kommt mir einfach in den Sinn, ganz von allein.« Sein Hinken war relativ neu; er erinnerte sich auch an dieses Gefühl.

An jenem Morgen, als Esperanza die riesige Jungfrau Maria im *Templo de la Compañía de Jesús* abstaubte, hinkte er auch noch nicht lange. Ohne Leiter kam Esperanza nicht einmal in die Nähe des Gesichts dieser Statue. Gewöhnlich hielten Juan Diego oder Lupe die Leiter, wenn auch nicht an diesem Morgen.

Der gute Gringo durchlebte schwere Zeiten; Flor hatte den Müllkippenkindern erzählt, *el gringo bueno* sei das Geld ausgegangen oder er gebe es für Alkohol (nicht für Prostituierte) aus. Die Prostituierten sahen ihn kaum noch. Um jemanden, den sie kaum noch sahen, konnten sie sich nicht kümmern.

Lupe hatte gesagt, »irgendwie« sei Esperanza für den zusehends schlechteren Zustand des jungen Hippies verantwortlich; jedenfalls hatte Juan Diego seine Schwester so übersetzt.

»Der Vietnamkrieg ist dafür verantwortlich«, sagte Esperanza; vielleicht glaubte sie das, vielleicht auch nicht. Was Esperanza auf der Calle Zaragoza hörte, nahm sie für bare Münze – was die Wehrdienstverweigerer zu ihrer Entschuldigung vorbrachten oder was die Prostituierten über diese verlorenen jungen Amerikaner erzählten.

Esperanza hatte die Leiter gegen die Jungfrau Maria gelehnt. Allein der Sockel war so hoch, dass Esperanza auf Augenhöhe mit den mächtigen Füßen des Mariamonsters war. Die Madonna, die so viel größer als lebensgroß war, ragte über ihr auf.

»*El gringo bueno* führt jetzt seinen eigenen Krieg«, flüsterte Lupe geheimnisvoll. Dann sah sie an der Leiter empor. »Maria mag die Leiter nicht«, sagte Lupe. Juan Diego dolmetschte, wenn auch nicht den Satz über den guten Gringo, der jetzt seinen eigenen Krieg führte.

»Halt einfach die Leiter fest, damit ich die Jungfrau abstauben kann«, sagte Esperanza.

»Staub das Monster Maria heute lieber nicht ab – irgendwas stört die große Madonna heute«, sagte Lupe, was Juan Diego ebenfalls unübersetzt ließ.

»Ich hab nicht den ganzen Tag Zeit, weißt du«, sagte Esperanza, als sie die Leiter bestieg. Juan Diego streckte gerade die Arme aus, um die Leiter zu halten, als Lupe anfing zu schreien.

»Ihre Augen! Seht euch die Augen der Riesin an!«, schrie Lupe, doch Esperanza verstand sie nicht; außerdem wischte die Putzfrau gerade mit ihrem Staubwedel die Nasenspitze der Jungfrau Maria ab.

In dem Moment sah es Juan Diego auch – ein böser Blick, der zwischen Esperanzas hübschem Gesicht und ihrem Dekolleté hin und her ging. Vielleicht zeigte Esperanza für den Geschmack der riesigen Jungfrau ein wenig zu viel Ausschnitt.

»*Madre* – vielleicht nicht ihre Nase«, brachte Juan Diego noch heraus; er hatte nach der Leiter gegriffen, hielt aber mitten in der Bewegung plötzlich inne. Die bösen Augen der großen Madonna schauten nur ein Mal kurz in seine Richtung – genug, um ihn erstarren zu lassen. Schnell richtete die Jungfrau Maria ihren verdammenden Blick wieder auf Esperanzas Ausschnitt.

Verlor Esperanza das Gleichgewicht und schlang die Arme um den Hals des Mariamonsters, um nicht zu fallen? Hatte sie dabei in Marias feurige Augen geschaut und losgelassen – weil sie mehr Angst vor dem Zorn der riesigen Jungfrau als vorm Fallen hatte? Esperanza stürzte gar nicht so schwer; sie schlug nicht mal mit dem Kopf auf. Die Leiter fiel nicht um – anscheinend stieß sich Esperanza davon weg (oder wurde geschubst).

»Sie starb, schon bevor sie fiel«, sagte Lupe immer. »Der Sturz selbst hatte nichts damit zu tun.«

Hatte sich etwa auch die große Statue bewegt? Schwankte die Jungfrau Maria auf ihrem Sockel? Zweimal nein, sagten die Müllkippenkinder jedem, der es wissen wollte. Doch wie genau war die Nase der Jungfrau Maria verschwunden? Wie war die Mutter Jesu ihrer Nase beraubt worden? Hatte Esperanza Maria im Fallen ins Gesicht geschlagen? Hatte sie sie mit dem hölzernen Griff ihres Staubwedels getroffen? Zweimal nein, sagten die Müllkippenkinder – auch wenn sie es nicht gesehen hatten. Doch wo war die Nase der Jungfrau Maria nur abgeblieben? Die Nase der Jungfrau Maria war abgebrochen! Juan Diego suchte überall danach. Wie konnte eine so große Nase einfach verschwinden?

Die Augen der großen Jungfrau waren nun wieder matt und starr. Es blieb kein Zorn in ihnen zurück, nur die übliche ausdruckslose Stumpfheit. Und nun, wo die hoch aufragende Statue ohne Nase war, wirkten die nichts sehenden Augen nur noch lebloser.

In Esperanzas weit offenen Augen schien mehr Leben zu sein als in denen der Statue, obwohl die Kinder sehr wohl wussten, dass die Mutter tot war. Das wussten sie in dem Moment, als Esperanza von der Leiter fiel – »wie ein Blatt vom Baum fällt«, so schilderte es Juan Diego später dem Mann der Wissenschaft, Dr. Vargas.

Vargas erklärte den Kindern, was Esperanzas Autopsie ergeben hatte. »Vor Angst stirbt man am ehesten durch eine Herzrhythmusstörung, auch Arrhythmie genannt«, begann Vargas.

»Weiß man denn, ob sie an Todesangst starb?«, hatte Edward Bonshaw eingeworfen.

»Sie ist eindeutig an Todesangst gestorben«, sagte Juan Diego dem Mann aus Iowa.

»Eindeutig«, bestätigte Lupe; ausnahmsweise verstanden sowohl Señor Eduardo als auch Dr. Vargas ihre Ein-Wort-Äußerung.

»Wenn das Erregungsleitungssystem des Herzens von Adrenalin überschwemmt wird«, fuhr Vargas fort, »wird der Herzrhythmus anormal – mit anderen Worten, es wird kein Blut mehr gepumpt. Der häufigste Typ von Arrhythmie heißt Kammerflimmern; die Muskelzellen zucken nur noch – sie pumpen nicht mehr.«

»Dann fällt man tot um, nicht wahr?«, fragte Juan Diego.

»Ja, man fällt tot um«, bestätigte Vargas.

»Und das kann jemandem passieren, der so jung ist wie Esperanza – einem Menschen mit einem normalen Herzen?«, fragte Señor Eduardo.

»Jung zu sein ist für das Herz nicht unbedingt von Vorteil«, antwortete Vargas. »Bestimmt hatte Esperanza kein ›normales‹ Herz. Ihr Blutdruck war abnorm hoch –«

»Was vielleicht an ihrem Lebenswandel lag –«, schlug Edward Bonshaw vor.

»Es gibt keine Hinweise darauf, dass Prostitution zu einem Herzinfarkt führen kann, außer bei Katholiken«, sagte Vargas auf seine wissenschaftlich klingende Art. »Esperanza hatte kein ›normales‹ Herz. Und ihr, Kinder«, sagte Vargas, »müsst auf eure Herzen achtgeben. Jedenfalls du, Juan Diego.«

Der Arzt hielt inne; Dr. Vargas ging im Kopf Juan Diegos mögliche Väter durch, eine überschaubare Anzahl, im Gegensatz zu einer vorgeblich anderen und weit größeren Besetzungsliste, aus denen sich Lupes mögliche Väter rekrutierten. Es war, selbst für einen Atheisten, eine heikle Pause.

Vargas sah Edward Bonshaw an. »Einer von Juan Diegos möglichen Vätern – das heißt, derjenige, der am wahrscheinlichsten sein biologischer Vater war – starb an einem Herzinfarkt«, sagte Vargas zu Señor Eduardo. »Juan Diegos möglicher Vater war damals noch sehr jung, jedenfalls erzählte mir das Esperanza«, ergänzte Vargas. »Was wisst ihr darüber?«, fragte er die beiden Müllkippenkinder.

»Nicht mehr als Sie«, antwortete Juan Diego.

»Rivera weiß etwas – er verrät es nur nicht«, sagte Lupe.

Juan Diego hätte auch nicht besser ausdrücken können, was Lupe gesagt hatte. Rivera hatte den Müllkippenkindern erzählt, Juan Diegos »wahrscheinlichster« Vater sei an gebrochenem Herzen gestorben.

»Ein Herzinfarkt, stimmt's?«, hatte Juan Diego *el jefe* gefragt – denn das hatte Esperanza ihren Kindern und allen anderen gesagt.

»Wenn man so ein Herz nennt, das ein für alle Mal gebrochen ist –«, mehr ließ sich Rivera von den Kindern dazu nicht entlocken.

Was die Nase der Jungfrau Maria betrifft – nun ja. Juan Diego hatte sie entdeckt; sie lag neben einem der Kniekissen für die zweite Bankreihe. Sie passte kaum in seine Hosentasche. Bald würden Lupes Schreie die Patres Alfonso und Octavio im Laufschritt in die Kirche der Gesellschaft Jesu eilen lassen. Pater Alfonso betete schon, über Esperanza gebeugt, als dieses Miststück, Schwester Gloria, auftauchte. Der atemlose Bruder Pepe kam nicht lange nach der Nonne, der man nie etwas recht machen konnte und die sich offenbar darüber ärgerte, dass Esperanza selbst im Tod alle Blicke auf sich zog – ganz zu schweigen von dem Dekolleté, das die Putzfrau zur Schau stellte und das die riesige Jungfrau auf so dramatische Weise verurteilt hatte.

Die Müllkippenkinder standen nur herum und warteten, um herauszufinden, wie lange die Priester – oder Bruder Pepe oder Schwester Gloria – brauchen würden, um zu merken, dass der monströsen Mutter Jesu die große Nase fehlte. Eine ganze Weile bemerkten sie nichts.

Der, dem es als Erstem auffiel, kam durch den Gang Richtung Altar gelaufen, um dort niederzuknien; sein aus der Hose hängendes Hawaiihemd erinnerte an einen Massenausbruch von Affen und tropischen Vögeln, die ein Blitzschlag aus einem Regenwald gescheucht hatte.

»Die böse Maria war's!«, rief Lupe Señor Eduardo zu. »Eure große Jungfrau hat unsere Mutter umgebracht! Die böse Maria hat unsere Mutter zu Tode erschreckt!« Juan Diego zögerte nicht, das zu dolmetschen.

»Ehe man sich's versieht, wird sie diesen Unfall ein Wunder nennen«, sagte Schwester Gloria zu Pater Octavio.

»Verschonen Sie mich mit dem Wort Wunder, Schwester!«, sagte Pater Octavio.

Pater Alfonso war gerade mit seinen Gebeten fertig, in denen es um Esperanzas Erlösung von ihren Sünden ging.

»Sagten Sie *un milagro*?«, fragte Edward Bonshaw Pater Octavio.

»*Milagroso!*«, rief Lupe. Señor Eduardo verstand das Wort problemlos.

»Esperanza fiel von der Leiter, Edward«, sagte ihm Pater Octavio.

»Sie wurde getötet, ehe sie fiel!«, brabbelte Lupe, doch Juan Diego ließ das Getötet-werden-Drama unübersetzt; hin und her blickende Augen bringen einen nicht um, außer man hat Todesangst.

»Wo ist Marias Nase?«, fragte Edward Bonshaw und wies auf die riesige nasenlose Madonna.

»Weg! In einer Rauchwolke verschwunden!«, tobte Lupe. »Behaltet die Jungfrau Maria im Auge – womöglich verschwinden noch andere Körperteile.«

»Lupe, sag die Wahrheit«, sagte Juan Diego.

Doch Edward Bonshaw, der sowieso kein Wort verstanden hatte, konnte den Blick nicht von Maria wenden.

»Es ist nur ihre Nase, Eduardo«, versuchte Bruder Pepe dem Zeloten zu erklären. »Das bedeutet gar nichts – vermutlich liegt sie irgendwo herum.«

»Wie kann es gar nichts bedeuten, Pepe?«, fragte der Mann aus Iowa. »Wie kann die Nase der Jungfrau Maria einfach verschwinden?«

Die Patres Alfonso und Octavio knieten nieder und rutschten auf allen Vieren herum; sie beteten aber nicht, sondern suchten unter den ersten Bankreihen nach der Nase des Mariamonsters.

»Du weißt nicht zufällig, wo die Nase ist, oder?«, fragte Bruder Pepe Juan Diego.

»*Nada*«, antwortete der.

»Die Augen der bösen Maria haben sich bewegt – sie sah lebendig aus«, sagte Lupe.

»Sie werden dir nie glauben, Lupe«, warnte Juan Diego seine Schwester.

»Der Papageienmann schon«, sagte Lupe und deutete auf Señor Eduardo. »Er muss mehr glauben, als er es bisher tut – er wird alles glauben.«

»Was werden wir nicht glauben?«, fragte Bruder Pepe Juan Diego.

»Habe ich doch richtig verstanden. Was soll das heißen, Juan Diego?«, fragte Edward Bonshaw.

»Sag's ihm! Die böse Maria hat die Augen bewegt – die riesige Jungfrau hat sich überall umgesehen!«, rief Lupe.

Juan Diego steckte seine Hand in seine volle Hosentasche; er hielt die Nase der Jungfrau Maria umklammert, als er ihnen von den böse dreinblickenden Augen der Riesin erzählte, die hierhin und dorthin huschten, aber immer wieder auf Esperanzas Ausschnitt zurückkamen.

»Es ist ein Wunder«, stellte der Mann aus Iowa nüchtern fest.

»Lasst uns den Mann der Wissenschaft zu Rate ziehen«, schlug Pater Alfonso sarkastisch vor.

»Stimmt, Vargas kann eine Autopsie veranlassen«, sagte Pater Octavio.

»Sie wollen ein Wunder obduzieren?«, fragte Bruder Pepe unschuldig und schelmisch zugleich.

»Sie ist vor Angst gestorben – nichts anderes wird man bei einer Autopsie herausfinden«, sagte Juan Diego und hielt die Nase der Mutter Gottes in seiner Tasche fest umklammert.

»Die böse Maria war's – mehr weiß ich nicht«, sagte Lupe. Das stimmte auffallend, befand Juan Diego; er dolmetschte das über die böse Maria.

»Die böse Maria!«, wiederholte Schwester Gloria. Sie alle sahen die nasenlose Madonna an, als rechneten sie mit noch mehr Schaden, welcher Art auch immer. Doch Bruder Pepe fiel etwas auf: Einzig und allein Edward Bonshaw betrachtete die Augen der Jungfrau Maria – nur ihre Augen.

Un milagrero, dachte Bruder Pepe, während er Señor Eduardo beobachtete – der Mann aus Iowa ist ein Wundersucher, wie er im Buche steht!

Juan Diego dachte überhaupt nichts. Er umklammerte die Nase der Jungfrau Maria, als wollte er sie nie wieder loslassen.

Träume redigieren sich selbst; Träume gehen rabiat mit Details um. Nicht der gesunde Menschenverstand bestimmt, was in einem Traum bleibt oder aus ihm gestrichen wird. Ein zweiminütiger Traum kann sich endlos anfühlen.

Dr. Vargas hielt sich nicht zurück; er erzählte Juan Diego eine Menge über Adrenalin, doch nicht alles, was Vargas sagte, kam in Juan Diegos Traum vor. Laut Vargas war Adrenalin in großen Mengen, wie sie etwa bei plötzlicher heftiger Angst ausgeschüttet werden, sehr schädlich.

Juan Diego hatte den Mann der Wissenschaft sogar nach anderen Gefühlszuständen gefragt. Was noch, außer Angst, könnte zu einer Arrhythmie führen? Was könnte sonst noch diese tödlichen Herzrhythmusstörungen auslösen, falls man die falsche Sorte Herz hatte?

»Jede starke Emotion, ob positiv oder negativ – beispielsweise Glück oder Trauer«, sagte Vargas dem Jungen, doch diese Antwort kam in Juan Diegos Traum nicht vor. »Es sind schon Menschen während des Geschlechtsverkehrs gestorben«, fuhr Vargas fort. Zu Edward Bonshaw sagte er: »Sogar durch religiöse Verzückung.«

»Was ist mit Selbstgeißelung?«, hatte Bruder Pepe auf seine halb unschuldige, halb verschmitzte Art gefragt.

»Nicht dokumentiert«, antwortete der Mann der Wissenschaft lakonisch.

Golfspieler starben, nachdem sie ein Hole-in-One geschlagen hatten. Ungewöhnlich viele Deutsche erlagen einem plötzlichen Herztod, wenn ihre Nationalmannschaft bei der Fußballweltmeisterschaft spielte. Aber scheinbar aus heiterem Himmel starben auch: Männer, oft nur einen oder zwei Tage nach dem Tod ihrer Ehefrauen; Frauen, die ihren Ehemann verloren hatten (nicht nur an den Tod); Eltern, die ihre Kinder verloren hatten. Der plötzliche Kummer raffte sie alle dahin. All diese Beispiele von emotionalen Schocks, die zu tödlichen Herzrhythmusstörungen führten, fehlten jedoch in Juan Diegos Traum. Dagegen stahl sich das Geräusch von Riveras Pick-up hinein (dieses ganz spezielle Jaulen, sobald Rivera den Rückwärtsgang einlegte), kurz vor der Landung seiner Maschine in Bohol, als das Fahrgestell ausfuhr. Träume funktionieren so: Wie die katholische Kirche vereinnahmen sie Dinge, eignen sie sich an, obwohl sie ihnen gar nicht gehören.

Für einen Traum ist alles gleich: das Knirschen des Fahrgestells von Philippine Airlines 177, das Jaulen von Riveras Pick-up im Rückwärtsgang. Wie der Pesthauch des Leichenschauhauses von Oaxaca sich auf dem kurzen Flug von Manila nach Bohol in Juan Diegos Traum einschleichen konnte – na ja, man kann nicht alles erklären.

Rivera wusste, wo beim Leichenschauhaus die Laderampe war; er kannte auch den Autopsiemenschen – den Gerichtsmediziner, der im *anfiteatro de dissección* die Leichen aufschnitt. Wäre es nach den Müllkippenkindern gegangen, hätte man Esperanza nicht obduzieren müssen. Die Jungfrau Maria hatte sie zu Tode geängstigt, und – mehr noch – das Monster Maria hatte es mit Absicht getan.

Rivera gab sich redlich Mühe, Lupe darauf vorzubereiten, wie Esperanzas Leichnam aussehen würde – die genähte Autopsienarbe (vom Hals bis zur Leiste), die sich schnurgerade über ihr Brustbein zog. Doch Lupe war weder auf die Stapel Leichen, die auf ihre Autopsie warteten, noch auf die sterbliche Hülle von *el gringo bueno* vorbereitet, dessen ausgestreckte weiße Arme (als wäre er soeben vom Kreuz genommen worden) sich deutlich von den dunkleren, braunhäutigen Leichen abhoben.

Die Autopsiewunde auf der Brust des guten Gringos war frisch, und man hatte ihm auch am Kopf herumgeschnitten – mehr Schaden, als eine Dornenkrone verursacht hätte. Der Krieg des guten Gringos war vorbei. Für Lupe und Juan Diego war der Anblick des Leichnams ein Schock. *El gringo buenos* jesushaftes Gesicht hatte endlich Ruhe gefunden, auch wenn der auf den bleichen Körper des schönen jungen Mannes tätowierte Jesus ebenfalls unter den Schnitten des Pathologen gelitten hatte.

Lupe entging nicht, dass ihre Mutter und der gute Gringo die schönsten Leichen waren, die in diesem *anfiteatro de disección* zur Schau gestellt wurden, auch wenn sie beide lebendig noch viel besser ausgesehen hatten.

»*El gringo bueno* nehmen wir auch mit – du hast mir versprochen, dass wir ihn verbrennen würden«, sagte Lupe zu Juan Diego. »Wir verbrennen ihn mit Mutter.«

Rivera hatte den Autopsiemenschen überredet, ihm und den beiden Kindern Esperanzas Leichnam zu geben, doch als Juan Diego Lupes Bitte übersetzte, ihnen auch den toten Hippie zu überlassen, fuhr der Gerichtsmediziner aus der Haut.

Im Falle des amerikanischen Fahnenflüchtigen wurde nämlich wegen eines Verbrechens ermittelt. Jemand im Hotel Somega hatte der Polizei gesagt, der Hippie sei einer Alkoholvergiftung erlegen – eine Prostituierte behauptete, der junge Kerl habe auf ihr gelegen und sei »mittendrin einfach gestorben«. Doch die Autopsie hatte etwas anderes ergeben. *El gringo bueno* war totgeschlagen worden; er war zwar betrunken gewesen, doch der Alkohol hatte ihn nicht umgebracht.

»Seine Seele muss nach Hause zurückfliegen«, sagte Lupe. »›*As I walked out in the streets of Laredo*‹«, sang sie plötzlich. »›*As I walked out in Laredo one day* –‹«

»In welcher Sprache singt die Kleine?«, fragte der Gerichtsmediziner den *jefe*.

»Die Polizei wird nichts unternehmen«, sagte Rivera zu ihm. »Es wird offiziell nicht einmal Totschlag sein. Es wird heißen, es sei eine Alkoholvergiftung gewesen.«

Der Gerichtsmediziner zuckte die Achseln. »Stimmt, so läuft das«, sagte der Pathologe. »Ich habe ihnen gesagt, der Tätowierte sei erschlagen worden, doch dann wurde mir gesagt, ich solle das für mich behalten.«

»Es war eine Alkoholvergiftung – so werden sie's darstellen«, sagte Rivera.

»Es kommt jetzt nur noch auf die Seele des guten Gringos an«, ließ Lupe nicht locker. Juan Diego dolmetschte, fragte aber aus eigenem Antrieb: »Was ist, wenn seine Mutter den Leichnam haben will?«

»Seine Mutter hat tatsächlich seine Asche eingefordert. Normalerweise geben wir solchen Forderungen nicht statt, nicht einmal bei Ausländern«, antwortete der Gerichtsmediziner. »Und mit Sicherheit verbrennen wir die Leichen nicht auf dem *basurero*.«

Rivera zuckte mit den Achseln. »Wir bringen Ihnen die Asche«, sagte er dem Arzt.

»Es sind zwei Leichen, und wir behalten die Hälfte der Asche für uns«, sagte Juan Diego.

»Wir bringen die Asche nach Mexico City und verstreuen sie in der *Basílica de Nuestra Señora de Guadalupe*, zu Füßen *unserer* Madonna«, sagte Lupe. »Ihre Asche darf nicht mal in die Nähe der bösen Maria ohne Nase kommen!«, rief sie.

»Ich habe noch nie jemanden gehört, der so klingt wie dieses Mädchen«, sagte der Gerichtsmediziner, doch Juan Diego ließ Lupes wirres Vorhaben unübersetzt.

Wahrscheinlich aus Respekt vor dem jungen Mädchen bestand Rivera darauf, Esperanza und *el gringo bueno* in getrennte Leichensäcke zu legen, und Juan Diego und Rivera halfen dem Gerichtsmediziner dabei. Lupe dagegen sah weg und auf die anderen Leichen, die bereits sezierten wie auch diejenigen, die noch darauf warteten, seziert zu werden – mit anderen Worten, die Leichen, die ihr nichts bedeuteten. Juan Diego hörte Diablo auf der Ladefläche von Riveras Pick-up bellen und jaulen; der Hund merkte, dass die Luft um das Leichenschauhaus herum verpestet war. In dem *anfiteatro de disección* roch es nach kaltem Fleisch.

»Wie kann seine Mutter nicht zuerst seinen Leichnam sehen wollen? Wie kann irgendeine Mutter stattdessen die Asche ihres Sohnes haben wollen?«, fragte Lupe. Sie erwartete keine Antwort – schließlich glaubte Lupe ans Verbrennen.

Esperanza wäre vielleicht gegen die Einäscherung gewesen. Trotz ihres katholischen Eifers (Esperanza war mit Begeisterung zur Beichte gegangen) hätte sie sich womöglich gegen einen Scheiterhaufen auf der Müllkippe entschieden, doch wenn jemand wie im Fall von Esperanza zu Lebzeiten keine entsprechenden Anweisungen erteilt, bleibt es den Angehörigen überlassen, wie sie sich der Toten entledigen.

»Die Katholiken sind verrückt, sich gegen Einäscherung auszusprechen«, brabbelte Lupe. »Zum Verbrennen gibt es keinen besseren Ort als die Deponie – der schwarze Rauch steigt so hoch, wie das Auge reicht, die Geier schweben majestätisch über der Landschaft.« Im Leichenschauhaus hatte Lupe die Augen geschlossen und die grässliche Erdgöttin Coatlicue an ihre sich noch kaum abzeichnenden Brüste gedrückt. »Du hast die Nase, stimmt's?«, fragte Lupe ihren Bruder und schlug die Augen auf.

»Klar hab ich sie«, sagte Juan Diego; seine Hosentasche wölbte sich.

»Die Nase muss auch ins Feuer – wir wollen ganz sichergehen«, sagte Lupe.

»Was soll das heißen, sicher?«, fragte Juan Diego. »Warum willst du die Nase verbrennen?«

»Nur für den Fall, dass die Hochstaplerin Maria irgendwelche Macht hat – für alle Fälle«, sagte Lupe.

»*La nariz?*«, sagte Rivera fragend; er hatte über jede seiner kräftigen Schultern einen Leichensack geworfen. »Welche Nase?«

»Erzähl ihm nichts von Marias Nase. Rivera ist zu abergläubisch. Soll er's doch selbst herausfinden. Wenn er das nächste Mal zur Messe geht oder seine Sünden beichtet, wird er die Monsterjungfrau ohne Nase schon sehen. Ich sag's ihm immer wieder, doch er hört nicht auf mich – sein Schnurrbart ist eine Sünde«, brabbelte Lupe. Sie merkte, dass Rivera ihr genau zuhörte; *la nariz* hatte *el jefes* Aufmerksamkeit – er versuchte herauszufinden, was die Müllkippenkinder über eine Nase gesagt hatten.

»›*Get six jolly cowboys to carry my coffin*‹«, sang Lupe plötzlich. »›*Get six pretty maidens to bear up my pall.*‹« Es war der passende Zeitpunkt für das Cowboyklagelied – Rivera musste gerade zwei Leichen in seinen Pick-up laden. »›*Put bunches of roses all over my coffin. Roses to deaden the clods as they fall.*‹«

»Das Mädchen ist ein Phänomen«, sagte der Gerichtsmediziner zu Rivera. »Sie könnte ein Rockstar sein.«

»Wie sollte ausgerechnet sie ein Rockstar sein?«, fragte ihn Rivera. »Außer ihrem Bruder versteht sie keiner!«

»Niemand weiß, was Rockstars singen. Wer versteht denn schon die Texte?«, fragte der Pathologe.

»Der dämliche Autopsiemensch verbringt nicht ohne Grund sein ganzes Leben mit Toten«, brabbelte Lupe. Doch über der Rockstargeschichte hatte Rivera die Nase vergessen. *El jefe* trug die beiden Leichensäcke nach draußen auf die Laderampe und legte sie vorsichtig auf die Ladefläche seines Pick-ups, wo Diablo sie ohne Unterlass beschnüffelte.

»Pass auf, dass sich Diablo nicht auf den Leichen wälzt«, sagte Rivera zu Juan Diego; die Müllkippenkinder und Rivera wussten, wie gern der Hund so etwas tat. Juan Diego fuhr ebenfalls hinten auf der Ladefläche des Trucks, samt Esperanza, *el gringo bueno* und natürlich Diablo.

Lupe rutschte in der Fahrerkabine auf den Beifahrersitz.

»Es wird nicht lange dauern, und dann werden die Jesuiten hier auftauchen«, sagte der Pathologe zu dem Deponiechef. »Sie kommen, um ihre Schäfchen einzusammeln – sie werden Esperanza holen wollen.«

»Bei ihrer Mutter bestimmen die Kinder – sagen Sie das den Jesuiten«, sagte Rivera dem Autopsietyp.

»Wissen Sie, das Mädchen könnte in einem Zirkus auftreten«, sagte der Gerichtsmediziner und deutete auf Lupe in der Fahrerkabine.

»Und was machen?«, fragte Rivera.

»Die Leute würden Geld zahlen, nur um sie reden zu hören!«, sagte der Autopsiemensch. »Sie müsste nicht mal singen.«

Später würde es Juan Diego belasten, wie dieser Mediziner mit seinen von Tod und Obduktion beschmutzten

Gummihandschuhen im Leichenschauhaus von Oaxaca das Gespräch auf den Zirkus gebracht hatte.

»Lass uns fahren!«, rief Juan Diego Rivera zu und schlug gegen das Fahrerhaus des Trucks, worauf Rivera vorn einstieg. Es war ein perfekter Tag, mit einem wolkenlosen, leuchtend blauen Himmel. »Wälz dich ja nicht auf ihnen herum – hörst du!«, rief Juan Diego Diablo zu, doch der hockte einfach nur da, musterte den lebendigen Jungen und schnupperte nicht mal mehr an den Leichen.

Bald hatte der Fahrtwind die Tränen auf Juan Diegos Gesicht getrocknet, doch es war so laut, dass der Junge nicht verstand, was seine Schwester in der Fahrerkabine zu Rivera sagte. Juan Diego hörte nur ihren predigenden Ton, aber nicht, was genau sie sagte. Lupe redete wie ein Wasserfall, wahrscheinlich von Schmutzigweiß; Rivera hatte den winzigen Köter einer Familie in Guerrero geschenkt, doch er kehrte immer wieder zurück – zweifellos auf der Suche nach Lupe.

Doch jetzt war Schmutzigweiß weg, und Lupe lag Rivera in den Ohren. Sie sagte, sie wisse, wohin Schmutzigweiß gehen würde – damit meinte sie, wohin das Hündchen gehen würde, um zu sterben. (»Die Hundeecke« hatte sie es genannt.)

Von der Ladefläche des Pick-ups hörte Juan Diego nur Bruchstücke von dem, was der Deponiechef sagte. »Wenn du meinst«, warf *el jefe* gelegentlich ein oder: »Das hätte ich selbst nicht besser formulieren können, Lupe« – den ganzen Weg bis nach Guerrero, von wo Juan Diego einzelne Rauchsäulen sah; auf der Müllhalde, die nun nicht mehr weit war, brannten bereits erste Feuer.

Juan Diego musste daran denken, wie er mit Edward Bonshaw in einem der schalldichten Leseräume im *Niños Perdidos* Literatur studiert hatte. Mit Literatur studieren meinte Señor Eduardo, laut vorzulesen: Der Mann aus Iowa begann damit, dass er Juan Diego einen, wie er es nannte, »Erwachsenenroman« vorlas; so konnten sie gemeinsam bestimmen, ob das Buch altersgerechte Lektüre war oder nicht. Natürlich hatten die beiden unterschiedliche Ansichten, was die erwähnte Eignung anging.

»Aber was ist, wenn es mir wirklich gut gefällt? Wenn ich weiß, ich würde es in einem Rutsch durchlesen, falls man es mir erlauben würde?«, fragte Juan Diego.

»Das ist nicht dasselbe wie geeignet oder nicht«, gab Edward Bonshaw zurück. Ein andermal hielt er mitten im Vorlesen inne, für den Jungen ein klarer Hinweis, dass der Missionar eine Sexszene übersprang.

»Sie zensieren gerade eine Sexszene«, sagte der Junge.

»Ich bin mir nicht sicher, ob sie für dich geeignet ist«, sagte dann der Amerikaner.

Die beiden hatten sich auf Graham Greene geeinigt; Glaubens- und Zweifelsfragen waren Edward Bonshaw offensichtlich sehr nahe, wenn nicht sogar der einzige Beweggrund, um sich zu geißeln, und Juan Diego gefielen auch die sexuellen Sujets bei Greene, auch wenn der Autor die Tendenz hatte, den Sex hinter den Kulissen oder betont dezent ablaufen zu lassen.

Ihre Beschäftigung mit der Literatur verlief so, dass Edward zuerst Juan Diego den Anfang eines Greene-Romans laut vorlas, Juan Diego dann den Rest des Buches für sich las, und wenn er fertig war, unterhielten sie sich darüber.

Dabei zitierte Señor Eduardo oft ganze Passagen und fragte Juan Diego, was der Autor wohl damit gemeint hatte.

Ein Satz in *Die Kraft und die Herrlichkeit* hatte zu einer besonders ausführlichen Diskussion über seine Bedeutung geführt. Er lautete: »Es gibt immer nur einen Augenblick in der Kindheit, in dem sich die Tür öffnet und die Zukunft einlässt«, und Schüler und Lehrer interpretierten diesen Satz völlig gegensätzlich.

»Wie verstehst du das, Juan Diego?«, hatte Edward Bonshaw den Jungen gefragt. »Meint Greene damit, dass unsere Zukunft in der Kindheit beginnt und wir darauf achten sollten –«

»Natürlich beginnt die Zukunft in der Kindheit – wo soll sie denn sonst beginnen?«, gab Juan Diego zurück. »Aber es ist Quatsch zu sagen, dass es nur einen Augenblick gibt, in dem sich die Tür zur Zukunft öffnet. Warum kann es nicht viele Augenblicke geben? Und meint Greene, es gäbe nur eine Tür? Er schreibt *die* Tür, als gäbe es nur eine.«

»Graham Greene ist kein Quatsch, Juan Diego!«, hatte Edward gerufen, während seine Hand einen kleinen Gegenstand fest umklammert hielt.

»Ich kenne Ihre Mah-Jongg-Kachel – Sie müssen sie mir nicht wieder zeigen«, sagte Juan Diego. »Ich weiß, ich weiß – Sie sind gestürzt, und der kleine Spielstein hat Sie im Gesicht verletzt. Sie haben geblutet, Beatrice hat sie abgeleckt – so starb Ihr Hund, er wurde erschossen. Ich weiß, ich weiß! Aber hat dieser eine Augenblick denn bewirkt, dass Sie Priester werden wollten? Hat sich die Tür zu einem Leben ohne Sex nur deshalb geöffnet, weil Beatrice erschossen wurde? Es muss doch noch andere

Augenblicke in Ihrer Kindheit gegeben haben; Sie hätten andere Türen öffnen können. Sie könnten immer noch eine andere Tür öffnen, stimmt's? Diese Mah-Jongg-Kachel musste nicht zwangsläufig Ihre Kindheit und Ihre Zukunft bestimmen!«

Resignation: Das war es, was Juan Diego da in Edward Bonshaws Miene entdeckte. Der Missionar schien sich mit seinem Schicksal abgefunden zu haben: Zölibat, Selbstgeißelung, das Priesteramt – war alles das allein durch seinen Sturz mit einer Mah-Jongg-Kachel in der Hand verursacht worden? Ein Leben der Selbstkasteiung und sexuellen Enthaltsamkeit, nur weil sein geliebter Hund brutal erschossen wurde?

Auch in Riveras Miene sah Juan Diego Resignation, als dieser nun den Pick-up zu der Hütte zurücksetzte, die sie zu dritt als Familie bewohnt hatten. Juan Diego wusste hinlänglich, wie es war, mit Lupe ein Nicht-Gespräch zu führen – wenn man ihr einfach nur zuhörte, egal, ob man sie verstand oder nicht.

Lupe wusste immer mehr als man selbst; auch wenn Lupe die meiste Zeit unverständliches Zeug redete, wusste sie Dinge, die kein anderer wusste. Lupe war ein Kind, argumentierte aber wie eine Erwachsene. Sie sagte Sachen, die sie nicht einmal selbst verstand; sie sagte, die Wörter kämen ihr »einfach in den Sinn«, häufig noch ehe ihr deren Bedeutung bewusst war.

Verbrennt *el gringo bueno* mit Mutter; verbrennt Jungfrau Marias Nase mit ihnen. Macht's einfach. Verstreut ihre Asche in Mexico City. Macht's einfach.

Und dann war da der eifrige Edward Bonshaw, der Graham Greene zum Besten gab (noch ein Katholik, eindeutig von Glauben und Zweifeln gequält) und behauptete, es gäbe nur einen Augenblick, in dem sich die Tür – eine einzige Scheißtür! – öffnete und die Scheißzukunft einließ.

»Gott im Himmel«, murmelte Juan Diego, als er von der Ladefläche von Riveras Pick-up stieg. (Weder Lupe noch der Deponiechef dachten, dass der Junge betete.)

»Einen Moment«, sagte Lupe, ließ *el jefe* und ihren Bruder stehen und verschwand hinter der Hütte, die die Müllkippenkinder einmal ihr Zuhause genannt hatten. Sie muss mal pinkeln, dachte Juan Diego.

»Nein, ich muss nicht pinkeln!«, rief Lupe. »Ich suche nach Schmutzigweiß!«

»Geht sie pinkeln, oder braucht ihr mehr Wasserpistolen?«, fragte Rivera. Juan Diego zuckte die Achseln. »Wir sollten mit dem Verbrennen loslegen, ehe die Jesuiten auf den *basurero* kommen«, sagte *el jefe*.

Als Lupe wiederkam, trug sie einen toten Hund auf den Armen; es war ein Welpe, und Lupe weinte. »Immer finde ich sie an derselben Stelle oder an fast derselben Stelle«, brabbelte sie. Das tote Hündchen war Schmutzigweiß.

»Sollen wir Schmutzigweiß zusammen mit eurer Mutter und dem toten Hippie verbrennen?«, fragte Rivera.

»Wenn ihr mich verbrennen würdet, würde ich zusammen mit einem jungen Hund verbrannt werden wollen!«, rief Lupe. Juan Diego hielt das für übersetzenswert, und so dolmetschte er. Rivera würdigte das tote Hündchen keines Blickes; *el jefe* hatte Schmutzigweiß gehasst und war nun zweifellos erleichtert, dass der hässliche Köter nicht tollwütig geworden war und Lupe gebissen hatte.

»Tut mir leid, dass das mit der Hundeadoption nicht geklappt hat«, sagte Rivera zu Lupe, sobald sie wieder neben ihm in der Fahrerkabine saß, das steife tote Hündchen auf dem Schoß.

Als auch Juan Diego wieder bei Diablo und den Leichensäcken auf der Ladefläche des Pick-ups saß, fuhr Rivera weiter, zum *basurero;* der Deponiechef lenkte den Truck rückwärts zu dem Feuer, das von all den schwelenden Haufen am hellsten brannte.

Rivera hatte es ein wenig eilig, als er die zwei Leichensäcke von der Ladefläche nahm und mit Benzin übergoss.

»Schmutzigweiß sieht pitschnass aus«, stellte Juan Diego fest.

»Das ist er auch«, entgegnete Lupe und legte das Hündchen neben die Leichensäcke auf den Boden. Respektvoll begoss Rivera auch den toten Hund mit ein wenig Benzin.

Die Müllkippenkinder wandten sich ab, als *el jefe* die Leichensäcke auf die Kohlen warf; sofort schossen die Flammen in die Höhe. Als das Feuer ein richtiger Großbrand war, schmiss Rivera auch noch das Hündchen in das Inferno.

»Ich fahre den Truck besser weg«, sagte der Deponiechef. Den Kindern war aufgefallen, dass der Außenspiegel immer noch kaputt war, und als sie Rivera darauf ansprachen, meinte er, er würde ihn nie reparieren; er sagte, er wolle sich mit der Erinnerung quälen.

Wie ein guter Katholik, dachte Juan Diego und sah zu, wie *el jefe* den Pick-up von der plötzlichen Hitze des Scheiterhaufens wegfuhr.

»Wer ist ein guter Katholik?«, fragte Lupe ihren Bruder.

»Hör auf, meine Gedanken zu lesen!«, fuhr Juan Diego sie an.

»Ich kann's nicht ändern«, sagte sie, und dann, während Rivera noch im Pick-up saß: »Jetzt ist der richtige Zeitpunkt, um die Monsternase ins Feuer zu werfen.«

»Ich weiß nicht, wozu das gut sein soll«, sagte Juan Diego, warf aber brav Jungfrau Marias abgebrochene Nase in die Feuersbrunst.

»Da sind sie ja – pünktlich wie die Maurer«, sagte Rivera und gesellte sich zu den beiden Kindern, die in einiger Entfernung von dem Feuer standen; es war trotzdem sehr heiß. Nun sahen sie auch schon Bruder Pepes staubig-roten vw Käfer auf das Deponiegelände zurasen.

Wie die Jesuiten kurze Zeit später aus dem kleinen vw Käfer purzelten, erinnerte Juan Diego an den Auftritt einer Clownstruppe im Zirkus, in diesem Fall bestand sie aus Bruder Pepe, den beiden empörten Patres Alfonso und Octavio und natürlich dem sprachlosen Edward Bonshaw.

Der Scheiterhaufen sprach für die Müllkippenkinder, die still dasaßen und schwiegen. Doch dann befand Lupe, Singen sei in Ordnung. »›*Oh, beat the drum slowly and play the fife lowly*‹«, sang sie. »›*Play the dead march as you carry me along* –‹«

»Esperanza hätte kein Feuer gewollt –«, begann Pater Alfonso, doch der Deponiechef fiel ihm ins Wort.

»Ihre Kinder wollten es, Pater – so läuft es nun mal«, sagte Rivera.

»Das machen wir mit denen, die wir lieben«, sagte Juan Diego.

Lupe lächelte gelassen; sie betrachtete den aufsteigenden

Rauch, der sich hoch oben verteilte, und die ständig kreisenden Geier.

»›*Take me to the valley, and lay the sod o'er me*‹«, sang Lupe. »›*For I'm a young cowboy and I know I've done wrong.*‹«

»Die Kinder sind jetzt echte Waisen«, stellte Señor Eduardo fest. »Sie fallen doch gewiss in unsere Verantwortung, mehr denn je. Oder nicht?«

Bruder Pepe antwortete dem Mann aus Iowa nicht sofort, und die beiden alter Priester sahen einander nur an.

»Was würde Graham Greene sagen?«, fragte Juan Diego Edward Bonshaw.

»Graham Greene!«, rief Pater Alfonso aus. »Edward, sagen Sie nicht, dass dieser Junge *Greene* gelesen hat –«

»Wie ungeeignet!«, sagte Pater Octavio.

»Greene ist wohl kaum altersgerecht«, fing Pater Alfonso an, doch Señor Eduardo wollte davon nichts wissen.

»Greene ist Katholik!«, rief der Amerikaner.

»Kein guter, Edward«, sagte Pater Octavio.

»Ist es das, was Greene mit einem Augenblick meint?«, fragte Juan Diego Señor Eduardo. »Ist das die Tür, die sich in die Zukunft öffnet – in Lupes und meine?«

»Diese Tür öffnet sich zum Zirkus«, sagte Lupe. »Das kommt als Nächstes, da gehen wir hin.«

Natürlich dolmetschte ihr Bruder das, ehe er Edward Bonshaw fragte: »Ist das unser einziger Augenblick? Ist das die eine Tür in die Zukunft? Hat Greene das gemeint? Ist dies das Ende der Kindheit?«, fragte Juan Diego den Amerikaner, der intensiv nachdachte – so intensiv wie nie, und Edward Bonshaw war ein zutiefst nachdenklicher Mann.

»Ja, Sie haben recht! Stimmt genau!«, mischte sich Lupe plötzlich ein und fasste Señor Eduardo bei der Hand.

»Sie sagt, Sie haben recht – egal, was Sie gerade denken«, sagte Juan Diego zu Edward Bonshaw, der immer noch in die tosenden Flammen schaute.

»Er denkt, dass die Asche des armen Wehrdienstverweigerers nach Hause in seine Heimat und zu seiner trauernden Mutter zurückkehren wird, samt der Asche einer Prostituierten«, sagte Lupe. Auch das dolmetschte Juan Diego.

Plötzlich gab der Scheiterhaufen ein schrilles Fauchen von sich, und zwischen den leuchtenden Orange- und Gelbtönen schoss eine schmale blaue Flamme empor, als hätten irgendwelche Chemikalien Feuer gefangen oder als hätte sich eine Benzinpfütze entzündet.

»Vielleicht ist es das Hündchen – es war so nass«, sagte Rivera, als alle in die leuchtend blaue Flamme blickten.

»Das Hündchen!«, rief Edward Bonshaw. »Ihr habt einen Hund mit eurer Mutter und diesem lieben Hippiekind verbrannt?«

»Jeder sollte das Glück haben, zusammen mit einem Hündchen verbrannt zu werden«, entgegnete Juan Diego.

Die fauchende blaue Flamme hatte alle in ihren Bann geschlagen, doch Lupe streckte die Arme hoch und zog das Gesicht ihres Bruders zu ihren Lippen herab. Juan Diego dachte, sie würde ihn küssen, aber Lupe wollte ihm etwas ins Ohr flüstern, obwohl sie keiner verstanden hätte, auch wenn sie es laut gesagt hätte.

»Es ist eindeutig das nasse Hündchen«, sagte Rivera.

»*La nariz*«, flüsterte Lupe ihrem Bruder ins Ohr. Im selben Moment hörte das Fauchen auf, und die blaue Flamme erlosch. Die fauchende blaue Flamme war wirklich die Nase gewesen, dachte Juan Diego.

Nicht einmal das Ruckeln, als Philippine Airlines 177 auf Bohol landete, weckte ihn auf, als könnte nichts Juan Diego aus dem Traum reißen, in dem gerade seine Zukunft begann.

16
König der Tiere

Etliche Passagiere blieben am vorderen Ausgang von Philippine Airlines 177 stehen, um das Kabinenpersonal auf einen älteren Herrn mit dunklem Teint aufmerksam zu machen, der an seinem Fensterplatz zusammengesackt war. »Entweder ist er total weggetreten oder tot«, sagte einer der Passagiere.

Juan Diego mochte wie tot aussehen, doch in Wirklichkeit war er nur mit seinen Gedanken weit weg, ganz oben, in den Rauchsäulen, die sich über dem *basurero* von Oaxaca in den Himmel kräuselten. Dort schwebte er weit enthoben über dem Außenbezirk *Cinco Señores* und sah aus der Vogelperspektive hinab auf das Zirkusgelände mit den winzig kleinen, aber leuchtend bunten Zelten des *Circo de La Maravilla*.

Auf diese alarmierende Nachricht hin wurden aus dem Cockpit Sanitäter angefordert, und noch ehe die letzten Passagiere von Bord gegangen waren, trafen sie bereits ein. Einer der Notärzte merkte gerade noch rechtzeitig, bevor diverse lebensrettende Maßnahmen zur Anwendung kamen, dass Juan Diego sehr wohl lebte.

In der Zwischenzeit war das Bordgepäck des Passagiers mit vermeintlichem Infarkt durchsucht worden. Die verschreibungspflichtigen Medikamente erregten sofort die

Aufmerksamkeit der Sanitäter: Betablocker, die auf Herzbeschwerden hindeuteten, und eine Packung Viagra mit der aufgedruckten Warnung, das Präparat dürfe auf gar keinen Fall zusammen mit Nitraten eingenommen werden – woraufhin eine Sanitäterin Juan Diego mit einiger Dringlichkeit fragte, ob er das etwa doch getan habe.

Juan Diego wusste nicht nur nicht, was Nitrate waren, er war auch mit seinen Gedanken weit weg, vierzig Jahre früher in Oaxaca, und Lupe flüsterte ihm gerade etwas ins Ohr.

»*La nariz*«, flüsterte Juan Diego der besorgten jungen Sanitäterin zu, die ein wenig Spanisch sprach.

»Ihre ... Nase?«, fragte die junge Sanitäterin und fasste, um Missverständnissen vorzubeugen, an ihre eigene Nase.

»Bekommen Sie keine Luft? Haben Sie Atembeschwerden?«, fragte daraufhin einer ihrer Kollegen, ein junger Mann, der zum besseren Verständnis ebenfalls seine Nase berührte.

»Das kann vom Viagra kommen«, sagte ein dritter Sanitäter.

»Nein, nicht *meine* Nase«, sagte Juan Diego, nun wach und lachend. »Ich habe von der Nase der Jungfrau Maria geträumt.«

Das war gar nicht hilfreich; das Theater um die Nase der Jungfrau Maria lenkte die Rettungssanitäter von den Fragen ab, die sie jetzt hätten stellen müssen – und zwar ob Juan Diego die Dosierung seiner Lopressor-Tabletten manipuliert hatte. Doch das Sanitäterteam befand, die Vitalwerte des Passagiers seien in Ordnung; dass es ihm gelungen war, während einer turbulenten Landung (weinende Kinder, kreischende Frauen) durchzuschlafen, war vom medizinischen Standpunkt her irrelevant.

»Aber er sah wie tot aus«, sagte die Flugbegleiterin immer wieder zu jedem, der es hören wollte. Juan Diego hatte von der holprigen Landung, den schluchzenden Kindern, den heulenden Frauen, die dachten, ihr letztes Stündlein hätte geschlagen, tatsächlich gar nichts mitbekommen. Das Wunder (oder auch nicht) um die Nase der Jungfrau Maria hatte wie schon vor vierzig Jahren Juan Diegos Aufmerksamkeit völlig absorbiert; er hatte nur die fauchende blaue Flamme gehört, die so plötzlich wieder verschwand, wie sie aufgetaucht war.

Die Rettungssanitäter hielten sich nicht länger mit Juan Diego auf; sie wurden nicht gebraucht. In der Zwischenzeit waren Dutzende SMS vom Freund und früheren Studenten des Nasenträumers eingetroffen, ob sein alter Dozent wohlauf sei.

Juan Diego wusste es nicht, aber Clark French war ein berühmter Schriftsteller – wenigstens auf den Philippinen. Es wäre zu einfach gewesen zu behaupten, das läge nur daran, dass es auf den Philippinen eine Menge katholischer Leser gab und dass erbauliche Romane, in denen es um Glaube und Religion ging, wohlwollender aufgenommen würden als in den Vereinigten Staaten oder in Europa. Das war bis zu einem gewissen Grad durchaus richtig, aber Clark French hatte auch eine Filipina aus einer alteingesessenen Familie Manilas geheiratet – in Medizinerkreisen hatte der Name Quintana einen hervorragenden Ruf. Was dazu beitrug, dass Clark auf den Philippinen ein vielgelesener Autor war.

Als Clarks ehemaliger Dozent hielt Juan Diego seinen früheren Studenten immer noch für schutzbedürftig; mehr als über die herablassenden Kritiken, die Clark in den USA erhalten hatte, wusste Juan Diego nicht über den Ruf des jungen Schriftstellers. Und Juan Diego und Clark kommunizierten per E-Mail, was Juan Diego nur eine vage Vorstellung davon vermittelte, wo genau Clark French lebte, nämlich irgendwo auf den Philippinen.

Tatsächlich wohnte Clark in Manila; seine Frau, Dr. Josefa Quintana, war, wie Clark es nannte, eine »Babyärztin«. Juan Diego wusste, dass Dr. Quintana ein hohes Tier am Cardinal Santos Medical Center war, »einem der führenden Krankenhäuser der Philippinen«, wie Clark gern betonte. Eine Privatklinik, hatte Bienvenido Juan Diego erzählt – um Cardinal Santos von den, wie er sich ausdrückte, »dreckigen Regierungskrankenhäusern« zu unterscheiden. Ein katholisches Krankenhaus, das war bei Juan Diego hängengeblieben – das katholische Element vermischte sich mit seinem Ärger darüber, nicht zu wissen, ob »Babyärztin« hieß, dass Clarks Gattin nun Kinderärztin war oder Fachärztin für Gynäkologie und Geburtshilfe.

Da Juan Diego sein gesamtes Erwachsenenleben in derselben Universitätsstadt verbracht hatte und sein Leben als Schriftsteller in Iowa City (bis jetzt) untrennbar mit seinem Leben als Dozent an einer einzigen Universität verbunden gewesen war, war ihm nicht klargeworden, dass Clark French zu den *anderen* Schriftstellern gehörte – zu jenen, die überall leben können, ganz egal, wo.

Juan Diego wusste, dass Clark sich auf jedem Literaturfestival zeigte; anscheinend genoss oder beherrschte er den

Teil des Schriftstellerdaseins, der nichts mit dem Schreiben zu tun hatte – das Darüberreden, was Juan Diego weder mochte noch gut konnte. Und je älter er wurde, desto mehr wurde das Schreiben (das *Machen*) der einzige Teil des Schriftstellerlebens, der Juan Diego zusagte.

Clark French bereiste die ganze Welt, doch Manila war sein Zuhause – jedenfalls sein Hauptquartier. Er und seine Frau waren kinderlos. Weil er so viel reiste? Weil sie eine »Babyärztin« war und genug Kinder sah? Oder etwa, falls Josefa Quintana die andere Sorte »Babyärztin« war, weil sie auf den Gebieten der Frauenheilkunde und Geburtshilfe zu viele schreckliche Komplikationen erlebt hatte?

Was auch immer der Grund für die Kinderlosigkeit war, Clark French konnte immer und überall schreiben und tat das auch. Clark kam »nach Hause«, nach Manila, weil seine Frau dort war; sie war diejenige mit einem »richtigen« Job.

Wahrscheinlich weil sie Ärztin war und aus einer so angesehenen Arztfamilie stammte – die meisten Mediziner auf den Philippinen kannten sie dem Namen nach –, waren die Sanitäter, die Juan Diego im Flugzeug untersuchten, ein wenig indiskret. Sie gaben der in der Ankunftshalle wartenden Dr. Josefa Quintana einen vollständigen Bericht mit ihren medizinischen (und nicht medizinischen) Erkenntnissen. Clark stand neben seiner Frau und hörte zu.

Der schlafende Passagier habe gewirkt, als wäre er völlig von der Rolle; lachend habe er seinen Zustand damit erklärt, er sei in einem Traum über die Jungfrau Maria versunken gewesen.

»Juan Diego hat von *Maria* geträumt?«, fragte Clark French.

»Nur von ihrer Nase«, antwortete ein Sanitäter.

»Der *Nase* der Jungfrau!«, rief Clark aus. Er hatte seine Frau vorgewarnt, in puncto Antikatholizismus müsse sie sich bei Juan Diego auf einiges gefasst machen, doch ein solch geschmackloser Scherz über Marias Nase bedeutete für Clark, dass sein ehemaliger Dozent bei seiner Katholikenschelte in die unterste Schublade gegriffen hatte.

Frau Dr. Quintana, so fanden die Sanitäter, sollte auch unbedingt von den Viagra- und Lopressor-Verschreibungen erfahren. Josefa würde Clark anschließend ganz genau beschreiben müssen, wie Betablocker funktionierten; sie fügte völlig korrekt hinzu, dass aufgrund gängiger Nebenwirkungen der Lopressor-Tabletten das Viagra möglicherweise »nötig« war.

»In seinem Bordgepäck war auch ein Roman – wenigstens glaube ich, dass es ein Roman war«, sagte einer der Sanitäter.

»Was für ein Roman?«, fragte Clark eifrig.

»*Verlangen*, von Jeanette Winterson«, sagte der Sanitäter. »Klingt irgendwie religiös.«

Die junge Rettungssanitäterin sprach vorsichtig. (Vielleicht versuchte sie, eine Verbindung zwischen dem Roman und dem Viagra herzustellen.) »Es hört sich pornographisch an«, sagte sie.

»Nein, nein – Winterson ist eine literarische Schriftstellerin«, sagte Clark French. »Eine Lesbierin, schreibt aber literarisch«, ergänzte er. Clark kannte den Roman zwar nicht, nahm aber an, dass er irgendwas mit Lesbierinnen zu tun hatte – er fragte sich, ob Winterson einen Roman über einen Orden lesbischer Nonnen geschrieben hatte.

Als sich die Sanitäter entfernten, blieben Clark und seine

Frau allein zurück; sie warteten immer noch auf Juan Diego, und zwar seit geraumer Zeit, weshalb Clark sich langsam Sorgen um seinen ehemaligen Dozenten machte.

»Meines Wissens lebt er allein – er hat immer allein gelebt. Was macht er mit dem Viagra?«, fragte Clark seine Frau.

Josefa war Frauenärztin und Geburtshelferin (also so eine »Babyärztin«); sie wusste einiges über Viagra. Viele ihrer Patientinnen hatten sie darüber ausgefragt; ihre Ehemänner oder Freunde nahmen es oder wollten es mal ausprobieren, und die Frauen wollten von Dr. Quintana erfahren, wie das Viagra sich auf die Männer in ihrem Leben auswirken würde. Würden die Frauen mitten in der Nacht vergewaltigt, morgens beim Kaffeemachen genommen oder gegen das geparkte Auto gedrückt werden, während sie sich eben mal bückten, um die Einkäufe aus dem Kofferraum zu heben?

Dr. Josefa Quintana sagte nur: »Sieh mal, Clark, auch wenn dein ehemaliger Dozent mit niemandem zusammenlebt, bekommt er wahrscheinlich gern eine Erektion, oder?«

In dem Moment kam Juan Diego angehumpelt; Josefa sah ihn zuerst – sie erkannte ihn von seinen Fotos auf Buchumschlägen, und Clark hatte sie auf das Hinken vorbereitet. (Natürlich hatte Clark French das Hinken übertrieben – wie das Schriftsteller so tun.)

»Wozu?« Juan Diego hörte, wie Clark seiner Frau diese Frage stellte. Sie wirkte ein wenig verlegen, dachte Juan Diego, winkte ihm aber lächelnd zu. Sie schien sehr nett zu sein; es war ein herzliches Lächeln.

Nun drehte sich Clark um und bemerkte ihn ebenfalls. Und Juan Diego sah Clarks vertrautes jungenhaftes Grinsen, beeinträchtigt durch einen etwas schuldbewussten Ausdruck – als fühlte er sich ertappt (dabei, dass er auf das professionelle Urteil seiner Frau, sein Dozent bekomme wahrscheinlich gern eine Erektion, mit einem dämlichen »Wozu?« reagiert hatte).

»Wozu?«, wiederholte Josefa leise in Richtung ihres Mannes, ehe sie die Hand ausstreckte, um Juan Diego zu begrüßen.

Clark musste grinsen; jetzt zeigte er auf Juan Diegos orangefarbenen Riesenalbatros von einem Koffer. »Sieh mal, Josefa, hab ich dir nicht gesagt, dass Juan Diego für seine Romane viel recherchiert? Und er hat alles mitgebracht!«

Derselbe alte Clark, ein liebenswerter, aber peinlicher Kerl, dachte Juan Diego; dann wappnete er sich, wohl wissend, dass er gleich von dessen schraubstockhafter Umarmung zerquetscht werden würde.

Neben dem Winterson-Roman lag in Juan Diegos Bordgepäck auch ein liniertes Notizbuch. Es enthielt Notizen zu dem Roman, den Juan Diego gerade schrieb – er schrieb immer gerade einen Roman. Seit seiner Lesereise nach Litauen im Februar 2008, also seit zwei Jahren, arbeitete er am nächsten, und Juan Diego ging davon aus, dass noch mindestens zwei weitere Jahre Arbeit vor ihm lagen.

Es war sein erster Aufenthalt in Litauen gewesen, doch nicht der erste Roman, der dort in Übersetzung erschien. Juan Diego war mit seiner Verlegerin und seiner Übersetzerin zur Buchmesse in Vilnius gekommen. Eine litauische Schauspielerin hatte ihn auf einer Bühne interviewt und nach ein paar gut gewählten eigenen Fragen das Mikrophon ans Publikum weitergegeben, einen Saal mit über tausend

Menschen, mehr als bei vergleichbaren Veranstaltungen in den USA, darunter viele Schüler und Studenten, und zudem viel belesener, interessierter und besser informiert. Nach der Veranstaltung auf der Messe hatte er mit seiner Verlegerin und seiner Übersetzerin eine Buchhandlung in der Altstadt aufgesucht – für eine Signierstunde. Die litauischen Namen waren eine Herausforderung, die Vornamen weniger, weswegen beschlossen wurde, dass Juan Diego nur die Vornamen seiner Leser in die Bücher schreiben sollte. Beispielsweise war die Schauspielerin, die ihn auf der Buchmesse interviewt hatte, eine gewisse Dalia – das war kein Problem, ihr Nachname dagegen schon. Seine Verlegerin hieß Rasa, seine Übersetzerin Daiva, doch ihre Nachnamen klangen kein bisschen nach Englisch oder Spanisch.

Alle waren ausgesprochen verständnisvoll, auch der junge Buchhändler; sein Englisch war ausbaufähig, doch er hatte (auf Litauisch) alles gelesen, was Juan Diego geschrieben hatte, und redete ohne Unterlass auf seinen Lieblingsautor ein.

»Litauen ist ein Wiedergeburtsland – wir sind Ihre neugeborenen Leser!«, begann er etwas kryptisch. (Daiva, die Übersetzerin, erklärte, was der junge Buchhändler meinte: Seit die Sowjets weg waren, konnten die Leute mehr Bücher lesen – insbesondere auch Übersetzungen fremdsprachiger Romane.)

»Wir sind aufgewacht und haben entdeckt, dass jemand wie Sie vor uns existierte!«, rief der junge Mann händeringend aus. Juan Diego war sehr gerührt.

Irgendwann gingen Daiva und Rasa wohl auf die Toilette – oder sie brauchten eine Pause von dem enthusiastischen jungen Buchhändler. Anders als die beiden Frauen hatte der nicht nur einen komplizierten Nach-, sondern auch einen schwer zu merkenden Vornamen – Gintaras, vielleicht aber auch Arvydas.

Juan Diego sah sich in der Buchhandlung das Schwarze Brett an. Dort hingen Fotos von Frauen, daneben etwas, was aussah wie Listen mit Autorennamen sowie Zahlen, offenbar die Telefonnummern der abgebildeten Frauen. Waren diese Frauen in einem Lesekreis? Juan Diego erkannte viele der Namen, sein eigener stand auch da, alles literarische Autoren. Natürlich war es ein Lesekreis, dachte Juan Diego – Männer waren keine abgebildet.

»Diese Frauen – sie lesen Romane. Sind sie in einem Lesekreis?«, fragte Juan Diego den Buchhändler, der nicht von seiner Seite wich.

Der junge Mann wirkte untröstlich – vielleicht hatte er Juan Diego nicht verstanden, oder ihm fehlte das englische Wort für das, was er sagen wollte.

»Alle verzweifelnden Leser – versuchen andere Leser zu einem Kaffee oder einem Bier zu treffen!«, rief Gintaras oder Arvydas; gewiss war das Wort »verzweifelnd« nicht das von ihm gesuchte.

»Meinen Sie ein Date?«, hatte Juan Diego gefragt. Rührender ging es nicht: Frauen, die Männer kennenlernen wollten, um sich über die Bücher zu unterhalten, die sie gelesen hatten! Von so etwas hatte er noch nie gehört. »Eine Art Singlebörse?« Man stelle sich vor, Partnervermittlung auf Grundlage der Romane, die man mag!, dachte Juan Diego. Aber würden diese armen Frauen überhaupt Männer finden, die Romane lasen? (Juan Diego wagte es zu bezweifeln.)

»Katalogbräute!«, sagte der junge Buchhändler und betonte mit einer verächtlichen Geste in Richtung Schwarzes Brett, diese Frauen kämen für ihn nicht in Frage.

Inzwischen waren Juan Diegos Verlegerin und seine Übersetzerin wieder an seiner Seite, doch vorher hatte Juan Diego einen sehnsüchtigen Blick auf das Foto einer der Frauen geworfen – sie hatte Juan Diegos Namen an die Spitze ihrer Liste gesetzt. Sie war hübsch, aber nicht zu hübsch; sie wirkte ein wenig unglücklich. Sie hatte dunkle Ringe unter den glühenden Augen; die Haare sahen ein wenig vernachlässigt aus. Es gab niemanden in ihrem Leben, mit dem sie über die herrlichen Romane reden konnte, die sie gelesen hatte. Mit Vornamen hieß sie Odeta; ihr Nachname hatte bestimmt fünfzehn Buchstaben.

»Katalogbräute?«, fragte Juan Diego bei dem Buchhändler nach. »Das kann doch wohl nicht sein –«

»Armselige Frauen ohne eigenes Leben, die sich mit Romanfiguren paaren, statt echte Männers zu kennenlernen!«, rief der Buchhändler.

Das war er – der Ausgangspunkt für einen neuen Roman. Katalogbräute, die mit den Romanen für sich warben, die sie gelesen hatten – und ausgerechnet in einem Buchladen! Zu der Romanidee gesellte sich ein Romantitel: *Die eine Chance, aus Litauen rauszukommen*. O nein, dachte Juan Diego. (So ging es ihm jedes Mal, wenn er die Idee für einen neuen Roman hatte – zuerst fand er sie immer schrecklich.)

Und natürlich stellte sich alles als Irrtum heraus – als sprachliches Missverständnis. Gintaras oder Arvydas konnte sich auf Englisch nicht richtig ausdrücken. Juan Diegos Verlegerin und Übersetzerin lachten, als sie erklärten, was der Buchhändler wirklich gemeint hatte.

»Das sind nur ein Haufen Leserinnen«, sagte Daiva zu Juan Diego.

»Sie treffen sich auf einen Kaffee oder ein Bier, um über ihre Lieblingsschriftsteller zu reden«, erklärte Rasa.

»Eine Art spontaner Lesekreis«, schob Daiva nach.

»In Litauen gibt es keine Katalogbräute«, stellte Rasa fest.

»Aber ein paar Katalogbräute muss es doch geben«, meinte Juan Diego.

Am nächsten Morgen wurde er in seinem Hotel mit dem ebenfalls unaussprechlichen Namen, dem Stiklia, mit einer Polizistin bekannt gemacht, die in Vilnius für Interpol arbeitete. Daiva und Rasa hatten sie aufgespürt und mit ins Hotel geschleppt. »In Litauen gibt es keine Katalogbräute«, teilte ihm die Polizistin mit. Sie blieb nicht auf einen Kaffee; Juan Diego bekam nicht einmal ihren Namen mit. Wie taff diese Polizistin war, konnten auch ihre Haare nicht verbergen, die sie surferblond gefärbt hatte, mit vereinzelten Strähnchen in Sonnenuntergangsorange. Doch noch so viel Tönung oder Farbe konnten nicht darüber hinwegtäuschen, was sie war: eine nüchterne Gesetzeshüterin, kein Partymädchen. Bitte keine Romane über Katalogbräute in Litauen, so lautete die Botschaft der strengen Polizistin. Und doch ließ Juan Diego *Die eine Chance, aus Litauen rauszukommen* nicht los.

»Wie steht's hier in Litauen mit Adoptionen?«, wollte Juan Diego von Daiva und Rasa wissen. »Wie steht's mit Waisenhäusern oder Adoptionsvermittlungen – es muss doch staatliche Stellen für Adoptionen geben oder vielleicht sogar staatliche Einrichtungen für Kinderrechte? Was ist mit

Frauen, die ihre Kinder zur Adoption freigeben wollen oder müssen? Litauen ist doch ein katholisches Land, stimmt's?«, hatte Juan Diego gefragt.

Daiva, die Übersetzerin vieler seiner Romane, verstand sehr wohl, worauf Juan Diego hinauswollte. »Frauen, die ihre Kinder zur Adoption freigeben, preisen sich nicht in einem Buchladen an«, sagte sie und lächelte ihn an.

»Das war nur der Ausgangspunkt«, erklärte er. »Romane fangen irgendwo an, anschließend entwickeln sie sich weiter.« Er hatte Odetas Gesicht an der Pinnwand der Buchhandlung nicht vergessen, aber *Die eine Chance, aus Litauen rauszukommen* war jetzt ein anderer Roman. Die Frau, die ein Kind zur Adoption freigab, war auch eine Leserin; sie wollte andere Leserinnen treffen. Sie liebte Romane und deren Protagonisten nicht nur um ihrer selbst willen; sie wollte ihr bisheriges Leben hinter sich lassen, einschließlich ihres Kindes. Sie war nicht darauf aus, einen Mann kennenzulernen.

Doch wer sollte denn diese eine Chance bekommen, Litauen zu verlassen? Sie oder ihr Kind? Während des Adoptionsverfahrens kann manches schieflaufen, wie Juan Diego wusste – und nicht nur aus Büchern.

Was Jeanette Wintersons Buch *Verlangen* anging, so mochte Juan Diego den Roman sehr; er hatte ihn zwei- oder dreimal gelesen und schaute immer wieder mal rein. Er handelte nicht von einem Orden lesbischer Nonnen. Er handelte von Geschichte und Magie, auch von Napoleons Essgewohnheiten und einem Mädchen mit Schwimmfüßen – das Mädchen war außerdem Transvestit. Es war ein Roman über unerfüllte Liebe und Traurigkeit. Er war nicht erbaulich genug, dass Clark French ihn hätte schreiben können.

Und Juan Diego hatte in der Mitte von Jeanette Wintersons *Verlangen* einen Lieblingssatz farblich markiert: »Religion ist irgendwo zwischen Angst und Wollust.« Für Clark wäre dieser Satz eine Provokation gewesen.

Es war Freitag, der 31. Dezember 2010; es war fast 17 Uhr, Silvestertag in Bohol, als Juan Diego aus dem maroden Flughafen und in das Chaos von Tagbilaran City humpelte, eine heruntergekommene Metropole voller Motorräder und Mopeds. Auf den Philippinen gab es so viele verschiedene Ortsbezeichnungen, die Juan Diego nicht auseinanderhalten konnte – Namen von Inseln, Städten, von den Namen der Stadtteile ganz zu schweigen. Es war verwirrend. Auch in Tagbilaran City fuhren jede Menge der ihm inzwischen vertrauten Jeepneys mit religiösen Sprüchen, doch dazwischen auch viele selbstgebaute Vehikel, die an umgebaute Rasenmäher oder überladene Golfwagen erinnerten; es gab auch haufenweise Fahrräder und natürlich massenhaft Fußgänger.

Aus Rücksicht auf die Frauen und kleinen Kinder, die ihm nicht einmal bis an die Brust reichten, und weil der orangefarbene Albatros der reinste Frauen-und-Kinder-Zerquetscher war, hatte Clark deshalb mannhaft Juan Diegos Kofferungetüm über seinen Kopf gehoben. Doch Clark zögerte nicht, wie eine Dampfwalze die Männer in der Menge beiseitezuschieben – entweder machten die kleineren braunen Körper Platz, oder Clark zwängte sich zwischen ihnen durch. Clark war ein Bulle.

Dr. Josefa Quintana wusste, wie man ihrem Mann durch

eine Menschenmenge folgte. Sie ließ eine Hand immer flach auf Clarks breitem Rücken liegen; mit der anderen hielt sie Juan Diegos Hand fest. »Keine Sorge – wir haben irgendwo einen Chauffeur«, sagte sie Juan Diego. »Clark muss, obwohl er das anders sieht, nicht alles allein machen.« Juan Diego fand Josefa entzückend; sie war authentisch und, wie Juan Diego glaubte, sowohl das Hirn als auch der gesunde Menschenverstand der Familie. Clark wurde von seinem Instinkt geleitet, was sowohl eine Qualität als auch eine Belastung war.

Den Chauffeur hatte das Resort gestellt, einen hitzigen Burschen, der aussah, als wäre er zu jung zum Autofahren, könne es aber kaum erwarten, damit anzufangen. Sobald sie die Stadt hinter sich gelassen hatten, gingen kleinere Menschengruppen neben der Straße her, obwohl die Fahrzeuge hier mit hoher Geschwindigkeit unterwegs waren. Am Straßenrand hatte man Ziegen und Kühe angebunden, doch ihre Leinen waren zu lang; gelegentlich ragte ein Kuhschädel (oder ein Ziegenkopf) in die Straße, so dass die diversen Verkehrsmittel ausweichen mussten.

Neben den Hütten waren Hunde angekettet, aber auch in den vermüllten Vorgärten der Gehöfte entlang der Straße; die Hunde griffen die Passanten an – weshalb unversehens nicht nur die Schädel von Kühen und Ziegen, sondern auch Fußgänger auf der Straße auftauchten. Der junge Mann, der den SUV des Hotels fuhr, drückte andauernd auf die Hupe.

So ein Chaos – Menschen, die sich auf die Straße ergossen – erinnerte Juan Diego an Mexiko. Und dann die Tiere! Für Juan Diego war die Anwesenheit unzureichend versorgter Tiere ein klares Zeichen für Überbevölkerung. Bisher ließ ihn Bohol in erster Linie an Verhütung denken.

Um ehrlich zu sein: In Clarks Gegenwart war Juan Diegos Bewusstsein für Geburtenkontrolle stärker ausgeprägt. Sie hatten hitzige E-Mails zum Thema »Schmerzempfinden beim Fötus« ausgetauscht – Auslöser dieser Mails war ein neues Gesetz aus Nebraska, das Abtreibungen nach der zwanzigsten Schwangerschaftswoche unter Strafe stellte. In die Haare geraten waren sie sich auch über den Umgang mit der päpstlichen Enzyklika aus dem Jahr 1995 in Lateinamerika, ein Versuch konservativer Katholiken, Empfängnisverhütung als Teil »der Kultur des Todes« (die von Johannes Paul II. bevorzugte Umschreibung für Abtreibung) zu brandmarken. (Wegen des polnischen Papstes gab es zwischen ihnen ständig Reibereien.) Wenn es um Sexualität ging, hatte Clark French wirklich einen Stock im Hintern – etwa einen katholischen Stock?

Aber Juan Diego fiel es schwer zu sagen, um was für einen Stock es sich handelte. Clark war einer dieser liberalen Katholiken, was gesellschaftliche Fragen anging. Er sagte, Abtreibung sei ihm »persönlich zuwider« – »so was ist abartig«, hatte Juan Diego Clark sagen hören –, aber politisch war Clark liberal; er fand, Frauen sollten sich für eine Abtreibung entscheiden können, sofern sie das wollten.

Clark war auch immer für Schwulenrechte eingetreten, fand aber, die etablierte Position der Kirche zur Abtreibung und zur Ehe (nämlich nur zwischen Mann und Frau) sei »in sich schlüssig und folgerichtig«. Clark hatte sogar gesagt, seiner Meinung nach solle die katholische Kirche ihre Ansichten zu Abtreibung und Ehe »beibehalten«; Clark sah keinen Widerspruch darin, dass sich seine privaten Ansichten zu »gesellschaftlichen Themen« von denen seiner geliebten Kirche unterschieden. Das brachte Juan Diego auf die Palme.

Doch jetzt, als der Abend immer dunkler dämmerte, während ihr jungenhafter Chauffeur schemenhaft auftauchenden und sofort wieder verschwindenden Hindernissen auf der Straße auswich, redeten weder Lehrer noch Schüler über Geburtenkontrolle. Clark French saß, seinem selbstlosen Eifer entsprechend, auf dem Selbstmördersitz vorn neben dem Fahrer, während Juan Diego und Josefa sich auf dem Rücksitz des SUV verbarrikadiert hatten.

Das Resort auf der Insel Panglao hieß Encantador; um dorthin zu gelangen, fuhren sie durch ein kleines Fischerdorf in der Bucht von Panglao. Inzwischen war es ganz dunkel, und das Glitzern von Lichtern auf dem Wasser und der salzige Geruch in der schweren Luft waren für Juan Diego die einzigen Anhaltspunkte dafür, dass sie das Meer erreicht hatten.

»Dieser Schriftsteller ist ein Meister des Kollisionskurses«, sagte Clark French, der ausgewiesene Guerrero-Spezialist, zu seiner Frau. »Es ist eine schicksalhafte Welt; das Unvermeidliche wirft seine dunklen Schatten voraus –«

»Ja, sogar Ihre Unfälle geschehen nicht zufällig – sie sind geplant, stimmt's, Juan Diego?«, fragte Dr. Quintana und unterbrach damit ihren Mann, der vom Beifahrersitz aus zu dozieren begonnen hatte. »Die Welt scheint sich gegen Ihre armen Romanhelden verschworen zu haben«, sagte Josefa.

»Dieser Schriftsteller ist ein Meister des Verhängnisses«, dozierte Clark weiter in dem dahinrasenden Auto.

Das irritierte Juan Diego: Wie Clark (natürlich sehr sachkundig) eine Analyse seines Werks zum Besten gab und auch, obwohl Juan Diego mit im Wagen saß, in der dritten Person (à la »Dieser Schriftsteller ...«) von ihm sprach.

Der junge Chauffeur musste erneut plötzlich ausweichen, diesmal einer undeutlichen Gestalt mit weitaufgerissenen Augen sowie etlichen Armen und Beinen, doch Clark sprach weiter, als befänden sie sich in einem Seminarraum.

»Frag Juan Diego bloß nicht nach etwas Autobiographischem, Josefa – oder dessen Fehlen«, fuhr Clark fort.

»Das hatte ich auch gar nicht vor!«, protestierte seine Frau.

»Indien ist nicht Mexiko. Was diesen Kindern in dem Zirkusroman widerfahren ist, ist nicht das, was Juan Diego und seiner Schwester in ihrem Zirkus widerfahren ist«, fuhr Clark fort. »Stimmt's?«

»Stimmt, Clark«, sagte Juan Diego zu seinem ehemaligen Studenten.

Er hatte Clark auch über den »Abtreibungsroman« vom Leder ziehen hören – wie viele Kritiker einen anderen Roman Juan Diegos genannt hatten. »Ein zwingendes Argument für das Recht einer Frau auf Abtreibung« hatte man diesen Roman genannt. »Aber ein kompliziertes Argument, aus der Feder eines ehemaligen Katholiken«, fügte Clark immer hinzu.

»Ich bin kein ehemaliger Katholik. Ich war nie Katholik«, wandte Juan Diego unweigerlich ein. »Ich wurde von den Jesuiten aufgenommen, was weder meine Wahl war, noch gegen meinen Willen geschah. Welche Wahl oder welchen Willen hat man schon mit vierzehn?«

»Ich will auf Folgendes hinaus«, fuhr Clark in dem schlingernden SUV fort. »In Juan Diegos Welt weiß man immer, dass eine Kollision bevorsteht. Was für eine Kollision es genau ist – nun, das könnte eine Überraschung sein. Man weiß aber ganz genau, dass es eine geben wird. In dem Abtreibungsroman weiß man ab dem Augenblick, als dem Waisenjungen beigebracht wird, was eine Ausschabung ist, dass der Kleine später Arzt werden wird, der eine durchführt – stimmt's, Josefa?«

»Stimmt«, antwortete Dr. Quintana auf dem Rücksitz des Wagens. Sie schenkte Juan Diego ein schwer zu interpretierendes Lächeln. In der Dunkelheit konnte Juan Diego jedoch unmöglich erkennen, ob die Ärztin sich damit für die Rechthaberei ihres Mannes und sein literarisches Mobbing entschuldigte, oder ob sie lieber verlegen lächelte, als zuzugeben, dass sie mehr über die Ausschabung einer Gebärmutter wusste als sonst jemand in diesem Auto, das immer wieder nur knapp einer Kollision entging.

»Ich schreibe nicht über mich«, hatte Juan Diego betont – in zahlreichen Interviews und auch Clark French gegenüber. Auch hatte er Clark, der für jesuitische Dispute schwärmte, erklärt, dass er (als ehemaliges Müllkippenkind) in jungen Jahren den Jesuiten viel zu verdanken gehabt hatte; er hatte Edward Bonshaw und Bruder Pepe geliebt. Gelegentlich wünschte sich Juan Diego sogar, mit den Patres Alfonso und Octavio Gespräche führen zu können – jetzt, wo er erwachsen und ein wenig besser gerüstet war, um mit solchen respekteinflößenden konservativen Priestern zu disputieren. Und die Nonnen im *Niños Perdidos* hatten ihm und Lupe nicht geschadet – obwohl Schwester Gloria so ein Miststück gewesen war. (Die meisten anderen Nonnen hatten sich gegenüber den Müllkippenkindern korrekt verhalten.) Was Schwester Gloria anging, so hatte vor allem Esperanza diese Nonne, der man nie etwas recht machen konnte, provoziert.

Doch Juan Diego hatte sich darauf eingestellt, dass das Zusammensein hier mit Clark einmal mehr dazu führen würde, sich dem Vorwurf des Antikatholizismus stellen zu müssen. Was Clark, wie Juan Diego wusste, unter die ach so katholische Haut ging, war nicht die Tatsache, dass sein ehemaliger Dozent Agnostiker war. Juan Diego war kein Atheist – er hatte schlicht Vorbehalte gegenüber der Kirche. Dieses scheinbare Paradox frustrierte Clark French; einen Atheisten hätte er leichter ablehnen oder ignorieren können.

Nach Clarks beiläufiger Bemerkung über Ausschabungen – wohl nicht unbedingt ein angenehmes Gesprächsthema für eine »Babyärztin« – schien Dr. Quintana keine Lust auf weitere literarische Diskussionen zu haben und versuchte, das Thema zu wechseln – sehr zu Juan Diegos Erleichterung, wenn auch nicht der ihres Gatten.

»In dem Hotel, in dem wir absteigen, dreht sich leider alles um meine Familie – der Ort hat Tradition«, sagte Josefa und lächelte dabei eher unsicher als entschuldigend. »Für das Hotel lege ich die Hand ins Feuer – das Encantador wird Ihnen bestimmt gefallen –, doch ich kann mich nicht einmal ansatzweise für jedes Mitglied meiner Familie verbürgen«, fuhr sie müde fort. »Wer mit wem verheiratet ist, wer nie hätte heiraten sollen – ihre vielen, *vielen* Kinder«, fuhr sie fort, dann erstarb ihre leise Stimme.

»Josefa, du brauchst dich für keinen in deiner Familie zu

entschuldigen«, meldete sich Clark vom Selbstmördersitz. »Für den geheimnisvollen Gast können wir uns allerdings nicht verbürgen – es gibt einen ungeladenen Gast. Wir wissen nicht, wer es ist«, ergänzte er, um sich von der unbekannten Person zu distanzieren.

»In der Regel übernimmt meine Familie den ganzen Laden – jedes Zimmer im Encantador wird von uns belegt«, erklärte Dr. Quintana. »Aber dieses Jahr hat das Hotel ein Zimmer für jemand anderen reserviert.«

Juan Diego, dessen Herz schneller schlug als gewöhnlich – mit anderen Worten, schnell genug, dass er seinen Herzschlag bemerkte –, sah aus dem Fenster des dahinrasenden Autos auf die zahllosen, schreckgeweiteten Augen entlang der Straße. Lieber Gott!, betete er. Lass es bitte Miriam oder Dorothy sein!

»Oh, Sie werden uns wiedersehen – garantiert«, hatte Miriam zu ihm gesagt.

»Ja, *garantiert*«, hatte Dorothy hinzugefügt.

Im selben Gespräch hatte Miriam ihm gesagt: »Wir treffen Sie *irgendwann* in Manila. Wenn nicht noch eher.«

»Wenn nicht noch eher«, hatte Dorothy wiederholt.

Lass es Miriam sein – *nur* Miriam!, dachte Juan Diego, als könnte ein verführerisches, im Dunkeln leuchtendes Augenpaar vielleicht *ihr* gehören.

»Ich nehme an«, sagte Juan Diego langsam zu Dr. Quintana, »dieser ungeladene Gast muss ein Zimmer gebucht haben, ehe Ihre Familie die üblichen Reservierungen vornahm?«

»Nein! Das ist es ja gerade! So ist es eben nicht gewesen!«, rief Clark French aus.

»Clark, wir wissen nicht genau, was geschehen ist –«, begann Josefa.

»Deine Familie bucht jedes Jahr die ganze Bude!«, rief Clark. »Diese Person wusste, dass es eine private Feier war. Trotzdem hat sie ein Zimmer gebucht, und das Encantador nahm ihre Reservierung an – obwohl man dort wusste, dass alle Zimmer komplett belegt waren! Was für ein Mensch will ungeladen zu einer privaten Feier kommen? Sie wusste, sie würde völlig isoliert sein! Sie wusste, sie würde total allein sein!«

»Sie«, mehr sagte Juan Diego nicht, spürte aber wieder, wie sein Herz raste. Draußen in der Dunkelheit waren jetzt keine Augen mehr. Die Straße war schmaler geworden, erst mit Schotter bedeckt, dann wurde sie zu einer Erdpiste. Das Encantador mochte ein abgeschiedener Ort sein, aber sie würde dort nicht völlig isoliert sein. Sie, hoffte Juan Diego, würde mit ihm zusammensein. Falls Miriam der ungeladene Gast war, würde sie keineswegs lange allein sein.

In diesem Moment musste der junge Chauffeur im Rückspiegel etwas Seltsames gesehen haben. Rasch redete er in Tagalog auf Dr. Quintana ein. Clark French verstand den Chauffeur nur teilweise, doch aus dem Ton des jungen Burschen war eine gewisse Sorge herauszuhören; Clark drehte sich um und sah, dass seine Frau den Gurt gelöst und sich Juan Diego zugewandt hatte.

»Stimmt etwas nicht, Josefa?«, fragte Clark seine Frau.

»Einen Moment, Clark – ich glaube, er schläft nur«, sagte Dr. Quintana zu ihrem Mann.

»Anhalten, halt an!«, sagte Clark zu dem jungen Chauffeur, aber Josefa sprach scharf auf Tagalog mit dem Knaben, der daraufhin weiterfuhr.

»Wir sind fast da, Clark, es hat keinen Sinn, hier anzuhalten«, sagte Josefa. »Ich bin mir sicher, dass dein alter Freund nur schläft – oder genauer gesagt träumt. Es ist nichts passiert, da bin ich mir sicher.«

Flor fuhr die Müllkippenkinder zum Circo de La Maravilla, weil Bruder Pepe sich inzwischen Vorwürfe machte, dass *los niños* solch ein Risiko eingingen, und zu durcheinander war, um sie zu begleiten. Dabei hatte doch er die Idee mit dem Zirkus gehabt – er und Vargas. Flor fuhr Pepes vw Käfer, mit Edward Bonshaw auf dem Beifahrersitz und den Kindern hinten.

Weinend hatte Lupe sich vor die nun nasenlose Statue der Jungfrau Maria hingestellt und sie herausgefordert; dann hatte sie sich umgedreht und war aus dem *Templo de la Compañia de Jesús* hinausgestürmt. »Zeig mir ein *richtiges* Wunder – eine abergläubische Putzfrau kann jeder zu Tode erschrecken!«, hatte Lupe der hoch aufragenden Madonna zugerufen. »*Tu* irgendwas, damit ich an dich glauben kann, denn für mich bist du nichts als eine fiese Tyrannin! Sieh dich doch an! Du stehst da einfach nur rum! Hast nicht mal eine Nase!«

»Möchtest du nicht auch ein paar Gebete sprechen?«, fragte Señor Eduardo Juan Diego, der darauf verzichtete, dem Amerikaner den Ausbruch seiner Schwester zu dolmetschen – auch traute sich der hinkende Junge nicht, dem Missionar seine schlimmsten Ängste zu gestehen. Falls ihm im La Maravilla etwas zustoßen sollte oder falls, aus irgendeinem Grund, er und Lupe je getrennt werden sollten, gäbe es für Lupe keine Zukunft, weil nur ihr Bruder sie verstand. Nicht einmal die Jesuiten würden sie behalten und für sie sorgen; man würde Lupe in eine Anstalt für geistig behinderte Kinder stecken und sie dort vergessen. Sogar der Name des Heims für geistig behinderte Kinder war unbekannt oder in Vergessenheit geraten, und niemand wusste, wo es lag – keiner würde dessen genauen Standort beschreiben können, höchstens so etwas wie »außerhalb der Stadt« oder »oben in den Bergen«.

Damals, als das *Niños Perdidos* gegründet wurde, gab es in Oaxaca nur ein einziges anderes Waisenhaus. Es lag etwas »außerhalb«, »oben in den Bergen« in Viguera, und jeder kannte seinen Namen – *Ciudad de los Niños,* »Stadt der Kinder«.

»Stadt der *Jungs*«, nannte es Lupe; Mädchen wurden dort keine aufgenommen. Die meisten Jungen waren zwischen sechs und zehn; zwölf war die Altersgrenze, Juan Diego wäre also definitiv zu alt gewesen.

Ciudad de los Niños war 1958 gegründet worden; das reine Jungenwaisenhaus gab es schon länger als *Niños Perdidos* und würde es auch überdauern.

Bruder Pepe redete nie schlecht über *Ciudad de los Niños;* vielleicht weil er grundsätzlich alle Waisenhäuser für ein Gottesgeschenk hielt. Die Patres Alfonso und Octavio sagten, Bildung würde in der Stadt der Kinder nicht großgeschrieben. (Die Müllkippenkinder hatten nur mitbekommen, dass die Jungen in Bussen zur Schule gebracht wurden – ihre Schule lag neben der Basilika der Jungfrau der Einsamkeit –, die, wie Lupe mit ihrem typischen Achselzucken bemerkte, so abgewrackt wirkten, wie von Bussen, die nur *Jungs* beförderten, nicht anders zu erwarten war.)

Eines der Waisenkinder im *Niños Perdidos* war als kleiner Junge im *Ciudad de los Niños* gewesen. Er verlor kein schlechtes Wort darüber, sagte auch nicht, dass er dort misshandelt worden wäre. Juan Diego erinnerte sich nur, dass der Junge etwas von Schuhkartons erzählt hatte, die im Speisesaal gestapelt waren (was er nicht weiter kommentierte), und dass alle Jungs – über zwanzig an der Zahl – in einem Raum schliefen. Die Matratzen waren nicht bezogen, Decken und Plüschtiere hätten vorher anderen Jungs gehört. Der Fußballplatz sei voller Steine gewesen, erzählte der Junge weiter, man fiel also besser nicht hin, und das Fleisch wurde auf einem Holzfeuer im Freien zubereitet.

Der Junge sagte das alles nicht als Kritik; doch was er sagte, bestärkte Juan Diego und Lupe darin, dass Stadt der *Jungen* für sie nicht in Frage kam – selbst wenn Lupe das passende Geschlecht gehabt hätte und selbst wenn sie beide dafür nicht zu alt gewesen wären.

Falls es die Müllkippenkinder im *Niños Perdidos* nicht aushielten, würden sie also lieber auf den *basurero* zurückkehren, als sich in das Heim für geistig behinderte Kinder einweisen zu lassen, wo es, wie Lupe herausgefunden hatte, offenbar Kinder gab, die den Kopf gegen die Wand schlugen, und andere, denen die Hände hinter dem Rücken zusammengebunden wurden, um zu verhindern, dass sie sich und anderen die Augen auskratzten. Woher sie das wusste, verriet Lupe Juan Diego nicht.

Es gibt keine Erklärung dafür, warum es den Geschwistern vollkommen einleuchtete, dass der Circo de La Maravilla eine gute Idee und die einzige vertretbare Alternative zu ihrer Rückkehr nach Guerrero war. Rivera hätte die Guerrero-Variante begrüßt, doch an dem Tag, als Flor die Müllkippenkinder und Señor Eduardo zum La Maravilla fuhr, glänzte er durch Abwesenheit; der Deponiechef hätte sich auch schwerlich zu den Kindern auf die Rückbank quetschen können. Auch kam es den Müllkippenkindern völlig logisch vor, dass eine Transvestiten-Prostituierte sie zum Zirkus brachte.

Flor rauchte während der ganzen Fahrt und hielt dabei die Zigarette aus dem Fenster, was Edward Bonshaw, der nervös war – er wusste, dass Flor Prostituierte war, aber nicht, dass sie auch Transvestit war –, so beiläufig wie möglich kommentierte: »Ich habe auch mal geraucht. Aber ich habe es mir abgewöhnt.«

»Ist das Zölibat etwa keine *Angewohnheit*?«, fragte ihn Flor. Señor Eduardo war überrascht, wie gut Flor Englisch sprach; von ihrem Houston-Erlebnis wusste er nichts, und niemand hatte ihm erzählt, dass Flor als Knabe zur Welt gekommen war (und immer noch einen Penis hatte).

Flor manövrierte den Wagen durch eine Hochzeitsgesellschaft, die aus der Kirche auf die Straße getreten war: das Brautpaar, die Gäste, eine pausenlos spielende Mariachi-Band – »die üblichen Schwachköpfe«, wie Flor sie nannte.

»Ich mache mir wegen der *niños* und dem Zirkus Sorgen«, vertraute Edward Bonshaw dem Transvestiten an – das Thema Zölibat wollte er lieber nicht aufgreifen, oder er war so taktvoll, es *noch* nicht aufzugreifen.

»*Los niños de la basura* sind doch selbst schon fast im heiratsfähigen Alter«, sagte Flor, während sie aus dem Fahrerfenster drohende Gesten in alle Richtungen (auch der Kinder) machte – die Zigarette hing mittlerweile zwischen ihren Lippen. »Ich würde mir Sorgen machen, wenn die beiden heiraten wollten«, fuhr Flor fort. »Das Schlimmste, was einem im Zirkus passieren kann, ist, von einem Löwen getötet zu werden. Aber in einer Ehe kann viel mehr schiefgehen.«

»Tja, wenn Sie so über die Ehe denken, ist das Zölibat wohl gar keine schlechte Idee«, sagte Edward Bonshaw auf seine jesuitische Art.

»Im Zirkus gibt es nur einen richtigen Löwen«, warf Juan Diego vom Rücksitz aus ein. »Alle anderen sind Löwinnen.«

»Dann ist dieses Arschloch Ignacio also ein *Löwinnen*bändiger?«, fragte Flor den Jungen.

Sie hatten gerade mit knapper Not die Hochzeitsgesellschaft umrundet (oder vielmehr durchquert), als Flor und der VW Käfer auf einen umgekippten Eselskarren trafen. Das Gefährt war völlig überladen mit Melonen, die zum hinteren Karrenende gerollt waren, so dass der *burro* an der Deichsel in die Luft gehoben wurde; die Melonen wogen schwerer als der kleine Esel, der mit den Hufen um sich trat und samt dem vorderen Ende des Eselskarrens in der Luft hing.

»Noch ein baumelnder Esel«, sagte Flor und zeigte dem Fahrer des Gefährts mit derselben langfingrigen Hand, die inzwischen wieder die Zigarette hielt (zwischen Daumen und Zeigefinger), mit überraschender Eleganz den Stinkefinger. Inzwischen waren etwa ein Dutzend Melonen auf die Straße gekullert, und der Fahrer des Karrens hatte den baumelnden Esel hängen lassen, weil ein paar Straßenkinder seine Melonen stahlen.

»Ich kenne den Typ«, sagte Flor wie nebenbei; ob als Freier oder einfach zufällig, wusste außer ihr keiner in dem kleinen vw.

Als Flor auf das Zirkusgelände in Cinco Señores fuhr, war das Matineepublikum schon weg. Der Parkplatz war fast leer, das Publikum für die Abendvorstellung noch nicht eingetroffen.

»Achtung, Elefantenscheiße!«, warnte Flor, als sie die Sachen der Kinder durch die Gasse zwischen den Artistenzelten trugen. Prompt trat Edward Bonshaw in einen frischen Haufen; die Elefantenscheiße bedeckte seinen ganzen Fuß, bis zum Knöchel.

»Bei Elefantenscheiße kannst du deine Sandalen in die Tonne treten, Süßer«, sagte Flor. »Sobald du einen Wasserschlauch gefunden hast, bist du barfuß besser dran.«

»Gütiger Gott«, sagte Señor Eduardo. Der Missionar ging weiter, hinkte aber; es war kein so auffälliges Hinken wie bei Juan Diego, aber doch auffällig genug, dass der Amerikaner es bemerkte. »Jetzt werden alle denken, wir wären miteinander verwandt«, sagte Edward Bonshaw gutgelaunt.

»Ich wünschte, wir wären miteinander verwandt«, entgegnete Juan Diego; es war ihm so herausgerutscht, kam zu sehr von Herzen, als dass er es noch hätte aufhalten können.

»Ihr werdet noch miteinander verwandt sein – für den Rest eures Lebens«, sagte Lupe, doch Juan Diego konnte plötzlich nicht mehr übersetzen; seine Augen schwammen vor Tränen, und er brachte kein Wort heraus und begriff auch nicht, dass Lupe (ausnahmsweise) die Zukunft korrekt vorhersagte.

Auch Edward Bonshaw fiel das Reden schwer. »Da hast

du etwas sehr Nettes zu mir gesagt, Juan Diego«, sagte der Mann aus Iowa zögernd. »Ich wäre stolz darauf, mit dir verwandt zu sein«, sagte Señor Eduardo zu dem Jungen.

»Na, ist das nicht toll? Was seid ihr beide süß«, sagte Flor. »Nur dass Priester keine Kinder haben dürfen – eine der Schattenseiten des Zölibats, nehme ich an.«

Der Abend dämmerte über dem Circo de La Maravilla, und die diversen Künstler hatten gerade Pause. Die Neuankömmlinge waren ein kurioses Quartett: ein jesuitischer Scholastiker, der sich selbst geißelte, eine Transvestiten-Prostituierte, die in Houston ein unsägliches Leben geführt hatte, und zwei Müllkippenkinder. Durch einige offenstehende Klappen der Artistenzelte konnten Juan Diego und Lupe Artisten mit ihrem Makeup oder ihren Kostümen hantieren sehen – darunter ein stämmiger Zwerg im Fummel. Er stand vor einem Ganzkörperspiegel und trug Lippenstift auf.

»¡*Hola, Flor!*«, rief der Zwerg, wackelte mit den Hüften und warf Flor eine Kusshand zu.

»*Saludos,* Paco«, gab Flor zurück und winkte mit ihrer langfingrigen Hand.

»Ich wusste nicht, dass Paco ein Mädchenname sein kann«, sagte Edward Bonshaw höflich zu Flor.

»Ist es nicht«, sagte ihm Flor. »Paco ist ein Männername – Paco ist ein Kerl, so wie ich.«

»Aber Sie sind –«

»Doch, bin ich«, fiel ihm Flor ins Wort. »Ich bin nur netter anzuschauen als Paco, Süßer«, sagte sie zu dem Mann aus Iowa. »Paco versucht nicht, hübsch auszusehen – Paco ist ein Clown.«

Sie gingen weiter; sie wurden im Zelt des Löwenbändigers erwartet. Edward Bonshaw konnte den Blick nicht von Flor wenden, sagte aber keinen Ton.

»Flor hat ein *Ding,* wie das Ding eines *Jungen*«, sagte Lupe hilfsbereit. »Hat *el hombre papagayo* das nun begriffen, dass Flor einen Penis hat?«, wollte sie von Juan Diego wissen, der ihren hilfreichen Hinweis jedoch nicht weitergab.

»Hat sie nicht *hombre papagayo* gesagt – das bin doch ich, oder?«, fragte der Amerikaner Juan Diego. »Lupe redet über mich, stimmt's?«

»Ich finde, du bist ein sehr netter Papageienmann«, sagte Flor; als sie sah, dass der Mann aus Iowa errötete, fühlte sie sich ermutigt, ein wenig mit ihm zu flirten.

»Danke«, sagte Edward Bonshaw zu dem Transvestiten; er hinkte jetzt stärker. Die Elefantenscheiße verhärtete sich wie Lehm, sowohl an seiner ruinierten Sandale wie auch zwischen den Zehen, aber noch etwas anderes lastete schwer auf ihm. Etwas schien Señor Eduardo zu belasten, was offenbar schwerer wog als Elefantenscheiße – und auch durch Auspeitschen nicht leichter wurde. Welches Kreuz der Mann aus Iowa auch zu tragen gehabt hatte und wie lange, er konnte es keinen Schritt weiter schleppen. Er kämpfte mit sich, nicht nur um weitergehen zu können. »Ich glaube nicht, dass ich das kann«, sagte Señor Eduardo.

»*Was* kann?«, fragte Flor, doch der Missionar schüttelte nur den Kopf; sein Hinken sah inzwischen mehr wie ein Stolpern aus.

Irgendwo dudelte die Zirkuskapelle den Anfang eines Musikstücks, brach ab, begann von neuem. Sie kam mit dem Stück offenbar nicht klar; auch die Kapelle hatte zu kämpfen.

In der offenen Klappe eines Zeltes stand ein gutaussehendes argentinisches Paar. Die beiden waren Luftakrobaten, die gerade gegenseitig ihre Auffanggurte überprüften, die Festigkeit der metallenen Ösen kontrollierten, an denen später die Spanndrähte befestigt wurden. Sie trugen enge, mit Goldpailletten besetzte Trikots und konnten die Hände nicht voneinander lassen, während sie ihre Sicherheitsausrüstungen kontrollierten.

»Angeblich haben sie dauernd Sex miteinander, dabei sind sie doch schon verheiratet, und die anderen können die ganze Nacht nicht schlafen«, sagte Flor zu Edward Bonshaw. »Vielleicht ist Dauersex ja eine argentinische Spezialität«, überlegte sie. »Eine Spezialität von verheirateten Paaren ist es wohl kaum.«

Ein Mädchen, ungefähr so alt wie Lupe, stand vor einem der Artistenzelte. Die Kleine trug ein blaugrünes Trikot und eine Maske mit einem Vogelschnabel; sie übte mit einem Hula-Hoop-Reifen. Einige ältere Mädchen kamen als rosa Flamingos verkleidet, in rosa Tutus und mit klirrenden silbernen Fußringen vorbei, die Vogelköpfe mit den langen, starren Hälsen unter dem Arm.

»*Los niños de la basura*«, hörten Juan Diego und Lupe einen der kopflosen Flamingos sagen. Die Müllkippenkinder hatten nicht erwartet, dass man sie selbst im Zirkus kennen würde, aber Oaxaca war eine kleine Stadt.

»Hirnlose, halbnackte Flamingos«, stellte Flor fest, denn natürlich war sie selbst schon schlimmer beschimpft worden.

In den Siebzigern gab es eine Schwulenbar an der Calle Bustamante, in der Gegend um die Calle Zaragoza. Die Bar hieß La China – nach jemandem mit einem Lockenkopf (sie wurde vor dreißig Jahren zwar umbenannt, ist aber immer noch da – und immer noch eine Schwulenbar.)

Im La China war Flor entspannt, hier konnte sie sie selbst sein, doch selbst im La China nannte man sie La Loca – »die Verrückte«. Damals war es nicht alltäglich, dass Transvestiten sie selbst waren und wie Flor, egal, wo, in Frauenkleidern herumliefen. La Loca hatte allerdings noch eine weitere Bedeutung, nämlich *Die Tunte*.

Transvestiten hatten sogar schon in den Siebzigern eine eigene Kneipe, La Coronita, »Das Krönchen«, an der Ecke Calle Bustamante und Xóchitl. Man ging dorthin, um zu feiern, die Kundschaft war überwiegend schwul. Alle Transvestiten mochten es, sich herauszuputzen, zogen sich die irrsten Fummel an und amüsierten sich köstlich, aber so was wie Prostitution gab's im La Coronita nicht, und wenn sie in der Bar eintrafen, trugen sie Männerkleidung (erst wenn sich die Türen hinter ihnen geschlossen hatten, warfen sie sich in Schale).

Bei Flor war das anders; sie war immer eine Frau, wohin sie auch ging – ob sie auf der Calle Zaragoza arbeitete oder einfach in der Calle Bustamante feierte, Flor war immer sie selbst. Deshalb nannte man sie Die Tunte; egal, wo, sie war überall La Loca.

Sogar im La Maravilla kannte man sie; die wahren Stars, das wusste man im Wunderzirkus, sind die, die immer Stars sind.

Erst jetzt, als er durch die Elefantenscheiße im Zirkus

der Wunder latschte, wurde Edward Bonshaw klar, wer Flor wirklich war (für ihn war eindeutig sie ›Das Wunder‹).

Draußen vor den Artistenzelten übte ein Jongleur mit seinen Bällen, und ein Schlangenmensch namens Pyjamamann machte Lockerungsübungen. Man nannte ihn Pyjamamann, weil er so locker und schlabbrig war wie eine Pyjamahose ohne Körper; er bewegte sich so, als hinge er an Wäscheklammern an einer Leine.

Vielleicht ist der Zirkus doch kein so guter Ort für einen Behinderten, dachte Juan Diego.

»Denk dran, Juan Diego – du bist ein Leser«, sagte Señor Eduardo zu dem besorgt dreinblickenden Jungen. »In Büchern und in der Welt deiner Phantasie gibt es ein eigenständiges Leben; da gibt es mehr als in der realen Welt, sogar mehr als hier.«

»Dir hätte ich begegnen sollen, als ich ein Kind war«, sagte Flor zu dem Missionar. »Wir hätten zusammen eine Menge Mist durchstehen können.«

Sie mussten dem Elefantendompteur und zwei seiner Elefanten ausweichen, und prompt tappte Edward Bonshaw wieder in einen Haufen, diesmal mit dem guten Fuß und der noch sauberen Sandale.

»Gütiger Gott«, sagte der Mann aus Iowa wieder.

»Wie gut, dass nicht *du* in den Zirkus ziehst«, sagte Flor.

»Der Elefantenhaufen ist doch wahrhaftig nicht klein«, brabbelte Lupe. »Wie schafft es der Papageienmann bloß, ihn zu übersehen?«

»Ich weiß ganz genau, dass du wieder über mich redest«, sagte Señor Eduardo vergnügt zu Lupe. »Das klang doch wieder ganz nach *el hombre papagayo*.«

»Du brauchst nicht nur eine Frau«, sagte ihm Flor. »Will man sich anständig um dich kümmern, braucht man eine ganze Familie.«

Sie kamen zu dem Käfig mit den drei Löwinnen. Eine der Löwendamen betrachtete sie träge, die anderen beiden schliefen.

»Seht ihr, wie gut die Weibchen miteinander klarkommen?«, sagte Flor; es wurde immer deutlicher, dass sie sich im La Maravilla auskannte. »Aber *der* Typ nicht«, sagte Flor und blieb vor dem Käfig des Löwenmännchens stehen; der angebliche König der Tiere war allein in einem Käfig, und er schien deswegen verstimmt. »*Hola, Hombre*«, sagte Flor zu dem Löwen. »Er heißt Hombre«, erläuterte Flor. »Sieh dir die Eier an – große Dinger, stimmt's?«

»Herr, sei mir gnädig«, sagte Edward Bonshaw.

Lupe war empört. »Das ist doch nicht seine Schuld – der arme Löwe konnte sich seine Eier doch nicht aussuchen«, sagte sie. »Hombre mag es nicht, wenn man sich über ihn lustig macht«, fügte sie hinzu.

»Kannst du etwa auch die Gedanken des Löwen lesen?«, fragte Juan Diego seine Schwester.

»Jeder kann Hombres Gedanken lesen«, gab Lupe zurück. Sie musterte den Löwen, sein großes Gesicht und die schwere Mähne – nicht seine Eier. Auf einmal schien ihr Blick den Löwen unruhig zu machen. Vielleicht weil sie Hombres Unruhe spürten, wachten zwei der Löwinnen, die geschlafen hatten, auf, und nun beobachteten die Löwinnen Lupe zu dritt – nahmen sie ins Visier wie eine Rivalin um Hombres Gunst. Offenbar tat der Löwe nicht nur Lupe, sondern auch den Löwinnen leid, stellte Juan

Diego fest, auch wenn sie ihn ebenso sehr zu fürchten schienen.

»Hombre«, sagte Lupe. »Es wird schon wieder«, fügte sie leise hinzu. »Nichts davon ist deine Schuld.«

»Was redest du da?«, fragte Juan Diego.

»Kommt schon, *niños*«, sagte Flor, »ihr habt doch einen Termin mit dem Löwenbändiger und seiner Frau – mit den Löwen gibt's nichts zu besprechen.«

So gebannt, wie Lupe Hombre anstarrte, und angesichts der Unruhe, mit der der Löwe durch seinen Käfig lief, während er ihren Blick erwiderte, hätte man denken können, dass Lupes Termin im Circo de La Maravilla ausschließlich dem einsamen Löwenmännchen galt. »Es wird schon wieder«, wiederholte sie Richtung Hombre, und es klang fast wie ein Versprechen.

»*Was* wird schon wieder?«, fragte Juan Diego seine Schwester.

»Hombre ist der letzte Hund. Er ist der letzte«, sagte Lupe ihrem Bruder. Das ergab natürlich keinen Sinn – Hombre war ein Löwe, kein Hund. Aber Juan Diego hatte sie genau verstanden, und sie hatte es sogar wiederholt – »der letzte«.

»Was meinst du damit, Lupe?«, fragte Juan Diego ungeduldig; er war ihre endlosen Prophezeiungen leid.

»Dieser Hombre – er ist der oberste Dachhund und gleichzeitig der letzte«, mehr sagte sie nicht, achselzuckend. Es irritierte Juan Diego, wenn Lupe keine Lust hatte, sich zu erklären.

Endlich hatte die Zirkuskapelle die knifflige Stelle am Anfang überwunden. Es wurde dunkel, und in den Personalzelten gingen die Lichter an. In der Zeltgasse vor ihnen entdeckten die Müllkippenkinder nun Ignacio, den Löwenbändiger; er wickelte gerade seine lange Peitsche auf.

»Man sagt, du magst Peitschen«, sagte Flor leise zu dem humpelnden Missionar.

»Du erwähntest vorhin einen Schlauch«, entgegnete Edward Bonshaw ein wenig steif. »Im Moment hätte ich gern einen Schlauch.«

»Sag dem Papageienmann, er soll mal die Peitsche des Löwenbändigers ausprobieren – das ist 'ne große«, brabbelte Lupe.

Ignacio beobachtete die vier beim Näherkommen, ruhig und berechnend, wie er vielleicht den Mut und die Vertrauenswürdigkeit neuer Löwen abgeschätzt hätte. Die Hose des Löwenbändigers saß so hauteng wie bei einem Matador; am Oberkörper trug er lediglich eine taillierte ärmellose Weste mit V-Ausschnitt, die seine Muskeln frei ließ. Die Weste war weiß, nicht nur um Ignacios dunkelbraune Haut zu unterstreichen; falls er je von einem Löwen angegriffen würde, wollte Ignacio, dass das Blut besonders gut zur Geltung kam. Selbst im Sterben würde Ignacio noch eitel sein.

»Vergiss seine Peitsche – sieh dir *ihn* an«, flüsterte Flor dem angeschissenen Mann aus Iowa zu. »Ignacio ist der geborene Publikumsliebling.«

»Und ein Frauenheld!«, brabbelte Lupe. Es war egal, wenn sie nicht mitbekam, was geflüstert wurde, weil sie ohnehin wusste, was alle dachten. Doch die Gedanken des Papageienmannes, wie die von Rivera, konnte Lupe nur schwer lesen. »Ignacio mag die Löwinnen – er mag *alle*

Frauen«, sagte Lupe, doch inzwischen waren die Müllkippenkinder am Zelt des Löwenbändigers angelangt, und Ignacios Frau Soledad kam heraus und stellte sich neben ihren stolzen, kraftstrotzenden Mann.

»Wenn du glaubst, du hättest den König der Tiere bereits gesehen«, flüsterte Flor Edward Bonshaw zu, »dann irrst du dich. Du lernst ihn jetzt erst kennen«, flüsterte der Transvestit dem Missionar zu. »Ignacio ist der König der Tiere.«

»Der König der *Schweine*«, sagte Lupe plötzlich, wurde aber natürlich nur von Juan Diego verstanden. Obwohl auch er sie nie ganz verstehen würde.

17
Silvesterabend im Encantador

Hatte die Erinnerung an den wehmütigen Augenblick, als die Müllkippenkinder im La Maravilla eintrafen, Juan Diego besonders mitgenommen, oder hatten ihn die Augen ohne Körper hypnotisiert, die dem durch die Dunkelheit dahinrasenden Auto den Weg zum Strandhotel leuchteten? Jedenfalls ist unklar, wann und wo Juan Diego unversehens einnickte. Etwa an dem Punkt, als die Straße schmaler und der Wagen langsamer wurde und die faszinierenden Augen verschwanden? (Als die Müllkippenkinder in den Zirkus gezogen waren, fühlten sie sich ebenfalls von so vielen Augen beobachtet, dass ihnen davon ganz schwindlig wurde.)

»Zunächst hielt ich es für einen Tagtraum – offenbar war er in einer Art Trance«, sagte Dr. Quintana.

»Geht es ihm wieder besser?«, erkundigte sich ihr Mann.

»Er schläft jetzt nur, tief und fest«, sagte Josefa. »Vielleicht liegt es am Jetlag – oder an der schlaflosen Nacht, die ihm dein unsinniges Aquarium eingebrockt hat.«

»Josefa, er schlief ein, als wir uns unterhalten haben – mitten in einem Gespräch!«, rief Clark. »Leidet er etwa an Narkolepsie?«

»Schüttel ihn nur ja nicht!«, hörte Juan Diego Clarks Frau sagen, ließ aber die Augen geschlossen.

»Von einem narkoleptischen Schriftsteller habe ich noch nie gehört«, sagte Clark French. »Was ist mit seinen beiden Medikamenten?«

»Betablocker können den Schlaf beeinflussen«, sagte Dr. Quintana.

»Ich dachte an das Viagra.«

»Viagra bewirkt nur das eine, Clark.«

Juan Diego hielt das für einen geeigneten Moment, um die Augen aufzuschlagen. »Sind wir da?«, fragte er. Josefa saß immer noch neben ihm auf dem Rücksitz, und Clark hielt ihr die Wagentür auf und schaute an ihr vorbei auf seinen alten Lehrer. »Ist das das Encantador?«, fragte Juan Diego unschuldig. »Ist der mysteriöse Gast eingetroffen?«

Das war er – angeblich war der Gast eine Sie – aber niemand hatte sie gesehen. Vielleicht erholte sie sich von einer langen Anreise auf ihrem Zimmer. Sie schien das Zimmer zu kennen – das heißt, sie hatte es extra gebucht. Es lag in der Nähe der Bibliothek im ersten Stock des Hauptgebäudes; entweder war sie schon früher im Encantador abgestiegen, oder sie nahm an, in der Nähe der Bibliothek wäre es ruhig.

»Ich persönlich halte ja nie Nickerchen«, sagte Clark gerade; er hatte dem jungen Chauffeur Juan Diegos orangefarbenes Kofferungetüm entrissen und schleppte es jetzt durch eine Außengalerie des Hotels. Das Encantador entpuppte sich als eine zauberhafte, wenn auch weitläufige Ansammlung bungalowartiger, durch Außengalerien miteinander verbundener Gebäude auf einem Hügel mit Meerblick (obwohl besagter Blick, selbst aus den Zimmern im ersten und zweiten Stock, weitgehend von Palmen verdeckt wurde). »Mir reicht es, wenn ich nachts gut schlafe«, fuhr Clark fort.

»Letzte Nacht waren Fische in meinem Zimmer und sogar ein Aal«, rief Juan Diego seinem ehemaligen Studenten in Erinnerung. Hier würde er ein Zimmer im ersten Stock haben, auf derselben Etage wie der ungeladene Gast – in einem angrenzenden, über die Außengalerie leicht zu erreichenden Gebäude.

»Äh – wo wir gerade von Fischen sprechen«, druckste Clark French herum, »beachte Tante Carmen einfach gar nicht. Dein Zimmer liegt ein ganzes Stück vom Schwimmbecken entfernt. Wenn die Kinder frühmorgens im Pool sind, sollte dich das nicht stören.«

»Tante Carmen ist eine Tiernärrin«, warf Clarks Frau ein. »Fische sind ihr wichtiger als Menschen.«

»Gott sei Dank hat die Muräne überlebt«, meldete sich Clark wieder zu Wort. »Ich vermute mal, Morales lebt jetzt bei Tante Carmen.«

»Schade, dass das kein anderer tut«, sagte Josefa. »Kein anderer wollte es«, ergänzte die Ärztin.

Unter ihnen spielten Kinder im Pool. »In dieser Familie gibt's jede Menge Teenager, also jede Menge Gratiskindermädchen für die Kleinen«, bemerkte Clark.

»In dieser Familie gibt's einfach jede Menge Kinder«, stellte die Frauenärztin und Geburtshelferin fest. »Wir sind nicht alle wie Tante Carmen.«

»Ich nehme ein Medikament, das meinen Schlaf durcheinanderbringt«, sagte Juan Diego und zu Dr. Quintana: »Ich nehme Betablocker. Wie Sie vermutlich wissen, können Betablocker bedrückend oder *reduzierend* wirken, während die Wirkung, die sie auf das *Traum*leben haben, eher unvorhersehbar ist.«

Juan Diego erzählte der Ärztin nicht, dass er mit der Dosierung seiner Lopressor-Tabletten experimentiert hatte. Wahrscheinlich wirkte er total aufrichtig – jedenfalls auf Dr. Quintana und Clark French.

Juan Diego hatte ein herrliches Zimmer; vor den Fenstern mit Meerblick waren Fliegengitter, und es gab einen Deckenventilator, wodurch sich eine Klimaanlage erübrigte. Das Bad war ebenfalls hübsch und riesig, mit einer Außendusche und einem pagodenartigen Bambusdach darüber.

»Lassen Sie sich ruhig Zeit, und machen Sie sich vor dem Abendessen frisch«, riet Josefa Juan Diego. »Auch der Jetlag, also die Zeitdifferenz, könnte die Wirkung der Lopressor-Tabletten beeinflussen.«

»Die Zeit für die *richtigen* Tischgespräche kommt ohnehin erst, wenn die größeren Kinder die kleinen ins Bett gebracht haben«, sagte Clark und drückte die Schulter seines ehemaligen Dozenten.

War das eine indirekte Warnung davor, in der Nähe von kleinen Kindern und Jugendlichen Erwachsenenthemen anzusprechen?, fragte sich Juan Diego. Clark French, das wurde ihm erst jetzt richtig klar, war eben trotz seiner rauhen Herzlichkeit immer noch verklemmt – ein prüder Mittvierziger. Wenn Clarks Kommilitonen an der Uni von Iowa ihn jetzt erleben könnten, würden sie ihn immer noch hänseln.

Abtreibung, das wusste Juan Diego, war auf den Philippinen verboten; er hätte zu gern gewusst, was Dr. Quintana, die Fachärztin, davon hielt. (Und waren sie und ihr ach so katholischer Mann bei diesem Thema *einer* Meinung?) Bestimmt war das ein Tischgespräch, das Clark und er nicht führen konnten (oder sollten), ehe die Kinder und die Jugendlichen Richtung Bett verschwunden waren, oder vielmehr hoffte Juan Diego, diese Unterhaltung mit Dr. Quintana zu führen, nachdem Clark Richtung Bett verschwunden war.

Diese Aussicht wühlte Juan Diego so auf, dass er darüber beinahe Miriam vergaß. Natürlich nicht ganz – das konnte er keine Sekunde lang. Er widerstand der Versuchung, draußen zu duschen, und zwar nicht nur, weil es draußen dunkel war (und es nach Einbruch der Dunkelheit in der Außendusche von Insekten wimmeln würde), sondern weil er sonst unter Umständen das Telefon überhörte. Weder konnte er Miriam anrufen – er kannte nicht einmal ihren Nachnamen! –, noch konnte er die Rezeption anrufen und sich mit dem »ungeladenen« Gast verbinden lassen. Doch würde Miriam, falls sie die geheimnisvolle Frau war, nicht *ihn* anrufen?

Er beschloss, ein Bad zu nehmen – keine Insekten und in Hörweite des Telefons. Natürlich wurde es ein hektisches Bad, und niemand rief an. Juan Diego versuchte, ruhig zu bleiben; er überlegte, wie er als Nächstes mit seinen Medikamenten verfahren sollte. Um nichts durcheinanderzubringen, packte er den Tablettenteiler wieder in seine Kulturtasche. Das Viagra und die Lopressor-Pillen lagen Seite an Seite auf der Ablage, neben dem Waschbecken im Bad.

Keine halben Dosen mehr für mich, beschloss Juan Diego. Nach dem Abendessen würde er eine ganze Lopressor-Tablette nehmen – mit anderen Worten: die richtige

Menge –, aber *nicht,* falls er mit Miriam zusammen war. Eine Dosis auszulassen, hatte ihm ja bisher nicht geschadet, und bei Miriam könnte ein Adrenalinkick nützlich und sogar notwendig sein.

Mit dem Viagra war es allerdings schon komplizierter. Für sein Rendezvous mit Dorothy hatte Juan Diego seine übliche halbe durch eine ganze Tablette ersetzt; für Miriam, so stellte er sich vor, wäre ein halbes Viagra ebenfalls nicht ausreichend. Die komplizierte Frage war, wann er es einnehmen sollte. Das Viagra brauchte fast eine Stunde, um seine Wirkung zu entfalten. Und wie lange mochte ein Viagra – eine ganze Tablette, die vollen 100 Milligramm – wohl reichen?

Doch es war Silvester! Gewiss würden wenigstens die Jugendlichen bis nach Mitternacht aufbleiben, um das neue Jahr zu begrüßen. Und natürlich die meisten Erwachsenen.

Angenommen, Miriam lud ihn in *ihr* Zimmer ein? Sollte er das Viagra zum Essen mitnehmen? (Um jetzt eine Pille zu nehmen, war es noch zu früh.)

Er zog sich langsam an und versuchte sich vorzustellen, was Miriam an ihm gefallen könnte. Er hatte über dauerhaftere, komplexere und vielfältigere Beziehungen (nicht nur mit Frauen) geschrieben, als er sie selbst je gehabt hatte. Seine Leser (zumindet diejenigen, die ihn nicht persönlich kennengelernt hatten) unterstellten ihm bestimmt ein abwechslungsreiches Sexualleben, denn in seinen Romanen gab es homo- und bisexuelle sowie jede Menge konventionelle heterosexuelle Paare. Doch Juan Diego war es aus politischen Gründen wichtig, in seinen Büchern sexuell unverkrampft zu sein; er selbst hatte nie auch nur mit jemandem zusammengelebt, und man müsste ihn eindeutig als einen konventionellen Heterosexuellen beschreiben.

Juan Diego hegte den Verdacht, dass er ein eher langweiliger Liebhaber war. Er hätte als Erster zugegeben, dass sich sein sogenanntes Sexleben fast ausschließlich in seiner Phantasie abspielte – so wie jetzt, dachte er bedauernd. Er stellte sich Miriam lediglich vor; er wusste ja nicht einmal, ob sie tatsächlich der geheimnisvolle Gast war, der im Encantador eingecheckt hatte.

Die Einsicht, dass er in erster Linie ein imaginäres Geschlechtsleben führte, deprimierte ihn, obwohl er heute nur eine halbe Lopressor-Pille genommen hatte; dass er sich reduziert fühlte, konnte er diesmal nicht allein auf die Betablocker schieben. Juan Diego beschloss, eine Viagra-Tablette in seine rechte vordere Hosentasche zu stecken, für alle Fälle – egal, was mit Miriam sein würde.

Seine Hand steckte häufig in der rechten Hosentasche; Juan Diego musste die hübsche Mah-Jongg-Kachel nicht hervorziehen, ihm genügte, wie sie sich anfühlte – so glatt. Auf Edward Bonshaws blasser Stirn hatte der Spielstein ein perfektes Häkchen hinterlassen; Señor Eduardo hatte die Kachel ein Leben lang als Andenken mit sich herumgetragen. Als Señor Eduardo im Sterben lag (das letzte Hemd hat bekanntlich keine Taschen), hatte er die Mah-Jongg-Kachel Juan Diego geschenkt. Und der Spielstein, der einmal zwischen Edward Bonshaws Augenbrauen gesteckt hatte, wurde zu Juan Diegos Talisman.

Die graublaue Viagra-Tablette war nicht so glatt wie die Mah-Jongg-Kachel; der Spielstein war auch doppelt so groß wie die Viagra-Pille – »meine Rettungspille«, wie Juan Diego sie insgeheim nannte. Und falls Miriam der ungeladene Gast im Zimmer neben der Bibliothek war, dann war die Viagra-Tablette in Juan Diegos rechter vorderer Hosentasche ein zweiter Talisman.

Selbstverständlich weckte das Klopfen an seiner Hotelzimmertür falsche Hoffnungen in ihm. Doch es war nur Clark, der ihn zum Essen abholte. Als Juan Diego die Beleuchtung in Bad und Schlafzimmer ausknipste, riet Clark ihm, den Deckenventilator einzuschalten und anzulassen.

»Siehst du den Gecko?«, fragte Clark und deutete zur Zimmerdecke. Ein Gecko, kleiner als sein kleiner Finger, klebte über dem Kopfende des Bettes an der Decke. Juan Diego vermisste nicht viel an Mexiko – mit ein Grund, warum er nie zurückgekehrt war –, aber die Geckos vermisste er wirklich. Der kleine über dem Bett flitzte auf seinen Haftzehen im selben Moment los, als Juan Diego den Ventilator anstellte.

»Du wirst sehen, sobald der Ventilator eine Weile läuft, kommt der Gecko zur Ruhe«, sagte Clark. »Die Geckos sollen einen mit ihrem Herumgerenne ja nicht am Einschlafen hindern.«

Juan Diego war von sich selbst enttäuscht, weil er den Gecko erst entdeckt hatte, als Clark ihn ihm zeigte; beim Hinausgehen entdeckte er einen zweiten, der über die Badezimmerwand huschte und blitzschnell hinter dem Badezimmerspiegel verschwand.

»Die Geckos fehlen mir schon«, gestand Juan Diego Clark. Draußen, auf der Galerie, hörten sie Musik, die von einem Strandclub für Einheimische kam.

»Warum gehst du nicht zurück nach Mexiko – ich meine, nur zu *Besuch*?«, fragte ihn Clark.

So war es immer mit Clark, erinnerte sich Juan Diego. Clark wollte, dass Juan Diegos »Probleme« mit seiner Kindheit und frühen Jugend abgehakt waren; Clark wollte, dass alle Missstände sich auf erbauliche Art auflösten, so wie in seinen Romanen. Alle sollten gerettet, alles vergeben werden. Bei Clark hatte Güte etwas Ermüdendes.

Doch worüber waren Juan Diego und Clark French sich eigentlich nicht uneinig?

Zwischen ihnen hatte es ein schier endloses Hickhack über den 2005 verstorbenen Wojtyła-Papst Johannes Paul II. gegeben. Als er zum Papst gewählt wurde, war er noch ein junger Kardinal aus Polen gewesen, und er wurde ein sehr beliebter Papst, aber Johannes Pauls Bestrebungen, in Polen die »Normalität wiederherzustellen« – also die Abtreibung wieder illegal zu machen –, fand Juan Diego furchtbar.

Clark French hatte Sympathie dafür bekundet, was der polnische Papst »Kultur des Lebens« nannte – seine Haltung gegen Abtreibung und Verhütung, die darauf hinauslief, »schutzlose« Föten vor der »Kultur des Todes« zu bewahren.

»Warum solltest du – ausgerechnet du, nach allem, was dir widerfahren ist – ein Konzept des Todes einem Konzept des Lebens vorziehen?«, hatte Clark seinen ehemaligen Lehrer gefragt. Und jetzt kam er ihm (wieder einmal) damit, er solle zurück nach Mexiko gehen – nur zu *Besuch*!

»Du weißt ganz genau, warum ich nicht zurückgehen will, Clark«, antwortete Juan Diego und humpelte neben seinem ehemaligen Studenten über die Galerie. (Bei anderer

Gelegenheit, als Juan Diego zu viel Bier intus gehabt hatte, sagte er zu Clark: »Mexiko ist in der Hand von Verbrechern und der katholischen Kirche.«)

»Sag mir nicht, dass du die Kirche für Aids verantwortlich machst – du willst doch nicht behaupten, Safer Sex sei die Antwort auf alles, oder?«, fragte Clark. Das war, wie Juan Diego wusste, eine nicht sehr geschickt versteckte Anspielung – nicht dass Clark sich wirklich bemühte, seine Anspielungen zu verstecken.

Juan Diego erinnerte sich noch, wie Clark die Benutzung von Kondomen »Propaganda« genannt hatte. Wahrscheinlich war das seine Umschreibung von etwas, was Papst Benedikt XVI. gesagt hatte und was darauf hinauslief, das Aidsproblem würde durch Kondome »nur verschlimmert«. Oder war das Clarks ureigene Formulierung gewesen?

Und weil Juan Diego jetzt Clarks Frage, ob Safer Sex seiner Meinung nach *alle* Probleme löse, unbeantwortet ließ, ritt dieser weiter auf Benedikts Standpunkt herum: »Der einzige erfolgversprechende Weg zur Bekämpfung einer Epidemie führt über eine spirituelle Erneuerung –«

»Clark!«, rief Juan Diego. »›Spirituelle Erneuerung‹ bedeutet nur noch mehr von denselben überkommenen Ansichten über Familie, bedeutet ausschließlich heterosexuelle Ehen, bedeutet unbedingte sexuelle Enthaltsamkeit vor der Ehe –«

»Klingt für mich nach *einem* gangbaren Weg, um eine Epidemie zu bremsen«, sagte Clark listig. Er war so dogmatisch wie eh und je!

»Wenn ich mich zwischen den unerfüllbaren Regeln deiner Kirche und der menschlichen Natur entscheiden müsste, würde ich mein Geld auf die menschliche Natur setzen«, sagte Juan Diego. »Nimm das Zölibat –«

»Vielleicht erst, wenn die kleinen Kinder und die Jugendlichen ins Bett gegangen sind«, ermahnte Clark seinen ehemaligen Lehrer.

Sie waren allein auf der Galerie, und es war Silvester; Juan Diego war sich zwar ziemlich sicher, dass die Jugendlichen sogar noch länger aufbleiben würden als die Erwachsenen, sagte aber nur: »Nimm nur die Pädophilie, Clark.«

»Wusste ich's doch – dass du jetzt damit kommst!«, rief Clark aufgeregt.

In seiner Weihnachtsansprache in Rom – die keine zwei Wochen her war – hatte Papst Benedikt XVI. gesagt, noch bis in die 1970er Jahre habe Pädophilie als *normal* gegolten. Clark wusste, dass dieser Satz genügte, um Juan Diego die Zornesröte ins Gesicht zu treiben. Doch jetzt probierte es sein ehemaliger Lehrer auf seine alte Tour und zitierte den Papst, als wäre die katholische Theologie schuld an Benedikts Andeutung, nichts sei böse an sich oder gut an sich.

»Clark, *tatsächlich* sagt Benedikt, es gibt nur ein ›besser als‹ und ein ›schlechter als‹ – das hat dein Papst gesagt«, teilte Clarks alter Lehrer ihm mit.

»Darf ich dich daran erinnern, dass die Statistiken zur Pädophilie außerhalb der Kirche, in der Bevölkerung insgesamt, mit den Statistiken innerhalb der Kirche identisch sind«, sagte Clark French zu Juan Diego.

»Benedikt sagte: ›Nichts ist gut oder böse an sich.‹ Er sagte: *nichts,* Clark«, entgegnete Juan Diego seinem ehemaligen Studenten. »Pädophilie ist nicht nichts; Pädophilie ist garantiert ›böse an sich‹, Clark.«

»Erst wenn die Kinder ins –«

»Hier sind keine Kinder, Clark!«, rief Juan Diego. »Wir sind hier ganz allein, auf der Außengalerie!«, rief er.

»Na ja …«, sagte Clark French vorsichtig und sah sich nach allen Seiten um; von irgendwo hörten sie Kinderstimmen, aber weit und breit waren keine Kinder (auch keine Jugendlichen oder etwa andere Erwachsene) zu sehen.

»Die katholische Chefetage glaubt, Küssen führe zur Sünde«, flüsterte Juan Diego. »Deine Kirche ist gegen Geburtenkontrolle, gegen Abtreibung, gegen Schwulenehe – deine Kirche ist gegen *Küssen*, Clark!«

Plötzlich lief ein Schwarm kleiner Kinder auf der Galerie an ihnen vorbei; ihre Flip-Flops klatschten, ihre nassen Haare glänzten.

»Erst wenn die Kleinen im Bett sind –«, fing Clark French wieder an; bei ihm waren Gespräche ein Wettbewerb, eine Art Kampfsport. Clark hätte einen perfekten Missionar abgegeben. Ihn umgab diese jesuitische »Ich-weiß-alles«-Aura – mit dieser ständigen Betonung von Lernen und Bekehren. Wohl motivierte Clark allein der Gedanke an seinen eigenen Märtyrertod. Kein Ungemach war ihm zu viel, wenn es darum ging, seinen Standpunkt durchzusetzen; beschimpfte man ihn, lächelte er zufrieden und blühte regelrecht auf.

»Alles in Ordnung?«, fragte Clark Juan Diego.

»Ich bin nur ein wenig außer Atem – ich bin es nicht mehr gewohnt, so schnell zu humpeln«, sagte ihm Juan Diego. »Beziehungsweise zu humpeln und gleichzeitig zu reden.«

Sie wurden langsamer, als sie die Treppe hinunter- und in die Eingangshalle des Encantador hinübergingen, wo der Speisesaal war. Das Dach des Hotelrestaurants war überhängend, und es gab ein Bambusrollo, das zum Schutz vor Wind und Regen heruntergelassen werden konnte. Die freie Sicht auf die Palmen und das Meer verliehen dem Speisesaal das Flair einer geräumigen Veranda. Auf allen Tischen lagen Partyhüte aus Papier.

In was für eine große Familie Clark French eingeheiratet hatte!, dachte Juan Diego. Dr. Josefa Quintana hatte bestimmt an die dreißig oder vierzig Verwandte, und mehr als die Hälfte waren Kinder oder Jugendliche.

»Keiner erwartet von dir, dass du dir alle Namen merken kannst«, flüsterte Clark Juan Diego zu.

»Was den geheimnisvollen Gast angeht«, sagte Juan Diego plötzlich, »sie soll ruhig neben mir sitzen.«

»Neben *dir*?«, fragte Clark.

»Selbstverständlich. Ihr hasst sie doch alle. Ich bin wenigstens neutral«, antwortete ihm Juan Diego.

»Ich hasse sie nicht – es kennt sie ja keiner! Sie hat sich in eine Familienfeier eingeschlichen –«

»Ich weiß, Clark, ich weiß«, sagte Juan Diego. »Sie sollte neben mir sitzen. Wir sind beide Fremde. Alle anderen kennen sich untereinander.«

»Ich habe mir überlegt, sie an einen der Kindertische zu platzieren«, sagte Clark. »Vielleicht an den Tisch mit den ungebärdigsten Kindern.«

»Siehst du? Und wie du sie hasst!«, gab Juan Diego zurück.

»Das war ein Scherz. Vielleicht an einen Tisch mit Jugendlichen – denjenigen, die am übelsten gelaunt sind«, fuhr Clark fort.

»Du hasst sie eindeutig. Ich bin neutral«, erinnerte ihn Juan Diego. (Miriam würde die Jugendlichen bestimmt auf Abwege führen, dachte Juan Diego.)

»Onkel Clark!«, rief ein Kind; ein kleiner Junge mit Mondgesicht zerrte an Clarks Hand.

»Ja, Pedro. Was gibt's denn?«, fragte Clark den Kleinen.

»Der große Gecko hinter dem Gemälde in der Bibliothek. Er ist hinter dem Gemälde hervorgekommen!«, sagte Pedro.

»Nicht der *Riesen*gecko, doch nicht *der*!«, rief Clark mit gespielter Besorgnis.

»Doch! Der Riesengecko!«, rief der kleine Junge.

»Tja, ganz zufällig, Pedro, weiß dieser Mann alles über Geckos – er ist ein Geckoexperte. Er mag Geckos nicht nur, er vermisst sie auch«, sagte Clark. »Das ist Mr. Guerrero«, fügte Clark hinzu und machte sich aus dem Staub. Der Junge griff sofort nach der Hand des älteren Mannes.

»Du *magst* sie?«, fragte der Junge, doch ehe Juan Diego antworten konnte, fuhr Pedro fort: »Warum vermisst du Geckos, Mister?«

»Äh, nun –«, begann Juan Diego und brach ab. Er wollte Zeit schinden. Als er in Richtung der Treppe zur Bibliothek humpelte, zog er mit seinem Humpeln ein Dutzend Kinder an; sie waren vielleicht fünf Jahre oder ein wenig älter, wie Pedro.

»Er weiß alles über Geckos – er *mag* sie«, erzählte Pedro den anderen Kindern. »Du vermisst Geckos. *Warum*?«, fragte er Juan Diego erneut.

»Was ist mit deinem Fuß passiert, Mister?«, fragte ihn ein anderes Kind, ein kleines Mädchen mit Zöpfen.

»Ich war ein Müllkippenkind. Ich habe in einer Hütte in der Nähe des *basurero* von Oaxaca gewohnt – *basurero* heißt Müllkippe; Oaxaca liegt in Mexiko«, erzählte ihnen Juan Diego. »Die Hütte, in der meine Schwester und ich wohnten, hatte keine Fenster und nur eine Tür. Jeden Morgen, wenn ich aufwachte, war ein Gecko an dieser Fliegengittertür. Der Gecko war so flink, er konnte im Handumdrehen verschwinden«, erzählte Juan Diego weiter und klatschte zur Verdeutlichung bei »im Handumdrehen« in die Hände. Beim Treppensteigen hinkte er stärker. »Eines Morgens fuhr ein Pick-up rückwärts über meinen rechten Fuß. Da der Rückspiegel auf der Fahrerseite gesprungen war, konnte der Fahrer mich nicht sehen. Es war nicht seine Schuld; er war ein guter Mann. Er ist jetzt tot, und ich vermisse ihn. Ich vermisse die Müllkippe, und ich vermisse die Geckos«, erzählte Juan Diego. Er merkte nicht, dass ihm nicht nur die Kinder, sondern auch Erwachsene nach oben folgten, darunter auch Clark French; sie alle verfolgten natürlich Juan Diegos Geschichte.

Hatte der hinkende Mann wirklich gesagt, er vermisse die Müllkippe?, fragten einige der Kinder einander ungläubig.

»Wenn ich auf einer Müllkippe gelebt hätte, würde ich sie bestimmt nicht vermissen«, sagte das kleine Mädchen mit den Zöpfen zu Pedro. »Aber vielleicht vermisst er ja seine Schwester«, sagte sie dann.

»Dass jemand Geckos vermisst, kann ich schon verstehen«, rief Pedro.

»Geckos sind vorwiegend nachtaktiv – sie sind meist

nachts unterwegs, wenn es mehr Insekten gibt. Sie fressen Insekten; Geckos tun einem nichts«, sagte Juan Diego.

»Wo ist deine Schwester?«, fragte das kleine Mädchen mit den Zöpfen Juan Diego.

»Sie ist tot«, antwortete Juan Diego; fast hätte er erzählt, *wie* Lupe gestorben war, doch er wollte den Kleinen keine Alpträume verschaffen.

»Seht mal!«, rief Pedro. Er zeigte auf ein großes Gemälde, das über einem bequem aussehenden Sofa in der Hotelbibliothek hing. Der Gecko war so riesig, dass er (selbst aus einiger Entfernung) gut zu sehen war. Die Echse haftete mit ihren Saugzehen neben dem Gemälde an der Wand; als Juan Diego und die Kinder näher kamen, kletterte sie ein Stück höher, wartete dann und beobachtete sie. Es war ein wirklich großer Gecko, fast so groß wie eine Hauskatze.

»Der Mann auf dem Bild ist ein Heiliger«, sagte Juan Diego den Kindern. »Er war einmal Student an der Pariser Universität; Soldat war er auch – er war ein baskischer Soldat und wurde verwundet.«

»*Wie* verwundet?«, fragte Pedro.

»Durch eine Kanonenkugel«, sagte Juan Diego.

»Würde man durch eine Kanonenkugel nicht sterben?«, fragte Pedro.

»Offenbar nicht, wenn man mal ein Heiliger wird«, antwortete Juan Diego.

»Wie hieß er?«, fragte das kleine Mädchen mit den Zöpfen; sie steckte voller Fragen. »Wer war der Heilige?«

»Dein Onkel Clark weiß, wer das war«, antwortete Juan Diego. Ihm war bewusst, dass Clark French ihn beobachtete und ihm zuhörte – immer noch der Musterstudent. (Clark sah selbst aus wie jemand, der eine Kanonenkugel überleben könnte.)

»Onkel Clark!«, riefen die Kinder.

»Wie *hieß* der Heilige?«, fragte das kleine Mädchen mit den Zöpfen wieder.

»Der heilige Ignatius von Loyola«, hörte Juan Diego Clark French zu den Kindern sagen.

Der Riesengecko bewegte sich so flink wie ein kleiner. Vielleicht war Clarks Stimme zu selbstsicher oder zu laut gewesen. Es war erstaunlich, wie flach sich die große Echse machen konnte – wie sie es schaffte, sich hinter das Gemälde zu quetschen, allerdings hatte das Reptil das Bild leicht verschoben. Es hing jetzt ein wenig schief an der Wand, doch es schien, als wäre der Gecko nie dagewesen.

Juan Diego konnte sich nicht erinnern, dass der kahlköpfige, aber bärtige Heilige auf irgendeinem der Porträts, die er je gesehen hatte – im *Templo de la Compañía de Jesús,* im *Niños Perdidos* und anderswo in Oaxaca (und in Mexico City) –, seinen Blick je erwidert hätte. Ignatius von Loyolas Augen waren *aufwärts* gerichtet; er schaute flehentlich himmelwärts. Der Gründer des Jesuitenordens hielt nach einer höheren Autorität Ausschau – Loyola war nicht gewillt, mit gewöhnlichen Schaulustigen in Augenkontakt zu treten.

»Bitte zu Tisch!«, rief eine Erwachsenenstimme.

»Danke für die Geschichte, Mister«, sagte Pedro zu Juan Diego. »Es tut mir leid wegen all der Sachen, die du vermisst«, fügte er hinzu.

Sowohl Pedro als auch das kleine Mädchen mit den Zöpfen wollten Juan Diegos Hände halten, als die drei am oberen Treppenende ankamen, doch die Treppe war zu schmal; für einen Krüppel wie Juan Diego war Treppensteigen, ohne dass er sich am Geländer festhalten konnte, zu gefährlich.

Außerdem sah er, dass am Fuß der Treppe Clark French auf ihn wartete – zweifellos hatte die neue Sitzordnung einige der älteren Familienmitglieder in Rage versetzt. Juan Diego vermutete, dass Frauen eines gewissen Alters neben ihm sitzen wollten; diese älteren Frauen waren seine eifrigsten Leserinnen und hatten wenigstens keine Hemmungen, sich mit ihm zu unterhalten.

Doch Clark sagte nur voller Begeisterung: »Ich höre dir einfach unheimlich gern zu, wenn du eine Geschichte erzählst.«

Meine Jungfrau-Maria-Geschichte würdest du dir bestimmt nicht so gern anhören, dachte Juan Diego. Er fühlte sich plötzlich ungewöhnlich müde – obwohl er im Flugzeug geschlafen und im Auto ein Nickerchen gehalten hatte. Der kleine Pedro hatte recht, als er sagte, Juan Diego tue ihm wegen »all der Sachen« leid, die er vermisse. Allein der Gedanke an *all die Sachen,* die er vermisste, sorgte dafür, dass Juan Diego alle nur noch mehr vermisste – dabei hatte er mit der Geschichte, die er den Kindern über die Müllkippe erzählt hatte, kaum an der Oberfläche gekratzt.

Die Sitzordnung war sorgfältig durchdacht worden; die Kindertische standen am Rand des Speisesaals, die Erwachsenen gruppierten sich um die Tische in der Mitte. Josefa würde neben ihm sitzen, der andere Platz an seiner Seite, registrierte Juan Diego, war leer. Clark setzte sich schräg gegenüber von seinem ehemaligen Lehrer. Niemand hatte einen Partyhut auf – noch nicht.

Wie Juan Diego sich gedacht hatte, saßen in seiner Nähe am Tisch überwiegend »Frauen eines gewissen Alters« . Sie lächelten ihn wissend an, so wie es Frauen machen, die deine Romane gelesen haben (und annehmen, sie wüssten damit alles über dich); nur eine dieser älteren Frauen lächelte nicht.

Es gibt diese Redensart, dass manche Leute ihren Haustieren immer ähnlicher werden. Noch ehe Clark mit einem Löffel sein Wasserglas zum Klingen brachte und seinen ehemaligen Dozenten in einer langatmigen Rede der Familie seiner Frau vorstellte, hatte Juan Diego bereits entdeckt, wer Tante Carmen war. Niemand sonst ähnelte auch nur halbwegs einem bunten, spitzzähnigen, gefräßigen Aal. Und in dem schmeichelhaften Licht des Esstischs hätte man Tante Carmens Wangen durchaus für die bebenden Kiemenschlitze einer Muräne halten können. Und wie eine Muräne strahlte Tante Carmen Distanz und Misstrauen aus – mit ihrer Unnahbarkeit tarnte sie die berüchtigte Fähigkeit des bissigen Aalverwandten, aus der Entfernung einen tödlichen Angriff zu starten.

»Ich möchte euch beiden etwas sagen«, sagte Dr. Quintana zu ihrem Mann und Juan Diego, als der Tisch zur Ruhe gekommen war – Clark hatte endlich aufgehört zu reden; der erste Gang, ein Ceviche, war serviert worden. »Keine Religion, keine Kirchenpolitik, kein Wort über Abtreibung oder Verhütung – nicht beim Essen«, sagte Josefa.

»Nicht solange die Kinder und Jugendlichen noch –«, begann Clark.

»Nicht solange die Erwachsenen noch hier sind, Clark – über all das wird nicht geredet, außer ihr zwei seid allein«, sagte ihm seine Frau.

»Und kein Sex«, sagte Tante Carmen; dabei sah sie Juan Diego an. Er war derjenige, der über Sex schrieb, nicht Clark. Und wie die Aalfrau »kein *Sex*« sagte – als hätte das Wort in ihrem runzligen Mund einen schlechten Nachgeschmack hinterlassen –, beinhaltete sowohl darüber reden als auch es tun.

»Da bleibt wohl nur noch die Literatur«, stellte Clark trotzig fest.

»Das hängt von der Literatur ab«, sagte Juan Diego. Kaum hatte er Platz genommen, wurde ihm ein wenig schwindelig; seine Sicht war verschwommen. Das geschah zuweilen bei Viagra – meist verging das Schwindelgefühl relativ rasch. Doch als Juan Diego seine rechte vordere Hosentasche abtastete, fiel ihm auf, dass er das Viagra noch nicht genommen hatte – er konnte die Tablette und die Mah-Jongg-Kachel durch den Hosenstoff fühlen.

Natürlich waren in dem Ceviche auch Meeresfrüchte – wie es aussah, Garnelen oder vielleicht irgendeine andere Krebsart. Und Mango, dachte Juan Diego; er hatte die Zinken seiner Salatgabel in die Marinade getaucht und heimlich probiert. Ganz sicher ein Zitrussaft – wahrscheinlich Limette, dachte Juan Diego.

Natürlich hatte Tante Carmen ihn prompt beim Probieren ertappt und schwenkte drohend ihre Salatgabel, wie um zu demonstrieren, dass sie sich lange genug zurückgehalten hatte.

»Ich sehe keinen Grund, warum wir auf sie warten sollten«, sagte Tante Carmen und wies nun mit ihrer Gabel auf den leeren Stuhl neben Juan Diego. »Sie gehört nicht zur Familie«, fügte die Aalfrau hinzu.

Juan Diego spürte, wie etwas oder jemand seinen Fußknöchel berührte; als er nachsah, entdeckte er unter dem Tisch zu seinen Füßen ein kleines Gesicht, das zu ihm aufschaute. Es war das Mädchen mit den Zöpfen. »Hi, Mister«, sagte sie. »Die Dame hat mir gesagt, ich soll's dir sagen – sie kommt.«

»Welche Dame?«, fragte Juan Diego das kleine Mädchen; für alle am Tisch, außer für Clarks Frau, musste es so ausgesehen haben, als rede er mit seinem Schoß.

»Consuelo«, ermahnte Josefa das kleine Mädchen. »Geh bitte zurück an deinen Tisch.«

»Ja«, sagte Consuelo.

»*Welche* Dame?«, fragte Juan Diego Consuelo noch einmal. Die Kleine war unter dem Tisch hervorgekrochen und musste nun Tante Carmens bösen Blick aushalten.

»Die Dame, die einfach da war«, sagte Consuelo; sie zog an beiden Zöpfen, so dass ihr Kopf hin und her wippte. Dann lief sie weg. Die Kellner schenkten Wein ein – einer davon war der junge Fahrer, der Juan Diego vom Flughafen in Tagbilaran City abgeholt hatte.

»Sie müssen die geheimnisvolle Dame hierher gefahren haben«, sagte Juan Diego zu ihm und wies den Wein zurück, doch der junge Mann schien ihn nicht zu verstehen. Josefa sprach mit ihm auf Tagalog, doch der Chauffeur wirkte immer noch verwirrt. Seine Antwort an Dr. Quintana fiel überlang aus.

»Er sagt, er habe sie nicht gefahren – sie stand plötzlich

einfach in der Auffahrt. Niemand hat ihren Wagen oder ihren Chauffeur gesehen«, sagte Josefa.

»Die Handlung verdichtet sich!«, verkündete Clark French. »Für ihn keinen Wein – er trinkt nur Bier«, sagte Clark dem jungen Chauffeur, der als Kellner viel weniger souverän war als hinter dem Lenkrad.

»Ja, Sir«, antwortete der junge Mann.

»Du hättest deinem alten Lehrer nicht so viel Bier dalassen sollen«, sagte Tante Carmen plötzlich zu Clark. »Waren Sie *betrunken*?«, wollte sie dann von Juan Diego wissen. »Was ist nur in Sie gefahren, die Klimaanlage abzuschalten? In Manila schaltet keiner die Klimaanlage ab!«

»Das reicht, Carmen«, wies Dr. Quintana ihre Tante zurecht. »Dein kostbares Aquarium ist nicht Tischgespräch. Du sagst ›kein Sex‹, ich sage ›keine Fische‹. Verstanden?«

»Es war mein Fehler, Tante«, warf Clark ein. »Das Aquarium war meine Idee –«

»Es war eiskalt«, erklärte Juan Diego der Aalfrau. Und in die Runde fügte er hinzu: »Ich hasse Klimaanlagen. Und wahrscheinlich hatte ich zu viel Bier intus –«

»Entschuldigen Sie sich nicht«, forderte ihn Josefa auf. »Es waren nur Fische.«

»*Nur* Fische!«, rief Tante Carmen.

Dr. Quintana beugte sich über den Tisch und berührte Tante Carmens ledrige Hand. »Möchtest du hören, wie viele Vaginas ich letzte Woche gesehen habe – oder im letzten Monat?«, fragte sie ihre Tante.

»Josefa!«, rief Clark.

»Keine Fische, kein Sex«, sagte Dr. Quintana zu der Aalfrau. »Willst du immer noch über Fische reden, Carmen? Sieh dich vor!«

»Hoffentlich ist Morales wohlauf«, sagte Juan Diego begütigend zu Tante Carmen.

»Morales ist anders geworden; dieses Erlebnis hat ihn *verändert*«, sagte Tante Carmen hochmütig.

»Auch keine Aale, Carmen«, sagte Josefa. »Ich habe dich gewarnt!«

Ärztinnen. Juan Diego liebte Ärztinnen! Er hatte Dr. Marisol Gomez angehimmelt; er war seiner lieben Freundin Dr. Rosemary Stein treu ergeben. Und hier war die wunderbare Dr. Josefa Quintana! Juan Diego mochte Clark ja, aber hatte der so eine Frau verdient?

Die geheimnisvolle Dame, die »einfach da war«, hatte das kleine Mädchen gesagt. Und hatte der junge Chauffeur nicht bestätigt, sie sei einfach aufgetaucht?

Doch das Gespräch über das Aquarium war nicht ohne gewesen; keiner, nicht einmal Juan Diego, dachte mehr an den ungeladenen Gast – jedenfalls nicht in dem Augenblick, als der kleine Gecko von der Decke fiel (oder sich fallen ließ). Er landete in dem unberührten Ceviche; der winzige Kerl schien zu wissen, dass dieser Salatteller unbewacht war. An dem einzigen leeren Platz schien sich der Gecko förmlich in das Gespräch zu stürzen.

Die kleine Echse war so schlank wie ein Kugelschreiber und nur halb so lang. Zwei Frauen kreischten auf; eine war eine gutgekleidete Frau, die direkt gegenüber des leeren Platzes saß – ihre Brille wurde mit Zitrusmarinade bekleckert. Ein Mangostück rutschte von dem Salatteller in Richtung des älteren Mannes, der auf der anderen Seite des leeren Stuhls saß und den man Juan Diego als Chirurg im Ruhestand vorgestellt hatte. Die Frau des Chirurgen, eine jener Leserinnen »in gewissem Alter«, hatte lauter gekreischt als die gutgekleidete Frau, die jetzt ruhig war und ihre Brille putzte.

»Verdammte Biester«, sagte die gutgekleidete Frau.

»Wer hat dich denn eingeladen?«, fragte der Chirurg im Ruhestand den kleinen Gecko, der jetzt (regungslos) in dem ungewohnten Ceviche kauerte. Alle lachten, außer Tante Carmen; offenbar war der verschreckt wirkende kleine Gecko für sie nicht zum Lachen. Er schien absprungbereit zu sein, aber wohin?

Später sagten alle, der Gecko habe sie von der schlanken Frau in dem beigefarbenen Seidenkleid abgelenkt. Sie war *einfach plötzlich dagewesen,* dachten später alle; niemand sah, wie sie sich dem Tisch näherte, obwohl sie in dem perfekt sitzenden, ärmellosen Kleid absolut sehenswert war. Unbemerkt glitt sie auf den wartenden Stuhl – nicht einmal der Gecko sah sie kommen, dabei sind Geckos höchst wachsame Tiere. (Wenn man ein Gecko ist und am Leben bleiben will, sollte man besser wachsam sein.)

Juan Diego erinnerte sich später nur daran, wie das schlanke Handgelenk der Frau nach vorn schnellte; die Salatgabel in ihrer Hand bemerkte er erst, als die Frau sie dem Gecko durch sein winziges Rückgrat gestochen und ihn samt einer Mangospalte aufgespießt hatte.

»Erwischt«, sagte Miriam.

Diesmal schrie nur Tante Carmen auf – als hätte die Gabel *sie* durchbohrt. Man kann sich immer darauf verlassen, dass Kinder alles sehen; vielleicht hatten ja die Kleinen

Miriam kommen sehen und waren so klug gewesen, sie zu beobachten.

»Ich hätte nicht gedacht, dass Menschen so schnell wie Geckos sein können«, sagte Pedro am nächsten Tag zu Juan Diego. (Sie waren in der Bibliothek im ersten Stock, betrachteten das Porträt von Ignatius von Loyola und warteten darauf, dass der Riesengecko auftauchte, doch dieser war und blieb verschwunden.)

»Geckos sind sehr, sehr schnell – die kann man nicht fangen«, sagte Juan Diego zu dem kleinen Jungen.

»Aber die Dame –«, begann Pedro; dann brach er einfach ab.

»Ja, sie war schnell« war Juan Diegos einziger Kommentar.

Alle im Speisesaal schwiegen, und Miriam hielt die Salatgabel zwischen Daumen und Zeigefinger, was Juan Diego daran erinnerte, wie Flor ihre Zigarette gehalten hatte, nämlich wie einen Joint. »Kellner!«, rief Miriam. Der leblose Gecko hing schlaff von den glänzenden Zinken der kleinen Gabel. Der junge Chauffeur und ungeschickte Kellner eilte herbei, um Miriam die Mordwaffe abzunehmen. »Ich brauche auch ein neues Ceviche«, sagte sie ihm und nahm Platz.

»Steh nicht auf, Liebling«, sagte sie und legte Juan Diego eine Hand auf die Schulter. »Ich weiß, es ist noch nicht lange her, aber ich habe dich schrecklich vermisst«, sagte Miriam. Jeder im Speisesaal hatte sie gehört; niemand sprach.

»Und ich habe dich vermisst«, sagte Juan Diego zu ihr.

»Jetzt bin ich ja da«, sagte Miriam.

Sie kannten sich also, dachten alle; sie war kein ganz so geheimnisvoller Gast, wie alle erwartet hatten. Auf einmal sah sie auch gar nicht mehr so ungeladen aus. Und Juan Diego wirkte auch nicht gerade *neutral*.

»Das ist Miriam«, stellte Juan Diego sie vor. »Und das ist Clark – Clark French, der Autor. Mein ehemaliger Student.«

»Ah ja«, sagte Miriam, sittsam lächelnd.

»Und das ist Clarks Frau Josefa – Dr. Quintana«, fuhr Juan Diego fort.

»Ich bin so froh, dass eine Ärztin da ist«, sagte Miriam zu Josefa, »dadurch wirkt das Encantador weniger abgelegen.«

Ein Chor aus Rufen begrüßte sie – von anderen Ärztinnen und Ärzten aus dem Quintana-Clan, die ihre Hände hoben.

»Wie wunderbar – eine Familie voller Ärzte«, sagte Miriam und lächelte in die Runde. Nur Tante Carmen wirkte nicht gerade begeistert; zweifellos hatte sie sich auf die Seite des Geckos geschlagen – schließlich war sie eine Haustierfreundin.

Und was war mit den Kindern?, fragte sich Juan Diego. Was hielten sie von dem geheimnisvollen Gast?

Er spürte, wie Miriams Hand seinen Schoß streifte und dann auf seinem Oberschenkel liegen blieb. »Frohes neues Jahr, Liebling«, flüsterte Miriam. Juan Diego glaubte auch zu spüren, dass ihr Fuß jetzt seine Wade hochwanderte.

»Hi, Mister«, sagte Consuelo unter dem Tisch. Diesmal war das kleine Mädchen mit den Zöpfen nicht allein; Pedro war mit ihr unter den Tisch gekrochen. Juan Diego schaute unter das Tischtuch.

Josefa hatte die Kinder nicht gesehen – sie beugte sich

über den Tisch und kommunizierte in einer ehelichen Zeichensprache mit Clark.

Aber Miriam spähte nach unten und entdeckte ihrerseits die beiden Kinder, die zu ihnen nach oben schauten.

»Die Dame mag wohl keine Geckos, Mister«, sagte Pedro.

»Die vermisst sie wohl nicht«, sagte Consuelo.

»Ich mag keine Geckos in meinem Ceviche«, sagte Miriam den Kindern. »Ich vermisse keine Geckos in meinem Salat.«

»Was hältst du davon, Mister?«, fragte das bezopfte kleine Mädchen Juan Diego. »Und was würde deine Schwester davon halten?«

»Genau, was würde –«, begann Pedro, doch Miriam beugte sich jetzt zu den Kindern herunter; unter dem Tisch war ihr Gesicht ihnen plötzlich sehr nahe.

»Hört mal zu, ihr beiden«, sagte Miriam. »Fragt ihn nicht, was seine Schwester davon hält – seine Schwester wurde von einem Löwen getötet.«

Das verscheuchte die Kinder; eilig krabbelten sie davon.

Ich wollte ihnen keine Alpträume bescheren, wollte Juan Diego zu Miriam sagen, bekam aber kein Wort heraus. Ich wollte ihnen keine Angst einjagen!, versuchte er ihr sagen, doch seine Stimme versagte. Es war, als hätte er unter dem Tisch Lupes Gesicht gesehen, doch Consuelo war viel jünger, als Lupe zum Zeitpunkt ihres Todes gewesen war.

Plötzlich verschwamm seine Sicht wieder; diesmal, das wusste Juan Diego, lag es nicht am Viagra.

»Nur Tränen«, sagte er zu Miriam. »Mir geht's gut –

nichts passiert. Ich weine nur«, versuchte er Josefa zu erklären. (Dr. Quintana hatte seinen Arm genommen.)

»Alles in Ordnung?«, fragte Clark seinen ehemaligen Lehrer.

»Mir geht's gut, Clark, mir fehlt nichts. Ich *weine* nur«, wiederholte Juan Diego.

»Natürlich tust du das, Liebling, natürlich«, sagte Miriam, nahm seinen anderen Arm und küsste seine Hand.

»Wo ist die entzückende Kleine mit den Zöpfen? Rufen Sie sie«, sagte Miriam zu Dr. Quintana.

»Consuelo!«, rief Josefa, und schon kam das kleine Mädchen wieder zum Tisch gelaufen, Pedro im Schlepptau.

»Da seid ihr ja wieder, ihr zwei!«, rief Miriam; sie ließ Juan Diegos Arm los und drückte die beiden Kinder an sich. »Habt keine Angst«, sagte sie ihnen. »Mr. Guerrero ist traurig wegen seiner Schwester – er muss immer an sie denken. Würdet ihr nicht auch weinen, wenn ihr nicht vergessen könntet, dass eure Schwester von einem Löwen getötet wurde?«

»Doch!«, rief Consuelo.

»Schon möglich«, meinte Pedro; eigentlich sah er eher so aus, als würde er es durchaus vergessen.

»Nun, so fühlt sich Mr. Guerrero – er vermisst sie einfach«, sagte Miriam den Kleinen.

»Ich vermisse sie – sie hieß Lupe«, konnte Juan Diego gerade noch zu den Kindern sagen, als der junge Chauffeur, der jetzt als Kellner amtierte, mit einem Bier auftauchte; der ungeschickte junge Mann stand einfach nur da und wusste nicht, wohin damit.

»Stellen Sie es einfach ab!«, sagte ihm Miriam, was er auch tat.

Consuelo war auf Juan Diegos Schoß geklettert. »Es wird schon wieder«, sagte die Kleine; als er die Enden ihrer Zöpfe berührte, musste er davon nur noch mehr weinen. »Es wird schon wieder, Mister«, sagte Consuelo immer wieder zu ihm.

Miriam nahm Pedro hoch und setzte ihn sich auf den Schoß; der Junge schien ihr gegenüber gewisse Vorbehalte zu haben, doch das klärte die zerstreute Miriam rasch, indem sie ihn in eine Diskussion verwickelte: »Was könntest *du* denn vermissen, Pedro?«, fragte sie ihn. »Das heißt – was würde dir eines Tages fehlen, wenn du es verloren hättest? Wen würdest du vermissen? Wen hast du lieb?«

Wer *ist* diese Frau? Wo kommt sie her?, fragten sich alle Erwachsenen im Raum, einschließlich Juan Diegos. Er begehrte Miriam; er freute sich wahnsinnig, sie zu sehen. Aber wer *war* sie, und was machte sie hier? Und warum waren alle von ihr fasziniert, sogar die Kinder, die sich zunächst vor ihr gefürchtet hatten?

»Also«, sagte Pedro ernst und runzelte die Stirn. »Ich würde meinen Vater vermissen. Ich *werde* ihn vermissen – eines Tages.«

»Ja, natürlich wirst du das – das ist sehr gut. Genau das meine ich ja«, sagte Miriam zu dem Jungen. Eine Art Melancholie schien den kleinen Pedro zu ergreifen; er lehnte sich zurück gegen Miriam, die ihn an ihren Busen drückte. »Kluger Junge«, flüsterte sie. Er schloss die Augen und seufzte. Es war fast obszön: Pedro wirkte regelrecht wie ein Verführungsopfer.

Die Stimmung am Tisch – im ganzen Speisesaal – war gedämpft. »Das mit deiner Schwester tut mir leid, Mister«, sagte Consuelo zu Juan Diego.

»Es wird schon wieder«, sagte er zu der Kleinen. Er fühlte sich zu müde, um weiterzumachen – zu müde, um irgendwas zu ändern.

Schließlich sagte der junge Chauffeur und unsichere Kellner auf Tagalog etwas zu Dr. Quintana.

»Ja, natürlich, bringen Sie den Hauptgang! Was für eine Frage – tragen Sie ihn auf!«, sagte Josefa. (Kein Einziger der Anwesenden hatte einen Partyhut aufgesetzt. Es war noch nicht Zeit zum Feiern.)

»Seht euch Pedro an!«, rief Consuelo; das kleine Mädchen lachte. »Er ist eingeschlafen.«

»Och, ist das nicht süß?«, sagte Miriam und lächelte Juan Diego an. Der kleine Junge war auf Miriams Schoß fest eingeschlafen, den Kopf an ihre Brust gelehnt. Wie unwahrscheinlich, dass ein Junge seines Alters einfach auf dem Schoß einer völlig Fremden einnicken konnte – noch dazu einer so beängstigenden Person!

Wer *ist* sie bloß?, fragte sich Juan Diego einmal mehr, lächelte aber zurück, er konnte nicht anders. Vielleicht fragten sich alle, wer Miriam war, doch niemand sagte ein Wort oder unternahm etwas, um sie aufzuhalten.

18

Die Lust vermag es

Noch Jahre nachdem er Oaxaca verlassen hatte, blieb Juan Diego mit Bruder Pepe in Kontakt. Was er ab den frühen Siebzigern über Oaxaca wusste, bezog er überwiegend aus den Briefen des treuen Pepe.

Das Problem war, dass Juan Diego sich nicht immer erinnern konnte, *wann* Pepe diese oder jene wichtige Information weitergegeben hatte; für Pepe war alles Neue »wichtig« – jede Veränderung war von Bedeutung, genau wie das, was sich nicht verändert hatte (und es auch nie tun würde).

Während der Aidsepidemie schrieb Bruder Pepe Juan Diego über die Schwulenbar an der Calle Bustamante, doch ob das in den späten Achtzigern oder den frühen Neunzigern war – nun, diese Art von Detailgenauigkeit interessierte Juan Diego nicht. »Ja, die Bar gibt es immer noch – und es ist immer noch eine Schwulenbar«, hatte Pepe geschrieben; offenbar hatte Juan Diego ihn danach gefragt. »Aber heute heißt sie nicht mehr La China, sondern Chinampa.«

Und um diese Zeit herum hatte Pepe auch geschrieben, Dr. Vargas spüre die »Hoffnungslosigkeit der Ärzteschaft«. Aids hatte Vargas das Gefühl gegeben, es gebe jetzt Wichtigeres, als Orthopäde zu sein. »Kein Arzt wird dazu ausgebildet, Menschen beim Sterben zuzusehen; wir sind keine professionellen Händchenhalter«, hatte Vargas zu Pepe gesagt, dabei hatte Vargas nicht einmal mit Infektionskrankheiten zu tun.

Das klang tatsächlich nach Vargas – er fühlte sich immer noch außen vor, weil er den Absturz des Flugzeugs mit seiner Familie an Bord verpasst hatte.

Pepes Brief über La Coronita kam in den Neunzigern, wenn Juan Diego seine Erinnerung nicht trog. Die »Partyhochburg« für Transvestiten hatte dichtgemacht; der schwule Besitzer war gestorben. Als »Das Krönchen« wieder öffnete, hatte es sich vergrößert; es gab ein oberes Stockwerk. Nach der Neueröffnung war La Coronita eine Bar für Transvestiten-Prostituierte und deren Freier. Niemand mehr zog seinen Fummel erst an, wenn er in der Bar eintraf; die Crossdresser kamen so, wie sie nun mal waren. Sie kamen als Frauen in die Bar, jedenfalls deutete Pepe das an.

In den Neunzigern arbeitete Bruder Pepe als Sterbebegleiter; im Gegensatz zu Vargas war Pepe als Händchenhalter geeignet, und das *Niños Perdidos* gab es damals schon lange nicht mehr.

Hogar de la Niña, »Heim des Mädchens«, wurde 1979 eröffnet. Es war ein Waisenhaus nur für Mädchen und eine Antwort auf Stadt der Kinder – das Lupe Stadt der *Jungs* genannt hatte. Pepe hatte während der Achtziger und bis in die frühen Neunziger im Heim des Mädchens gearbeitet.

Pepe würde nie ein Waisenhaus verunglimpfen. *Hogar de la Niña* war nicht sehr weit von Viguera entfernt, wo dessen Pendant nur für Jungs, *Ciudad de los Niños*, immer noch in Betrieb war. Das Heim des Mädchens lag im Stadtteil Cuauhtémoc.

Laut Pepe waren die Mädchen widerborstig; er hatte bei Juan Diego darüber geklagt, dass sie manchmal gemein zueinander seien. Und Pepe hatte missfallen, wie sehr die Mädchen *Die kleine Meerjungfrau* verehrten, den Disney-Zeichentrickfilm aus dem Jahr 1989. Im Schlafsaal hingen Poster – »größer als das Porträt von Unserer Lieben Frau von Guadalupe«, hatte der Jesuit sich beschwert. (So wie sich auch Lupe zweifellos beschwert hätte, dachte Juan Diego.)

Pepe hatte ein Foto von einigen der Mädchen in ihren altmodischen aufgetragenen Kleidern geschickt – die Sorte, die man am Rücken zuknöpft. Auf dem Foto konnte Juan Diego nicht erkennen, dass die Mädchen sich nicht die Mühe gemacht hatten, ihre Kleider am Rücken zuzuknöpfen, aber Bruder Pepe hatte auch darüber geklagt; am Rücken offene Kleider zu tragen gehörte anscheinend zu den »widerborstigen« Dingen, die diese Mädchen machten.

Bruder Pepe blieb (trotz seiner kleinen Klagen) auch weiterhin einer der »Soldaten Christi«, wie Señor Eduardo sich und seine jesuitischen Brüder gern genannt hatte. Doch in Wahrheit war Bruder Pepe ein Diener der Kinder; das war seine Berufung gewesen.

Mehr und mehr Waisenhäuser öffneten in der Stadt; als das *Niños Perdidos* schloss, gab es Ersatz – vielleicht nicht mit dem Schwerpunkt auf Bildung, der von den Patres Alfonso und Octavio so großgeschrieben wurde; dennoch waren es Waisenhäuser.

In den späten Neunzigern arbeitete Bruder Pepe dann im *Albergue Josefino* in Santa Lucía del Camino; das Waisenhaus war 1993 eröffnet worden, und die Nonnen kümmerten sich um Jungen *und* Mädchen, allerdings durften die Jungs nur bleiben, bis sie zwölf waren. Juan Diego wusste nicht, was für Nonnen das waren, und Bruder Pepe hielt sich in dem Punkt bedeckt. *Madres de los Desamparados,* was Juan Diego mit »Mütter der Verlassenen« übersetzt hätte. (Er fand, *verlassen* klang besser als aufgegeben.) Doch Pepe bezeichnete die Nonnen als »Mütter derjenigen, die kein Zuhause haben«, und fand, die *Albergue Josefino* von allen Waisenhäusern das angenehmste. »Die Kinder halten deine Hand«, schrieb er Juan Diego.

In der Kapelle gab es eine Guadalupe und eine weitere im Schulzimmer; es gab sogar eine Guadalupe*uhr*, schrieb Pepe. Die Mädchen durften bleiben, solange sie wollten; einige von ihnen zogen sogar erst mit über zwanzig aus.

»Du darfst nicht sterben«, hatte Juan Diego an Bruder Pepe aus Iowa City geschrieben, womit er meinte, dass er selbst sterben würde, wenn er nichts mehr von Pepe hörte.

Wie viele Ärzte mochten an diesem Silvesterabend wohl im Strandhotel Encantador übernachten? Ein dutzend, oder noch mehr? In Clark Frenchs philippinischer Familie gab es lauter Ärzte. Kein einziger von ihnen, und ganz bestimmt nicht Clarks Frau, hätte Juan Diego geraten, noch eine Dosis Betablocker ausfallen zu lassen.

Vielleicht hätten die Ärzte der Familie, die Männer – die Miriam gesehen, und besonders diejenigen, die mitbekommen hatten, wie sie den Gecko blitzschnell mit einer Salatgabel aufgespießt hatte –, na gut, die *Männer* hätten vielleicht zugegeben, dass eine 100-Milligramm-Tablette Viagra angeraten wäre.

Doch was das Hin und Her zwischen doppelter (oder halber) und dem Weglassen der Lopressor-Pille anging – auf gar keinen Fall! Nicht einmal die Männer unter den Medizinern, die diesen Silvesterabend im Encantador feierten, wären damit einverstanden gewesen.

Als Miriam, wenn auch nur kurz, Lupes Tod zum Thema des Tischgesprächs machte, hatte Juan Diego an seine Schwester gedacht – wie sie die nasenlose Statue der Jungfrau Maria gescholten hatte.

»Zeig mir ein *richtiges* Wunder«, hatte Lupe die Riesin herausgefordert. »*Tu* irgendwas, damit ich an dich glauben kann – für mich bist du nichts als eine fürchterliche Tyrannin!«

Hatte *das* etwa bei Juan Diego die Erkenntnis ausgelöst, dass eine verblüffende Ähnlichkeit zwischen der hoch aufragenden Jungfrau Maria im *Templo de la Compañia de Jesús* und Miriam bestand?

In diesem Augenblick der Unsicherheit berührte Miriam ihn unter dem Tisch – an seinem Oberschenkel, an den kleinen Knubbeln in seiner rechten vorderen Hosentasche. »Was haben wir denn da?«, flüsterte sie ihm zu. Rasch zeigte er ihr die Mah-Jongg-Kachel, den historischen Spielstein, doch ehe er zu seiner umständlichen Erklärung ausholen konnte, sagte Miriam: »Oh, nicht die – ich weiß von dem so ungemein inspirierenden Andenken, das du bei dir trägst. Ich meine, was hast du noch in der Hosentasche?«, murmelte Miriam.

Hatte Miriam etwa in einem Interview mit dem Autor von der Mah-Jongg-Kachel gelesen? Hatte Juan Diego die Geschichte dieses geliebten Erinnerungsstücks etwa den alles trivialisierenden Medien gesteckt? Miriam schien auch über die Viagra-Tablette Bescheid zu wissen – etwa durch ihre Tochter? Von ihm selbst bestimmt nicht, oder etwa doch?

Die Tatsache, dass er nicht mit Sicherheit wusste, ob Miriam über das Viagra Bescheid wusste, ließ Juan Diego an den kurzen Dialog bei seiner Ankunft im Zirkus denken – als Edward Bonshaw, der Flor nur als Prostituierte kannte, erfuhr, dass sie ein Transvestit war.

Es war ein Versehen gewesen – durch die offenen Klappen eines Artistenzelts hatten sie Paco den Zwerg im Fummel gesehen, und Flor hatte zu dem Mann aus Iowa gesagt: »Ich sehe nur gefälliger aus als Paco, Süßer.«

»Hat der Papageienmann begriffen, dass Flor einen Penis hat?«, hatte Lupe (von Juan Diego unübersetzt) gefragt. Offenbar hatte *el hombre papagayo* sich über Flors Penis Gedanken gemacht. Flor, die wusste, was Señor Eduardo dachte, flirtete nun intensiver mit dem Amerikaner.

Schicksal ist alles, überlegte Juan Diego – er dachte an das kleine bezopfte Mädchen, Consuelo, und wie sie »Hi, Mister« gesagt hatte. Wie sehr sie ihn an Lupe erinnerte!

Wie Lupe mehrmals zu Hombre gesagt hatte: »Es wird schon wieder.«

»Man sagt, du magst Peitschen«, sagte Flor leise zu dem humpelnden Missionar, der an beiden Sandalen Elefantenscheiße hatte.

»Der König der *Schweine*«, hatte Lupe plötzlich gesagt, als sie Ignacio, den Löwenbändiger, sah.

Juan Diego fragte sich, warum ihm das ausgerechnet jetzt wieder einfiel; es konnte nicht nur daran liegen, dass

Consuelo »Hi, Mister« gesagt hatte. Wie hatte das kleine Mädchen Miriam noch mal genannt? »Die Dame, die einfach da war« waren ihre Worte gewesen.

»Würdet ihr nicht weinen, wenn ihr nicht vergessen könntet, wie eure Schwester von einem Löwen getötet wurde?«, hatte Miriam die Kinder gefragt. Und dann war Pedro eingeschlafen, den Kopf an Miriams Brust gelehnt. Als wäre der Junge verhext worden, dachte sich Juan Diego.

Juan Diego hatte auf seinen Schoß geschaut und auf Miriams Hand, die die Viagra-Tablette gegen seinen rechten Oberschenkel drückte. Doch als er wieder aufschaute und sich auf dem Esstisch (auf allen Esstischen) umsah, merkte er, dass er den Augenblick verpasst hatte, als alle sich ihre Partyhüte aufsetzten. Sogar Miriam hatte einen Papierhut auf, nur wirkte er bei ihr wie die Krone eines Königs oder einer Königin – in Rosa. Alle Partyhüte waren in Pastellfarben gehalten. Als Juan Diego sich oben am Kopf berührte, spürte er, dass auch er eine solche Papierkrone trug.

»Meiner ist –«, setzte er an.

»Taubenblau«, ergänzte Miriam, und als er auf seine rechte vordere Hosentasche klopfte, spürte er zwar die Mah-Jongg-Kachel, aber nicht mehr die Viagra-Tablette. Er spürte auch Miriams Hand auf seiner Hand.

»Du hast sie genommen«, flüsterte sie.

»Tatsächlich?«

Das Essgeschirr war abgeräumt worden, obwohl Juan Diego sich nicht erinnern konnte, gegessen zu haben – nicht einmal das Ceviche.

»Du siehst müde aus«, bemerkte Miriam.

Hätte Juan Diego mehr Erfahrung mit Frauen gehabt, wäre ihm dann nicht aufgefallen, dass etwas an Miriam irgendwie merkwürdig war, nicht so wie bei anderen Frauen? Was Juan Diego über Frauen wusste, stammte aus der Literatur, vom Romanelesen und -schreiben. Romanheldinnen waren häufig verführerisch und geheimnisvoll; in Juan Diegos eigenen Büchern waren sie außerdem auch oft bedrohlich. Und war es nicht normal – oder zumindest nicht unnormal –, dass Romanheldinnen eine Spur gefährlich waren?

Wenn die Frauen in Juan Diegos richtigem Leben hinter den Frauen zurückblieben, die er aus seiner Phantasie kannte – nun, dann könnte das erklären, warum Frauen wie Miriam und Dorothy, an die Juan Diegos Erfahrungen mit *richtigen* Frauen bei weitem nicht heranreichten, ihm so attraktiv und vertraut vorkamen. (Vielleicht war er ihnen in seiner Phantasie schon oft begegnet. Hatte er sie dort schon früher gesehen?)

So plötzlich wie die papierenen Partyhüte sich auf den Köpfen der Feiernden im Encantador befunden hatten, so spontan tauchte auch die Band auf, angefangen mit drei verlottert aussehenden jungen Männern mit spärlichem Bartwuchs, die so ausgemergelt waren, als stünden sie kurz vor dem Hungertod. Der Gitarrist hatte ein Tattoo am Hals, das wie eine Brandnarbe aussah. Der Mundharmonikaspieler und der Schlagzeuger huldigten dem Muskelshirt-Look, der ihre tätowierten Arme zur Geltung brachte; der Schlagzeuger hatte ein Faible für Insektenmotive, während der Harmonikaspieler Reptilien bevorzugte – auf seinen nackten Armen durften lauter schuppige Wirbeltiere, Schlangen und Echsen herumkrabbeln.

»Jede Menge Testosteron, aber kaum interessante Perspektiven« urteilte Miriam vernichtend, was Clark French, der der Band den Rücken zuwandte, seinem verdutzten Gesichtsausdruck nach zu schließen, offenbar auf sich bezog.

»Die Jungs hinter dir – die *Band*, Clark«, klärte Dr. Quintana ihren Mann auf.

Die Band hieß Nocturnal Monkeys, nachtaktive Affen. Der gute Ruf der Gruppe, der über Tagbilaran City und Umgebung nicht hinausreichte, gründete sich auf die nackten knochigen Schultern der Leadsängerin – eines klapperdürren, flachbrüstigen Straßenmädchens, dessen trägerloses Kleid ständig herunterzurutschen drohte und dessen strähniger schwarzer Bubikopf einen harten Kontrast zu ihrem leichenblassen Teint bildete. Ihre Haut war unnatürlich hell – was nicht sehr nach Filipina aussah, dachte Juan Diego. Dass die Leadsängerin wie ein frisch exhumierter Leichnam aussah, brachte Juan Diego auf den Gedanken, ob nicht das eine oder andere Tattoo hilfreich gewesen wäre – sogar ein Insekt oder ein Reptil, wenn auch nicht so ein grotesker Schaden, wie er am Hals des Gitarristen zu bewundern war.

Zum Namen der Band, Nocturnal Monkeys, hatte Clark natürlich eine Erklärung parat. Die nahegelegenen Chocolate Hills waren eine Sehenswürdigkeit der Region, wo es auch Affen gab.

»Und diese Affen sind bestimmt nachtaktiv«, sagte Miriam.

»Genau«, antwortete Clark verunsichert. »Wenn Sie Interesse haben und es nicht regnet, lässt sich bestimmt ein

Ausflug in die Chocolate Hills arrangieren – eine Gruppe von uns macht das jedes Jahr.«

»Aber tagsüber würden wir die Affen nicht sehen – nicht wenn sie nachtaktiv sind«, gab Miriam zu bedenken.

»Nein, das stimmt – wir haben die Affen noch nie gesehen«, nuschelte Clark. Juan Diego fiel auf, dass er Miriam nicht in die Augen sehen konnte.

»Dann müssen wir uns wohl mit *diesen* Affen zufriedengeben«, sagte Miriam und gestikulierte träge mit dem nackten Arm in die ungefähre Richtung der unglücklich wirkenden Band, die ihrem Namen alle Ehre machte.

»Ebenfalls jedes Jahr steht eine Flusskreuzfahrt auf dem Programm«, fuhr Clark stockend zu Miriam gewandt fort, die ungeduldig darauf wartete, dass er weiterredete. »Wir nehmen einen Bus zum Fluss. Dort gibt es Anlegestellen, Restaurants«, stotterte Clark weiter. »Nach dem Abendessen geht's dann los, flussaufwärts.«

»Im Dunkeln«, stellte Miriam knapp fest. »Was kann man im Dunkeln sehen?«, fragte sie Clark.

»Glühwürmchen – es müssen Tausende und Abertausende sein. Die Glühwürmchen sind spektakulär.«

»Was machen Glühwürmchen, außer zu blinken?«, fragte Miriam.

»Die Glühwürmchen blinken auf *spektakuläre* Weise«, betonte Clark.

Miriam zuckte die Achseln. »Sie blinken beim Balzen«, sagte Miriam. »Man stelle sich vor, wenn wir einander anmachen wollen, könnten wir nur *blinzeln*!« Daraufhin blinzelte sie in Richtung Juan Diego, der prompt zurückblinzelte, worauf beide in Gelächter ausbrachen.

Dr. Josefa Quintana lachte ebenfalls; sie blinzelte über den Tisch hinweg ihrem Mann zu, doch Clark French war nicht zum Blinzeln aufgelegt. »Die Glühwürmchen sind spektakulär«, wiederholte er, wie ein Lehrer, der seine Klasse nicht mehr im Griff hat.

Miriams Blinzeln hatte Juan Diego einen Ständer verpasst und erinnerte ihn daran, dass er das Viagra genommen hatte – wobei Miriams Hand unter dem Tisch ein Übriges dazu beitrug. Juan Diego hatte das befremdliche Gefühl, dass jemand an sein Knie atmete – ganz in der Nähe der Stelle, wo Miriams Hand auf seinem Oberschenkel ruhte –, und als er unter den Tisch schaute, saß da das kleine bezopfte Mädchen und sah zu ihm hoch. »Gute Nacht, Mister – ich soll ins Bett gehen«, sagte Consuelo.

»Gute Nacht, Consuelo«, sagte Juan Diego. Josefa und Miriam schauten nun ebenfalls unter den Tisch. »Meistens macht meine Mutter die Zöpfe auf, bevor ich ins Bett gehe«, erklärte das Kind. »Aber heute Nacht bringt mich eine *Jugendliche* ins Bett – da muss ich wohl mit den Zöpfen schlafen.«

»Deine Haare werden über Nacht nicht sterben, Consuelo«, beruhigte Dr. Quintana das Mädchen. »Deine Zöpfe werden eine Nacht überstehen.«

»Meine Haare werden völlig *verfilzt* sein«, beklagte sich Consuelo.

»Komm her«, forderte Miriam sie auf. »Ich weiß, wie man Zöpfe löst.«

Consuelo zögerte, zu Miriam zu gehen, doch die lächelte und streckte die Arme nach dem kleinen Mädchen aus, das auf Miriams Schoß kletterte, wo es sich kerzengerade hinsetzte und die Hände fest ineinander verschränkte.

»Man sollte sie auch durchkämmen, aber du hast ja keinen Kamm«, sagte Consuelo ängstlich.

»Ich weiß, wie ich das mit den Fingern machen kann«, sagte Miriam dem Mädchen. »Ich kann deine Haare mit den Fingern kämmen.«

»Mach bitte nicht, dass ich einschlafe, so wie Pedro«, sagte Consuelo.

»Ich werde mir Mühe geben«, sagte Miriam mit unbewegter und unverbindlicher Miene.

Während sie sich an Consuelos Zöpfen zu schaffen machte, suchte Juan Diego nach Pedro, doch der Junge war unbemerkt auf den Stuhl Dr. Quintanas geglitten, die inzwischen schräg gegenüber, auf der anderen Tischseite neben ihrem Mann stand. Viele Gäste hatten sich von ihren Plätzen erhoben, und die Mitte des Speisesaals wurde zur Tanzfläche umfunktioniert. Juan Diego sah anderen nicht gern beim Tanzen zu; Krüppel haben keinen Sinn fürs Tanzen, nicht einmal als Zuschauer.

Die kleinen Kinder wurden eins nach dem anderen ins Bett gebracht, und die Teenager hatten ihre Tische am Rande der Tanzfläche den Erwachsenen überlassen. Wenn die Band zu spielen begann, würden sie bestimmt zurückkehren, dachte Juan Diego, doch erst einmal waren sie verschwunden – und taten, was Teenager so tun.

»Was glaubst du ist mit dem Riesengecko hinter dem Gemälde passiert, Mister?«, fragte Pedro leise Juan Diego.

»Nun –«, begann Juan Diego.

»Er ist weg. Ich hab nachgesehen. Da ist nichts«, flüsterte Pedro.

»Bestimmt macht der große Gecko gerade einen Jagdausflug«, schlug Juan Diego vor.

»Er ist weg«, wiederholte Pedro. »Vielleicht hat die Dame den großen Gecko auch aufgespießt«, flüsterte er.

»Das glaube ich nicht, Pedro«, sagte Juan Diego, doch der Junge schien überzeugt, dass der Riesengecko nicht wiederkommen würde.

Miriam hatte inzwischen Consuelos Zöpfe gelöst und fuhr nun gekonnt mit den Fingern durch die dichten schwarzen Haare des Mädchens. »Du hast wunderschönes Haar, Consuelo«, sagte Miriam zu dem Mädchen, das kaum weniger verkrampft auf ihrem Schoß saß als zuvor. Consuelo kämpfte gegen den Schlaf an und unterdrückte ein Gähnen.

»Ja stimmt, ich hab *wirklich* schöne Haare«, stellte das kleine Mädchen fest, »und wenn man mich je entführen würde, würden die Entführer als Erstes meine Zöpfe abschneiden und verkaufen.«

»Denk doch so was nicht – das wird nicht passieren«, versicherte ihr Miriam.

»Weißt du denn alles, was passieren wird?«, fragte Consuelo sie.

Unwillkürlich hielt Juan Diego den Atem an; er wartete gespannt auf Miriams Antwort.

»Ich glaube, die Dame weiß *wirklich* alles«, flüsterte Pedro Juan Diego zu, der die Einschätzung des verängstigt wirkenden Jungen teilte. Juan Diego stockte der Atem, weil er tatsächlich glaubte, dass Miriam die Zukunft kannte. Pedros Überzeugung dagegen, dass Miriam sich des großen Geckos entledigt hatte, teilte er jedoch nicht unbedingt (dazu hätte sie eine eindrucksvollere Mordwaffe gebraucht als nur eine Salatgabel).

Und die ganze Zeit, während Juan Diego den Atem anhielt, beobachteten er und Pedro, wie Miriam Consuelos Kopfhaut massierte und ihr Haar kämmte, bis kein einziger Knoten in den prächtigen Haaren des kleinen Mädchens zurück blieb. Consuelo war gegen Miriam zusammengesackt, ihr erlegen; das schläfrig aussehende Mädchen hatte die Augen halb geschlossen – und hatte offenbar vergessen, dass Miriam ihm die Antwort auf seine Frage schuldig geblieben war.

Pedro hatte es jedoch nicht vergessen. »Nur zu, Mister – frag du sie besser«, flüsterte der Junge. »Sie versetzt Consuelo in Schlaf – vielleicht hat sie *das* ja auch mit dem großen Gecko gemacht.«

»Weißt du –«, begann Juan Diego, doch seine Zunge fühlte sich plötzlich komisch im Mund an, und seine Aussprache klang verwaschen. Weißt du *wirklich* alles, was passieren wird?, hatte er Miriam fragen wollen, doch Miriam hielt warnend einen Finger vor die Lippen.

»Pssst – das arme Kind gehört ins Bett«, flüsterte sie.

»Aber *du* –«, begann Pedro. Weiter kam er nicht.

Juan Diego sah den Gecko von der Saaldecke fallen; es war wieder ein kleiner. Die verdutzt dreinblickende meergrüne Echse landete mitten auf dem Kopf und in der offenen Krone des türkisen Partyhutes des kleinen Pedro, der, kaum spürte er den Gecko in seinen Haaren, wie am Spieß losschrie und damit Consuelo aus ihrer Trance weckte; das kleine Mädchen stimmte sofort in das Geschrei ein.

Erst später wurde Juan Diego klar, warum zwei philippinische Kinder wegen eines Geckos schrien. Es lag nicht am Gecko selbst, Pedro und Consuelo schrien, weil sie sich offenbar vorstellten, Miriam würde gleich auch diesen Gecko erstechen und oben auf Pedros Kopf spießen.

Juan Diego wollte gerade den Gecko aus Pedros Haaren herauspflücken, als der panische Junge die kleine Echse mitsamt Partyhut auf die Tanzfläche schleuderte, direkt dem Schlagzeuger vor die Füße, der ihn zertrat, wobei ihm etwas von den Echseninnereien auf die enge Jeans spritzte.

»O Mann – das ist krass«, sagte der Mundharmonikaspieler; er war der andere Muskelshirt-Träger, der sich Schlangen und Echsen auf die Arme hatte tätowieren lassen.

Der Gitarrist mit dem Brandnarben-Tattoo am Hals fummelte am Verstärker herum und bekam von dem zerquetschten Gecko nichts mit.

Consuelo und Pedro dagegen, die alles mitbekommen hatten, steigerten ihr Geschrei zum Protestgeheul und ließen sich auch von den von dem Lärm in den Saal zurückgelockten Jugendlichen nicht beruhigen, die sie schließlich zu Bett brachten.

Das leichenblasse Straßenmädchen am Mikrophon, vielleicht philosophischer veranlagt als manch andere Leadsängerin, schaute zur Decke oberhalb der Tanzfläche, als rechne sie mit noch mehr fallenden Geckos. »Ich hasse diese Scheißdinger«, sagte sie zu niemand Bestimmtem. Sie sah zu, wie der Drummer versuchte, sich die Echseninnereien von der Jeans zu wischen. »*Ekelhaft*«, stellte die Leadsängerin fest; so wie sie es betonte, klang *Ekelhaft* wie der Titel ihres bekanntesten Songs.

»Ich wette, mein Zimmer ist näher an der Tanzfläche als

deins«, sagte Miriam zu Juan Diego, als die beiden völlig verstörten Kinder weggetragen wurden. »Damit meine ich, Liebling, die Wahl unseres Schlafplatzes sollten wir wohl besser davon abhängig machen, wie viel von *diesen* Nocturnal Monkeys wir hören wollen.«

»Stimmt.« Mehr brachte Juan Diego nicht heraus. Er sah, dass Tante Carmen nicht mehr unter den restlichen Erwachsenen auf der frisch geschaffenen Tanzfläche war; entweder war sie mit den Tischen weggetragen worden, oder sie hatte sich noch vor den Kindern ins Bett geschlichen. *Diese* Nocturnal Monkeys hatten Tante Carmen mit ihren Reizen offenbar nicht überzeugt. Was die echten nachtaktiven Affen betraf, die in den Chocolate Hills hausten, so stellte sich Juan Diego vor, dass Tante Carmen sie eventuell gemocht hätte – wenn auch nur, um einen davon an ihre Muräne zu verfüttern.

»Stimmt«, wiederholte Juan Diego. Es war eindeutig an der Zeit, unauffällig zu verschwinden. Er erhob sich vom Tisch, als hinke er nicht – als hätte er nie gehinkt –, und weil Miriam sofort seinen Arm nahm, hinkte Juan Diego auch tatsächlich fast gar nicht, als sie gemeinsam losgingen.

»Wollt ihr nicht bleiben, um das neue Jahr zu begrüßen?«, rief Clark French seinem alten Lehrer nach.

»Oh, wir werden es begrüßen, ganz sicher«, rief Miriam ihm zu – wieder träge mit einem nackten Arm gestikulierend.

»Lass sie in Ruhe, Clark, lass sie gehen«, sagte Josefa.

Juan Diego sah wohl ein wenig albern aus, wie er (nur leicht) hinkend durch den Saal ging und sich oben an den Kopf fasste. Wo war nur sein Partyhut geblieben, fragte er sich, denn er wusste nicht mehr, dass Miriam ihm ebenso lässig den Hut vom Kopf gewischt hatte, wie sie sich ihres Krönchens entledigt hatte.

Vom Treppenabsatz im ersten Stock war die Karaoke-Musik vom Strandclub zu hören und von der Außengalerie aus sogar etwas deutlicher, aber nicht lange; mit dem ohrenbetäubenden Lärm der Nocturnal Monkeys konnte sie nicht mithalten: dem plötzlich loshämmernden Schlagzeug, der wütend-aggressiven Gitarre, dem wehklagenden Jaulen der Mundharmonika.

Juan Diego hatte gerade die Tür zu seinem Zimmer geöffnet und Miriam den Vortritt gelassen, als die leichenblasse Leadsängerin ihren Klagegesang anstimmte. Im Zimmer jedoch, hinter verschlossener Tür, wurde der Krach der Nocturnal Monkeys teilweise vom leisen Surren des Deckenventilators überdeckt, aber auch vom seichten Karaokesingen, das die Meeresbrise durch das Fliegengitter wehte.

»Das arme Mädchen«, sagte Miriam und meinte die Leadsängerin der Nocturnal Monkeys. »Jemand sollte einen Krankenwagen rufen – entweder hat sie Geburtswehen, oder sie wird gerade ausgeweidet.«

Genau diese Worte hatte Juan Diego selbst auch gerade sagen wollen. Wie konnte es sein, dass Miriam sie nun aussprach? Schrieb sie etwa auch Bücher? (Falls ja, doch bestimmt nicht *dieselben* wie er.) Was auch immer der Grund sein mochte, er schien im Moment nicht wichtig zu sein. Die Lust vermag es, einen von Rätseln abzulenken.

Miriam hatte ihre Hand in Juan Diegos rechte vordere Hosentasche gesteckt. Sie wusste aber doch, dass er das Viagra schon genommen hatte, und seine Mah-Jongg-Kachel interessierte sie bestimmt auch nicht weiter (der hübsche kleine Spielstein war schließlich nicht *ihr* Talisman).

»Liebling«, begann Miriam, als wäre sie die Erste, die diesen altmodischen Kosenamen benutzte und gleichzeitig bei einem Mann durch die Hosentasche hindurch dessen Penis ertastete.

Juan Diego war Letzteres allerdings tatsächlich noch nie passiert. Zwar hatte er eine entsprechende Szene geschrieben; es verunsicherte ihn ein wenig, dass er sich das bereits vorgestellt hatte – und zwar ganz genau so.

Es verunsicherte ihn aber auch, dass er sich nicht an den Kontext eines Gesprächs erinnern konnte, das er mit Clark geführt hatte – kurz bevor Miriam an ihrem Tisch auftauchte und den Gecko erstach. Clark hatte von einer neuen Studentin erzählt, die Schriftstellerin werden wollte – für Juan Diego klang es, als wolle er sie unter seine Fittiche nehmen. Er merkte aber auch, dass Josefa bei ihr gewisse Vorbehalte hatte. Die Studentin war eine »arme Leslie« – eine junge Frau, die irgendwie gelitten hatte, und natürlich gab es einen *katholischen* Bezug. Doch die Lust vermag es, einen abzulenken, und plötzlich war Juan Diego mit Miriam zusammen.

19
Wunderknabe

Ganz oben im Übungszelt für junge Akrobatinnen hatte man horizontal an zwei parallel verlaufenden Kanthölzern eine Leiter befestigt. Statt der Sprossen gab es Schlaufen aus Seil, insgesamt achtzehn von einem Leiterende bis zum anderen.

Dort probten die Hochseilartistinnen, weil es von der Zeltdecke bis zum Boden nur vier Meter waren; selbst wenn man, kopfunter, mit den Füßen in den Seilschlaufen hing, starb man nicht, falls man von der Leiter fiel.

Im Hauptzelt jedoch, wo die Akrobatinnen bei den Vorstellungen auftraten, war das etwas anderes. Dort war ganz oben zwar auch eine Leiter mit achtzehn Seilsprossen, allerdings mit dem Unterschied, dass es von da aus fünfundzwanzig Meter in die Tiefe ging – ohne Netz überlebte man einen Sturz nicht. Doch für die Himmelsleiternummer im Circo de La Maravilla gab es kein Netz.

Egal, ob man ihn nun Zirkus des Wunders oder nur Das Wunder nannte, ein entscheidender Teil des Wundersamen war, dass es kein Netz gab. Und egal, ob man mit La Maravilla den *ganzen* Zirkus meinte oder nur die so genannte Artistin – was sie so besonders machte, hatte viel damit zu tun, dass ohne Netz gearbeitet wurde.

Das war Absicht und ganz allein Ignacios Werk. Als

junger Mann war der Löwenbändiger nach Indien gereist und hatte dort, in einem indischen Zirkus, die Himmelsleiter zum ersten Mal gesehen. Dort hatte der Löwenbändiger auch die Idee her, Kinder als Akrobaten zu nehmen; die andere Idee, nämlich kein Netz zu verwenden, hatte Ignacio von zwei anderen Zirkussen übernommen, einem in Junagadh und einem in Rajkot. Kein Netz, Kinderartisten, Nummern mit Höchstrisiko – die Himmelsleiter erwies sich auch in Mexiko als echter Zuschauermagnet. Und weil Juan Diego Ignacio gehasst hatte, war er ebenfalls nach Indien gereist – er wollte mit eigenen Augen sehen, was der Löwenbändiger gesehen hatte, er musste in Erfahrung bringen, woher Ignacio seine Ideen nahm.

Woher etwas *kam*, war ein wichtiger Teil von Juan Diegos Schriftstellerleben. *Eine von der Jungfrau Maria in Gang gesetzte Geschichte,* sein Indienroman, drehte sich darum, woher alles »kam« – in diesem Roman, wie in einem großen Teil von Juan Diegos Kindheit und Jugend, *kam* vieles von den Jesuiten oder vom Zirkus. Dennoch spielte keiner von Juan Diego Guerreros Romanen in Mexiko, und es kamen auch keine Mexikaner (oder Amerikaner mexikanischer Abstammung) darin vor. »Das echte Leben ist zu schluderig, um als Modell für gute Fiktion zu taugen«, hatte Juan Diego gesagt. »Gute Romanfiguren sind charakterlich ausgereifter als die meisten Menschen, die wir in unserem Leben je kennenlernen«, fügte er hinzu. »Figuren in Romanen sind nachvollziehbarer, stimmiger, vorhersehbarer. Romane, sofern sie etwas taugen, sind nicht chaotisch, das wirkliche Leben dagegen schon. In einem guten Roman kommt alles für die Erzählung Wichtige von etwas oder von irgendwoher.«

Ja, Juan Diegos Romane *kamen* von seiner Kindheit und Jugend – von dort kamen seine Ängste, und seine Phantasie kam von allem, was ihm Angst machte. Was nicht hieß, dass er über sich selbst schrieb oder über das, was ihm als Kind und Jugendlichem widerfahren war – keineswegs. Als Schriftsteller stellte sich Juan Diego Guerrero immer alles vor, was ihm Angst machte. Man konnte nie genug darüber erfahren, *wo* reale Menschen herkamen.

Nehmen wir Ignacio, den Löwenbändiger – besonders seine Verderbtheit. Indien war nicht daran schuld, dass er so war, wie er war. Zweifellos hatte er zwar seine Fähigkeiten als Löwenbändiger in den indischen Zirkussen erworben, aber um Löwen zu bändigen, brauchte man keine Sportskanone zu sein – und ganz bestimmt kein Akrobat. (Beim Löwenbändigen geht es um Dominanz, was anscheinend für Löwenbändiger *und* Löwinnenbändiger gilt.) Ignacio hatte es zur Perfektion gebracht, einschüchternd *auszusehen*, oder hatte er diese Wirkung schon vor seinem Indienaufenthalt gehabt? Gegenüber Löwen war die Sache mit der Einschüchterung natürlich eine Illusion. Und ob das mit dem Beherrschen funktionierte oder nicht, hing maßgeblich von dem jeweiligen Löwen ab. Beziehungsweise, in Ignacios Fall, von der jeweiligen Löwin – dem *weiblichen* Faktor.

Auf dem Hochseil ging es hauptsächlich um Technik; Hochseilartisten müssen gewisse Regeln beherrschen. Die konnte man lernen. Ignacio hatte dabei zwar zugesehen, doch er selbst war kein Akrobat – er hatte nur eine Akrobatin geheiratet. Ignacios Frau Soledad war die Akrobatin – beziehungsweise eine ehemalige Akrobatin. Sie war Trapezartistin gewesen, eine Fliegerin; körperlich konnte Soledad *alles* machen.

Ignacio hatte ihr lediglich geschildert, wie die Himmelsleiter aussah, und nun brachte Soledad den jungen Akrobatinnen bei, wie man es machte. Sie hatte sich die Technik auf der ungefährlichen Leiter im Artistenzelt angeeignet; als sie es, ohne zu fallen, beherrschte, wusste sie, dass sie es auch anderen beibringen konnte.

Im Zirkus des Wunders wurden nur junge Frauen – nur Akrobatinnen eines gewissen Alters – zu Hochseilartistinnen ausgebildet (»Die Wunder« persönlich). Auch das geschah mit Absicht und nur auf Betreiben Ignacios. Der Löwenbändiger mochte junge Frauen; er hielt vorpubertäre Mädchen für Hochseilartistik am besten geeignet. Ignacio glaubte außerdem, das Publikum wolle sich Sorgen machen, dass die Mädchen fallen könnten, und nicht sexuelle Phantasien entwickeln; sobald Frauen alt genug seien, dass man über Sex mit ihnen nachdachte, machte man sich – wenigstens nach Ansicht des Löwenbändigers – weniger Sorgen, dass sie sterben könnten.

Natürlich hatte Lupe das alles von dem Moment an gewusst, als sie dem Löwenbändiger zum ersten Mal begegnete – schließlich konnte Lupe ja Ignacios Gedanken lesen. Noch nie zuvor hatte Lupe ähnlich schreckliche Gedanken gelesen wie seine.

»Das ist Lupe, die neue Wahrsagerin«, sagte Soledad, als sie Lupe den jungen Akrobatinnen in deren Zelt vorstellte. Lupe hatte sofort gewusst, dass sie hier auf fremdem Territorium war.

»Lupe wäre ›Gedankenleserin‹ lieber als ›Wahrsagerin‹ –

meistens weiß sie, was man denkt, aber nicht unbedingt, was als Nächstes passiert«, erklärte Juan Diego. Er fühlte sich unsicher, hilflos.

»Und das ist Lupes Bruder Juan Diego – er versteht als Einziger, was sie sagt«, fuhr Soledad fort.

Juan Diego befand sich in einem Zelt voller Mädchen, die alle etwa in seinem Alter waren; ein paar waren so jung wie Lupe (oder sogar noch etwas jünger), einige wenige schon fünfzehn- oder sechzehnjährig, doch die meisten Akrobatinnen waren gleich alt wie er und Lupe. Juan Diego hatte sich noch nie so befangen gefühlt. Er war sportliche Mädchen nicht gewohnt.

Eine der jungen Frauen hing kopfunter von der Himmelsleiter, die nackten Füße, die wund aussahen, in starrem rechtem Winkel zu ihren nackten Schienbeinen in den ersten beiden Seilschlaufen. Nun begann sie, sich mit gleichbleibendem Schwung rhythmisch die Leiter entlang von einer Seilsprosse zur nächsten zu bewegen. Vor ihr lagen sechzehn Sprossen; in fündundzwanzig Metern Höhe, ohne Netz, konnte jeder dieser sechzehn Schritte ihr letzter sein. Doch die Hochseilartistin im Zelt der Akrobatinnen strahlte eine Unbekümmertheit aus – sie wirkte so locker wie ihr T-Shirt, das ihr aus der Hose gerutscht war, sie hielt es mit vor den kleinen Brüsten verschränkten Händen fest. »Und das«, sagte Soledad und deutete in die Höhe, »ist Dolores.« Juan Diego starrte sie an.

Dolores war die aktuelle La Maravilla, »Das Wunder« im Zirkus des Wunders, wenn auch nur noch für eine flüchtige halbe Sekunde – Dolores würde nicht mehr lange vorpubertär bleiben. Juan Diego hielt den Atem an.

Die junge Frau, deren Name »Schmerz« oder »Leid« bedeutet, »ging« einfach weiter. Ihre kurze Turnhose ließ die langen Beine frei; ihr nackter Bauch war schweißnass. Juan Diego himmelte sie an.

»Dolores ist vierzehn«, sagte Soledad. (Vierzehn, aber bald schon einundzwanzig, wie Juan Diego sie lange in Erinnerung behalten sollte.) Dolores war wunderschön, aber sie wirkte gelangweilt; das Risiko, das sie als »Das Wunder« einging, schien ihr gleichgültig zu sein, oder – noch gefährlicher – jedes Risiko. Lupe hasste sie bereits.

Doch Lupe trug die Gedanken des Löwenbändigers vor. »Das Schwein findet, Dolores sollte ficken, nicht auf dem Hochseil gehen«, brabbelte sie.

»Wen sollte sie –«, begann Juan Diego seine Frage, doch Lupe brabbelte einfach weiter und ließ Ignacio dabei nicht aus den Augen.

»*Ihn.* Das Schwein will mit ihr ficken – er meint, sie sei mit der Hochseilartistik fertig. Es gibt nur kein anderes Mädchen, das gut genug wäre, um sie zu ersetzen – noch nicht«, sagte Lupe. Im Übrigen, brabbelte sie weiter, halte Ignacio es für einen *Konflikt,* wenn ihm Das Wunder einen Ständer beschere; der Löwenbändiger konnte nicht gleichzeitig um das Leben eines Mädchens bangen, wenn er sie außerdem ficken wollte.

»Sobald ein Mädchen seine Periode bekommt, sollte sie idealerweise keine Hochseilartistin mehr sein«, führte Lupe aus. Ignacio hatte allen Mädchen erzählt, die Löwen merkten, wenn sie ihre Tage bekämen (und ob das stimmte oder nicht, die jungen Akrobatinnen glaubten ihm). Und so wusste Ignacio, wann es bei den Mädchen soweit war, weil sie dann nämlich in Gegenwart der Löwen ängstlich wurden oder ihnen aus dem Weg gingen.

»Das Schwein kann es nicht erwarten, das Mädchen zu ficken – er findet, sie ist so weit«, rief Lupe mit einer Kopfbewegung in Richtung der kopfunter gehenden Dolores.

»Was denkt die Hochseilartistin?«, flüsterte Juan Diego Lupe zu.

»La Maravilla denkt im Moment an gar nichts«, antwortete Lupe abschätzig. »Aber du möchtest sie ebenfalls ficken, stimmt's?«, fragte Lupe ihren Bruder. »Krank!«, sagte sie, ehe Juan Diego ihr antworten konnte.

»Und was denkt die Frau des Löwenbändigers –«, flüsterte Juan Diego.

»Soledad weiß, was das Schwein mit den Akrobatinnen macht, sobald die ›alt genug‹ sind – sie ist einfach nur traurig«, antwortete ihm Lupe.

Als Dolores zum Ende der Himmelsleiter kam, griff sie mit beiden Händen nach den Holmen und ließ die langen Beine nach unten schwingen; ihre nackten mitgenommenen Füße waren jetzt nur noch wenige Zentimeter über dem Boden, als sie die Leiter losließ und sich auf den Sandboden des Zeltes fallen ließ.

»Sag mal«, fragte Dolores hochmütig und (wie Juan Diego fand) mit geradezu königinnenhafter Süffisanz, »was hat eigentlich der Krüppel so vor? Doch wohl nichts mit den Füßen.«

»Mäusetitten, verwöhnte Fotze – soll der Löwenbändiger sie doch schwängern! Das ist ihre einzige Zukunft!«, rief Lupe. Derart extreme Obszönitäten war Juan Diego von seiner Schwester nicht gewohnt, doch offenbar las sie gerade die Gedanken der anderen jungen Akrobatinnen, und ihre Sprache würde im Zirkus immer mehr verrohen. (Natürlich dolmetschte Juan Diego diesen Ausbruch nicht – er war von Dolores hin und weg.)

»Juan Diego ist Dolmetscher – der Bruder übersetzt seine Schwester«, sagte Soledad zu dem stolzen Mädchen, das dazu nur die Achseln zuckte.

»Verreck doch im Kindbett, du Affenmöse!«, sagte Lupe zu Dolores. (Sie hatte wieder Gedanken gelesen – die anderen Mädchen hassten Dolores.)

»Was hat sie gesagt?«, fragte Dolores Juan Diego.

»Lupe will wissen, ob das Seil deinen Füßen weh tut«, antwortete Juan Diego zögernd der Hochseilartistin. (Das aufgeschürfte Narbengewebe an Dolores' Fußrücken war unübersehbar.)

»Zuerst schon«, antwortete Dolores, »aber man gewöhnt sich dran.«

»Es ist gut, dass sie miteinander reden, nicht wahr?«, sagte Edward Bonshaw zu Flor. Niemand im Zelt wollte neben Flor stehen. Ignacio hielt so weit wie möglich Abstand – der Transvestit war viel größer und hatte viel breitere Schultern als der Löwenbändiger.

»Schon möglich«, sagte Flor zu dem Missionar. Es wollte auch niemand neben Señor Eduardo stehen, was aber in seinem Fall nur an der Elefantenscheiße an seinen Sandalen lag.

Flor sagte etwas zu dem Löwenbändiger und bekam die kürzestmögliche Antwort; dieser knappe Wortwechsel passierte so schnell, dass Edward Bonshaw nichts verstand.

»Was?«, fragte der Amerikaner Flor.

»Ich habe gefragt, wo wir einen Schlauch finden können«, sagte ihm Flor.

»Señor Eduardo denkt immer noch darüber nach, dass Flor einen Penis hat«, sagte Lupe zu Juan Diego. »Er muss ständig an ihren Penis denken.«

»Jesus Christus«, sagte Juan Diego. Es passierte zu viel zu schnell.

»Redet die Gedankenleserin über Jesus?«, fragte Dolores.

»Sie sagt, du gehst auf der Himmelsleiter, wie Jesus auf dem Wasser gehen konnte«, belog Juan Diego die hochnäsige Vierzehnjährige.

»Lügner!«, rief Lupe angewidert.

»Erzähl mir etwas darüber«, sagte Juan Diego zu der hübschen Hochseilartistin. Endlich bekam er seinen Atem unter Kontrolle.

»Deine Schwester ist eine sehr gute Beobachterin«, entgegnete Dolores. »Das ist wirklich das Schwierigste daran.«

»Für *mich* wäre Hochseilartistik nur halb so schwer«, sagte Juan Diego zu Dolores. Er befreite sich von dem orthopädischen Schuh und zeigte ihr seinen verdrehten Fuß; zugegeben, er hatte nicht ganz dieselbe Ausrichtung wie sein Schienbein – der Fuß stand in einer Zwei-Uhr-Stellung seitlich ab –, doch der zerquetschte Fuß war dauerhaft im rechten Winkel erstarrt. Im Fuß des verkrüppelten Jungen müssten keine Muskeln aufgebaut werden. Dieser Fuß würde sich nicht lösen; er konnte sich nicht biegen. Er war in der idealen Stellung für Hochseilartistik an Strickleitern eingefroren. »Siehst du?«, sagte Juan Diego zu Dolores. »Ich müsste nur mit einem Fuß üben, dem Linken. Das würde mir das Gehen am Hochseil doch erleichtern, oder?«

Soledad, die Ausbilderin der Hochseilartistinnen, kniete am Boden des Artistenzelts; sie tastete Juan Diegos verkrüppelten Fuß ab. Diesen Augenblick würde Juan Diego nie vergessen: Es war das erste Mal seit Dr. Vargas' Untersuchung, dass jemand seinen rechten Fuß berührte, und das einzige Mal, dass jemand diesen Fuß anerkennend berührte.

»Der Junge hat recht, Ignacio«, sagte Soledad zu ihrem Mann. »Juan Diego würde es nur halb so schwerfallen, Leiterakrobatik zu lernen. Der Fuß ist wie ein Haken – der Fuß weiß schon, wie man die Sprossen erklimmt.«

»Nur Mädchen können die Himmelsleiter entlanggehen«, sagte der Löwenbändiger. »La Maravilla ist immer ein Mädchen.« (Der Mann war ein Macho, ein Penis auf zwei Beinen.)

»Für deine Pubertät interessiert sich das dreckige Schwein nicht«, erläuterte Lupe ihrem Bruder, doch in diesem Moment war sie weniger angewidert von Ignacio als wütend auf Juan Diego. »Du kannst nicht ›Das Wunder‹ sein – du wirst dabei sterben! Dir ist es bestimmt, mit Señor Eduardo Mexiko zu verlassen«, sagte Lupe zu ihrem Bruder. »Du bleibst nicht im Zirkus. La Maravilla ist nicht von Dauer – nicht für dich!«, sagte Lupe zu ihm. »Du bist kein Akrobat, du bist kein Sportler – du kannst nicht mal ohne zu hinken gehen!«

»Kopfunter am Zelthimmel hinke ich nicht – dort oben kann ich prima laufen«, widersprach Juan Diego und deutete auf die horizontale Leiter über ihnen.

»Vielleicht sollte sich der Krüppel mal die Leiter im großen Zelt ansehen«, sagte Dolores zu niemand Bestimmtem. »Um auf der Leiter dort ›Das Wunder‹ zu sein, braucht man

Eier«, sagte das arrogante Mädchen zu Juan Diego. »Im Übungszelt kann jeder Hochseilartist sein.«

»Ich habe Eier«, erwiderte der Junge. Alle jungen Akrobatinnen lachten darüber, nicht nur Dolores. Ignacio lachte auch, aber seine Frau nicht.

Soledads Hand lag immer noch auf dem kaputten Fuß des Krüppels. »Wir werden ja sehen, ob er die Eier dafür hat«, sagte Soledad. »Dieser Fuß verschafft ihm einen Vorteil – mehr wollen der Junge und ich damit gar nicht sagen.«

»Kein Junge kann La Maravilla sein«, sagte Ignacio; er rollte seine Peitsche ein und wieder auf – eher eine nervöse als eine bedrohliche Aktion.

»Warum nicht?«, fragte seine Frau. »Ich bilde die Hochseilartisten schließlich aus, oder etwa nicht?« (Auch die Löwinnen waren nicht alle gezähmt.)

»Das Ganze gefällt mir nicht«, sagte Edward Bonshaw zu Flor. »Das meinen sie doch wohl nicht ernst, dass Juan Diego etwas macht, was auch nur in die Nähe dieser Leiternummer kommt, oder? Der Junge meint es doch hoffentlich nicht ernst, oder?«

»Der Kleine hat echt Eier, oder?«, fragte Flor zurück.

»Nein, nein – keine Hochseilartistik!«, rief Lupe. »Deine Zukunft sieht anders aus!«, sagte das Mädchen zu ihrem Bruder. »Wir sollten ins *Niños Perdidos* zurück. Schluss mit Zirkus!«, rief Lupe. »Hier sind zu viele Gedanken«, sagte das Mädchen. Plötzlich merkte sie, dass der Löwenbändiger *sie* ansah; auch Juan Diego bemerkte es.

»Was ist?«, fragte Juan Diego seine kleine Schwester. »Was denkt das Schwein denn jetzt?«, flüsterte er ihr zu.

Lupe konnte den Löwenbändiger nicht ansehen. »Er denkt, er würde mich gern ficken, wenn ich so weit bin«, sagte Lupe zu Juan Diego. »Er fragt sich, wie es wohl wäre, ein geistig zurückgebliebenes Mädchen zu ficken – eins, das nur von ihrem verkrüppelten Bruder verstanden wird.«

»Du weißt, was ich gerade gedacht habe, stimmt's?«, sagte Ignacio plötzlich. Der Löwenbändiger schaute ins Nichts, genau zwischen Lupe und Juan Diego, und Juan Diego fragte sich, ob das eine Taktik war, die Ignacio auch bei Löwen anwandte – nämlich keinen Augenkontakt mit einem einzelnen Löwen herzustellen, sondern die Löwen glauben zu machen, er sähe sie alle an. Es passierten eindeutig zu viele Dinge auf einmal.

»Lupe weiß tatsächlich, was Sie gedacht haben«, antwortete Juan Diego dem Löwenbändiger. »Sie ist nicht behindert.«

»Was ich sagen wollte«, sagte Ignacio, der dabei immer noch weder Juan Diego noch Lupe ansah, sondern auf die Stelle irgendwo zwischen ihnen, »ist, dass die meisten Gedankenleser oder Wahrsager oder wie auch immer sie sich nennen, Schwindler sind. Die es auf Kommando machen, sind immer Schwindler. Die echten können die Gedanken *mancher* Menschen lesen, aber nicht aller. Die echten finden die Gedanken der meisten Leute uninteressant. Die echten beschränken sich auf ungewöhnliche Gedanken.«

»Meist schreckliche Dinge«, sagte Lupe.

»Sie sagt, ungewöhnliche Gedanken sind meist schreckliche Dinge«, erzählte Juan Diego dem Löwenbändiger. Das hier ging eindeutig zu schnell.

»Sie muss eine der echten sein«, sagte Ignacio; dann sah

er Lupe an – nur sie, niemand anderen. »Hast du schon mal die Gedanken eines Tieres gelesen?«, fragte sie der Löwenbändiger. »Könntest du etwa sagen, was ein *Löwe* denkt?«

»Das hängt von dem jeweiligen Löwen oder der jeweiligen Löwin ab«, sagte Lupe, und Juan Diego wiederholte Lupes Satz Wort für Wort. Die Art, wie die jungen Akrobatinnen beim Wort Löwin vor Ignacio zurückzuckten, verriet den Müllkippenkindern, dass der Löwenbändiger nicht für einen Löwinnenbändiger gehalten werden wollte.

»Aber könntest du womöglich das erfassen, was ein *einzelner* Löwe oder eine einzelne Löwin denkt?«, fragte Ignacio; sein Blick verlor sich wieder und lotete den Abstand zwischen dem hellseherischen Mädchen und ihrem Bruder aus.

»Meist schreckliche Dinge«, wiederholte Lupe, und diesmal dolmetschte ihr Bruder wieder Wort für Wort.

»Interessant« war die einzige Bemerkung des Löwenbändigers dazu, doch allen im Zelt war klar, dass er wusste, Lupe gehörte zu den Echten, und dass sie seine Gedanken gelesen hatte – Wort für Wort. »Der Krüppel kann es mit Hochseilartistik probieren – wir werden schen, ob er die Eier dafür hat«, sagte Ignacio und wandte sich zum Gehen. Er ließ zu, dass sich seine Peitsche komplett entrollte, und zog sie in voller Länge hinter sich her, als er das Übungszelt verließ. Die Peitsche folgte ihm wie eine zahme Schlange ihrem Herrn. Alle jungen Akrobatinnen sahen jetzt Lupe an, sogar die berühmte Hochseilartistin Dolores.

»Sie alle wollen wissen, was Ignacio über das Sie-Ficken denkt – ob er denkt, sie seien *so weit*«, sagte Lupe zu Juan Diego. Die Frau des Löwenbändigers (und alle anderen, sogar der Missionar) hatten sie Ignacios Namen nennen hören.

»Was ist mit Ignacio?«, fragte Soledad; sie machte sich nicht die Mühe, Lupe zu fragen, sondern wandte sich direkt an Juan Diego.

»Ja, Ignacio denkt daran, uns alle zu ficken – wie bei jeder jungen Frau«, sagte Lupe. »Aber das wisst ihr ja schon – das brauch ich euch doch nicht erst zu sagen«, sprach Lupe Soledad direkt an. »Ihr *alle* wisst das schon«, sagte sie und blickte die jungen Akrobatinnen eine nach der anderen an, und am längsten Dolores.

Keiner der Umstehenden war überrascht von dem, was Juan Diego nun wörtlich übersetzte, Flor am allerwenigsten, selbst Edward Bonshaw nicht, dabei hatte er den größten Teil der Unterhaltung nicht verstanden (und natürlich auch Juan Diegos Übersetzung nicht).

»Gleich beginnt die Abendvorstellung«, erklärte Soledad den Neuankömmlingen. »Die Mädchen müssen sich umziehen.«

Soledad zeigte den Müllkippenkindern das Zelt, in dem sie wohnen würden. Wie versprochen, war es das Zelt der Hunde; es gab zwei Klappbetten für die Kinder, die auch einen eigenen Kleiderschrank hatten, außerdem einen großen Spiegel.

Die Hundebetten und Wasserschüsseln waren ordentlich aufgereiht, und die Garderoben für die Kostüme der Hunde waren klein und standen nicht im Weg. Die Hundetrainerin freute sich, die Müllkippenkinder kennenzulernen; sie war alt, kleidete sich aber so, als wäre sie immer noch jung und immer noch hübsch. Sie war gerade dabei, die Hunde für die Abendvorstellung anzuziehen, als die beiden Kinder hereinkamen. Sie hieß Estrella, »Stern«. Sie erzählte den Kindern, sie könne nicht mehr mit den Hunden im selben Zelt schlafen, sie brauche eine Auszeit, doch so, wie sie die Hunde anzog, merkten die Geschwister, wie sehr die alte Frau ihre Hunde mochte und wie gut sie für sie sorgte.

Durch ihre Weigerung, sich altersgemäß zu kleiden oder zu benehmen, wirkte sie kindlicher als die Müllkippenkinder. Lupe, Juan Diego und die Hunde mochten sie. Das schlampenhafte Auftreten ihrer Mutter hatte Lupe immer missbilligt, doch Estrellas tief ausgeschnittene Blusen wirkten auf das Mädchen eher komisch als geschmacklos; oft sah man ihre welken Brüste, doch die waren klein und hutzelig – Estrellas Freizügigkeit hatte nichts Aufreizendes. Auch ihre ehemals knappen Röckchen wirkten jetzt nur noch clownesk; Estrella war eine Vogelscheuche – ihre Kleidung brachte nicht mehr (wie früher und offenbar in ihrer eigenen Vorstellung immer noch) ihre Vorzüge zur Geltung.

Estrella war kahl; als ihr rabenschwarzes Haar immer dünner und stumpfer wurde, hatte sie sich den Schädel glattrasieren lassen und trug seither Perücken (von denen sie mehr besaß als Hunde und die, wie ihre Kleidung, zu jugendlich waren).

Nachts schlief Estrella mit einer Baseballmütze auf dem Kopf. Sie beklagte sich, dass deren Schirm sie zwinge, auf dem Rücken zu schlafen, weshalb sie auch schnarchte, und dass sie einen dauerhaften Abdruck auf ihrer Stirn hinterließ, den auch die Perücken nicht verdeckten.

An manchen Tagen, wenn Estrella müde war, vergaß sie,

das Basecap ab- und eine Perücke aufzusetzen. Und an vorstellungsfreien Tagen kleidete sie sich wie die glatzköpfige Strichmännchen-Variante einer Prostituierten mit Baseballmütze.

Sie war ein großzügiger Mensch, und Lupe durfte alle ihre Perücken durch- und mit ihrer Hilfe die eine oder andere auch den Hunden anprobieren. Heute war keiner von Estrellas Basecap-Tagen; sie trug ihre feuerrote Perücke, die allerdings selbst einem ihrer Hunde besser gestanden hätte als ihr und Lupe sowieso. Es war offensichtlich, warum die Müllkippenkinder und die Hunde sie so liebten. Doch Flor und Señor Eduardo gegenüber war Estrella deutlich weniger herzlich.

Dabei war sie völlig unverklemmt und hatte entsprechend auch nichts dagegen einzuwenden, dass sich eine Transvestiten-Prostituierte im Artistenzelt für Hunde aufhielt. Nur dass der Amerikaner mit den Schuhen, an denen immer noch Elefantenscheiße klebte, ihre streng erzogenen Hunde auf dumme Gedanken brachte, konnte sie nicht tolerieren und schickte ihn aus dem Zelt.

Bei den Außenduschen, die sich hinter dem Latrinenzelt der Männer befanden, gab es einen Wasserhahn mit langem Schlauch. Flor nahm Edward Bonshaw dorthin mit, um seine Füße notdürftig zu säubern.

Während Estrella Lupe die Namen der Hunde aufsagte und wie viel jedes Tier zu fressen bekam, nutzte Soledad die Gunst der Stunde, um Juan Diego beiseitezuziehen; in einem Artistenleben gab es, wie in Juan Diegos vorherigem Leben im Waisenhaus auch, kaum Momente, in denen man unter sich sein konnte.

»Deine Schwester ist etwas ganz Besonderes«, begann Soledad leise. »Aber warum will sie nicht, dass du dich als ›Das Wunder‹ versuchst? Die Hochseilartisten sind die Stars des Zirkus.« Die Vorstellung, vielleicht ein Star zu sein, brachte Juan Diego ganz durcheinander.

»Lupe glaubt, mich erwartet eine andere Zukunft – nicht der Zirkus«, sagte Juan Diego. Er fühlte sich überrumpelt.

»Dann kennt Lupe also auch die Zukunft?«, fragte Soledad den jungen Krüppel.

»Nur Teile davon« antwortete ihr Juan Diego; in Wahrheit hatte er keine Ahnung, wie viel (oder wie wenig) Lupe wusste. »Weil Lupe mich in meiner Zukunft nicht an einem Hochseil sieht, glaubt sie, ich würde bei dem Versuch sterben – *falls* ich es versuche.«

»Und was glaubst du, Juan Diego?«, fragte ihn die Frau des Löwenbändigers. Als Müllkippenkind kannte er keine Erwachsenen wie sie.

»Ich weiß nur, dass ich als Hochseilartist nicht hinken würde«, antwortete ihr der Junge. Er spürte, dass der Moment der Entscheidung immer näher kam.

»Der Dackel ist ein Rüde und heißt Baby«, hörte er Lupe vor sich hin sagen; etwas laut zu wiederholen war Lupes Art, sich die Dinge zu merken. Der kleine Hund hatte ein Babyhäubchen auf dem Kopf, das unter dem Kinn mit Bändchen festgebunden war, und saß aufrecht in einem Kinderwagen.

»Ignacio wollte einen Gedankenleser für die *Löwen*«, sagte Soledad plötzlich zu Juan Diego. »Was hat eine Gedankenleserin in einem Zirkus verloren? Du hast doch selbst gesagt, deine Schwester ist keine Wahrsagerin«, fuhr Soledad leise fort. Das verlief nicht wie erwartet.

»Der Hirtenhund ist eine Hündin und heißt Pastora«, hörte Juan Diego Lupe sagen. (*Pastora* bedeutet »Schäferin«.) Pastora trug ein Mädchenkleid; wenn die Hündin auf allen vieren ging, stolperte sie über das Kleid, doch sobald sie sich auf die Hinterbeine erhob und den Kinderwagen schob, in dem Baby (der Dackel) saß, stolperte sie nicht mehr – dann passte das Kleid der Hirtenhündin perfekt.

»Was würde Lupe einem Zirkuspublikum schon erzählen können? Welche Zuschauerin will öffentlich gesagt bekommen, was ihr Mann gerade denkt? Welcher Mann freut sich, wenn er hört, was seiner Frau alles durch den Kopf geht?«, fragte Soledad Juan Diego. »Ist es Kindern nicht peinlich, wenn ihre Freunde wissen, was sie denken? Überleg doch mal«, sagte Soledad. »Ignacio interessiert sich nur für das, was der alte Löwe und die drei Löwinnen denken. Wenn deine Schwester die Gedanken der Löwen nicht lesen kann, ist sie für Ignacio wertlos. Und sobald sie gelesen hat, was dem Löwen durch den Kopf geht – braucht er sie auch nicht mehr, stimmt's? Oder ändern Löwen manchmal ihre Meinung?«, wollte Soledad von Juan Diego wissen.

»Ich weiß es nicht«, gab der Junge zu. Er hatte Angst.

»Ich weiß es auch nicht«, sagte Soledad. »Ich weiß nur, dass du als Hochseilartist – und besonders als *Junge* auf der Himmelsleiter – bessere Chancen hast, im Zirkus bleiben zu können. Verstehst du, was ich meine, Wunderknabe?«, fragte ihn Soledad. Für Juan Diego kam alles zu plötzlich.

»Ja, schon«, sagte er, doch das Plötzliche machte ihm

Angst. Dass diese Frau einmal hübsch gewesen war, konnte er kaum glauben, dass sie ein kluger Kopf war dagegen schon, denn sie durchschaute ihren Mann so gut, dass sie ihn vermutlich überleben würde. Sie wusste, dass die meisten Entscheidungen des Löwenbändigers rein egoistisch motiviert waren – sein Interesse an Lupe als Gedankenleserin entsprang einzig und allein seinem Selbsterhaltungstrieb. Eines war völlig klar: Soledad war eine starke Frau.

Zweifellos waren ihre Gelenke im Lauf der Zeit stark beansprucht worden, mit entsprechenden Schäden an Fingern, Handgelenken und Ellenbogen, was Dr. Vargas aufgefallen war. Trotzdem war die ehemalige Trapezkünstlerin immer noch sehr kräftig. Soledad hatte ihre Laufbahn als Fliegerin begonnen, aber als Fängerin beendet – das Fangen war am Trapez sonst reine Männersache. Doch Soledads Arme waren, genau wie ihr Griff, stark genug, dass sie Fängerin sein konnte.

»Der Mischling ist ein Rüde. Ich finde es *ungerecht,* ihn Perro Mestizo zu nennen – der arme Hund sollte nicht auch noch Mischling heißen!«, sagte Lupe. Der arme Perro Mestizo trug kein Kostüm. In der Hundenummer war der Mischling ein Babydieb und versuchte immer wieder, mit dem Kinderwagen wegzulaufen, in dem Baby saß – während der Dackel in dem Babyhäubchen natürlich wie ein Irrer bellte. »Warum muss Perro Mestizo immer den Bösewicht spielen?«, fragte Lupe. »Das ist so was von unfair!« (Juan Diego wusste, was jetzt als Nächstes kommen würde, weil er den Satz in diversen Variationen von seiner kleinen Schwester häufig zu hören bekam.) »Perro Mestizo hat nicht darum gebeten, als Mischling geboren zu werden«, sagte

Lupe. (Natürlich hatte Estrella, die Hundetrainerin, keinen blassen Schimmer, was Lupe da alles sagte.)

»Vermutlich fürchtet sich Ignacio ein wenig vor den Löwen«, sagte Juan Diego vorsichtig zu Soledad. Es war keine Frage; er spielte auf Zeit.

»Ignacio sollte sich vor den Löwen fürchten – er sollte sich sogar gewaltig fürchten«, sagte die Frau des Löwenbändigers.

»Die Deutsche Schäferhündin heißt Alemania«, brabbelte Lupe. Juan Diego hielt es für phantasielos, einen Deutschen Schäferhund *Deutschland* zu nennen, und ihn in eine Polizeiuniform zu stecken, obendrein für ein Stereotyp. Doch Alemania sollte eine *policía* sein – eine Polizistin. Natürlich ereiferte sich Lupe darüber, wie »erniedrigend« es für Perro Mestizo, einen Rüden, sein müsse, von einer Deutschen Schäferhündin verhaftet zu werden. In der Hundenummer wird Perro Mestizo dabei ertappt, wie er das Baby samt Kinderwagen stiehlt, worauf der unbekleidete Mischlingshund von Alemania in ihrer Polizeiuniform am Genick gepackt und aus der Manege gezerrt wird. Baby (der Dackel) und seine Mutter (Pastora, die Hirtenhündin) kommen am Schluss wieder glücklich zusammen.

In dem Augenblick, in dem Juan Diego klar wurde, wie winzig die Chance der Müllkippenkinder war, es im Circo de La Maravilla zu etwas zu bringen – er als verkrüppelter Hochseilartist in Kombination mit Lupe als Gedankenleserin für Löwen –, humpelte der barfüßige Edward Bonshaw in das Übungszelt der Hunde. Die vorsichtigen Schritte des Mannes aus Iowa musste die Hunde irritiert haben, oder vielleicht lag es auch nur an der Unbeholfenheit, mit der sich der kleinere Señor Eduardo auf den größeren Transvestiten zu stützen versuchte.

Baby bellte zuerst; der kleine Dackel mit dem Häubchen sprang aus dem Kinderwagen. Das war so ungeplant, so fern von dem, was sie sonst im Zirkus machten, dass der arme Perro Mestizo den Amerikaner vor lauter Aufregung in einen seiner nackten Füße biss, woraufhin wiederum Baby nach Rüdenart rasch einen Fuß hob und auf Señor Eduardos anderen nackten (und unversehrten) Fuß pinkelte. Flor trat den Dackel und den Mischlingshund.

Alemania, die Polizeihündin, mochte nicht getreten werden; es kam zu einer angespannten Pattsituation zwischen der Deutschen Schäferhündin und dem Transvestiten – bedrohliches Knurren auf Seiten des großen Hundes, eisernes Standhalten auf Seiten Flors, die nie einem Kampf aus dem Weg ging. Estrella, die feuerrote Perücke schief auf dem Kopf, versuchte ihre Hunde zu beruhigen.

Lupe war ihrerseits so aufgeregt, als sie (in Sekundenschnelle) Juan Diegos Gedanken las, dass sie die Hunde für einen Moment ganz ausblendete. »Ich soll hier die Gedankenleserin für *Löwen* geben? Läuft es tatsächlich darauf hinaus?«, fragte das Mädchen empört ihren Bruder.

»Ich vertraue Soledad, du etwa nicht?«, fragte Juan Diego zurück.

»Wenn du den Hochseilartisten spielst, sind wir unersetzlich – sonst nicht. Läuft es darauf hinaus?«, wiederholte Lupe. »Ach so, verstehe – du findest, es hört sich gut an, ›Der Wunderknabe‹ zu sein, stimmt's?«

»Soledad und ich wissen nicht, ob Löwen auch manchmal ihre Meinung ändern – vorausgesetzt, du kannst die Gedanken von Löwen lesen«, sagte Juan Diego; er versuchte, sich nichts anmerken zu lassen, fand aber die Idee mit dem Wunderknaben tatsächlich verlockend.

»Ich weiß, was Hombre durch den Kopf geht.« Mehr verriet ihm Lupe nicht.

»Und ich sage: Probieren wir's einfach«, sagte Juan Diego. »Wir machen's eine Woche, mal sehen, wie es läuft –«

»Eine Woche?!«, rief Lupe. »Glaub mir, du bist kein Wunderknabe.«

»Schon gut, schon gut, aber wenigstens ein paar Tage«, flehte Juan Diego. »Lass es uns einfach versuchen, Lupe – du weißt auch nicht alles.«

Welcher Krüppel träumt nicht davon, zu gehen ohne zu hinken? Und was, wenn ein Krüppel auf spektakuläre Weise gehen könnte? Hochseilartisten werden beklatscht, bewundert, sogar angehimmelt – nur fürs Gehen, auf achtzehn Sprossen.

»Es ist eine Situation vom Typ ›Entweder von hier verschwinden oder hier sterben‹«, sagte Lupe. »Ein paar Tage oder eine Woche machen da keinen Unterschied.« Auch für Lupe ging alles zu schnell.

»Warum machst du so ein Drama draus?«, fragte Juan Diego.

»Wer will denn ›Das Wunder‹ sein? Wer macht hier ein Drama daraus?«, fragte ihn Lupe. »Du Wunderknabe!«

Wo waren die verantwortlichen Erwachsenen?

Es war kaum vorstellbar, dass Edward Bonshaws Füßen noch irgendetwas passieren könnte, doch der barfüßige Amerikaner war in Gedanken woanders; den Hunden war es nicht gelungen, ihn abzulenken, und man konnte nicht erwarten, dass Señor Eduardo verstand, in welcher Zwangslage sich die beiden Kinder befanden. Selbst dem Transvestiten, der weiterhin mit dem Mann aus Iowa flirtete, konnte man nicht vorwerfen, dass ihm entging, welche Entscheidung (entweder von hier zu verschwinden oder hier zu sterben) da auf die Müllkippenkinder zukam. Die verfügbaren Erwachsenen hatten mit sich selbst genug zu tun.

»Hast du tatsächlich Brüste und einen Penis?«, brach es plötzlich auf Englisch aus Edward Bonshaw hervor. Dass Flor ihn aufgrund ihrer in Houston erworbenen recht guten Englischkenntnisse verstehen würde, davon war Señor Eduardo natürlich ausgegangen; er hätte nur nicht gedacht, dass Juan Diego und Lupe, die eben noch miteinander gestritten hatten, ihn ebenfalls hören und verstehen würden. Und definitiv nicht, dass auch Estrella, die alte Hundetrainerin, und sogar Soledad, die Frau des Löwenbändigers, Englisch verstanden.

Just in dem Moment, als Señor Eduardo Flor die ominöse Frage nach ihren Brüsten und ihrem Penis stellte, hörten die aufgeregten Hunde zu bellen auf. Wirklich jeder im Artistenzelt hatte die Frage gehört und offenbar auch verstanden.

»Großer Gott«, sagte Juan Diego.

Lupe hielt ihr Coatlicue-Amulett an ihre Brüste gedrückt, die zu klein waren, um aufzufallen. Auch die furchterregende Göttin mit den Klapperschlangenrasseln als Brustwarzen schien die Brüste-und-Penis-Frage verstanden zu haben.

»Na ja, ich zeige dir den Penis nicht – nicht hier«, sagte Flor dem Mann aus Iowa. Sie knöpfte ihre Bluse auf und zog sie sich aus dem Rock.

Wenn Kinder unbeobachtet sind, geht alles manchmal sehr schnell. »Siehst du nicht?«, sagte Lupe zu Juan Diego. »Sie ist es – die Richtige für *ihn*! Flor und Señor Eduardo – sie werden dich adoptieren. Sie können dich nur mitnehmen, wenn sie zusammen sind!«

Flor hatte ihre Bluse ganz ausgezogen. Ihren BH hätte sie eigentlich nicht auch noch ausziehen müssen, tat es aber trotzdem, damit Edward Bonshaw sich mit eigenen Augen davon überzeugen konnte, dass sie, die »keine Freundin der Chirurgie« war, tatsächlich Brüste hatte, wenn auch kleine – »das Beste, was mit Hormonen zu haben ist«.

»Keine Klapperschlangenrasseln, oder?«, fragte Flor Lupe, als ihre Brüste samt Brustwarzen für alle sichtbar waren.

»Entweder von hier verschwinden oder hier sterben«, wiederholte Lupe. »Señor Eduardo und Flor sind deine Fahrkarte hier raus«, sagte sie ihrem Bruder.

»Das mit dem Penis musst du mir im Moment einfach glauben«, sagte Flor zu Señor Eduardo und zog ihren BH wieder an; sie war gerade dabei, ihre Bluse zuzuknöpfen, als Ignacio das Zelt betrat. Zelt hin oder her, die beiden Kinder hatten den Eindruck, dass der Löwenbändiger nie klopfte, bevor er eintrat.

»Komm und lern die Löwen kennen«, sagte Ignacio zu Lupe. »Und dich brauchen wir wohl oder übel auch«, sagte der Löwenbändiger zu dem Krüppel – dem Möchtegern-Wunderknaben.

Es war keine Frage, dass die Müllkippenkinder die Bedingungen verstanden hatten: Beim Gedankenlesen ging es nur um die Löwen. Und ob die Löwen nun tatsächlich ihre Meinung änderten oder nicht, Lupe hatte jedenfalls die

Aufgabe, den Löwenbändiger glauben zu machen, dass die Löwen zumindest dazu im Stande wären.

Doch was mochte der barfüßige, gebissene und angepisste Missionar wohl denken? Edward Bonshaws Gelübde waren Makulatur; Flors Kombination von Brüsten und Penis hatte ihn dazu gebracht, das Zölibat auf eine Weise zu überdenken, die auch noch so viel Selbstgeißelung nicht rückgängig machen konnte.

»Wir sind Soldaten Christi«, hatte Señor Eduardo einmal zu den Patres Alfonso und Octavio gesagt, während Bruder Pepe zustimmend nickte. Die beiden alten Priester wollten ganz offensichtlich nicht, dass die beiden Müllkippenkinder weiter im *Niños Perdidos* blieben; ihre halbherzigen Fragen nach der Sicherheit des Zirkus waren mehr der priesterlichen Etikette als ehrlicher Sorge geschuldet.

»Diese Kinder sind solche Wildfänge – vermutlich könnten sie von Raubtieren gefressen werden!«, hatte Pater Alfonso gesagt und die Hände in die Höhe gerissen, als wäre Gefressenwerden ein angemessenes Schicksal für Müllkippenkinder.

»Ihnen mangelt es an Zurückhaltung – sie könnten von diesen baumelnden Dingern fallen!«, hatte Pater Octavio eingeworfen.

»Trapez«, hatte Pepe hilfsbereit ergänzt.

»Ja! Trapez!«, hatte Pater Octavio gerufen, fast so, als fände er die Idee verlockend.

»Der Junge wird von gar nichts baumeln«, hatte Edward Bonshaw den Priestern versichert. »Er wird als *Dolmetscher* arbeiten – wenigstens wird er nicht im Müll wühlen müssen.«

»Und das Mädchen wird Gedanken lesen, wahrsagen – sie wird auch nirgendwo herabbaumeln. Und bestimmt nicht als Prostituierte enden«, hatte Bruder Pepe den zwei Priestern gesagt; Pepe kannte die beiden so gut – mit dem Wort Prostituierte hatte er sie in der Tasche.

»Immer noch besser von Raubtieren gefressen werden als das«, hatte Pater Alfonso gesagt.

»Lieber von einem Trapez fallen, nur das nicht«, hatte Pater Octavio natürlich beigepflichtet.

»Ich wusste, Sie würden das verstehen«, hatte Señor Eduardo zu den beiden alten Priestern gesagt. Doch schon damals wirkte der Mann aus Iowa unsicher, auf welcher Seite er stehen sollte. Er sah aus, als frage er sich, wofür er eingetreten war. Warum war der Zirkus überhaupt eine so gute Idee?

Und jetzt – wieder einmal auf der Gasse zwischen den Artistenzelten unterwegs, nach Elefantenscheiße Ausschau haltend – humpelte Edward Bonshaw unsicher auf seinen zarten nackten Füßen daher. Der Amerikaner war gegen Flor gestolpert und klammerte sich hilfesuchend an den Transvestiten, der so viel größer und stärker war als er; die zwei Minuten Fußweg zu den Löwenkäfigen mussten Edward Bonshaw wie eine Ewigkeit vorgekommen sein – Flor zu begegnen und nur an ihre Brüste und ihren Penis zu denken, hatte seinem Leben eine völlig neue Richtung gegeben.

Dieser Gang zu den Löwenkäfigen war für Señor Eduardo reinste Hochseilakrobatik, wie eine Himmelswanderung in fünfundzwanzig Metern Höhe ohne Netz; denn mochte der Amerikaner auch noch so humpeln, dies waren Schritte, die sein Leben veränderten.

Señor Eduardo schob seine kleine Hand in Flors viel größere Handfläche; als sie seine Hand in ihrer drückte, wäre der Missionar fast gestürzt. »Die Wahrheit ist«, rang sich der Mann aus Iowa ab, »ich bin dabei, dir zu verfallen.« Tränen rannen ihm übers Gesicht; das Leben, das er so lange angestrebt, für das er sich selbst kasteit hatte, war vorbei.

»Klingt nicht, als wärst du darüber besonders glücklich«, gab Flor zu bedenken.

»Doch, doch, das bin ich – ich bin wirklich sehr glücklich!«, widersprach ihr Edward Bonshaw, und er erzählte Flor, wie Ignatius von Loyola ein Heim für gefallene Frauen gegründet hatte. »Das war in Rom, wo der Heilige bekanntgab, er würde sein Leben opfern, wenn er damit die Sünden einer einzigen Prostituierten in einer einzigen Nacht verhindern könne«, sagte Señor Eduardo.

»Ich will nicht, dass du dein Leben opferst, du Idiot«, erwiderte die transsexuelle Prostituierte. »Ich will auch nicht, dass du mich rettest«, fuhr sie fort. »Ich finde, du solltest damit anfangen, mich zu ficken. Fangen wir einfach damit an, mal sehen, was passiert.«

»In Ordnung«, sagte Edward Bonshaw, der beinah erneut hingefallen wäre; er schwankte, aber er spürte, wie die Lust die Oberhand gewann.

In der Gasse zwischen den Artistenzelten liefen die jungen Akrobatinnen an ihnen vorbei; die grünblauen Pailletten auf ihren Trikots glitzerten im Laternenlicht. Das Quartett aus dem *Niños Perdidos* wurde auch von Dolores überholt; sie ging schnell, rannte aber nicht, sondern sparte sich das Laufen für das Training auf, wie es sich für einen Superstar der Hochseilartistik ziemte. Die Pailletten auf ihrem Trikot waren silbern und golden, und an ihren Fußreifen hingen silberne Glöckchen, die klingelten, als sie an ihnen vorbeiging. »Du laute, geltungssüchtige Schlampe«, rief Lupe der hübschen Hochseilartistin nach. »Nicht deine Zukunft – vergiss es einfach«, mehr sagte Lupe nicht zu ihrem Bruder.

Vor ihnen befanden sich die Löwenkäfige. Die Tiere waren jetzt wach – alle vier. Die Augen der drei Löwinnen verfolgten aufmerksam das Kommen und Gehen zwischen den Artistenzelten. Hombre, das mürrische Männchen, hielt die schmalen Augen auf den sich nähernden Löwenbändiger gerichtet.

Für den unbeteiligten Beobachter sah es vermutlich so aus, als sei der verkrüppelte Junge gestolpert und seine kleine Schwester habe ihn am Arm gepackt, damit er nicht stürzte; und selbst ein etwas genauerer Beobachter mochte denken, dass sich der hinkende Junge lediglich vorbeugte, um seine Schwester auf die Schläfe zu küssen.

Tatsächlich aber flüsterte Juan Diego Lupe ins Ohr: »Wenn du wirklich sagen kannst, was die Löwen denken, Lupe –.«

»Ich kann sagen, was du denkst«, unterbrach ihn Lupe.

»Pass um Himmels willen auf, was du über die Gedanken der Löwen sagst!«, flüsterte Juan Diego ihr barsch zu.

»Du bist derjenige, der vorsichtig sein muss«, sagte ihm Lupe. »Keiner weiß, was ich sage, wenn du es ihnen nicht erzählst.«

»Vergiss nur eins nicht: Ich will von dir nicht gerettet werden«, sagte Flor zu dem in Tränen aufgelösten Mann aus Iowa – Tränen des Glücks, widersprüchliche Tränen oder einfach nur Tränen. Mit anderen Worten, Edward weinte untröstlich – manchmal vermag Lust auch das.

Das Grüppchen hatte vor den Löwenkäfigen angehalten.

»*Hola*, Hombre«, sagte Lupe zu dem Löwen. Es stand außer Frage, dass der große Kater Lupe ansah – und nur Lupe, *nicht* Ignacio.

Vielleicht würde Juan Diego den nötigen Mut aufbringen, um Hochseilartist zu werden; vielleicht war das der Augenblick, in dem er glaubte, die Eier dafür zu haben. Es schien möglich, tatsächlich ein Wunderknabe zu *sein*.

»Glauben Sie immer noch, dass sie zurückgeblieben ist?«, fragte der junge Krüppel den Löwenbändiger. »Sie sehen doch, dass Hombre weiß, dass sie Gedankenleserin ist, oder?«, fragte Juan Diego Ignacio. »Eine echte«, fügte der Junge hinzu. Er war nicht halb so selbstsicher, wie er sich anhörte.

»Versuch mich nur nicht zu verarschen, An-der-Decke-Läufer«, sagte Ignacio zu Juan Diego. »Lüg mich nie an bei dem, was deine Schwester sagt. Ich weiß, wann du lügst, Übungszelt-Artist. Ich kann deine Gedanken lesen – ein bisschen«, sagte der Löwenbändiger.

Als Juan Diego Lupe ansah, reagierte sie nicht, zuckte nicht einmal mit den Achseln. Das Mädchen konzentrierte sich auf den Löwen. Selbst ein zufälliger Passant in der Gasse zwischen den Artistenzelten musste merken, dass Lupe und Hombre voll und ganz auf die Gedanken des anderen eingestellt waren. Der alte Löwenmann und das kleine Mädchen schenkten niemand anderem Beachtung.

20

Casa Vargas

In Juan Diegos Traum ließ sich unmöglich sagen, woher die Musik kam. Sie hatte nicht den Klang aggressiver Straßenmusikanten wie eine jener Mariachi-Bands, die sich unter den Arkaden des Marqués del Valle von Cafétischchen zu Cafétischchen vorarbeiteten – eine dieser nervigen Kapellen, wie sie überall auf dem Zócalo hätten spielen können. Und obwohl die Zirkuskapelle im La Maravilla eine eigene Blechbläser-und-Schlagzeug-Version von *Streets of Laredo* im Repertoire hatte, war dies nicht ihre angemessene Parodie des traurigen Cowboyklagelieds.

Plötzlich hörte Juan Diego in seinem Traum eine Stimme den Songtext singen – wenn auch nicht so anrührend, wie ihn der gute Gringo gesungen hatte. Oh, wie hatte der gute Gringo *Streets of Laredo* geliebt – er hatte die Ballade sogar im Schlaf singen können! Selbst Lupe mit ihrer überanstrengten und daher meist schwerverständlichen Stimme hatte dieses Lied auf ihre unschuldige, kleinmädchenhafte Art bezaubernd gesungen.

Die Karaoke-Musik drüben im Beachclub war längst verklungen, dieses Gedudel konnte es also nicht gewesen sein, was Juan Diego gehört hatte. Die Feierlustigen im Strandclub auf der Nachbarinsel Panglao waren zu Bett gegangen oder beim mitternächtlichen Schwimmen ertrunken. Und im Encantador läutete keiner mehr das neue Jahr ein – sogar die Nocturnal Monkeys waren gnädigerweise verstummt.

In Juan Diegos Hotelzimmer war es stockfinster; er hielt den Atem an, weil er Miriam nicht atmen hörte – nur den traurigen Cowboysong, vorgetragen von einer Stimme, die Juan Diego nicht erkannte. Oder etwa doch? Es war seltsam, *Streets of Laredo* von einer älteren Frau zu hören; irgendwie klang es nicht richtig. Aber war die Stimme an sich nicht doch auch irgendwie vertraut? Es war nur die falsche Stimme für diesen Song.

»›*I see, by your outfit, that you are a cowboy*‹«, sang die Frau mit tiefer, rauchiger Stimme. »›*These words he did say as I slowly walked by.*‹«

War das etwa Miriams Stimme?, fragte sich Juan Diego. Wie konnte sie singen, obwohl er sie nicht atmen hörte? Im Dunkeln war sich Juan Diego nicht sicher, ob sie wirklich da war.

»Miriam?«, flüsterte er, dann etwas lauter noch mal: »Miriam.«

Jetzt wurde nicht mehr gesungen – *Streets of Laredo* hatte aufgehört. Es war immer noch kein Atem zu hören; Juan Diego hielt erneut die Luft an. Er horchte auf das leiseste Geräusch von Miriam. War sie in ihr Zimmer zurückgekehrt? Hatte er etwa geschnarcht oder wie schon so oft im Schlaf geredet?

Ich sollte sie berühren – nur um zu spüren, ob sie da ist, dachte Juan Diego, traute sich aber nicht, das herauszufinden. Er berührte seinen Penis, roch dann an seinen Fingern. Der Geruch nach Sex hätte ihn nicht zu irritieren brauchen – er hätte sich doch daran erinnern müssen, mit

Miriam geschlafen zu haben. Doch das tat er nicht, nicht wirklich. Jedenfalls hatte er etwas gesagt – etwas darüber, wie sie sich anfühlte, wie es sich anfühlte, in ihr zu sein. Er hatte »seidig« oder »seidenweich« gesagt; an mehr erinnerte er sich nicht, nur an das, was gesprochen worden war.

Und dass Miriam gesagt hatte: »Du bist komisch – für alles musst du ein Wort haben.«

Dann krähte ein Hahn – mitten in stockdunkler Nacht! Waren die Hähne auf den Philippinen verrückt? Oder hatte die Karaoke-Musik nur diesen einzelnen Hahn aus dem Takt gebracht? Hatte der blöde Vogel die Nocturnal Monkeys mit nachtaktiven *Hennen* verwechselt?

»Jemand sollte diesen Hahn umbringen«, hatte Miriam mit ihrer tiefen, rauchigen Stimme gesagt; Juan Diego spürte, wie ihre nackten Brüste seinen Oberkörper und einen Oberarm streiften und ihre Finger sich um seinen Penis schlossen. Vielleicht konnte Miriam ja im Dunkeln sehen. »Da bist du ja, Liebling«, sagte sie zu ihm, als brauchte *er* Gewissheit, dass er existierte – dass er wirklich hier und bei ihr war –, während er sich die ganze Zeit gefragt hatte, ob *sie* real war, ob sie wirklich *existierte*. (Genaugenommen war es das, wovor er sich gefürchtet hatte.)

Wieder krähte der irre Hahn.

»Ich habe in Iowa schwimmen gelernt«, sagte Juan Diego im Dunkeln zu Miriam – eine merkwürdige Bemerkung zu einer Person, die gerade deinen Penis in der Hand hält, doch so erlebte Juan Diego Zeit (nicht nur in seinen Träumen). Die Zeit sprang vor- oder rückwärts, eher assoziativ als linear, doch manchmal auch scheinbar zufällig.

»Iowa«, murmelte Miriam. »Nicht das Erste, was einem einfällt, wenn man ans Schwimmen denkt.«

»Im Wasser hinke ich nicht«, sagte Juan Diego. Miriam machte ihn wieder steif. Außerhalb von Iowa City begegnete er nicht vielen Leuten, die sich für Iowa interessierten. »Wahrscheinlich warst du nie im Mittleren Westen«, sagte Juan Diego.

»Oh, ich war überall«, widersprach Miriam auf ihre lakonische Art.

Überall?, fragte sich Juan Diego. Niemand war schon überall, dachte er. Doch wenn es um die Orte ging, an denen man schon gewesen ist, war wohl die individuelle Perspektive entscheidend, oder? Nicht jeder Vierzehnjährige, der zum ersten Mal nach Iowa City kam, hätte den Umzug von Mexiko dorthin aufregend gefunden; für Juan Diego jedoch war Iowa ein Abenteuer. Er war ein Junge, der nie anderen Jugendlichen nachgeeifert hatte, und plötzlich waren überall Studenten gewesen. Iowa City war eine Universitätsstadt, ein Mitglied der Big Ten Conference im Sport – der Campus lag in der Innenstadt, Stadt und Universität waren eins. Weshalb sollte ein Müllkippenleser eine Uni-Stadt nicht faszinierend finden?

Zugegeben, bald würde jedem Vierzehnjährigen auffallen, dass die wahren Helden der Universität von Iowa deren Sportstars waren. Doch das passte zu dem, wie Juan Diego sich die USA vorgestellt hatte – aus der Perspektive eines mexikanischen Jungen schienen Filmstars und Sportidole den Zenit der amerikanischen Kultur darzustellen. Wie Dr. Rosemary Stein zu Juan Diego gesagt hatte: Entweder war er immer ein Junge aus Mexiko oder ein Erwachsener aus Iowa.

Für Flor war der Umzug von Oaxaca nach Iowa City bestimmt schwieriger – wenn auch Iowa nicht so traumatisch für sie werden sollte, wie es Houston gewesen war. Welche Möglichkeiten gab es denn wohl in einer Big-Ten-Universitätsstadt für eine transsexuelle ehemalige Prostituierte? In Houston hatte sie bereits einen Fehler gemacht; in Iowa City wollte sie deshalb keinerlei Risiken eingehen. Sanftmut, sich in Zurückhaltung üben – na ja, Bescheidenheit lag nicht gerade in Flors Natur. Flor hatte sich immer behauptet.

Als der verrückte Hahn ein drittes Mal zum Krähen ansetzte, erstarb das Geräusch mittendrin. »So, das hätten wir«, sagte Miriam. »Der verkündet kein falsches Morgengrauen mehr, dieser verlogene Bote.«

Und während Juan Diego noch zu begreifen versuchte, was Miriam genau meinte – sie hatte so entschieden geklungen –, begann ein Hund zu bellen; bald stimmten andere Hunde in das Gebell ein. »Tu den Hunden nichts – sie können für nichts etwas«, sagte Juan Diego zu Miriam. Das hätte Lupe bestimmt auch gesagt, stellte er sich vor. (Wieder war ein Jahr ins Land gegangen, doch seine liebe Schwester fehlte ihm immer noch.)

»Den Hunden wird nichts passieren, Liebling«, murmelte Miriam.

Jetzt spürte man eine leichte Brise, die durch die offenen, dem Meer zugewandten Fenster wehte; Juan Diego glaubte, das Meerwasser riechen zu können, hörte aber die Wellen nicht – falls es Wellen gab. Erst jetzt wurde ihm klar, dass er in Bohol *schwimmen* konnte; zum Encantador gehörten schließlich ein Strand und ein Pool. (Der Grund für seine

Reise auf die Philippinen war der gute Gringo, Schwimmen hatte damit nichts zu tun gehabt.)

»Erzähl mir, wie du in Iowa schwimmen gelernt hast«, flüsterte ihm Miriam ins Ohr; sie saß rittlings auf ihm, und er spürte, wie er wieder in sie eindrang. Ihn umgab solch ein weiches Gefühl – es war fast wie Schwimmen, dachte er, ehe ihm der Gedanke kam, dass Miriam gewusst hatte, was er dachte.

Ja, es lag lange zurück, doch Juan Diego wusste – wegen Lupe –, wie es war, eine Gedankenleserin um sich zu haben.

»Ich schwamm in einem Hallenbad – an der Universität von Iowa«, begann Juan Diego ein wenig atemlos.

»Ich meinte, wer, Liebling, wer hat es dir beigebracht, wer hat dich ins Schwimmbad mitgenommen?«, fragte Miriam leise.

»Oh.«

Juan Diego konnte die Namen der beiden nicht aussprechen, nicht einmal im Dunkeln.

Señor Eduardo hatte ihm das Schwimmen beigebracht – und zwar im Schwimmbecken im alten Iowa Field House, neben der Universitätsklinik. Edward Bonshaw, der die akademische Welt verlassen hatte, um Priester zu werden, wurde im Fachbereich Anglistik an der Universität von Iowa wieder aufgenommen – »von woher er gekommen«, wie Flor gerne etwas gestelzt sagte.

Flor schwamm nicht gern, doch nachdem Juan Diego schwimmen gelernt hatte, ging sie gelegentlich mit ins Schwimmbad. Señor Eduardo und Juan Diego hatten das alte Field House geliebt; zu Beginn der siebziger Jahre, vor dem Bau der Carver-Hawkeye Arena, fanden die meisten

Hallensportarten in Iowa im Field House statt. Edward Bonshaw und Juan Diego schwammen dort nicht nur, sondern sahen sich auch Basketballspiele und Wrestlingmatches an.

Flor mochte den Pool, aber nicht das alte Field House; dort liefen zu viele Sportskanonen herum, sagte sie. Aber auch Frauen schwammen dort mit ihren Kindern – in Flors Gegenwart war ihnen zwar unbehaglich zumute, sie glotzten aber nicht. Junge Männer dagegen konnten nicht anders, wie Flor immer sagte – junge Männer glotzten. Flor war groß und breitschultrig – 1,88 Meter, 77 Kilogramm –, und auch wenn sie kleine Brüste hatte, sah sie nicht nur auf weibliche Art sehr attraktiv, sondern auch sehr maskulin aus.

Am Pool trug Flor einen einteiligen Badeanzug, doch zu sehen war immer nur die obere Hälfte. Sie wickelte sich ein Badetuch um die Hüften; der untere Teil ihres Badeanzugs sollte nicht zu sehen sein, und Flor ging nie ins Wasser.

Juan Diego hatte keine Ahnung, wie sie das An- und Ausziehen bewerkstelligte – das geschah in der Frauenumkleide. Zog sie etwa ihren Badeanzug, der ja nie nass wurde, gar nicht aus?

»Keine Sorge«, hatte Flor zu dem Jungen gesagt. »Ich zeige mein Gemächt keinem außer Señor Eduardo.«

Jedenfalls nicht in Iowa City, wie Juan Diego eines Tages erfahren sollte. Eines Tages verstand er auch, warum Flor aus Iowa weg musste – nicht oft, nur gelegentlich.

Bruder Pepe schrieb Juan Diego, wenn er Flor zufällig in Oaxaca sah. »Vermutlich weißt Du und weiß auch Edward, dass sie hier ist – ›nur zu Besuch‹, wie sie sagt. Ich sehe sie an den üblichen Orten – wenn auch nicht an *allen* ›üblichen‹ Orten!«, wie Pepe es formulierte.

Pepe schrieb, er habe Flor im La China gesehen, der Schwulenbar an der Calle Bustamante; bestimmt hatte er La Loca (»Die Tunte«, wie Flor genannt wurde) im La Coronita gesehen, deren Klientel überwiegend schwul war und wo die Transvestiten sich mächtig rausputzten.

Pepe wollte damit nicht andeuten, dass Flor im Hurenhotel auftauchte; Flor vermisste weder das Hotel Somega noch das Prostituiertenleben. Doch wohin sollte jemand wie Flor in Iowa City denn ausgehen? Flor feierte gern, jedenfalls gelegentlich. Im Iowa City der Siebziger oder Achtziger gab es kein La China und schon gar kein La Coronita. Was schadete es schon, dass sie ab und zu nach Oaxaca zurückkehrte?

Bruder Pepe verurteilte sie nicht, und Señor Eduardo hatte Verständnis. Er und Flor waren ein Paar und lebten in Iowa City – Universitätsstädte waren ohnehin toleranter als andere Städte.

Als Juan Diego Oaxaca verließ, hatte Bruder Pepe unvermittelt zu ihm gesagt: »Werde bitte nicht einer dieser Mexikaner, die –«

Pepe hatte nicht weitergesprochen.

»Die *was*?«, hatte Flor Pepe gefragt.

»Einer dieser Mexikaner, die Mexiko hassen«, brachte Pepe heraus.

»Du meinst, einer dieser *Amerikaner*«, mischte sich Flor ein.

»Mein lieber Junge!«, hatte Bruder Pepe ausgerufen und Juan Diego an sich gedrückt. »Und bitte werde auch keiner dieser Mexikaner, die immer wieder zurückkommen – die nicht wegbleiben können«, hatte Pepe noch hinzugefügt.

Flor hatte Bruder Pepe nur angesehen. »Was sollte er sonst noch nicht werden?«, hatte sie Pepe gefragt. »Welche andere Sorte Mexikaner ist sonst noch verboten?«

Doch Pepe hatte Flor ignoriert und Juan Diego flehend ins Ohr geflüstert: »Lieber Junge, werde, was du werden willst – aber halte Kontakt!«

»Am besten wirst du gar nichts, Juan Diego«, hatte Flor dem Vierzehnjährigen gesagt, während der untröstliche Pepe in Tränen ausbrach. »Vertrau uns, Pepe – Edward und ich werden dafür sorgen, dass aus dem Kind irgendwas Gescheites wird«, sagte Flor. »Er wird ganz sicher keiner dieser mexikanischen *Niemande* werden.«

Edward Bonshaw, der das alles mithörte, hatte nur seinen Namen verstanden.

»Eduardo«, hatte Edward Bonshaw Flor korrigiert, die ihn nur verständnisvoll angelächelt hatte.

»Sie waren meine Eltern, oder haben sich jedenfalls bemüht, welche zu sein!«, versuchte Juan Diego zu sagen, doch er brachte die Worte in der Dunkelheit einfach nicht heraus. Er sagte nur »Oh«. Mit Miriam auf sich, die ihn ritt, war er zu mehr nicht imstande.

Perro Mestizo alias Mischling wurde zehn Tage unter Quarantäne gestellt – wenn man nach Anzeichen von Tollwut sucht, ist dies das übliche Verfahren bei bissigen Tieren, die nicht krank wirken. Mischling war nicht tollwütig, doch nachdem Dr. Vargas den Biss an Edward Bonshaws Fuß untersucht und ihn gegen Tollwut geimpft hatte, wollte er auf

Nummer sicher gehen. Zehn Tage lang trat der Hund nicht im Circo de La Maravilla auf; die Quarantäne des Babydiebs brachte den gewohnten Tagesablauf der anderen Hunde im Artistenzelt der Müllkippenkinder durcheinander.

Baby, der Dackelrüde, pinkelte nun jede Nacht auf den Lehmboden des Zelts. Pastora winselte pausenlos, so dass Estrella im Artistenzelt der Hunde schlafen musste, sonst hätte die Hirtenhündin nie Ruhe gegeben. Allerdings schnarchte Estrella. Von Estrellas Anblick, wenn sie schlafend auf dem Rücken lag, das Gesicht unter dem Schirm ihres Basecap halb verborgen, bekam Lupe Alpträume, aber Estrella behauptete, sie könne nicht barhäuptig schlafen, da die Mücken sie sonst stachen, und dann würde ihr Kopf jucken und sie könne sich nicht kratzen, ohne die Perücke abzunehmen, was wiederum die Hunde irritiere. Während Perro Mestizos Quarantäne stand Alemania, die Schäferhündin, nachts über Juan Diegos Liege und hechelte dem Jungen ins Gesicht. Lupe warf Dr. Vargas vor, Mischling verhext zu haben; der arme Perro Mestizo, »der ewige Bösewicht«, war in Lupes Augen mal wieder ein Opfer.

»Dieser Arschlochhund hat Señor Eduardo gebissen«, erinnerte Juan Diego seine Schwester. Das mit dem Arschlochhund stammte von Rivera. Lupe glaubte nicht, dass es Arschlochhunde gab.

»Señor Eduardo hat sich in Flors Penis verliebt!«, rief Lupe, als hätte diese beunruhigende neue Entwicklung Perro Mestizo veranlasst, den Mann aus Iowa anzugreifen. Das hieße jedoch, dass Perro Mestizo homophob war, und machte ihn das nicht erst recht zu einem Arschlochhund?

Doch Juan Diego konnte Lupe dazu überreden, im La

Maravilla zu bleiben, wenigstens bis der Zirkus nach Mexico City weiterzog. Diese Reise war für Lupe wichtiger als für Juan Diego; die Asche ihrer Mutter zu verstreuen (und die Asche des guten Gringos und die von Schmutzigweiß, von den Überresten der Riesennase der Jungfrau Maria ganz zu schweigen) bedeutete Lupe viel. Schließlich war sie es, die glaubte, Unsere Liebe Frau von Guadalupe sei in den Kirchen Oaxacas ausgegrenzt worden; Guadalupe spiele in Oaxaca die zweite Geige.

Esperanza, welche Fehler sie auch gehabt haben mochte, war von dem Monster Maria »umgelegt« worden – so sah es Lupe. Das hellseherisch veranlagte Kind glaubte, die Missstände in der religiösen Welt kämen von selbst wieder in Ordnung – wenn, und *nur* wenn, die Asche ihrer Mutter in der *Basílica de Nuestra Señora de Guadalupe* in Mexico City verstreut werden würde. Nur dort lockte die dunkelhäutige Jungfrau, *la virgen morena,* Busladungen von Pilgern zu ihrem Schrein. Lupe sehnte sich danach, die *Capilla del Pocito* oder Brunnenkapelle aufzusuchen, wo Guadalupe hinter Glas auf ihrem Totenbett lag.

Trotz seiner Gehbehinderung freute sich Juan Diego auf den langen Anstieg – die schier endlosen Treppen führten zum *El Cerrito de las Rosas,* der Kirche, wo Guadalupe nicht in einem Seitenaltar versteckt war, sondern ihre Statue sich erhöht vorn in dem heiligen *El Cerrito,* dem »Hügelchen«, befand. (Lupe nannte die Kirche statt »El Cerrito« lieber »Von den Rosen«; sie fand, das klinge heiliger als »Der kleine Hügel«.) Entweder dort oder am Totenbett der dunkelhäutigen Jungfrau in der Brunnenkapelle würden die Müllkippenkinder die Asche verstreuen, die sie in der Kaffeedose aufbewahrten, die Rivera auf dem *basurero* gefunden hatte.

Der Inhalt der Kaffeedose roch nicht nach Esperanza. Die Asche hatte einen undefinierbaren Geruch. Flor hatte an der Asche gerochen und gesagt, sie rieche auch nicht nach dem guten Gringo.

»Sie riecht nach Kaffee«, hatte Edward Bonshaw erklärt, als er an der Asche geschnuppert hatte.

Wie auch immer die Asche riechen mochte, die Hunde im Artistenzelt interessierten sich nicht dafür. Vielleicht hatte sie einen medizinischen Geruch; laut Estrella wurden die Hunde von allem vergrault, was nach Medizin roch. Vielleicht aber war auch die Nase der Jungfrau Maria an dem unidentifizierbaren Geruch schuld.

»Es ist eindeutig nicht Schmutzigweiß« war Lupes einziger Kommentar zu dem Geruch; sie roch jeden Abend vor dem Zubettgehen an der Asche in der Kaffeedose.

Juan Diego konnte ihre Gedanken nicht lesen, er versuchte es auch nicht. Wahrscheinlich schnupperte Lupe gern an dem Inhalt der Kaffeedose, weil sie wusste, dass sie die Asche bald verstreuen würden, und sie sich den Geruch vorher einprägen wollte.

Kurz bevor der Zirkus des Wunders nach Mexico City weiterreiste – eine lange Fahrt, besonders in einem Tross aus Lastwagen und Bussen –, brachte Lupe die Kaffeedose zu einem Abendessen bei Dr. Vargas in Oaxaca mit. Lupe sagte Juan Diego, sie wolle eine »wissenschaftliche Meinung« zum Geruch der Asche einholen.

»Aber das ist eine Einladung zum Abendessen, Lupe«, sagte Juan Diego. Es war die erste Abendgesellschaft, zu der die Müllkippenkinder je eingeladen wurden; sehr wahrscheinlich, das wussten sie, war die Einladung nicht Vargas' Idee gewesen.

Bruder Pepe hatte sich mit Vargas über, wie er es nannte, Edward Bonshaws »Versuchung der Seele« unterhalten. Dr. Vargas glaubte nicht, dass Flor den Amerikaner in eine spirituelle Krise gestürzt hatte. Vargas hatte Flor sogar beleidigt, als er Señor Eduardo gegenüber andeutete, der einzige Grund, weshalb er sich in einer Beziehung mit einer transsexuellen Prostituierten Sorgen machen müsse, sei womöglich ein medizinischer.

Dr. Vargas meinte Geschlechtskrankheiten; man müsse bedenken, wie viele Sexualpartner eine Prostituierte habe und was Flor sich von einem dieser Freier hätte einfangen können. Vargas war egal, dass Flor einen Penis hatte und Edward Bonshaw auch und dass der Mann aus Iowa deswegen seine Hoffnung aufgeben musste, Priester zu werden.

Dass Edward Bonshaw sein Zölibatsgelübde gebrochen hatte, kümmerte Dr. Vargas ebenfalls nicht. »Ich will nur nicht, dass Ihr Schwanz abfällt – oder grün wird oder so was«, hatte Vargas dem Amerikaner gesagt. Damit hatte er Flor beleidigt, die deshalb abgesagt hatte.

Jeder, der in Oaxaca mit Vargas ein Hühnchen zu rupfen hatte, nannte sein Haus Casa Vargas. Manche konnten ihn nicht leiden, weil er ein reicher Erbe war, oder hielten ihn für pietätlos, weil er in die Villa seiner Eltern zog, nachdem sie bei einem Flugzeugabsturz ums Leben gekommen waren. (Mittlerweile kannte jeder in Oaxaca die Geschichte, dass Vargas ursprünglich im selben Flugzeug hätte sitzen sollen.)

Wieder andere kreideten ihm an, dass er sie als Patienten abkanzelte und dabei die Wissenschaft als Keule benutzte, so wie er Flor zur Trägerin einer möglichen Geschlechtskrankheit degradiert hatte.

Typisch Vargas – so war er nun mal. Bruder Pepe kannte ihn gut und fand, man könne sich darauf verlassen, dass Vargas bei so ziemlich allem und jedem zynisch war. Pepe war der Meinung, die Müllkippenkinder und Edward Bonshaw könnten von Vargas' Zynismus durchaus etwas lernen. Deshalb hatte Pepe Vargas überredet, den Mann aus Iowa und die beiden Kinder zum Abendessen einzuladen.

Pepe kannte zudem auch noch andere Scholastiker, die sich letztlich gegen das Gelübde entschieden hatten. Auf dem Weg zur Priesterwürde konnte es Zweifel und Abwege geben. Wenn die eifrigsten Studenten ihre Studien aufgaben, konnten die emotionalen und psychologischen Aspekte der »Umorientierung«, wie Pepe es insgeheim nannte, brutal sein.

Bestimmt hatte Edward Bonshaw sich gefragt, ob er schwul war oder nicht oder ob er sich in diese spezielle Person verliebt hatte, die ganz zufällig Brüste und einen Penis hatte. Bestimmt hatte Señor Eduardo sich gefragt: Fühlen sich nicht viele schwule Männer *nicht* zu Transvestiten hingezogen? Doch sogar Edward Bonshaw wusste, dass einige schwule Männer durchaus Gefallen an ihnen fanden. Aber machte das ihn, so hatte sich Señor Eduardo bestimmt gefragt, zu einer sexuellen Minderheit innerhalb einer Minderheit?

Bruder Pepe waren diese Feinheiten innerhalb von Feinheiten egal. In Pepe steckte eine Menge Liebe. Pepe wusste, dass die Frage der sexuellen Orientierung des Amerikaners ausschließlich Edward Bonshaws Angelegenheit war.

Bruder Pepe hatte kein Problem damit, dass Señor Eduardo erst spät sein homosexuelles Ich entdeckte (falls das gerade passierte) oder nicht mehr Priester werden wollte; Pepe fand es auch völlig in Ordnung, dass Edward Bonshaw in einen Crossdresser mit einem Penis verknallt war. Auch hatte er nichts gegen Flor persönlich, sondern nur ein Problem mit ihrem Job als Prostituierte – wenn auch nicht unbedingt aus den selben Gründen wie Vargas, für den sie eine potenzielle Überträgerin von Geschlechtskrankheiten war. Pepe wusste, dass Flor immer in Schwierigkeiten gesteckt hatte; sie hatte gelebt, wenn auch umgeben von Problemen (nicht alles ließ sich auf Houston zurückführen), während Edward Bonshaw kaum gelebt hatte. Was würden zwei so unterschiedliche Menschen nur zusammen in Iowa anfangen? Nach Pepes Ansicht war Flor für Señor Eduardo ein zu großer Schritt – Flors Welt kannte keine Grenzen.

Und Flor – wer wusste schon, was sie dachte? »Ich finde, du bist ein sehr netter Papageienmann«, hatte Flor zu dem Mann aus Iowa gesagt. »Dir hätte ich begegnen sollen, als ich ein Kind war«, hatte sie gesagt. »Wir hätten einander helfen können, eine Menge Mist durchzustehen.«

Bruder Pepe hätte dem sicher zugestimmt. Aber war es für die beiden jetzt nicht zu spät? Und was Dr. Vargas betraf – genauer, dass er Flor »beleidigt« hatte –, so mochte Pepe ihn vielleicht auf diese Idee gebracht haben. Doch wahrscheinlich würde keine Litanei über Geschlechtskrankheiten Edward Bonshaw abschrecken; sexuelle Anziehung ist nicht rein wissenschaftlich zu erklären.

Bruder Pepe setzte deshalb größere Hoffnungen darauf, dass Vargas' Skeptizismus bei Juan Diego und Lupe Erfolg hatte. In Sachen La Maravilla waren die beiden Kinder desillusioniert – jedenfalls Lupe. Genau wie Bruder Pepe hielt Dr. Vargas nicht viel davon, die Gedanken von Löwen zu lesen. Vargas hatte einige der jungen Akrobatinnen untersucht, sowohl bevor als auch nachdem Ignacio sie in die Hände bekommen hatte. Wer als ›Das Wunder‹ – La Maravilla persönlich – auftrat, konnte dabei sterben. (Noch nie hatte jemand einen Sturz aus fünfundzwanzig Metern Höhe ohne Netz überlebt.) Und Dr. Vargas wusste, dass die jungen Akrobatinnen, die mit Ignacio Sex gehabt hatten, wünschten, sie wären tot.

Und Vargas, gegenüber Pepe ein wenig in der Defensive, hatte zugegeben, zunächst sei der Zirkus in seinen Augen eine gute Perspektive für die beiden gewesen, weil er geglaubt hatte, als Gedankenleserin und Nichtakrobatin käme Lupe mit Ignacio gar nicht in Kontakt. Inzwischen hatte Vargas seine Meinung geändert; dass Lupe die Gedanken der Löwen lesen sollte, gefiel ihm gar nicht, weil die Dreizehnjährige nun doch mit Ignacio zu tun hatte.

Was die Aussichten der Müllkippenkinder im Zirkus betraf, so hatte Pepe eine Hundertachtzig-Grad-Wende vollzogen. Bruder Pepe wollte sie wieder im *Niños Perdidos* haben, wo sie wenigstens in Sicherheit wären. Er wurde von Vargas unterstützt, wenn es um Juan Diegos Perspektive als Hochseilartist ging. Egal, ob nun der verkrüppelte Fuß dauerhaft in der perfekten Stellung für das Gehen über die Himmelsleiter blockiert war, Juan Diego war kein Athlet, und sein Problem war auf einmal der gute Fuß.

Der Junge hatte im Zelt der Akrobaten geübt. Der gute Fuß war aus den Seilschlaufen der Leiter gerutscht – Juan Diego war ein paarmal gestürzt. Und das war nur das Übungszelt; dieser Sturz brachte einen nicht um.

Schließlich waren da die Erwartungen der beiden Kinder, was Mexico City betraf. Pepe machte sich Sorgen um Juan Diego und Lupe; ihre Pilgerfahrt beunruhigte ihn, der selbst aus Mexico City stammte. Pepe wusste, was für ein Schock es sein konnte, wenn man zum ersten Mal Guadalupes Schrein sah, und er wusste, die beiden Kinder konnten heikel sein – wenn es um die öffentliche Zurschaustellung von Religiosität ging, waren sie schwer zufriedenzustellen. Pepe fand, die Müllkippenkinder hätten ihre eigene Religion; was *los niños de la basura* glaubten, hielt Pepe für deren ganz eigene Sache.

Die Oberin des Waisenhauses gestattete nicht, dass Edward Bonshaw und Bruder Pepe gemeinsam die Müllkippenkinder auf ihrer Fahrt nach Mexico City begleiteten, sie konnte nicht ihren besten Lehrern gleichzeitig freigeben. Und Señor Eduardo wollte den Schrein für Guadalupe fast so gern sehen wie die beiden Kinder – Pepes Voraussicht nach würde der Mann aus Iowa von den Exzessen der *Basílica de Nuestra Señora de Guadalupe* genauso überwältigt und angewidert sein wie die Müllkippenkinder. (Die Menschenmassen, die an einem Samstagmorgen zum Schrein der Guadalupe strömten, könnten wohl jedermanns privaten Glauben mit Füßen treten.)

Vargas kannte die Szenerie – die stumpfsinnigen, amoklaufenden Kirchgänger verkörperten alles, was er verabscheute. Doch Pepe täuschte sich, wenn er glaubte,

Dr. Vargas (oder sonst wer) könnten die beiden Kinder und Edward Bonshaw auf die Pilgerhorden vorbereiten, die sich der Basílica an der Straße der Wunder näherten – »der Straße des *Elends*«, wie Pepe sie Vargas hatte nennen hören. Dieses Spektakel mussten *los niños de la basura* und der Missionar schon selbst erleben.

Apropos Spektakel: Eine Abendgesellschaft in der Casa Vargas war ein Spektakel. Die lebensgroßen Statuen der spanischen Konquistadoren am oberen und unteren Ende der Prunktreppe (und im Foyer) waren lebensechter und einschüchternder als die religiösen Sexpuppen und der ganze andere Plastikkrempel, die im Madonnenladen an der Independencia verkauft wurden.

Die bedrohlichen spanischen Soldaten wirkten sehr realistisch; wie ein Konquistadorenheer standen sie auf zwei Etagen von Vargas' Haus Wache. Vargas hatte in der Villa seiner Eltern nichts verändert. Seine Jugend hatte er im Kriegszustand mit den religiösen und politischen Anschauungen seiner Eltern verbracht, aber ihre Gemälde, Statuen und Familienfotos nicht angerührt.

Vargas war sowohl Sozialist als auch Atheist; er verschenkte buchstäblich seine ärztlichen Leistungen an die Bedürftigsten. Doch das Haus, in dem er wohnte, erinnerte an seine von ihm verschmähten Eltern und ihre Werte, die er ebenfalls ablehnte. Casa Vargas huldigte Vargas' toten Eltern weniger, als dass es sie verspottete; ihre von ihrem Sohn verworfene Kultur wurde zwar ausgestellt, doch weniger, um sie zu ehren, als um sie lächerlich zu machen – jedenfalls schien es Pepe so.

»Genauso gut hätte Vargas seine toten Eltern ausstopfen

und sie das Familienanwesen bewachen lassen können!«, hatte Bruder Pepe Edward Bonshaw vorgewarnt, doch der war schon von der Rolle, ehe er in der Casa Vargas eintraf.

Señor Eduardo hatte seine Verfehlungen mit Flor weder Pater Alfonso noch Pater Octavio gebeichtet. Der religiöse Eiferer sah die Menschen, die er liebte, als Projekte; sie wurden zurückgewonnen oder gerettet, aber nie aufgegeben. Flor, Juan Diego und Lupe waren die Projekte des Amerikaners; Edward Bonshaw sah sie mit den Augen eines geborenen Reformers, liebte sie aber nicht weniger, wenn er sie auf diese Weise betrachtete. (Pepes Ansicht nach war dies eine Komplikation im Prozess von Señor Eduardos »Umorientierung«.)

Bruder Pepe und der Zelot teilten sich immer noch ein Badezimmer. Pepe wusste zwar, dass Edward Bonshaw sich nicht mehr geißelte, doch nun hörte er ihn im Bad weinen – wo er statt sich selbst nun die Toilette, das Waschbecken und die Badewanne auspeitschte. Señor Eduardo weinte und weinte, weil er nicht wusste, wie er seine Stelle im Waisenhaus aufgeben konnte, ehe er sicher war, dass für seine geliebten Projekte gesorgt war.

Lupe war für eine Abendgesellschaft in der Casa Vargas nicht in Stimmung. Sie hatte ihre ganze Zeit bei Hombre und den Löwinnen verbracht – *las señoritas*, »die jungen Damen«, wie Ignacio die drei Löwinnen nannte. Er hatte ihnen Namen gegeben, jeweils den eines Körperteils. Cara, »Gesicht« (eines Menschen), Garra, »Pfote« (mit Krallen), Oreja, »Ohr« (das Außenohr). Ignacio sagte zu Lupe, er könne die Gedanken der Löwinnen an diesen Körperteilen ablesen. Cara verzog das Gesicht, wenn sie aufgeregt oder ungehalten war; Garra sah aus, als wolle sie mit den Tatzen Brot kneten, die Krallen bohrten sich in den Boden; Oreja legte entweder ein Ohr schief, oder sie legte beide Ohren flach an.

»Mich können sie nicht täuschen – ich weiß, was sie denken. Die jungen Damen sind leicht zu durchschauen«, sagte der Löwenbändiger zu Lupe. »Für *las señoritas* brauche ich keine Gedankenleserin – aber Hombres Gedanken sind ein Rätsel.«

Vielleicht nicht für Lupe, dachte sich Juan Diego. Er war ebenfalls nicht in Stimmung für eine Abendgesellschaft; er bezweifelte, dass ihm Lupe die ganze Wahrheit gesagt hatte.

»Was denkt Hombre?«, hatte er sie gefragt.

»Nicht viel – ein typischer Mann«, hatte Lupe ihrem Bruder geantwortet. »Hombre denkt daran, es den Löwinnen zu besorgen. Meist Cara. Manchmal Garra. Oreja fast nie – außer wenn sie ihm plötzlich in den Sinn kommt, dann will er's ihr auf der Stelle besorgen. Hombre denkt entweder an Sex, oder er denkt an gar nichts«, sagte Lupe. »Außer ans Fressen.«

»Aber ist Hombre gefährlich?«, fragte Juan Diego. (Er fand es seltsam, dass Hombre an Sex dachte. Juan Diego war sich ziemlich sicher, dass Hombre keinen Sex hatte, wirklich nie.)

»Wenn man Hombre beim Fressen stört oder ihn berührt, wenn er daran denkt, es einer Löwin zu besorgen. Hombre will, dass alles beim Alten bleibt – er mag keine Veränderungen«, sagte Lupe und gab zu: »Ich weiß nicht, ob's die Löwen wirklich miteinander treiben.«

»Aber was denkt Hombre über Ignacio? Nur das interessiert den Löwenbändiger!«, rief Juan Diego.

Lupe zuckte die Achseln, genau wie ihre verstorbene Mutter. »Hombre mag Ignacio, außer wenn er ihn hasst. Es verwirrt Hombre, wenn er Ignacio hasst. Hombre weiß, dass er Ignacio nicht hassen sollte.«

»Du verschweigst mir etwas«, sagte Juan Diego ihr auf den Kopf zu.

»Ach – liest du jetzt auch Gedanken?«, fragte ihn Lupe.

»Was ist es?«, sagte Juan Diego.

»Ignacio hält die Löwinnen für blöde Fotzen – was sie denken, interessiert ihn nicht«, antwortete Lupe.

»Das ist alles?«, fragte Juan Diego. Lupes Ausdrucksweise wurde unter dem Einfluss von Ignacios Gedanken und dem Vokabular der jungen Akrobatinnen täglich vulgärer und schmutziger.

»Ignacio ist besessen von der Frage, was Hombre denkt – das ist so 'ne Sache zwischen Männern. Was die Löwinnen denken, ist dem Löwenbändiger dagegen egal«, sagte Lupe. Doch das sagte sie irgendwie komisch, fand Juan Diego. Sie hatte nicht *el domador de leones* gesagt, wie der Löwenbändiger auf Spanisch hieß. Stattdessen hatte Lupe *el domador de leonas* gesagt. »Dem *Löwinnen*bändiger ist egal, was die Löwinnen denken«, hatte sie gesagt.

»Was denken denn die Löwinnen nun, Lupe?«, hatte Juan Diego sie gefragt. (Offenbar nicht an Sex.)

»Die Löwinnen hassen Ignacio – die ganze Zeit«, antwortete Lupe. »Die Löwinnen *sind* blöde Fotzen – sie sind eifersüchtig auf Ignacio, weil sie glauben, der Arschlochlöwe Hombre liebe Ignacio mehr, als er sie liebt! Falls aber Ignacio Hombre je weh tut, werden die Löwinnen Ignacio töten. Die Löwinnen sind nämlich allesamt dämlicher als

Affenfotzen!«, rief Lupe. »Sie *lieben* Hombre, obwohl der Arschlochlöwe nie an sie denkt – außer ihm fällt gerade ein, dass er's ihnen besorgen will, und dann kann er sich nicht mal daran erinnern, welcher von ihnen er es *mehr* besorgen will als den anderen!«

»Die Löwinnen wollen Ignacio töten?«, fragte Juan Diego nach.

»Sie *werden* ihn töten«, sagte sie. »Von Hombre hat Ignacio nichts zu befürchten, aber vor den Löwinnen sollte der Löwenbändiger richtig Angst haben.«

»Das Problem ist, was du Ignacio erzählst und was nicht«, sagte Juan Diego.

»Das ist *dein* Problem«, hatte Lupe erwidert. »Ich bin nur die Gedankenleserin. Auf dich hört der Löwenbändiger, An-der-Decke-Läufer«, sagte sie.

Mehr war er wirklich nicht, dachte Juan Diego. Sogar Soledad vertraute nicht mehr darauf, dass er ein Hochseilartist sein würde. Der gute Fuß machte Schwierigkeiten; der gute Fuß rutschte aus den Seilsprossen der Leiter; der gute Fuß war nicht stark genug, um in der unnatürlichen rechtwinkligen Stellung Juan Diegos Gewicht zu tragen.

Wenn Juan Diego Dolores sah, dann häufig verkehrt herum. Entweder hing sie kopfunter da oder er; im Artistenzelt der Akrobaten konnte nur immer ein Hochseilartist üben. Dolores hatte ihn nie für einen künftigen Hochseilartisten gehalten – wie Ignacio glaubte sie, dass Juan Diego die nötigen Eier fehlten. (Anscheinend konnte man seine Eier nur im Hauptzelt – auf der Himmelsleiter in fünfundzwanzig Metern Höhe, ohne Netz – unter Beweis stellen.)

Lupe hatte gesagt, Hombre mochte einen, wenn man

sich vor ihm fürchtete; vielleicht hatte Ignacio deshalb den jungen Akrobatinnen erzählt, der Löwe merke, wenn die Mädchen ihre Tage bekämen. Jedenfalls hatten die Mädchen Angst vor Hombre. Aber ob sie deswegen auch sicherer vor ihm waren, zumal sie ihn (und die Löwinnen) täglich füttern mussten?

Es war makaber, dass Hombre die Mädchen mochte, weil sie Angst vor ihm hatten, dachte Juan Diego. Doch das ergab keinen Sinn, hatte Lupe gesagt. Ignacio wollte bloß, dass die jungen Akrobatinnen Angst hatten, und er wollte, dass sie die Löwen fütterten. Ignacio dachte, wenn er die Löwen fütterte, würden sie ihn für schwach halten. Die Periode der Mädchen war nur für Ignacio von Belang, während Hombre laut Lupe keinen Gedanken daran verschwendete, keinen einzigen.

Juan Diego fürchtete sich vor Dolores, doch das hatte nicht zur Folge, dass Dolores ihn mochte. Allerdings gab sie ihm eine hilfreiche Information über die Hochseilartistik – nicht dass Dolores hilfreich sein wollte. Sie war nur gemein zu ihm, was in ihrer Natur lag.

»Wenn du denkst, dass du fallen wirst, dann fällst du«, sagte Dolores zu Juan Diego. Er hing gerade kopfunter im Übungszelt, die Füße in den ersten beiden Sprossen der Strickleiter. Die Seilschlaufen schnitten ihm dort in die Haut, wo seine Fußrücken an den Knöcheln abknickten.

»Das ist nicht hilfreich, Dolores«, hatte Soledad zu ›Dem Wunder‹ gesagt, aber für Juan Diego war es tatsächlich hilfreich; doch nachdem Dolores das gesagt hatte, konnte er nur noch daran denken, dass er fallen würde – und folglich war er auch gefallen.

»Siehst du?«, hatte ihm Dolores gesagt und die Leiter erklommen. Verkehrt herum wirkte sie besonders begehrenswert.

Juan Diego hatte seine lebensgroße Guadalupe-Puppe nicht ins Artistenzelt der Hunde mitbringen dürfen. Dafür war kein Platz, und als Juan Diego versuchte, die Figur Estrella zu beschreiben, sagte ihm die alte Frau, dass die Rüden (Baby, der Dackel, und Perro Mestizo) sie anpissen würden.

Wenn Juan Diego jetzt masturbieren wollte, dachte er an Dolores; wenn er so an sie dachte, sah er sie meist verkehrt herum vor sich. Lupe hatte er nicht erzählt, dass er mit dem Bild einer kopfunter dahängenden Dolores masturbierte, doch Lupe ertappte ihn, als er daran dachte.

»Echt krank!«, sagte Lupe zu ihm. »Du stellst dir Dolores verkehrt herum vor, während sie deinen Penis im Mund hat – was denkst du dir eigentlich?«

»Lupe, was soll ich dazu sagen? Du weißt doch ohnehin schon, was ich denke!«, sagte Juan Diego verärgert, doch er schämte sich auch.

Das Timing war furchtbar: ihr Umzug nach La Maravilla und dann ihr jeweiliges Alter; auf einmal war es für alle beide schmerzhaft – dass nämlich Lupe nicht wissen wollte, was ihr Bruder dachte, und er nicht wollte, dass sie es wusste. Zum ersten Mal fühlten sie sich einander entfremdet.

Und so (in diesem ihnen nicht vertrauten Gemütszustand) trafen die Müllkippenkinder mit Bruder Pepe und Señor Eduardo in der Casa Vargas ein. Die Statuen der spanischen Konquistadoren brachten Edward Bonshaw auf der Treppe ins Wanken (oder war es das prächtige Foyer?), und Bruder Pepe konnte ihn gerade noch am Arm packen. Pepe wusste, dass die lange Liste der Dinge, die Señor Eduardo sich versagt hatte, inzwischen kürzer geworden war und dass Edward Bonshaw nicht nur mit Flor ins Bett ging, sondern sich jetzt auch erlaubte, Bier zu trinken – zumal es fast unmöglich war, mit Flor zusammen zu sein und nicht irgendwas zu trinken, doch schon nach zwei Bier kam Edward Bonshaw ins Wanken.

Es war nicht hilfreich, dass Vargas' Dinnerparty-Freundin da war, um sie auf der Prunktreppe zu begrüßen. Dr. Vargas lebte nicht mit einer festen Freundin zusammen, sondern allein, sofern man in der Casa Vargas »allein leben« konnte (mit den Statuen der spanischen Konquistadoren als einer Art Besatzungstruppe – ein kleines Heer).

Bei Dinnerpartys hatte Vargas immer eine Freundin parat, die kochen konnte. Diese hieß Alejandra – eine üppige Schönheit, deren Brüste in der Nähe eines heißen Herdes bestimmt ein Risiko waren. Lupe konnte Alejandra auf Anhieb nicht ausstehen; Lupes strengem Urteil nach galten Vargas' lüsterne Gedanken als Untreue gegenüber der HNO-Ärztin, Dr. Gomez.

»Lupe, sei realistisch«, flüsterte Juan Diego seiner unwirschen kleinen Schwester zu; sie hatte Alejandra bloß finster gemustert und sich geweigert, der jungen Frau auch nur die Hand zu geben (was auch daran liegen mochte, dass Lupe die Kaffeedose nicht loslassen wollte). »Vargas muss einer Frau nicht treu sein, mit der er noch nie geschlafen hat! Vargas *will* nur mit Dr. Gomez schlafen, Lupe!«

»Das ist dasselbe«, verkündete Lupe kategorisch wie die

Bibel; selbstverständlich hasste sie es, auf der Treppe an dem spanischen Heer vorbeizugehen.

»Alejandra, Alejandra«, wiederholte Vargas' Dinnerparty-Freundin, als sie sich Bruder Pepe und dem wankenden Señor Eduardo auf der heimtückischen Treppe vorstellte.

»Was für ein Penisatem«, sagte Lupe über Alejandra – Dolores' Lieblingsschimpfwort. So nannte ›Das Wunder‹ die jungen Akrobatinnen – diejenigen, die mit Ignacio schliefen oder geschlafen hatten. So nannte Dolores auch die Löwinnen – immer, wenn Dolores sie füttern musste. (Die Löwinnen hassten Dolores, sagte Lupe, aber Juan Diego wusste nicht, ob das stimmte; mit Bestimmtheit wusste er nur, dass Lupe Dolores hasste.) Lupe nannte Dolores Penisatem oder unterstellte, dass Dolores ein zukünftiger Penisatem war, und Dolores sei (laut Lupe) zu affenfotzenblöd, um das zu wissen.

Nun galt also auch Alejandra als Penisatem, nur weil sie eine von Dr. Vargas' Freundinnen war. Der atemlose Edward Bonshaw sah Vargas am oberen Treppenende stehen und lächeln, den Arm um den bärtigen Soldaten mit dem federgeschmückten Helm gelegt. »Und wer ist dieser Wilde?«, sagte Señor Eduardo zu Vargas und zeigte auf das Schwert des Soldaten und seinen Brustharnisch.

»Einer eurer Prediger in einer Rüstung, natürlich«, antwortete ihm Vargas.

Edward Bonshaw musterte den Spanier misstrauisch. Lag es nur an Juan Diegos Sorge um seine Schwester, dass der Junge zu sehen glaubte, wie der starre Blick der Statue lebendig wurde, als der Konquistador Lupe entdeckte?

»Glotz mich nicht so an, du Vergewaltiger und Plünderer«, sagte Lupe zu dem Spanier. »Sonst schneide ich dir mit deinem Schwert den Pimmel ab – ich kenne ein paar Löwen, die dich und deinen christlichen Abschaum gerne fressen würden!«

»Großer Gott, Lupe!«, rief Juan Diego aus.

»Was hat Gott schon zu melden?«, fragte ihn Lupe. »Die Jungfrauen haben das Sagen – nicht dass sie wirklich Jungfrauen wären, nicht dass wir überhaupt wüssten, wer sie sind.«

»Hä?«, machte Juan Diego.

»Die Jungfrauen sind wie die Löwinnen«, sagte Lupe zu ihrem Bruder. »Vor ihnen muss man Angst haben – sie sind die Strippenzieherinnen.« Lupes Kopf befand sich in Augenhöhe mit dem Schwertgriff des Spaniers; ihre kleine Hand berührte die Scheide. »Immer schön schärfen, du Mörder«, sagte Lupe dem Konquistador.

»Sie waren wirklich furchteinflößend, stimmt's?«, sagte Edward Bonshaw, der immer noch den Konquistador betrachtete.

»Das wollten sie jedenfalls sein«, sagte Vargas zu dem Amerikaner.

Sie folgten Alejandras Hüften durch einen langen und reich geschmückten Korridor. Natürlich konnten sie nicht kommentarlos an einem Jesusporträt vorbeigehen. »Gesegnet sind –«, fing Edward Bonshaw an; auf dem Porträt hielt Jesus gerade die Bergpredigt.

»Oh, diese zauberhaften Seligpreisungen!«, unterbrach ihn Vargas. »Eindeutig meine Lieblingsstellen in der Bibel – nicht dass jemand den Seligpreisungen Beachtung geschenkt hätte; darum ging es in der Kirche ja nicht in erster Linie. Sie bringen doch diese beiden Unschuldigen hier zum Schrein der Guadalupe, oder? Eine katholische Touristenattraktion, wenn Sie mich fragen«, fuhr Vargas fort, an Señor Eduardo gewandt, aber so dass alle es hören konnten. »In dieser unheiligsten aller Basiliken findet sich keine Spur von Seligpreisungen!«

»Seien Sie tolerant, Vargas«, bat Bruder Pepe. »Sie tolerieren unseren Glauben, wir tolerieren Ihren Mangel an selbigem –«

»Die Jungfrauen haben das Sagen«, unterbrach sie Lupe, die Kaffeedose an sich gedrückt. »Das mit den Seligpreisungen interessiert doch eh keinen. Niemand hört auf Jesus – Jesus war nur ein Baby. Die Jungfrauen ziehen die Strippen.«

»Ich schlage vor, dass du Lupe nicht übersetzt – egal, was sie gesagt hat. Lass es einfach sein«, sagte Pepe zu Juan Diego, der von Alejandras Hüften ohnehin zu sehr fasziniert war, um Lupes Mystizismus überhaupt zu beachten – als trüge der Inhalt der Kaffeedose zu Lupes irritierenden Kräften bei.

»Toleranz ist nie eine schlechte Idee«, begann Edward Bonshaw. Vor ihnen sah Juan Diego noch einen spanischen Soldaten; diese Statue stand in strammer Haltung neben einer Doppeltür im Foyer.

»Das klingt nach einem jesuitischen Trick«, sagte Vargas zu dem Mann aus Iowa. »Seit wann lasst ihr Katholiken uns Ungläubige in Ruhe?« Zum Beweis wies Dr. Vargas auf den ernsten Konquistador, der am Eingang zur Küche Wache stand. Vargas legte die Hand auf den Brustharnisch des Soldaten, über dem Herzen des Konquistadors, sofern der je ein Herz gehabt hatte. »Versuchen Sie mal, mit diesem Typ über den freien Willen zu reden«, sagte Vargas, doch der Spanier schien die plump-vertrauliche Berührung durch den Hausherrn nicht zu bemerken; wieder sah Juan Diego, wie der in die Ferne gerichtete Blick des Wächters sich auf etwas Nahes richtete. Der spanische Soldat sah Lupe an.

Da beugte sich Juan Diego zu seiner Schwester hinunter und flüsterte ihr zu: »Ich weiß, dass du mir nicht alles erzählst.«

»Du würdest mir auch nicht glauben«, sagte sie ihm.

»Sind Sie nicht süß, die Kinder?«, sagte Alejandra zu Vargas.

»O Gott – der Penisatem will Kinder haben! Das verdirbt mir definitiv den Appetit«, war alles, was Lupe zu ihrem Bruder sagte.

»Hast du deinen eigenen Kaffee mitgebracht, Lupe?«, fragte Alejandra plötzlich. »Oder sind das deine Spielsachen? Ist es –«

»Das ist für ihn!«, sagte Lupe und deutete auf Dr. Vargas. »Es ist die Asche unserer Mutter. Sie riecht komisch. Aber es ist auch die Asche eines Hündchens und eines toten Hippies drin. Und auch etwas Heiliges«, fuhr Lupe fort, sie flüsterte. »Aber es riecht nach nichts von alledem. Wir werden nicht schlau daraus. Wir wollen eine wissenschaftliche Meinung dazu.« Sie hielt Vargas die Kaffeedose hin. »Na los – riech mal«, sagte Lupe.

»Es riecht nur nach Kaffee«, versuchte Edward Bonshaw Dr. Vargas zu beruhigen. (Der Amerikaner wusste nicht, dass Vargas bisher keine Ahnung hatte, was sich in der Kaffeedose befand.)

»Es ist Esperanzas Asche!«, platzte Bruder Pepe heraus.

»Du bist dran, Dolmetscher«, sagte Vargas zu Juan Diego; der Arzt hatte die Kaffeedose entgegengenommen, den Deckel aber noch nicht abgenommen.

»Wir haben unsere Mutter auf dem *basurero* verbrannt«, fing Juan Diego an. »Mit ihr haben wir einen Gringo verbrannt, einen Wehrdienstverweigerer – er war tot«, erklärte der Vierzehnjährige etwas umständlich.

»Ein Hund war auch mit drin, ein kleiner«, bemerkte Pepe.

»Das muss ein ziemliches Feuer gewesen sein«, sagte Vargas.

»Es brannte schon, als wir die Leichen hineinlegten«, erläuterte Juan Diego. »Rivera hatte es angezündet – mit dem, was gerade zur Hand war.«

»Also wohl das übliche Müllkippenfeuer«, sagte Vargas; er fummelte am Deckel der Kaffeedose herum.

Juan Diego würde nie vergessen, wie Lupe in diesem Moment ihre Nasenspitze berührte. »*Y la nariz*«, sagte Lupe und hielt beim Sprechen einen Zeigefinger an die Nase. (»Und die Nase.«)

Juan Diego zögerte, das zu übersetzen, aber Lupe wiederholte es immer wieder, während sie die Spitze ihres Näschens berührte. »*Y la nariz.*«

»Die Nase?«, riet Vargas. »Welche Nase? Wessen Nase?«

»Nicht *die* Nase, du kleine Heidin!«, rief Bruder Pepe.

»Marias Nase?«, rief Edward Bonshaw aus. »Du hast die Nase der Jungfrau Maria ins Feuer getan?«, fragte er Lupe.

»Er war's«, sagte Lupe und deutete auf ihren Bruder.

»Sie steckte in seiner Hosentasche, auch wenn sie kaum reinpasste.«

Niemand hatte Alejandra, Vargas' Dinnerparty-Freundin, von der Riesenstatue der Jungfrau Maria erzählt, die beim Sturz der Putzfrau in der Jesuitenkirche ihre Nase verlor. Die arme Alejandra hatte sich wohl einen Moment lang vorgestellt, wie die echte Nase der Jungfrau Maria in dem schrecklichen Deponiefeuer lag.

»Sie braucht Hilfe«, sagte Lupe nur und deutete auf die Dinnerparty-Freundin, die von Bruder Pepe und Edward Bonshaw gerade noch rechtzeitig zur Küchenspüle bugsiert werden konnte.

Jetzt hob Vargas den Deckel von der Kaffeedose. Keiner sprach ein Wort, obwohl alle hörten, wie Alejandra geräuschvoll durch die Nase ein- und durch den Mund ausatmete, um den Brechreiz zu unterdrücken.

Nun senkte Dr. Vargas Mund und Nase in die offene Kaffeedose. Alle hörten, wie er einen tiefen Atemzug nahm. Dann hörte man wieder nur die sorgfältig bemessenen Atemgeräusche seiner Dinnerparty-Freundin, die alles daransetzte, sich nicht in die Spüle zu übergeben.

Das erste Konquistadorenschwert wurde aus seiner Scheide gezogen und schlug mit lautem Scheppern auf den Steinboden am Fuß der Prachttreppe – weit weg von der Stelle, wo die Anwesenden in der Küche standen.

Bruder Pepe war bei diesem Scheppern zusammengezuckt – wie auch Señor Eduardo und die Kinder, nicht aber Vargas oder Alejandra. Das zweite Schwert klirrte näher bei ihnen – das Schwert gehörte dem Spanier, der am oberen Treppenende Wache stand. Man hörte nicht nur das Klirren des zweiten Schwertes auf der steinernen Treppe, sondern alle hatten auch schon das Geräusch gehört, als es aus der Scheide gezogen wurde.

»Diese spanischen Soldaten –«, setzte Edward Bonshaw an.

»Es sind nicht die Konquistadoren, das sind nur Statuen«, sagte Lupe. (Juan Diego zögerte nicht, das zu dolmetschen.) »Es sind Ihre Eltern, nicht wahr? Sie wohnen in ihrem ehemaligen Haus, weil sie hier sind, stimmt's?«, fragte Lupe Dr. Vargas. (Juan Diego übersetzte weiter.)

»Asche ist Asche – Asche hat kaum Eigengeruch«, sagte Vargas. »Aber das war ein Deponiefeuer«, fuhr der Arzt fort. »In dieser Asche ist Farbe, vielleicht auch Terpentin oder irgendein Farbverdünner. Oder Beize – etwas, um Holz zu beizen, meine ich. Irgendwas Entflammbares.«

»Vielleicht Benzin?«, riet Juan Diego, der Rivera viele Müllkippenfeuer mit Benzin hatte in Gang bringen sehen.

»Schon möglich«, stimmte ihm Vargas zu. »Jedenfalls jede Menge Chemikalien. Was man riecht, sind die Chemikalien.«

»Die Nase des Monsters Maria war chemisch«, sagte Lupe, doch Juan Diego hielt ihre Hand fest, ehe sie sich wieder an die Nase fassen konnte.

Als es ganz in ihrer Nähe zum dritten Mal schepperte und klirrte, zuckten erneut alle zusammen außer Vargas.

»Ich rate mal«, sagte Bruder Pepe fröhlich, »das war das Schwert unseres Wachkonquistadors neben der Küchentür – gleich hier im Flur, stimmt's?«

»Nein, das war sein Helm«, sagte Alejandra. »Ich bleibe hier nicht über Nacht. Ich weiß nicht, was seine Eltern wollen«, sagte die hübsche junge Köchin, die ihren Brechreiz überwunden zu haben schien.

»Sie wollen nur hier sein – Vargas soll wissen, das es ihnen gutgeht«, erklärte Lupe. »Sie sind übrigens froh, dass Sie nicht auch in dem Flugzeug saßen«, sagte Lupe zu Dr. Vargas.

Als Juan Diego das dolmetschte, nickte Vargas nur in Richtung Lupe; er wusste Bescheid. Dr. Vargas verschloss die Kaffeedose wieder und reichte sie Lupe. »Du solltest deine Finger nicht in den Mund stecken oder an die Augen führen, wenn du die Asche berührt hast«, sagte er ihr. »Wasch dir die Hände. Farbe, Terpentin, Beize – das ist alles giftig.«

Das Schwert glitt über den Küchenfußboden, wo sie standen; diesmal hörte man kaum ein Geräusch – es war ein Dielenboden.

»*Das* ist das dritte Schwert, von dem am nächsten stehenden Spanier«, sagte Alejandra. »Das schubsen sie immer in die Küche.«

Bruder Pepe und Edward Bonshaw traten in den langen Korridor hinaus, um sich umzusehen. Das Gemälde von Jesus bei der Bergpredigt hing schief an der Wand, und Pepe rückte es wieder gerade.

Ohne einen Blick in den Flur zu werfen, sagte Vargas: »Sie lenken meine Aufmerksamkeit gern auf die Seligpreisungen.«

Draußen im Korridor hörten sie den Mann aus Iowa die Seligpreisungen rezitieren. »Gesegnet *sind* –«, und so weiter und so fort.

»An Geister zu glauben ist nicht dasselbe, wie an Gott zu

glauben«, sagte Dr. Vargas zu den beiden Kindern; es klang ein wenig unsicher.

»Sie sind in Ordnung«, sagte Lupe. »Sie sind besser, als ich dachte«, sagte sie zu Vargas. »Und Sie sind kein Penisatem«, sagte die Kleine zu Alejandra. »Das Essen riecht köstlich – wir sollten was essen«, sagte Lupe. Juan Diego beschloss, nur den letzten Satz zu dolmetschen.

»›Gesegnet *sind* die reinen Herzens sind; / Denn sie werden Gott schauen‹«, hörten sie Señor Eduardo im Flur weiterrezitieren. Er hätte Dr. Vargas' Meinung nicht geteilt. Edward Bonshaw glaubte, an Geister zu glauben sei dasselbe, wie an Gott zu glauben; für Señor Eduardo war beides zumindest miteinander verwandt.

Und was glaubte Juan Diego, damals und heute? Er hatte gesehen, wozu Geister fähig waren. War er tatsächlich Zeuge geworden, wie sich das Monster Maria bewegt hatte, oder hatte er sich das nur eingebildet? Und dann war da noch der Nasentrick oder wie man das nennen sollte. Manches Unerklärliche geschieht wirklich.

21

Mister geht schwimmen

»An Geister zu glauben ist nicht dasselbe, wie an Gott zu glauben«, sagte der ehemalige Müllkippenleser laut. Juan Diego sprach mit mehr Gewissheit, als Dr. Vargas je für seine Familiengeister aufgebracht hatte. Doch Juan Diego war gerade aus einem Traum aufgewacht, in dem er sich mit Clark French gestritten hatte – diesmal allerdings weder über Geister noch über den Glauben an Gott. Vielmehr waren sie einmal mehr über den polnischen Papst aneinandergeraten. Wie Johannes Paul II. sowohl Abtreibung als auch Geburtenkontrolle mit moralischem Niedergang gleichsetzte, machte Juan Diego fuchsteufelswild – dieser Papst befand sich auf dem ewigen Kriegspfad gegen Empfängnisverhütung, Anfang der achtziger Jahre hatte er Empfängnisverhütung und Abtreibung »die modernen Feinde der Familie« genannt.

»Klingt total aus dem Zusammenhang gerissen«, hatte Clark French zu seinem ehemaligen Dozenten gesagt – zum soundsovielten Mal.

»Zusammenhang, Clark – was für einen Zusammenhang?«, hatte Juan Diego (auch im Traum) gefragt.

Ende der Achtziger hatte Papst Johannes Paul II. die Verwendung von Kondomen – selbst im Kampf gegen Aids – »moralisch verwerflich« genannt.

»Der *Zusammenhang* war die Aidskrise, Clark«, hatte Juan Diego gerufen – nicht nur damals, sondern auch jetzt im Traum.

Doch als Juan Diego aufwachte, argumentierte er gerade, an Geister zu glauben sei etwas anderes, als an Gott zu glauben; das war verwirrend, wie solche Übergänge vom Träumen in den Wachzustand eben manchmal sind. »Geister –«, setzte Juan Diego an und richtete sich im Bett auf, verstummte aber mitten im Satz.

Er war allein in seinem Schlafzimmer im Encantador; Miriam war verschwunden, jedenfalls lag sie nicht mehr neben ihm im Bett. »Miriam?«, rief Juan Diego in der Annahme, sie sei im Bad. Doch die Badezimmertür stand offen, und er bekam keine Antwort – außer dem erneuten Krähen eines Hahnes. (Vermutlich eines anderen, da der erste offenbar mitten im Schrei getötet worden war. Wenigstens war dieser Hahn nicht verrückt; es war helllichter Tag, und das Morgenlicht ergoss sich ins Schlafzimmer – es war Neujahr in Bohol.)

Durch das offene Fenster hörte Juan Diego die Kinder im Pool planschen. Als er ins Bad ging, sah er zu seiner Überraschung, dass seine Medikamente auf der Ablage um das Waschbecken herum verstreut lagen. War er etwa nachts aufgestanden und hatte (im Halbschlaf oder in einer sexuell induzierten Trance) wahllos Pillen in sich hineingestopft? Doch wenn ja, wie viele und *welche*? (Die Medikamentenverpackungen waren beide geöffnet; die Tabletten waren nicht nur auf der Ablage verstreut, einige lagen sogar auf dem Boden.)

War Miriam etwa tablettensüchtig?, fragte sich Juan

Diego. Doch nicht einmal ein Medikamentenjunkie würde die Betablocker stimulierend finden, und was sollte eine Frau mit Viagra anfangen?

Juan Diego räumte auf. Anschließend benutzte er die Außendusche und sah dabei den Katzen zu, die ausgelassen auf dem Ziegeldach herumtollten und ihn anmaunzten. Hatte etwa eine Katze im Schutz der Dunkelheit den törichten Hahn getötet? Katzen waren doch geborene Killer, oder?

Als sich Juan Diego anzog, hörte er die Sirenen, oder was wie Sirenen klang. Vielleicht war eine Leiche an Land geschwemmt worden, überlegte er, einer der Karaoke-Ruhestörer im Strandclub, der nach durchtanzter Nacht noch ins Meer hinausgeschwommen, Krämpfe bekommen hatte und ertrunken war. Oder waren die Nocturnal Monkeys nackt baden gegangen, mit katastrophalen Folgen? So malte sich Juan Diego, in typischer Schriftstellermanier, ein höllisches Todesszenario nach dem anderen aus.

Doch als Juan Diego nach unten zum Frühstück hinkte, sah er einen Krankenwagen und ein Polizeiauto in der Einfahrt des Encantador stehen. Der übereifrige Clark French bewachte die Treppe zur Bibliothek im ersten Stock. »Ich versuche nur, die Kinder fernzuhalten«, sagte er seinem ehemaligen Dozenten.

»Wovon fernzuhalten, Clark?«, fragte ihn Juan Diego.

»Josefa ist da oben – mit dem Gerichtsmediziner und der Polizei. Tante Carmen war in dem Zimmer schräg gegenüber von deiner Freundin. Ich wusste nicht, dass sie so früh abreisen wollte!«

»Wer, Clark? Wer ist abgereist?«, fragte ihn Juan Diego.

»Deine Freundin! Wer kommt denn den weiten Weg nur

für eine einzige Nacht – und sei's für Silvester?«, fragte ihn Clark.

Juan Diego, der von Miriams Abreise nichts gewusst hatte, blickte Clark verdutzt an.

»Sie hat dir also nicht gesagt, dass sie schon wieder abreist?«, fragte Clark. »Und ich dachte, du *kennst* sie! Der Rezeptionist sagte, sie hatte einen frühen Flug; ein Wagen hat sie noch vor Tagesanbruch abgeholt. Angeblich standen alle Türen in der ersten Etage sperrangelweit offen, nachdem deine Freundin weg war. Deshalb fand man ja auch Tante Carmen!«, sagte Clark.

»Man fand sie – *wo* fand man sie, Clark?«, fragte ihn Juan Diego. Vom Ablauf her war die Geschichte genauso undurchsichtig wie einer von Clark Frenchs Romanen!, dachte dessen ehemaliger Schreibdozent.

»Auf dem Fußboden ihres Zimmers, zwischen Bett und Bad – Tante Carmen ist tot!«, rief Clark.

»Das tut mir leid, Clark. War sie krank? Hatte sie –«, fragte Juan Diego, doch Clark schnitt ihm das Wort ab und deutete in Richtung Rezeption.

»Sie hat dir einen Brief dagelassen – der Rezeptionist hat ihn.«

»Was? Tante Carmen hat mir –«

»Deine Freundin hat dir einen Brief geschrieben, nicht Tante Carmen!«, rief Clark.

»Ach.«

»Hi, Mister«, sagte Consuelo; das kleine Mädchen mit den Zöpfen stand neben ihm. Pedro war ebenfalls da.

»Ihr dürft nicht nach oben, Kinder«, warnte Clark French die Kinder, doch Pedro und Consuelo folgten ohnehin lieber Juan Diego, der jetzt durch die Halle zur Rezeption hinkte.

»Die Tante mit den vielen Fischen ist gestorben, Mister«, begann Pedro.

»Ja, ich hab's gehört«, sagte Juan Diego dem Jungen.

»Sie hat sich den Hals gebrochen«, sagte Consuelo.

»Den *Hals*!«, rief Juan Diego.

»Wie bricht man sich den Hals, wenn man aus dem Bett steigt, Mister?«, fragte Pedro.

»Keine Ahnung«, sagte Juan Diego.

»Die Dame, die einfach da war, ist verschwunden, Mister«, teilte ihm Consuelo mit.

»Ja, ich hab's gehört«, sagte Juan Diego zu dem bezopften kleinen Mädchen.

Der Rezeptionist, ein eifriger, aber unsicherer junger Mann, sah Juan Diego kommen und hielt den Brief schon in der Hand. »Mrs. Miriam hat den für Sie dagelassen, Sir – sie musste eine frühe Maschine erwischen.«

»Mrs. Miriam«, wiederholte Juan Diego. Kannte denn keiner Miriams Nachnamen?

Clark French war seinem ehemaligen Dozenten und den Kindern zur Rezeption gefolgt. »Ist Mrs. Miriam regelmäßig Gast im Encantador? Gibt es auch einen Mr. Miriam?«, fragte er den Rezeptionisten. (Die moralische Missbilligung in der Stimme seines früheren Studenten war Juan Diego sehr vertraut; auch in Clarks Büchern gab es diesen vorwurfsvollen Unterton.)

»Sie ist schon früher bei uns abgestiegen, aber nicht sehr oft. Es gibt da eine Tochter, Sir«, sagte der Mann am Empfang zu Clark.

»Dorothy?«, fragte Juan Diego.

»Ja, so heißt die Tochter, Sir – Dorothy«, bestätigte der Rezeptionist; er reichte Juan Diego den Brief.

»Heißt das, du kennst die Mutter *und* die Tochter?«, fragte Clark French. (Aus Clarks Tonfall sprach jetzt höchste moralische Irritation.)

»Zunächst stand ich der Tochter näher, Clark. Ich habe aber beide erst kürzlich kennengelernt – auf meinem Flug von New York nach Hongkong«, erklärte ihm Juan Diego. »Sie sind Weltreisende, mehr weiß ich nicht über sie. Sie –«

»Sie klingen wirklich weltlich, wenigstens wirkte Miriam so«, unterbrach ihn Clark. (Juan Diego wusste, dass weltlich aus dem Mund des praktizierenden Katholiken Clark kein sonderliches Kompliment war.)

»Willst du den Brief von der Dame nicht lesen, Mister?«, fragte Consuelo. Da er an den Inhalt von Dorothys »Brief« denken musste, hatte Juan Diego gezögert, ehe er Miriams Nachricht vor den Kindern öffnete, doch wie konnte er ihn jetzt nicht öffnen? Alle warteten.

»Deine Freundin hat vielleicht etwas bemerkt – bei Tante Carmen«, sagte Clark French. Aus Clarks Mund klang Freundin wie Dämonin. Gab es dafür nicht ein spezielles Wort (eins dieser Wörter von Schwester Gloria)? Ein *Succubus* – so hieß es! Bestimmt war Clark French der Begriff geläufig – Succubi waren weibliche böse Geister, die angeblich Sex mit schlafenden Männern hatten. Das ist bestimmt Lateinisch, dachte Juan Diego, wurde in seinen Überlegungen jedoch von Pedro unterbrochen, der ihn am Arm zog.

»Ich habe noch nie jemanden gesehen, der schneller ist,

Mister«, sagte Pedro zu Juan Diego. »Ich meine, schneller als deine Freundin.«

»Beim Kommen und beim Gehen, Mister«, sagte Consuelo und zupfte an ihren Zöpfen.

Da sie sich so für Miriam interessierten, öffnete Juan Diego deren Brief. »Bis Manila«, hatte Miriam auf den Umschlag geschrieben. »Siehe Fax von D.«, hatte sie danebengekritzelt – entweder hastig oder ungeduldig oder beides. Clark nahm Juan Diego den Umschlag aus der Hand und las *Bis Manila* laut vor.

»Klingt wie ein Buchtitel«, sagte Clark French. »Heißt das, du triffst Miriam in Manila?«, fragte er.

»Offenbar«, antwortete Juan Diego und versuchte, Lupes Achselzucken nachzuahmen, das eine Kopie des unbekümmerten Achselzuckens ihrer Mutter gewesen war. Es machte Juan Diego ein wenig stolz – dass Clark French ihn möglicherweise für weltgewandt hielt und dachte, er verkehre mit Succubi!

»D. ist vermutlich die Tochter. Sieht nach einem langen Fax aus«, fuhr Clark fort.

»D. steht für Dorothy, Clark – und ja, sie ist die Tochter«, sagte Juan Diego.

Es *war* ein langes Fax und ein wenig verworren. In der Geschichte kamen ein Wasserbüffel und allerlei stechende Tiere vor; Kinder, denen Dorothy auf ihren Reisen begegnet war und die etliche Missgeschicke erlebt hatten, jedenfalls schien es so. Dorothy lud Juan Diego ein, sie in einer Ferienanlage namens El Nido auf der Insel Lagen zu besuchen (in einem anderen Teil der Philippinen, der Inselgruppe Palawan), das Flugticket lag bei. Offensichtlich kannte Clark

El Nido und hatte gewisse Vorbehalte. (Ein *nido* konnte ein Nest sein, eine Bude, ein Loch, ein Treffpunkt.) Und zweifellos hatte Clark auch Vorbehalte gegen D.

Am anderen Ende des Foyers hörte man das typische helle Quietschen kleiner Räder, die rasch näher kamen; Juan Diego stellten sich die Nackenhaare auf, und er wusste, noch bevor er hochschaute, dass es die Krankentrage aus dem Rettungswagen war, die zum Serviceaufzug gerollt wurde. Pedro und Consuelo liefen hinter der Trage her. Clark und Juan Diego sahen Josefa in Begleitung des Gerichtsmediziners die Treppe von der Bibliothek im ersten Stock herunterkommen.

»Es ist, wie ich vermutet hatte, Clark. Tante Carmen muss unglücklich gestürzt sein – sie starb an einem Genickbruch«, sagte ihm seine Frau.

»Vielleicht hat ihr jemand das Genick gebrochen«, sagte Clark French; dabei sah er Juan Diego Bestätigung heischend an.

»Das sind beides Romanschriftsteller«, stellte Josefa die beiden Männer ihrem Begleiter vor. »Mit blühender Phantasie.«

»Ihre Tante ist schwer gestürzt, auf einen Steinfußboden – dabei muss ihr Hals etwas abbekommen haben«, erklärte der Gerichtsmediziner Clark.

»Außerdem hat sie sich den Kopf angeschlagen«, ergänzte Dr. Quintana.

»Oder jemand hat ihr *darauf*geschlagen, Josefa!«, bemerkte Clark French.

»Dieses Hotel ist –«, setzte Josefa an, unterbrach sich aber mitten im Satz, weil jetzt ein Sanitäter die Rolltrage mit

Tante Carmens Leichnam im Erdgeschoss aus dem Aufzug schob, dem Pedro und Consuelo mit ernsten Mienen das Geleit gaben.

»Was ist mit diesem Hotel?«, fragte Juan Diego nach.

»Es ist verwunschen«, antwortete Dr. Quintana.

»Sie meint *verhext*«, sagte Clark French zu seinem alten Lehrer.

»Casa Vargas«, sagte Juan Diego nur; dass er eben noch von Geistern geträumt hatte, war nicht einmal eine Überraschung. »*Ni siquiera una sorpresa*«, sagte er auf Spanisch. (»Nicht einmal eine Überraschung.«)

»Juan Diego kannte zuerst die Tochter seiner Freundin – er hat sie im Flugzeug kennengelernt«, erläuterte Clark seiner Frau. (Der Gerichtsmediziner hatte sich verabschiedet und war der Trage gefolgt.) »Vermutlich kennst du sie nicht gut«, sagte Clark zu seinem ehemaligen Dozenten.

»Überhaupt nicht gut«, gab Juan Diego zu. »Ich habe mit beiden geschlafen, aber sie sind mir ein Rätsel.«

»Du hast mit einer Mutter *und* ihrer Tochter geschlafen?«, wiederholte Clark, als glaubte er, sich verhört zu haben. »Weißt du, was Succubi sind?«, fragte Clark. Doch ehe sein ehemaliger Dozent antworten konnte, fuhr Clark fort: »Succuba heißt Buhlerin, ein Succubus ist ein weiblicher Dämon –«

»Der angeblich Sex mit Männern hat, während diese schlafen!«, warf Juan Diego rasch ein.

»Vom lateinischen Wort *succubare,* unten liegen«, fuhr Clark fort.

»Mir sind Miriam und Dorothy schlicht ein Rätsel«, sagte Juan Diego wieder zu Clark und dessen Frau.

»Ein Rätsel«, wiederholte Clark; er sagte es noch mehrmals.

»Apropos Rätsel«, sagte Juan Diego. »Habt ihr auch mitten in der Nacht einen Hahn krähen hören?«

Dr. Quintana bedeutete ihrem Mann, das Wort Rätsel nicht überzustrapazieren. Nein, sagte sie, sie hätten den verrückten Hahn nicht gehört, der mitten im Krähen abrupt verstummt war.

»Hi, Mister«, sagte Consuelo; sie stand wieder neben Juan Diego. »Was machst du heute?«, flüsterte ihm das bezopfte kleine Mädchen zu. Ehe Juan Diego antworten konnte, nahm Consuelo seine Hand, und gleichzeitig ergriff Pedro seine andere Hand.

»Ich gehe schwimmen«, flüsterte Juan Diego zurück.

Die Kinder reagierten überrascht, trotz des vielen Wassers überall um sie herum, und blickten einander besorgt an. »Aber was ist mit deinem Fuß, Mister?«, fragte Consuelo, und beide Kinder schauten betreten auf Juan Diegos schräg abstehenden rechten Fuß.

»Im Wasser hinke ich nicht«, flüsterte Juan Diego. »Wenn ich schwimme, bin ich nicht behindert.« Das Flüstern machte ihm Spaß.

Warum fühlte sich Juan Diego angesichts des bevorstehenden Tages so beschwingt? Er freute sich nicht nur aufs Schwimmen, sondern auch darüber, dass die Kinder offensichtlich gern mit ihm flüsterten. Consuelo und Pedro machten ein Spiel daraus, dass er schwimmen ging, und Juan Diego fühlte sich in ihrer Gesellschaft wohl.

Warum aber hatte er heute so gar keine Lust, das Geplänkel mit Clark über dessen geliebte katholische Kirche fortzusetzen? Was Miriam anging, so war er ihr nicht böse, dass sie ihm ihre Abreise verschwiegen hatte, sondern fühlte sich im Gegenteil fast erleichtert.

Fürchtete er sich etwa insgeheim vor ihr? Oder war es ihm nur unheimlich, dass er in derselben Silvesternacht von Geistern oder Gespenstern geträumt hatte, in der Miriam ihn wie ein Dämon heimgesucht und buchstäblich verhext hatte? Wie auch immer, Juan Diego war geradezu froh darüber, wieder allein zu sein. Keine Miriam mehr, jedenfalls nicht »bis Manila«.

Doch was war mit Dorothy? Der Sex mit ihr wie auch mit ihrer Mutter war überragend gewesen. Warum konnte er sich dennoch an keine konkreten Details erinnern? Miriam und Dorothy waren so sehr mit seinen Träumen verwoben, dass er sich sogar fragte, ob die beiden Frauen etwa nur in seinen Träumen existierten. Nur – *existieren* mussten sie, denn schließlich hatten andere sie ja auch gesehen! Das junge chinesische Paar im Bahnhof von Kowloon etwa: Der junge Mann hatte ein Foto von Juan Diego *mit* Miriam und Dorothy gemacht. (»Wenn ich es mache, kriege ich Sie alle *drei* aufs Bild«, hatte der junge Bursche gesagt.) Und es stand außer Frage, dass der ganze Speisesaal Miriam beim Silvesterdinner gesehen hatte, mit Ausnahme des unglücklichen kleinen Geckos, der sie leider erst sah, als ihre Salatgabel auf ihn niedersauste.

Doch, fragte sich Juan Diego, würde er Dorothy überhaupt wiedererkennen? Er hatte Mühe, sich zu erinnern, wie sie aussah – ihre Mutter war eindeutig hübscher und ihm, in rein sexueller Hinsicht, noch frischer im Gedächtnis.

»Wollen wir alle zusammen frühstücken?«, schlug Clark vor, obwohl sowohl er als auch seine Frau recht irritiert wirkten. Störte es sie etwa, dass Juan Diego und die Kinder ständig miteinander tuschelten oder dass die drei plötzlich ein Herz und eine Seele zu sein schienen?

»Consuelo, hattest du nicht schon Frühstück?«, fragte Dr. Quintana das Mädchen, das Juan Diegos Hand noch immer nicht losließ.

»Doch, schon, aber ich hab nichts gegessen – ich habe auf Mister gewartet«, gab Consuelo zurück.

»Mister Guerrero«, verbesserte Clark die Kleine.

»Eigentlich, Clark, ist mir Mister lieber – ohne alles«, sagte Juan Diego.

»Bisher ist es ein Zwei-Geckos-Morgen, Mister«, erzählte Pedro Juan Diego; der Junge hatte hinter allen Gemälden nachgesehen, die Ecken von Teppichen hochgehoben und unter Lampenschirme geguckt. »Keine Spur von dem Riesengecko – er ist verschwunden«, berichtete der Junge.

Das Wort verschwunden setzte Juan Diego zu. Die Menschen, die er geliebt hatte, waren verschwunden – alle, die ihm etwas bedeutet, die ihn geprägt hatten.

»Ich weiß, dass wir dich in Manila wiedersehen werden«, sagte Clark zu ihm, obwohl Juan Diego noch zwei weitere Tage in Bohol bleiben würde. »Ich weiß, dass du D. triffst und wohin du als Nächstes reisen wirst. Über D. können wir uns ein andermal unterhalten«, sagte Clark French zu seinem ehemaligen Dozenten – als könne man das, was es über Dorothy zu sagen gab (oder was Clark gern über sie gesagt hätte), in der Gegenwart von Kindern unmöglich zur Sprache bringen. Consuelo hielt Juan Diegos Hand fest umklammert, während Pedro ihn jetzt losließ, aber dennoch nicht wegging.

»Was soll mit Dorothy sein?«, fragte Juan Diego Clark unschuldig, obwohl er genau wusste, wie sehr Clark die Mutter-Tochter-Geschichte zusetzte. »Wo soll ich sie denn deiner Ansicht nach wiedersehen – auf einer anderen Insel vielleicht?« Juan Diego wartete Clarks Antwort nicht ab, sondern wandte sich an Josefa. »Das kommt davon, wenn man das Planen jemand anderem überlässt – man weiß nie, wohin die Reise geht.«

»Diese Medikamente, die Sie nehmen müssen«, begann Dr. Quintana. »Sie nehmen doch immer noch die Betablocker, oder? Und sagen Sie jetzt nicht, Sie haben Sie abgesetzt!«

Erst da wurde Juan Diego bewusst, dass er offenbar tatsächlich vergessen hatte, seine Lopressor-Pillen zu nehmen – die überall im Badezimmer verstreuten Tabletten hatten ihn verwirrt. Er fühlte sich heute Morgen zu gut; mit Betablockern wäre er längst nicht so gut drauf gewesen.

»Klar nehme ich sie«, log er und fuhr scheinheilig fort: »Man darf sie ja nicht plötzlich absetzen, sondern muss die Dosis nach und nach verringern – oder so.«

»Sie sprechen mit Ihrem behandelnden Arzt, ehe Sie auch nur mit dem Gedanken spielen, sie abzusetzen!«, schärfte ihm Dr. Quintana ein.

»Ja, schon gut«, sagte Juan Diego.

»Von hier reist du weiter auf die Insel Lagen, Provinz Palawan«, sagte Clark French zu seinem ehemaligen Dozenten. »Die Ferienanlage heißt El Nido; da ist es ganz anders als hier. Sehr schick – du wirst noch sehen, wie anders«, bemerkte Clark verächtlich.

»Gibt es dort auch Geckos?«, wollte Pedro von Clark French wissen. »Wie sind die Echsen dort?«

»Es gibt da Warane, das sind Fleischfresser so groß wie Hunde«, sagte Clark dem Jungen.

»Laufen oder schwimmen sie?«, erkundigte sich Consuelo.

»Beides, und zwar schnell«, antwortete Clark French dem kleinen Mädchen mit den Zöpfen.

»Halt dich zurück, sonst bekommen die Kinder noch Alpträume, Clark!«, ermahnte Josefa ihren Mann.

»Die kriege doch ich beim Gedanken an diese Mutter *und* ihre Tochter!«, fing Clark French wieder an.

»Lieber nicht vor den Kindern, Clark!«, schärfte ihm seine Frau ein.

Juan Diego zuckte nur mit den Achseln. Zu den Waranen konnte er nichts sagen, aber Dorothy auf dieser schicken Insel zu treffen wäre tatsächlich etwas anderes. Doch nun fühlte sich Juan Diego plötzlich schuldig, weil er es genoss, dass Clark sein Benehmen verwerflich fand.

Clark, Miriam und Dorothy waren, jeder auf seine Art, manipulativ, dachte Juan Diego; vielleicht genoss er es einfach, sie umgekehrt auch mal ein wenig zu manipulieren.

Plötzlich merkte Juan Diego, dass Clarks Frau Josefa seine freie Hand hielt. »Ich finde, Sie hinken heute weniger«, sagte ihm die Ärztin. »Offenbar haben Sie den Jetlag überwunden.«

In Dr. Quintanas Gegenwart, das merkte Juan Diego, musste er vorsichtig sein; sie durfte nicht erfahren, wie er mit seinen Lopressor-Tabletten umging. Womöglich musste er in Gegenwart von jemand so Wachsamem wie Josefa reduzierter wirken, als er in Wirklichkeit war.

»Oh, heute fühle ich mich recht gut – für meine Verhältnisse natürlich«, sagte Juan Diego. »Nicht ganz so müde, nicht ganz so reduziert.«

»Ja, das ist mir auch aufgefallen«, sagte Josefa und drückte seine Hand.

»El Nido wird dir nicht gefallen, die reinste Touristenfalle, nur Ausländer«, fing Clark French wieder an.

»Wissen Sie, was ich heute vorhabe? Etwas, was ich sehr mag«, sagte Juan Diego zu Josefa. Doch ehe er Clarks Frau seine Pläne verraten konnte, meldete sich das kleine Mädchen mit den Zöpfen zu Wort.

»Mister geht schwimmen!«, rief Consuelo.

Und sosehr Clark auch versuchte, sich nichts anmerken zu lassen – seine Miene zeigte deutlich, wie verwerflich er auch das Schwimmen fand.

Edward Bonshaw und die Müllkippenkinder fuhren in einem Bus mit Estrella und den Hunden. Die Zwergenclowns, Bierbauch und sein nicht sehr weiblich aussehendes Pendant – Paco, der Crossdresser –, waren im selben Bus. Sobald Señor Eduardo eingenickt war, betupfte Paco sein Gesicht (und auch die Gesichter der Müllkippenkinder) mit »Elefantenmasern« – einer Art Rouge, mit dem er auch sein eigenes Gesicht und das von Bierbauch betupfte.

Die argentinischen Luftakrobaten schliefen ein, während sie einander liebkosten, sie waren die Einzigen, die von Pacos Masern verschont blieben (wer weiß, vielleicht wären sie sonst auf die Idee gekommen, Elefantenmasern seien sexuell übertragbar). Die jungen Akrobatinnen, die im Fond saßen und pausenlos plapperten, ignorierten den Elefantenmasern-Trick einfach, und Juan Diego schloss daraus, dass die Zwergenclowns diesen Trick bei allen neuen Zirkuskollegen probierten.

Pyjamamann, der Schlangenmensch, schlief die ganze Fahrt bis Mexico City im Mittelgang. Die Müllkippenkinder hatten den Schlangenmenschen noch nie in voller Länge ausgestreckt gesehen; er war überaschend groß und ließ sich von den Hunden, die im Gang ständig auf und ab liefen, über ihn hinweg stiegen und ihn beschnüffelten, nicht stören.

Dolores – »Das Wunder« persönlich – saß etwas abseits von ihren weniger versierten Kolleginnen und schaute abwechselnd aus dem Busfenster oder döste, die Stirn gegen die Fensterscheibe gelehnt – womit sie sich in Lupes Augen einmal mehr als »verwöhnte Fotze« erwies, was Juan Diego allerdings aufgrund ihres unauffälligen Verhaltens im Bus als ungerechtfertigt empfand.

Sie kam ihm im Gegenteil traurig und auch irgendwie gefährdet vor, was für ihn nicht daher rührte, dass sie jederzeit von der Himmelsleiter fallen konnte. Vielmehr war es Ignacio, der Löwenbändiger, der Dolores' Zukunft verdüsterte, genau wie Lupe prophezeit hatte – »Soll der Löwenbändiger sie doch schwängern!«, hatte Lupe ausgerufen und dann in jäh aufwallendem Zorn den Satz: »Verreck doch im Kindbett, du Affenmöse!« nachgeschoben. Doch sosehr seine Schwester im Affekt gesprochen haben mochte, für Juan Diego hatte es wie ein unumstößlicher Fluch geklungen.

Der Junge begehrte Dolores nicht nur, er bewunderte auch ihren Mut als Hochseilartistin – er hatte oft genug auf der Himmelsleiter geübt, um zu wissen, dass die Aussicht, es in fünfundzwanzig Metern Höhe zu versuchen, wirklich beängstigend war.

Ignacio fuhr nicht im selben Bus wie die Müllkippenkinder; er saß im Lkw, der die Großkatzen transportierte. (Soledad zufolge reiste Ignacio immer mit seinen Löwen.) Hombre, den Lupe *el último perro* (»Er ist der letzte Hund, der letzte«) genannt hatte, hatte einen eigenen Käfig, die jungen Damen dagegen, die nach ihren ausdrucksstärksten Körperteilen benannt worden waren, mussten sich einen teilen. (Wie Flor anmerkte: Die Löwinnen vertrugen sich gut.)

Das Zirkusgelände im Norden von Mexico City (unweit vom Cerro Tepeyac, dem Hügel, auf dem Juan Diegos aztekischer Namensgenosse 1531 erklärt hatte, er habe *la virgen morena* gesehen) lag ein gutes Stück vom Stadtzentrum entfernt in der Nähe der *Basílica de Nuestra Señora de Guadalupe*. Doch nun koppelte sich der Bus mit den beiden Kindern und Edward Bonshaw vom restlichen Fahrzeugtross ab und machte einen spontanen Abstecher in die Innenstadt von Mexico City, den die beiden Zwergenclowns angeregt hatten.

Paco und Bierbauch wollten ihren Kollegen aus dem La Maravilla zeigen, wo sie früher gewohnt hatten – beide Clowns stammten aus der Hauptstadt.

Als der Bus in der Nähe der belebten Kreuzung von Calle Anillo de Circunvalación und Calle San Pablo in einen Stau geriet, wachte Señor Eduardo auf. Perro Mestizo alias Mischling, der Babydieb – oder »der Beißer«, wie Juan

Diego ihn jetzt nannte –, hatte auf Lupes Schoß geschlafen, es aber gleichzeitig geschafft, Edwards Oberschenkel anzupinkeln. Nun glaubte der Amerikaner, er hätte sich selbst eingenässt.

Lupe hatte Edward Bonshaws Gedanken gelesen, verstand also seine Verwirrung beim Aufwachen.

»Sag dem Papageienmann, dass ihn Perro Mestizo angepinkelt hat«, sagte Lupe zu Juan Diego, doch der Mann aus Iowa bemerkte zunächst nur die Elefantenmasern auf den Gesichtern der Kinder.

»Ihr habt einen Ausschlag – ihr habt euch was Schreckliches eingefangen!«, rief Señor Eduardo.

Sie hatten eben den Bus geparkt und wollten mit Bierbauch und Paco zu einem Rundgang durch die Gegend um die Calle San Pablo aufbrechen, als Edward mit seinem Geschrei ihre Pläne durchkreuzte. »Es ist eine Seuche!«, rief der Amerikaner. (Später sagte Lupe, Edward habe seine scheinbare Inkontinenz wohl für ein frühes Symptom der Krankheit gehalten.)

Paco reichte dem angehenden ehemaligen Scholastiker eine Puderdose mit einem kleinen Spiegel auf der Deckelinnenseite, die er in einem Handtäschchen bei sich trug. »Schau nur, du hast sie auch, die Elefantenmasern. Die brechen in jedem Zirkus aus, sind aber meist nicht tödlich«, sagte der Crossdresser. »Elefantenmasern!«, rief Señor Eduardo. »*Meist* nicht tödlich –«, wiederholte er, als Juan Diego ihm etwas ins Ohr flüsterte.

»Es sind Clowns – sie spielen einen Streich. Es ist nur irgendeine Schminke«, versuchte der Müllkippenleser dem verzweifelten Missionar zu erklären.

»Es ist Rouge, Burgunderrot, Eduardo«, sagte Paco und zeigte auf die Schminke in der kleinen Puderdose.

»Deswegen habe ich mir also in die Hose gepullert?!«, sagte Edward Bonshaw vorwurfsvoll zu Paco, doch Juan Diego war der Einzige, der sein aufgeregtes Englisch verstand.

»Der Mischling hat dir auf die Hose gepisst – derselbe blöde kleine Köter, der dich gebissen hat«, klärte Juan Diego Señor Eduardo auf.

»Das sieht mir aber nicht nach Zirkusgelände aus«, sagte Edward Bonshaw, als er und die beiden Kinder hinter den Artisten aus dem Bus stiegen. Nicht alle interessierten sich für den Rundgang durch Pacos und Bierbauchs ehemalige Wohngegend, doch es war der einzige Blick, den Juan Diego und Lupe auf das Zentrum der Hauptstadt werfen würden – die Müllkippenkinder wollten das Gedränge der Menschen sehen.

»Straßenhändler, Demonstranten, Huren, Revolutionäre, Touristen, Diebe, Fahrradverkäufer –«, zählte Bierbauch auf, während er voranging. Ja, einen Fahrradladen gab es an der Ecke Calle San Pablo und Calle Roldán auch. Davor, auf dem Gehweg, standen die neuesten Fahrradmodelle, aber auch Prostituierte, die dort auf den Strich gingen, und etwas weiter, in der Calle Topacio, kamen sie an einem Hurenhotel vorbei, wo die im Hof herumlungernden Mädchen aussahen, als wären sie kaum älter als Lupe.

»Ich will zurück in den Bus«, sagte Lupe. »Ich will zurück ins Waisenhaus, selbst wenn wir –« Die Art, wie seine Schwester mitten im Satz abbrach, machte Juan Diego stutzig. Hatte Lupe etwa so schnell ihre Meinung geändert, oder hatte sie plötzlich etwas in der Zukunft gesehen, was (wenigstens für sie) eine Rückkehr von ihnen beiden ins *Niños Perdidos* unwahrscheinlich erscheinen ließ?

Und hatte Edward Bonshaw tatsächlich verstanden, was Lupe gesagt hatte, oder war es ihr, indem sie ihn plötzlich bei der Hand nahm, gelungen, sich auch ohne Worte verständlich machen? Jedenfalls kehrten die beiden, ehe Juan Diego recht wusste, wie ihm geschah (und ehe er die Worte seiner Schwester für Edward dolmetschen konnte), auf dem Absatz um und machten sich auf den Rückweg zum Bus.

»Gibt es etwas Erbliches, irgendwas in ihrem Blut, was sie zu Prostituierten macht?«, wollte der immer noch etwas verdatterte Juan Diego von Bierbauch wissen, wobei er offenbar seine verstorbene Mutter Esperanza im Sinn hatte.

»Du solltest lieber nicht darüber nachdenken, was in ihrem Blut ist«, antwortete Bierbauch dem Jungen.

»Wessen Blut? Was ist mit dem Blut?«, mischte sich Paco ein; ihre Perücke saß schief, und die Bartstoppeln passten nicht zu dem mauvefarbenen Lippenstift und dem ebenfalls mauvefarbenen Lidschatten – von den Elefantenmasern ganz zu schweigen.

Juan Diego wollte nun auch zurück zum Bus; wieder ins *Niños Perdidos* zu ziehen beschäftigte ihn sicher ebenfalls.

»Schwierigkeiten sind nicht geographisch bedingt, Süßer«, hatte er Flor zu Señor Eduardo sagen hören – worauf sie sich damit bezog, war Juan Diego nicht klar. (Waren Flors Schwierigkeiten in Houston denn nicht geographisch bedingt gewesen?)

Wollte Juan Diego auch zum Bus zurück, weil er sich

nach dem Trost der dort wartenden Kaffeedose und ihres gemischten Inhalts sehnte? Würde er eine Rückkehr ins *Niños Perdidos* als Niederlage empfinden? (Eine Art Rückzug wäre es in jedem Fall.)

»Ich kann Ihnen gar nicht sagen, wie sehr ich Sie beneide«, hatte Juan Diego Edward Bonshaw zu Dr. Vargas sagen hören. »Um Ihre Fähigkeit zu heilen, Leben zu verändern –«

Vargas hatte ihn mitten im Satz unterbrochen.

»›Ein neidischer Jesuit‹ klingt nach einem Jesuiten in Schwierigkeiten. Erzählen Sie mir nicht, Sie hätten Zweifel, Papageienmann«, hatte Vargas gesagt.

»Zweifel sind Teil des Glaubens, Vargas – Gewissheit ist etwas für euch Wissenschaftler, die die andere Tür geschlossen haben«, hatte Edward Bonshaw erwidert.

»Die andere Tür!«, hatte Vargas gerufen.

Zurück im Bus sah Juan Diego, wer alles auf den Rundgang verzichtet hatte: zum einen die mürrische Dolores –, sie hatte ihren Platz am Fenster nicht verlassen. Aber auch die anderen jungen Akrobatinnen waren nicht mitgekommen; ihnen war nicht geheuer, was in Mexico City und speziell in diesem Teil der Innenstadt abging. Denn mochte der Zirkus die Mädchen auch bisher vor schwierigen Entscheidungen bewahrt und dafür gesorgt haben, dass Ignacio das Sagen hatte, wenn es um ihre Zukunft ging, so hatte doch ihr Leben als junge Akrobatinnen im Zirkus nichts mit dem Leben der Mädchen gemein, die sich auf San Pablo und Topacio verkauften – noch nicht.

Die argentinischen Luftakrobaten hatten den Bus ebenfalls nicht verlassen; sie saßen eng aneinandergeschmiegt auf ihren Sitzen, wie mitten in einer Liebkosung erstarrt – ihr ungehemmtes Liebesleben schien sie vor möglichen Stürzen zu bewahren, wie die Drahtseile, die sie immer so sorgfältig gegenseitig an ihren Brustgeschirren befestigten. Pyjamamann, der Schlangenmensch, machte inzwischen im Gang zwischen den Sitzreihen seine Dehnübungen – er wollte seine Biegsamkeit nicht dem allgemeinen Gelächter preisgeben. (Im Zirkus lachte ihn niemand aus.) Estrella schließlich war natürlich wegen ihrer lieben Hunde im Bus geblieben.

Lupe lag quer über zwei Sitzen und schlief, den Kopf auf Edward Bonshaws Schoß, wobei es sie überhaupt nicht störte, dass Perro Mestizo dem Mann aus Iowa auf den Oberschenkel gepinkelt hatte. »Ich glaube, Lupe hat Angst. Ich finde, ihr solltet beide zurück ins *Niños Perdidos* –«, begann Señor Eduardo, als er Juan Diego sah.

»Aber Sie werden doch wegziehen, oder?«, fragte ihn der Vierzehnjährige.

»Ja – mit Flor«, sagte Edward leise.

»Ich habe Ihr Gespräch mit Vargas mitgehört – das über das Pony auf der Postkarte«, sagte Juan Diego zu Edward Bonshaw.

»Das Gespräch war aber nicht für deine Ohren bestimmt, Juan Diego – manchmal vergesse ich, wie gut dein Englisch ist«, sagte Señor Eduardo.

»Ich weiß, was Pornographie ist«, sagte Juan Diego. »Es war eine pornographische Postkarte, stimmt's? Eine Postkarte mit einem Pony, dem eine junge Frau am Penis lutscht, stimmt's?«, fragte der Vierzehnjährige den Missionar. Edward Bonshaw nickte schuldbewusst.

»Ich war so alt wie du, als ich sie sah«, sagte der Mann aus Iowa.

»Ich verstehe, warum Sie das verstört hat«, sagte der Junge. »Mich würde es bestimmt auch verstören. Aber warum verstört es Sie *immer noch*?«, wollte Juan Diego von Señor Eduardo wissen. »Kommen Erwachsene denn nie über etwas hinweg?«

Edward Bonshaw war auf einem Jahrmarkt gewesen. »Jahrmärkte galten damals als nicht besonders *jugendfrei*«, hatte Juan Diego den Mann aus Iowa zu Dr. Vargas sagen hören.

»Schon klar – Pferde mit fünf Beinen, eine Kuh mit zwei Köpfen, allerlei missgebildete Tiere – Mutanten, stimmt's?«, hatte Vargas ihn gefragt.

»Ja, und Softporno-Shows, strippende Mädchen in Zelten – *Peepshows* nannte man das damals«, hatte Señor Eduardo weiter erzählt.

»Und das in *Iowa*!«, hatte Vargas lachend ausgerufen.

»Jemand in einem Strippteasezelt hat mir für einen Dollar eine pornographische Postkarte verkauft«, gestand Edward Bonshaw.

»Das Mädchen, das dem Pony einen geblasen hat?«, hatte Vargas Edward gefragt.

Der wirkte schockiert. »Sie kennen die Postkarte?«, fragte der Missionar.

»Damals kannte die hier jeder. Eine texanische Postkarte, stimmt's?«, fragte Vargas. »Man kannte sie, weil das Mädchen mexikanisch aussah –«

Doch Edward Bonshaw hatte den Arzt unterbrochen. »Im Vordergrund der Postkarte war ein Mann – man konnte sein Gesicht zwar nicht sehen, nur dass er Cowboystiefel trug und eine Peitsche hatte. Es sah aus, als hätte er das Mädchen gezwungen –«

Jetzt war Vargas dran, Bonshaw zu unterbrechen. »Natürlich hat sie jemand gezwungen. Sie können doch kaum erwarten, das Mädchen sei von sich aus auf die Idee gekommen. Oder gar das Pony –«, sagte Vargas.

»Diese Postkarte hat mich verfolgt. Ich habe wie gebannt darauf gestarrt – ich habe dieses arme Mädchen *geliebt*!«, gestand der Amerikaner.

»Ist das nicht der Sinn von Pornographie?«, fragte ihn Vargas. »Dass man wie gebannt darauf starrt?«

»Vor allem die Peitsche ging mir nicht mehr aus dem Sinn«, sagte Señor Eduardo.

»Pepe hat mir erzählt, Sie hätten etwas für Peitschen übrig –«, begann Vargas.

»Eines Tages nahm ich die Postkarte mit zur Beichte«, fuhr Edward Bonshaw fort. »Ich beichtete dem Priester, dass sie für mich zur Obsession geworden war. Er sagte: ›Lass die Karte bei mir.‹ Natürlich nahm ich an, er wolle sie aus denselben Gründen, aus denen ich sie gewollt hatte, doch der Priester sagte: ›Ich kann die Karte vernichten, wenn du stark genug bist, sie loszulassen. Es ist an der Zeit, dass man dieses arme Mädchen in Frieden lässt‹, sagte der Priester.«

»Ich bezweifle, dass dieses arme Mädchen je Frieden gekannt hat«, hatte Vargas gesagt.

»Damals wollte ich zum ersten Mal Priester werden«, sagte Edward Bonshaw. »Ich wollte für andere Menschen tun, was dieser Priester für mich getan hatte – er hatte mich gerettet. Wer weiß?«, sagte Señor Eduardo. »Vielleicht hat die Postkarte diesen Priester ja zerstört.«

»Vermutlich war diese Erfahrung für das Mädchen schlimmer«, sagte Vargas nur. Edward Bonshaw war verstummt. Doch Juan Diego verstand noch immer nicht, warum die Postkarte Señor Eduardo keine Ruhe ließ.

»Glauben Sie nicht, dass Dr. Vargas recht hatte?«, fragte Juan Diego den Mann aus Iowa im Zirkusbus. »Glauben Sie nicht auch, dass das pornographische Foto für das Mädchen schlimmer war?«

»Das arme Mädchen war kein Mädchen«, sagte Señor Eduardo; er sah kurz Lupe auf seinem Schoß an – nur um sich zu vergewissern, dass sie noch schlief. »Das arme Mädchen war Flor«, flüsterte er. »Das ist Flor in Houston widerfahren. Das arme Mädchen ist einem Pony begegnet.«

Er hatte schon früher um Flor und Señor Eduardo geweint; Juan Diego musste immer wieder um sie weinen. Aber Juan Diego war ein ganzes Stück vom Ufer entfernt, und niemand konnte ihn im Wasser weinen sehen. Trieb das Salzwasser denn nicht jedem Tränen in die Augen? In Salzwasser konnte man sich ewig treiben lassen, dachte Juan Diego; in der ruhigen und lauen See ließ sich leicht Wasser treten.

»Hi, Mister!«, rief Consuelo. Vom Meer aus sah Juan Diego das kleine Mädchen mit den Zöpfen am Ufer stehen – sie winkte ihm zu, und er winkte zurück.

Es erforderte fast keine Anstrengung, sich über Wasser zu halten; er musste sich kaum bewegen. Juan Diego weinte weiter, so mühelos wie er schwamm. Die Tränen flossen einfach.

»Verstehst du, ich habe sie schon *immer* geliebt – noch bevor ich sie kannte!«, hatte Edward Bonshaw zu Juan Diego gesagt. Der Mann aus Iowa hatte Flor nicht als das Mädchen von der Postkarte erkannt, jedenfalls nicht gleich. Und als er es schließlich doch tat, hatte er es nicht über sich gebracht, Flor zu gestehen, dass er von ihrer traurigen Texasgeschichte den Teil mit dem Pony kannte.

»Sie sollten es ihr sagen«, hatte Juan Diego dem Mann aus Iowa geraten – so viel war dem Deponieleser schon mit vierzehn klar gewesen.

»Wenn Flor mir von Houston erzählen will, wird sie es tun – es ist schließlich ihre Geschichte. Armes Mädchen!«, hatte Edward Bonshaw immer wieder zu Juan Diego gesagt.

»*Sag's* ihr!«, hatte Juan Diego seinerseits Señor Eduardo immer wieder und immer dringender geraten. Doch es blieb Flor überlassen, ihre Geschichte aus Houston zu erzählen.

»*Sag's* ihr!«, rief Juan Diego im warmen Wasser der Boholsee. Er schaute meerwärts, vor sich den endlosen Horizont. Lag da draußen nicht irgendwo Mindanao?

»He, Mister!«, rief ihm Pedro zu. »Pass auf wegen der –«. (Es folgte ein »Tritt nicht auf die –«, das unverständliche Wort hörte sich wie *Seegurken* an.) Aber Juan Diego befand sich im tiefen Wasser; den Boden konnte er nicht berühren, er lief also weder Gefahr, auf Gewürzgurken, noch auf Seegurken zu treten oder wovor auch immer Pedro ihn warnen wollte.

Juan Diego konnte zwar lange Wasser treten, war aber kein guter Schwimmer. Am liebsten mochte er Hundepaddeln – das war sein bevorzugter Schwimmstil, ein langsames Hundepaddeln (nicht dass jemand schnell hundepaddeln könnte).

Das Hundepaddeln war für die richtigen Schwimmer im Schwimmbecken des Iowa Field House ein Problem gewesen. Juan Diego schwamm sehr langsam; man kannte ihn als den Hundepaddler in der langsamen Bahn.

Alle hatten Juan Diego gedrängt, Schwimmunterricht zu nehmen, was er auch getan hatte – um letztlich dennoch beim Hundepaddeln zu bleiben. (Wie ein Hund zu schwimmen entsprach Juan Diego; auch beim Romaneschreiben kam man nur langsam voran.)

»Lassen Sie bloß den Kleinen in Ruhe!«, hatte Flor einmal einem Bademeister gedroht, der Juan Diego zu mehr Tempo antrieb. »Haben Sie den Jungen denn gehen sehen? Sein Fuß ist nicht nur verkrüppelt, sondern wiegt eine Tonne. Er steckt voller Metall – versuchen Sie mal mehr als Hundepaddeln, wenn Ihnen ein Anker am Bein hängt!«

»Mein Fuß ist nicht voller Metall«, hatte Juan Diego auf dem Heimweg nach dem Schwimmen zu Flor gesagt.

»Ist doch 'ne gute Geschichte, oder?« war Flors einziger Kommentar gewesen. Doch ihre eigene Geschichte erzählte sie nicht. Das Pony auf dem Foto war nur ein kurzer Einblick, der einzige Blick, den Edward Bonshaw je werfen konnte auf das, was ihr in Houston widerfahren war.

»He, Mister!«, rief Consuelo immer wieder vom Ufer aus. Jetzt kam Pedro auf Zehenspitzen ins flache Wasser gewatet, als lauerten tödliche Gefahren darin.

»Hier ist einer!«, rief Pedro Consuelo zu. »Und da sind ganz viele!« Das kleine Mädchen traute sich nicht ins Wasser.

Die Boholsee kam Juan Diego, der langsam Richtung Ufer hundepaddelte, überhaupt nicht bedrohlich vor. Die Killergurken, oder worüber auch immer sich Pedro so aufregte, bereiteten Juan Diego keine Sorgen. Inzwischen war er es allerdings leid, Wasser zu treten, was für ihn dasselbe wie Schwimmen war, doch er hatte sich erst dem Ufer genähert, als er nicht mehr weinen musste.

Tatsächlich hatte er gar nicht aufgehört – er wollte nur nicht mehr warten, bis er nicht mehr weinte. Sobald Juan Diego im flachen Wasser wieder Boden unter den Füßen spürte, beschloss er, den Rest des Weges an Land zu laufen – auch wenn das hieß, dass er wieder zu hinken begann.

»Sei vorsichtig, Mister – sie sind überall«, sagte Pedro, aber Juan Diego sah den ersten Seeigel nicht, auf den er trat, und auch nicht den nächsten und übernächsten. Es war kein Spaß, auf die hartschaligen, mit Stacheln gespickten Kugeln zu treten – selbst für jemanden, der nicht hinkte.

»So ein Pech, das mit den Seeigeln, Mister«, sagte Consuelo, als Juan Diego auf allen Vieren an Land kroch; beide Füße kribbelten von den schmerzhaften Stacheln.

Pedro war weggelaufen, um Dr. Quintana zu holen. »Man darf ruhig weinen, Mister – die Seeigel tun richtig weh«, sagte Consuelo und setzte sich neben ihn in den Sand. Juan Diegos Tränen flossen unaufhörlich weiter, vielleicht auch weil seine Augen nach der langen Zeit im Meerwasser brannten. Er sah Josefa und Pedro den Strand entlang auf ihn zulaufen; Clark French war ein wenig hinter ihnen – er kam langsam in Gang wie ein Güterzug, wurde aber immer schneller.

Juan Diegos Schultern zitterten, vielleicht hatte er zu viel Wasser getreten; Hundepaddeln ist Schwerarbeit für Arme und Schultern. Consuelo schlang ihre dünnen Ärmchen um ihn.

»Ist schon gut, Mister«, versuchte sie ihn zu trösten. »Hier kommt die Ärztin – das wird schon wieder.«

Was ist das nur mit mir und Ärztinnen?, fragte sich Juan Diego. (Er hätte eine heiraten sollen, das wusste er.)

»Mister ist auf Seeigel getreten«, erklärte Consuelo Dr. Quintana, die sich neben Juan Diego in den Sand kniete. »Aber er muss auch noch wegen anderer Dinge weinen.«

»Er vermisst ganz viel – Geckos, und die Müllkippe«, zählte Pedro für Josefa auf.

»Vergiss seine Schwester nicht«, sagte Consuelo zu Pedro. »Ein Löwe hat Misters Schwester getötet«, erklärte Consuelo Dr. Quintana für den Fall, dass die Ärztin die lange Liste von Kümmernissen noch nicht kannte, die Juan Diego widerfahren waren – und jetzt war er obendrein auch noch auf ganz viele Seeigel getreten!

»Das Problem mit Seeigeln ist, dass ihre Stacheln beweglich sind – sie erwischen einen nicht nur ein Mal«, sagte die Ärztin und fuhr mit dem Finger sanft Juan Diegos Fußsohlen entlang.

»Es sind nicht die Füße, auch nicht die Seeigel«, flüsterte Juan Diego.

»Was?«, fragte Josefa und beugte den Kopf, um ihn besser hören zu können.

»Ich hätte eine Ärztin heiraten sollen«, flüsterte er Josefa zu; Clark und die Kinder konnten ihn nicht hören.

»Warum haben Sie's nicht getan?«, fragte Dr. Quintana und lächelte ihn an.

»Ich habe sie nicht schnell genug gefragt – sie hat einem anderen ihr Jawort gegeben«, sagte Juan Diego leise.

Wie hätte er Dr. Quintana mehr erzählen können? Er konnte Clark Frenchs Frau unmöglich sagen, warum er nie geheiratet hatte – warum er nie eine Freundin gehabt hatte, die zur Lebenspartnerin, vielleicht zur Begleiterin bis ans Lebensende wurde. Selbst wenn Clark und die Kinder nicht dabei gewesen wären, wäre Juan Diego außerstande gewesen, Josefa zu erzählen, warum er nie gewagt hatte, eine so enge Verbindung zu einem anderen Menschen einzugehen, wie sie Edward Bonshaw und Flor gehabt hatten.

Seine Bekannten, Kollegen und Freunde waren selbstverständlich davon ausgegangen, Juan Diegos Adoptiveltern seien ein so schräges Paar gewesen, dass niemand ihnen nacheifern wollte. Das war gewiss die verbreitetste Sichtweise, warum Juan Diego nie geheiratet oder sich auch nur um eine Lebenspartnerin bemüht hatte, wie es so viele Menschen für erstrebenswert hielten. (Und zweifellos war dies auch die Version, die Clark French an seine Frau weitergegeben hatte: In Clarks Augen war sein ehemaliger Dozent ein hartnäckiger Junggeselle und ein gottloser säkularer Humanist.)

Nur Dr. Stein – die liebe Dr. Rosemary! – schien ihn zu verstehen. Allerdings wusste sie längst nicht alles über ihren Freund und Patienten; sie verstand Müllkippenkinder nicht – schließlich hatte sie Juan Diegos Kindheit und Jugend nicht miterlebt. Aber immerhin kannte sie Juan Diego bereits, bevor er Señor Eduardo und Flor verloren hatte; Dr. Stein war auch ihre Ärztin gewesen.

Dr. Rosemary, wie Juan Diego sie in Gedanken liebevoll nannte, wusste, warum er nie geheiratet hatte. Es lag nicht daran, dass Flor und Edward Bonshaw ein *schräges* Paar gewesen waren, sondern dass die beiden einander so innig geliebt hatten, dass Juan Diego sich nicht vorstellen konnte, jemals eine so gute und unnachahmliche Partnerschaft zu finden wie die ihre. Und er hatte sie nicht nur als Eltern geliebt, von Adoptiveltern ganz zu schweigen. Er hatte sie als das beste (das heißt: unerreichbarste) *Paar* geliebt, das er je gekannt hatte.

»Er vermisst ganz viel«, hatte Pedro gesagt und Geckos und die Müllkippe erwähnt.

»Vergiss seine Schwester nicht«, hatte Consuelo ergänzt.

Es war nicht nur der Löwe gewesen, der Lupe getötet hatte, wie Juan Diego wusste, doch das konnte er ebenso wenig sagen (jedenfalls keinem dort am Strand), wie er hätte Hochseilartist werden können. Juan Diego hätte seine kleine Schwester ebenso wenig retten können, wie er »Das Wunder« hätte werden können.

Und falls er Dr. Rosemary Stein gefragt hätte, ob sie ihn heiraten wolle – das heißt, ehe sie einem anderen »Ja« sagte –, wer weiß, ob sie den Antrag des Müllkippenlesers angenommen hätte.

»Wie war das Schwimmen?«, fragte Clark French seinen ehemaligen Dozenten. »Ich meine, vor den Seeigeln«, präzisierte er überflüssigerweise.

»Mister hopst gern auf der Stelle herum«, sagte Consuelo. »Stimmt doch, Mister, oder?«

»Stimmt genau, Consuelo«, bestätigte Juan Diego. »Wassertreten, ein wenig Hundepaddeln – das ist so ähnlich, als würde man einen Roman schreiben, Clark«, sagte der Müllkippenleser zu seinem früheren Studenten. »Es kommt einem so vor, als würde man eine lange Strecke zurücklegen, weil es anstrengend ist, aber im Grunde beackert man altes Terrain – man bleibt auf vertrautem Gebiet.«

»Verstehe«, sagte Clark vorsichtig. Doch Juan Diego wusste, dass er nichts begriffen hatte. Clark war ein Weltveränderer; wenn er schrieb, verfolgte er eine Mission, er hatte immer ein bestimmtes Ziel vor Augen.

Mit Wassertreten und Hundepaddeln konnte Clark French nichts anfangen; beides fühlte sich an, als würde man in der Vergangenheit leben, als ginge es nicht weiter. Doch Juan Diego lebte genau dort, in der Vergangenheit – in seiner Phantasie erlebte er die Verluste, die ihn geprägt hatten, immer und immer wieder.

22

Mañana

Wenn in deinem Leben etwas schief läuft oder es ein ungelöstes Problem gibt, ist Mexico City wahrscheinlich nicht der Ort, wo deine Träume in Erfüllung gehen«, hatte Juan Diego in einem frühen Roman geschrieben. »Wenn du nicht das Gefühl hast, dein Leben im Griff zu haben, geh nicht dorthin.« Die Romanheldin, der Juan Diego diese Worte in den Mund gelegt hatte, war keine Mexikanerin, und wir erfahren nie, was ihr in Mexico City widerfuhr – und der betreffende Roman spielte nicht einmal in Mexiko.

Das Zirkusgelände im Norden der Stadt lag neben einem Friedhof. Das spärliche Gras auf dem steinigen Feld, wo die Pferde bewegt und die Elefanten ausgeführt wurden, war grau von Ruß. Es lag so viel Smog in der Luft, dass die Augen der Löwen tränten, wenn Lupe sie fütterte.

Ignacio ließ Hombre und die Löwinnen von Lupe füttern, da die jungen Akrobatinnen – diejenigen, die jeden Tag ihre Periode erwarteten – sich geweigert hatten.

Lupe dagegen hatte keine Angst, weil sie ohnehin davon ausging, dass sie nie ihre Periode bekommen würde. Und da sie die Gedanken der Löwen lesen konnte, wusste Lupe außerdem, dass Hombre und die Löwinnen keinen Gedanken daran verschwendeten, ob die Mädchen nun menstruierten oder nicht.

»Darüber macht sich nur Ignacio Gedanken«, hatte Lupe Juan Diego erzählt. Sie fütterte die Großkatzen gern. »Man glaubt ja gar nicht, wie oft sie an Fleisch denken«, hatte sie Edward Bonshaw erklärt. Der Mann aus Iowa wollte Lupe beim Füttern zusehen, nur um sich zu vergewissern, dass ihr dabei nichts zustoßen konnte.

Lupe zeigte Señor Eduardo, wie man im Käfig den Schlitz für die Futterwanne öffnete und schloss und wie man die Wanne über den Käfigboden rein- und rausschob. Hombre streckte dann jeweils eine Pranke durch den Schlitz und hieb seine Krallen in das Fleisch, das Lupe gerade in die Futterwanne legte – was allerdings mehr Ausdruck seiner Gier war als ein echter Versuch, das Fleisch zu packen.

Sobald Lupe jedoch die mit Fleisch gefüllte Wanne in den Löwenkäfig schob, zog Hombre die ausgestreckte Tatze zurück und wartete sitzend auf das Fleisch, während sein Schwanz wie ein Besen über den Käfigboden wischte, hin und her.

Die Löwinnen dagegen griffen nie in den Schlitz; sie saßen da und warteten, ihre Schwänze in ständiger Bewegung.

Zur Säuberung konnte die Futterwanne komplett aus dem Schlitz am Boden des Käfigs herausgezogen werden. Doch selbst wenn die Wanne fehlte, war der Fütterungsschlitz zu schmal, als dass Hombre oder die Löwinnen durch ihn hätten entkommen können; weder Hombres großer Kopf noch die schmaleren Köpfe der Löwinnen passten hindurch.

»Da kann nichts passieren«, hatte Edward Bonshaw zu Juan Diego gesagt. »Ich wollte mir nur den Fütterungsschlitz genauer ansehen.«

Während des langen Wochenendes, als La Maravilla in Mexico City gastierte, schlief Señor Eduardo bei den Kindern im Zelt der Hunde. In der ersten Nacht, sobald der Amerikaner zu schnarchen begann und sie wussten, dass er schlief, sagte Lupe zu ihrem Bruder: »Ich passe durch den Schlitz, durch den die Futterwanne rein- und rausgeschoben wird. Für mich ist die Öffnung groß genug.«

Im dunklen Hundezelt lag Juan Diego da und überlegte, was Lupe wohl gemeint hatte. Was sie sagte und was sie meinte, war bei ihr nicht immer dasselbe.

»Meinst du, du könntest durch den Fütterungsschlitz in Hombres Käfig – oder den der Löwinnen – hineinkriechen?«, fragte sie der Junge.

»Wenn die Futterwanne aus dem Schlitz entfernt wäre – ja, dann schon«, sagte ihm Lupe.

»Das klingt, als hättest du es versucht«, sagte Juan Diego.

»Warum sollte ich es versuchen?«, fragte ihn Lupe.

»Keine Ahnung – warum *solltest* du?«, fragte Juan Diego zurück.

Sie antwortete ihm nicht, aber selbst im Dunkeln spürte er ihr Achselzucken – sie wollte ihm nicht antworten. (Als hätte Lupe keine Lust, alles zu erklären, was sie wusste oder woher sie es wusste.)

Jemand furzte – vielleicht einer der Hunde. »War das der Beißer?«, fragte Juan Diego. Perro Mestizo alias Mischling schlief bei Lupe auf ihrer Liege. Pastora, die Hütehündin, schlief bei Juan Diego; er wusste, dass es nicht die Hütehündin war, die gefurzt hatte.

»Es war der Papageienmann«, antwortete Lupe. Die Müllkippenkinder kicherten. Ein Hundeschwanz wedelte –

man hörte das zugehörige Klopfen auf dem Boden. Einem der Hunde hatte das Gelächter offenbar gefallen.

»Alemania«, sagte Lupe. Die nach Deutschland benannte Schäferhündin wedelte mit dem großen Schwanz. Alemania schlief auf dem Lehmboden des Zeltes, neben der Zeltklappe, als bewache sie (nach Polizeihundmanier) den Aus- oder Eingang.

»Ich frage mich, ob Löwen Tollwut kriegen können«, sagte Lupe, und es klang, als wäre sie kurz vor dem Einschlafen und würde sich am nächsten Morgen an diese Worte bestimmt nicht mehr erinnern.

»Wieso?«, fragte sie Juan Diego.

»Nur so«, sagte Lupe seufzend. Nach einer Pause fragte sie: »Findest du die neue Hundenummer nicht auch doof?«

Juan Diego merkte, dass Lupe absichtlich das Thema wechselte, und umgekehrt wusste Lupe, dass er an die neue Hundenummer gedacht hatte. Es war Juan Diegos Idee gewesen, doch die Hunde hatten sich nicht besonders kooperativ gezeigt, und dann hatten die Zwergenclowns die Nummer übernommen; Lupes Ansicht nach war es Pacos und Bierbauchs neue Nummer geworden. (Als brauchten die beiden Clowns eine weitere alberne Nummer.)

Ach, wie die Zeit vergeht – als Juan Diego eines Tages im alten Iowa Field House hundepaddelte, wurde ihm klar, dass die neue Hundenummer zu seinem ersten Roman geführt hatte, den er aber nie beenden konnte. (Und lief nicht die Vorstellung, dass Löwen Tollwut bekommen konnten, auch auf eine Geschichte hinaus, allerdings eine, die *Lupe* nicht hatte beenden können?)

Wie Juan Diegos veröffentlichte Romane begann die

Hundenummer als *Was-wäre-wenn*-Überlegung. Was wäre, wenn man einen der Hunde dazu abrichten könnte, eine Trittleiter hochzuklettern? Gemeint war die Sorte Trittleiter mit einer Art Ablage am oberen Ende; die Ablage war für eine Farbdose oder für Werkzeug gedacht, aber Juan Diego hatte sich die Ablage als Plattform für einen Hund vorgestellt. Was wäre also, wenn einer der Hunde die Trittleiter hinaufkletterte, von dem improvisierten Sprungbrett absprang, durch die Luft segelte – und mitten auf einem Tuch landete, das von den Zwergenclowns für ihn aufgehalten wurde?

»Das Publikum wäre begeistert«, sagte Juan Diego zu Estrella.

»Alemania nicht – sie macht so was nicht«, erwiderte Estrella.

»Stimmt, ein Deutscher Schäferhund ist vermutlich zu groß, um eine Trittleiter raufzuklettern«, sagte Juan Diego.

»Alemania ist für so was zu schlau« war Estrellas Reaktion.

»Perro Mestizo, der Beißer, ist ein Angsthase«, sagte Juan Diego.

»Du hasst kleine Hunde – das war schon bei Schmutzigweiß so«, sagte Lupe.

»Ich hasse keine kleinen Hunde, ich hasse *feige* Hunde und Hunde, die beißen«, entgegnete Juan Diego seiner Schwester.

»Nicht Perro Mestizo – der macht das nicht« war Estrellas einziger Kommentar.

Zuerst probierten sie es mit Pastora, der Hütehündin; alle dachten, ein Dackel hätte zu kurze Beine, um die Stufen einer Trittleiter zu erklimmen – bestimmt würde Baby, der Dackelrüde, die Stufen gar nicht erreichen können.

Pastora kam zwar die Stufen hoch – Hütehunde sind sehr beweglich und lieben Herausforderungen –, doch oben angekommen, legte sich Pastora auf das Brett, die Schnauze zwischen den Vorderpfoten, und rührte sich nicht vom Fleck. Da konnten die Zwergenclowns unter der Trittleiter tanzen und der Hütehündin das ausgebreitete Tuch hinhalten, so lange sie wollten, Pastora weigerte sich sogar aufzustehen. Wenn Paco oder Bierbauch ihren Namen riefen, wedelte die Hütehündin nur mit dem Schwanz, blieb aber liegen.

»Sie ist keine Springerin«, kommentierte Estrella lakonisch.

»Baby hat Eier«, sagte Juan Diego. Dackel *haben* Eier – für ihre Größe wirken sie besonders ausgeprägt –, und Baby war bereit, einen Versuch zu wagen. Doch der kurzbeinige Dackel musste etwas angeschoben werden.

Das würde lustig werden – das Publikum wird lachen, befanden Paco und Bierbauch. Und der Anblick der beiden Zwergenclowns, die Baby die Trittleiter hochschoben, war wirklich lustig. Wie immer war Paco (geschmacklos) wie eine Frau gekleidet, und während Paco Baby am Arsch anschob, um ihm die Trittleiter hinaufzuhelfen, stand Bierbauch hinter Paco – und schob *ihren* Arsch die Leiter hoch.

»So weit, so gut«, sagte Estrella. Doch Baby, Eier unbenommen, hatte Höhenangst. Sobald der Dackel die Leiter erklommen hatte, erstarrte er buchstäblich auf dem Brett; Baby bewegte sich nicht – er hatte sogar Angst davor, sich hinzulegen. Der kleine Dackel stand so starr da, dass er zu zittern begann; bald wackelte die Trittleiter. Paco und Bierbauch flehten Baby an, während sie ihm das offene Tuch hinhielten. Schließlich pinkelte Baby vor lauter Angst auf das Absprungbrett und vergaß sogar, wie sonst bei Rüden üblich, das Bein zu heben.

»Baby fühlt sich gedemütigt – er kann nicht pinkeln, wie er's gewohnt ist«, sagte Estrella.

Aber die Nummer war doch lustig!, beharrten die Zwergenclowns. Und es spiele keine Rolle, dass Baby kein Springer war.

Doch Estrella ließ Baby damit nicht vor Publikum auftreten. Sie sagte, dafür sei die Nummer eine zu große seelische Grausamkeit. Das hatte Juan Diego nicht gewollt. Doch in jener Nacht im dunklen Hundezelt sagte Juan Diego nur zu seiner Schwester: »Die neue Hundenummer ist nicht dumm. Wir brauchen nur einen neuen Hund – wir brauchen einen Springer.«

Erst Jahre später merkte er, dass Lupe ihn dazu gebracht hatte, genau das zu sagen. Es dauerte so lange, bis Lupe in dem vom Schnarchen und Furzen erfüllten Hundezelt wieder sprach, so lange, dass Juan Diego fast schon schlief, als seine Schwester endlich sprach, und Lupe selbst klang, als wäre sie bereits im Halbschlaf.

»Das arme Pferd«, sagte Lupe nur.

»Welches *Pferd*?«, fragte Juan Diego im Dunkeln.

»Das auf dem Friedhof«, antwortete Lupe.

Am Morgen wurden die Müllkippenkinder durch einen Schuss geweckt. Eins der Zirkuspferde war auf dem rußigen Feld durchgegangen und über den Zaun zum Friedhof gesprungen, wo es sich an einem Grabstein das Bein gebrochen hatte. Ignacio hatte das Pferd erschossen; der Löwenbändiger hatte immer einen 45er-Revolver dabei, falls es Probleme mit den Löwen geben sollte.

»*Das* arme Pferd« war Lupes einziger Kommentar, als sie den Schuss hörte.

La Maravilla war an einem Donnerstag in Mexico City eingetroffen. Die Arbeiter hatten gleich begonnen, die Übungszelte aufzubauen; den ganzen Freitag über errichteten sie das Hauptzelt und sicherten die Tierschutzgitter um die Manege. Die Tiere brauchten fast den ganzen Ankunftstag, um sich von den Reisestrapazen zu erholen.

Das Pferd hieß Mañana; es war ein Wallach und lernte so langsam, dass sein Trainer bei einer neuen Nummer immer alle auf »morgen« vertrösten musste – daher der Name Mañana. Doch die Nummer, über den Zaun auf den Friedhof zu springen und sich das Bein zu brechen, war für Mañana wirklich neu gewesen.

Nachdem Ignacio das Pferd von seinen Qualen erlöst hatte, wurde es zu einem schier unüberwindlichen Problem, das tote Tier vom Friedhof zu holen. Das Tor war verschlossen. Ein Anwohner hatte den Schuss der Polizei gemeldet, doch als die Beamten aufs Zirkusgelände kamen, störten sie eher, als dass sie halfen.

Warum hatte der Löwenbändiger eine großkalibrige Waffe?, fragten die Polizisten. (Nun, er war *Löwen*bändiger.) Warum hatte Ignacio das Pferd erschossen? (Mañanas Bein war gebrochen!) Und so weiter.

Es gab keine legale Möglichkeit, sich in Mexico City des toten Pferdes zu entledigen – nicht an einem Wochenende, nicht im Falle eines Pferdes, das nicht aus der Stadt »stammte«. Doch damit, wie Mañana aus dem abgeschlossenen Friedhof zu schaffen wäre, fingen die Schwierigkeiten erst an.

Die nächste Zirkusvorstellung war am Freitagabend, am Samstag gab es sowohl eine Nachmittags- als auch eine Abendvorstellung, und die letzte in Mexico City war am frühen Sonntagnachmittag. Gleich anschließend, noch vor Einbruch der Dunkelheit, würden die Zirkusarbeiter das Hauptzelt und die Gitter in der Manege abbauen. Und am Montagmittag würde La Maravilla bereits wieder auf der Rückfahrt nach Oaxaca sein. Die Müllkippenkinder und Edward Bonshaw wollten am Samstagmorgen den Schrein der Guadalupe aufsuchen.

Juan Diego sah zu, wie Lupe die Löwen fütterte. Eine Trauertaube nahm auf dem Boden neben Hombres Käfig ein Sandbad; der Löwe mochte keine Vögel, und vielleicht dachte Hombre, die Taube sei hinter seinem Fleisch her. Jedenfalls war er aus irgendeinem Grund an diesem Tag aggressiver als sonst, und als er seine Tatze durch den Schlitz der Futterwanne streckte, ritzte eine seiner Krallen Lupes Handrücken auf. Es floss nur wenig Blut; Lupe hielt sich die Hand an den Mund, und Hombre zog seine Pranke zurück und verdrückte sich schuldbewusst ans andere Käfigende.

»Nicht deine Schuld«, sagte Lupe zu der großen Katze, doch in den dunkelgelben Augen des Löwen veränderte sich etwas – als würde er sich auf etwas konzentrieren, nur worauf? Auf die Trauertaube oder auf Lupes Blut? Offenbar spürte der Vogel Hombres berechnenden Blick – und flog davon.

Sofort schaute der Löwe wieder normal, ja gelangweilt. Und als die beiden Zwergenclowns mit klatschenden Sandalen, die Handtücher um die Hüften gewickelt, an den Löwenkäfigen vorbei zu den Außenduschen tapsten, würdigte Hombre sie keines Blickes.

»¡*Hola*, Hombre!«, rief Bierbauch.

»¡*Hola*, Lupe! ¡*Hola*, Lupe-Bruder!«, sagte Paco; die Brüste des Crossdressers waren so verschwindend klein, dass Paco sie nicht bedeckte, wenn sie zu den Außenduschen ging, zumal ihr Bart morgens besonders stoppelig war. (Was auch immer Paco für Hormone nahm, sie bekam ihre Östrogene nicht aus derselben Quelle wie Flor; Flor bekam ihre von Dr. Vargas.)

Doch wie Flor richtig bemerkt hatte: Paco war ein Clown; Paco hatte nicht das Lebensziel, eine gefällige Frau zu werden. Paco war ein schwuler Zwerg, der im realen Leben die meiste Zeit als Mann verbrachte.

Als ein *Er* ging Paco ins La China, die Schwulenbar an der Calle Bustamante. Und wenn Paco La Coronita aufsuchte, in dem alle Transvestiten sich schicke Frauenklamotten anzogen, ging Paco ebenfalls als ein *Er* hin – Paco war unter der schwulen Klientel einfach irgendein Typ.

Flor sagte, Paco schleppe eine Menge »Frischlinge« ab, also Männer, die zum ersten Mal Sex mit einem anderen Mann haben wollten. (Vielleicht hielten diese Frischlinge einen schwulen Zwerg ja für einen behutsamen Einstieg.)

Doch wenn Paco im La Maravilla bei ihrer Zirkusfamilie war, fühlte sich der Zwergenclown sicher genug, um eine *Sie* zu sein. In Bierbauchs Nähe konnte sie ungeniert Frauenklamotten tragen. In den Clownnummern gaben sich die beiden immer als Paar, doch im wirklichen Leben war Bierbauch hetero. Er war verheiratet, und seine Frau war keine Zwergin.

Bierbauchs Frau hatte Angst davor, schwanger zu werden; sie wollte keinen Zwerg als Kind. Sie ließ Bierbauch immer zwei Kondome überziehen. Jeder im La Maravilla kannte Bierbauchs Geschichten über die mit dem Tragen eines zweiten Kondoms verbundenen Risiken.

»Das macht keiner – keiner zieht zwei Kondome über, weißt du«, sagte Paco seinem Freund immer wieder, doch Bierbauch blieb dabei, weil seine Frau es so wollte.

Die Außenduschen waren aus dünnen, vorgefertigten Sperrholzbrettern, wodurch sie sich schnell zusammenbauen und wieder zerlegen ließen. Manchmal fielen sie um und manchmal sogar auf denjenigen, der gerade duschte. Es gab so viele schlimme Geschichten über die Außenduschen des Maravilla wie über Bierbauchs Extrakondom. (Mit anderen Worten: jede Menge peinlicher Unfälle.)

Die jungen Akrobatinnen beschwerten sich bei Soledad über Ignacio, der ihnen bei den Außenduschen auflauerte, aber Soledad konnte nichts dagegen tun, dass ihr Mann ein notgeiles Schwein war. An dem Morgen, als Mañana auf dem Friedhof erschossen wurde, nahm Dolores gerade draußen eine Dusche; Paco und Bierbauch hatten ihre eigene Ankunft bei den Duschen genau getimed – in der Hoffnung, einen Blick auf die nackte Dolores zu erhaschen.

Die beiden Zwergenclowns waren nicht geil, jedenfalls nicht auf die schöne, unnahbare Hochseilartistin Dolores, »Das Wunder« persönlich. Paco war schwul – was hatte er davon, Dolores nackt zu sehen? Und Bierbauch war mit seiner Zwei-Kondome-Frau mehr als ausgelastet.

Doch die beiden Zwerge hatten miteinander gewettet. »Wetten, meine Titten sind größer als ihre«, hatte Paco gesagt, während Bierbauch behauptete, dass Dolores' Brüste größer waren. *Deshalb* passten sie Dolores immer an den Außenduschen ab. Dolores hatte von der Wette gehört und war darüber empört. Juan Diego hatte sich vorgestellt, wie die Duschwände kollabierten, Dolores nackt zum Vorschein kam und die Zwergenclowns sich über Brustgrößen stritten. (Lupe, die Dolores' Brüste als Mäusetitten apostrophiert hatte, war auf Pacos Seite; sie glaubte, Pacos Brüste seien größer.)

So kam es, dass Juan Diego hinter den beiden Zwergenclowns her zu den Außenduschen schlich; der Vierzehnjährige hoffte, dass etwas passieren und er Dolores nackt sehen würde. (Ihm war egal, dass sie kleine Brüste hatte; er fand sie wunderschön, trotz der winzigen Titten.)

Die Zwergenclowns und Juan Diego konnten über der Sperrholzwand Dolores' Kopf und ihre nackten Schultern erspähen. In diesem Moment tauchte einer der Elefanten in der Gasse zwischen den Übungszelten auf; er zog das tote Pferd an einer Eisenkette hinter sich her. Und hinter Mañanas Kadaver folgten zehn Polizisten (für *ein* totes Pferd!) und Ignacio, der sich mit den Beamten Wortgefechte lieferte.

Dolores' Kopf war voller Shampooschaum, weshalb sie die Augen geschlossen hielt. Unter der dünnen Abtrennung konnte man ihre Knöchel und die nackten, von Shampooschaum bedeckten Füße sehen. Und Juan Diego dachte, dass der Schaum an den wunden Fußrücken bestimmt brennen musste.

Der Löwenbändiger dagegen hörte sofort auf, mit den Polizisten herumzustreiten, sobald er Dolores erblickte, und auch alle Polizisten sahen zu »Dem Wunder« hin.

»Vielleicht ist das Timing doch nicht so gut«, sagte Bierbauch zu Paco.

»Im Gegenteil, es ist perfekt«, erwiderte der Crossdresser und watschelte schneller. Die Zwergenclowns liefen zu Dolores' Außendusche; sie hätten nur über die Sperrholzwand gucken können, wenn einer auf die Schultern des anderen gestiegen wäre (was sie ohnehin nicht konnten). So linsten sie eben unter der Sperrholzwand durch – nach oben, in den Schwall von Duschwasser und Shampoo –, höchstens zwei Sekunden lang. Als sie sich wieder aufrichteten, waren ihre Köpfe patschnass (und von Shampooschaum bedeckt). Dolores, die die Zwerge gar nicht bemerkt hatte, wusch sich seelenruhig weiter die Haare. Doch jetzt versuchte Juan Diego, über die Wand zu schauen – dazu musste er sich mit den Armen an der dünnen Sperrholzwand hochziehen und mit beiden Händen festhalten.

Bierbauch sagte später, es wäre eine lustige Clownsnummer gewesen; in der Gasse vor den Übungszelten hatte sich auf kleinster Bühne eine buntgemischte Menge versammelt. Die mit Dolores' Shampoo bespritzten Zwerge waren jetzt nur noch Zuschauer. (Clowns sind oft dann besonders lustig, wenn sie nur herumstehen und gar nichts machen.)

Der Elefantendompteur sagte später, was am Rande des Gesichtsfeldes eines Elefanten geschehe, könne den Elefanten mehr erschrecken, als was er direkt vor sich habe. Als

Dolores' Außendusche zusammenbrach, schrie die Artistin laut auf; sie konnte zwar vor lauter Shampoo nichts sehen, spürte aber, dass die Duschwände um sie herum verschwunden waren.

Juan Diego sagte später, obwohl er unter einer der umgekippten Sperrholzwände der Außendusche lag, habe er gemerkt, wie die Erde zu beben begann, als der Elefant loslief oder losgaloppierte (oder was immer Elefanten eben tun, wenn sie in Panik geraten und das Weite suchen).

Der Elefantendompteur lief hinter seinem Elefanten her; die immer noch an dem Hals des toten Pferdes befestigte Kette war gerissen – doch zuvor war Mañana hochgezerrt worden und nahm nun eine kniende (oder betende) Haltung ein.

Dolores hatte sich auf der erhöhten Holzplattform, die der Außendusche als improvisierter Boden diente, auf alle viere fallen lassen, versuchte aber weiterhin, den Kopf unter das Duschwasser zu halten, um das Shampoo loszuwerden – sie wollte endlich wieder etwas *sehen*. Und Juan Diego war unter der eingestürzten Sperrholzwand hervorgekrochen und versuchte nun, Dolores ihr Handtuch zu reichen.

»Meine Schuld – ich war's. Es tut mir leid«, sagte er zu ihr; Dolores nahm ihm das Handtuch ab, trocknete sich aber zunächst einmal ausgiebig die Haare; erst als sie Ignacio und die zehn Polizisten sah, bedeckte sie sich damit.

»Du hast mehr Eier, als ich dachte – jedenfalls hast du echt Eier«, war Dolores' einziger Kommentar.

Keinem war klar, dass sie das tote Pferd nicht bemerkt hatte. Und die ganze Zeit standen die Zwergenclowns, die Handtücher um die Hüften geschlungen, in der Gasse zwischen den Übungszelten und gafften. Pacos Brüste waren so klein, dass keiner der zehn Polizisten zweimal hinsah; die Polizisten hielten Paco eindeutig für einen Kerl.

»Hab ich dir doch gesagt, die von Dolores sind größer«, sagte Bierbauch zu seinem Kollegen.

»Machst du Witze?«, fragte ihn Paco. »*Meine* sind größer!«

»Deine sind kleiner«, widersprach Bierbauch.

»Größer!«, rief Paco. »Was sagst *du*, Lupe-Bruder?«, fragte der Crossdresser Juan Diego. »Sind Dolores' Titten größer oder kleiner als meine?«

»Sie sind hübscher«, antwortete der Vierzehnjährige. »Dolores hat hübschere Brüste.«

»Du hast echt Eier«, sagte ihm Dolores; sie trat von der Duschplattform in die Gasse zwischen den Übungszelten, wo sie über das tote Pferd fiel. Das Einschussloch an der Schläfe nahe an Mañanas weit aufgerissenen Augen blutete immer noch.

Paco sagte später, dass sie nicht Bierbauchs Meinung war, und zwar nicht nur, was die Größe von Dolores' Brüsten betraf, sondern auch darüber, ob der Duschzwischenfall als Clownsnummer geeignet sei. »Nicht der Teil mit dem toten Pferd, das war nicht lustig«, mehr sagte Paco dazu nicht.

Dolores, die zwischen den Übungszelten auf dem toten Pferd lag, trat und schlug mit nackten Beinen und nackten Armen um sich – und schrie wie am Spieß. Aber Ignacio – ganz untypisch – beachtete sie gar nicht. Er ging mit den zehn Polizisten weiter, doch ehe er sein Streitgespräch mit ihnen wieder aufnahm, ätzte er noch einmal in Juan Diegos Richtung.

»Wenn du ›echt Eier‹ hast, An-der-Decke-Läufer, worauf wartest du dann noch?«, fragte Ignacio den Jungen. »Wann traust du dich, in fünfundzwanzig Metern Höhe die Himmelsleiter zu betreten? Ich finde, du solltest ›Echt Eier‹ heißen. Oder ist dir Mañana lieber? Der Name ist ja wieder frei«, sagte der Löwenbändiger und deutete auf das tote Pferd. »Er passt zu dir – wenn du's ewig weiter aufschiebst, der erste männliche Hochseilartist auf der Himmelsleiter zu werden. Na dann, *mañana*.«

Dolores hatte sich aufgerappelt; ihr Badetuch war mit Pferdeblut befleckt. Ehe sie sich in Richtung des Akrobatinnenzelts entfernte, verpasste sie jedem der Zwerge eine Kopfnuss und ließ sie dann mit einem knappen »Ihr widerlichen kleinen Spanner« stehen.

»Größer als deine«, sagte Bierbauch nur zu Paco.

»Kleiner als meine«, widersprach Paco leise.

Ignacio war mit den zehn Polizisten weitergegangen; sie stritten sich immer noch, allerdings redete nur der Löwenbändiger.

»Wenn ich eine Genehmigung von euch brauche, um ein totes Pferd zu entsorgen, dann brauche ich doch bestimmt keine Genehmigung, um das Tier zu schlachten und das Fleisch an meine Löwen zu verfüttern – oder?«, sagte der Löwenbändiger gerade, aber ohne von den Polizisten eine Antwort zu erwarten. »Ihr bildet euch doch nicht etwa ein, dass ich den Kadaver mit zurück nach Oaxaca nehme, oder?«, blaffte Ignacio sie an. »Ich hätte das Tier ja auch auf dem Friedhof liegen lassen können, und das hätte euch garantiert nicht in den Kram gepasst, oder?«, fuhr der Löwenbändiger fort, bekam aber wieder keine Antwort.

»Vergiss die Himmelsleiter, Lupe-Bruder«, sagte Paco zu dem Vierzehnjährigen.

»Du musst dich um Lupe kümmern«, sagte Bierbauch zu Juan Diego. Die beiden Zwergenclowns wandten sich ab; die anderen Außenduschen standen noch, und die beiden Clowns gingen hinein.

Juan Diego dachte schon, man hätte ihn mit Mañana allein zurückgelassen, und sah Lupe erst, als sie direkt neben ihm stand. War sie etwa die ganze Zeit dagewesen?

»Hast du gesehen –«, begann er.

»Alles«, sagte Lupe. Juan Diego nickte nur. »Was die neue Hundenummer betrifft –«, fing Lupe an; sie brach ab, als warte sie darauf, dass er sie gedanklich einholte – sie war ihm immer einen oder zwei Gedanken voraus.

»Was ist damit?«, fragte sie Juan Diego.

Lupe sagte: »Ich weiß, wo du einen neuen Hund herkriegst – einen Springer.«

Die Träume oder Erinnerungen, die er wegen der Betablocker verpasst hatte, waren wieder aufgetaucht und hatten ihn überwältigt; während seiner letzten beiden Tage im Encantador nahm Juan Diego brav seine Lopressor-Pillen – die korrekte Dosis.

Dr. Quintana wusste mit Sicherheit, dass Juan Diego nicht schauspielerte; seine Rückkehr zu einer gewissen Trägheit, zu einem *reduzierten* Niveau von Wachheit und physiologischer Aktivität war unübersehbar – er hundepaddelte jetzt im Swimmingpool (wo keine Seeigel lauerten) und nahm die Mahlzeiten am Kindertisch ein. Er leistete seinen Mitflüsterern Consuelo und Pedro Gesellschaft.

Frühmorgens, wenn er am Pool seinen Kaffee trank, blätterte Juan Diego in seiner Kladde und machte sich Notizen zu seinem Roman *Die eine Chance, aus Litauen rauszukommen*; seit seinem ersten Besuch in Vilnius im Jahr 2008 war er noch zweimal dorthin zurückgekehrt. Rasa, seine Verlegerin, hatte eine Frau in der Staatlichen Behörde für Kinderschutz und Adoption gefunden, die bereit war, mit ihm zu reden; zu ihrem ersten Treffen hatte er seine Übersetzerin Daiva mitgebracht, doch die Frau von der Behörde sprach hervorragend Englisch und war sehr entgegenkommend. Sie hieß Odeta – genau wie die geheimnisvolle Frau auf dem Schwarzen Brett in der Buchhandlung, die *keine* Katalogbraut war. Foto und Telefonnummer jener Odeta waren inzwischen vom Schwarzen Brett verschwunden, dennoch ging sie Juan Diego nicht aus dem Kopf mit ihrer unterschwelligen Traurigkeit, den dunklen Augenringen vom vielen nächtlichen Lesen, dem ungepflegten Haar. Ob es in ihrem Leben immer noch keinen gab, mit dem sie über die wunderbaren Romane reden konnte, die sie gelesen hatte?

Die eine Chance, aus Litauen rauszukommen war weitergediehen. Die Leserin in Juan Diegos neuem Roman war auch keine Katalogbraut. Sie hatte ihr Kind zwar zur Adoption freigegeben, doch es hatte nicht geklappt (trotz langer Bearbeitungszeit). Nun wollte die Leserin, dass ihr Kind von Amerikanern adoptiert wurde. (Nachdem sie selbst immer davon geträumt hatte, nach Amerika auszuwandern, würde sie ihr Kind nur freigeben, wenn sie sicher sein konnte, dass es dort eine glückliche Zukunft hätte.)

Die Odeta von der Staatlichen Behörde für Kinderschutz

und Adoption hatte Juan Diego erklärt, dass litauische Kinder nur selten von Ausländern adoptiert werden. Es gab eine längere Wartefrist, während deren die leibliche Mutter ihren Entschluss überdenken und gegebenenfalls widerrufen konnte. Die Gesetze waren streng: Für internationale Adoptionen galt eine Sperrfrist von mindestens sechs Monaten, die Wartezeit für Adoptiveltern konnte aber bis zu vier Jahre dauern – folglich wurden von Ausländern überwiegend ältere Kinder adoptiert.

In *Die eine Chance, aus Litauen rauszukommen* widerfährt dem amerikanischen Paar, das darauf wartet, ein litauisches Kind zu adoptieren, ein schlimmer Schicksalsschlag – die junge Frau wird beim Fahrradfahren von einem Auto angefahren und stirbt; der Unfallfahrer begeht Fahrerflucht. Der überlebende Ehemann ist nicht in der Verfassung, allein ein Kind zu adoptieren (was ihm die zuständige litauische Behörde auch gar nicht gestatten würde).

In einem Roman von Juan Diego Guerrero ist jeder eine Art Außenseiter; Juan Diegos Protagonisten fühlen sich überall fremd, auch in ihrer Heimat. Die junge Litauerin, die zwei Chancen hatte, ihren Entschluss zu überdenken, das Kind zur Adoption freizugeben, erhält nun sogar eine dritte; die Adoption ihres Kindes wird auf Eis gelegt. Ihr steht eine weitere »Wartefrist« bevor. An der Pinnwand des Buchladens hinterlässt sie ihr Foto und ihre Telefonnummer; sie trifft andere lesende Frauen auf einen Kaffee oder ein Bier und unterhält sich mit ihnen über ihre Lektüre und die zahllosen unglücklichen Menschen, die darin vorkommen.

Das folgende Aufeinandertreffen sollte für den Leser

absehbar sein, dachte Juan Diego. Der amerikanische Witwer reist nach Vilnius; er rechnet nicht damit, das Kind zu sehen, das er und seine inzwischen verstorbene Frau adoptieren wollten – die Staatliche Behörde für Kinderschutz und Adoption würde das nie zulassen. Er kennt nicht einmal den Namen der alleinerziehenden Mutter, die ihr Kind zur Adoption freigegeben hat. Er erwartet nicht, irgendwen zu treffen, sondern hofft nur, eine Atmosphäre aufzunehmen – ein Fluidum, das ihr adoptiertes Kind vielleicht nach Amerika mitgebracht hätte. Oder bedeutet sein Flug nach Vilnius, dass ihm seine verstorbene Frau fehlt, dass er sie durch diese Reise ein wenig länger am Leben halten will?

Ja, natürlich betritt er die Buchhandlung; vielleicht liegt es am Jetlag – er hofft, ein Buch könnte ihm beim Einschlafen helfen. Und dort, am Schwarzen Brett, sieht er ihr Foto – eine Person, deren Traurigkeit verborgen ist und doch ins Auge springt. Dass sie sich so wenig um ihr Äußeres kümmert, zieht ihn an, und ihre Lieblingsautoren waren auch die Lieblingsautoren seiner *Frau*! Da er nicht weiß, ob sie Englisch spricht (was sie natürlich tut), bittet er den Buchhändler um Hilfe, als er sie anruft.

Und dann? Die Frage, die blieb, wurde schon früher gestellt – nämlich wessen Chance es war, Litauen zu verlassen. Welchen Verlauf die Geschichte nimmt, liegt auf der Hand: Die beiden treffen sich, sie finden heraus, wer sie sind, sie werden ein Liebespaar. Aber wie gehen sie mit dem erdrückenden Gewicht des außerordentlichen Zufalls um, dass sie einander begegnet sind? Und was hält das Schicksal für sie bereit? Bleiben sie zusammen, behält sie das Kind, und gehen sie *alle drei* nach Amerika – oder bleibt der einsame amerikanische Witwer bei der Mutter und ihrem Kind in Vilnius?

Im Dunkel der winzigen Wohnung dieser alleinerziehenden Mutter – sie schläft in seinen Armen, so fest wie seit Jahren nicht – liegt er da und überlegt. (Das Kind kennt er weiterhin nur von Fotos.) Er weiß, wenn er diese Frau und ihr Kind verlassen und allein nach Amerika zurückkehren will, sollte er sofort aufbrechen.

Was für den Leser allerdings nicht absehbar sein sollte, dachte Juan Diego, ist, dass die titelgebende eine Chance, Litauen zu verlassen, die des Amerikaners sein könnte – seine letzte Chance, seine Meinung zu ändern, das Weite zu suchen.

»Du schreibst gerade, stimmt's?«, fragte Clark French seinen ehemaligen Dozenten. Es war noch früh am Morgen, und Clark hatte Juan Diego mit Stift und Kladde am Pool des Encantador angetroffen.

»Du kennst mich – es sind nur Notizen, aus denen vielleicht später einmal ein Roman wird«, antwortete Juan Diego.

»Das ist Schreiben«, konstatierte Clark mit wissendem Unterton.

Clark fand es ganz natürlich, Juan Diego nach seinem in Arbeit befindlichen Roman zu fragen, und Juan Diego erzählte ihm bereitwillig von *Die eine Chance, aus Litauen rauszukommen* – woher die Idee kam und wie sich der Roman entwickelt hatte.

»Wieder ein katholisches Land«, sagte Clark plötzlich. »Darf ich mir die Frage erlauben, welch schurkische Rolle die Kirche in dieser Geschichte spielt?«

Von der Rolle der Kirche hatte Juan Diego nichts erzählt; er hatte nicht einmal darüber nachgedacht – noch nicht. Aber natürlich würde Juan Diego eine Rolle für die Kirche finden, das war ihnen beiden klar. »Du weißt so gut wie ich, Clark, welche Rolle die Kirche im Falle ungewollter Kinder spielt«, antwortete Juan Diego. »Was dazu führt, dass ungewollte Kinder überhaupt erst geboren werden –« Er brach ab. Er sah, dass Clark die Augen geschlossen hatte, und so schloss er seine ebenfalls.

Die Pattsituation, die aus ihren religiösen Differenzen entstand, war eine vertraute, aber dennoch deprimierende Sackgasse. Wenn Clark früher das Wort wir benutzte, meinte er damit nie »du und ich«; wenn Clark »wir« sagte, meinte er die Kirche – besonders wenn er progressiv oder tolerant klingen wollte. »Wir sollten bei Themen wie Abtreibung, der Verwendung von Verhütungsmitteln oder der Schwulenehe nicht so stur sein. Die Lehre der Kirche –«, und an der Stelle zögerte Clark jedes Mal, ehe er fortfuhr: »ist eindeutig. Es ist aber nicht nötig, dauernd über diese Themen zu reden, und auch nicht, dabei so aggressiv zu sein.«

Aber ja – Clark konnte bei Bedarf durchaus progressiv klingen; in diesem Punkt war er schließlich kein absolutistischer Rabauke wie Johannes Paul II.!

Und im Lauf der Jahre war auch Juan Diego unredlich gewesen, wenn er sich in Zurückhaltung geübt und vor klaren Stellungnahmen gedrückt hatte. Wohl hatte er Clark immer wieder mit dem alten Chesterton-Zitat gepiesackt: »Eine gute Religion erkennt man daran, dass man über sie Witze machen kann.« (Was Clark natürlich mit einem Lachen abgetan hatte.)

Auch bereute Juan Diego heute, dass er in mehr als einem seiner Streitgespräche mit Clark Bruder Pepes Lieblingsgebet verschwendet hatte. Natürlich erkannte sich Clark in dem Gebet der heiligen Teresa von Ávila nicht wieder, das Pepe getreulich in seine täglichen Gebete eingeschlossen hatte: »Vor törichter Andacht und sauertöpfischen Heiligen bewahre uns, o Herr.«

Aber warum dachte Juan Diego gerade so lebhaft an seine Korrespondenz mit Bruder Pepe, als hätte Pepe erst gestern geschrieben? Vor Jahren waren die Patres Alfonso und Octavio kurz nacheinander im Schlaf gestorben. (Da hätten sich die beiden doch tatsächlich »klammheimlich aus dem Staub gemacht«, schrieb Pepe betroffen an Juan Diego, dabei wären sie doch immer so dogmatisch, so sträflich starrköpfig gewesen – wie konnten sie es da wagen, so ganz ohne ein letztes Tamtam zu sterben?)

Und auch Riveras Abschied vom Leben machte Pepe sauer. *El jefe* war nicht mehr derselbe gewesen, seit die alte Müllkippe 1981 verlegt worden war; jetzt gab es eine neue Deponie. Die ersten zehn Familien – aus der Siedlung in Guerrero – waren lange weg.

Dass man auf der neuen Müllkippe keine Feuer machen durfte, hatte Rivera den Rest gegeben. Wie konnten sie die *Feuer* verbieten? Was war das für eine Müllkippe, auf der nichts *verbrannt* wurde?

Pepe hatte *el jefe* gedrängt, ihm mehr zu erzählen, jedoch nicht über das Ende der Höllenfeuer im *basurero*. Vielmehr hatte Pepe die Frage keine Ruhe gelassen, wer Juan Diegos Vater war.

Jene Arbeiterin in *el viejo basurero* hatte Pepe gesagt,

der Deponiechef sei »nicht unbedingt« der Vater des Müllkippenlesers, und Juan Diego selbst war immer davon ausgegangen, dass *el jefe* »wahrscheinlich nicht« sein Vater war.

Doch Lupe hatte gesagt: »Rivera weiß etwas – er verrät es nur nicht.«

Rivera hatte den Müllkippenkindern erzählt, Juan Diegos »wahrscheinlichster« Vater sei an gebrochenem Herzen gestorben.

»Ein Herzinfarkt, stimmt's?«, hatte Juan Diego *el jefe* gefragt – denn das hatte Esperanza ihren Kindern und allen anderen gesagt.

»Wenn man so ein Herz nennt, das *endgültig* gebrochen ist –«, mehr hatte sich Rivera von den Kindern dazu nicht entlocken lassen.

Doch Bruder Pepe hatte Rivera endlich überredet, ihm mehr zu verraten.

Ja, der Deponiechef war sich ziemlich sicher, dass er Juan Diegos leiblicher Vater war; Esperanza hatte zu der Zeit mit keinem anderen geschlafen – jedenfalls behauptete sie das. Doch später sagte sie zu Rivera, er sei zu dumm, um ein Genie wie den Müllkippenleser zu zeugen. »Selbst wenn du sein Vater bist, sollte er das nie erfahren«, hatte Esperanza zu *el jefe* gesagt. »Das würde bloß sein Selbstvertrauen schwächen«, hatte sie betont. (Was zweifellos das bisschen Selbstvertrauen schwächte, das der Deponiechef je hatte.)

Rivera bat Pepe, es Juan Diego nicht zu verraten – nicht bevor der Deponiechef tot war. Wer konnte denn ahnen, dass *el jefes* Herz ihn umbringen würde?

Niemand erfuhr je, wo Rivera wohnte; er starb in der

Fahrerkabine seines Pick-ups – das war immer seine liebste Schlafstelle gewesen, und nach Diablos Tod fehlte Rivera sein Hund, und er schlief ohnehin kaum noch woanders.

Wie die Patres Alfonso und Octavio machte sich auch *el jefe* »klammheimlich aus dem Staub«, aber vorher hatte er noch bei Bruder Pepe gebeichtet.

Riveras Tod und sein Geständnis machten einen großen Teil von Bruder Pepes Korrespondenz mit Juan Diego aus, die jener sich wieder und wieder vergegenwärtigte.

Wie hatte Bruder Pepe es geschafft, den Epilog seines eigenen Lebens so fröhlich zu leben?, fragte sich Juan Diego.

Im Encantador krähten im Dunkeln keine Hähne mehr; Juan Diego schlief nachts durch, ohne die Karaoke-Musik aus dem Strandclub zu beachten. Keine Frau schlief neben ihm (oder verschwand wieder), doch eines Morgens entdeckte er beim Aufwachen auf dem Notizblock auf seinem Nachttisch etwas, was wie ein Titel -- in seiner Handschrift – aussah.

Die letzten Dinge hatte er auf den Block geschrieben, und zwar in der Nacht, als er von Pepes letztem Waisenhaus geträumt hatte. Ab 2001 hatte Bruder Pepe nämlich ehrenamtlich im *Hijos de la Luna* (»Kinder des Mondes«) gearbeitet; Pepes Briefe waren so positiv gewesen – alles schien ihm frische Energie zu verleihen, und da war er schon Ende siebzig gewesen.

Das Waisenhaus stand in Guadalupe Victoria (»Siegreiche Guadalupe«). *Hijos de la Luna* war für Kinder von Prostituierten. Bruder Pepe schrieb, hier dürften die Prostituierten ihre Kinder jederzeit besuchen. Im *Niños Perdidos*, erinnerte sich Juan Diego, hatten die Nonnen die leiblichen Mütter auf Distanz gehalten; das war einer der Gründe, weshalb Esperanza bei den Nonnen nie willkommen gewesen war.

Im *Hijos de la Luna* nannten die Waisen Pepe »Papá«; Pepe sagte, das sei »nichts Besonderes«, die anderen ehrenamtlichen Männer hießen genauso.

»Unser lieber Edward wäre nicht damit einverstanden gewesen, dass man die Motorräder im Klassenzimmer abstellt«, hatte Bruder Pepe geschrieben, »aber wenn man sie auf der Straße parkt, werden sie gestohlen.« (Señor Eduardo hatte gesagt, ein Motorrad sei »der Tod in Wartestellung«.)

Dr. Vargas wäre mit den Hunden dort garantiert nicht einverstanden gewesen – *Hijos de la Luna* erlaubte Hunde. Die Kinder liebten sie.

Auf dem Hof des Waisenhauses standen ein großes Trampolin – auf dem Trampolin waren Hunde *nicht* gestattet, hatte Pepe geschrieben – und ein großer Granatapfelbaum, in dessen Krone zahlreiche Stoffpuppen und andere Spielsachen hingen, die die Kinder hinaufgeworfen hatten. Die Mädchen und Jungen schliefen zwar in getrennten Gebäuden, teilten sich aber die Kleidung, die für alle da war.

»Ich fahre keinen VW Käfer mehr«, hatte Pepe geschrieben. »Ich will niemanden umbringen. Mein kleines Moped fährt so langsam, dass niemand umkommt, falls ich ihn anfahren sollte.«

Das war Bruder Pepes letzter Brief gewesen – etwas, das in *Die letzten Dinge* aufgenommen werden sollte, den Titel, den Juan Diego im Schlaf oder im Halbschlaf notiert hatte.

An dem Morgen, als er das Encantador verließ, waren nur Consuelo und Pedro schon wach, um sich von ihm zu verabschieden; draußen war es noch dunkel. Juan Diegos

Fahrer war wieder der Knabe mit dem wilden Gesicht, der aussah, als wäre er zu jung zum Autofahren (und der so viel hupte). Allerdings konnte der Junge, wie sich Juan Diego erinnerte, immerhin besser Auto fahren als kellnern.

»Achte auf die Warane, Mister«, sagte Pedro.

»Nicht auf die Seeigel treten, Mister«, sagte Consuelo.

Clark French hatte beim Rezeptionisten eine Nachricht für seinen ehemaligen Dozenten hinterlassen. Offenbar hielt Clark das für lustig – jedenfalls traf Clark damit seinen eigenen Humor. »Bis Manila« – so lautete die Nachricht.

Auf der ganzen Fahrt bis zum Flughafen von Tagbilaran City sprach Juan Diego kein Wort. Juan Diego dachte an den Brief, den er von der Leiterin des *Hijos de la Luna* in Guadalupe Victoria bekommen hatte. Bruder Pepe war auf seinem Moped umgekommen. Er war einem Hund ausgewichen und dabei von einem Bus überfahren worden. »Er hatte alle Ihre Bücher, die Sie für ihn signiert haben. Er war sehr stolz auf Sie!«, hatte die Dame geschrieben. Unterschrieben hatte sie mit »Mamá«, obwohl sie eigentlich Coco hieß. Nur die Waisen nannten sie »Mamá«.

Gab es in ihrem Waisenhaus etwa nur diese eine »Mamá« oder mehrere?, hatte sich Juan Diego bei Dr. Vargas erkundigt.

Dieser schrieb, Coco sei tatsächlich die einzige »Mamá«, dagegen hätte Pepe sich in Bezug auf den *Papá* geirrt. »Pepe hörte nicht mehr so gut, sonst hätte er den Bus kommen hören«, wie Vargas es formulierte.

Die Waisenkinder hatten Pepe nicht »Papá« genannt. Die Kinder im *Hijos de la Luna* nannten nur eine Person »Papá« – und zwar Cocos Sohn, den Sohn von *Mamá*.

Man konnte sich auf Vargas verlassen, dass er alles richtigstellen würde – einem die *wissenschaftliche* Antwort geben würde, hatte Juan Diego gedacht.

Was für eine lange Fahrt nach Tagbilaran City, und das war erst der Anfang der langen Reise, die Juan Diego an diesem Tag noch bevorstand. Zwei Flugzeuge und drei Schiffe warteten noch auf ihn – von den Waranen und D. ganz zu schweigen.

23
Weder Tier noch Pflanze oder Mineral

Die Vergangenheit umgab ihn wie Gesichter in einer Menschenmenge«, hatte Juan Diego geschrieben.

Es war ein Montag, der 3. Januar 2011, und die junge Passagierin auf dem Platz neben Juan Diego machte sich Sorgen um ihn. In der Maschine Philippine Airlines 174, die um 07.30 Uhr von Tagbilaran City nach Manila gestartet war, ging es ziemlich laut zu. Doch Juan Diegos junge Sitznachbarin sagte der Flugbegleiterin, der ältere Herr sei sofort eingeschlafen, trotz des Gezeters und Gejammers ihrer Mitreisenden.

»Er war total weggetreten«, sagte die junge Frau der Stewardess. Doch kurz nachdem er eingeschlafen war, hatte Juan Diego zu reden begonnen. »Zuerst dachte ich, er redet mit *mir*«, sagte die junge Passagierin.

Juan Diego hörte sich nicht an, als rede er im Schlaf – seine Sprache war nicht verwaschen, seine Gedanken waren präzise (auch wenn es arg professoral klang).

»Im sechzehnten Jahrhundert, als der Jesuitenorden gegründet wurde, konnten nicht viele Menschen lesen, geschweige denn gut genug Latein, um eine Messe abzuhalten«, begann Juan Diego.

»Was?«, fragte die junge Frau.

»Doch einige wenige ausgesprochen hingebungsvolle

Seelen – Menschen, die einfach nur Gutes tun wollten – sehnten sich danach, Teil eines religiösen Ordens zu sein«, fuhr Juan Diego fort.

»*Warum?*«, fragte ihn die junge Frau, ehe sie merkte, dass er die Augen geschlossen hatte. Juan Diego war Universitätsdozent gewesen; die junge Frau musste den Eindruck haben, er halte ihr im Schlaf eine Vorlesung.

»Diese pflichtbewussten Männer hießen Laienbrüder, was bedeutete, dass sie nicht zu Priestern geweiht waren«, dozierte Juan Diego weiter. »Heutzutage arbeiten sie üblicherweise als Kassierer, Koch, sogar als Schriftsteller«, sagte er und lachte vor sich hin. Dann, immer noch im Tiefschlaf, fing Juan Diego plötzlich an zu weinen. »Bruder Pepe dagegen widmete sich Kindern, er war *Lehrer*«, sagte Juan Diego, ehe seine Stimme brach und er die Augen aufschlug. Blind vor Tränen schaute er auf die junge Frau neben sich; sie wusste, dass er immer noch weggetreten war, wie sie es formuliert hätte. »Pepe fühlte sich zum Priesteramt schlicht nicht *berufen,* obwohl er dieselben Gelübde abgelegt hatte wie ein Priester, also nicht heiraten durfte«, erklärte Juan Diego; seine Augen schlossen sich, während ihm die Tränen über die Wangen liefen.

»Verstehe«, sagte die junge Frau leise, erhob sich ebenso leise von ihrem Sitz und ging nach vorn, um die Flugbegleiterin zu holen, und dabei versuchte sie, ihr verständlich zu machen, dass ihr Sitznachbar, der ein netter, aber trauriger Mann zu sein schiene, sie durchaus nicht störe.

»Traurig?«, wiederholte die Flugbegleiterin. Sie hatte alle Hände voll zu tun: Eine Gruppe Betrunkener war an Bord – junge Männer, die die Nacht durchgezecht hatten; und eine

Schwangere, die vermutlich so hochschwanger war, dass sie nicht mehr risikolos fliegen konnte (und die die Flugbegleiterin nun wissen ließ, entweder habe sie Wehen oder etwas Falsches gefrühstückt).

»Er weint – er *heult* im Schlaf«, versuchte Juan Diegos junge Sitznachbarin zu erklären. »Doch was er sagt, klingt sehr anspruchsvoll – als würde ein Lehrer zu seiner Klasse sprechen oder so was.«

»Das hört sich jedenfalls nicht bedrohlich an«, befand die Stewardess. (Die Frauen redeten offensichtlich aneinander vorbei.)

»Ich sage doch, er ist *nett* – und ganz bestimmt nicht bedrohlich!«, betonte die junge Frau. »Der arme Mann hat Probleme – er ist sehr unglücklich!«

»Unglücklich«, wiederholte die Flugbegleiterin – als sei *unglücklich* etwas, mit dem sie sich von Berufs wegen zu beschäftigen habe! Dennoch – wenn auch nur, um von den Betrunkenen und der Schwangeren wegzukommen – begleitete die Stewardess die junge Frau, um sich Juan Diego anzusehen, der auf seinem Fensterplatz friedlich zu schlafen schien.

Wenn er schlief (und nur dann), sah Juan Diego jünger aus, als er war – sein dunkler Teint, die fast schwarzen Haare –, und die Flugbegleiterin sagte zu der jungen Frau: »Aber der Mann da hat doch gar keine ›Schwierigkeiten‹. Und er weint ja auch nicht – er schläft!«

»Was glaubt er denn, was er da *hält*?«, fragte die junge Frau die Stewardess. Tatsächlich hielt Juan Diego die Unterarme rechtwinklig vor sich, die Hände auseinander, die Finger gespreizt, als halte er etwas, was ungefähr den Umfang einer Kaffeedose hatte.

»Sir?«, fragte die Stewardess und beugte sich zum Fensterplatz hinüber. Sie berührte den Schlafenden leicht am Handgelenk und spürte, wie angespannt seine Unterarmmuskeln waren. »Sir, geht es Ihnen gut?«, fragte die Flugbegleiterin, nun mit etwas mehr Nachdruck.

»*Calzada de los Misterios*«, sagte Juan Diego plötzlich ganz laut, als müsste er den Lärm einer ganzen Menschenmenge übertönen. (Was Juan Diego – in seiner Erinnerung oder in seinem Traum – auch *tat*. Er saß auf dem Rücksitz eines Taxis, das sich an einem Samstagmorgen im Schritttempo durch eine dichte Menschenmenge auf der Straße der Wunder kämpfte.)

»Verzeihen Sie –«, sagte die Stewardess.

»Verstehen Sie denn nicht? Eigentlich spricht er gar nicht mit Ihnen«, sagte die junge Frau zu der Flugbegleiterin.

»*Calzada*, damit ist eine breite, teilweise immer noch mit Kopfsteinen gepflasterte Straße gemeint, sehr mexikanisch, sehr altehrwürdig, noch aus der Kaiserzeit«, dozierte Juan Diego weiter. »Avenida ist weniger förmlich. *Calzada de los Misterios, Avenida de los Misterios* – das ist ein und dasselbe. In der Übersetzung würde man Straße der Geheimnisse, Mysterien, Rätsel oder auch Wunder sagen.«

»Verstehe«, sagte die Stewardess.

»Fragen Sie ihn, was er da hält«, forderte die junge Passagierin die Flugbegleiterin auf.

»Sir?«, sagte die Stewardess freundlich. »Was halten Sie da in den Händen?« Doch als sie erneut seinen angespannten Unterarm berührte, drückte Juan Diego die imaginäre Kaffeedose sofort fest an seinen Oberkörper.

»Asche«, flüsterte Juan Diego.

»Asche?«, wiederholte die Flugbegleiterin.

»Wie in ›Asche zu Asche‹, solche Asche. Darauf tippe ich«, riet die junge Flugreisende.

»Wessen Asche?«, flüsterte die Stewardess jetzt Juan Diego ins Ohr.

»Die meiner Mutter«, antwortete er, »und die des toten Hippies und eines toten Hündchens.«

Die beiden Frauen im Gang des Flugzeugs waren sprachlos; beide sahen, dass Juan Diego zu weinen begann. »Und von der Nase der Jungfrau Maria – *solche* Asche«, flüsterte Juan Diego.

Die betrunkenen jungen Männer grölten ein nicht jugendfreies Lied – es waren Kinder an Bord des Fluges Philippine Airlines 174 –, und eine ältere Frau näherte sich im Gang der Flugbegleiterin.

»Ich glaube, die hochschwangere junge Frau hat Wehen«, sagte die ältere Frau. »Wenigstens glaubt sie das. Allerdings ist es ihr erstes Kind, und sie weiß darum nicht, was Wehen *sind* –«

»Tut mir leid, Sie müssen sich setzen«, sagte die Stewardess zu Juan Diegos Sitznachbarin. »Der Schläfer mit der Asche scheint harmlos zu sein, und bis zur Landung in Manila sind es nur noch dreißig oder vierzig Minuten.«

»Jesus, Maria und Joseph«, sagte die junge Frau nur, als sie sah, dass Juan Diego erneut losweinte – ob um seine Mutter, den toten Hippie, einen toten Hund oder die Nase der Jungfrau Maria, wusste natürlich niemand zu sagen.

Der Flug von Tagbilaran City nach Manila war recht kurz, doch wenn man träumt, können dreißig oder vierzig Minuten sehr lang sein.

Die Pilgerhorden, von denen viele per Bus bis zur Straße der Wunder gekommen waren, marschierten nun alle zu Fuß mitten auf der breiten Prachtstraße. Das Taxi kam nur zentimeterweise voran, hielt wieder an, rollte dann vorsichtig weiter. Der Fahrzeugverkehr war durch die Fußgängermassen weitgehend lahmgelegt, die sich in Gruppen zielstrebig und unaufhaltsam vorwärts- und an den eingekeilten Fahrzeugen vorbeischoben. Sie kamen auf der Calzada de los Misterios besser voran, als es das Taxi, in dem es heiß und stickig war, vermocht hätte.

Die Müllkippenkinder waren nicht die Einzigen, die zum Schrein der Guadalupe unterwegs waren – nicht an einem Samstagmorgen in Mexico City. An Wochenenden zog die dunkelhäutige Jungfrau – *la virgen morena* – Massen an.

Auf dem Rücksitz des Taxis saß Juan Diego und hielt die sakrosankte Kaffeedose auf seinem Schoß fest; ursprünglich hätte Lupe die Kaffeedose halten sollen, doch ihre Hände waren zu klein, und sie wollte nicht riskieren, dass einer der eifrigen Pilger sie anrempelte und ihr dabei die Dose entglitt.

Wieder einmal bremste der Taxifahrer – die breite Straße war hoffnungslos verstopft.

»Und das alles für eine Indioschlampe, deren Name auf Nahuatl oder in irgendeiner anderen Indiosprache ›Kojotenzüchterin‹ bedeutet«, sagte der gehässige Fahrer.

»Du hast ja keine Ahnung, was du da laberst, du Rattengesicht mit Kackeatem«, sagte Lupe zu dem Taxifahrer.

»Was war das denn, spricht sie Nahuatl oder was?«, fragte der Fahrer; ihm fehlten zwei Vorderzähne.

»Ersparen Sie uns die Fremdenführersprüche, wir sind keine Touristen. Fahren Sie einfach«, sagte Juan Diego.

Ein Nonnenorden marschierte an dem haltenden Taxi vorbei; eine der Nonnen zerriss aus Versehen ihren Rosenkranz, und die losen Perlen sprangen und rollten über die Motorhaube des Taxis.

»Sie dürfen nicht vergessen, sich das Gemälde von der Taufe der Indios anzusehen – es ist nicht zu übersehen«, laberte der Fahrer weiter.

»Die Indios mussten ihre Indionamen aufgeben«, rief Lupe. »Und spanische Namen annehmen – so lief die *Conversión de los Indios*, du Mäusepimmel, du hühnerfickender Judas!«

»Und das soll *nicht* Nahuatl sein? Klingt jedenfalls nach einer Indiosprache –«, legte der Taxifahrer erneut los, als sich plötzlich ein maskiertes Gesicht gegen die Windschutzscheibe presste. Der Fahrer hupte, doch die Maskierten schauten nur kurz ins Taxi hinein und gingen dann weiter. Sie trugen Masken von Kühen, Pferden oder Eseln, Ziegen und Hühnern.

»Die Pilger stellen die Weihnachtsgeschichte nach – verdammte Krippenärsche«, murmelte der Taxifahrer vor sich hin; jemand hatte ihm auch die oberen und unteren Eckzähne ausgeschlagen, dennoch legte er eine zugekiffte Überlegenheit an den Tag.

Eine Band schmetterte Loblieder für *la virgen morena*; Kinder in Schuluniformen schlugen auf Trommeln. Das Taxi ruckelte vorwärts, hielt wieder an. Männer mit verbundenen Augen und in Businessanzügen zottelten, durch ein Seil aneinandergefesselt, einem Priester hinterher, der mit seinen lauten Beschwörungen die Band zu übertönen versuchte.

Lupe, die auf dem Rücksitz zwischen ihrem Bruder und Edward Bonshaw saß, sah finster vor sich hin. Señor Eduardo, der immer wieder ängstliche Kontrollblicke Richtung Kaffeedose warf, die Juan Diego auf seinem Schoß umklammert hielt, war nicht weniger ängstlich, was die ausgeflippten Pilger anging, die unaufhaltsam an ihrem Taxi vorbeiströmten. Nun hatten sich unter die Pilger auch Straßenhändler gemischt, die billige religiöse Totemfiguren anboten – Guadalupefiguren, fingergroße Christusgestalten (die in unterschiedlichsten Stadien des Leidens am Kreuz hingen), sogar die schrecklichen Coatlicuefigürchen in ihren Schlangenröcken (von deren provokanten Halsketten aus menschlichen Herzen, Händen und Schädeln ganz zu schweigen).

Juan Diego merkte, dass Lupe angesichts der vielen geschmacklosen Versionen des grotesken Figürchens, das ihr der gute Gringo einst geschenkt hatte, ganz erschrocken war. Ein Händler hatte bestimmt an die hundert Coatlicue-Statuetten im Angebot.

»Deine ist etwas Besonderes, Lupe, weil *el gringo bueno* sie dir geschenkt hat«, versuchte Juan Diego seine kleine Schwester zu trösten.

»Zu viel Gedankenleserei«, antwortete Lupe nur.

»Verstehe«, sagte der Taxifahrer. »Wenn das nicht Nahuatl ist, ist mit ihrer Stimme irgendwas nicht in Ordnung – ihr bringt sie zur ›Kojotenzüchterin‹, damit die sie heilt!«

»Lass uns aus deinem nach Arschloch stinkenden Taxi raus – wir sind zu Fuß schneller, als du fährst, du Schildkrötenpenis«, sagte Juan Diego.

»Ich hab dich gehen sehen, *chico*«, sagte der Fahrer. »Du hoffst wohl, die Guadalupe wird dein Hinken heilen, hm?«

»Halten wir an?«, fragte Edward Bonshaw die Müllkippenkinder.

»Wir sind doch überhaupt nicht gefahren!«, rief Lupe. »Unser Fahrer hat schon so viele Prostituierte gefickt, sein Hirn ist kleiner als seine Eier!«

Señor Eduardo bezahlte gerade den Taxifahrer, als ihn Juan Diego auf Englisch anwies, nur ja kein Trinkgeld zu geben.

»*Hijo de la chingada!*«, sagte der Taxifahrer zu Juan Diego, »Hurensohn«, genau wie Schwester Gloria den Jungen vielleicht auch oft heimlich genannt hatte. (Da Esperanza tatsächlich eine Hure war, bedeutete das Schimpfwort in diesem Falle mehr, als der Fahrer ahnen konnte.)

»Erbärmliches zahnloses Arschloch!«, schrie Lupe dem Fahrer zu.

»Was hat das Indiomädchen gesagt?«, wollte der Fahrer von Juan Diego wissen.

»Sie hat dich ein *pinche pendejo chimuelo* genannt; offensichtlich bist du schon mal nach Strich und Faden verprügelt worden«, sagte Juan Diego.

»Was für eine schöne Sprache!«, bemerkte Edward Bonshaw seufzend – das sagte er immer. »Ich wünschte, ich könnte sie richtig lernen, aber irgendwie komme ich nicht voran.«

Sobald sie aus dem Taxi ausstiegen, waren die beiden Kinder und der Mann aus Iowa von der schiebenden Menschenmenge erst recht eingekeilt. Zuerst steckten sie hinter einem Nonnenorden fest, dessen Mitglieder auf blutigen Knien, die Tracht bis zu den Oberschenkeln hochgeschoben, auf dem Kopfsteinpflaster vorwärtsrutschten. Dann wurden die beiden Müllkippenkinder und der Missionar von einem Haufen sich selbst geißelnder Mönche aus irgendeinem obskuren Kloster aufgehalten. (Falls sie bluteten, wurde das Blut von ihren braunen Kutten verborgen, doch bei den Peitschenschlägen zuckte Señor Eduardo zusammen.) Auch waren viele trommelnde Kinder in Schuluniformen unterwegs – samstags war schulfrei.

»Gütiger Gott«, mehr brachte Edward Bonshaw nicht heraus, der längst keine bangen Blicke mehr auf die Kaffeedose warf, die Juan Diego trug – dafür gab es viel zu viele andere beängstigende Dinge zu sehen, dabei waren sie noch nicht einmal am Schrein angelangt.

In der Brunnenkapelle mussten sich Señor Eduardo und die beiden Kinder auf dem Weg nach oben durch weitere sich selbst kasteiende Pilger kämpfen, die sich auf schauderhafte Weise zur Schau stellten. Eine Frau bearbeitete ihr Gesicht mit Nagelknipsern. Ein Mann hatte seine Stirn mit einer Kugelschreiberspitze punktiert, und Blut und Tinte hatten sich zu lila Tränen vermischt, die ihm in die Augen liefen und die er fortlaufend wegblinzelte.

Nun hob Edward Bonshaw Lupe auf seine Schultern, damit sie über die Männer in den Businessanzügen hinwegschauen konnte, die inzwischen ihre Augenbinden abgenommen hatten, um Unsere Liebe Frau von Guadalupe auf ihrem Totenbett sehen zu können. Die dunkelhäutige Jungfrau lag hinter Glas, doch die aneinandergefesselten Geschäftsleute weigerten sich, weiterzugehen und den Blick auf Guadalupe freizugeben.

Der Priester, der die Geschäftsleute hergeführt hatte, setzte seine Beschwörungen fort. Mit den Augenbinden seiner Schützlinge, die er vor sich hertrug, glich er einem schlecht gekleideten Kellner, der während eines Bombenalarms überflüssigerweise die benutzten Servietten einsammelte.

Juan Diego war zu dem Schluss gekommen, es wäre eindeutig besser, wenn die Ranchera-Band die Beschwörungen des Priesters übertönte, weil dieser in einer Endlosschleife mit den schlichtesten aller Beschwörungen festzustecken schien. Kannte nicht sowieso jeder, der auch nur etwas über Guadalupe wusste, ihre berühmteste Äußerung auswendig?

»›*¿No estoy aquí, que soy tu madre?*‹«, wiederholte der Priester mit den zerknitterten Augenbinden immer und immer wieder. »Bin ich nicht hier, denn ich bin eure Mutter?«

»Lass mich runter – ich will das nicht sehen«, sagte Lupe zu Edward Bonshaw, doch der verstand sie erst, als Juan Diego als Dolmetscher einsprang.

»Diese hirnrissigen Banker-Dumpfbacken brauchen gar keine Augenbinden – die sind doch auch ohne Augenbinden blind«, stellte Lupe jetzt fest, aber das übersetzte Juan Diego nicht. (Die Zirkusarbeiter nannten Zeltstangen »Traumpimmel«; Juan Diego hielt es nur noch für eine Frage der Zeit, bis Lupes Sprache auf Traumpimmelniveau sank.)

Señor Eduardo und die Müllkippenkinder erwartete als Nächstes die endlose, zum *Cerrito de las Rosas* hinaufführende Treppe – die zu erklimmen wahrlich eine echte Herausforderung an Hingabe *und* Ausdauer war. Edward Bonshaw machte sich, nun mit dem verkrüppelten Jungen auf den Schultern, tapfer an den Aufstieg, doch es waren zu viele Stufen – der Aufstieg war zu lang und zu steil. »Ich kann doch laufen«, versuchte Juan Diego dem Mann aus Iowa klarzumachen. »Dass ich hinke, ist unwichtig – ich bin es gewohnt!«

Doch Señor Eduardo kämpfte sich unbeirrt voran, wenngleich er nach Atem rang, während der Boden der Kaffeedose gegen seinen sich beim Gehen auf und ab bewegenden Kopf stieß. Natürlich ahnte niemand, dass der gescheiterte Scholastiker einen Krüppel die Treppe hinauftrug; der mit den Armen schlenkernde Jesuit sah wie jeder andere sich selbst kasteiende Pilger aus – er hätte statt des Jungen ebenso gut Hohlblocksteine oder Sandsäcke auf den Schultern tragen können.

»Ist dir eigentlich klar, was passiert, falls der Papageienmann tot umfällt?«, fragte Lupe ihren Bruder. »Damit stirbt auch deine Chance, aus diesem Chaos und diesem verrückten Land zu verschwinden!«

Die Müllkippenkinder hatten ja selbst mitbekommen, was allein schon ein totes Pferd an Komplikationen verursachen konnte – Mañana war schließlich ein auswärtiges Pferd gewesen. Falls Edward Bonshaw bei dem Versuch, die Treppe zum *El Cerrito* zu erklimmen, tot umfiel – na ja, der Amerikaner war ein Auswärtiger, oder nicht? Was würden Juan Diego und Lupe dann machen?, überlegte der Junge.

Selbstverständlich hatte Lupe auch diesmal eine Antwort auf seine Gedanken parat: »Wir müssten bei Señor Eduardo Leichenfledderei begehen – ihn bestehlen, allein nur, um das Taxi zurück zum Zirkus zu bezahlen, wenn wir nicht riskieren wollen, dass man uns entführt und uns als Kinderprostituierte an ein Bordell verkauft!«

»Schon gut, schon gut«, erwiderte Juan Diego. Zu dem keuchenden und schwitzenden Señor Eduardo jedoch sagte er: »Setz mich ab, lass mich humpeln. Ich kann schneller kriechen, als du mich trägst. Falls du stirbst, muss ich Lupe an ein Kinderbordell verkaufen, nur um uns zu ernähren. Falls du stirbst, kommen wir nie zurück nach Oaxaca.«

»Gütiger Herr Jesus!«, betete Edward Bonshaw, auf der Treppe kniend. Eigentlich betete er gar nicht; er kniete, weil ihm die Kraft fehlte, um Juan Diego von seinen Schultern zu heben – er hatte sich auf die Knie sinken lassen, weil er gestürzt wäre, wenn er sich auch nur einen Meter weiter gewagt hätte.

Die beiden Kinder standen neben dem knienden und keuchend nach Luft ringenden Señor Eduardo. Ein Fernsehteam stieg an ihnen vorbei die Treppe hoch. (Jahre später, als Edward Bonshaw im Sterben lag – als er wieder ähnlich nach Luft rang –, sollte sich Juan Diego an diesen Augenblick erinnern, als das Fernsehteam sie auf der Treppe zu der Kirche überholte, die Lupe gern »Rosenkapelle« nannte.)

Die Fernsehjournalistin – eine junge Frau, professionell, hübsch – fasste vor laufender Kamera kurz die Essenz des Guadalupe-Wunders zusammen, wahrscheinlich für eine Reisereportage oder eine Fernsehdokumentation, weder Bildungsprogramm noch etwas Reißerisches. »Im Jahre 1531, als die Jungfrau Juan Diego erschien – einem aztekischen Adligen *oder* Bauern, je nach den widersprüchlichen Berichten –, glaubte der Bischof diesem nicht und verlangte Beweise von ihm«, sprach die Fernsehjournalistin in die Kamera, hielt aber inne, als sie den knienden Ausländer entdeckte; vielleicht war ihr das Hawaiihemd ins Auge gesprungen oder auch die besorgt dreinblickenden Kinder, die sich um den offenbar betenden Mann kümmerten. Und da wurde auch der Kameramann auf sie aufmerksam: Offenbar gefiel ihm das Bild des auf der Treppe knienden Edward Bonshaw und der beiden neben ihm wartenden Kinder. Jedenfalls schwenkte er die Kamera jetzt auf alle drei.

Juan Diego hörte nicht zum ersten Mal von den »widersprüchlichen Berichten«, auch wenn es ihm lieber gewesen wäre, nach einem berühmten Bauern benannt worden zu sein statt möglicherweise nach einem aztekischen Adligen, was er ein wenig irritierend fand. Das Wort Adliger passte nicht zu dem Image, das Juan Diego von sich hatte – nämlich das eines Bannerträgers für Müllkippenleser.

Señor Eduardo konnte jetzt wieder atmen; er konnte auch wieder aufrecht stehen und sich, wenn auch etwas wacklig, weiterbewegen – die Treppe hinauf. Doch inzwischen hatte die Kamera Juan Diegos Hinken eingefangen und zoomte auf diesen verkrüppelten Jungen, der *El Cerrito de las Rosas* erklomm. Folglich bewegte sich das Fernsehteam nun im Gleichschritt mit dem Mann aus Iowa und den beiden Kindern und stieg parallel zu ihnen langsam die Treppe hoch.

»Als Juan Diego wieder zum Hügel kam, erschien ihm die Jungfrau erneut und forderte ihn auf, einige Rosen zu pflücken und dem Bischof zu bringen«, fuhr die Fernsehjournalistin mit ihrer Erzählung fort.

Als der hinkende Junge und seine kleine Schwester oben auf dem Hügel ankamen, bot sich hinter ihnen ein atemberaubender Blick auf Mexico City; die Fernsehkamera schwenkte sofort dorthin, doch weder Edward Bonshaw noch die Müllkippenkinder drehten sich ein einziges Mal um. Juan Diego trug die Kaffeedose weiterhin so vorsichtig, als wäre die Asche eine heilige Opfergabe für die Kapelle namens »Hügelchen«, die an der Stelle errichtet worden war, wo die wundersamen Rosen wuchsen.

»Diesmal glaubte ihm der Bischof – in Juan Diegos Mantel war das Bild der Jungfrau eingewirkt«, fuhr die hübsche Fernsehjournalistin fort, doch der Kameramann schwenkte bereits wieder von Señor Eduardo und den beiden Kindern weg und hin zu einer Gruppe japanischer Hochzeitsreisender, deren Fremdenführer ein Megaphon benutzte, um das Wunder der Guadalupe auf Japanisch zu schildern.

Lupe erschrak, weil die japanischen Flitterwöchner alle Mundschutz trugen; sie schloss daraus, dass die jungen Japaner an irgendeiner schrecklichen Krankheit litten und nun Unsere Liebe Frau von Guadalupe in der Rosenkapelle bitten wollten, sie zu heilen.

»Sind sie denn nicht ansteckend?«, fragte Lupe. »Wie viele Menschen haben sie wohl zwischen Japan und hier schon infiziert?«

Wie viel von Juan Diegos Übersetzung ging im Lärm der Menge unter und wie viel von Edward Bonshaws Erklärungen für Lupe? Die Neigung der Japaner, »vorbeugend« tätig zu werden, also Mundschutz zu tragen, um sich vor schlechter Luft oder Krankheiten zu schützen – nun, es war nicht klar, ob Lupe jemals verstand, wozu der Mundschutz diente.

Noch verwirrender war, dass Touristen und Kirchgänger in ihrer Nähe, die Lupe reden gehört hatten, selbst die Stimmen erhoben und Rufe religiöser Verzückung ausstießen.

Ein besonders gläubiger Mensch wies auf Lupe und erklärte, sie habe in Zungen geredet, sehr zu deren Ärger, die nicht fassen konnte, dass man ihr das unverständliche ekstatische Gebrabbel eines kindlichen Messias unterstellte.

In der Kapelle wurde gerade eine Messe abgehalten, doch der dafür nötigen besinnlichen Atmosphäre schien der von draußen eindringende Pöbel eher abträglich zu sein – diese Heerscharen von Nonnen, von Kindern in Schuluniformen, von sich auspeitschenden Mönchen und aneinandergefesselten Geschäftsleuten (Letztere nun wieder *mit* Augenbinden, was dazu führte, dass sie auf der Treppe stolperten, sich beim Sturz die Hosen an den Knien aufrissen und – ähnlich wie Juan Diego – hinkend weitergehen mussten).

Nicht dass Juan Diego der einzige Krüppel gewesen wäre: Die Verstümmelten und Versehrten waren gekommen, die Amputierten auch, und alle wollten sie geheilt werden, ebenso wie die Tauben, die Blinden, die Armen, samt den anonymen Touristen und den mundschutzbewehrten japanischen Flitterwöchnern.

An der Schwelle zur Kirche hörten die Müllkippenkinder die Fernsehjournalistin sagen: »Ein deutscher Chemiker hat übrigens die roten und gelben Fasern von Juan Diegos Mantel analysiert und konnte wissenschaftlich nachweisen, dass die Farben des Mantels weder tierischer noch pflanzlicher oder mineralischer Herkunft waren.«

»Was haben die Deutschen damit zu schaffen?«, fragte Lupe. »Entweder ist Guadalupe ein Wunder oder nicht. Es geht doch nicht um den Mantel!«

Die *Basílica de Nuestra Señora de Guadalupe* war in Wahrheit ein ganzer Komplex von Kirchen, Kapellen und

Schreinen, die allesamt auf dem felsigen Hügel standen, wo sich das Wunder angeblich ereignet hatte. Wie sich herausstellte, bekamen Edward Bonshaw und die Müllkippenkinder nur die Brunnenkapelle zu sehen, wo Guadalupe unter Glas auf ihrem Totenbett lag, sowie *El Cerrito de las Rosas*. (Den als Heiligtum verehrten Mantel sahen sie nicht.)

Es stimmt, in El Cerrito ist die Madonna von Guadalupe nicht in einem Seitenaltar versteckt, sondern sie befindet sich in erhöhter Position im vorderen Bereich der Kapelle. Hier ist die Guadalupe zur Hauptattraktion avanciert, warum denn auch nicht? Man hat Guadalupe und die Jungfrau Maria schließlich oft genug in einen Topf geworfen, zu ein und derselben gemacht.

Auf dem Hügel war der katholische Hokuspokus komplett, und die heilige Rosenkapelle glich einem Zoo. Die Gestörten waren den gewöhnlichen Kirchgängern, die einfach nur der Messe zu folgen versuchten, zahlenmäßig weit überlegen. Die Priester traten mit ihren einstudierten Sermonen auf. Und obwohl Megaphone in der Kirche nicht gestattet waren, stellte der Fremdenführer der japanischen Flitterwöchner seines nicht ab. Die aneinandergefesselten Geschäftsleute – deren Augenbinden ihnen ein weiteres Mal auf- und wieder abgesetzt worden waren – schauten mit leeren Blicken auf die dunkelhäutige Madonna, genau so, wie Juan Diego auch dreinschaute, wenn er träumte.

»Rühr die Asche ja nicht an!«, sagte Lupe zu ihm, und Juan Diego ließ den Deckel fest an seinem Platz. »Hier wird kein Krümel verstreut!«, befahl Lupe.

»Ich weiß –«, begann Juan Diego.

»Unsere Mutter würde lieber in der Hölle schmoren, als ihre Asche hier verstreut zu wissen«, sagte Lupe. »Und *el gringo bueno* würde auch niemals in El Cerrito ruhen wollen – er sah immer so schön aus, wenn er schlief«, sagte sie, in Erinnerungen schwelgend. Juan Diego fiel auf, dass seine kleine Schwester die Kirche statt »Rosenkapelle« jetzt nur noch »Das Hügelchen« nannte; für sie hatte El Cerrito viel an Heiligkeit eingebüßt.

»Das braucht mir keiner zu dolmetschen«, sagte Señor Eduardo zu den beiden Kindern. »Diese Kapelle ist nicht heilig. Das alles hier ist nicht richtig – es ist falsch, so war das nicht gedacht.«

»Nicht gedacht«, wiederholte Juan Diego.

»Es ist weder Tier noch Pflanze oder Mineral – wie der Deutsche gesagt hat!«, rief Lupe. Juan Diego fand, er sollte das für Edward Bonshaw übersetzen – es war die, wenn auch verstörende, Wahrheit.

»Welcher Deutsche?«, fragte der Amerikaner, als sie die Treppe hinunterstiegen. (Jahre später würde Señor Eduardo zu Juan Diego sagen: »Ich fühle mich, als stiege ich immer noch Das Hügelchen der Rosen hinab. Dieses Gefühl der Desillusionierung, der Ernüchterung wie damals, als ich die Treppe hinabging, hält an; ich gehe immer noch *hinab*«, sagte Edward Bonshaw dann.)

Während der Mann aus Iowa und die beiden Kinder nach unten gingen, kamen ihnen, drückend und schiebend, immer noch mehr verschwitzte Pilger entgegen, die den Hügel zur Wunderstätte erklommen. Da spürte Juan Diego, wie er auf etwas trat; es fühlte sich irgendwie weich und nachgiebig an und hatte dennoch unter seinem Tritt leise geknackt. Der Junge blieb stehen, um zu sehen, was es war; dann hob er es auf.

Die Totemfigur, etwas größer als die fingergroßen Christusfigürchen, die es überall zu kaufen gab, war etwas schlanker als Lupes rattengroße Statuette der Coatlicue (die auch überall auf dem Gelände rund um die riesige und weitläufige *Basílica de Nuestra Señora de Guadalupe* feilgeboten wurde). Die Spielzeugfigur, auf die Juan Diego getreten war, stellte Guadalupe persönlich dar, mit der für sie charakteristischen verhaltenen Körpersprache – dem gesenkten Blick, dem nicht vorhandenen Busen und der leichten Wölbung am Unterleib. Diese kleine Statue nun strahlte die bescheidene Herkunft der Jungfrau aus – sie sah aus, als spräche sie, wenn überhaupt, nur Nahuatl.

»Jemand hat sie weggeworfen«, sagte Lupe zu Juan Diego. »Jemand, der genauso angewidert war wie wir.« Doch Juan Diego steckte sich die religiöse Figur aus Hartgummi in die Hosentasche. (Sie war zwar nicht ganz so groß wie die Nase der Jungfrau Maria, beulte aber seine Tasche dennoch aus.)

Am unteren Treppenende erwartete sie ein Spießrutenlauf durch Essens- und Limonadenverkäufer. Es gab auch eine Gruppe Nonnen, die für die Unterstützung der Armen durch ihr Kloster Geld sammelten. Die Nonnen verkauften Postkarten – und Edward Bonshaw kaufte eine.

Juan Diego fragte sich, ob Señor Eduardo immer noch an die Postkarte mit Flor und dem Pony dachte, doch auf dieser Karte war nur ein weiteres Guadalupefoto – *la virgen morena* auf ihrem Totenbett in der Brunnenkapelle, hinter Glas.

»Nur ein Andenken«, sagte der Mann aus Iowa ein wenig verlegen, als er den Geschwistern die Postkarte zeigte.

Lupe warf nur einen kurzen Blick auf das Foto, dann sah sie weg. »So wie ich mich gerade fühle, würde sie mir mit einem Ponypenis im Mund besser gefallen«, sagte Lupe. »Ich meine tot, aber mit Ponypenis.«

O ja, als Edward Juan Diego die Geschichte jener schrecklichen Postkarte erzählte, hatte Lupe (mit dem Kopf auf Señor Eduardos Schoß) tatsächlich geschlafen; ihr Bruder hatte dennoch schon damals gewusst, dass Lupe auch im Schlaf Gedanken lesen konnte.

»Was hat Lupe gesagt?«, fragte Edward Bonshaw.

Juan Diego war gerade dabei, einen Fluchtweg weg von diesem gewaltigen, mit Platten belegten Vorplatz zu suchen; er fragte sich, wo die Taxis geblieben waren.

»Lupe sagt, sie sei froh, dass Guadalupe tot ist – sie findet, das sei das Beste an der Postkarte«, lautete Juan Diegos Antwort.

»Du hast mich nicht nach der neuen Hundenummer gefragt«, sagte Lupe zu ihrem Bruder. Sie hielt inne und wartete wieder einmal, dass er gedanklich aufholte. Aber Juan Diego würde Lupe nie einholen.

»Im Moment, Lupe, versuche ich nur, uns hier rauszubringen«, sagte Juan Diego gereizt.

Lupe tätschelte die Ausbeulung an seiner Hosentasche, in der die verlorene oder weggeworfene Guadalupefigur steckte. »Bitte *sie* bloß nicht um Hilfe!«, mehr sagte Lupe nicht.

»Hinter jeder Reise steckt ein Grund«, würde Juan Diego eines Tages schreiben. Seit der Fahrt der Müllkippenkinder zum Schrein der Guadalupe in Mexico City waren vierzig Jahre vergangen, aber – wie Juan Diego es eines Tages formulieren würde – Eduardo hatte das Gefühl, er ginge immer noch weiter hinab.

24

Arme Leslie

Ich lerne an Flughäfen ständig Leute kennen«, lautete der unschuldig klingende Anfang von Dorothys Fax an Juan Diego. »Mann, was brauchte diese junge Mutter Hilfe! Kein männliches Wesen weit und breit – der Ehemann hatte sie sitzenlassen. Und dann wurde sie mit den Kindern zu Beginn der Reise auch noch vom Kindermädchen im Stich gelassen – es ist am Flughafen einfach abgetaucht!«, so begann Dorothy ihre Geschichte.

Das mit der leidgeprüften Mutter kommt mir doch irgendwie bekannt vor, dachte Juan Diego, als er Dorothys Fax las und wieder las. Als Schriftsteller wusste er, dass Dorothys Geschichte eine Menge Dinge enthielt; er nahm an, dass noch mehr fehlte. Beispielsweise: wie »eins zum anderen geführt hatte«, wie Dorothy es formulierte, und warum sie mit »der armen Leslie« und deren kleinen Kindern nach El Nido gereist war.

Bei *der armen Leslie* klingelte etwas bei Juan Diego, schon als er Dorothys Fax zum ersten Mal las. Hatte er von dieser armen Leslie nicht schon einmal gehört? Und ob er das hatte! Juan Diego brauchte Dorothys Fax nicht zu Ende zu lesen, ehe ihm wieder einfiel, was er von der armen Leslie gehört hatte und von wem.

»Keine Bange, Liebling – sie ist keine Schriftstellerin!«,

hatte Dorothy geschrieben. »Sie ist Schreibstudentin, sie versucht, Schriftstellerin zu werden. Sie kennt übrigens deinen Freund Clark – Leslie war bei irgendeinem Workshop, auf einem Schriftstellertreffen, wo Clark French sie unterrichtet hat.«

Sie war also *die* arme Leslie! Die arme Leslie war Clark begegnet, ehe sie an einem seiner Schreibworkshops teilgenommen hatte, nämlich auf einer Spendenveranstaltung für eine der diversen Wohltätigkeitsorganisationen, die er und Leslie unterstützten, wie Clark es formuliert hatte. Ihr Mann hatte sie vor kurzem verlassen; sie hatte zwei kleine Jungs, die »ein wenig wild« waren; sie glaubte, die »wachsende Desillusionierung« in ihrem jungen Leben verdienten es, schriftlich verarbeitet zu werden.

Juan Diego wusste noch, wie er dachte, Clarks Rat an Leslie sei für Clark völlig untypisch. Er konnte sogenannte *Memoirs* und andere autobiographische Literatur nicht ausstehen. Clark verabscheute, was er »Schreiben als Therapie« nannte; er war der Meinung, autobiographische Romane »senkten das Niveau der Literatur und verleumdeten die Phantasie«. Und doch hatte Clark Leslie ermutigt, schreibend ihr Herz auszuschütten! »Leslie hat ein gutes Herz«, hatte Clark betont, als er Juan Diego von ihr erzählte. »Die arme Leslie hatte nur etwas Pech mit Männern!«

»Arme Leslie«, hatte Clarks Frau wiederholt; es gab eine Pause. Dann sagte Dr. Josefa Quintana: »Ich glaube, Leslie mag Frauen, Clark.«

»Ich glaube nicht, dass Leslie lesbisch ist, Josefa – ich glaube, sie ist nur durcheinander«, hatte Clark French gesagt.

»Arme Leslie«, hatte Josefa wiederholt; die mangelnde Überzeugung, die aus ihrem Tonfall sprach, war Juan Diego am deutlichsten in Erinnerung geblieben.

»Ist Leslie hübsch?«, hatte Juan Diego gefragt.

Clarks Miene war ein Muster an Indifferenz, als hätte er nicht bemerkt, ob Leslie hübsch war oder nicht.

»Ja«, hatte Dr. Quintana nur gesagt.

Laut Dorothy war es ausschließlich Leslies Idee gewesen, dass Dorothy sie und die wilden Jungs nach El Nido begleitete.

»Ich bin nicht gerade zum Kindermädchen geboren«, hatte Dorothy Juan Diego geschrieben. Doch Leslie war hübsch, dachte Juan Diego. Und falls Leslie Frauen mochte – egal, ob Leslie lesbisch war oder nicht oder nur durcheinander –, zweifelte Juan Diego nicht daran, dass Dorothy aus ihr schlau geworden war. Was auch immer Dorothy sein mochte, durcheinander war sie deswegen bestimmt nicht.

Natürlich verriet Juan Diego Clark und Josefa nicht, dass, wenn überhaupt, dann Dorothy die arme Leslie abgeschleppt hatte. (Dorothy schrieb in ihrem Fax nicht genau, ob sie etwas mit Leslie hatte.)

So angewidert, wie Clark von der ganzen Mutter-Tochter-Angelegenheit gewesen war – und Dorothy auf ein *D.* reduziert beziehungsweise zu der *Tochter* degradiert hatte –, tja, warum sollte Juan Diego ihn noch unglücklicher machen, indem er durchblicken ließ, dass die arme Leslie mit D. angebandelt hatte?

»Was diesen Kindern passiert ist, war nicht meine Schuld«, hatte Dorothy geschrieben. Als Schriftsteller spürte Juan

Diego meist, wenn ein Erzähler das Thema wechselte; er wusste, dass Dorothy nicht ins El Nido gefahren war, weil sie sich unbedingt als Kindermädchen betätigen wollte.

Er wusste auch, dass Dorothy ausgesprochen direkt war – und je nachdem auch sehr ins Detail gehen konnte. Doch was mit Leslies kleinen Jungs genau passiert war, ließ sie, möglicherweise bewusst, im Unklaren.

Solchen Überlegungen hing Juan Diego nach, als sein Flug aus Bohol in Manila landete und ihn unsanft weckte.

Natürlich hatte er keine Ahnung, warum die auf dem Gangplatz neben ihm sitzende junge Frau seine Hand hielt. »Es tut mir so leid«, sagte sie ernst zu ihm. Juan Diego wartete lächelnd ab, dass sie ihm erklärte, was sie meinte, oder wenigstens seine Hand losließ. »Ihre Mutter –«, setzte die junge Frau erneut an, stockte dann aber und barg ihr Gesicht in den Händen. »Der tote Hippie, ein toter Hund – ein *Welpe* – und alles andere!«, brach es plötzlich aus ihr heraus. (Statt »die Nase der Jungfrau Maria« zu sagen, berührte sie ihre eigene Nase.)

»Verstehe« war Juan Diegos einziger Kommentar.

War er etwa dabei, den Verstand zu verlieren?, fragte er sich. Hatte er sich etwa während des ganzen Fluges mit seiner Sitznachbarin unterhalten? Oder war es vielmehr sein Schicksal, immer wieder Gedankenleserinnen zu begegnen?

Inzwischen beschäftigte sich die junge Frau mit ihrem Handy, was Juan Diego daran erinnerte, nun ebenfalls sein Handy anzuschalten. Ein kurzes Vibrieren zeigte ihm an, dass eine SMS eingegangen war. Sie war von Clark French – und keine *Kurz*nachricht.

Für die Welt der Kurznachrichten sind Romanautoren

nicht unbedingt geschaffen, aber Clark war ein besonders beharrlicher Typ, gerade wenn es darum ging, seiner Empörung über irgendetwas Luft zu verschaffen. SMS waren für moralische Empörung ungeeignet, dachte Juan Diego. »Meine Freundin Leslie ist von deiner Freundin D., der Tochter, verführt worden!«, begann Clarks Nachricht; er hatte leider von der armen Leslie gehört.

Leslies kleine Jungs waren neun und zehn – oder etwa doch erst sieben und acht? (Ihre Namen fielen Juan Diego partout nicht mehr ein.)

Die Jungs hatten deutsch klingende Namen, meinte Juan Diego sich zu erinnern; in dem Punkt hatte er recht. Der Vater der Jungen, Leslies Exmann, war ein international tätiger deutscher Hotelier. Juan Diego fiel sein Name ebenfalls nicht ein (oder hatte er ihn nie erfahren?), doch was Leslies Ex beruflich machte, hatte er nicht vergessen: Er besaß Hotels, und er kaufte Fünf-Sterne-Hotels, die in finanziellen Schwierigkeiten steckten. Und Manila war die Zentrale der asiatischen Unternehmungen des deutschen Hoteliers, jedenfalls hatte Clark das angedeutet. Leslie, wie auch ihre Jungs, hatte schon überall gelebt, einschließlich der Philippinen.

Juan Diego scrollte durch Clarks SMS, während seine Maschine auf der Landebahn ausrollte, und las zwischen den Zeilen eine geharnischte katholische Empörung, als fühle Clark sich in Bezug auf Leslie persönlich gekränkt. Schließlich war die arme Leslie wie er streng katholisch, und Clark fürchtete, ihr sei erneut übel mitgespielt worden.

In Clarks SMS hieß es weiter: »Vorsicht bei dem Wasserbüffel am Flugplatz – nicht so gutmütig, wie er aussieht!

Werner wurde niedergetrampelt, aber nicht ernsthaft verletzt. Der kleine Dieter sagt, weder er noch Werner hätten den Angriff angezettelt. (Die arme Leslie sagt, Werner und Dieter hätten ›den Büffel nicht provoziert‹.) Und dann wurde der kleine Dieter von schwimmenden Dingern gestochen – im Resort nannte man sie ›Plankton‹. Deine Freundin D. sagt, die stechenden Dinger waren so groß wie menschliche Daumennägel. Die mit Dieter schwimmende D. sagt, sogenanntes Plankton erinnere an ›Kondome für Dreijährige‹, Hunderte davon! Noch keine allergische Reaktion auf stechende Kondome. D. sagt: ›Eindeutig kein Plankton.‹«

D. sagt, dachte Juan Diego im Stillen; Clarks Bericht über den Wasserbüffel und die stechenden Dinger unterschied sich nur in Nuancen von Dorothys Schilderung. Die Metapher der »Kondome für Dreijährige« war dieselbe, doch Dorothy hatte – auf ihre vage Art – angedeutet, der Wasserbüffel sei provoziert worden. Wodurch, sagte sie nicht.

Am Flughafen von Manila, wo Juan Diego umsteigen musste, um seinen Anschlussflug nach Palawan zu nehmen, gab es keinen Wasserbüffel, vor dem man sich hätte in Acht nehmen müssen. Das neue Flugzeug war eine zweimotorige Propellermaschine – zigarrenförmig, mit nur einem Sitz auf jeder Seite des Gangs. (Juan Diego lief dadurch nicht Gefahr, einem wildfremden Menschen die Geschichte der Asche zu erzählen, die er und Lupe *nicht* am Schrein der Guadalupe in Mexico City verstreut hatten.)

Doch ehe das Propellerflugzeug losrollte, vibrierte sein Handy erneut. Clarks neue SMS wirkte hektischer oder hysterischer als die erste: »Werner, der immer noch Schmerzen vom Büffeltrampeln hat, wurde von (wie Seepferdchen) vertikal schwimmenden rosa Quallen attakiert. D. sagt, sie waren ›durchscheinend und groß wie Zeigefinger‹. Arme Leslie, sie und ihre Jungs wurden sozusagen zwangsevakuiert wegen Werners akuter allergischer Reaktion auf den brennenden Schmerz – geschwollene Lippen, Zunge, sein armer Penis. D. bleibt zurück zwecks Stornierung der Zimmerreservierungen – die der armen Leslie, nicht deine! Verzichte aufs Schwimmen. Wir sehen uns hoffentlich in Manila. Sieh dich bei D. vor.«

Die Propellermaschine hatte sich in Bewegung gesetzt; Juan Diego machte sein Handy aus. Was die zweite Brennender-Schmerz-Episode betraf – die vertikal schwimmenden rosa Quallen –, so hatte Dorothy mehr wie sie selbst geklungen. »Wer braucht diesen Scheiß? Das Südchinesische Meer kann mich mal!«, stand in ihrem Fax an Juan Diego, der sich ausmalte, wie es sein würde, allein mit Dorothy auf einer abgelegenen Insel zu sein, wo er sich nicht mal ins Wasser traute. Warum sollte er sich brennende Kondome für Dreijährige antun oder rosa, Penisse zum Schwellen bringende Quallen? (Von den Waranen so groß wie Hunde ganz zu schweigen! Wie war es Leslies wilden Jungs bloß gelungen, diesen Echsen zu entkommen?)

Wäre er nicht glücklicher, wenn er nach Manila zurückkehrte?, sinnierte Juan Diego. Doch im Bordmagazin fand er eine Landkarte, mit beunruhigenden Folgen. Palawan war die westlichste der philippinischen Inseln. El Nido, das Resort auf der Insel Lagen (unweit der nordwestlichen Spitze Palawans), lag auf demselben Breitengrad wie Ho-Chi-Minh-Stadt und das Mündungsgebiet des Mekongs.

Vietnam befand sich westlich der Philippinen, von ihnen nur durch das Südchinesische Meer getrennt.

Wegen des Vietnamkriegs war *el gringo bueno* nach Mexiko gegangen, sein Vater war in einem früheren Krieg gestorben – er lag nicht weit von dem Land begraben, wo sein Sohn hätte sterben können. Waren diese Zusammenhänge zufällig oder vorherbestimmt? »Was für eine Frage!«, hörte Juan Diego Señor Eduardo sagen – allerdings hatte der Mann aus Iowa zu Lebzeiten die Frage selbst nicht beantwortet.

Nachdem Edward Bonshaw und Flor verstorben waren, verfolgte Juan Diego das Thema mit Dr. Vargas weiter. Er erzählte ihm, was Señor Eduardo ihm auf der Fahrt im Zirkusbus nach Mexico City verraten hatte, nämlich dass er Flor als das Mädchen mit dem Pony auf der Postkarte wiedererkannt hatte. »Was ist mit *dieser* Verbindung?«, fragte Juan Diego Dr. Vargas. »Würden Sie das Zufall oder Schicksal nennen?«

»Wie wär's mit irgendwas dazwischen?«, fragte Vargas zurück.

»Das nenne ich, sich vor einer klaren Aussage zu drücken«, antwortete Juan Diego. Doch er war wütend; Flor und Señor Eduardo waren erst kürzlich gestorben – die Scheißärzte hatten sie nicht gerettet.

Vielleicht würde Juan Diego heute dasselbe sagen wie Vargas: Wie die Welt funktionierte, war weder Zufall noch Schicksal, sondern »irgendwas dazwischen«. Es gab Wundersames, das wusste Juan Diego; nicht für alles gab es eine wissenschaftliche Erklärung.

Die Landung auf Lio Airport, Palawan, war holprig, das Rollfeld eine unasphaltierte Schotterpiste. Beim Aussteigen wurden die Passagiere von einheimischen Sängern begrüßt; etwas abseits stand ein ebenso gelangweilt wie betrübt aussehender Wasserbüffel. Man konnte sich nur schwer vorstellen, dass dieser traurige Wasserbüffel irgendwen angreifen oder niedertrampeln könnte, doch nur Gott (oder Dorothy) wusste vermutlich, wie Leslies wilde Jungs (oder einer von ihnen) ihn provoziert hatten.

Die kurze restliche Strecke bis zum El Nido wurde per Boot zurückgelegt. Was man vom Wasser aus als Erstes von Lagen sah, waren die Felswände – die Insel war ein Berg. Die Lagune mit den drumherum gruppierten Gebäuden des Resorts lag versteckt.

Juan Diego wurde am Anlegesteg von einem freundlichen jungen Manager des Resorts begrüßt. Wegen seiner Gehbehinderung bekam er ein Zimmer mit Blick auf die Lagune und in unmittelbarer Nähe des Speisesaals. Der taktvolle junge Mann erwähnte nur beiläufig die unglücklichen Umstände, die zur plötzlichen Abreise der armen Leslie geführt hatten, deren Jungs »wohl ein wenig wild« waren.

»Aber die Schmerzen durch die Quallen – diese brennenden Dinger wurden doch gewiss nicht von den Jungs provoziert?«, fragte Juan Diego.

»Für gewöhnlich werden unsere Gäste nicht gestochen«, sagte der junge Mann. »Diese Jungs wurden dabei beobachtet, wie sie sich an einen Waran heranpirschten – damit handelt man sich natürlich Ärger ein.«

»Heranpirschten!«, wiederholte Juan Diego; er versuchte sich die Jungs vorzustellen, wie sie aus Mangrovenwurzeln gebastelte Speere schwenkten.

»Ms. Leslies Freundin schwamm mit den beiden Jungs –

sie wurde nicht gestochen«, gab der junge Manager zu bedenken.

»Ah ja, ihre Freundin. Ist sie –«, begann Juan Diego.

»Sie ist hier, Sir – vermutlich meinen Sie Ms. Dorothy«, sagte der junge Mann.

»Ja natürlich – Ms. Dorothy«, mehr fiel Juan Diego nicht ein. Waren Nachnamen denn aus der Mode gekommen?, fragte sich Juan Diego, wenn auch nur kurz. Er war vom El Nido angenehm überrascht – abgelegen, aber wunderschön, dachte er. Ihm blieb genug Zeit, um vor dem Abendessen auszupacken und einmal um die Lagune zu humpeln. Dorothy habe alles für ihn geregelt, sein Zimmer sowie sämtliche Mahlzeiten im Voraus bezahlt, ließ ihn der junge Mann wissen. (Oder hatte etwa die arme Leslie alles bezahlt?, fragte sich Juan Diego, wieder nur kurz.)

Juan Diego war unklar, was er im El Nido machen würde, und inzwischen wusste er auch nicht mehr genau, ob er sich darauf freuen sollte, mit Dorothy allein zu sein.

Gerade hatte er alles ausgepackt, geduscht und sich rasiert, als es laut und fordernd an der Tür klopfte.

Das dürfte sie sein, dachte Juan Diego. Ohne durch den Spion zu schauen, öffnete er die Tür.

»Du hast mich wohl erwartet, hm?«, fragte Dorothy. Lächelnd schob sie sich an ihm vorbei – und brachte ihr Gepäck in sein Zimmer.

Warum hatte er sich nicht vorher überlegt, was für eine Reise ihn da erwarten würde?, fragte sich Juan Diego. Hatte diese Reise nicht etwas unheimlich Folgerichtiges an sich? Schienen die Verknüpfungen nicht eher vorherbestimmt als zufällig zu sein?

Dorothy setzte sich aufs Bett, streifte ihre Sandalen ab und wackelte mit den Zehen. Ihre Beine waren dunkler, als Juan Diego sie in Erinnerung hatte – vielleicht hatte sie sich seit ihrer letzten Begegnung viel in der Sonne aufgehalten.

»Wie hast du Leslie denn kennengelernt?«, fragte Juan Diego.

Wie Dorothy mit den Achseln zuckte, kam ihm vertraut vor; es war, als hätte sie Esperanza und Lupe die Achseln zucken sehen und als ahme sie sie nun nach. »Weißt du, man begegnet an Flughäfen so vielen Leuten«, sagte sie nur.

»Was war mit dem Wasserbüffel los?«, fragte Juan Diego.

»Ach, diese Jungs!«, sagte Dorothy seufzend. »Ich bin so froh, dass ich keine Kinder habe«, sagte sie lächelnd.

»Wurde der Wasserbüffel denn provoziert?«, fragte Juan Diego.

»Die Jungs fanden eine lebende Raupe – sie war grün und gelb mit dunkelbraunen Augenbrauen«, sagte Dorothy. »Werner steckte die Raupe dem Wasserbüffel ganz tief in ein Nasenloch, so weit es nur ging.«

»Der dann bestimmt den Kopf und die Hörner schwenkte«, sagte Juan Diego. »Und seine Hufe – die ließen wohl den Boden erzittern.«

»Du würdest auch schnauben, wenn du eine Raupe wieder aus deiner Nase hinausblasen wolltest«, gab Dorothy zurück, die offensichtlich für den Wasserbüffel Partei ergriff. »Angesichts der Umstände wurde Werner gar nicht *so* schlimm niedergetrampelt.«

»Aha. Aber was ist mit den stechenden Kondomen und den vertikal schwimmenden Fingern?«, wollte Juan Diego wissen.

»Stimmt, die waren unheimlich. *Mich* haben sie nicht gestochen, aber das mit dem Penis des Jungen konnte ja niemand ahnen«, sagte Dorothy. »Man kann nie wissen, wer worauf allergisch sein wird – und *wie*!«

»Man kann nie wissen«, wiederholte Juan Diego und setzte sich neben sie aufs Bett. Sie roch nach Kokosnuss – war das ihre Sonnencreme?

»Ich hab dir bestimmt gefehlt, hm?«, fragte ihn Dorothy.

»Ja«, antwortete er ihr. Juan Diego hatte sie tatsächlich vermisst, doch bis eben war ihm nicht klar gewesen, wie sehr ihn Dorothy an die Sexpuppenstatue der Guadalupe erinnerte – die ihm damals der gute Gringo geschenkt hatte und die Schwester Gloria von Anfang an suspekt vorgekommen war.

Es war ein langer Tag gewesen – doch war das der einzige Grund, dass sich Juan Diego plötzlich so erschöpft fühlte? Er war zu müde, um Dorothy zu fragen, ob sie mit der armen Leslie Sex gehabt hatte. (So wie er Dorothy kannte, hatte sie das bestimmt.)

»Du siehst traurig aus«, flüsterte Dorothy. Juan Diego wollte etwas sagen, brachte aber kein Wort heraus. »Vielleicht solltest du etwas essen – das Essen hier ist gut«, sagte sie.

»Vietnam«, mehr brachte Juan Diego nicht über die Lippen. Er wollte ihr erzählen, dass er als frisch eingebürgerter Amerikaner noch zu jung für die Einberufung zum Militär gewesen war. Später gab es dann keine Wehrpflicht mehr, und man hätte ihn ohnehin nicht genommen, weil er verkrüppelt war. Doch weil er den guten Gringo gekannt hatte, der alles versucht hatte, um nicht nach Vietnam zu kommen, fühlte er sich schuldig, nicht gegangen zu sein – oder weil er sich als Krüppel nicht einmal hätte bemühen müssen, um nicht nach Vietnam geschickt zu werden.

Juan Diego wollte ihr erzählen, dass es ihn belastete, geographisch so nahe bei Vietnam zu sein – am selben Südchinesischen Meer –, und das aus zwei Gründen: einmal, weil er nicht dorthin geschickt worden war, und dann wegen *el gringo bueno*, der tot war, weil der glücklose junge Mann versucht hatte, vor diesem scheußlichen Krieg zu fliehen.

Doch plötzlich sagte Dorothy: »Übrigens kamen eure amerikanischen Soldaten hierher – also nicht konkret hierher, nicht in diese Anlage, nicht auf die Insel Lagen oder nach Palawan. Ich meine, allgemein auf die Philippinen, auf sogenannten Fronturlaub.«

»W-w-was weißt du darüber?«, druckste Juan Diego herum. (Für seine Ohren klang er genauso unverständlich wie Lupe.)

Da war wieder Dorothys vertrautes Achselzucken – sie hatte ihn verstanden. »Diese verängstigten Soldaten – manche von ihnen waren übrigens erst neunzehn«, sagte Dorothy, als könnte sie sich an sie erinnern.

Dabei war Dorothy kaum älter, als diese jungen Soldaten während des Vietnamkriegs gewesen waren, und bei dessen Ende (vor mehr als 35 Jahren) noch nicht einmal geboren!

Sie hatten Angst vor dem Sterben gehabt, stellte sich Juan Diego vor – warum sollten junge Burschen in einem Krieg keine Angst haben? Doch wieder bekam er kein Wort heraus, und Dorothy sagte: »Diese Jungs hatten Angst davor, gefangen genommen und gefoltert zu werden. Die USA haben die Informationen zurückgehalten, in welchem Ausmaß die Nordvietnamesen ihre amerikanischen Gefangenen folterten. Du solltest Laoag besuchen, im nördlichsten Teil der Insel Luzon. Laoag, Vigan – solche Orte. Dort verbrachten die jungen Soldaten ihren Fronturlaub, wenn sie aus Vietnam kamen. Da könnten wir hinfahren, weißt du«, sagte Dorothy zu ihm. »El Nido ist nur eine Ferienanlage – ganz nett, aber nicht echt.«

Juan Diego brachte nur den Satz heraus: »Ho-Chi-Minh-Stadt liegt genau westlich von hier.«

»Damals hieß es noch Saigon«, erinnerte ihn Dorothy. »Da Nang und der Golf von Tonking liegen genau westlich von Vigan, und Hanoi liegt genau westlich von Laoag. Jeder auf Luzon weiß, dass die Nordvietnamesen eure jungen Amerikaner gern gefoltert haben – davor fürchteten sich diese armen Jungs. Was Folter anging, waren die Nordvietnamesen ›unerreicht‹, sagt man in Laoag und Vigan. Wir könnten dahin reisen«, wiederholte Dorothy.

»Okay«, sagte Juan Diego; diese Antwort fiel ihm am leichtesten. Er wollte eigentlich einen Vietnamveteranen erwähnen, den er in Iowa kennengelernt hatte und der einige Geschichten über den Fronturlaub auf den Philippinen auf Lager gehabt hatte.

Er hatte von Olongapo und Baguio erzählt und auch von Baguio City. (Waren das Städte auf Luzon?, fragte sich Juan Diego.) Und außerdem natürlich von Bars, Nachtleben und Prostituierten. Folterungen oder nordvietnamesische Folterexperten hatte er nicht erwähnt, auch nicht Laoag oder Vigan – jedenfalls konnte sich Juan Diego nicht daran erinnern.

»Was ist mit deinen Pillen? Solltest du nicht irgendwas

einnehmen?«, fragte ihn Dorothy. »Werfen wir doch mal einen Blick auf deine Pillen«, sagte sie und ergriff seine Hand.

»Okay«, wiederholte er. So müde er auch war, er hatte den Eindruck, dass er nicht hinkte, als er sie ins Bad begleitete, wo die Lopressor- und Viagra-Tabletten griffbereit neben dem Waschbecken lagen.

»Ich mag diese hier, du nicht auch?«, fragte ihn Dorothy und hob eine Viagra hoch. »Sie hat die perfekte Form. Warum sollte man sie halbieren wollen? Ich finde, eine ganze ist besser als eine halbe, du nicht auch?«

»Okay«, flüsterte Juan Diego.

»Keine Sorge – sei nicht traurig«, sagte ihm Dorothy; sie reichte ihm die Tablette mit einem Glas Wasser. »Alles wird wieder gut.«

Doch was Juan Diego plötzlich einfiel, war nicht *gut*. Ihm fiel ein, was Dorothy und Miriam beide und wie aus einem Mund gerufen hatten.

»*Verschonen Sie mich* mit Gottes Willen!«, hatten Miriam und Dorothy spontan ausgerufen. Wäre Clark French dabei gewesen, hätte er das zweifellos für einen typischen Spruch weiblicher Dämonen, der sogenannten *Succubi*, gehalten.

Hatten Miriam und Dorothy mit Gottes Willen ein Hühnchen zu rupfen?, überlegte Juan Diego. Dann dachte er plötzlich: Hatten Dorothy und Miriam etwas gegen Gottes Willen, weil *sie* es waren, die ihn ausführten? Was für eine verrückte Idee! Diese Vorstellung passte nicht zu Clarks Eindruck, die beiden seien Dämoninnen – nicht dass Clark Juan Diego davon hätte überzeugen können, dass dieses Mutter-Tochter-Gespann böse Geister waren. In seinem Verlangen nach ihnen war sich Juan Diego sicher, dass die beiden Frauen keine Schatten oder Geister, sondern aus Fleisch und Blut und mit der stofflichen Welt verbunden waren. Was die Variante anging, dass die sündhaften zwei tatsächlich Gottes Willen ausführten – wer könnte sich das vorstellen?

Natürlich würde Juan Diego eine so verrückte Idee nie aussprechen – zumal nicht in dem Moment, als Dorothy ihm die Viagra-Tablette und das Glas Wasser reichte.

»Hast du mit Leslie –«, begann Juan Diego seine Frage.

»Die arme Leslie ist durcheinander – ich hab nur versucht, ihr zu helfen«, sagte Dorothy.

»Du hast nur versucht, ihr zu helfen –?« Mehr brachte Juan Diego nicht heraus. Wie er es sagte, klang es nicht wie eine Frage. Allerdings war ihm nicht klar, ob es ihm in seinem Zustand helfen würde, wenn Dorothy ihm helfen würde, wie sie Leslie geholfen hatte.

25
Fünfter Aufzug, dritte Szene

Wenn man sich an geliebte Menschen – die nicht mehr unter uns weilen – erinnert oder von ihnen träumt, kann man es nicht verhindern, dass sich ihr Ende vor ihre restliche Geschichte schiebt. Man kann sich die zeitliche Abfolge der Ereignisse in seinen Träumen nicht aussuchen, genauso wenig wie die Reihenfolge der Ereignisse, durch die man sich an jemanden erinnert. Im eigenen Kopf – in den eigenen Träumen, den eigenen Erinnerungen – fängt die Geschichte manchmal mit dem Nachwort an.

In Iowa City wurde im Juni 1988 die erste HIV-Ambulanz eröffnet, die alles unter einem Dach anbot – Pflege, Sozialeinrichtungen und Wissensvermittlung. Die Ambulanz war Teil der University of Iowa Hospitals and Clinics und im Boyd Tower untergebracht, der allerdings weder ein Turm noch ein Hochhaus war, sondern ein an das alte Krankenhaus angepappter vierstöckiger Neubau. Die HIV/Aids-Ambulanz befand sich im Erdgeschoss. Sie nannte sich Virologieambulanz. Damals gab es Bedenken, eine HIV/Aids-Ambulanz auch so zu nennen – nicht nur wegen der ärztlichen Schweigepflicht. Es gab die berechtige Befürchtung, sowohl die Patienten als auch das Krankenhaus könnten diskriminiert werden.

HIV/Aids verband man mit Sex und Drogen; in Iowa

war die Krankheit selten genug, dass viele Einheimische sie für ein »städtisches« Problem hielten. Auf dem Land in Iowa sahen sich manche Patienten mit Homophobie und Xenophobie konfrontiert.

Juan Diego konnte sich noch gut an die Zeit erinnern, als der Boyd Tower Anfang der Siebziger gebaut wurde; damals gab es schon (und er steht immer noch) einen echten Turm, das neogotische Hochhaus auf der Nordseite des alten allgemeinen Krankenhauses. Als Juan Diego mit Señor Eduardo und Flor nach Iowa City zog, wohnten sie an der Melrose Avenue in einer Maisonnettewohnung in einer viktorianischen Hochzeitstorte von einem Haus mit baufälliger Veranda. Juan Diegos Zimmer samt Bad und Señor Eduardos Arbeitszimmer lagen im ersten Stock.

Edward Bonshaw und Flor hatten für die klapprige Veranda wenig Verwendung, aber Juan Diego wusste noch, wie sehr er sie damals gemocht hatte. Von der Veranda aus konnte er das Iowa Field House (wo das Hallenbad war) und das Kinnick Stadium sehen. Die baufällige Veranda eignete sich hervorragend, um Studenten zu beobachten, besonders an den Samstagen im Herbst, wenn die Football-Mannschaft der Uni ein Heimspiel hatte. (Señor Eduardo nannte das Kinnick Stadium nur das römische Kolosseum.)

Juan Diego interessierte sich zwar nicht für American Football, besuchte aber dennoch – zuerst aus Neugier, später um bei seinen Freunden zu sein – gelegentlich Spiele im Stadion. Doch am liebsten saß er auf der Veranda vor dem alten Holzhaus und beobachtete die vielen jungen Leute, die an der Melrose Avenue entlang zum Stadion strömten. (»Vermutlich mag ich die Musik der Kapelle, aus einiger

Entfernung – und ich stelle mir die Cheerleaderinnen vor, aus der Nähe«, sagte Flor manchmal auf ihre schwer zu deutende Art.)

Als der Boyd Tower Ende der siebziger Jahre fertiggestellt war, beendete Juan Diego gerade sein Grundstudium; aus ihrem Viertel an der Melrose Avenue konnte die ausgesprochen untypische dreiköpfige Familie das neogotische Hochhaus am alten Krankenhaus sehen. (Flor sagte später, ihr Faible für dieses alte Hochhaus sei ihr irgendwann abhandengekommen.)

Bei Flor traten die Symptome zuerst auf; als sie die Diagnose bekam, ließ sich natürlich auch Edward Bonshaw untersuchen. Flor und Señor Eduardo wurden 1989 positiv auf HIV getestet. Bei beiden zeigte sich Aids zuallererst in Form einer heimtückischen Lungenentzündung des Typs *Pneumocystis carinii* oder PCP, verbunden mit Husten, Kurzatmigkeit und Fieber, gegen die sie Bactrim verschrieben bekamen (das bei Edward Bonshaw allerdings Ausschläge verursachte).

Flor war ein beinahe schöner Mensch gewesen, doch die Läsionen, die sie infolge des Kaposi-Sarkoms bekam, entstellten ihr Gesicht. Eine violette Läsion baumelte von einer Augenbraue herab, eine lilafarbene an ihrer Nase. Letztere war so auffällig, dass Flor beschloss, sie hinter einem Tuch zu verbergen. *La Bandida* nannte sie sich – »Die Banditin«. Aber, was am schlimmsten für sie war, Flor verlor das *la* (das Feminine) in sich.

Die Östrogene, die sie nahm, hatten Nebenwirkungen – besonders auf ihre Leber. Östrogene können eine Form von Hepatitis verursachen, bei der die Galle stockt und sich staut. Der damit häufig verbundene Juckreiz trieb Flor in den Wahnsinn. Sie musste die Östrogene absetzen; damit setzte ihr Bartwuchs wieder ein.

Juan Diego kam es ungerecht vor, dass Flor, die so hart daran gearbeitet hatte, weiblicher zu werden, nicht nur an Aids starb, sondern auch als Mann. Als Señor Eduardos Hände zu stark zitterten und er Flors Gesicht nicht mehr täglich rasieren konnte, übernahm das Juan Diego, doch der Bartschatten blieb sichtbar, selbst wenn sie frisch rasiert war, und, wenn er sie küsste, auch spürbar.

Da sie ein unkonventionelles Paar waren, hatten Edward Bonshaw und Flor einen *jungen* Hausarzt gewollt – Flor hatte sich für eine Ärz*tin* entschieden. Die hübsche junge Frau hieß Rosemary Stein; sie hatte darauf bestanden, dass sich Flor und Edward auf HIV testen ließen. 1989 war Dr. Stein erst dreiunddreißig. »Dr. Rosemary«, wie zuerst Flor sie nannte, war in Juan Diegos Alter. In der Virologieambulanz redete Flor die Fachärzte für Infektionskrankheiten mit ihren Vornamen an – die Aussprache ihrer Nachnamen waren für eine mexikanische Zunge ein Alptraum. Juan Diego und Edward Bonshaw – *ihr* Englisch war perfekt – nannten daraufhin die Fachärzte auch »Dr. Jack« und »Dr. Abraham«, nur damit sich Flor weniger fremd fühlte.

Das Wartezimmer in der Virologie-Ambulanz war ausgesprochen trist und sechziger-Jahre-mäßig, brauner Teppichboden und Sitzmöbel mit dunklen, vinylbezogenen Sitzkissen. Der Aufnahmeschalter war schmutzig-orangefarben mit heller Resopalplatte. Ihm gegenüber war eine Backsteinwand. Flor sagte, sie wünschte, der Boyd Tower wäre ganz aus Backsteinen; dass »Mist wie Kunstleder und Resopal« sie und ihren geliebten Eduardo überleben würden, fand sie furchtbar.

Wie jeder annahm, hatte Flor den Mann aus Iowa angesteckt, auch wenn es nur Flor jemals laut aussprach. Edward Bonshaw machte ihr nie Vorwürfe und sagte ohnehin nichts, was Flor hätte belasten können. »In Gesundheit wie in Krankheit, bis dass der Tod uns scheidet«, zitierte er das Ehegelübde, das sie sich bei einer nichtstandesamtlichen Feier gegeben hatten, wenn Flor sich wieder einmal Vorwürfe machte und ihre gelegentlichen Seitensprünge gestand. Wenn sie nach Oaxaca zurückkehrte und dort über die Stränge schlug, und sei es nur um der alten Zeiten willen.

»Was ist mit ›auf alle anderen verzichten‹ – das habe ich doch auch gelobt, oder etwa nicht?«, fragte Flor dann ihren lieben Eduardo; sie war wild entschlossen, sich die Schuld zu geben.

Aber man konnte Flor ihre kleinen Fluchten nicht nehmen. Edward Bonshaw blieb ihr treu – Flor war die Liebe seines Lebens, sagte er immer –, so wie er seinem schottischen Eid treu blieb, dem verrückten »Bei keinem Wind weichen«-Familienwahlspruch, den er idiotischerweise am liebsten im lateinischen Original zitierte: *Haud ullis labentia ventis* (und mit dem er sich damals bei seiner Landung in Oaxaca Bruder Pepe inmitten wirbelnder rotbrauner Federn vorgestellt hatte).

In der Virologieambulanz befand sich die Blutentnahme direkt neben dem Wartezimmer, das sich die HIV-positiven Patienten in der Regel mit den Diabetikern teilten. Diese beiden Patientengruppen saßen auf gegenüberliegenden Seiten des Wartezimmers. In den spätern Achtzigern und frühen Neunzigern wuchs die Anzahl der Aidspatienten, und viele Sterbende waren von ihrer Krankheit sichtbar gezeichnet – nicht nur durch ihre geschundenen Körper oder die Kaposi-Sarkom-Läsionen.

Edward Bonshaw war auf seine Art gezeichnet: Er litt an Seborrhoischer Dermatitis, einem Ekzem; es war schuppig und glänzte fettig. Bei Señor Eduardo waren hauptsächlich Augenbrauen, Kopfhaut und die beiden Nasenflügel befallen, und er hatte käsige *Candida*-Kolonien in Mund- und Rachenraum, die seine Zunge mit einem weißen Belag überzogen. Schließlich wanderte die *Candida* Edwards Hals hinab und in die Speiseröhre, und er bekam Schluckbeschwerden, und seine Lippen waren weiß verkrustet und rissig. Am Ende konnte Señor Eduardo kaum noch atmen, weigerte sich aber, in der Klinik an ein Beatmungsgerät angeschlossen zu werden; er und Flor wollten gemeinsam sterben – zu Hause, nicht in einer Klinik.

Gegen Ende wurde Edward Bonshaw durch einen Hickman-Katheter ernährt; man sagte Juan Diego, die intravenöse Ernährung sei bei Patienten nötig, die nicht selbständig Nahrung zu sich nehmen könnten. Wegen der *Candida* und seiner Schluckbeschwerden verhungerte Señor Eduardo nach und nach. Eine Pflegerin – eine ältere Frau namens Mrs. Dodge – zog in Juan Diegos ehemaliges Zimmer im ersten Stock der Maisonnettewohnung an der Melrose Avenue. Hauptaufgabe der Pflegerin war, sich um den Katheter zu kümmern – Mrs. Dodge spülte den Hickman mit einer Heparinlösung durch.

»Sonst koaguliert es«, sagte Mrs. Dodge zu Juan Diego, der keine Ahnung hatte, was sie meinte, und sie auch nicht um eine Erklärung bat.

Der Hickman-Katheter baumelte von der rechten Seite von Edward Bonshaws Brustkorb, wo er unter dem Schlüsselbein eingeführt worden war; er untertunnelte die Haut ein paar Zentimeter über seiner Brustwarze und drang unter dem Schlüsselbein in die Schlüsselbeinvene ein. Juan Diego konnte sich einfach nicht an den Anblick gewöhnen und schrieb über den Hickman-Katheter in einem seiner Romane, in dem mehrere Figuren an Aids starben – manche an den mit Aids einhergehenden opportunistischen Infektionen, an denen auch Señor Eduardo und Flor litten. Doch die Aidsopfer in jenem Roman »beruhten« nicht einmal ansatzweise auf dem Mann aus Iowa oder La Loca, Die Tunte – La Bandida, wie Flor sich selbst nannte.

Auf seine Weise schrieb Juan Diego über das, was mit Flor und Edward Bonshaw geschah, doch er schrieb kein einziges Mal über sie. Der Müllkippenleser war Autodidakt. Juan Diego hatte sich auch selbst beigebracht, wie man seine Phantasie gebrauchte. Vielleicht lag es daran, dass Juan Diego fand, ein Schriftsteller müsse Figuren schaffen, und dass man sich eine Geschichte ausdachte – man schrieb nicht einfach über die Menschen, die man kannte, oder erzählte seine eigene Lebensgeschichte und nannte das Ganze dann Roman. Die realen Personen in Juan Diegos Leben umgaben zu viele Widersprüche und Unbekanntes – wirkliche Menschen waren nicht rund genug, um als Figuren in einem Roman zu funktionieren, dachte Juan Diego. Und er konnte sich bessere Geschichten ausdenken als die, die er selbst erlebt hatte; der Müllkippenleser glaubte, seine eigene Geschichte sei für einen Roman »zu lückenhaft«.

Als Dozent für kreatives Schreiben hatte er seinen Studenten kein einziges Mal gesagt, *wie* sie schreiben sollten, oder vorgeschlagen, ihre Romane so zu schreiben wie er seine. Der Müllkippenleser war kein Missionar. Das Problem liegt darin, dass viele junge Autoren auf der Suche nach einem Schreibrezept sind; junge Schriftsteller sind anfällig dafür, sich eine Art zu schreiben auszusuchen und zu glauben, es gäbe nur diese eine richtige. (Nach dem Motto: Schreib das, was du kennst! Schmücke es mit deiner Phantasie aus! Allein auf die Sprache kommt es an!)

Nehmen wir Clark French. Manche Studenten bleiben ein Leben lang Studenten: Sie suchen und finden Generalisierungen, die sich auf alles anwenden lassen; als Schriftsteller wollen sie erreichen, dass ihre Art zu schreiben als in Stein gemeißeltes Regelwerk akzeptiert wird. (Autobiographische Elemente als Basis für Romane zu verwenden, erzeugt Gelaber! Wer seine Phantasie verwendet, der täuscht nur vor!) Clark behauptete, Juan Diego gehöre »der antiautobiographischen Fraktion an«.

Juan Diego hatte versucht, nicht für eine Seite Partei zu ergreifen.

Doch Clark bestand darauf, Juan Diego sei »Teil der Phantasiefraktion«, ein »Fabulierer, kein Autobiograph«, sagte Clark.

Schon möglich, dachte Juan Diego, doch er wollte keiner *Fraktion* angehören. Clark French hatte aus dem Schreiben von Literatur einen polemischen Wettbewerb gemacht.

Juan Diego hatte versucht, das Gespräch zu *ent*polemisieren, hatte sich bemüht, über die Literatur zu reden, die er liebte, über die Schriftsteller, die in ihm den Wunsch geweckt hatten, selbst Schriftsteller zu werden – und zwar nicht etwa, weil er diese Autoren als Bannerträger einer *Art* zu schreiben betrachtete, sondern schlicht weil ihm gefiel, was sie geschrieben hatten.

In der Bibliothek im *Niños Perdidos* hatte es verständlicherweise nur eine kleine Abteilung mit englischsprachiger Literatur gegeben, hauptsächlich Romane aus dem 19. Jahrhundert. Zum einen bestand sie aus den von den Patres Alfonso und Octavio zur Vernichtung in den Höllenfeuern des *basurero* bestimmten Bänden und zum anderen aus den von Bruder Pepe und Edward Bonshaw als für die Bibliothek unentbehrlich zurückbehaltenen Romanen. Letztere hatten in Juan Diego den Wunsch geweckt, Schriftsteller zu werden.

Dass das Leben nicht gerecht zu Hunden war, hatte den Müllkippenleser auf Hawthornes Roman *Der scharlachrote Buchstabe* vorbereitet. Die matronenhaften Kirchgängerinnen, die in dem Roman darüber tratschten, womit sie die Ehebrecherin Hester Prynne über das scharlachrote A hinaus (das diese jederzeit auf der Brust tragen musste) gern noch bestrafen würden – etwa ihre Stirn mit einem heißen Eisen brandmarken oder sie umbringen –, hatten ihn wiederum auf die Restbestände von amerikanischem Puritanismus vorbereitet, dem er später in Iowa begegnen würde.

Melvilles *Moby Dick* – vor allem Queequegs »Sarg-Rettungsring« – brachte Juan Diego bei, dass beim Erzählen Vorahnung der Begleiter des Schicksals ist.

Was es über das Schicksal zu wissen gab und darüber,

dass man seinem eigenen Schicksal nicht entkommen kann, das konnte man in Thomas Hardys Roman *Der Bürgermeister von Casterbridge* lesen. Im ersten Kapitel verkauft der Trinker Michael Henchard seine Frau und seine Tochter an einen Matrosen. Obwohl er es will, bekommt Henchard keine Gelegenheit, für seine Taten zu büßen; in seinem Testament fordert Henchard daher, »dass sich niemand an mich erinnert«. (Nicht gerade die Geschichte einer Erlösung. Clark French hasste Hardy.)

Und dann war da noch Dickens – Juan Diego zitierte gern aus dem »Sturm«-Kapitel in *David Copperfield*. Am Ende dieses Kapitels wird die Leiche von Steerforth an Land geschwemmt, Davids einstiges Jugendidol, Inbegriff des bewunderten älteren Schülers und ein gerissener Peiniger, auch des Waisenmädchens Emily, die er verführt. Eigentlich ist mit dem Satz »unter den Trümmern des Herdes, den er geschändet« hinlänglich alles zu Steerforth gesagt. Doch Dickens wäre nicht Dickens, wenn er den Ich-Erzähler Copperfield nicht nachtragen ließe: »[Ich] sah [...] ihn mit dem Kopf auf dem Arme ruhend liegen, wie ich ihn so oft hatte in der Schule schlummern sehen.«

»Was musste ich mehr übers Romaneschreiben wissen als das, was diese vier mir beigebracht haben?«, hatte Juan Diego seine Studenten gefragt, darunter auch Clark French.

Und er vergaß auch nie, als seinen fünften »Lehrer« Shakespeare zu erwähnen, den Edward Bonshaw ihm nahegebracht hatte und der, lange bevor der erste Roman überhaupt erschien, wusste, wie wichtig *Handlung* ist.

Es war ein Fehler gewesen, Shakespeare in Gegenwart Clark Frenchs zu erwähnen, der sich als dessen selbsternannter Leibwächter sah und als Verfechter der Memoiren-Literatur-Fraktion sauer auf all die Ketzer war, die behaupteten, *jemand anderer* habe Shakespeares Texte geschrieben.

Und jeder Gedanke an Shakespeare brachte Juan Diego zurück zu Edward Bonshaw und was mit ihm und Flor geschehen war.

Zu Beginn, als Señor Eduardo und Flor noch schwer tragen und Treppen steigen konnten und als Flor noch Auto fuhr, konnten die beiden auch noch allein die fünfhundert Meter von der Melrose Avenue bis zur Ambulanz im Boyd Tower laufen. Erst als alles schwieriger wurde und nur Flor noch gehen konnte, Señor Eduardo jedoch bereits im Rollstuhl saß, brachten Juan Diego (oder Mrs. Dodge) die beiden hin.

In den Neunzigern – bevor die Zahl der Todesfälle durch Aids (dank der neuen Medikamente) stark abnahm und die der HIV-positiven Patienten in der Virologieambulanz ständig zunahm – hatte sich die Anzahl der Patienten, die regelmäßig herkamen, bei etwa zweihundert im Jahr eingependelt. Dort saßen sie, oft auf dem Schoß ihres Partners, im Wartezimmer und unterhielten sich über Schwulenbars und Travestieshows, und einige kleideten sich auch extravagant – zumindest für Iowa.

Flor allerdings nicht – nicht mehr. Während der neunziger Jahre verlor Flor ihre Weiblichkeit fast ganz, und auch wenn sie sich immer noch wie eine Frau kleidete, so kleidete sie sich dezent. Ihr war bewusst, dass sie an Reiz verloren hatte, wenn auch nicht in den Augen des noch immer verliebten Señor Eduardo. Im Wartezimmer hielten sie Händchen, dem einzigen Ort in Iowa City, wo Juan Diegos Erinnerung zufolge Flor und Edward Bonshaw öffentlich ihre Zuneigung füreinander zeigten.

Einer der anderen Aidspatienten war ein junger Mann aus einer Mennonitenfamilie, die ihn zunächst verstoßen hatte, ihn aber später wieder bei sich aufnahm. Der junge Mennonit trug Cowboystiefel und einen rosa Cowboyhut. Er brachte Gemüse aus dem elterlichen Garten mit, das er an die anderen Patienten und die Mitarbeiter der Ambulanz verteilte.

Bei einer der Gelegenheiten, als statt Juan Diego Mrs. Dodge die beiden in die Ambulanz brachte, sagte Flor etwas Lustiges zu dem jungen Mann mit dem rosa Cowboyhut.

In der Öffentlichkeit trug sie immer ihr Kopftuch. La Bandida sagte: »Weißt du was, Cowboy? Wenn du ein paar Pferde hast, könnten wir beide einen Zug überfallen oder eine Bank ausrauben.«

Mrs. Dodge erzählte Juan Diego, dass »das ganze Wartezimmer lachte« – sogar sie selbst habe lachen müssen, erzählte sie. Und der Mennonit mit dem rosa Cowboyhut hatte den Scherz aufgegriffen und gesagt:

»Ich kenne North Liberty ziemlich gut«, sagte der Cowboy. »Da gibt's eine Bibliothek, die ließe sich bestimmt leicht überfallen. Kennst du North Liberty?«, fragte er Flor.

»Nein, kenn ich nicht«, antwortete sie, »und ich habe kein Interesse daran, eine Bibliothek auszurauben – ich lese nicht.«

Das stimmte: Flor las nicht. Zwar hatte sie auf Englisch inzwischen einen beachtlichen Wortschatz (wenn auch immer noch einen starken spanischen Akzent), doch sie las nie selbst ein Buch. Edward Bonshaw oder Juan Diego lasen ihr immer vor.

Mrs. Dodge hatte das Zwischenspiel in der HIV/Aids-Ambulanz komisch gefunden, doch Señor Eduardo war sauer auf Flor, weil sie mit dem Gemüsecowboy geflirtet hatte.

»Das war kein Flirten – ich hab doch nur einen Scherz gemacht«, sagte Flor.

Mrs. Dodge glaubte nicht, dass Flor mit dem jungen Mann geflirtet hatte. Als Juan Diego sie später danach fragte, sagte Mrs. Dodge nur: »Ich glaube, Flor hatte mit Flirten definitiv nichts mehr am Hut.«

Mrs. Dodge kam, wie Edward Bonshaw ursprünglich auch, aus Coralville, einem Vorort von Iowa City. Dr. Rosemary hatte sie empfohlen. Als Edward Bonshaw zum ersten Mal zu der Pflegerin sagte: »Falls Sie sich wegen meiner Narbe wundern –«, da hatte Mrs. Dodge schon alles darüber gewusst.

»Jeder in Coralville – das heißt, jeder eines gewissen Alters – kennt Ihre Geschichte«, sagte Mrs. Dodge zu Señor Eduardo. »Man kannte Ihre Familie wegen dem, was Ihr Vater diesem armen Hund angetan hat.«

Señor Eduardo hörte erleichtert, dass sich die Geschichte eines Vaters, der in der Auffahrt den Hund seines Kindes erschießt, in ganz Coralville herumgesprochen hatte. »Als ich diese Geschichte zum ersten Mal hörte«, fuhr Mrs. Dodge fort, »war ich selbst noch ein junges Mädchen, und sie drehte sich nicht um Sie oder Ihre Narbe«, sagte sie Señor Eduardo. »Die Geschichte handelte von *Beatrice*.«

»Völlig zu Recht – sie ist ja schließlich auch erschossen worden. Die Geschichte handelt von Beatrice«, bestätigte Edward Bonshaw.

»Nicht für mich oder alle anderen, die dich kennen, Eduardo«, sagte ihm Flor.

»Du hast mit dem jungen Mann mit dem rosa Cowboyhut geflirtet!«, hatte Señor Eduardo gerufen.

»Das war kein Flirten«, beharrte Flor. Nachträglich dachte Juan Diego, dass dieser Vorwurf, Flor habe in der Ambulanz mit dem jungen Mennoniten geflirtet, alles war, was Edward Bonshaw je an Vorwürfen über Flors Untreue über die Lippen kam. Obwohl man sich lebhaft vorstellen konnte, welche Art von Flirts Flor bei ihren wiederholten Reisen nach Oaxaca gehabt hatte.

Natürlich, und nicht nur weil sie hübsch war, freundete sich Juan Diego damals mit Rosemary Stein an. Warum sollte sie nicht auch seine Ärztin werden, wo sie schon die seiner Adoptiveltern war?

Flor riet Juan Diego, er solle Dr. Rosemary bitten, ihn zu heiraten, doch Juan Diego bat sie zuerst, seine Ärztin zu werden. Nachträglich war es Juan Diego peinlich, dass sein erster Besuch in Dr. Steins Praxis das Ergebnis seiner Vorstellungskraft gewesen war. Er war nicht krank; ihm fehlte nichts. Doch dass Juan Diego die mit Aids einhergehenden, opportunistischen Infektionen so hautnah erlebte, hatte ihn von der Notwendigkeit überzeugt, sich auf HIV testen zu lassen.

Dr. Stein versicherte ihm, er habe nichts getan, um den

Virus zu bekommen. Juan Diego hatte Schwierigkeiten, sich zu erinnern, wann er das letzte Mal Sex gehabt hatte – nicht einmal bei dem *Jahr* war er sich sicher –, doch er wusste, es war mit einer Frau gewesen und dass er ein Kondom benutzt hatte.

»Und Sie spritzen sich keine Drogen?«, hatte ihn Dr. Rosemary gefragt.

»Nein – niemals!«

Dennoch hatte er sich vorgestellt, wie die weißen *Candida*-Beläge sich auf seinen Zähnen breitmachten. (Juan Diego gab gegenüber Rosemary zu, dass er nachts aufgewacht war und mit einem Handspiegel und einer Taschenlampe in seinen Rachen geleuchtet hatte.) In der Virologie-Ambulanz hatte Juan Diego von Patienten mit Kryptokokken-Hirnhautentzündung gehört und von Dr. Abraham erfahren, die Hirnhautentzündung werde durch eine Lumbalpunktion diagnostiziert – Begleitsymptome seien Fieber, Kopfschmerzen und Verwirrtheit.

Juan Diego träumte ständig von diesen Dingen; nachts wurde er wach und hatte den kompletten Satz eingebildeter Symptome. »Mrs. Dodge soll Flor und Edward in die Ambulanz fahren. Deshalb habe ich sie doch für euch ausgesucht – Mrs. Dodge soll das machen«, sagte Dr. Stein zu Juan Diego. »Du bist doch derjenige mit der Phantasie, du bist doch *Schriftsteller*, oder?«, hatte Dr. Rosemary nachgefragt. »Deine Phantasie ist schließlich kein Wasserhahn, den man am Ende des Tages abstellen kann, wenn du aufhörst zu schreiben. Deine Phantasie macht doch einfach weiter, stimmt's?«, fragte Rosemary.

Genau da hätte er ihr einen Heiratsantrag machen sollen,

noch bevor ein anderer sie fragen konnte. Doch als Juan Diego endlich so weit war, hatte sie schon einem anderen »Ja« gesagt.

Juan Diego konnte förmlich hören, was Flor zu ihm gesagt hätte, wenn sie noch am Leben gewesen wäre: »Scheiße, bist du langsam – ich vergesse immer, wie langsam du bist.« (Und bestimmt hätte sie, typisch Flor, auch wieder mit seinem Hundepaddeln angefangen.)

Am Ende experimentierten Dr. Abraham und Dr. Jack mit der sublingualen Verabreichung von Morphin beziehungsweise Morphinelixier; Edward Bonshaw und Flor spielten bereitwillig die Versuchskaninchen. Doch inzwischen ließ Juan Diego Mrs. Dodge alles erledigen; er hatte auf Dr. Rosemary gehört und die Pflege der Pflegerin überlassen.

Der Jahreswechsel 1990/1991 stand bevor; Juan Diego und Rosemary würden beide fünfunddreißig sein, wenn Flor und Señor Eduardo starben – Flor zuerst, aber Edward Bonshaw würde ihr nach wenigen Tagen folgen.

Die Gegend um die Melrose Avenue veränderte sich weiter; die viktorianischen Hochzeitstorten mit den großen Veranden zur Straße hin verschwanden eine nach der anderen. Wie Flor hatte auch Juan Diego einmal den Blick von der Veranda auf den neogotischen Turm gemocht, aber was gab es an dem alten Turm noch zu mögen, nach allem, was er in der Virologieambulanz im Erdgeschoss des Boyd Tower erlebt hatte, und nach allem, was dort unten vor sich ging?

Schon als Juan Diego noch zur Highschool ging, also lange vor der Aidsepidemie, hatte sich seine Begeisterung für die Gegend um die Melrose Avenue in Iowa City etwas gelegt. Zum einen stellten die gut zweieinhalb Kilometer bis zur West High School für ihn als Gehbehinderten eine ziemliche Herausforderung dar. Und gleich hinter dem Golfplatz, in der Nähe der Kreuzung zum Mormon Trek Boulevard, gab es einen bissigen Hund. Und dann wurde auf der Highschool auch viel gemobbt, allerdings nicht auf die Art, auf die Flor ihn vorbereitet hatte. Juan Diego war ein schwarzhaariger, mexikanisch aussehender Junge mit dunklem Teint; in Iowa City gab es damals nicht viele Rassisten – es gab sie zwar (in kleiner Zahl, bei einigen wenigen Zwischenfällen) auf der West High, doch sie waren nicht die schlimmsten Tyrannen, mit denen es Juan Diego dort zu tun bekam.

Die meisten verbalen Giftpfeile, die andere Kinder gegen Juan Diego abschossen, betrafen Flor und Señor Eduardo – seine Mutter, die keine richtige Frau war, und seinen Vater, »diese Schwuchtel«.

»Zwei schwule Turteltäubchen« hatte ein Junge auf der West High Juan Diegos Adoptiveltern genannt. Der Junge, der ihn hänselte, war blond und hatte ein rosa Gesicht, und Juan Diego kannte nicht einmal seinen Namen.

Tatsächlich war der Löwenanteil der Bigotterie, mit der er es an der Schule zu tun bekam, sexueller, nicht rassistischer Natur, doch er wagte es nicht, Flor oder Edward Bonshaw davon zu erzählen. Als die Turteltäubchen merkten, dass Juan Diego Probleme hatte, und sich erkundigten, was ihn beunruhigte, wollte ihnen Juan Diego nicht erzählen, dass *sie* das Problem waren. Es war leichter zu behaupten, er müsse sich mit antimexikanischen Vorurteilen herumschlagen – diesen Anfeindungen gegen Leute, die aus dem Süden kamen, oder auch diese unverhohlenen Beleidigungen, vor denen Flor ihn gewarnt hatte.

Was den langen Weg betraf, den er die Melrose Avenue zur West High hin und wieder zurück humpeln musste, so hütete sich Juan Diego, darüber auch nur ein Wort zu verlieren. Es wäre schlimmer gewesen, sich von Flor fahren zu lassen; von ihr gebracht und wieder abgeholt zu werden hätte zu noch mehr homophoben Beleidigungen geführt. Außerdem galt Juan Diego auf der Highschool ohnehin als Streber; er gehörte zu den Dauerlernern mit gesenktem Blick – ein stummer Jugendlicher, der die Highschool stoisch ertrug, aber fest entschlossen war, auf der Universität aufzublühen, was er dann auch tat. (Wenn ein Müllkippenleser nur zur Schule gehen kann und nicht noch nebenbei arbeiten muss, kann er ziemlich zufrieden sein – und erfolgreich noch dazu.)

Und Juan Diego fuhr nicht Auto – das sollte auch so bleiben. Sein rechter Fuß stand zu schräg ab, um die Pedale richtig betätigen zu können. Juan Diego bekam zwar seinen Lernführerschein, doch als er sich zum ersten Mal hinter das Steuer setzte, mit Flor auf dem Beifahrersitz – Flor fuhr als Einzige in der Familie; Edward Bonshaw weigerte sich, ein Auto zu steuern –, schaffte er es doch tatsächlich, gleichzeitig auf Brems- und Gaspedal zu treten. (Was nur natürlich war, wenn der rechte Fuß in Richtung zwei Uhr abstand.)

»Das war's – erledigt«, hatte Flor daraufhin gesagt. »Dann gibt's jetzt eben zwei Nichtfahrer in unserer Familie.«

Dass er nicht Auto fuhr, sollte ihn mehr isolieren als das Humpeln oder sein mexikanisches Aussehen. Denn natürlich gab es den einen oder anderen Schüler auf der West High, in dessen Augen der fehlende Führerschein unerträglich war und ihn als schwul auswies – auf dieselbe Art *schwul,* wie es Juan Diegos Adoptiveltern waren.

»Rasiert sich eigentlich deine Mom oder wie sie sich nennen mag – ich meine ihr Gesicht, ihre scheiß Oberlippe?«, hatte der blonde Junge mit dem rosa Teint Juan Diego gefragt.

Flor hatte den denkbar dezentesten Hauch eines Schnurrbarts, eher einen Flaum – was nicht das Männlichste an Flor war, aber es fiel auf. Auf der Highschool wollen die meisten Jugendlichen nicht auffallen; sie wollen auch nicht, dass ihre Eltern auffallen. Doch man muss es Juan Diego hoch anrechnen, dass ihm Señor Eduardo und Flor nie peinlich waren. »Mehr kann man mit Hormonen nicht erreichen. Dir ist vielleicht aufgefallen, dass sie ziemlich kleine Brüste hat. Das liegt auch an den Hormonen – die Wirkung von Östrogenen hat ihre Grenzen. So viel ist sicher«, sagte Juan Diego dem blonden Jungen, der ihn gefragt hatte, ob Flor sich die Oberlippe rasierte.

Der Junge hatte nicht mit Juan Diegos offener Antwort gerechnet. Es schien, als hätte Juan Diego diese Runde gewonnen, aber Mobber sind nun mal keine guten Verlierer.

Der rosagesichtige Junge war mit Juan Diego noch nicht fertig. »Und so viel ist auch sicher«, sagte er. »Deine sogenannten Mom und Dad sind *Typen*. Einer der beiden, der große, zieht sich wie eine Frau an, aber beide haben Pimmel – so viel ist sicher.«

»Sie haben mich adoptiert, sie lieben mich«, sagte Juan Diego dem Jungen, weil Señor Eduardo ihm eingeschärft hatte, immer die Wahrheit zu sagen. »Und ich liebe sie – so viel ist sicher«, ergänzte Juan Diego.

Solche Mobbingattacken auf der Highschool gewinnt man nie so richtig, aber wenn man sie übersteht, kann man am Ende siegreich bleiben – das hatte Flor Juan Diego mit auf den Weg gegeben, der später bereute, dass er gegenüber Flor und Señor Eduardo in diesem Punkt nicht ganz ehrlich gewesen war – als er ihnen verschwieg, wie und warum er gemobbt wurde. »Sie rasiert sich das Gesicht – bei ihrer scheiß Oberlippe kriegt sie's nicht so gut hin –, wer auch immer oder was auch immer sie sein mag«, hatte der rosagesichtige Arsch von einem blonden Jungen zu Juan Diego gesagt.

»Sie rasiert sich *nicht*«, erwiderte Juan Diego. Er fuhr mit dem Finger die Konturen seiner Oberlippe nach, wie er es bei Lupe gesehen hatte, wenn sie sich von Rivera genervt fühlte. »Ein kleiner Flaum bleibt immer zurück. Mehr lässt sich durch Östrogene nicht erreichen, das sagte ich dir bereits.«

Jahre später, als Flor krank wurde, die Östrogene absetzen musste und ihr Bartwuchs wieder einsetzte und als Juan Diego sie rasieren musste, fiel ihm der blonde rosagesichtige Junge wieder ein. Vielleicht sehe ich ihn eines Tages wieder, hatte Juan Diego im Stillen gedacht.

»*Wen* wiedersehen?«, hatte ihn Flor gefragt. Da Flor keine Gedanken lesen konnte, musste Juan Diego das wohl laut gedacht haben.

»Oh, keinen, den du kennst, ich weiß nicht mal, wie er heißt. Nur ein Typ, den ich von der Highschool kenne«, hatte Juan Diego geantwortet.

»Für mich gibt's niemanden, den ich je wiedersehen will – schon gar nicht aus der Highschool«, erwiderte Flor. (Und schon gar nicht aus Houston, dachte damals Juan Diego, während er sie rasierte, achtete aber darauf, das nicht auch laut zu sagen.)

Als Flor und Señor Eduardo starben, unterrichtete Juan Diego am Iowa Writers' Workshop – im gleichen Studiengang, den er selbst einmal absolviert hatte.

Nachdem er sein Zimmer im ersten Stock an der Melrose Avenue an Mrs. Dodge abgetreten hatte, wohnte Juan Diego nie wieder auf dieser Seite des Iowa River. Stattdessen hatte er wechselnde langweilige Wohnungen in Campusnähe, unweit des Alten Kapitols und der Innenstadt, eben weil er nicht Auto fuhr. Er war ein Fußgänger oder, besser gesagt, ein Hinkender. Seine Freunde, seine Kollegen und seine Studenten kannten alle dieses Hinken; sie erkannten Juan Diego problemlos von weitem oder aus einem fahrenden Auto.

Wie die meisten Nichtautofahrer fand sich auch Juan Diego in der Stadt schlecht zurecht, und wenn er nicht irgendwohin gehumpelt, sondern nur bei irgendwem mitgefahren war, wusste Juan Diego nie, wo er genau war – oder wie man dahin kam.

Das galt auch für die Grabstätte der Familie Bonshaw, wo Flor und Señor Eduardo bestattet wurden – gemeinsam, wie von ihnen verfügt, und mit Beatrices Asche, die Edward Bonshaws Mutter für ihn aufbewahrt hatte und die von ihm nach deren Tod in einem Bankschließfach in Iowa City aufgehoben worden war.

Mrs. Dodge, die in Coralville natürlich bestens vernetzt

war, hatte genau gewusst, wo das Bonshaw'sche Familiengrab lag, und auch, dass der Friedhof nicht in Coralville, sondern »irgendwo anders im Umland von Iowa City« lag. (So hatte es Edward Bonshaw selbst beschrieben, der ja auch kein Autofahrer war.)

Ohne Mrs. Dodge hätte Juan Diego nie herausgefunden, wo seine geliebten Adoptiveltern begraben werden wollten. Und nach Mrs. Dodges Tod musste Dr. Rosemary Juan Diego zu dem geheimnisvollen Friedhof fahren. Edward Bonshaw und Flor teilten sich einen Grabstein, in den die letzten Verse aus Shakespeares Stück *Romeo und Julia* eingraviert waren, das Señor Eduardo so gemocht hatte. Tragödien, die junge Leute trafen, hatten den Mann aus Iowa immer am meisten berührt. (Und obwohl Flor das Stück angeblich kaltließ, hatte sie sich dennoch ihrem lieben Eduardo gefügt, was ihren gemeinsamen Nachnamen und die Inschrift auf dem gemeinsamen Grabstein betraf.)

Flor & Edward
BONSHAW
»Nur düstern Frieden
bringt uns dieser Morgen.«
Fünfter Aufzug, dritte Szene

So lautete die Inschrift auf dem Grabstein. Juan Diego hatte einen Einwand. »Möchtest du nicht wenigstens ›Shakespeare‹ schreiben, wenn nicht sogar welches Stück von ihm?«, hatte der Müllkippenleser den Mann aus Iowa gefragt.

»Das finde ich unnötig. Wer Shakespeare kennt, wird

das Zitat wiedererkennen; wer nicht – nun, der weiß es halt nicht«, sinnierte Edward Bonshaw, während sich der Hickman-Katheter auf seinem nackten Brustkorb hob und senkte. »Und es muss auch niemand wissen, dass Beatrices Asche mit uns begraben wird, oder?«

Na ja, Juan Diego würde es schon wissen. Genau wie Dr. Rosemary, die außerdem wusste, woher die Reserviertheit ihres Schriftstellerfreundes in Bezug auf dauerhafte Bindungen kam. In Juan Diegos Büchern, die Rosemary auch kannte, war es immer sehr wichtig, woher etwas kam.

Allerdings hatte Dr. Rosemary Stein Juan Diego nicht von klein auf gekannt – über den Jungen aus Guerrero, das Müllkippenkind, den Müllkippenleser mit seiner tief verankerten Entschlossenheit und Ausdauer wusste sie so gut wie nichts. Doch wild entschlossen hatte sie Juan Diego durchaus erlebt, wenn es sie auch beim ersten Mal überrascht hatte – er war ein so kleiner, schmächtiger Mann, und dann war da sein charakteristisches Hinken.

Sie hatten in dem Restaurant zu Abend gegessen, in dem sie damals praktisch Stammgäste waren, Ecke Clinton und Burlington Street, nur Rosemary und ihr Mann Pete (der ebenfalls Arzt war), Juan Diego und einer seiner Schriftstellerkollegen, Roy oder Ralph, Rosemary wusste es später nicht mehr genau, jedenfalls einer jener Gastautoren, die eine Menge tranken und entweder kein Wort sagten oder wie ein Wasserfall redeten – einer dieser ungehobelten durchreisenden Writers-in-Residence mit Stipendium.

Es war 2000 gewesen – nein, es war 2001, denn Rosemary hatte gerade gesagt: »Ich kann nicht glauben, dass es schon zehn Jahre her ist, dass die beiden von uns gegangen sind.

Mein Gott – so lange sind sie schon tot.« (Dr. Rosemary hatte von Flor und Edward Bonshaw gesprochen, die zehn Jahre zuvor gestorben waren.) Rosemary war etwas angeheitert, dachte Juan Diego, aber das machte nichts – Dr. Rosemary hatte keinen Bereitschaftsdienst, und Pete fuhr sowieso immer, wenn die beiden gemeinsam unterwegs waren.

In dem Moment hatte Juan Diego einen Mann an einem anderen Tisch etwas sagen hören. Nicht, was der Mann sagte, ließ ihn aufhorchen, sondern *wie* er es sagte. »So viel ist sicher«, hatte der Mann gesagt. Er sprach mit einer auffälligen Betonung. Die Stimme des Mannes war vertraut und streitlustig zugleich – er klang auch ein wenig so, als wäre er in der Defensive. Er klang wie jemand, der immer das letzte Wort haben muss.

Er war ein blonder, rotgesichtiger Mann, der mit seiner Familie da war; anscheinend war er mit seiner Tochter aneinandergeraten, die Juan Diego auf sechzehn oder siebzehn schätzte. Ein Sohn war auch dabei, etwas älter als die Tochter, aber höchstens achtzehn und – darauf hätte Juan Diego gewettet – noch auf der Highschool.

»Das ist einer der O'Donnells«, sagte Pete. »Die sind alle ein wenig laut.«

»Es ist Hugh O'Donnell«, sagte Rosemary. »Er sitzt in der Stadtplanungsbehörde. Er will immer wissen, wann wir noch ein Krankenhaus bauen, damit er dagegen sein kann.«

Doch Juan Diego beobachtete die Tochter. Er kannte und verstand den gekränkten Blick auf dem Gesicht des Mädchens. Sie hatte versucht, den Pullover zu verteidigen, den sie anhatte. Juan Diego hatte gehört, wie sie zu ihrem

Vater sagte: »Er sieht nicht ›nuttig‹ aus – so was tragen junge Leute heute!«

Das hatte zu dem herablassenden »So viel ist sicher« ihres rotgesichtigen Vaters geführt. Der blonde Mann hatte sich seit der Highschool kaum verändert, als er diese kränkenden Dinge zu Juan Diego gesagt hatte. Das war jetzt – wie lange, achtundzwanzig oder neunundzwanzig, dreißig Jahre her?

»Hugh, bitte –«, sagte Mrs. O'Donnell.

»Er sieht doch nicht ›nuttig‹ aus, oder?«, fragte das Mädchen seinen Bruder. Sie drehte sich ihm im Sitzen zu, damit der feixende Junge ihren Pulli besser sehen konnte. Doch der Bruder erinnerte Juan Diego an den Hugh von damals, dünner, flachsblond und rosafarbener im Gesicht als der Hugh, den er jetzt vor sich hatte und dessen Teint inzwischen eher rot war. Selbst das hämische Grinsen hatte der Junge von seinem Vater, und das Mädchen hütete sich, ihm den Pullover noch länger vorzuführen, und wandte sich ab. Es war offensichtlich, dass der grinsende Bruder zu feige war, für seine Schwester Partei zu ergreifen. Den Blick, den er ihr zuwarf, kannte Juan Diego bereits – es war ein mitleidloser Blick, der besagte, seine Schwester sähe in jedem Pulli nuttig aus, was sie in seinen herablassenden Augen wohl auch tatsächlich tat, da konnte sie anziehen, was sie wollte.

»Bitte, alle beide –«, begann die Ehefrau und Mutter, doch in diesem Moment stand Juan Diego von seinem Tisch auf und ging zu ihnen hinüber. Natürlich erkannte Hugh O'Donnell das Hinken, auch wenn er es – und Juan Diego – seit dreißig Jahren nicht gesehen hatte.

»Hi, ich bin Juan Diego Guerrero. Ich bin Schriftsteller

und mit eurem Dad zur Schule gegangen«, sagte er zu den beiden jungen O'Donnells.

»Hi –«, begann die Tochter, doch der Sohn sagte kein Wort, und ein Blick auf ihren Vater genügte, um auch das Mädchen verstummen zu lassen.

Mrs. O'Donnell wollte etwas sagen, brach aber mitten im Satz ab. »Oh, ich weiß, wer Sie sind. Ich habe Ihre Bücher –«, weiter kam sie nicht. In Juan Diegos Miene musste mehr als nur ein wenig von der Entschlossenheit des Müllkippenlesers zu sehen gewesen sein, genug, um Mrs. O'Donnell klarzumachen, dass Juan Diego weder über seine Bücher noch mit ihr reden wollte. Nicht jetzt.

»Ich war in deinem Alter«, sagte Juan Diego zu Hugh O'Donnells Sohn. »Dein Dad und ich lagen im Alter vielleicht zwischen euch beiden«, sagte er zu der Tochter. »Zu mir war er auch nicht besonders nett«, fügte Juan Diego an das Mädchen gewandt hinzu, das zunehmend verlegener wirkte – und zwar nicht unbedingt wegen des geschmähten Pullis.

»He, pass auf –«, setzte Hugh O'Donnell an, doch Juan Diego zeigte nur mit dem Finger auf ihn, würdigte ihn aber keines Blickes.

»Mit dir rede ich nicht – ich habe gehört, was du zu sagen hast«, sagte Juan Diego zu ihm, sah aber nur die Kinder an. »Ich wurde von zwei schwulen Männern adoptiert«, fuhr Juan Diego fort – schließlich wusste er, wie man eine Geschichte erzählt. »Sie waren Partner – die nicht heiraten durften, weder hier noch in Mexiko, wo ich herkomme. Doch sie liebten einander, und sie liebten mich – sie waren meine Vormunde, meine Adoptiveltern. Und natürlich habe ich sie geliebt, so wie Kinder ihre Eltern lieben sollten. Ihr wisst doch, wie das ist?«, fragte Juan Diego Hugh O'Donnells Kinder, doch die brachten kein Wort heraus, und nur das Mädchen nickte – ein klein wenig. Der Junge war völlig erstarrt.

»Jedenfalls«, fuhr Juan Diego fort, »hat euer Dad mich gemobbt. Er sagte, meine Mom habe sich rasiert – er meinte im Gesicht. Er fand, die Oberlippe habe sie nicht gut rasiert, doch sie rasierte sich gar nicht. Natürlich war sie ein *Mann* – doch sie kleidete sich wie eine Frau und nahm Hormone. Die Hormone halfen ihr, ein wenig mehr wie eine Frau auszusehen. Sie hatte ziemlich kleine Brüste, doch es waren Brüste, und ihr Bart wuchs nicht mehr, auch wenn sie noch ganz zarten Flaum, nur die Andeutung eines Schnurrbarts, auf der Oberlippe hatte. Ich sagte eurem Dad, mehr könnten die Hormone nicht tun – mehr könnten Östrogene nicht bewirken –, doch euer Dad hat einfach weitergemacht.«

Hugh O'Donnell hatte sich von dem Tisch erhoben, sprach aber nicht, sondern stand einfach nur da.

»Wisst ihr, was euer Dad zu mir sagte?«, fragte Juan Diego O'Donnells Kinder. »Er sagte: ›Deine sogenannten Mom und Dad sind *Typen* – beide haben einen Pimmel.‹ Das hat er gesagt; vermutlich ist er einfach ein ›So viel ist sicher‹-Typ. Stimmt's, Hugh?«, fragte Juan Diego und sah seinen ehemaligen Schulkameraden zum ersten Mal direkt an. »Hast du das nicht damals zu mir gesagt?«

Hugh O'Donnell stand weiter nur sprachlos da. Juan Diego widmete seine Aufmerksamkeit wieder den Kindern.

»Sie starben vor zehn Jahren an Aids, und zwar hier, in Iowa City«, erzählte Juan Diego den Kindern. »Die von den beiden, die eine Frau sein wollte – als sie im Sterben lag, musste ich sie rasieren, weil sie keine Östrogene mehr nehmen konnte und ihr Bart wieder wuchs, und ich merkte, wie traurig sie war, dass sie wieder so sehr wie ein Mann aussah. Sie starb zuerst. Mein ›sogenannter Dad‹ starb ein paar Tage später.«

Juan Diego hielt inne. Er wusste, ohne sie anzusehen, dass Mrs. O'Donnell weinte; die Tochter weinte auch. Juan Diego hatte immer gewusst, dass Frauen die wahren Leser waren – Frauen hatten die Fähigkeit, sich von einer Geschichte anrühren zu lassen.

Als Juan Diego den unerbittlichen, rotgesichtigen Vater und seinen erstarrten, rosagesichtigen Sohn ansah, hielt er inne und fragte sich, was die meisten Männer wohl überhaupt anrühren könnte. Was zum Henker könnte das sein?, fragte sich Juan Diego.

»Und so viel ist sicher«, sagte Juan Diego zu den O'Donnell-Kindern. Diesmal nickten beide, wenn auch kaum merklich. Als Juan Diego kehrtmachte und zu seinem Tisch zurückhumpelte, wo Rosemary und Pete – und sogar der betrunkene Gastautor – an seinen Lippen gehangen hatten, merkte Juan Diego, dass sein Hinken ein wenig ausgeprägter war als sonst, als wolle er bewusst (oder unbewusst) die Aufmerksamkeit darauf lenken. Ihm kam es so vor, als beobachteten ihn Señor Eduardo und Flor (irgendwie, von irgendwo) und hätten sich ebenfalls keins seiner Worte entgehen lassen.

Im Wagen dann, als Pete am Steuer saß und der betrunkene Gastautor auf dem Beifahrersitz (weil er ein großer Kerl und ein tapsiger Betrunkener war und sich alle einig waren, dass er die Beinfreiheit brauchte), hatte Juan Diego auf dem Rücksitz neben Dr. Rosemary Platz genommen. Weil er in fußläufiger Entfernung wohnte, hatte er eigentlich nach Hause humpeln wollen, doch da Roy oder Ralph ohnehin nicht allein nach Hause fand, hatte Rosemary darauf bestanden, ihn ebenfalls nach Hause zu bringen.

»Also, das war eine ziemlich gute Geschichte – soweit ich sie mitbekommen habe«, sagte der betrunkene Autor vom Beifahrersitz.

»Ja, das war – sehr interessant«, war Petes dürrer Kommentar.

»Als es um Aids ging, hat mich das ein wenig verwirrt«, fing Ralph oder Roy wieder an. »Es ging um zwei Kerle – das hab ich schon begriffen. Der eine war ein Crossdresser. Also, wirklich verwirrend war eigentlich nur das mit dem Rasieren – aber das mit dem Aids hab ich so weit verstanden.«

»Sie sind tot – vor zehn Jahren gestorben. Nur darauf kommt es an«, sagte Juan Diego vom Rücksitz.

»Nein, nicht nur«, widersprach Rosemary. (Es stimmte, hatte Juan Diego damals gedacht: Rosemary war tatsächlich ein wenig – oder vielleicht mehr als nur ein wenig – beschwipst gewesen.) Jedenfalls hatte Rosemary plötzlich Juan Diegos Gesicht in beide Hände genommen. »Wenn du das, was du eben zu diesem Arschloch Hugh O'Donnell gesagt hast, früher gesagt hättest, ich meine, bevor ich Pete mein Jawort gegeben habe, also dann hätte ich ... dich gebeten, mich zu heiraten, Juan Diego«, sagte Rosemary.

Pete fuhr eine ganze Weile durch die Dubuque Street; keiner sagte etwas. Roy oder Ralph wohnte ein Stück östlich, vielleicht in der Bloomington oder der Davenport Street – er wusste es nur nicht mehr. Allerdings war Roy oder Ralph auch damit beschäftigt, im Makeup-Spiegel in der Sonnenblende Dr. Rosemary auf dem Rücksitz zu finden.

»Wow – das habe ich nicht erwartet«, sagte Roy oder Ralph zu Rosemary, als er sie endlich im Spiegel sah. »Ich meine, dass Sie Juan Diego gebeten hätten, Sie zu heiraten!«

»Ich schon – ich habe es erwartet«, sagte Pete.

Doch Juan Diego, der sprachlos auf dem Rücksitz saß, war ebenso verdattert wie Roy oder Ralph – oder wer immer dieser Wanderautor sein mochte. (*Das* hatte selbst Juan Diego nicht erwartet.)

»Wir sind da – zumindest glaube ich's. Ich wünschte, ich wüsste, wo ich verdammt noch mal wohne«, sagte Roy oder Ralph.

»Ich meine damit nicht, dass ich dich dann auch tatsächlich geheiratet hätte«, versuchte Rosemary zurückzurudern, entweder Pete oder Juan Diego oder vielleicht auch beiden zuliebe. »Ich meinte nur, vielleicht hätte ich dich gefragt«, sagte sie, was irgendwie vernünftiger klang.

Juan Diego wusste, auch ohne sie anzusehen, dass Rosemary weinte – so wie Hugh O'Donnells Frau und Tochter geweint hatten.

Doch es war so viel passiert. Juan Diego brachte auf dem Rücksitz nur den Satz »Es sind die Frauen, die lesen« über die Lippen. Was er damals schon begriffen hatte und eigentlich meinte, aber unmöglich sagen konnte, war, dass eine Geschichte manchmal mit dem Nachwort beginnt. Aber wie hätte er so etwas sagen können? Einfach so, ohne Zusammenhang?

Manchmal hatte Juan Diego das Gefühl, er sitze noch

immer mit Rosemary Stein im Halbdunkel auf dem Rücksitz des Autos – schweigend und ohne dass sie einander ansahen. Und war nicht das die Bedeutung des Verses von Shakespeare, und hatte Edward Bonshaw ihn nicht deshalb so gemocht? »Nur düstern Frieden bringt uns dieser Morgen« – tja, und warum sollte diese Düsternis jemals enden? Wer kann fröhlich an das denken, was Julia und ihrem Romeo sonst noch geschah, und nicht gleichzeitig bei dem verweilen, was ihnen am Ende ihrer Geschichte widerfuhr?

26

Verstreut

Die Entwurzelung durch Reisen war in Juan Diegos frühen Romanen ein immer wiederkehrendes Thema gewesen. Jetzt suchten ihn die Dämonen der Entwurzelung erneut heim; Juan Diego hatte Mühe, sich zu erinnern, wie viele Tage und Nächte er mit Dorothy im El Nido gewesen war.

Er erinnerte sich an den Sex mit Dorothy – nicht nur an ihre lauten Orgasmen, bei denen sie scheinbar auf Nahuatl schrie, sondern auch, wie sie seinen Penis wiederholt »diesen Burschen« genannt hatte, als wäre Juan Diegos Penis ein stummer, aber ansonsten aufdringlicher Gast auf einer lärmenden Party. Dorothy machte eindeutig Krach, in der Welt der Orgasmen war sie ein veritables Erdbeben; ihre Zimmernachbarn im Resort hatten bei ihnen angerufen, um sich zu erkundigen, ob alles in Ordnung sei. (Allerdings hatte niemand das Wort *Arschkoch* oder den gebräuchlicheren Begriff *Arschloch* verwendet.)

Wie Dorothy Juan Diego gesagt hatte, war das Essen im El Nido gut: Reisnudeln mit Shrimpssauce; Frühlingsrollen mit Schweinefleisch, Pilzen oder Ente; Serranoschinken mit eingelegter grüner Mango; scharfe Sardinen. Außerdem gab es eine aus fermentiertem Fisch hergestellte Würzsauce, vor der Juan Diego auf der Hut sein musste, weil er davon möglicherweise eine Magenverstimmung oder Sodbrennen bekommen konnte. Und es gab Flan zum Nachtisch – Juan Diego mochte Eiercreme –, aber Dorothy riet ihm, auf alles zu verzichten, was Milch enthielt, mit der Begründung, sie traue der Milch auf den »äußeren Inseln« nicht.

Juan Diego wusste nicht, ob nur eine kleine Insel als *äußere* Insel galt oder ob für Dorothy alle Inseln der Palawan-Gruppe dazugehörten. Als Juan Diego sie fragte, zuckte Dorothy nur mit den Achseln. Ihr Achselzucken war umwerfend.

Seltsam, wie ihn das Zusammensein mit Dorothy Miriam vergessen ließ, doch er hatte vergessen, dass das Zusammensein mit Miriam (allein schon der *Wunsch*, mit Miriam zusammen zu sein) ihn einmal das Zusammensein mit Dorothy hatte vergessen lassen. Sehr seltsam: wie er gleichzeitig zwanghaft auf diese Frauen fixiert sein und sie dennoch vergessen konnte.

Der Kaffee im El Nido war entschieden zu stark, oder vielleicht kam er Juan Diego auch nur stark vor, weil er ihn schwarz trank. »Nimm den Grünen Tee«, schlug Dorothy vor. Doch der Grüne Tee war sehr bitter; Juan Diego tat ein wenig Honig hinein, der offenbar aus Australien kam.

»Australien ist doch in der Nähe, oder?«, fragte Juan Diego Dorothy. »Bestimmt ist der Honig unbedenklich.«

»Sie verdünnen ihn mit irgendwas – er ist zu wässrig«, befand Dorothy. »Und woher kommt das Wasser?«, fragte sie ihn. (Sie war wieder bei ihrem Äußere-Inseln-Thema angelangt.) »Ist es Mineralwasser, oder kochen sie es ab? Ich sage: Scheiß auf den Honig.«

»Na gut«, sagte Juan Diego. Offenbar kannte sich Dorothy gut aus. Juan Diego bemerkte, dass er sich immer häufiger fügte, wenn er mit Dorothy oder ihrer Mutter zusammen war.

Er ließ sich von Dorothy seine Pillen geben; sie hatte seine verschreibungspflichtigen Medikamente einfach an sich genommen. Dorothy entschied nicht nur, wann er das Viagra nehmen sollte – immer eine ganze Tablette, keine halben Sachen –, sie sagte ihm auch, wann die Betablocker dran waren.

Bei Ebbe bestand Dorothy darauf, dass sie sich mit Blick auf die Lagune hinsetzten; bei Ebbe kamen die Riffreiher und durchsuchten das Watt. »Wonach suchen die Reiher?«, hatte Juan Diego sie gefragt.

»Das ist egal – es sind doch beeindruckende Vögel, findest du nicht?«

Bei Flut nahm Dorothy seinen Arm, wenn sie sich auf den Strand der hufeisenförmigen Bucht wagten. Die Warane lagen gern im Sand; einige von ihnen waren so lang wie der Arm eines erwachsenen Menschen. »Man sollte ihnen nicht zu nahe kommen – sie könnten beißen, und sie riechen wie Aas«, hatte Dorothy ihn gewarnt. »Sie sehen wie Penisse aus, hab ich recht? Unfreundlich aussehende Penisse.«

Juan Diego hatte keine Ahnung, wem unfreundlich aussehende Penisse ähnelten; dass irgendein Penis wie ein Waran aussehen könnte oder mochte, überstieg seine Vorstellungskraft. Juan Diego hatte genug Probleme, seinen eigenen Penis zu verstehen. Als Dorothy ihn zum Schnorcheln ins tiefe Wasser außerhalb der Lagune mitnahm, brannte sein Penis ein wenig.

»Das liegt nur am Salzwasser und daran, dass du viel Sex hattest«, klärte ihn Dorothy auf. Offenbar wusste sie mehr über Juan Diegos Penis als er selbst. Und das Brennen hörte bald auf. (Eigentlich war es mehr ein Kribbeln als ein Brennen gewesen.) Juan Diego wurde weder vom Plankton noch von brennenden rosa Quallen angegriffen.

Im Übrigen erhielt er von Clark eine neugierige SMS nach der anderen, noch ehe er und Dorothy El Nido und die Insel Lagen verlassen hatten.

»D. ist IMMER NOCH bei dir, oder?«, lautete die erste SMS.

»Was soll ich ihm antworten?«, fragte Juan Diego Dorothy.

»Leslie schickt Clark doch auch SMSen – oder?«, hatte Dorothy gefragt. »Also ich antworte ihr einfach nicht. Man könnte meinen, Leslie und ich hätten eine feste Beziehung oder so was.«

Doch Clark French schrieb seinem ehemaligen Dozenten immer weiter SMS. »Soweit die arme Leslie weiß, ist D. einfach VON DER BILDFLÄCHE VERSCHWUNDEN. Leslie hat erwartet, D. in Manila zu treffen. Doch die arme Leslie ist misstrauisch – sie weiß, dass du D. kennst. Was soll ich ihr sagen?«

»Schreib Clark, wir fliegen nach Laolag. Leslie wird wissen, wo das ist. Jeder weiß, wo Laolag ist. Schreib nichts Näheres«, riet Dorothy.

Doch als Juan Diego ihren Rat befolgte – und Clark schrieb, er fliege »mit D. nach Laolag« –, antwortete sein ehemaliger Student fast augenblicklich.

»D. fickt mit dir, stimmt's? Wohlbemerkt: Nicht ICH will das wissen!«, schrieb ihm Clark zurück. »Die arme Leslie fragt MICH. Was soll ich ihr sagen?«

Als Dorothy seinen konsternierten Blick sah, wusste sie sofort, von wem die SMS war: »Leslie ist ein sehr besitzergreifender Mensch. Sie muss endlich begreifen, dass wir nicht ihr Eigentum sind. Und das Ganze nur, weil dein alter Student zu verklemmt ist, um sie zu ficken, und weil Leslie weiß, dass sie irgendwann Hängetitten bekommt oder was auch immer.«

»Verlangst du etwa von mir, dass ich deine herrschsüchtige Freundin abserviere?«, fragte Juan Diego.

»Vermutlich musstest du noch nie eine herrschsüchtige Freundin abservieren«, sagte Dorothy. Und bevor Juan Diego zugeben konnte, dass er noch nie eine herrschsüchtige Freundin – oder überhaupt viele andere Freundinnen – hatte, wies ihn Dorothy auch schon an, wie er mit der Situation umgehen solle.

»Wir müssen Leslie zeigen, dass wir uns von ihr nicht emotional an die Kette legen lassen«, fing Dorothy an. »Du schreibst Clark Folgendes – er wird Leslie brühwarm alles weitersagen. Erstens: Warum sollten D. und ich es nicht tun? Zweitens: Leslie und D. haben es doch auch getan, oder nicht? Drittens: Wie geht's den beiden Jungs – vor allem dem armen Penis von Werner? Viertens: Sollen wir den Wasserbüffel von der ganzen Familie grüßen?«

»Das soll ich schreiben?«, fragte Juan Diego. Dorothy war wirklich ein kluges Köpfchen, dachte er.

»Schick's einfach ab«, sagte ihm Dorothy. »Leslie muss abserviert werden – sie will es nicht anders. Jetzt kannst du sagen, du hattest eine herrschsüchtige Freundin. Macht Spaß, was?«, fragte ihn Dorothy.

Brav schickte er die SMS ab, wobei er sich bewusst war,

dass er damit auch Clark vor den Kopf stieß. Es machte ihm aber tatsächlich Spaß; er konnte sich nicht erinnern, wann er zuletzt so viel Spaß gehabt hatte – trotz des schnell abklingenden Kribbelns in seinem Penis.

»Wie geht's diesem Burschen?«, fragte Dorothy im selben Moment und berührte seinen Penis. »Brennt er immer noch? Oder *kribbelt* er eher noch ein bisschen? Möchtest du, dass dieser Bursche noch ein wenig mehr kribbelt?«

Juan Diego konnte kaum nicken, so müde war er. Seit er Clark die für ihn untypische SMS geschickt hatte, starrte er die ganze Zeit auf sein Handy.

»Keine Sorge«, flüsterte Dorothy ihm ins Ohr; sie befühlte immer noch seinen Penis. »Du siehst ein bisschen müde aus, aber *dieser Bursche* nicht«, flüsterte sie. »*Der* wird nicht müde.«

Sie nahm ihm das Handy weg. »Keine Sorge, Liebling«, sagte sie zu ihm, diesmal mehr im Befehlston – das Wort *Liebling* klang merkwürdigerweise genau so, wie es sich aus Miriams Mund angehört hatte. »Keine Sorge – Leslie wird uns nicht mehr behelligen. Vertrau mir, das war deutlich genug. Dein Freund Clark French macht alles, was sie will – außer sie zu ficken.«

Juan Diego wollte Dorothy über ihre bevorstehende gemeinsame Reise nach Laoag und Vigan befragen, fand aber die Worte nicht. Er konnte doch Dorothy unmöglich sagen, dass er inzwischen nicht mehr unbedingt hinfahren wollte, zumal Dorothy die Reise vorgeschlagen hatte – weil Juan Diego Amerikaner war und aus der Vietnamkriegsgeneration stammte –, damit er wenigstens sehen konnte, wohin diese jungen Amerikaner, diese verängstigten Neunzehnjährigen, die solche Angst davor hatten, gefoltert zu werden, gegangen waren, um dem Krieg zu entkommen, wenigstens für ein paar Tage Urlaub von der Front.

Juan Diego hatte von Dorothy auch wissen wollen, woher genau die unerschütterliche Gewissheit ihrer Ansichten kam – so wie er sich bekanntlich immer fragte, woher etwas kam –, hatte aber nicht den nötigen Mumm dafür aufgebracht.

Dorothy war entrüstet über die vielen japanischen Touristen im El Nido und auch darüber, wie sehr das Resort auf deren Wünsche einging, etwa indem sie auch japanische Gerichte auf die Speisekarte setzten.

»Wir sind hier schließlich nicht weit von Japan entfernt«, gab Juan Diego zu bedenken. »Und auch andere Leute mögen japanisches Essen –«

»Nach allem, was Japan den Philippinen angetan hat?«, fragte Dorothy.

»Na ja, im Krieg –«, begann Juan Diego.

»Wart's ab, bis du das Manila American Cemetery and Memorial siehst – sofern du es je zu sehen bekommst«, sagte Dorothy abfällig. »Die Japaner sollten die Philippinen nicht betreten dürfen.«

Dann wies Dorothy ihn darauf hin, dass die Australier alle anderen Weißen im Speisesaal des El Nido zahlenmäßig übertrafen. »Egal, wohin, sie reisen immer in Gruppen – in Horden«, sagte sie.

»Du magst also auch keine Australier?«, fragte Juan Diego. »Dabei sind sie doch wirklich freundlich – und einfach von Natur aus gesellig.« Was Dorothy nur mit ihrem Lupe-artigen Achselzucken quittierte.

Genauso gut hätte Dorothy sagen können: Wenn du's nicht von allein kapierst, wird es mir garantiert nicht gelingen, es dir zu erklären.

Im El Nido gab es auch zwei russische Familien und außerdem einige Deutsche. »Die Deutschen sind einfach *überall*«, sagte Dorothy dazu nur.

»Sie sind eben große Reisende«, hatte Juan Diego erwidert.

»Du willst sagen, große Eroberer«, entgegnete Dorothy und verdrehte die dunklen Augen.

»Aber du magst doch das Essen hier, in El Nido. Du hast gesagt, das Essen sei gut«, erinnerte Juan Diego sie.

»Reis ist Reis«, sagte Dorothy nur – als habe sie sich nie positiv zum Hotelessen geäußert. Doch wenn Dorothy in ihrer *Dieser-Bursche*-Stimmung war, ließ sie sich durch nichts ablenken.

In ihrer letzten gemeinsamen Nacht im El Nido wurde Juan Diego wach, weil die Lagune den Mondschein reflektierte; wegen ihrer intensiven Beschäftigung mit *diesem Bursche* hatten sie wohl beide vergessen, die Vorhänge zu schließen. Wie das silbrige Licht auf das Bett fiel und Dorothys Gesicht beschien, war ein wenig unheimlich. Im Schlaf wirkte sie fast leblos, wie eine Statue – als wäre Dorothy eine Schaufensterpuppe, die nur gelegentlich zum Leben erwachte.

Juan Diego beugte sich im Mondlicht über sie, hielt sein Ohr dicht an ihre Lippen, hörte aber dennoch keine Atemgeräusche, wie sich auch ihre dezent vom Laken bedeckten Brüste nicht merklich zu heben und zu senken schienen.

Einen Moment lang war es Juan Diego, als hörte er

Schwester Gloria wieder sagen: »Ich will kein Wort mehr darüber hören, dass sich Unsere Liebe Frau von Guadalupe *hinlegt*.« Oder als läge er wieder neben der sexpuppenhaften Kopie Unserer Lieben Frau von Guadalupe (die der gute Gringo damals im Madonnenladen in Oaxaca gekauft und ihm geschenkt hatte), nachdem es ihm endlich gelungen wäre, die Füße vom Sockel der Schaufensterpuppe loszusägen.

»Erwartest du von mir, dass ich etwas sage?«, flüsterte ihm Dorothy in diesem Moment ins Ohr, so dass er hochschreckte. »Oder hattest du etwa vor, mich zu lecken und dadurch aufzuwecken?«, fragte die junge Frau gleichgültig.

»Wer bist du?«, fragte Juan Diego. Doch dann sah er im silbrigen Mondschein, dass Dorothy wieder eingeschlafen war, oder sie stellte sich schlafend – oder er hatte sich nur eingebildet, dass sie mit ihm redete oder was er sie gefragt hatte.

Die Sonne ging unter; sie blieb noch lange genug am Horizont, um einen kupferroten Schimmer auf das Südchinesische Meer zu werfen. Das kleine Flugzeug aus Palawan, in dem Juan Diego und Dorothy saßen, flog weiter Richtung Manila. Juan Diego dachte an den Blick, den Dorothy dem Wasserbüffel am Flughafen zum Abschied zugeworfen hatte.

»Das ist ein Wasserbüffel auf Betablocker«, hatte Juan Diego bemerkt. »Der arme Kerl.«

»Na – du hättest ihn mal mit der Raupe in der Nase erleben sollen«, hatte Dorothy erwidert und dem Wasserbüffel einen weiteren bösen Blick zugeworfen.

Dann war die Sonne weg, der Himmel hatte die Farbe eines Blutergusses, und an den weit auseinander liegenden, glitzernden Lichtern unter ihnen merkte Juan Diego, dass sie jetzt über Land flogen – das Meer lag hinter ihnen. Juan Diego schaute aus dem kleinen Fenster des Flugzeugs, als er spürte, wie sich Dorothys schwerer Kopf in die Kuhle zwischen Schulter und Hals legte; er fühlte sich so hart an wie eine Kanonenkugel.

»In einer Viertelstunde wirst du die Lichter der Stadt sehen«, sagte ihm Dorothy. »Vorher kommt unbeleuchtete Dunkelheit.«

»Unbeleuchtete Dunkelheit?«, wiederholte Juan Diego fragend und irgendwie beunruhigt.

»Von dem einen oder anderen Schiff mal abgesehen«, antwortete sie ihm. »Die Dunkelheit ist die Bucht von Manila. Zuerst die Bucht, dann die Lichter.«

Lag es an Dorothys Stimme oder dem Gewicht ihres Kopfes, dass er einschlief? Oder fühlte Juan Diego bereits den Lockruf der unbeleuchteten Dunkelheit?

Der Kopf, der an seiner Schulter ruhte, gehörte Lupe, nicht Dorothy; und statt in einem Flugzeug saß er in einem Bus, und die Gebirgsstraße, auf der dieser Bus sich durch die Finsternis schlängelte, lag irgendwo in der Sierra Madre – der Zirkus kehrte von Mexico City nach Oaxaca zurück. Lupes Kopf lastete so schwer auf ihm wie ein Hund in traumlosem Schlaf; ihre kleinen Finger hatten den Griff um die beiden religiösen Figuren gelockert, mit denen sie vor dem Einschlafen gespielt hatte.

Juan Diego hielt die Kaffeedose mit der Asche – er hatte nicht zugelassen, dass Lupe sie zwischen den Knien behielt.

Mit ihrer grässlichen kleinen Coatlicuestatuette und der Guadalupefigur – die Juan Diego auf der Treppe gefunden hatte, als sie vom El Cerrito hinabgingen – hatte Lupe einen Krieg zweier Superheldinnen gespielt. Sie ließ die beiden Actionfiguren Kopfstöße ausführen, zutreten, Sex haben; dass die gelassen wirkende Guadalupe gewinnen würde, schien unwahrscheinlich, doch ein Blick auf Coatlicue ließ kaum Zweifel daran aufkommen, dass von den beiden Kämpferinnen sie die Vertreterin der Unterwelt war.

Juan Diego hatte seine Schwester den in ihr tobenden Religionskrieg mit dieser kindischen Schlacht der Superheldinnen ausfechten lassen. Zunächst schien die heiligenmäßig aussehende Guadalupe auf der Verliererstraße zu sein; sie hielt die Hände wie zum Gebet über ihrem leicht gewölbten Unterleib – nicht gerade eine kämpferische Pose – während Coatlicue aussah, als wären ihre Fäuste genauso bereit, nach vorn zu stoßen, wie eine ihrer sich windenden Schlangen, und ihre schlaffen Brüste waren beängstigend – selbst ein verhungerndes Kleinkind hätte sie zu abstoßend gefunden!

Lupe spielte mit den beiden Actionfiguren eine ganze Reihe hochemotionaler Situationen durch: Kämpfen und Ficken wechselten sich ab, und es gab zwischen den Kämpferinnen Momente offenkundiger Zärtlichkeit, ja sogar Küsse.

Als Juan Diego Guadalupe und Coatlicue beim Küssen beobachtete, fragte er Lupe, ob das eine Art Waffenstillstand darstellte – dass sie ihre religiösen Differenzen für einen Moment vergaßen. Denn konnte Küssen unter diesen Umständen nicht auch eine Versöhnung bedeuten?

»Sie machen bloß eine Pause«, sagte Lupe nur und setzte die gewalttätigeren Aktionen (mit mehr Kämpfen und Ficken) zwischen den beiden Tomtemfiguren fort, bis sie erschöpft war und einschlief.

Soweit Juan Diego erkennen konnte, war zwischen den beiden Schlampen in Lupes kleinen sich im Schlaf entspannenden Händen weiterhin nichts entschieden. Wie könnten auch eine gewalttätige Mutter-Erde-Göttin und eine dieser allwissenden, ewig untätigen Jungfrauen nebeneinander bestehen?, überlegte Juan Diego. Er merkte nicht, dass ihn Edward Bonshaw von der anderen Gangseite des dunklen Busses aus dabei beobachtete, wie er die beiden religiösen Figuren sanft den Händen seiner schlafenden Schwester entwand.

Irgendjemand im Bus hatte gefurzt – vielleicht einer der Hunde oder auch der Papageienmann, aber Paco und Bierbauch (bei dem vielen Bier, das sie tranken) auf jeden Fall. Juan Diego hatte schon das Busfenster neben sich geöffnet, nur einen Spaltbreit, aber groß genug, dass er die zwei Superheldinnen hindurchschieben konnte. Irgendwo in einer endlosen Nacht – auf einer kurvenreichen Straße durch die Sierra Madre –, blieben zwei religiöse Figuren in der unbeleuchteten Dunkelheit sich selbst überlassen.

Was nun – was kam jetzt?, überlegte Juan Diego, als ihn Señor Eduardo von der anderen Seite des Ganges aus ansprach.

»Du bist nicht allein, Juan Diego«, sagte der Mann aus Iowa. »Wenn du einen Glauben wegwirfst und dann noch einen, bist du immer noch nicht allein – das Universum ist kein gottloser Ort.«

»Was nun – was kommt jetzt?«, fragte ihn Juan Diego.

Ein Hund kam zwischen ihnen den Gang des Zirkusbusses entlang; es war Pastora, die Hütehündin – sie blickte fragend zu Juan Diego hoch und wedelte mit dem Schwanz, als habe er zu ihr gesprochen, und als er nicht reagierte, lief sie weiter.

Edward Bonshaw murmelte etwas über die Kirche der Gesellschaft Jesu – er meinte den *Templo de la Compañia de Jesús* in Oaxaca – und fragte, ob Juan Diego schon überlegt hätte, Esperanzas Asche dort zu Füßen der riesigen Jungfrau Maria zu verstreuen.

Der Junge wollte schon zu seinem üblichen »Das Monster Maria«-Einwand ansetzen, da lenkte Edward Bonshaw auch schon ein. »Schon gut – vielleicht nicht die ganze Asche und nur zu ihren Füßen! Ich weiß ja, dass du und Lupe so eure Probleme mit der Jungfrau Maria habt, aber eure Mutter hat sie verehrt.«

»Das Monster Maria hat unsere Mutter getötet«, rief Juan Diego Señor Eduardo in Erinnerung.

»Ich glaube, du interpretierst da einen Unfall auf dogmatische Weise«, warnte ihn Edward Bonshaw. »Vielleicht hat Lupe ja gar nichts dagegen, die Jungfrau Maria noch einmal aufzusuchen.«

Die im Gang auf und ab laufende Pastora kam wieder bei ihnen vorbei. Die ruhelose Hündin erinnerte Juan Diego an ihn selbst und daran, wie Lupe sich in letzter Zeit benommen hatte – vielleicht auf für sie untypische Weise irgendwie unsicher, doch auch geheimnistuerisch.

»Platz, Pastora«, sagte Juan Diego, doch die Hütehündin setzte unbeeindruckt ihre Runde fort.

Juan Diego wusste nicht, was er glauben sollte; außer der Hochseilartistik war alles Schwindel. Er wusste, dass auch Lupe verwirrt war, es aber nicht zugeben wollte. Und wenn Esperanza nun doch recht damit gehabt hätte, das Monster Maria zu verehren? Die Kaffeedose weiterhin fest zwischen seinen Oberschenkeln, wusste Juan Diego, dass es keine rationale Entscheidung war, die Asche seiner Mutter (und aller anderen) zu verstreuen – ganz gleich, wo. Wusste er denn so sicher, warum ihre Mutter *nicht* gewollt hätte, dass ihre Asche zu Füßen der gewaltigen Jungfrau Maria in der Jesuitenkirche verstreut wurde, wo sie sich einen guten Namen gemacht hatte – wenn auch nur als Putzfrau?

Als die Karawane aus Zirkuslastwagen und -bussen im Morgengrauen in das Tal zwischen der Sierra Madre de Oaxaca und der Sierra Madre del Sur rollte, schliefen Edward Bonshaw und Juan Diego tief und fest. Sie fuhren gerade durch Oaxaca, als Lupe ihren Bruder mit den Worten weckte: »Der Papageienmann hat recht – wir sollten die Asche über das ganze Monster Maria verstreuen.«

»Er sagte: ›... nur zu ihren *Füßen*‹, Lupe«, ermahnte Juan Diego seine kleine Schwester. Natürlich hatte Lupe die Gedanken des Mannes aus Iowa gelesen – entweder als sie selbst oder als Señor Eduardo oder als sie beide schliefen.

»Ich sage, die Asche fliegt über das ganze Monster Maria – soll die Schlampe uns doch zeigen, was sie draufhat«, entgegnete Lupe ihrem Bruder.

»Señor Eduardo hat aber ›vielleicht nicht die *ganze* Asche‹ gesagt, Lupe«, warnte Juan Diego.

»Ich sage: alles, überallhin«, sagte Lupe. »Sag dem Fahrer, er soll uns und den Papageienmann an der Kirche absetzen.«

»Jesus, Maria und Joseph«, murmelte Juan Diego. Inzwischen waren alle Hunde wach und liefen wie Pastora im Gang auf und ab.

»Rivera sollte ebenfalls dabei sein – er ist ein Mariaverehrer«, sagte Lupe, als führe sie ein Selbstgespräch. Juan Diego wusste, dass Rivera frühmorgens in der Regel entweder in der Hütte in Guerrero war oder im Fahrerhaus seines Pick-ups schlief, nachdem er vermutlich schon die Höllenfeuer auf dem *basurero* in Gang gesetzt hatte. Die Müllkippenkinder würden noch vor der Frühmesse in der leeren Jesuitenkirche eintreffen, wo Bruder Pepe vermutlich gerade die letzten Kerzen anzündete.

Der Busfahrer musste einen Umweg machen, weil ein toter Hund die schmale Straße versperrte. »Ich weiß, wo du einen neuen Hund herkriegst – einen Springer«, hatte Lupe zu Juan Diego gesagt. Einen toten Hund hatte sie nicht gemeint, sondern einen Dachhund – einen, der das Springen gewohnt war, einen, der nicht gestürzt war.

»Man kann Dachhunden nicht beibringen, eine Trittleiter zu erklimmen, Lupe«, hatte Juan Diego zu seiner Schwester gesagt. »Und Vargas sagt, Dachhunde haben die Tollwut – sie seien wie *perros del basurero*. Deponiehunde und Dachhunde sind tollwütig. Vargas hat gesagt –«

»Ich muss mit Vargas über etwas anderes reden. Vergiss den Springer«, sagte Lupe. »Die blöde Trittleiternummer ist den ganzen Aufwand nicht wert. Das mit den Dachhunden war nur so eine Idee, weil sie springen.«

»Sie sterben, auf jeden Fall beißen sie –«, begann Juan Diego.

»Vergiss die Dachhunde«, unterbrach ihn Lupe ungeduldig. »Mir geht's mehr um die *Löwen*. Kriegen *die* Tollwut?«, sagte sie energisch. Und dann, sehr viel leiser: »Vargas weiß es bestimmt.«

Der Bus fuhr jetzt wieder auf der Hauptstraße und hielt auf die Kreuzung Flores Magón und Valerio Trujano zu. Schon kam der *Templo de la Compañia de Jesús* in Sicht.

»Vargas ist kein Löwenarzt«, gab Juan Diego zu bedenken.

»Du hast doch die Asche, oder?«, sagte Lupe daraufhin nur; sie hatte Baby hochgehoben, den feigen Dackelrüden, und dessen Nase in Señor Eduardos Ohr gesteckt. Die Kalte-Nase-Weckmethode brachte den irritierten Mann aus Iowa mit einem Satz auf die Beine. Nun stand er im Mittelgang zwischen den Sitzreihen, die Hunde wuselten um ihn herum, und beim Anblick des Krüppels, der die Kaffeedose fest umklammerte, wusste er, dass der Junge wild entschlossen war.

»Aha – dann geht es also jetzt ans Verstreuen, stimmt's?«, fragte Edward, bekam aber keine Antwort.

»Wir bestäuben die Schlampe von Kopf bis Fuß – das Monster Maria wird Asche in den Augen haben!«, rief Lupe wie immer unverständlich. Doch Juan Diego dolmetschte den Ausbruch seiner Schwester nicht.

Am Eingang der Kirche blieb nur Edward Bonshaw kurz am Weihwasserbecken stehen, tauchte die Finger in das *agua de San Ignacio de Loyola* und bekreuzigte sich dann damit, unter dem Porträt des heiligen Ignatius von Loyola, der (immerdar) hilfesuchend in den Himmel schaute. Die Müllkippenkinder dagegen machten nicht einmal für einen kleinen Spritzer von geweihtem *agua* halt.

Wie vorausgesehen, hatte Pepe die Kerzen bereits angezündet, und sie fanden ihn in der Nische hinter dem Weih-

wasserbecken, wo er an der Guadalupeinschrift betete –«
dem »Guadalupequatsch«, wie Lupe es nun nannte.

»¿*No estoy aqui, que soy tu madre?*« (Diesen Quatsch meinte Lupe also.)

»Nein, du bist nicht hier«, sagte Lupe zu dem weniger als lebensgroßen Abbild von Guadalupe. »Und du bist nicht meine Mutter.« Als Lupe den knienden Pepe sah, sagte sie zu ihrem Bruder: »Sag Pepe, er soll Rivera suchen. *El jefe* wird dabei sein wollen.«

Juan Diego erzählte Pepe, was sie vorhatten und dass Lupe auf Riveras Anwesenheit Wert legte.

»Das klingt ja plötzlich ganz anders«, sagte Pepe. »Offenbar gab es da ein Umdenken. Vermutlich war der Schrein der Guadalupe eine Wasserscheide. War Mexico City vielleicht so etwas wie ein Wendepunkt?«, fragte Pepe den Amerikaner, dessen Stirn nass vom Weihwasser war.

»Noch nie war die Unsicherheit so groß«, sagte Señor Eduardo, was sich für Pepe allerdings eher wie der Beginn einer langen Beichte anhörte, worauf sich dieser unter dem Vorwand, Rivera finden zu müssen, rasch aus dem Staub machte. Gleichzeitig war er voller Bewunderung für die Fortschritte, die Edward Bonshaws Umorientierung machte. »Übrigens habe ich gehört, was mit dem *Pferd* passiert ist!«, rief Pepe Juan Diego zu, der es eilig hatte, Lupe einzuholen, die bereits unter dem dreistöckigen Wolkenpodest mit den daraus hervorschauenden starren Engelsgesichtern stand und zum Monster Maria emporblickte.

»Siehst du?«, sagte sie zu Juan Diego. »Man *kann* die Asche gar nicht zu ihren Füßen verstreuen. Schau nur, wer da schon *liegt*!«

Es war schon eine ganze Weile her, dass die beiden Kinder vor dem Monster Maria gestanden hatten, weshalb sie den winzigen Schrumpfjesus vergessen hatten, der zu Füßen der Jungfrau Maria blutend am Kreuz hing und litt. »Auf *ihm* verstreuen wir Mutters Asche nicht«, bestimmte Lupe.

»Also gut, aber wo denn dann?«, fragte Juan Diego.

»Ich halte das wirklich für die richtige Entscheidung«, sagte Edward Bonshaw. »Ich glaube nicht, dass ihr beide der Jungfrau Maria eine faire Chance gegeben habt.«

»Du solltest dem Papageienmann auf die Schultern klettern und die Asche von dort nach oben werfen, so reichst du höher hinauf«, sagte Lupe zu Juan Diego und hielt solange die Kaffeedose. Der Mann aus Iowa, der in die Hocke gegangen war, musste sich am Altargitter festhalten, bevor er sich schwankend wieder zu voller Größe aufrichten konnte. Lupe nahm den Deckel von der Kaffeedose und reichte den Behälter dann ihrem Bruder hinauf. (Gott allein weiß, was Lupe mit dem Deckel machte.)

Selbst von seiner erhöhten Position aus befand sich Juan Diego kaum in Höhe der Knie der Jungfrau Maria; sein Scheitel reichte gerade mal bis zu den Oberschenkeln der Riesin.

»Ich weiß nicht genau, wie man die Asche aufwärts streuen kann«, bemerkte Señor Eduardo zurückhaltend.

»Vergiss das mit dem Streuen«, sagte Lupe zu ihrem Bruder. »Nimm einfach eine Handvoll und wirf!«

Doch die erste Handvoll Asche flog nicht höher als bis zu den eindrucksvollen Brüsten des Monsters Maria; natürlich fiel der größte Teil der Asche in die nach oben gerichteten Gesichter von Juan Diego und Edward. Señor Eduardo hustete und nieste, und Juan Diego, der Asche in den Augen hatte, sagte: »Das klappt nicht besonders gut.«

»Der gute Wille zählt«, sagte Edward Bonshaw und würgte.

»Wirf die ganze Dose, wirf sie ihr an den Kopf!«, rief Lupe.

»Betet sie?«, fragte der Mann aus Iowa Juan Diego, doch der konzentrierte sich aufs Zielen. Er schleuderte die dreiviertelvolle Kaffeedose, und zwar so, wie er auf dem Bildschirm Soldaten hatte Handgranaten werfen sehen.

»Nicht die ganze Dose!«, hörten die Müllkippenkinder Señor Eduardo rufen.

»Guter Treffer«, sagte Lupe. Die Kaffeedose hatte die Jungfrau Maria an ihrer ausgeprägten Stirn getroffen. (Juan Diego war sich sicher, dass er das Monster Maria hatte blinzeln sehen.) Die Asche regnete herab, rieselte in kleinen Flöckchen durch die schräg einfallenden morgendlichen Sonnenstrahlen und verteilte sich auf jedem Quadratzentimeter des Monsters Maria, und das Gerieselhörte überhaupt nicht mehr auf.

»Die Asche schien aus einer größeren Höhe zu fallen – aus einer weiter oben befindlichen Quelle, die man aber nicht sah«, schilderte Edward Bonshaw später, was geschehen war. »Und die Asche fiel immer weiter, als wäre es mehr Asche, als sich in der Kaffeedose befunden haben konnte.« An dieser Stelle machte Edward immer eine Pause, ehe er fortfuhr: »Ich zögere, das zu sagen. Ganz ehrlich. *Aber* so, wie die Asche immer weiter fiel, war es, als würde dieser Augenblick kein Ende nehmen. Die Zeit – Zeit an sich, jedes Zeitgefühl – war gleichsam zum Stillstand gekommen.«

In den folgenden Wochen – oder vielmehr, wie Bruder Pepe betonte, noch monatelang – sprachen die Gläubigen, die zur Frühmesse kamen, davon, wie die Asche in den Lichtstrahlen rieselte. Doch jenes Ereignis, das die gewaltige Jungfrau Maria in eine strahlende, aber graubraune Wolke zu tauchen schien, wurde von niemandem als göttliche Erscheinung gepriesen.

Die beiden Patres Alfonso und Octavio waren über den damit verbundenen Dreck verärgert: Die vorderen zehn Bankreihen waren mit einem Ascheschleier überzogen, und das Altargeländer war ebenfalls ganz klebrig davon. Die große Jungfrau Maria wirkte beschmutzt; sie war eindeutig dunkler geworden, wie verrußt. Die schmutzig braune, todesgraue Asche war überall.

»Die Kinder wollten die Asche ihrer Mutter verstreuen«, begann Edward Bonshaw zu erklären.

»In der Kirche, Edward?«, fragte Pater Alfonso den Amerikaner.

»Das Ganze war vorsätzlich!«, rief Pater Octavio aus. Er stolperte über etwas – es war die leere Kaffeedose, die scheppernd davonrollte. Señor Eduardo hob sie auf.

»Ich wusste nicht, dass sie den gesamten Inhalt verstreuen würden«, gestand der Mann aus Iowa.

»War die Kaffeedose denn voll?«, wollte Pater Alfonso wissen.

»Es war nicht nur die Asche unserer Mutter«, meldete sich Juan Diego zu Wort.

»Rede!«, sagte Pater Octavio. Edward Bonshaw starrte in die leere Dose, als hoffte er, daraus wie aus Kaffeesatz lesen zu können.

»Der gute Gringo – möge er in Frieden ruhen«, begann Lupe. »Mein Hund – ein kleiner.« Sie brach ab, als warte sie darauf, dass Juan Diego die ersten Sätze dolmetschte, ehe sie fortfuhr. Oder hielt sie etwa inne, weil sie sich fragte, ob sie den zwei Priestern von der fehlenden Nase des Monsters Maria erzählen sollte?

»Sie erinnern sich doch noch an den amerikanischen Hippie – den Wehrdienstverweigerer, den jungen Mann, der starb, oder?«, fragte Juan Diego die Patres.

»Ja, ja, natürlich«, sagte Pater Alfonso. »Eine verlorene, eine tragisch-selbstzerstörerische Seele.«

»Eine schreckliche Tragödie – welch ein Verlust«, sagte Octavio.

»Und das Hündchen meiner Schwester starb – der Hund war auch im Feuer«, fuhr Juan Diego fort. »Genau wie der tote Hippie.«

»Jetzt fällt mir alles wieder ein – wir wussten davon«, sagte Pater Alfonso, und Pater Octavio nickte grimmig.

»Ja, hör bitte auf – das reicht. Äußerst unangenehm. Wir erinnern uns, Juan Diego«, sagte Pater Octavio.

Lupe schwieg; die beiden Priester hätten sie ohnehin nicht verstanden. Doch nun räusperte sie sich, als wolle sie etwas sagen.

»Lass es!«, sagte Juan Diego, doch es war zu spät. Lupe zeigte auf das nasenlose Gesicht der riesigen Jungfrau Maria und berührte ihre eigene Nase mit dem Zeigefinger der anderen Hand.

Die Patres Alfonso und Octavio brauchten ein paar Sekunden, um zu begreifen: Das Monster Maria war immer noch ohne Nase; das unverständliche Kind von der Müllkippe deutete an, dass ihre eigene kleine Nase intakt war; auf dem *basurero* hatte es ein Inferno gegeben, bei dem menschliche Leichen und Tierkadaver gleichermaßen verbrannt wurden.

»Die *Nase* der Jungfrau Maria war in diesem Höllenfeuer?«, fragte Pater Alfonso Lupe; sie nickte so heftig, als wollte sie ihre Zähne oder gar ihre Augen aus dem Kopf schütteln.

»Gnädige Mutter Go –«, begann Pater Octavio.

Erneut schepperte die Kaffeedose. Bestimmt hatte Edward Bonshaw sie nicht absichtlich fallen lassen, denn er hob sie rasch wieder auf, doch vielleicht war sie ihm auch bei dem Gedanken entglitten, dass die Neuigkeit, die er den Patres immer noch vorenthielt (nämlich die sein Gelübde vereitelnde Liebe zu Flor), für sie ein weit größerer Schock sein würde als die verbrannte Nase einer leblosen Statue.

Nach dem missbilligenden Blick des Monsters Maria auf das Dekolleté seiner Mutter und nach der Erfahrung, wie lebendig die Jungfrau Maria sein konnte – wenigstens was verächtliche Blicke und vernichtendes Starren anging, hätte Juan Diego jedermanns Annahme in Frage gestellt, dass die hoch aufragende Statue (oder ihre verschwundene Nase) leblos war. Hatte nicht die Nase von Monster Maria ein fauchendes Geräusch gemacht, und war nicht eine blaue Flamme aus dem Scheiterhaufen emporgestiegen? Und hatte er sie nicht blinzeln sehen, als die Kaffeedose ihre Stirn traf?

Und als Edward Bonshaw ungeschickt die Kaffeedose fallen ließ und wieder aufhob, hatte da deren Scheppern nicht auch die allessehenden Augen der bedrohlichen Jungfrau Maria in jähem Hass auflodern lassen?

Juan Diego war kein Marienverehrer, hütete sich aber, die beschmutzte Riesin mit weniger als höchstem Respekt zu behandeln. »*Lo siento,* Mutter«, sagte Juan Diego leise zu der großen Jungfrau Maria und wies auf seine Stirn. »Ich wollte dich nicht mit der Dose treffen. Ich habe nur versucht, dich zu *erreichen*.«

»Diese Asche riecht unangenehm – mich würde interessieren, was sonst noch in der Dose war«, sagte Pater Alfonso.

»Müllkippenkram, nehme ich an, doch da kommt der Deponieboss – den sollten wir fragen«, sagte Pater Octavio.

Apropos Marienverehrer, Rivera schritt durch den Mittelgang auf die gewaltige Statue zu; es schien, als hätte der Deponiechef mit dem Monster Maria auch noch eine Rechnung offen. Zwar mochte Pepes Auftrag, *el jefe* aus Guerrero zu holen, purer Zufall gewesen sein. Doch fest stand, dass Pepe Rivera bei etwas unterbrochen hatte – »ein kleines Projekt, der Feinschliff«, mehr verriet der Deponieboss darüber nicht.

Offenbar hatte Rivera Guerrero einigermaßen überhastet verlassen – wer weiß, wie ihm Pepe das Verstreuen der Asche angekündigt hatte? –, denn der Deponiechef trug noch seine Lederschürze, die er bei der Holzbearbeitung anzog; *el jefe* hatte sich nicht einmal die Zeit genommen, sie abzulegen.

Diese Schürze hatte zahlreiche Taschen und war so lang wie ein unvorteilhaft aussehender, matronenhafter Rock. Eine Tasche war für Meißel unterschiedlicher Größe; eine andere war für verschiedene Stärken Schmirgelpapier, grob- und feinkörniges; eine dritte Tasche war für die Klebstofftube und den Lappen, den Rivera benutzte, um die Klebstoffreste von der Tubenspitze zu wischen. Was in den anderen Taschen war, ließ sich nicht sagen – Rivera sagte, die Taschen gefielen ihm an der Schürze am meisten. Und die alte Lederschürze barg viele Geheimnisse – jedenfalls hatte das Juan Diego als Kind einmal geglaubt.

»Keine Ahnung, worauf wir warten – auf *dich* vielleicht?«, sagte Juan Diego zu *el jefe*. »Ich halte es für unwahrscheinlich, dass die Riesin irgendwas macht«, ergänzte der Junge mit einem Kopfnicken Richtung Monster Maria.

Obwohl noch Zeit bis zur Messe war, füllte sich die Kirche bei Bruder Pepes und Riveras Eintreffen bereits. Juan Diego erinnerte sich später daran, dass Lupe dem Deponiechef mehr Aufmerksamkeit zollte als gewöhnlich; *el jefe* wiederum war in Lupes Nähe noch wachsamer als sonst.

Rivera hatte seine linke Hand tief in eine geheimnisvolle Tasche seiner Arbeitsschürze gesteckt, während er mit den Fingerspitzen seiner rechten über den klebrigen Aschefilm auf dem Altargeländer fuhr.

»Die Asche riecht ein wenig seltsam – wenn auch nicht sehr stark«, sagte Pater Alfonso zu *el jefe*.

»Die Asche enthält etwas Klebriges, irgendeine ungewöhnliche Substanz«, ergänzte Pater Octavio.

Rivera roch an seinen Fingerspitzen, dann wischte er sie an der Lederschürze ab.

»Du hast aber eine Menge Kram in deinen Taschen, *jefe*«, sagte Lupe zu dem Deponieboss, was Juan Diego aber nicht dolmetschte; der Müllkippenleser war ein wenig verstimmt, weil Rivera nicht auf den Scherz über die Riesin reagiert hatte – nämlich dass er es für unwahrscheinlich hielt, dass die Jungfrau Maria irgendwas machen würde.

»Du solltest die Kerzen löschen, Pepe«, sagte der Deponiechef; dann zeigte er auf seine geliebte Jungfrau Maria und sprach zu den beiden alten Priestern. »Sie ist leichtentzündlich«, sagte *el jefe*.

»Entzündlich?!«, rief Pater Alfonso.

Rivera hielt den Kindern den gleichen Vortrag über den Inhalt der Kaffeedose, wie ihn die beiden schon von Dr. Vargas gehört hatten – eine wissenschaftliche, rein *chemische* Analyse. »Farbe, Terpentin oder irgendein anderer Farbverdünner. Eindeutig Benzin«, sagte Rivera zu den beiden alten Priestern. »Und wahrscheinlich eine Holzbeize.«

»Die Heilige Mutter wurde doch wohl nicht gebeizt, oder?«, fragte Pater Octavio den Deponieboss.

»Sie sollten sie besser von mir reinigen lassen«, sagte der Deponiechef. »Wenn ich ein wenig Zeit allein mit ihr verbringen könnte – ich meine vor der morgigen Frühmesse. Am besten wäre nach der heutigen Abendmesse. Man sollte einige dieser Substanzen nicht mit Wasser vermischen«, sagte Rivera, als wäre er ein Alchimist, den man nicht widerlegen könne – jedenfalls nicht nur ein Deponiechef.

Bruder Pepe ging auf Zehenspitzen von einem Kandelaber zum nächsten und löschte mit dem langen goldenen Kerzenlöscher die Kerzen, sofern das nicht schon die niederregnende Asche erledigt hatte.

»Tut deine Hand weh, *jefe* – wo hast du dich geschnitten?«, fragte Lupe Rivera.

Später spekulierte Juan Diego, dass Lupe vielleicht *alle* Gedanken Riveras gelesen hatte – nicht nur was er darüber dachte, wie er sich geschnitten hatte und wie sehr er blutete. Lupe hatte vielleicht sogar alles über jenes mysteriöse

»kleine Projekt« gewusst, in dessen Vorbereitung Pepe Rivera unterbrochen hatte, einschließlich dessen, was Rivera den »Feinschliff« genannt hatte – sprich: woran genau der Deponiechef gearbeitet hatte, als er sich Daumen und Zeigefinger seiner linken Hand aufschlitzte. Doch Lupe verriet nie, was sie wusste oder ob sie etwas wusste, und Rivera – genau wie die Taschen seiner ledernen Schürze – bewahrte viele Geheimnisse.

»Lupe will wissen, ob deine Hand weh tut, *jefe* – wo du dich geschnitten hast«, sagte Juan Diego.

»Ich muss das nur kurz nähen lassen«, sagte Rivera und verbarg die linke Hand sofort wieder in einer der vielen Taschen seiner Lederschürze.

Bruder Pepe war der Meinung gewesen, Rivera solle nicht fahren; sie waren in Pepes vw Käfer aus Guerrero gekommen. Pepe wollte den Deponiechef eigentlich sofort zu Dr. Vargas fahren, damit die Wunde genäht wurde, doch Rivera hatte zuerst das Ergebnis des Ascheverstreuens sehen wollen.

»Das *Ergebnis*!«, wiederholte Pater Alfonso nach Pepes Bericht.

»Im Ergebnis haben wir es mit einer Art Vandalismus zu tun«, sagte Pater Octavio und schaute dabei Juan Diego und Lupe an.

»Ich muss ebenfalls zu Vargas, gehen wir«, sagte Lupe zu ihrem Bruder. Die Müllkippenkinder würdigten das Monster Maria keines weiteren Blickes; von ihr erwarteten sie nichts, wenn es um Ergebnisse ging. Doch Rivera schaute in das nasenlose Gesicht der Jungfrau Maria hinauf, als erwarte er, trotz ihres dunkleren Antlitzes, ein Zeichen zu sehen, etwas, was einer Anweisung nahekam.

»Komm schon, *jefe* – du hast Schmerzen, du blutest immer noch«, sagte Lupe und nahm Riveras gesunde rechte Hand. Der Deponiechef, der von dem immer kritischen Mädchen solche Zeichen der Zuneigung nicht gewohnt war, reichte Lupe die Hand und ließ sich von ihr durch den Mittelgang führen.

»Wir sorgen dafür, dass Sie die Kirche heute Abend vor der Schließung für sich haben!«, rief Pater Alfonso dem Deponiechef nach.

»Pepe – du schließt dann hinter ihm ab«, sagte Pater Octavio zu Bruder Pepe, nachdem dieser den langen goldenen Kerzenlöscher an seinen heiligen Platz zurückgebracht hatte. Doch Pepe eilte bereits hinter Rivera und den *niños de la basura* her.

»*Sí, sí!*«, rief Pepe über die Schulter den beiden alten Priestern zu.

Edward Bonshaw blieb zurück, die leere Kaffeedose in den Händen. Jetzt war nicht der passende Zeitpunkt für Señor Eduardo, um das zu sagen, was er, wie er wusste, den Patres Alfonso und Octavio sagen musste; jetzt war auch nicht der Zeitpunkt, um zu beichten – es stand eine Messe an, und der Deckel der Kaffeedose fehlte. Der Mann aus Iowa suchte überall danach. Der Deckel war einfach (oder nicht so einfach) verschwunden; er könnte sich genauso in Rauch aufgelöst haben wie die Nase der Jungfrau Maria, dachte Señor Eduardo. Doch der Deckel dieser profanen – zuletzt von Lupe berührten – Kaffeedose war ohne ein flammendes blaues Fauchen verschwunden.

Die Müllkippenkinder und der Müllkippenchef hatten die Kirche mit Bruder Pepe verlassen. Zurück blieben nur

Edward Bonshaw und die beiden alten Priester, die sich ihrer ungewissen Zukunft und der nasenlosen Jungfrau Maria gegenübersahen. Vielleicht verstand das Pepe am besten: Wie Pepe wusste, war der Prozess der Umorientierung nie leicht.

27

Eine Nase für eine Nase

Der Nachtflug von Manila nach Laoag war voller weinender Kinder. Sie würden höchstens anderthalb Stunden in der Luft sein, doch dank der heulenden Kinder kam ihnen der Flug länger vor.

»Ist es ein Wochenende?«, fragte Juan Diego Dorothy, doch sie antwortete, es sei Donnerstagabend. »Mitten in der Woche!«, stellte Juan Diego fest; er war perplex. »Gehen diese Kinder denn nicht zur Schule?« (Noch ehe sie es tat, wusste er, dass Dorothy die Achseln zucken würde.)

Dorothys beiläufiges – und kaum merkliches – Achselzucken genügte, um Juan Diego aus der Gegenwart zu reißen. Nicht einmal die weinenden Kinder konnten ihn im Hier und Jetzt halten. Warum ließ er sich so leicht (und wiederholt) in die Vergangenheit entführen?, fragte sich Juan Diego.

Hatte das etwa alles mit den Betablockern zu tun, oder konnte er auf den Philippinen nicht wirklich oder nur vorübergehend ankommen?

Dorothy sagte, sie hätte die Tendenz, mehr zu reden, wenn Kinder in der Nähe waren – »weil ich lieber mir selbst als Kindern zuhöre, verstehst du?« –, doch Juan Diego fiel es mittlerweile schwer, ihr zuzuhören. Auch wenn es vierzig Jahre zurücklag, war das Gespräch im Cruz Roja mit

Dr. Vargas, als er Daumen und Zeigefinger von Riveras rechter Hand nähte, in Juan Diegos Gedanken gegenwärtiger als Dorothys Monologisieren auf dem Nachtflug nach Laoag.

»Du magst keine Kinder?«, hatte Juan Diego sie noch gefragt. Danach verstummte er völlig – bis Laoag.

»Ich finde es in Ordnung, wenn Leute Kinder haben – ich meine *andere* Leute. Wenn andere Erwachsene Kinder haben wollen, habe ich nichts dagegen«, stellte Dorothy fest. In nicht unbedingt chronologischer Reihenfolge setzte sie zu einer Vorlesung über die lokale Geschichte an; offenbar wollte Dorothy, dass Juan Diego wenigstens ansatzweise darüber Bescheid wusste, wohin sie gerade flogen. Doch er bekam kaum etwas davon mit; stattdessen lauschte er lieber weiter der Unterhaltung im Cruz Roja, der er vierzig Jahre zuvor mehr Aufmerksamkeit hätte schenken sollen.

»Meine Güte, *jefe* – sind Sie etwa in einen Schwertkampf geraten?«, fragte Vargas den Deponiechef.

»Es war nur ein Meißel«, antwortete ihm Rivera. »Zuerst habe ich es mit dem Stechbeitel probiert – dessen Schnittkante macht einen schiefen Winkel –, doch das hat nicht funktioniert.«

»Darum hast du dir also ein anderes Werkzeug genommen«, soufflierte Lupe *el jefe,* und Juan Diego dolmetschte für sie.

»Ja, das habe ich«, sagte Rivera. »Das Problem war, dass der Gegenstand, an dem ich gearbeitet habe, nicht flach aufliegt. Er lässt sich schwer am Fuß festhalten – der Gegenstand hat keinen wirklichen Fuß.«

»Man kann den Gegenstand schwer mit einer Hand stützen, während man mit dem Werkzeug in der anderen Hand schneidet oder herummeißelt«, erklärte Lupe. Juan Diego dolmetschte auch diese Präzisierung.

»Genau – der Gegenstand lässt sich schwer stützen«, stimmte der Deponiechef zu.

»Was für ein Gegenstand ist es denn, *jefe*?«, hatte Juan Diego gefragt.

»Stelle dir einen Türknauf vor – oder einen Tür- oder Fensterriegel«, hatte ihm der Deponieboss geantwortet. »So was Ähnliches.«

»Heikler Job«, hatte Lupe gesagt. Auch das hatte Juan Diego übersetzt.

»Stimmt«, hatte Rivera nur gesagt.

»Sie haben sich übel zugerichtet, *jefe*«, sagte Vargas zu dem Deponiechef. »Vielleicht sollten Sie beim Müllkippengeschäft bleiben.«

Damals hatten alle gelacht – Juan Diego hatte ihr Gelächter noch im Ohr, während Dorothy immer weiter redete. Sie erzählte etwas über die Nordwestküste von Luzon. Laoag sei im 10. und 11. Jahrhundert ein Handels- und Fischereihafen gewesen – »man erkennt den chinesischen Einfluss«, sagte Dorothy gerade. »Dann marschierten die Spanier ein, mit ihrem Maria-Jesus-Kram – deine alten Freunde«, sagte Dorothy zu Juan Diego. (Die Spanier kamen im 16. Jahrhundert und blieben über dreihundert Jahre auf den Philippinen.)

Doch Juan Diego hörte nicht zu. Andere Gespräche lasteten immer noch auf ihm, ein Augenblick, als er etwas hätte kommen sehen können (sollen, müssen) – ein Augenblick, als er den Lauf der Dinge noch hätte beeinflussen können.

Lupe beobachtete, wie Vargas die Wunden an Riveras Daumen und Zeigefinger schloss. Sie stand so nahe, dass sie die Nähte hätte berühren können, und Vargas sagte zu Lupe, wenn sie nicht aufpasse, würde er noch aus Versehen ihr neugieriges Gesichtchen an Riveras Hand annähen. Lupe fragte Vargas, was er über Löwen und Tollwut wisse. »Können Löwen Tollwut kriegen? Fangen wir damit an«, begann Lupe. Juan Diego hatte gedolmetscht, aber Vargas gehörte zu den Menschen, die ungern zugeben, dass es etwas gibt, was sie nicht wissen.

»Ein infizierter Hund kann Tollwut übertragen, wenn der Virus die Speicheldrüsen des Hundes erreicht, also etwa eine Woche oder weniger, ehe der Hund an Tollwut stirbt«, antwortete Vargas.

»Lupe fragt nach einem Löwen«, unterbrach ihn Juan Diego.

»Die Inkubationszeit beträgt bei einem infizierten Menschen gewöhnlich zwischen drei und sieben Wochen, ich hatte aber schon Patienten, die bereits nach zehn Tagen erste Symptome zeigten«, sagte Vargas, worauf Lupe ihn ebenfalls unterbrach.

»Sagen wir, ein tollwütiger Hund beißt einen Löwen – zum Beispiel ein Dachhund oder einer dieser *perros del basurero*. Wird der Löwe dann krank? Was passiert mit dem Löwen?«, fragte Lupe Vargas.

»Bestimmt gibt es dazu Studien – ich muss mich mal informieren, ob Untersuchungen zu Tollwut bei Löwen durchgeführt wurden«, sagte Dr. Vargas seufzend. »Die meisten Menschen, die von Löwen gebissen werden, machen sich wahrscheinlich erst einmal keine Gedanken wegen Tollwut. Das wäre nicht die erste Sorge, die man im Falle eines Löwenbisses hätte«, sagte Vargas zu Lupe.

Lupes Achselzucken brauchte Juan Diego nicht zu übersetzen.

Dr. Vargas verband jetzt Daumen und Zeigefinger von Riveras linker Hand. »Sie müssen das sauber und trocken halten, *jefe*«, schärfte Vargas dem Deponiechef ein. Doch Rivera sah nur Lupe an, die den Blick von ihm abwandte; *el jefe* wusste, wenn Lupe ihm etwas verheimlichte.

Juan Diego wollte unbedingt nach *Cinco Señores* zurück, wo La Maravilla die Zelte aufbaute und die Tiere beruhigte. Damals glaubte Juan Diego noch, er müsse sich mit Wichtigerem befassen als mit den Löwengeschichten, die Lupe beschäftigten. Wie ein typischer Teenager träumte Juan Diego davon, ein Held zu sein – und Hochseilartist zu werden. (Und natürlich wusste die Gedankenleserin Lupe, was ihrem Bruder durch den Kopf ging.)

Sie waren zu viert und passten problemlos in Pepes vw Käfer; Pepe fuhr zuerst die beiden Kinder nach *Cinco Señores* und anschließend Rivera wieder zu der Hütte in Guerrero. (*El jefe* sagte, er wolle ein Nickerchen halten, ehe die örtliche Betäubung nachließ.)

Unterwegs sagte Pepe zu den Müllkippenkindern, sie seien im *Niños Perdidos* jederzeit wieder willkommen. »Euer altes Zimmer steht für euch bereit, jederzeit«, wie Pepe es formulierte. Doch Schwester Gloria hatte Juan Diegos lebensgroße Sexpuppenversion der Guadalupe-Jungfrau in den Laden für Weihnachtsbedarf zurückgebracht – *Niños Perdidos* würde nie wieder wie früher sein, dachte Juan Diego. Und warum sollte man ein Waisenhaus verlassen und dann doch wieder dorthin zurückkehren? Wenn man geht, dann geht man, dachte Juan Diego – man zieht weiter, kehrt nicht zurück.

Als sie zum Zirkus kamen, weinte Rivera; die Müllkippenkinder wussten, dass die örtliche Betäubung noch anhielt, doch der Deponiechef war zu durcheinander, um zu reden.

»Wir *wissen*, dass wir auch gern nach Guerrero zurückkommen dürften, *jefe*«, sagte Lupe. »Juan Diego, sag Rivera, wir wissen, dass die Hütte unsere Hütte ist, falls wir je nach Hause zurück müssen«, sagte Lupe zu ihrem Bruder. »Sag ihm, er fehlt uns auch«, schloss Lupe. Juan Diego sagte all das, während Rivera mit zuckenden Schultern auf dem Beifahrersitz weiterschluchzte.

Es ist einfach erstaunlich, wie man es mit dreizehn oder vierzehn als selbstverständlich hinnimmt, geliebt zu werden, doch genauso selbstverständlich kann man sich auch völlig allein fühlen, selbst wenn man geliebt wird. Die Müllkippenkinder waren im Circo de La Maravilla nicht allein gelassen worden; und doch vertrauten sie einander nichts mehr an, und sie vertrauten sich auch niemand anderem an.

»Viel Glück mit diesem Gegenstand, an dem du arbeitest«, sagte Juan Diego zum Abschied zu Rivera, bevor Pepe Rivera nach Guerrero zurückfuhr.

»Heikler Job«, wiederholte Lupe, als führe sie ein Selbstgespräch. (Als Pepes Käfer losgefahren war, hätte nur noch Juan Diego sie hören können, und der hörte nicht richtig hin.) Juan Diego dachte über seinen eigenen heiklen Job nach. Wenn es darum ging, Eier zu haben, war offenbar das Hauptzelt – die Himmelsleiter in fünfundzwanzig

Metern Höhe, ohne Netz – der Härtetest. Jedenfalls hatte das Dolores gesagt, und Juan Diego glaubte ihr. Soledad hatte ihn trainiert; sie hatte Juan Diego gelehrt, wie man im Übungszelt für die jungen Akrobatinnen die Himmelsleiter erklomm, doch Dolores sagte, das zähle nicht.

Juan Diego erinnerte sich, dass er von dem Hochseilakt auf der Himmelsleiter geträumt hatte – noch bevor er wusste, was das war, und als er und Lupe noch in Riveras Hütte in Guerrero wohnten. Und als Juan Diego seine Schwester gefragt hatte, was sie von seinem Traum halte, verkehrt herum durch die Luft zu gehen, war sie gewohnt verrätselt gewesen. Dabei hatte er Lupe über den Traum lediglich gesagt: »In jedem Leben kommt ein Augenblick, wo man loslassen muss – mit beiden Händen.«

»Es ist ein Traum über die Zukunft«, hatte Lupe ausweichend gesagt.

»Wessen Zukunft?«, hatte Juan Diego sie gefragt.

»Hoffentlich nicht deine«, antwortete seine Schwester.

»Aber ich mag diesen Traum!«, hatte der Junge erwidert.

»Es ist ein Todestraum.« Mehr ließ sich Lupe zu dem Thema nicht entlocken.

Dolores hatte ihm von dem wichtigsten Moment erzählt, dem, in dem man loslassen muss – mit *beiden* Händen. »Ich weiß nie, in wessen Händen ich dann bin, in diesem Augenblick«, hatte Dolores zu Juan Diego gesagt. »Vielleicht haben diese wunderwirkenden Jungfrauen ja Zauberhände? Vielleicht bin ich in diesem Augenblick in ihren Händen. Ich glaube nicht, dass man darüber nachdenken sollte. In diesem Moment musst du dich auf deine Füße konzentrieren – ein Schritt nach dem anderen. Ich glaube, es gibt in jedem Leben immer so einen Augenblick, in dem man entscheiden muss, wohin man gehört. In diesem Augenblick bist du in gar keinen Händen«, hatte Dolores zu Juan Diego gesagt. »In diesem Augenblick spaziert jeder im Himmel. Vielleicht werden alle wichtigen Entscheidungen ohne ein Netz getroffen«, hatte »Das Wunder persönlich« zu ihm gesagt. »In jedem Leben kommt ein Moment, in dem man loslassen muss.«

Am Morgen nach dem Gastspiel in Mexico City schlief der Circo de La Maravilla lange aus – jedenfalls »lange« für einen Zirkus. Juan Diego hatte sich vorgenommen, besonders früh auf den Beinen zu sein, doch es ist schwierig, früher als Hunde aufzustehen. Juan Diego versuchte, unauffällig aus dem Hundezelt zu schlüpfen; nur Pastora hörte ihn; sie war schon wach und lief auf und ab. Natürlich verstand die Hütehündin nicht, warum Juan Diego sie nicht mitnahm. Wahrscheinlich weckte Pastora Lupe auf, sobald Juan Diego hinausgegangen war.

In der Gasse zwischen den Übungszelten war kein Mensch zu sehen. Juan Diego hielt nach Dolores Ausschau, die immer früh aufstand, um zu laufen. In letzter Zeit, so schien es, lief sie zu viel oder zu intensiv; an manchen Morgen lief sie, bis ihr schlecht wurde. Auch wenn Juan Diego ihre langen Beine mochte, hatte er für Dolores' wahnsinniges Gerenne nichts übrig. Welcher hinkende Junge läuft schon gern? Und selbst wenn man begeisterte Läuferin war, warum sollte man laufen, bis man sich übergab?

Doch Dolores nahm ihr Training ernst. Sie lief, und sie trank literweise Wasser. Ihrer Meinung nach war beides wichtig, damit sie keine Muskelkrämpfe in den Beinen bekam. In den Seilschlingen der Himmelsleiter, sagte Dolores, sollte man in dem Bein, das das Körpergewicht trug, lieber keine Krämpfe bekommen – nicht in fünfundzwanzig Metern Höhe, nicht, wenn der Fuß an diesem Bein das Einzige war, das einen mit der Leiter verband.

Juan Diego hatte sich mit der Überlegung getröstet, dass keins der Mädchen im Übungszelt der Akrobatinnen bereit war, Dolores als Das Wunder zu ersetzen; Juan Diego wusste, dass er, neben Dolores, der beste Hochseilartist auf der Himmelsleiter war – wenn auch nur in dreieinhalb Metern Höhe.

Das Hauptzelt war etwas ganz anderes. Alle Luftakrobaten benutzten das Knotentau, um im Zelt nach oben zu klettern. An dem dicken Tau waren die Knoten in einem Abstand angebracht, dass die Artisten sie mit ihren Händen und Füßen gut erreichen konnten – die Knoten waren für Dolores und die sexuell überaktiven argentinischen Flieger gut zu greifen.

Auch für Juan Diego stellten die Knoten kein Problem dar; er hatte einen festen Griff (er wog ungefähr so viel wie Dolores), seine Hände erreichten leicht den nächsten Knoten über ihm, und sein guter Fuß spürte deutlich den unteren Knoten. Der Junge zog sich immer weiter nach oben; es ist anstrengend, ein Tau hinaufzuklettern, aber Juan Diego schaute starr vorwärts, immer nur nach oben. Über sich konnte er ganz oben im Hauptzelt die Leiter mit den Seilsprossen erkennen – mit jedem Armzug rückte die Leiter ein paar Zentimeter näher.

Doch fünfundzwanzig Meter sind eine lange Strecke, immer nur eine Armlänge pro Zug, und Juan Diego traute sich nicht, nach unten zu sehen. Er behielt die Seilschlaufen der Himmelsleiter über sich im Blick; er konzentrierte sich einzig und allein auf die Spitze des Hauptzeltes, die immer näher rückte – Armzug für Armzug.

»Auf dich wartet eine andere Zukunft!«, hörte er Lupe rufen, was sie ihm schon früher gesagt hatte. Juan Diego wusste, dass er nicht nach unten sehen durfte – er kletterte weiter. Er war fast oben; die Plateaus der Luftakrobaten hatte er schon hinter sich gelassen. Er hätte einen Arm ausstrecken und die Trapeze berühren können, doch das hätte bedeutet, das Tau loszulassen, und er würde nicht loslassen – nicht mal mit einer Hand.

Er hatte auch die Scheinwerfer hinter sich gelassen – und hätte sie fast übersehen, weil sie ausgeschaltet waren. Doch aus den Augenwinkeln nahm er die großen Glühbirnen wahr, die während der Vorführung die Seilsprossen der Himmelsleiter für die Hochseilartistin möglichst hell ausleuchten.

»Nicht nach unten sehen – schau *nie* nach unten«, hörte Juan Diego Dolores sagen. Offenbar hatte sie ihren Morgenlauf beendet, da er sie würgen hörte. Juan Diego schaute nicht nach unten, doch Dolores' Stimme ließ ihn innehalten; seine Armmuskeln brannten, doch er fühlte sich stark. Und es war nicht mehr weit.

»Eine andere Zukunft! Eine andere Zukunft! Eine andere Zukunft!«, rief Lupe ihm zu, dreimal. Dolores übergab sich weiter. Die beiden waren, wie Juan Diego annahm, sein einziges Publikum.

»Du hättest nicht anhalten dürfen«, brachte Dolores heraus. »Du musst, ohne nachzudenken, vom Klettertau zur

Himmelsleiter kommen, da du das Tau loslassen musst, ehe du nach der Leiter greifen kannst.«

Das hatte ihm keiner gesagt. Weder Soledad noch Dolores hatten geglaubt, dass er für diesen Teil der Übung bereit war. Juan Diego wurde klar, dass er *kein einziges Mal* loslassen konnte – auch nicht mit einer Hand. Er erstarrte einfach; wenn er sich nicht rührte, spürte er, wie das dicke Tau schwang.

»Komm runter«, sagte Dolores zu ihm. »Nicht jeder hat die Eier für diese Nummer. Bestimmt hast du für jede Menge anderer Sachen die Eier.«

»Auf dich wartet eine andere Zukunft«, wiederholte Lupe, diesmal leiser.

Juan Diego kletterte das Tau wieder hinab, ohne ein einziges Mal nach unten zu sehen. Als seine Füße den Boden berührten, sah er zu seiner Überraschung, dass er und Lupe in dem riesigen Zelt allein waren.

»Wo ist Dolores hin?«, fragte Juan Diego.

Lupe hatte einige schlimme Dinge über Dolores gesagt – »Soll der Löwenbändiger sie doch schwängern!«, hatte Lupe gesagt. (Und tatsächlich *hatte* Ignacio Dolores geschwängert.) »Das ist ihre einzige Zukunft!«, hatte Lupe behauptet, der es jetzt leidtat, so etwas gesagt zu haben. Dolores hatte vor einer Weile ihre erste Periode bekommen; die Löwen wussten vielleicht nicht, wann Dolores zu bluten begonnen hatte, aber Ignacio schon.

Dolores war gelaufen, um das Baby zu verlieren – sie bekam ihre Tage nicht mehr –, aber sie konnte nicht schnell genug rennen, um eine Fehlgeburt zu bekommen. Die Schwangerschaftsübelkeit bewirkte, dass Dolores sich erbrach.

Als Lupe all das Juan Diego erzählte, fragte er sie, ob Dolores darüber geredet hatte, aber die Hochseilartistin hatte Lupe nichts über ihren Zustand erzählt. Lupe hatte nur gelesen, was Dolores durch den Kopf ging.

Doch an dem Morgen, als Das Wunder das Hauptzelt verließ, sagte Dolores etwas zu Lupe – sobald sie wusste, dass Juan Diego am Klettertau wieder hinunterkam. »Ich sage dir, wozu ich nicht die Eier habe – auch wenn du es bestimmt schon weißt, weil du so ein Fräulein Allwissend bist«, hatte Dolores zu Lupe gesagt. »Ich hab für meinen nächsten Lebensabschnitt nicht die Eier«, sagte die Hochseilartistin. Dann verließ Dolores das Zelt und kam nie wieder. La Maravilla hatte keine Hochseilartistin mehr.

Der letzte Mensch, der Dolores in Oaxaca sah, war Dr. Vargas, und zwar in der Notaufnahme des Cruz Roja. Laut Vargas starb Dolores an einer Bauchfellentzündung – als Folge einer verpfuschten Abtreibung in Guadalajara. Vargas sagte: »Dieses Arschloch von einem Löwenbändiger kennt irgendeinen Amateur, zu dem er seine schwangeren Hochseilartistinnen schickt.« Als Dolores endlich ins Cruz Roja kam, war die Entzündung zu weit fortgeschritten, und Vargas konnte nichts mehr für sie tun.

»Verreck doch im Kindbett, Affenmöse!«, hatte Lupe einmal zu Dolores gesagt. Auf gewisse Art und Weise tat sie das; wie Juan Diego war sie erst vierzehn. Der Circo de La Maravilla hatte La Maravilla verloren.

Die Folge von Ereignissen, die Verbindungen in unseren Leben – das, was uns dahin führt, wohin wir gehen, die Wege, denen wir folgen, um unsere Ziele zu erreichen, was wir kommen sehen und was nicht –, all das kann rätselhaft sein oder schlicht nicht zu erkennen oder aber offensichtlich.

Vargas war ein guter Arzt und ein kluger Mann. Ein Blick auf Dolores, und Vargas hatte Bescheid gewusst: über die Abtreibung in Guadalajara (Vargas sah die Auswirkungen nicht zum ersten Mal); welcher Amateur die Arbeit verpfuscht hatte (Vargas wusste, dass der Penner Ignacios Kumpel war); die Vierzehnjährige, die ihre erste Periode erst kürzlich bekommen hatte (Vargas war die kuriose Verbindung zwischen Hochseilartistik und Menstruation bekannt, auch wenn er nicht gewusst hatte, dass der Löwenbändiger den Mädchen erzählte, die *Löwen* wüssten, wann die Mädchen ihre Tage hatten).

Doch nicht einmal Vargas wusste alles. Den Rest seines Lebens würde er sich für Löwen und Tollwut interessieren und Juan Diego über aktuelle Forschungsergebnisse auf dem Laufenden halten. Doch als Lupe ihre Frage gestellt hatte – als Lupe nach Antworten suchte –, hatte Vargas ihr keine Informationen geliefert.

Vargas war von Natur aus ein Wissenschaftler – er musste immerzu spekulieren. Eigentlich interessierte er sich nicht für Löwen und Tollwut, und erst lange nach Lupes Tod wunderte er sich endlich, dass sie ihn danach gefragt hatte.

Señor Eduardo und Flor waren an Aids gestorben und Lupe längst tot, als Vargas in einem Brief an Juan Diego von irgendwelchen unverständlichen »Studien« in Tansania berichtete. Forschungen über Tollwut bei Löwen in der Serengeti hätten zu diesen »wichtigen« Ergebnissen geführt, die Vargas mit einem Marker hervorgehoben hatte.

Tollwut bei Löwen hatte ihren Ursprung in domestizierten Hunden; man ging davon aus, dass sie von Hunden zu Hyänen und von Hyänen zu Löwen gewandert war. Tollwut bei Löwen konnte ausbrechen, sie konnte aber auch »schlummern«, also latent vorhanden sein. (Es hatte 1976 und 1981 Tollwutepidemien bei Löwen gegeben, die Krankheit brach aber nicht aus – man sprach von stillen Epidemien.) Man nahm an, dass das Vorhandensein eines bestimmten Parasiten, der dem Malariaerreger ähnelte, darüber entschied, ob die Tollwut ausbrach oder nicht – mit anderen Worten, ein Löwe konnte Tollwut weitergeben, ohne selbst erkrankt zu sein und ohne je zu erkranken; hingegen konnte ein Löwe denselben Tollwutvirus bekommen und daran sterben, wenn er gleichzeitig von dem malariaerregerähnlichen Parasiten infiziert war.

»Das hängt mit der Wirkung des Parasiten auf das Immunsystem zusammen«, hatte Vargas an Juan Diego geschrieben. Es hatte tödliche Tollwutepidemien unter Löwen in der Serengeti gegeben – sie traten während Dürreperioden auf, denen der Kaffernbüffel zum Opfer fiel. (Die Büffelkadaver waren mit Zecken verseucht, die den Parasiten übertrugen.)

Nicht dass Vargas dachte, diese tansanischen »Studien« hätten Lupe helfen können. Sie hatte sich dafür interessiert, ob Hombre Tollwut bekommen könnte oder nicht und ob die Tollwut Hombre krank machen würde. Aber warum? Das hätte Vargas zu gern gewusst. (Was hätte er davon, es jetzt zu wissen?, dachte Juan Diego. Es war zu spät, um herauszufinden, was Lupe sich gedacht hatte.)

Es war unwahrscheinlich, dass ein Löwe an Tollwut erkrankte, selbst in der Serengeti, aber weshalb hatte Lupe sich überhaupt mit Löwentollwut befasst? Welche verrückte Idee war ihr durch den Kopf gegangen, ehe sie sie wieder verwarf und die nächste verrückte Idee hatte?

Warum wäre es wichtig gewesen, ob Hombre an Tollwut erkrankte? Bestimmt kam daher die Idee mit dem Dachhund, ehe Lupe sie wieder verwarf. Ein tollwütiger Hund beißt Hombre, oder Hombre tötet und frisst einen tollwütigen Hund, aber was dann? Hombre wird also krank – dann beißt Hombre Ignacio, aber was geschieht danach?

»Alles drehte sich um das, was die Löwinnen dachten«, hatte Juan Diego Vargas wohl hundertmal erklärt. »Lupe konnte die Gedanken der Löwen lesen – sie wusste, dass Hombre Ignacio nie etwas antun würde. Und die Mädchen im La Maravilla würden nie sicher sein – nicht solange der Löwenbändiger lebte. Das wusste Lupe auch, weil sie Ignacios Gedanken lesen konnte.«

Natürlich kam diese abstruse Logik nicht in der Sprache der wissenschaftlichen Studien daher, die Dr. Vargas so überzeugend fand.

»Willst du damit sagen, Lupe wusste irgendwie, dass die Löwinnen Ignacio töten würden, aber nur, falls der Löwenbändiger vorher Hombre tötete?«, fragte der (immer alles hinterfragende) Vargas Juan Diego.

»Das hörte ich sie sagen«, hatte Juan Diego wiederholt zu Vargas gesagt. »Lupe sagte nicht, dass die Löwinnen Ignacio töten ›würden‹ – sie sagte, sie *werden* ihn töten. Lupe sagte, die Löwinnen hassten Ignacio. Sie sagte, die Löwinnen seien dümmer als Affenmösen – weil sie eifersüchtig auf Ignacio seien, weil die dummen Punzen glaubten, Hombre liebte den Löwenbändiger mehr, als der Arschlochlöwe sie liebte! Ignacio hatte von Hombre nichts zu befürchten, von den Löwinnen dagegen schon, sagte Lupe immer.«

»Das alles wusste Lupe? *Woher* hat sie es gewusst?«, fragte Dr. Vargas Juan Diego daraufhin immer. Der Arzt würde sich weiter für Tollwut bei Löwen interessieren. (Es gab nicht oft neue Forschungsergebnisse auf diesem Gebiet.)

Der Tag, an dem Juan Diego vor der Himmelsleiter kniff, fiel mit dem Tag zusammen, den man in Oaxaca noch eine Zeitlang »Tag der Nase« nennen würde. Er tauchte nie in einem Kirchenkalender auf; er wurde auch kein landesweiter Feiertag, nicht einmal ein regionaler Heiligentag. Der Tag der Nase verschwand bald wieder aus dem Gedächtnis – sogar aus den örtlichen Überlieferungen –, doch eine Zeitlang galt er in bescheidenem Rahmen durchaus als große Sache.

Lupe und Juan Diego waren in der Zeltgasse allein; es war noch früh am Morgen, noch vor der Frühmesse, und der Circo de La Maravilla (wie es in einem Zirkus nach einer Tournee üblich ist) schlief aus.

Im Übungszelt der Hunde herrschte eine gewisse Unruhe – offenbar waren Estrella und die Hunde keine Langschläfer –, und die beiden Kinder gingen rasch nachsehen, was der Grund dafür war. Es war ungewöhnlich, Bruder Pepes vw Käfer zwischen den Zelten stehen zu sehen. Das Auto war leer, aber Pepe hatte den Motor angelassen, und die Kinder hörten, wie Perro Mestizo, der Mischlingshund, sich das Hirn aus dem Leib kläffte. An den offenen Eingangsklappen des Hundezelts knurrte Alemania, die Schäferhündin – sie hielt Edward Bonshaw auf Distanz.

»Da *sind* sie ja!«, rief Pepe, als er die Müllkippenkinder sah.

»O je«, sagte Lupe (die offenbar wusste, was die Jesuiten umtrieb).

»Hast du Rivera gesehen?«, fragte Bruder Pepe Juan Diego.

»Nicht seit wir ihn gemeinsam gesehen haben«, antwortete der Junge.

»Der Deponiechef hatte überlegt, zur Frühmesse zu gehen«, sagte Lupe; sie wartete, bis Juan Diego gedolmetscht hatte, ehe sie ihm den Rest erzählte. Da Lupe alles wusste, was Pepe und Señor Eduardo gerade dachten, wartete sie nicht darauf, dass die beiden Juan Diego sagten, was los war. »Dem Monster Maria ist eine neue Nase gewachsen«, sagte Lupe. »Oder der Jungfrau Maria ist die Nase eines anderen gesprossen. Wie du dir vorstellen kannst, wird viel darüber diskutiert.«

»Worüber?«, fragte sie Juan Diego.

»Über das Thema Wunder – es gibt zwei Denkrichtungen«, sagte Lupe. »Wir haben die Asche der *alten* Nase verstreut – jetzt hat das Monster Maria eine neue Nase. Ist das ein Wunder, oder ist es nur eine Nasen-OP? Wie man sich denken kann, mögen es die Patres Alfonso und Octavio gar nicht, wenn man mit dem Wort *milagro* zu freigiebig umgeht«, berichtete Lupe. Natürlich hatte Señor Eduardo das Wort *milagro* gehört und verstanden.

»Hat Lupe gesagt, es sei ein Wunder?«, fragte der Mann aus Iowa Juan Diego.

»Lupe sagt, das sei eine Denkrichtung«, antwortete ihm Juan Diego.

»Und was sagt Lupe zu der veränderten Hautfarbe der Jungfrau Maria?«, fragte Bruder Pepe. »Rivera hat zwar die Asche entfernt, doch die Statue ist jetzt viel dunkelhäutiger als zuvor.«

»Die Patres Alfonso und Octavio sagen, das sei nicht mehr unsere alte Maria mit der kalkweißen Haut«, berichtete Lupe. »Die Priester finden, das Monster Maria sieht Guadalupe jetzt ähnlicher als Maria – die Patres Alfonso und Octavio finden, die Jungfrau Maria sei zu einer riesigen *dunkelhäutigen* Jungfrau geworden.«

Als Juan Diego das dolmetschte, wurde Edward Bonshaw ganz aufgeregt – jedenfalls so aufgeregt, wie er sich in Gegenwart der Schäferhündin Alemania zu sein traute, die ihn anknurrte. »Sagen wir – ich meine damit *wir*, die *Kirche* – nicht eigentlich immer, die Jungfrau Maria und Unsere Liebe Frau von Guadalupe seien ein und dasselbe?«, fragte der Amerikaner. »Also, wenn die Jungfrauen eins sind, ist die Hautfarbe dieser speziellen Statue doch bestimmt nebensächlich, stimmt's?«

»Das ist eine Denkrichtung«, bemerkte Lupe zu Juan Diego. »Auch über die Hautfarbe des Monsters Maria wird viel diskutiert.«

»Rivera war mit der Statue allein – er hat darum gebeten, mit ihr allein zu sein«, erinnerte Bruder Pepe die beiden Kinder. »Ihr *niños* seid wohl nicht der Meinung, der Deponiechef habe irgendwas gemacht, oder?«

Wie man sich denken konnte, war die Frage, ob Rivera etwas gemacht hatte oder nicht, ebenfalls diskutiert worden.

»*El jefe* sagte, das Objekt, an dem er arbeite, liege nicht flach auf und es lasse sich nur schwer am Fuß festhalten – er sagte, der Gegenstand habe eigentlich gar keinen Fuß«, gab Lupe zu bedenken. »Hört sich nach Nase an.«

»Stell dir einen Türknauf vor – oder einen Tür- oder Fensterriegel. So was in der Art«, hatte *el jefe* gesagt. (So was in der Art einer Nase, dachte sich Juan Diego.)

»Einen heiklen Job«, hatte Lupe das genannt, woran der Deponiechef arbeitete. Doch Lupe verriet nie, ob sie wusste, dass Rivera eine Nase für das Monster Maria gemacht hatte; schließlich kannten die Müllkippenkinder (lange bevor sie mit Bruder Pepe und Señor Eduardo im Auto zur Jesuitenkirche zurückfuhren) *el jefe* lange genug, um zu wissen, dass er Geheimnisse für sich behalten konnte.

Auf dem Weg von Cinco Señores bis ins Stadtzentrum von Oaxaca gerieten sie in den Berufsverkehr und kamen deshalb erst nach der Messe in der Jesuitenkirche an. Einige Fans der neuen Nase waren noch immer da und starrten das dunkelhäutigere Monster Maria an; beim Reinigen der Statue war es Rivera gelungen, einige der Chemikalien vom Ascheanschlag auf die Jungfrau Maria zu entfernen. (Offenbar war die Kleidung der riesigen Jungfrau nicht nachgedunkelt, jedenfalls war ihre Kleidung nicht so auffallend dunkler geworden wie die Haut.)

Rivera hatte die Messe zwar besucht, sich aber von den Nasengaffern abgesetzt; der Deponieboss betete leise für sich, auf einem Kissen kniend, in einiger Entfernung von den vordersten Bankreihen. Dickköpfig, wie er war, hatte er den Unterstellungen der beiden alten Priester wie ein Bollwerk getrotzt.

Was die neue, dunklere Hautfarbe der Jungfrau Maria anging, so sprach Rivera nur von Farbe und Terpentin – oder »irgendeinem anderen Farbverdünner« und »der einen oder anderen Holzbeize«. Natürlich erwähnte der Deponiechef auch die mögliche intensive Wirkung von Benzin, seinem Lieblingsbrandbeschleuniger.

Zum Thema neue Nase behauptete Rivera, als er fertig geputzt hatte, sei die Statue noch nasenlos gewesen. (Pepe sagt, er habe die neue Nase nicht bemerkt, als er abends absperrte.)

Lupe lächelte das dunkelhäutigere Monster Maria an – die riesige Jungfrau sah nun eindeutig *indianischer* aus. Lupe gefiel auch die neue Nase. »Sie ist weniger perfekt, dafür menschlicher«, sagte Lupe. Die Patres Alfonso und Octavio, die es nicht gewohnt waren, Lupe lächeln zu sehen, baten Juan Diego um eine Übersetzung.

»Die Nase sieht wie eine Boxernase aus«, sagte Pater Alfonso anschließend.

»Sie sieht eindeutig gebrochen aus«, ergänzte Pater Octavio und sah dabei Lupe an. (Er war zweifellos der Ansicht, weniger perfekt, dafür menschlicher auszusehen sei für die Jungfrau Maria unangemessen.)

Die beiden alten Priester hatten Dr. Vargas gebeten, vorbeizuschauen und seine Einschätzung als Wissenschaftler abzugeben. Nicht dass die Patres (wie Bruder Pepe wusste) die Wissenschaft mochten (oder ihr glaubten). Aber weil Vargas das Wort *milagro* so gut wie überhaupt nicht benutzte und es wenn, dann jedenfalls nicht leichtfertig in den Mund nahm, sahen die Patres Alfonso und Octavio darin eine Möglichkeit, die Auslegung von dunklerer Haut und neuer Nase des Monsters Maria als ein Wunder herunterzuspielen. (Allerdings musste den beiden alten Priestern doch auch klar sein, dass sie ein Risiko eingingen, wenn sie Vargas' Meinung einholten.)

Edward Bonshaw war erneut in seinen Überzeugungen erschüttert worden; sein Gelübde war vereitelt, sein *Bei-keinem-Wind-weichen*-Vorsatz Makulatur. Señor Eduardo hatte seine eigenen Gründe, für einen möglichst aufgeschlossenen Umgang mit der veränderten, aber deshalb nicht weniger imposanten Jungfrau Maria zu sein, die da vor ihnen stand.

Was Bruder Pepe anging, so war er gegenüber Veränderungen seit jeher aufgeschlossen gewesen – und tolerant, immer tolerant. Durch seinen Kontakt mit Juan Diego und dem Mann aus Iowa war sein Englisch sehr viel besser geworden. Doch in seiner Begeisterung, die dunkelhäutigere Jungfrau mit der anderen Nase anzunehmen, erklärte Pepe, das umgestaltete Monster Maria sei ein »gemischtes Vergnügen«.

Offenbar war Pepe nicht klar, dass das Wort *gemischt* Positives wie Negatives signalisierte, und die Patres Alfonso und Octavio sahen nicht ein, dass eine *indianisch* aussehende Jungfrau Maria (mit einer Boxernase) auch nur ansatzweise ein »Vergnügen« sein könnte.

»Ich glaube, du meinst ›rundum ein Vergnügen‹, Pepe«, kam ihm Señor Eduardo zu Hilfe, doch auch das kam bei den beiden alten Priestern nicht gut an.

Was das »rundum« betraf, hatten die Patres Alfonso und Octavio so ihre Zweifel, wenn sie an die Vorderansicht der Jungfrau Maria mit ihrer Boxernase dachten.

»Diese Maria ist so, wie sie ist«, sagte Lupe. »Sie hat schon mehr getan, als ich von ihr erwartet hatte. Wenigstens hat sie überhaupt etwas getan, oder etwa nicht?«, fragte Lupe die beiden alten Priester. »Wen kümmert's, woher ihre Nase stammt? Warum muss ihre Nase ein Wunder sein? Oder warum darf sie kein Wunder sein? Warum müsst ihr immer alles interpretieren?«, fragte sie die beiden Priester. »Weiß denn jemand, wie die echte Jungfrau Maria ausgesehen hat?«, fragte Lupe sie alle. »Kennen wir die Hautfarbe der echten Jungfrau oder die Form ihrer Nase?« Lupe war jetzt richtig in Fahrt. Juan Diego dolmetschte jedes ihrer Worte.

Jetzt gafften die Fans der neuen Nase nicht mehr das Monster Maria an, sondern wandten ihre Aufmerksamkeit dem brabbelnden Mädchen zu. Der Deponiechef hatte sein stummes Gebet unterbrochen und aufgeschaut. Dr. Vargas stand in einiger Entfernung von der hoch aufragenden Statue, von wo aus er deren neue Nase durch ein Fernglas betrachtete und dann die neue Putzfrau bat, ihm die lange Leiter zu bringen.

»Ich möchte gern etwas hinzufügen, was Shakespeare geschrieben hat«, sagte Edward Bonshaw – ein Lehrer durch und durch. (Das Zitat stammte aus *Romeo und Julia,* das der Mann aus Iowa so liebte.) »»Was ist ein Name?«», rezitierte Señor Eduardo – die bekannte Stelle aus dem zweiten Aufzug, erste Szene –, doch natürlich ersetzte der Scholastiker das Wort *Rose* durch *Nase*. »»Was uns Nase heißt, wie es auch hieße, würde lieblich duften««, trug Edward Bonshaw mit donnernder Stimme vor.

Die Patres Alfonso und Octavio waren sprachlos gewesen, als sie Juan Diegos Übersetzung von Lupes inspirierten Ausführungen hörten, aber Shakespeare ließ die beiden alten Priester unbeeindruckt – sie kannten Shakespeare von früher, äußerst säkularer Kram.

»Es ist eine Frage des Materials, Vargas – ihr Gesicht, die neue Nase, sind sie aus demselben Material?«, fragte Pater Alfonso den Arzt, der die fragliche Nase immer noch durch sein unbestechliches Fernglas betrachtete.

»Wir fragen uns auch, ob es eine sichtbare Fuge oder eine Spalte gibt, wo die Nase mit dem Gesicht verbunden ist«, ergänzte Pater Octavio.

Nun kam die Putzfrau (ein kräftiges Rauhbein, das auch wie eine Putzfrau aussah) mit der Leiter durch den Mittelgang; Esperanza hätte die lange Leiter niemals allein hinter sich herzerren (geschweige denn tragen) können. Immerhin half Vargas Esperanzas Nachfolgerin, die Leiter aufzustellen und sie gegen die Riesin zu lehnen.

»Ich erinnere mich nicht, wie das Monster Maria auf Leitern reagiert«, sagte Lupe zu Juan Diego.

»Ich erinnere mich genauso wenig wie du«, gab Juan Diego zurück.

Die beiden Kinder waren sich nicht sicher, ob die frühere Nase des Monsters Maria aus Holz oder Stein gewesen war, obwohl beide eher zu Holz tendierten, bemaltem Holz. Doch Jahre später, als Bruder Pepe an Juan Diego von der »Innensanierung« des *Templo de la Compañía de Jesús* schrieb, hatte Pepe den »neuen Kalkstein« erwähnt.

»Wusstest du«, hatte Pepe Juan Diego gefragt, »dass Kalkstein Kalk freisetzt, wenn er verbrannt wird?« Das hatte Juan Diego nicht gewusst, er verstand auch nicht, ob Pepe meinte, das Monster Maria sei restauriert worden. Umfasste die, wie Pepe es nannte, »Innensanierung« der Kirche auch die riesige Jungfrau – und, falls ja, hieß sanierte Statue (die jetzt aus »neuem Kalkstein« bestand), dass die frühere Jungfrau Maria aus einem anderen Stein gewesen war?

Während Vargas die Leiter erklomm, um sich das Gesicht des Monsters Maria genauer anzusehen (das im Augenblick unergründlich war, die Augen der indianisch aussehenden Jungfrau ließen nicht darauf schließen, dass sie lebendig werden könnten), las Lupe Juan Diegos Gedanken.

»Ja, ich denke auch eher Holz, nicht Stein«, sagte Lupe zu Juan Diego. »Andererseits, falls Rivera den Stechbeitel statt zur Holzbearbeitung ausnahmsweise zum Behauen und Formen von Stein benutzte – dann könnte das erklären, warum er sich verletzt hat. Ich habe bisher noch nie erlebt, dass er sich verletzt hat, du vielleicht?«, fragte Lupe ihren Bruder.

»Nein«, antwortete Juan Diego. Er dachte, dass beide Nasen aus Holz bestanden, dass sich aber Vargas wahrscheinlich etwas einfallen lassen würde, wie er wissenschaftlich klingen könnte, ohne zu viel über die Zusammensetzung der wundersamen (oder nur wunderlichen) Nase zu verraten.

Die beiden alten Priester beobachteten Vargas genau, wie er dort weit oben auf der Leiter stand; allerdings konnten sie nur schwer erkennen, was er genau machte.

»Ist das ein Messer? Sie schnippeln doch nicht etwa an ihr herum, oder?«, rief Pater Alfonso die lange Leiter hinauf.

»Das ist ein Schweizer Armeemesser. Ich hatte auch mal eins, aber –«, fing Edward Bonshaw an, ehe Pater Octavio ihn unterbrach.

»Wir wollen nicht, dass Sie ihr Blut abnehmen, Vargas!«, rief Pater Octavio nach oben.

Lupe und Juan Diego war das Schweizer Armeemesser egal; sie beobachteten die ausdruckslosen Augen der Jungfrau Maria.

»Ich muss sagen, das ist eine ziemlich fugenlose Nasen-OP«, berichtete Dr. Vargas von fast ganz oben auf der wacklig aussehenden Leiter. »In der Chirurgie gibt es oft einen deutlichen Unterschied zwischen dem Amateurhaften und dem Vortrefflichen.«

»Heißt das, diese chirurgische Arbeit fällt in die Kategorie vortrefflich, aber operiert wurde dennoch?«, rief Pater Alfonso die Leiter hinauf.

»Es gibt da einen kleinen Fleck seitlich auf einem Nasenflügel, wie ein Muttermal – von dort unten können Sie ihn unmöglich sehen«, sagte Vargas zu Pater Alfonso.

Das sogenannte Muttermal könnte auch ein Blutfleck sein, dachte sich Juan Diego.

»Ja, es könnte Blut sein«, sagte Lupe zu ihrem Bruder. »*El jefe* muss stark geblutet haben.«

»Die Jungfrau Maria hat ein Muttermal?«, fragte Pater Octavio entrüstet.

»Es ist kein Makel – es ist sogar faszinierend«, sagte Vargas.

»Und das Material, Vargas – ihr Gesicht, die neue Nase?«, versuchte Pater Octavio den Wissenschaftler an den Zweck seines Besuchs zu erinnern.

»Oh, an dieser Dame finde ich mehr Weltliches als Himmlisches«, sagte Vargas; er machte sich einen Spaß mit den beiden alten Priestern, was ihnen bewusst war. »In ihrem Parfum steckt mehr vom *basurero*, als ich vom süßen *Jenseits* riechen kann.«

»Bleiben Sie bei der Wissenschaft, Vargas«, ermahnte ihn Pater Alfonso.

»Wenn uns der Sinn nach Poesie steht, lesen wir Shakespeare«, sagte Pater Octavio mit einem bösen Seitenblick auf den Papageienmann, der Pater Octavios Miene entnahm, dass er keine weiteren Passagen aus *Romeo und Julia* mehr vortragen sollte.

Der Deponiechef war mit Beten fertig; Rivera war aufgestanden. *El jefe* verriet nicht, ob die neue Nase sein Werk war; er hielt seinen Verband sauber und trocken, und er hielt den Mund.

Rivera hätte die Kirche jetzt am liebsten verlassen, mit Vargas hoch oben auf der Leiter und den beiden Priestern, die sich veralbert fühlten. Doch offenbar wollte Lupe, dass alle anwesend waren, als sie nun zu ihnen sprach. Erst später wurde Juan Diego klar, warum sie gewollt hatte, dass alle ihr zuhörten.

Der letzte dämliche Nasengaffer hatte die Kirche verlassen; vielleicht waren es Wundersucher gewesen, die sich aber in der wahren Welt gut genug auskannten, um zu wissen, dass sie von diesem Arzt mit einem Fernglas und einem Schweizer Armeemesser oben auf seiner Leiter wohl kaum das Wort *milagro* hören würden.

»Eine Nase für eine Nase – mir genügt das. Dolmetsche jedes Wort von mir«, sagte Lupe zu Juan Diego. »Wenn ich sterbe, will ich nicht verbrannt werden. Gebt mir den ganzen Hokuspokus«, sagte Lupe, wobei sie die Patres Alfonso und Octavio direkt ansah. »Wenn ihr was verbrennen wollt«, sagte sie zu Rivera und Juan Diego, »könnt ihr meine Klamotten verbrennen, meine paar Sachen. Falls ein neues Hündchen gestorben ist – na klar, das Hündchen könnt ihr mit meinen Sachen verbrennen. Aber verbrennt *mich* nicht. Macht mit mir, was in ihren Augen angemessen wäre«, sagte Lupe zu ihnen allen und zeigte auf die Jungfrau Maria mit der Boxernase. »Und verstreut – nur verstreuen, nicht werfen – die Asche zu Füßen der Jungfrau Maria. Wie du beim ersten Mal gesagt hast«, sagte Lupe zu dem Papageienmann, »vielleicht nicht die ganze Asche, und nur zu ihren Füßen!«

Juan Diego übersetzte Wort für Wort von Lupes Rede, während die beiden alten Priester gebannt lauschten. »Passt auf, dass der kleine Jesus keine Asche in die Augen bekommt«, schärfte Lupe ihrem Bruder ein. (Sie nahm sogar Rücksicht auf den Schrumpfjesus, der an dem winzigen Kreuz blutend zu Füßen der großen Jungfrau Maria lag.)

Juan Diego musste kein Gedankenleser sein, um zu wissen, was in Bruder Pepes Kopf vorging. War Lupe bekehrt worden? Wie Pepe anlässlich des ersten Ascheverstreuens gesagt hatte: »Das klingt ja plötzlich ganz anders. Offenbar gab es da ein Umdenken.«

Über so etwas denken wir in einem der spirituellen Welt gewidmeten Bauwerk nach, wie in der Kirche der Gesellschaft Jesu. An solch einem Ort, in Gegenwart der gewaltigen Jungfrau Maria, haben wir religiöse (oder areligiöse) Gedanken. Wir hören eine Rede wie die Lupes und denken an unsere religiösen Unterschiede oder Gemeinsamkeiten; wir hören nur das, was wir für Lupes religiöse Überzeugungen oder ihre religiösen Gefühle halten, und wägen sie gegen unsere eigenen ab.

Vargas, der Atheist – der Arzt, der sein eigenes Fernglas und ein Messer mitgebracht hatte, um bei einem Wunder zu ermitteln oder um eine nur wunderliche Nase zu untersuchen –, hätte gesagt, für eine Dreizehnjährige sei Lupes Reife in Glaubensfragen »ziemlich beeindruckend«.

Rivera wusste, dass Lupe etwas Besonderes war (der Deponieboss, der ein Mariaverehrer *und* äußerst abergläubisch war, fürchtete sich sogar vor ihr). Aber was lässt sich über Riveras Gedanken zu Lupe sagen? *El jefe* war vermutlich erleichtert, dass sich Lupes religiöse Überzeugungen inzwischen weniger radikal anhörten als die, die sie früher ihm gegenüber geäußert hatte.

Und die beiden alten Priester Alfonso und Octavio? Gewiss beglückwünschten sie sich selbst und das Personal im *Niños Perdidos*, dass sie bei einem so schwierigen und unverständlichen Kind so sichtbare Fortschritte gemacht hatten.

Der gute Bruder Pepe betete vielleicht, dass es für Lupe doch noch Hoffnung gebe; vielleicht war sie doch nicht so »verloren«, wie er zunächst angenommen hatte – vielleicht, wenn auch nur in der Übersetzung, wurde man aus Lupe doch noch schlau, zumindest in religiöser Hinsicht. Für Pepe klang Lupe, als wäre sie bekehrt.

Nicht verbrennen – das war für den guten Señor Eduardo wohl das einzig Wichtige. Nicht verbrennen war jedenfalls ein Schritt in die richtige Richtung.

Das dachten sie wohl alle, jedenfalls insgeheim. Und sogar Juan Diego, der seine kleine Schwester am besten kannte, sogar Juan Diego überhörte das, was er hätte hören sollen.

Warum dachte ein dreizehnjähriges Mädchen ans Sterben? Warum hielt Lupe die Zeit für gekommen, ihre letzten Wünsche zu äußern? Wenn Lupe die Gedanken anderer – sogar die von Löwen, von Löw*innen* – lesen konnte, warum konnte dann umgekehrt keiner ihre lesen?

28

Die sich nähernden gelben Augen

Diesmal war Juan Diego so tief in die Vergangenheit eingetaucht – oder so sehr vom Hier und Jetzt entfernt –, dass das Geräusch des ausfahrenden Fahrwerks und selbst die holprige Landung in Laoag ihn nicht sofort zu Dorothys Ausführungen zurückbrachte.

»Hier wurde Marcos geboren«, sagte Dorothy gerade.

»Wer?«, fragte Juan Diego.

»Marcos. Du kennst doch *Frau* Marcos, oder?«, fragte Dorothy zurück. »Imelda – die mit den Unmengen Schuhen, *diese* Imelda. Sie ist übrigens immer noch Mitglied des Abgeordnetenhauses dieses Bezirks.«

»Frau Marcos muss doch inzwischen über achtzig sein«, sagte Juan Diego.

»Stimmt – sie ist jedenfalls steinalt«, schloss Dorothy.

Vor ihnen lag eine einstündige Autofahrt, hatte Dorothy ihn vorgewarnt – noch eine dunkle Straße, noch eine Nacht mit flüchtigen Blicken aus dem fahrenden Auto auf allerlei Fremdartiges. (Strohgedeckte Hütten, Kirchen in spanischer Architektur, Hunde oder nur deren Augen.) Und gleichsam passend zu der sie in ihrem Wagen umgebenden Dunkelheit – das Hotel hatte ihnen den Chauffeur mit Limousine geschickt –, schilderte Dorothy die schrecklichen Leiden der amerikanischen Kriegsgefangenen in Nordvietnam.

Sie schien sämtliche Einzelheiten über die Folterungen im Hanoi Hilton zu kennen (wie das Hoa-Lo-Gefängnis in der nordvietnamesischen Hauptstadt damals genannt wurde) und wusste auch, dass die allerbrutalsten Foltermethoden an den abgeschossenen und gefangengenommenen US-Militärpiloten angewandt wurden.

Mehr Politik, *alte* Politik, dachte Juan Diego in der vorbeihuschenden Dunkelheit. Nicht dass Juan Diego *kein* politischer Mensch gewesen wäre, aber als Verfasser von Literatur war er skeptisch gegenüber Leuten, die vorgaben zu wissen, wo er politisch stand (oder stehen sollte). Was ständig vorkam.

Warum sonst hätte Dorothy Juan Diego hierher bringen sollen? Nur weil er Amerikaner war und Dorothy fand, er solle sehen, wo die erwähnten »verängstigten Neunzehnjährigen« ihren Fronturlaub verbrachten – angsterfüllt, wie Dorothy betont hatte, voller Angst vor der Folter, die sie erwartete, falls sie von den Nordvietnamesen gefangen genommen würden. Dorothy klang wie die Rezensenten und Interviewer, die fanden, Juan Diego solle *als Schriftsteller* irgendwie mehr Amerikaner mexikanischer Herkunft sein. Weil er ein Amerikaner mexikanischer Herkunft war, sollte er wie einer schreiben? Oder sollte er vielleicht darüber schreiben, wie es war, einer zu sein? (Schrieben ihm diese Kritiker nicht im Grunde seine Themen vor?)

»Werde nicht einer dieser Mexikaner, die –«, hatte Pepe Juan Diego gebeten, ehe er mitten im Satz abbrach.

»Die *was*?«, hatte Flor Pepe gefragt.

»Einer dieser Mexikaner, die Mexiko hassen«, hatte Pepe zu sagen gewagt.

»Du meinst, einer dieser *Amerikaner*«, hatte Flor zu Pepe gesagt.

»Mein lieber Junge!«, hatte Bruder Pepe ausgerufen und Juan Diego an sich gedrückt. »Du möchtest auch keiner dieser Mexikaner werden, die immer wieder zurückkommen – die nicht wegbleiben können«, hatte Pepe hinzugefügt.

Flor hatte den armen Pepe nur angesehen und ihm einen vernichtenden Blick zugeworfen. »Was sollte er sonst noch nicht werden?«, hatte sie Pepe gefragt. »Welche andere Sorte Mexikaner ist noch verboten?«

Das mit dem Schreiben hatte Flor nie verstanden: dass es Erwartungen geben würde, worüber ein amerikanischer Autor mexikanischer Herkunft unbedingt schreiben sollte (oder niemals schreiben durfte) – dass es (in den Köpfen vieler Rezensenten und Interviewer) *verboten* war, ein amerikanischer Autor mexikanischer Herkunft zu sein, der *nicht* über die mexikanisch-amerikanische »Erfahrung« schrieb.

Wenn man das Etikett Amerikaner mexikanischer Herkunft akzeptierte, so glaubte Juan Diego, dann akzeptierte man auch, dass man diesen Erwartungen entsprach.

Und verglichen mit dem, was Juan Diego in Mexiko widerfahren war – verglichen mit seiner Kindheit und frühen Jugend in Oaxaca –, war ihm seit seinem Umzug in die USA nichts widerfahren, worüber es sich seiner Ansicht nach zu schreiben lohnte.

Stimmt, er hatte eine aufregende junge Geliebte, doch ihre politischen Ansichten – oder besser gesagt, was ihrer Ansicht nach seine politischen Ansichten sein sollten – brachten sie dazu, ihm die Bedeutung ihres jetzigen Aufenthaltsort zu erklären. Sie selbst begriff nicht, dass Juan Diego nicht im Nordwesten der Insel Luzon sein oder ihn sehen musste, um sich die Furcht dieser »verängstigten Neunzehnjährigen« vorzustellen.

Vielleicht lag es an den Scheinwerferlichtern eines vorbeifahrenden Autos, die sich in Dorothys dunklen Augen spiegelten. Nur ein, zwei Sekunden lang nahmen sie eine gelbbraune Färbung an, wie die eines Löwen, und in diesem kurzen Moment holte sich die Vergangenheit Juan Diego zurück.

Es war, als hätte er Oaxaca nie verlassen; in der frühmorgendlichen Dunkelheit des Hundezelts, in dem es nach Hundeatem stank, erwartete ihn im Zirkus La Maravilla keine andere Zukunft als die des Dolmetschers seiner Schwester. Juan Diego hatte nicht die Eier für Hochseilartistik. (Juan Diego war noch nicht klar, dass es nach Dolores im La Maravilla keine Hochseilartisten mehr geben würde.) Wenn man vierzehn ist und deprimiert, und sich vorstellen soll, dass noch eine andere Zukunft auf einen wartet, ist das genau so, als würde man versuchen, im Dunkeln zu sehen. »Ich glaube«, hatte Dolores gesagt, »es gibt in jedem Leben immer einen Augenblick, in dem du entscheiden musst, wohin du gehörst.«

Im Hundezelt war die Dunkelheit vor der Morgendämmerung undurchdringlich. Juan Diego, der nicht schlafen konnte, versuchte in dem stockfinsteren Zelt jedem der Schlafenden seinen Atem zuzuordnen. Als er Estrellas Schnarchen vermisste, dachte er kurz, sie sei tot, bis ihm einfiel, dass die Hundetrainerin mal wieder eine Auszeit von ihren Hunden genommen haben musste und in einem anderen Zelt schlief.

Alemania, die Deutsche Schäferhündin, hatte von allen Hunden den tiefsten und ruhigsten Schlaf und den regelmäßigsten Atem. (Wahrscheinlich, weil ihre Arbeit als Polizistin während der Vorstellungen sie sehr ermüdete.)

Baby, der Dackelrüde, war der aktivste Träumer unter den Hunden; entweder liefen seine kurzen Beinchen im Schlaf, oder er buddelte immerzu mit den Vorderpfoten. (Baby bellte, wenn er im Traum kurz davor war, sein Opfer totzubeißen.)

Perro Mestizo war, genau wie Lupe geklagt hatte, wie »immer der Bösewicht«, wozu ihn allein schon seine Fürze machten (außer der Papageienmann schlief auch im Zelt).

Pastora, die Hütehündin, war wie Juan Diego – sie wälzte sich schlaflos hin und her und machte sich Sorgen. Entweder lief sie hellwach und hechelnd im Zelt herum, oder sie winselte im Schlaf, als wäre Glück für sie so unerreichbar wie eine ruhige, erholsame Nacht.

»Leg dich hin, Pastora«, flüsterte Juan Diego leise, um die anderen Hunde nicht zu wecken.

An diesem Morgen war es ihm leichtgefallen, den Hunden ihr Atmen zuzuordnen. Lupe war immer am schwersten zu hören; sie war so leise, dass sie kaum zu atmen schien. Juan Diego spitzte gerade die Ohren, um auf Lupes Atem zu lauschen, als seine Hand etwas unter seinem Kissen berührte. Er musste erst unter der Liege nach der Taschenlampe tasten, ehe er sah, was es war.

Der lange vermisste Deckel der ehemals sakrosankten, mit Asche gefüllten Kaffeedose war wie jeder andere Plastikdeckel, bis auf den Geruch; die Asche hatte mehr *Chemikalien* enthalten als Spuren von Esperanza, dem guten Gringo oder Schmutzigweiß. Und welche Magie auch immer in der alten Nase der Jungfrau Maria gesteckt haben mochte – man konnte sie nicht riechen. An dem Kaffeedosendeckel hing mehr vom *basurero* als irgendetwas Jenseitiges; und doch hatte Lupe ihn aufgehoben – sie wollte, dass Juan Diego ihn bekam.

Das Schlüsselband mit den Schlüsseln für die Einschubschlitze in den Löwenkäfigen – die Schlitze für die Futterwannen – lag ebenfalls unter Juan Diegos Kissen. Natürlich gab es zwei Schlüssel – einer war für Hombres Käfig, der andere Schlüssel öffnete die Futterwannenschlitze im Löwinnenkäfig.

Die Frau des Musikkapellmeisters webte gerne Schlüsselbänder; eins hatte sie für die Pfeife ihres Mannes gemacht – wenn er die Zirkuskapelle dirigierte, trug er die Pfeife um den Hals. Für Lupe hatte sie aus weißem und purpurrotem Faden ebenfalls eins gemacht, und für gewöhnlich trug Lupe die Schlüssel an diesem Band um den Hals, wenn sie zur Fütterungszeit zu den Löwenkäfigen ging.

»Lupe?«, flüsterte Juan Diego noch leiser, als er vorher Pastora aufgefordert hatte, sich wieder hinzulegen. Niemand hörte ihn, nicht einmal ein Hund. »Lupe!«, sagte Juan Diego jetzt laut und richtete die Taschenlampe auf ihre leere Liege.

»Ich bin da, wo ich immer bin«, sagte Lupe sonst immer. Diesmal nicht. Diesmal, gerade als der Tag anbrach, fand Juan Diego Lupe in Hombres Käfig.

Selbst wenn die Futterwannen entfernt wurden, war der

Schlitz nicht groß genug, dass Hombre durch die Öffnung entkommen konnte.

»Es ist sicher«, hatte Edward Bonshaw zu Juan Diego gesagt, als der Mann aus Iowa Lupe zum ersten Mal beim Löwenfüttern zusah. »Ich wollte mich nur vergewissern, was die Größe der Öffnung anging.«

Doch in ihrer ersten Nacht in Mexico City hatte Lupe zu ihrem Bruder gesagt: »Ich passe durch den Schlitz, durch den die Futterwanne rein- und rausgeschoben wird. Die Öffnung ist groß genug, dass *ich* durchpasse.«

»Das klingt, als hättest du es versucht«, hatte Juan Diego gesagt.

»Warum sollte ich es versuchen?«, fragte ihn Lupe.

»Keine Ahnung – warum *solltest* du?«, hatte Juan Diego zurückgefragt.

Lupe hatte ihm nicht geantwortet – weder in jener Nacht in Mexico City noch danach. Doch Juan Diego hatte immer gewusst: Was die Vergangenheit anging, hatte Lupe meist recht; mit der Zukunft tat sie sich deutlich schwerer. Gedankenleser sind nicht unbedingt gut im Wahrsagen, doch Lupe musste geglaubt haben, sie hätte die Zukunft gesehen. Hatte sie geglaubt, ihre eigene Zukunft zu sehen, oder versuchte sie, Juan Diegos Zukunft zu verändern? Glaubte Lupe, sie hätte vorausgesehen, wie ihre gemeinsame Zukunft aussähe – falls sie im Zirkus blieben und auch die Dinge im La Maravilla so blieben, wie sie jetzt waren?

Lupe war immer isoliert gewesen – als wäre ein dreizehnjähriges Mädchen ohnehin nicht schon isoliert genug! Wir werden nie erfahren, was Lupe wirklich glaubte, doch für eine Dreizehnjährige muss es eine schreckliche Belastung gewesen sein. (Sie wusste, dass ihre Brüste nicht größer werden würden; sie wusste, dass sie nie ihre Periode bekommen würde.) Immer wieder hatte Lupe eine Zukunft vorausgesehen, die ihr Angst machte, und sie hatte eine Gelegenheit ergriffen, sie zu ändern – auf dramatische Art und Weise. Nicht nur die Zukunft ihres Bruders würde sich durch Lupes Tat ändern. Was sie tat, würde Juan Diego den Rest seines Lebens in seiner Phantasie leben lassen, und was mit Lupe (und Dolores) geschah, war der Anfang vom Ende von La Maravilla.

Als in Oaxaca längst niemand mehr über den Tag der Nase sprach, tratschten die gesprächigeren Bürger der Stadt immer noch über die entsetzliche Auflösung – oder den sensationellen Untergang – ihres Zirkus ›Des Wunders‹. Fraglos würde Lupes Handeln Auswirkungen haben, doch darum ging es nicht. Was Lupe tat, war tatsächlich entsetzlich. Bruder Pepe, der Waisenkinder kannte und liebte, sagte später, so etwas habe sich nur eine zutiefst verzweifelte Dreizehnjährige ausdenken können. (Das mag zwar stimmen, aber auf das, was sich Dreizehnjährige so ausdenken, hat man ohnehin keinen Einfluss, oder?)

Lupe musste den Schlitz für die Futterwanne in Hombres Käfig schon am Vorabend aufgeschlossen haben – nur so konnte sie das Band mit den Schlüsseln für die Löwenkäfige unter Juan Diegos Kopfkissen legen.

Vielleicht wurde Hombre unruhig, weil Lupe plötzlich auftauchte, um ihn zu füttern, obwohl es draußen noch dunkel war – was ungewöhnlich war. Auch hatte Lupe die Futterwanne ganz aus dem Käfig gezogen; außerdem packte sie das Fleisch für Hombre nicht in die Wanne.

Was als Nächstes geschah, kann man nur raten; Ignacio mutmaßte, Lupe müsse Hombre das Fleisch gebracht haben, indem sie in seinen Käfig gekrochen war. Juan Diego dagegen glaubte, Lupe habe vielleicht so getan, als wolle sie Hombres Fleisch essen, oder auf andere Weise versucht, es ihm vorzuenthalten. (Und wie hatte Lupe Señor Eduardo noch mal das Füttern der Löwen geschildert? Man glaubt ja gar nicht, wie oft Löwen an *Fleisch* denken.)

Und hatte Lupe nicht vom ersten Augenblick an, als sie ihn kennenlernte, gesagt, Hombre sei »der letzte Hund«? – *der allerletzte,* hatte sie wiederholt. (Als wäre Hombre der König der Dachhunde, der König der Beißer – der letzte Beißer.)

»Es wird schon wieder«, hatte Lupe Hombre von Anfang an versichert. »Nichts davon ist deine Schuld.«

So sah der Löwe aber nicht aus, als Juan Diego ihn ganz hinten in der Ecke seines Käfigs hocken sah. Hombre sah schuldbewusst aus. Hombre hockte möglichst weit von der Stelle entfernt, wo Lupe zusammengerollt dalag – in der diagonal entgegengesetzten Ecke des Löwenkäfigs, die dem offenen Schlitz für die Futterwanne am nächsten war; ihr Gesicht war von Juan Diego abgewandt. Damals war er dankbar, dass ihm der Anblick von Lupes Gesichtsausdruck erspart blieb. Nachträglich wünschte er sich, er hätte ihr Gesicht gesehen und sich dadurch erspart, sich ihre Miene ein Leben lang vorstellen zu müssen.

Hombre hatte Lupe mit einem einzigen Biss getötet – »einem tödlichen Biss in den Nacken«, wie Dr. Vargas es nannte (nachdem er den Leichnam untersucht hatte). Es gab an Lupes Körper keine anderen Wunden, nicht einen

Kratzer. Dort, wo Hombre zugebissen hatte, fanden sich ein paar Blutspuren, aber sonst im ganzen Löwenkäfig kein einziger Tropfen. (Ignacio sagte später, Hombre habe wohl alles Blut aufgeleckt – der Löwe hatte auch das Fleisch gefressen.)

Nachdem Ignacio Hombre erschossen hatte – mit zwei Schüssen in den großen Kopf –, war in dieser Käfigecke jede Menge Löwenblut. Reumütig dreinzuschauen rettete den verwirrten und trauernden Löwen nicht. Ignacio hatte bloß einen kurzen Blick auf die Lage von Lupes Leiche in der Nähe des offenen Schlitzes für die Futterwanne geworfen und auf die diagonal entgegengesetzte (fast unterwürfige) Position, für die sich Hombre in der entferntesten Ecke des Löwenkäfigs entschieden hatte. Und als Juan Diego im Eiltempo zum Zelt des Löwenbändigers gehumpelt kam, hatte Ignacio sein Gewehr mit zum Tatort genommen.

Ignacio hatte Mañana erschossen, weil das Pferd sich das Bein gebrochen hatte. Doch nach Juan Diegos Ansicht war Ignacio nicht berechtigt, Hombre zu erschießen. Lupe hatte recht gehabt: Was geschehen war, war nicht die Schuld des Löwen. Ignacio erschoss Hombre aus zwei Gründen. Der Löwenbändiger war ein Feigling; er traute sich nicht, Hombres Käfig zu betreten, nachdem der Löwe Lupe getötet hatte – nicht solange Hombre noch lebte. (Niemand wusste, welche Atmosphäre im Käfig des Löwen herrschte, nachdem Hombre Lupe getötet hatte.) Und Ignacio wurde garantiert durch irgendeinen Machoscheiß angetrieben – er wollte glauben, dass immer der Löwe schuld hatte, wenn Menschen Löwen zum Opfer fielen.

Und, natürlich, wie irregeleitet Lupes Überlegungen auch waren, sie hatte mit allem recht gehabt, was passieren *würde*, falls Hombre sie tötete. Lupe wusste, dass Ignacio Hombre erschießen würde – und bestimmt wusste sie auch, welche Konsequenzen das haben würde.

Wie vorausschauend Lupe gewesen war (ihre übermenschliche Weitsicht, wenn nicht göttliche Allwissenheit), würde Juan Diego allerdings erst am nächsten Morgen erkennen.

An Lupes Todestag wurde der Circo de La Maravilla von Typen überrannt, die für Ignacio nur »die Obrigkeiten« waren. Weil der Löwenbändiger sich selbst immer als *alleinige* Obrigkeit betrachtet hatte, war Ignacio in Gegenwart anderer Obrigkeiten – der Polizei und Personen, die ähnliche offizielle Rollen spielten – nicht zu gebrauchen.

Der Löwenbändiger reagierte kurz angebunden, als Juan Diego ihm erzählte, Lupe hätte, vor Hombre, noch die Löwinnen gefüttert. Der Junge kannte seine Schwester so gut, sie *musste* einfach vorausgesehen haben, dass an diesem Tag niemand die Löwinnen füttern würde, wenn sie es nicht tat. Er wusste es aber auch, weil er nach Lupes und Hombres Tod zu deren Käfig gegangen war. Lupe hatte auch dort den Schlitz für die Futterwanne aufgeschlossen. Offenbar hatte sie die Löwinnen wie üblich gefüttert, dann die Futterwanne komplett herausgezogen und, außen an die Seite des Löwinnenkäfigs gelehnt, stehen lassen, genauso wie die Futterwanne für Hombres Käfig.

Außerdem sahen die Löwinnen so aus, als wären sie gefüttert worden; *las señoritas,* wie Ignacio sie nannte, lagen einfach hinten in ihrem Käfig herum und starrten Juan Diego auf ihre unergründliche Art an.

So kurz angebunden, wie Ignacio zu Juan Diego war,

hatte der Junge den Eindruck, dass es dem Löwenbändiger egal war, ob Lupe vor ihrem Tod die Löwinnen gefüttert hatte oder nicht, doch wie sich herausstellte, war es eben *nicht* egal. Es war ganz und gar nicht egal. Es hieß, dass an dem Tag, als Lupe und Hombre getötet wurden, kein anderer die Löwinnen füttern musste.

Juan Diego versuchte sogar, Ignacio die beiden Schlüssel für die Schlitze mit den Futterwannen in den Löwenkäfigen zuzustecken, doch Ignacio wollte sie nicht. »Behalte sie, ich habe meine eigenen«, sagte der Löwenbändiger.

Natürlich hatten Bruder Pepe und Edward Bonshaw Juan Diego verboten, noch eine weitere Nacht im Hundezelt zu verbringen. Sie halfen ihm, seine und Lupes wenige Sachen zu packen, in Lupes Fall in erster Linie ihre Kleidung. (Lupe hatte keine Erinnerungsstücke aufbewahrt, und ihre Coatlicue-Figur hatte sie – jedenfalls seit die Jungfrau Maria eine neue Nase hatte – auch nicht mehr vermisst.)

Während des überstürzten Umzugs von La Maravilla ins *Niños Perdidos* verlor Juan Diego den Deckel der Kaffeedose, die die geruchsintensiven Aschereste enthalten hatte, doch in jener Nacht schlief er in seinem alten Zimmer im Waisenhaus, und zwar mit Lupes Schlüsselband um den Hals. Er spürte die beiden Schlüssel zu den Löwenkäfigen; im Dunkeln drückte er vor dem Einschlafen die Schlüssel zwischen Daumen und Zeigefinger. Neben ihm, in dem kleinen Bett, in dem Lupe früher geschlafen hatte, wachte der Papageienmann über ihn – das heißt, wenn er nicht gerade schnarchte.

Jungs träumen davon, Helden zu sein; seit Juan Diego Lupe verloren hatte, träumte er so etwas nicht mehr. Er wusste, dass seine Schwester versucht hatte, ihn zu retten, und wusste gleichzeitig, dass es ihm umgekehrt nicht gelungen war, sie zu retten. Ihn umgab eine schicksalhafte Aura – auch das wusste Juan Diego, auch schon mit vierzehn.

Am Morgen nachdem er Lupe verloren hatte, wurde Juan Diego von singenden Kindern geweckt – die Vorschulkinder wiederholten Schwester Glorias Wechselgebet. »*Ahora y siempre*«, sprachen die Kinder nach. »Jetzt und immerdar« – bitte nur das nicht, nicht mein Leben lang!, dachte Juan Diego; er war zwar wach, hielt jedoch die Augen geschlossen – er wollte sein altes Zimmer im *Niños Perdidos* nicht sehen; er wollte Lupes kleines Bett nicht sehen, in dem jetzt niemand (oder höchstens der Papageienmann) lag.

An jenem Morgen lag Lupes Leiche bei Dr. Vargas. Die Patres Alfonso und Octavio hatten ihn gebeten, bereits mit der Leichenschau zu beginnen; die beiden Priester wollten eine der Nonnen aus dem Waisenhaus ins Cruz Roja schicken. Man war sich nicht sicher, wie Lupes Leichnam bekleidet sein sollte und ob angesichts des Löwenbisses ein offener Sarg angebracht war oder nicht. (Bruder Pepe hatte gesagt, er brächte es nicht über sich – er meinte, Lupes Leiche zu sehen. Deshalb hatten die beiden alten Priester Vargas gebeten, das zu übernehmen.)

Soweit man an jenem Morgen im La Maravilla wusste – außer Ignacio, der es besser wusste –, war Dolores schlicht weggelaufen. Wie »Das Wunder« persönlich einfach verschwunden war, war Zirkusgespräch; es schien so unwahrscheinlich, dass niemand in Oaxaca sie seither gesehen hatte. Ein so hübsches Mädchen mit so langen Beinen konnte doch nicht einfach spurlos verschwinden, oder?

Vielleicht wusste nur Ignacio, dass Dolores in Guadalajara war; vielleicht hatte die amateurhafte Abtreibung schon stattgefunden, und die Bauchfellentzündung entwickelte sich gerade erst. Vielleicht glaubte Dolores, sie würde sich bald erholen, und machte sich auf die Rückfahrt nach Oaxaca.

An jenem Morgen im *Niños Perdidos* hatte Edward Bonshaw bestimmt einiges auf dem Herzen. Er musste vor den Patres Alfonso und Octavio eine große Beichte ablegen – aber nicht eine von der Sorte, die die beiden alten Priester gewohnt waren. Er wusste außerdem, dass er die Hilfe der Kirche brauchte. Der Scholastiker hatte nicht nur seine Gelübde gebrochen; der Amerikaner war ein schwuler Mann, der sich in einen Transvestiten verliebt hatte.

Wie konnten zwei solche Menschen hoffen, einen Waisen zu adoptieren? Warum sollte jemand Edward Bonshaw und Flor gestatten, gesetzliche Vormunde von Juan Diego zu werden? (Señor Eduardo brauchte nicht nur die *Hilfe* der Kirche; er war auch darauf angewiesen, dass die Kirche ihre eigenen Vorschriften missachtete, und das nicht zu knapp.)

An jenem Morgen im La Maravilla wusste Ignacio, dass er die Löwinnen selbst füttern musste. Wen hätte der Löwenbändiger auch dazu überreden können, es statt seiner zu tun? Soledad sprach kein Wort mit ihm, und mit seinem Gerede, dass die Löwen spürten, wenn die Mädchen ihre Tage bekamen, hatte Ignacio es geschafft, den Akrobatinnen gründlich Angst einzujagen – lange bevor Hombre Lupe getötet hatte, fürchteten sich die Mädchen auch vor den Löwinnen.

»Der Löwenbändiger sollte vor den Löwinnen Angst haben«, hatte Lupe vorhergesagt.

An diesem Morgen, am Tag nachdem er Hombre erschossen hatte, musste dem Löwenbändiger beim Füttern der Löwinnen wohl ein Fehler unterlaufen sein. »Mich können sie nicht täuschen – ich weiß, was sie denken«, hatte der Löwenbändiger geprahlt. »Die jungen Damen sind leicht zu durchschauen«, hatte er Lupe gegenüber behauptet. »Für *las señoritas* brauche ich keine Gedankenleserin.«

Ignacio hatte zu Lupe gesagt, er könne die Gedanken der Löwinnen an den Körperteilen ablesen, nach denen er sie benannt hatte.

An diesem Morgen waren die Löwinnen offenbar nicht so leicht zu durchschauen, wie der Löwenbändiger einmal geglaubt hatte. Wie Vargas später an Juan Diego schreiben sollte, waren laut Studien, die an Löwen in der Serengeti durchgeführt wurden, für die meisten Risse die Löw*innen* verantwortlich. Sie wussten, wie man im Rudel jagt; wenn sie sich an eine Herde Gnus oder Zebras anschleichen, kreisen sie die Herde ein und schneiden sämtliche Fluchtwege ab, ehe sie angreifen.

Als die Müllkippenkinder Hombre gerade erst kennengelernt hatten, flüsterte Flor im Zelt des Löwenbändigers Edward Bonshaw zu: »Wenn du geglaubt hast, du hättest gerade den König der Tiere gesehen, dann irrst du dich. Du wirst ihn jetzt kennenlernen. Ignacio ist der König der Tiere.«

»Der König der *Schweine*«, hatte Lupe damals plötzlich gesagt.

Was die Statistiken aus der Serengeti oder andere Studien

über Löwen betrifft, so war das Einzige, was der König der *Schweine* vielleicht verstanden hätte, das, was (in der Wildnis) geschah, nachdem die Löwinnen ihre Beute gerissen hatten. Dann nämlich machten die Löwenmännchen ihre Dominanz geltend – sie fraßen sich satt, ehe die Löwinnen ihren Teil fressen durften. Für Juan Diego stand fest, dass der König der *Schweine* damit einverstanden gewesen wäre.

An diesem Morgen sah niemand, was mit Ignacio geschah, als er die Löwinnen fütterte, aber Löwinnen sind geduldige Tiere; Löwinnen haben gelernt abzuwarten, bis sie an der Reihe sind. *Las señoritas,* Ignacios junge Damen, würden schon noch an die Reihe kommen. An diesem Morgen wurde der Anfang vom Ende von La Maravilla besiegelt.

Es waren Paco und Bierbauch, die die Leiche des Löwenbändigers fanden, als sie auf dem Weg zu den Duschen durch die Gasse zwischen den Artistenzelten tapsten. Bestimmt fragten sich die Zwergenclowns, wie so etwas möglich war – wie hatten die Löwinnen Ignacio töten können, wo doch sein zerfleischter Leichnam außerhalb des Käfigs lag? Doch wer damit vertraut war, wie Löwinnen beim Jagen vorgehen, der fand darauf eine Antwort, und Dr. Vargas (der natürlich Ignacios Leiche untersuchte) konnte den wahrscheinlichen Ablauf der Ereignisse fast mühelos rekonstruieren.

Wenn Juan Diego über Handlungsaufbau beim Schreiben sprach – genauer gesagt, wie er als Schriftsteller die Handlung eines Romans entwarf –, nannte er gern »das Teamwork von Löwinnen« als »ein frühes Vorbild«. In Interviews begann Juan Diego immer damit, dass er sagte, niemand hätte gewusst, was dem Löwenbändiger widerfuhr; als Nächstes sagte er, er würde nie müde werden, einen wahrscheinlichen Ablauf der Ereignisse zu rekonstruieren, und dass dies zumindest teilweise dafür verantwortlich wäre, dass er Schriftsteller geworden sei. Doch wenn man das, was mit Ignacio geschah, zu dem hinzufügte, was Lupe sich überlegt haben mochte – nun, dann erkennt man schon, was die Vorstellungskraft des Müllkippenlesers beflügelt haben mochte, nicht wahr?

Ignacio legte das Fleisch für die Löwinnen wie gewöhnlich in die Futterwanne. Dann schob er, ebenfalls wie gewöhnlich, die Futterwanne in den offenen Schlitz am Käfig. Und dann muss etwas Ungewöhnliches passiert sein.

Vargas konnte sich nicht zurückhalten, sondern beschrieb die ungewöhnlich große Anzahl von Kratzwunden auf Ignacios Armen, seinen Schultern, an seinem Nacken; eine der Löwinnen musste ihn gepackt haben – dann hatten ihn andere Tatzen, mit ausgefahrenen Krallen, zu fassen bekommen. Die Löwinnen mussten ihn fest an die Käfigstangen gedrückt haben.

Laut Vargas war die Nase des Löwenbändigers weg, ebenso Ohren, Wangen und Kinn; Vargas sagte, die Finger beider Hände seien ebenfalls verschwunden – einen Daumen hatten die Löwinnen übersehen. Umgebracht hatte Ignacio, laut Vargas, ein tödlicher Biss in die Kehle – ein Biss, den der Arzt als »unschön« bezeichnete.

»Das war keine saubere Tötung«, wie Vargas es formulierte. Er erklärte, eine Löwin könne ein Gnu oder ein Zebra mit einem einzigen Biss in die Kehle töten, doch die Käfigstangen waren zu dicht beieinander; der Kopf der Mörderin passte nicht durch die Lücke zwischen den Stangen – sie konnte die Kiefer nicht weit genug öffnen, um den Hals des Löwenbändigers richtig packen zu können (weshalb Vargas auch das Wort unschön verwendet hatte, um den Biss zu beschreiben). Anschließend untersuchten »die Obrigkeiten« die Vorkommnisse im La Maravilla. Das geschah immer nach einem tödlichen Zwischenfall – die Experten trafen ein und sagten einem, was man falsch gemacht hatte. (Den Experten zufolge hatte Ignacio den Löwen eine falsche Fleischmenge verfüttert, und auch die Anzahl der Fütterungen sei nicht korrekt gewesen.)

Wen interessiert's?, fragte sich Juan Diego; er erinnerte sich nicht, was laut den Experten die richtige Anzahl oder die korrekte Menge gewesen wäre. Der *Löwenbändiger* war das Problem gewesen! Keiner im Zirkus La Maravilla brauchte Experten, um das herauszufinden.

Am Ende, dachte Juan Diego, am Ende sah Ignacio sich nähernde gelbe Augen – die letzten, nicht unbedingt freundlichen Blicke seiner *señoritas* –, die unerbittlichen Augen der letzten jungen Damen des Löwenbändigers.

Bei jedem Zirkus, der dichtmacht, gibt es einen Nachtrag, wie ein Postscriptum. Wohin gehen die Artisten, wenn ein Zirkus den Betrieb einstellt? Das Wunder persönlich, wir wissen es, würde nie wieder auftreten. Doch wir wissen auch, dass die anderen Akrobatinnen im La Maravilla nicht in Dolores' Fußstapfen treten konnten. Wie Juan Diego entdeckt hatte, konnte nicht jeder Hochseilartist sein.

Estrella fand neue Bleiben für ihre Hunde. Nur den Mischling wollte niemand, und Estrella musste ihn selbst nehmen. Wie Lupe schon gesagt hatte: Perro Mestizo war immer der Bösewicht.

Und auch den eitlen Pyjamamann wollte kein anderer Zirkus haben; sein Ruf eilte ihm voraus. Eine Zeitlang konnte man ihn noch an den Wochenenden sehen, wie er sich als Schlangenmensch für die Touristen auf dem Zócalo verrenkte.

Dr. Vargas sollte später sagen, es täte ihm leid, dass die medizinische Fakultät umgezogen sei. Die neue, die sich etwas außerhalb des Stadtzentrums gegenüber dem öffentlichen Krankenhaus befindet, ist weit ab vom Leichenschauhaus und auch vom Cruz-Roja-Krankenhaus, in dem Vargas gewirkt und gelehrt hatte.

Dort, an der alten medizinischen Fakultät, sah Vargas den Pyjamamann zum letzten Mal. Der Leichnam des Schlangenmenschen wurde aus dem Säurebad auf eine Art Trage aus Wellblech gehoben; die Flüssigkeit im Leichnam lief durch ein Loch in der Trage in Höhe seines Kopfes in einen Eimer. Auf dem leicht geneigten Obduktionstisch, durch dessen stählerne Platte in der Mitte eine Rille zu einem Ablaufloch, wiederum in Höhe des Kopfes, führte, wurde die Leiche geöffnet. Für immer unverrenkt und zu voller Länge ausgestreckt, war der Pyjamamann für die Medizinstudenten nicht wiederzuerkennen, doch Vargas erkannte den ehemaligen Schlangenmenschen.

»Es gibt keine Leere, keinen Ausdruck von Abwesenheit, die mit dem Gesicht eines Leichnams vergleichbar ist«, schrieb Vargas an Juan Diego, als der Junge nach Iowa gezogen war. »Die Träume des Menschen sind weg, aber nicht der Schmerz. Und Spuren seiner Eitelkeit bleiben ebenfalls. Du wirst dich daran erinnern, welche Aufmerksamkeit der Pyjamamann der Pflege seines Bartes und dem

Stutzen seines Schnauzers widmete, was uns indirekt sagt, wie viel Zeit er damit zugebracht haben muss, in einen Spiegel zu schauen – entweder um sein Aussehen zu bewundern oder um es weiter zu verschönern.«

»*Sic transit gloria mundi*«, wie die Patres Alfonso und Octavio immer in feierlichem Ton angemerkt hatten.

»So vergeht der Ruhm der Welt«, wie Schwester Gloria den Waisen im *Niños Perdidos* immerzu in Erinnerung rief.

Die argentinischen Flieger beherrschen ihre Arbeit zu gut und waren zu glücklich miteinander, um nicht in einem anderen Zirkus eine Anstellung zu finden. Vor kurzem (Juan Diego empfand alles nach 2001, also im neuen Jahrtausend, als »vor kurzem«) hatte Bruder Pepe von jemandem gehört, der sie gesehen hatte; angeblich flogen die argentinischen Flieger für einen kleinen Zirkus in den Bergen, rund eine Autostunde außerhalb von Mexico City; inzwischen haben sie sich vielleicht auch schon zur Ruhe gesetzt.

Als La Maravilla den Betrieb einstellte, zogen Paco und Bierbauch nach Mexico City – woher die Zwergenclowns ursprünglich stammten und wo Paco (laut Pepe) auch blieb. Bierbauch dagegen sattelte um, auf was, konnte sich Juan Diego nicht mehr erinnern, und auch ob Bierbauch noch lebte, wusste er nicht, wie er sich auch schwer vorstellen konnte, dass Bierbauch kein Clown mehr war (auch wenn er natürlich immer ein Zwerg blieb).

Paco, das wusste Juan Diego, war gestorben. Er war nach Oaxaca zurückgekommen; wie Flor konnte er nicht wegbleiben. Wie Flor trieb sich Paco zu gern in den alten Stammlokalen herum. Paco war immer Stammgast im La China gewesen, der Schwulenbar an der Calle Bustamante, die später Chinampa hieß, in der Gegend um die Calle Zaragoza. Und Paco war auch Stammgast in La Coronita – dem Partylokal für Crossdresser, das in den Neunzigern (nach dem Tod des Eigentümers) eine Zeitlang schloss. Wie Edward Bonshaw und Flor starben sowohl der Eigentümer vom La Coronita als auch Paco an Aids.

Soledad, die Juan Diego einmal »Wunderknabe« getauft hatte, würde La Maravilla lange überleben. Vargas sah sie weiterhin – Soledad blieb seine Patientin.

Pepe schrieb Juan Diego (etwa zu der Zeit, als das Waisenhaus geschlossen wurde), dass Vargas eine der beiden von Soledad angegebenen Referenzen war, als sie zwei Waisen aus dem *Niños Perdidos* adoptierte – einen Jungen und ein Mädchen.

Soledad war eine großartige Mutter geworden, wie Pepe berichtete. Was niemanden überraschte. Sie war eine beeindruckende Frau, auch wenn sie, wie Juan Diego fand, ein wenig kühl sein konnte, doch er hatte sie immer bewundert.

Es hatte einen kleinen Skandal gegeben, doch das war nachdem Soledads Adoptivkinder schon erwachsen und ausgeflogen waren. Soledad hatte sich auf einen üblen Mann als festen Freund eingelassen; weder Pepe noch Vargas hatten das Wort »übel« näher ausgeführt, das sie beide benutzt hatten, um diesen Mann zu charakterisieren, doch Juan Diego verstand darunter *gewalttätig*.

Er war überrascht zu hören, dass Soledad nach Ignacio die Geduld für einen üblen Freund aufbrachte; er hielt sie nicht für die Sorte Frau, die Misshandlungen einfach hinnahm.

Wie sich herausstellte, musste Soledad den gewalttätigen Freund nicht sehr lange ertragen. Eines Morgens kam sie vom Einkaufen nach Hause, und da saß er – tot am Küchentisch, den Kopf auf die Arme gelegt. Soledad sagte, er habe so dagesessen, wie sie ihn verlassen hatte.

»Bestimmt hatte er einen Herzinfarkt oder so was«, war Bruder Pepes einziger Kommentar.

Natürlich war Vargas der Arzt, der die Leichenschau vornahm. »Womöglich war es ein Eindringling«, sagte Vargas. »Jemand, der noch ein Hühnchen mit ihm zu rupfen hatte – jemand mit kräftigen Händen.« Der üble Freund war erwürgt worden, während er am Küchentisch saß.

Vargas sagte, Soledad hätte ihren Freund unmöglich erwürgen können. »Ihre Hände sind kaputt«, hatte der Arzt bezeugt. »Sie könnte nicht mal eine Zitrone ausquetschen!«, hatte er beteuert.

Er führte die von ihm für Soledad verschriebenen Schmerzmittel als Beleg an, dass die »versehrte« Frau niemanden hätte erwürgen können. Das Medikament war gegen Gelenkschmerzen – vor allem gegen die Schmerzen in Soledads Fingern und Händen.

»Jede Menge Schäden – jede Menge Schmerzen«, hatte der Arzt gesagt.

Juan Diego bezweifelte das nicht – nicht die Schäden und nicht die Schmerzen. Doch wenn er an Soledad im Zelt des Löwenbändigers zurückdachte und an die Blicke, die sie gelegentlich Richtung Ignacio warf, dann erinnerte er sich an etwas, was ihm damals in den Augen der ehemaligen Trapezartistin aufgefallen war. Nichts in Soledads dunklen Augen glich dem Gelb in den Augen eines Löwen, doch es gab dort eindeutig etwas von den unergründlichen Absichten einer Löwin.

29
Eine einfache Fahrt

»Hahnenkämpfe sind hier erlaubt und sehr beliebt«, sagte Dorothy. »Diese Psychohähne sind die ganze Nacht wach und krähen. Sie puschen sich für den nächsten Kampf auf.«

Nun, dachte Juan Diego, das könnte zwar erklären, warum der Psychohahn in der Silvesternacht im Encantador vor dem Morgengrauen gekräht hatte, aber nicht das Krächzen während des plötzlichen und offenbar gewaltsamen Todes des Hahns – als hätte sich Miriam seinen Tod einfach nur herbeizuwünschen brauchen.

Wenigstens war er jetzt vorgewarnt, dachte Juan Diego: In dem Gasthof bei Vigan würden die ganze Nacht lang Kampfhähne krähen. Juan Diego war gespannt, wie Dorothy damit umgehen würde.

»Jemand sollte diesen Hahn umbringen«, hatte Miriam mit ihrer leisen, rauchigen Stimme in jener Nacht im Encantador gesagt, und, als das Krähen mittendrin erstarb, hinzugefügt: »So, das hätten wir. Der verkündet kein falsches Morgengrauen mehr, dieser verlogene Bote.«

»Und weil die Hähne die ganze Nacht krähen, hören auch die Hunde nie auf zu bellen«, erklärte ihm Dorothy.

»Das klingt ausgesprochen erholsam«, sagte Juan Diego. Der Gasthof, in dem Dorothy reserviert hatte, war eine

Ansammlung von lauter alten Gebäuden. Der Einfluss der spanischen Architektur war unübersehbar; vielleicht war das Gasthaus einmal eine Mission gewesen, dachte Juan Diego – zu dem halben Dutzend Gebäuden gehörte auch eine Kirche.

Der Gasthof hieß El Escondrijo, »Das Versteck«. Wenn man um zehn Uhr nachts ankam, so wie sie beide, konnte man sich schwer einen Eindruck verschaffen. Die anderen Gäste (falls es welche gab) waren schon zu Bett gegangen. Bar und Esstische standen im Freien, unter einem Strohdach, aber seitlich offen und Wind und Wetter ausgesetzt. Dorothy versprach ihm, dass es keine Mücken gab.

»Was tötet denn die Mücken?«, fragte Juan Diego.

»Vielleicht Fledermäuse – oder die Geister«, antwortete ihm Dorothy gleichgültig. Die Fledermäuse, nahm Juan Diego an, waren auch die ganze Nacht unterwegs – sie krähten und bellten nicht, sondern töteten nur stumm. Juan Diego war ein wenig an Geister gewöhnt, jedenfalls glaubte er das.

Das ungleiche Liebespaar blieb am Meer; es wehte ein laues Lüftchen. Juan Diego und Dorothy waren irgendwo außerhalb, doch mit Blick auf die Lichter von Vigan, und auf dem offenen Meer lagen zwei oder drei Frachter vor Anker. Sie sahen die Lichter und konnten, wenn der Wind aus der richtigen Richtung wehte, gelegentlich den Bordfunk hören.

»Es gibt ein kleines Schwimmbecken – ein Kinderbecken nennt man so was wohl«, sagte Dorothy. »Man muss aufpassen, dass man nachts nicht reinfällt, weil es nicht beleuchtet ist.«

Es gab keine Klimaanlage, aber Dorothy sagte, die Nächte

seien kühl genug, so dass man keine brauche, außerdem gab es im Zimmer einen Deckenventilator; er machte zwar ein tickendes Geräusch, aber was bedeutete das schon bei all den krähenden Kampfhähnen und bellenden Hunden? El Escondrijo war ohnehin nicht gerade das, was man ein Resort nennen würde.

»Der Strand liegt unweit eines Fischerdorfs und einer Grundschule, aber man hört die Kinderstimmen nur ganz leise in der Ferne – und so sind Kinder ganz in Ordnung«, sagte Dorothy, als sie zu Bett gingen. »Die Hunde aus dem Dorf betrachten den Strand als ihr Revier, aber es passiert einem nichts, wenn man auf dem nassen Sand geht – bleib einfach in Wassernähe«, riet ihm Dorothy.

Was für Menschen steigen im El Escondrijo ab?, fragte sich Juan Diego. Bei dem Namen »Das Versteck« musste er an Flüchtlinge oder Revolutionäre denken, nicht an eine Unterkunft für Touristen. Doch Juan Diego war gerade dabei einzuschlafen; er war im Halbschlaf, als Dorothys Handy auf dem Nachttisch vibrierte.

»So eine Überraschung, Mutter«, hörte er Dorothy sarkastisch im Dunkeln sagen. Es gab eine lange Pause, während deren Hähne krähten und Hunde bellten, ehe Dorothy ein paarmal »Hm-m« sagte; ein- oder zweimal sagte sie auch »Okay«, dann hörte Juan Diego sie sagen: »Ist nicht dein Ernst, oder?« Und nach diesen vertrauten *Dorothyismen* beendete die nicht gerade pflichtbewusst klingende Tochter das Telefonat. Juan Diego hörte Dorothy zu Miriam sagen: »Glaub mir, Mutter – du willst nicht hören, wovon ich träume.«

Juan Diego lag im Dunkeln wach und dachte über diese

Mutter und ihre Tochter nach; er ging in Gedanken zu den Umständen zurück, unter denen er sie kennengelernt hatte, und überlegte, wie abhängig er von ihnen geworden war.

»Schlaf ein, Liebling«, hörte Juan Diego Dorothy sagen; fast genauso hätte Miriam das Wort *Liebling* betont. Und die Hand der jungen Frau griff zielsicher nach seinem Penis, fand und drückte ihn vielsagend.

»Okay«, wollte Juan Diego sagen, doch das Wort blieb ungesagt. Schlaf übermannte ihn, wie auf Dorothys Befehl.

»Wenn ich sterbe, will ich *nicht* verbrannt werden. Gebt mir den ganzen Hokuspokus«, hatte Lupe gesagt und dabei die Patres Alfonso und Octavio direkt angesehen. Das hörte Juan Diego im Schlaf – Lupes Stimme, die ihnen Anweisungen erteilte.

Die krähenden Hähne und bellenden Hunde hörte Juan Diego nicht; er hörte auch die beiden Katzen nicht, die auf dem Strohdach der Außendusche miteinander kämpften oder fickten (oder beides). Juan Diego hörte nicht, wie Dorothy nachts aufstand, nicht etwa um zu pinkeln, sondern um die Tür zur Außendusche zu öffnen, wo sie das Duschlicht anmachte.

»Verpisst euch oder verreckt«, sagte Dorothy mit schneidender Stimme zu den Katzen – die prompt aufhörten zu jaulen. Dann sprach sie leise mit dem Geist, den sie unter der Außendusche stehen sah, als liefe das Wasser – was es nicht tat – und als wäre er nackt, obwohl er bekleidet war.

»Tut mir leid, dich habe ich nicht gemeint – ich habe zu den Katzen gesprochen«, sagte Dorothy, doch der junge Geist war verschwunden.

Juan Diego hatte auch Dorothys Entschuldigung an den

rasch verschwindenden Kriegsgefangenen nicht gehört, der einer der Geistergäste war. Der ausgezehrte junge Mann hatte graue Haut und trug graue Gefängniskleidung; er war einer der gefolterten Gefangenen der Nordvietnamesen. Seinem gequälten, schuldbewussten Blick entnahm Dorothy – wie sie Juan Diego später erklärte –, dass er zu denen gehörte, die unter Folter zusammengebrochen waren. Vielleicht hatte der junge Kriegsgefangene unter Schmerzen kapituliert. Vielleicht hatte er Schriftstücke unterschrieben, in denen er Dinge eingestand, die er nie getan hatte. Manche der jungen Amerikaner hatten in Radiosendungen kommunistische Propaganda vorgetragen.

Es war nicht ihre Schuld; sie sollten sich keine Vorwürfe machen, versuchte Dorothy den Geistern im El Escondrijo klarzumachen, doch irgendwie verschwanden die Geister immer, ehe man mit ihnen reden konnte.

»Ich will nur, dass sie wissen, dass ihnen vergeben wurde, was auch immer sie getan haben oder wozu sie gezwungen wurden«, wie Dorothy es gegenüber Juan Diego formulierte. »Doch diese jungen Geister führen ihr eigenes ›Leben‹. Sie hören nicht auf uns – sie interagieren überhaupt nicht mit uns.«

Dorothy erzählte Juan Diego auch, dass die gefangenen Amerikaner, die in Nordvietnam gestorben waren, nicht immer die graue Gefängniskleidung trugen – einige der jüngeren hatten ihren Kampfanzug an. »Keine Ahnung, ob sie frei entscheiden können, was sie anziehen – ich habe sie in Sportkleidung gesehen, in Hawaiihemden und solchem Zeug«, wie Dorothy es ausdrückte. »Niemand weiß, was Geister für Regeln haben.«

Juan Diego hoffte, es bliebe ihm erspart, die gefolterten Kriegsgefangenen in ihren Hawaiihemden zu sehen, und in der ersten Nacht in dem alten Gasthof am Stadtrand von Vigan bemerkte Juan Diego noch nicht, wie die seit langem toten Fronturlauber im El Escondrijo erschienen; er schlief in der zänkischen Gesellschaft seiner eigenen Geister. Juan Diego träumte – in diesem Fall einen lauten Traum. (Kein Wunder, dass Juan Diego nicht hörte, wie Dorothy mit den Katzen schimpfte oder sich bei dem Geist entschuldigte.)

Lupe hatte um »den ganzen Hokuspokus« gebeten, und der Tempel der Gesellschaft Jesu hatte sich nicht zweimal bitten lassen. Bruder Pepe gab sich zwar alle Mühe, die beiden alten Priester zu einem schlichten Gottesdienst zu bewegen, doch er hätte wissen müssen, dass sie sich nicht bremsen ließen. Der Tod Unschuldiger, das war die Kernkompetenz der Kirche – der Tod von Kindern ließ keine Zurückhaltung zu. Lupe würde einen Gottesdienst mit allen Schikanen bekommen – mit schlicht hatte das nichts zu tun.

Die Patres Alfonso und Octavio hatten auf einem offenen Sarg bestanden. Lupe hatte ein weißes Kleid an und einen weißen Schal um den Hals, so dass man weder Bissspuren noch Schwellungen sah. (Man konnte nur mutmaßen, wie ihr Nacken aussah.) Und weil so viel Weihrauch verbrannt wurde, verschwand das fremd aussehende Gesicht der Jungfrau Maria mit der Boxernase hinter einem stechend riechenden Dunstschleier. Rivera machte sich Sorgen wegen des Rauchs – als würde Lupe von den Höllenfeuern des *basurero* verschlungen, wie sie es sich früher gewünscht hätte.

»Keine Bange, später verbrennen wir etwas, wie sie gesagt hat«, flüsterte Juan Diego *el jefe* zu.

»Ich halte die Augen nach einem toten Hündchen offen – ich werd schon eins finden«, antwortete ihm der Deponiechef.

Beide fanden die klagenden Mietnonnen – *las Hijas del Calvario*, die »Töchter Golgathas« – irritierend.

»Die berufsmäßigen Klageweiber«, wie Pepe sie nannte, übertrieben es gewaltig, als genügte es nicht, dass Schwester Gloria mit den verwaisten Vorschülern die häufig geprobten Wechselgebete vortrug.

»*¡Madre! Ahora y siempre!*«, wiederholten die Kinder, was Schwester Gloria ihnen vorbetete. »Mutter! Du wirst mich führen, jetzt und immerdar.« Doch selbst auf diese wiederholte Bitte und auf alles andere – wie das Auf-Befehl-Weinen der Töchter Golgathas, die Weihrauchdämpfe, die das hoch aufragende Monster Maria einhüllten – kam von der dunkelhäutigeren Jungfrau Maria mit der Boxernase keine Reaktion (wobei Juan Diego sie hinter den aufsteigenden Wolken heiligen Rauchs ohnehin nicht deutlich sehen konnte).

Auch Dr. Vargas kam zu Lupes Trauergottesdienst; nur selten wandte er den Blick von der Statue der unzuverlässigen Maria ab, und er reihte sich auch nicht in die Schlange von Trauernden (und Touristen und anderen Neugierigen) ein, die in der Jesuitenkirche nach vorn marschierten, um einen Blick auf das Löwenmädchen in dem offenen Sarg zu werfen. So nannte man Lupe in Oaxaca und Umgebung: »das Löwenmädchen.«

Vargas war mit Alejandra zu Lupes Trauergottesdienst

gekommen; inzwischen schien sie mehr als eine Dinnerparty-Freundin zu sein, und Alejandra hatte Lupe gemocht, musste aber jetzt ohne Vargas an Lupes offenen Sarg treten.

»Du siehst sie dir nicht noch einmal an?«, hatte Alejandra Vargas gefragt. Juan Diego und Rivera hörten zufällig ihr Gespräch mit.

»Ich weiß, wie Lupe jetzt aussieht – ich habe sie schon gesehen«, antwortete Vargas nur.

Danach hatten Juan Diego und der Deponieboss kein Bedürfnis mehr, die ganz in Weiß gekleidete Lupe in dem offenen Sarg zu sehen. Die beiden hatten gehofft, dass die Erinnerungen an Lupe bleiben würden, wie sie zu ihren Lebzeiten gewesen war. Reglos saßen sie auf ihrer Kirchenbank, neben Vargas, und dachten an das, woran ein Müllkippenkind und ein Müllkippenchef für gewöhnlich dachten: Was es zu verbrennen gab, wie sie die Asche zu Füßen des Monsters Maria verstreuen würden – »nur verstreuen, nicht werfen«, wie Lupe sie angewiesen hatte, »vielleicht nicht die ganze Asche und nur zu ihren Füßen!«, wie Lupe klar gesagt hatte.

Die Touristen und die anderen Neugierigen, die sich das Löwenmädchen in dem offenen Sarg angesehen hatten, verließen die Kirche noch vor dem Auszug der Geistlichen, sichtlich enttäuscht, dass keine Anzeichen eines Löwenangriffs an Lupes leblosem Körper zu sehen waren. (Ignacios Leichnam würde nicht im offenen Sarg zu sehen sein – was Dr. Vargas gut verstand, der die sterblichen Überreste des Löwenbändigers gesehen hatte.)

Der Schlussgesang war das *Ave Maria*, das leider von

einem schlecht gewählten Kinderchor gesungen wurde – der wie die Töchter Golgathas ebenfalls nur gemietet war. Es waren uniformierte Lümmel von einer Musikschule mit einem edel klingenden Namen; ihre Eltern machten während des Auszugs von Geistlichen und Chor Fotos.

An dieser Stelle kam es zu einer misstönenden Begegnung zwischen dem *Ave-Maria*-Chor und der Zirkuskapelle. Die Patres Alfonso und Octavio hatten darauf bestanden, dass die Zirkuskapelle außerhalb des *Templo de la Compañia de Jesús* blieb, doch die mit Pauken und Trompeten vorgetragene La-Maravilla-Version von *Streets of Laredo* ließ sich nur schwer übertönen; ihre todtraurige Version des Cowboy-Klagelieds war so laut, dass selbst Lupe sie vermutlich im Jenseits hören konnte.

Die Stimmen der Musikschulkinder, die alles gaben, damit ihr *Ave Maria* gehört wurde, waren dem Lärm und dem Trommelwirbel der Zirkuskapelle nicht gewachsen. Deren jämmerliches Klagen konnte man bis zum Zócalo hören. Flors Freunden und Freundinnen zufolge – den im Hotel Somega arbeitenden Prostituierten – konnte man die pathetische Totenklage des Cowboys sogar bis zur Calle Zaragoza hören.

»Vielleicht wird das Ascheverstreuen einfacher«, sagte Bruder Pepe optimistisch zu Juan Diego, als sie Lupes Trauergottesdienst verließen – diesen heillosen Hokuspokus, diesen faulen katholischen Zauber, also genau das, was Lupe sich gewünscht hatte.

»Ja, spiritueller vielleicht«, hatte Edward Bonshaw eingeworfen.

Zuerst hatte er die wörtliche Übersetzung von *Hijas del*

Calvario nicht verstanden, was tatsächlich »Töchter Golgathas« bedeutete, auch wenn Edward Bonshaw in dem Taschenwörterbuch, das er zu Rate zog, auf die umgangssprachliche Bedeutung von *Calvario* stieß, das nämlich auch »eine Reihe von Katastrophen« bedeuten konnte.

Der Mann aus Iowa, dessen Leben eine Reihe von Katastrophen sein würde, hatte irrtümlich geglaubt, die gegen Entgelt weinenden Nonnen *hießen* »Töchter einer Reihe von Katastrophen«. Angesichts der Umstände im Leben der Waisen, die im *Niños Perdidos* blieben, und angesichts der schrecklichen Umstände von Lupes Tod kann man durchaus verstehen, dass der Papageienmann *las Hijas del Calvario* missverstand.

Und man konnte auch für Flor Verständnis haben – ihre Geduld mit dem Papageienmann ging langsam zur Neige. Um nicht lange drum herum zu reden, Flor hatte darauf gewartet, dass Edward Bonshaw endlich Nägel mit Köpfen machte. Als Señor Eduardo die Töchter Golgathas mit einem Nonnenorden verwechselte, der sich einer Reihe von Katastrophen verschrieben hatte – tja, da hatte Flor nur die Augen verdreht. Flors Ungeduld mit dem Mann aus Iowa wuchs, und dafür gab es Gründe.

Wann, wenn überhaupt, würde Edward Bonshaw die Eier haben, um den beiden alten Priestern seine Liebe zu ihr zu beichten?

»Das Wichtigste ist Toleranz, stimmt's?«, sagte Señor Eduardo, als sie die Jesuitenkirche verließen; sie kamen an dem Porträt von Ignatius von Loyola vorbei, der sie ignorierte, aber ratsuchend gen Himmel blickte. Der Pyjamamann spritzte sich am Weihwasserbrunnen Wasser ins Gesicht, wo Soledad und die jungen Akrobatinnen die Köpfe senkten, als Juan Diego an ihnen vorbeihumpelte.

Paco und Bierbauch standen draußen vor der Kirche, wo das Pauken-und-Trompeten-Bombardement der Zirkuskapelle am lautesten war.

»¡*Qué triste!*«, schrie Bierbauch, als er Juan Diego sah.

»*Sí, sí,* Lupe-Bruder – wie traurig, wie traurig«, wiederholte Paco und umarmte den Jungen.

Jetzt, während des lärmenden Klagegesanges von *Streets of Laredo,* war jedenfalls nicht der Zeitpunkt für Señor Eduardo, den Patres Alfonso und Octavio seine Liebe zu Flor zu beichten – unabhängig davon, ob der Mann aus Iowa jemals die Eier für eine solche beachtliche Beichte finden würde oder nicht.

Wie Dolores zu Juan Diego gesagt hatte, als sie ihn dazu überredete, von der Spitze des Hauptzeltes wieder nach unten zu klettern: »Bestimmt hast du für jede Menge anderer Sachen die Eier.« Aber wann, und welche anderen Sachen?, fragte sich Juan Diego, während die Zirkuskapelle immer weiterspielte – das Trauerlied nahm anscheinend kein Ende.

Streets of Laredo dröhnte so laut, dass die Kreuzung Calle de Trujano und Calle Flores Magón erbebte. Rivera glaubte wohl, bedenkenlos schreien zu können, ihn werde schon niemand hören. Doch da irrte er sich – nicht einmal die Pauken-und-Trompeten-Version der Totenklage eines Cowboys übertönte Rivera.

Der Deponiechef hatte sich umgedreht, so dass er Richtung Jesuitenkirche schaute, und drohend und voller Wut seine Faust in Richtung Monster Maria gereckt. »Wir kommen wieder, mit mehr Asche für dich!«, schrie *el jefe*. Juan Diego war nicht der Einzige, der ihn hörte.

»Sie meinen vermutlich das Verstreuen, nehme ich an«, sagte Bruder Pepe verschwörerisch zu dem Deponiechef.

»Ah ja – das Verstreuen«, meldete sich Dr. Vargas zu Wort. »Sagen Sie mir unbedingt, wann es so weit ist – das will ich nicht verpassen«, sagte er zu Rivera.

»Es gibt noch Dinge zu verbrennen, Entscheidungen zu fällen«, murmelte der Deponieboss.

»Und wir wollen nicht zu viel Asche – diesmal genau die richtige Menge«, ergänzte Juan Diego.

»Und nur zu Füßen der Jungfrau Maria!«, erinnerte sie der Papageienmann.

»*Sí, sí* – so etwas braucht Zeit«, vertröstete sie *el jefe*.

Aber nicht im Traum – Träume haben es eilig. In Träumen wird Zeit komprimiert.

Im wirklichen Leben brauchte Dolores ein paar Tage, um im Cruz Roja aufzutauchen und Vargas ihre viel zu weit fortgeschrittene Bauchfellentzündung zu präsentieren. (In seinem Traum übersprang Juan Diego diesen Teil.)

Im wirklichen Leben brauchte *el hombre papagayo* – der gute Papageienmann – noch ein paar Tage, bis er die Eier hatte, den Patres Alfonso und Octavio das zu sagen, was er auf dem Herzen hatte, und Juan Diego fand seinerseits heraus, dass er tatsächlich die Eier für »jede Menge anderer Sachen« hatte, wie Dolores ihm versicherte, als er in fünfundzwanzig Metern Höhe erstarrt war. (Natürlich übersprang Juan Diego in seinem Traum, wie viele Tage er und der Mann aus Iowa brauchten, bis sie ihre Eier fanden.)

Und Bruder Pepe brauchte im wirklichen Leben ein paar Tage für die nötigen Recherchen – welche Vorschriften es bezüglich der Vormundschaft gab, speziell in Bezug auf Waisenkinder, welche Rolle die Kirche spielen konnte und gespielt hatte, wenn es darum ging, Vormunde für Waisenkinder zu bestimmen oder zu empfehlen. Für solchen Papierkram hatte Pepe ein Händchen; anhand der jesuitischen Geschichte Argumente zu basteln war eine Arbeit, mit der er sich gut auskannte.

Pepes Meinung nach konnte man vernachlässigen, wie oft man die Patres Alfonso und Octavio hatte sagen hören: »Wir sind eine Kirche der Regeln«, doch er fand heraus, dass die beiden alten Priester nicht ein einziges Mal vor Zeugen gesagt hatten, dass sie die Regeln *flexibel auslegen* könnten oder wollten. Bemerkenswert war jedoch, wie oft Alfonso und Octavio die Vorschriften flexibel ausgelegt *hatten* – so manches Waisenkind taugte nicht unbedingt zur Adoption; nicht jeder potenzielle Vormund verfügte über die nötige Eignung. Und, was nicht überraschend war, Pepes sorgfältig gesammelte und dargebotene Argumente, warum Edward Bonshaw und Flor (in dem schwierigen Fall Juan Diegos) die denkbar geeignetsten Vormunde für den Müllkippenleser waren – nun, man kann sich ausmalen, weshalb diese akademischen Disputationen nicht gerade der Stoff waren, aus dem die Träume sind. (In seinen Träumen übersprang Juan Diego Pepes jesuitische Argumente auch.)

Nicht zuletzt brauchten Rivera und Juan Diego im wirklichen Leben ein paar Tage, um die Sache mit dem Verbrennen zu regeln – nicht nur was in das Feuer auf dem *basurero* kam, sondern auch wie lange sie es brennen ließen und wie viel Asche sie herausnahmen. Diesmal blieb es bei einem kleinen Aschebehälter – es war keine Kaffeedose, sondern nur eine Kaffeetasse. Aus dieser Tasse hatte Lupe gern ihren heißen Kakao getrunken; sie hatte sie in der Hütte in Guerrero zurückgelassen, wo *el jefe* sie für sie aufbewahrt hatte.

Außerdem hatten Lupes letzte Wünsche noch einen zweiten, wichtigen Teil – was das Verstreuen der Asche betraf –, doch die Vorbereitung dieser interessanten Asche kam in Juan Diegos Träumen ebenfalls nicht vor. (Träume sind nicht nur schnell vorbei, sondern auch sehr selektiv.)

In seiner ersten Nacht im El Escondrijo stand Juan Diego auf, um zu pinkeln – später erinnerte er sich nicht an das, was geschah, weil er immer noch träumte. Er setzte sich zum Pinkeln hin; im Sitzen konnte er leiser pinkeln, und er wollte Dorothy schließlich nicht wecken. Doch es gab noch einen zweiten Grund, warum er sich setzte. Er hatte sein Handy auf der Ablage neben dem Waschbecken gesehen.

Wohl weil Juan Diego träumte, erinnerte er sich nicht mehr daran, dass das Bad der einzige Ort war, wo er sein Handy aufladen konnte; im Schlafzimmer gab es nur eine Steckdose neben dem Nachttisch, und Dorothy war schneller gewesen als er – sie war, jedenfalls in technologischer Hinsicht, eine hellwache junge Frau.

Juan Diego war alles andere als hellwach. Weder begriff er inzwischen, wie sein Handy funktionierte, noch hatte er Zugriff auf das, was sich auf dem lästigen Menü seines Handys befand (oder auch nicht befand) – all das, womit andere Leute so problemlos zurechtkamen und ebenso gebannt wie fasziniert betrachteten. Juan Diego fand sein

Handy nicht besonders interessant – nicht in dem Ausmaß, wie sich andere Leute für *ihre* Handys zu interessieren schienen. In seinem Alltagsleben in Iowa City gab es keine jüngere Person, die ihm zeigte, wie er sein geheimnisvolles Telefon benutzen sollte. (Es war eines dieser schon altmodischen Mobiltelefone, die man aufklappte.)

Ihn ärgerte – selbst im Halbschlaf, während er träumte und im Sitzen pinkelte –, dass er das Foto, das der junge Chinese mit Juan Diegos Handy auf der unteren Ebene des Bahnhofs Kowloon aufgenommen hatte, nicht finden konnte. Juan Diego hatte mit Miriam und Dorothy auf dem Bahnsteig gewartet, wo sie bis auf ein junges händchenhaltendes chinesisches Paar allein gewesen waren.

Sie alle hörten den Zug kommen – der junge Mann musste sich beeilen. Das Foto kam für Juan Diego, Miriam und Dorothy überraschend. Für das chinesische Paar schien es eine Enttäuschung zu sein – vielleicht unscharf? –, doch dann fuhr der Zug ein. Miriam schnappte sich das Handy, doch Dorothy hatte es – sogar noch schneller – ihrer Mutter entrissen. Und als Dorothy ihm sein Handy zurückgab, war es nicht mehr im Kameramodus.

»Wir sind nicht fotogen«, hatte Miriam nur gesagt – zu dem chinesischen Pärchen, das von dem Zwischenfall übertrieben verstört zu sein schien. (Vielleicht wurden ihre Fotos gewöhnlich besser.)

Und jetzt, als er auf dem Klo seines Badezimmers im El Escondrijo saß, fand Juan Diego heraus – nur durch Zufall und wahrscheinlich weil er noch halb schlief und träumte –, dass es eine einfachere Methode gab, um das in der Kowloon Station aufgenommene Foto zu finden. Später erinnerte er sich nicht einmal mehr daran, wie es ihm gelungen war. Er hatte versehentlich eine Taste an der Seite seines Handys berührt; plötzlich stand auf dem Display »Kamera an«. Er hätte ein Foto seiner nackten Knie machen können, die vor der Klobrille ins Bad ragten, hatte aber offenbar die Option »Meine Fotos« entdeckt – so sah er das Foto vom Bahnhof Kowloon, auch wenn er sich später nicht mehr daran erinnerte.

Vielmehr würde Juan Diego am Morgen glauben, er habe von dem Foto nur geträumt, denn was er auf der Toilette sah, also auf dem eigentlichen Foto, konnte nicht real sein, jedenfalls dachte er das.

Auf dem Foto war er auf dem Bahnsteig der Kowloon Station allein – wie Miriam gesagt hatte, waren sie und Dorothy tatsächlich »nicht fotogen«. Kein Wunder, dass Miriam gesagt hatte, sie und Dorothy fänden es unerträglich, wie sie auf Fotografien aussähen – sie tauchten überhaupt nicht auf Fotos auf! Und ebenfalls kein Wunder, dass das chinesische Pärchen beim Anblick des Fotos so übertrieben verstört zu sein schien.

Doch genau in diesem Moment war Juan Diego nicht richtig wach; er befand sich noch im Bann des wichtigsten Traums und der wichtigsten Erinnerung seines Lebens – dem Ascheverstreuen. Außerdem hätte Juan Diego nicht (oder noch nicht) akzeptieren können, dass Miriam und Dorothy auf dem Foto nicht zu sehen waren – dem Foto, das sie alle drei überrascht hatte.

Und als Juan Diego in seinem Badezimmer in El Escondrijo möglichst leise die Toilettenspülung betätigte, sah er den jungen Geist nicht, der verschreckt unter der Außendusche stand. Es war ein anderer Geist als der, den Dorothy gesehen hatte; dieser trug seinen Kampfanzug – er schien zu jung zu sein, um sich schon zu rasieren.

In dem Sekundenbruchteil, ehe der junge Geist verschwinden konnte, auf ewig vermisst, war Juan Diego wieder ins Schlafzimmer zurückgehumpelt; er würde sich nicht daran erinnern, dass er auf dem Foto auf dem Bahnsteig in Kowloon allein zu sehen gewesen war. Zu wissen, dass er nicht allein auf diesem Bahnsteig gewesen war, reichte aus, um Juan Diego glauben zu lassen, er habe nur geträumt, dass er diese Reise ohne Miriam und Dorothy gemacht hatte.

Als er sich wieder neben Dorothy legte – wenigstens kam es Juan Diego so vor, als wäre Dorothy wirklich da –, erinnerte ihn vielleicht das Wort »Reise« an etwas, ehe er wieder einschlafen und ganz in die Vergangenheit zurückkehren konnte. Wo hatte er bloß die Rückfahrkarte zur Kowloon Station hingetan? Er wusste doch, dass er sie aus irgendeinem Grund aufbewahrt hatte; er hatte doch mit seinem immer griffbereiten Stift etwas auf den Fahrschein geschrieben. Vielleicht den Titel für einen zukünftigen Roman? *Eine einfache Fahrt* – war es das?

Ja, das war's! Doch seine Gedanken (wie seine Träume) waren so unzusammenhängend; er konnte sich nur schwer konzentrieren. Vielleicht hatte ihm Dorothy in dieser Nacht eine doppelte Dosis Betablocker verabreicht – mit anderen Worten keine Nacht für Sex, sondern eine der Nächte, um die Tabletten wieder wettzumachen, die er weggelassen hatte? Falls ja – falls er eine doppelte Dosis Lopressor-Pillen eingenommen hatte –, hätte es dann einen Unterschied gemacht, wenn Juan Diego den jungen Geist gesehen hätte, der ängstlich unter der Außendusche stand? Hätte Juan Diego nicht geglaubt, nur geträumt zu haben?

Eine einfache Fahrt – das klang fast wie der Titel eines Romans, den er schon geschrieben hatte, dachte Juan Diego, als er wieder wegdämmerte, tiefer hinein in seinen lebenslangen Traum. Er dachte an »einfach« im Sinne von allein, von unbegleitet, aber auch an »einfach« im Sinne von einzigartig oder unkompliziert.

Und dann, so plötzlich wie er vom Klo aufgestanden und ins Bett gegangen war, dachte Juan Diego an nichts mehr. Wieder einmal hatte ihn die Vergangenheit in ihren Bann geschlagen.

30

Das Verstreuen

Der Teil von Lupes letztem Willen, der mit dem Ascheverstreuen zu tun hatte, begann nicht sehr spirituell. Bruder Pepe hatte nicht nur mit den mexikanischen Behörden gesprochen, sondern zusätzlich auch einen amerikanischen Fachanwalt für Einwanderungsrecht konsultiert. Das Wort *Vormund* war nicht das einzige Wort, um das es hier ging; Edward Bonshaw würde für Flor »bürgen« müssen, wenn sie die »Daueraufenthaltserlaubnis« in den USA beantragte, wie Pepe möglichst diskret erwähnte. Nur Señor Eduardo und Flor konnten ihn hören.

Natürlich erhob Flor Einspruch gegen Pepes Bemerkung, sie sei vorbestraft. (Auch da würde man mit den Regeln flexibel umgehen müssen.) »Ich habe nichts *Kriminelles* gemacht!«, protestierte Flor. Sie war bloß das eine oder andere Mal mit der *policía* aneinandergeraten – die Polizei von Oaxaca hatte sie ein-, zweimal verhaftet.

Laut den polizeilichen Unterlagen hatte es im Hotel Somega ein paar Schlägereien gegeben, aber Flor sagte, sie habe »nur« Garza verhauen – »Dieser Zuhälterschläger hatte es verdient!« –, und in einer anderen Nacht hatte sie César, Garzas Sklaven, nach Strich und Faden verdroschen. Das, was Flor in Houston widerfahren war, tauchte in keiner Akte auf, so sagte der Einwanderungsanwalt zu Pepe. (Die

Sache mit dem Pony und der Postkarte, die Señor Eduardo immer für sich behalten würde, wurde nicht als Vorstrafe geführt – nicht in Texas.)

Und ehe das Ascheverstreuen in der Jesuitenkirche begann, wurde dem Inhalt der Asche einige nicht spirituelle Aufmerksamkeit zuteil.

»Was genau wurde verbrannt, wenn man fragen darf?«, wandte sich Pater Alfonso an den Deponiechef.

»Hoffentlich nicht wieder irgendwelche ungewöhnlichen Substanzen«, wie es Pater Octavio gegenüber Rivera formulierte.

»Lupes Kleidung, ein Schlüsselband, das sie um den Hals trug, ein paar Schlüssel, außerdem die eine oder andere Kleinigkeit aus Guerrero«, sagte Juan Diego zu den beiden alten Priestern.

»Überwiegend *Zirkus*sachen?«, fragte Pater Alfonso.

»Na ja, verbrannt wurde auf dem *basurero* – Verbrennen ist Deponiesache«, antwortete *el jefe* vorsichtig.

»Ja, ja, das wissen wir«, sagte Pater Octavio rasch. »Aber diese Asche stammt überwiegend von Dingen aus Lupes Leben im Zirkus – oder?«, fragte der Priester den Deponieboss.

»Überwiegend Zirkussachen«, murmelte Rivera; er hütete sich, die Stelle zu erwähnen, wo Lupe damals Schmutzigweiß entdeckt hatte. Die Hundefundstelle war in der Nähe der Hütte in Guerrero, wo *el jefe* ein neues totes Hündchen für Lupes Feuer gefunden hatte.

Weil sie darum gebeten hatten, an dem Verstreuen teilnehmen zu dürfen, waren auch Vargas und Alejandra zugegen. Vargas hatte einen schlimmen Tag hinter sich; dass

Dolores' Entzündung tötlich geendet hatte, sorgte dafür, dass der Arzt sich mit etlichen Behörden herumschlagen musste, keine angenehme Pflicht.

Die Patres Alfonso und Octavio hatten die Siestastunde als Zeitpunkt für das Ascheverstreuen ausgewählt, dabei jedoch die Obdachlosen nicht bedacht – Betrunkene und Hippies, die sich auf dem Zócalo herumtrieben und die gern ihr Schläfchen in Kirchen hielten, wo sie sich jeweils auf den hintersten Bankreihen ausbreiteten; daher wollten die beiden alten Priester, dass das Verstreuen leise vonstatten ging. Das Ascheverstreuen, und sei es auch nur zu Füßen der Jungfrau Maria, war nämlich ein Wunsch, der gegen die Regeln verstieß. Und die Patres Alfonso und Octavio wollten den Eindruck vermeiden, jeder dürfe in der Jesuitenkirche Asche verstreuen.

»Passt auf, dass der kleine Jesus keine Asche in die Augen bekommt«, hatte Lupe ihrem Bruder eingeschärft.

Juan Diego, die Kaffeetasse in der Hand, aus der Lupe früher gern ihren heißen Kakao getrunken hatte, näherte sich respektvoll dem unergründlichen Monster Maria.

»Die Asche hat dir offenbar nicht gutgetan – beim letzten Mal, meine ich«, begann Juan Diego vorsichtig; es war schwierig, eine so hoch aufragende Gestalt anzusprechen. »Ich will dich nicht reinlegen. Das ist nicht *ihre* Asche – es sind nur ihre Klamotten und ein paar Dinge, die sie gemocht hat. Hoffentlich geht das in Ordnung«, sagte er zu der riesigen Jungfrau und streute ein wenig Asche auf den dreiteiligen Sockel, auf dem das Monster Maria stand; ihre großen Füße versanken in einer vollkommen unnatürlichen Ansammlung von in Wolken erstarrten Engeln. (Man konnte unmöglich Asche zu Füßen der Jungfrau Maria verstreuen, ohne dass etwas davon in die Augen der Engel geriet, aber Lupe hatte nichts davon gesagt, dass man auf die Engel achtgeben sollte.)

Juan Diego streute weiter, immer darauf bedacht, dass die Asche nicht einmal in die Nähe des geschrumpften, leidenden Christus geriet; in dem Tässchen war kaum noch Asche.

»Darf ich etwas sagen?«, fragte Bruder Pepe plötzlich.

»Natürlich, Pepe«, sagte Pater Alfonso.

»Nur zu, Pepe«, drängte ihn Pater Octavio.

Doch Pepe hatte nicht die beiden alten Priester gefragt; er sank vor der Riesin auf die Knie und fragte sie. »Einer von uns, unser geliebter Edward – unser lieber Eduardo –, muss dich etwas fragen, Mutter Maria«, sagte Pepe. »Nicht wahr, Eduardo?«, fragte Bruder Pepe den Mann aus Iowa.

Edward Bonshaw hatte dickere Eier, als Flor bisher geglaubt hatte. »Es tut mir leid, falls ich dich enttäusche«, sagte Señor Eduardo zu dem teilnahmslos wirkenden Monster Maria, »aber ich habe meine Gelübde gebrochen. Mit ihr«, ergänzte der Amerikaner; dabei hatte er zu Flor hinübergeschaut, und seine Stimme zitterte, während er den Kopf zu den großen Füßen der Jungfrau Maria senkte. »Wenn ich euch enttäuscht habe, tut es mir leid«, sagte Edward Bonshaw und sah zu den beiden alten Priestern. »Lasst uns bitte gehen – bitte helft uns«, bat Señor Eduardo die Patres Alfonso und Octavio. »Ich will Juan Diego mitnehmen – ich werde für diesen Jungen alles tun«, sagte der Mann aus Iowa zu den beiden alten Priestern. »Ich werde mich anständig um ihn kümmern, das verspreche ich dir«, beschwor Edward Bonshaw die riesige Jungfrau.

»Ich liebe dich«, sagte Flor zu dem Amerikaner, der zu schluchzen begann – seine Schultern bebten in dem Hawaiihemd mit den Palmen darauf, in denen sich zahlreiche Papageien tummelten. »Ich habe fragwürdige Dinge getan«, sagte Flor plötzlich zu der Jungfrau Maria. »Ich hatte nicht viele Gelegenheiten, die kennenzulernen, die man als gute Menschen bezeichnen könnte. Bitte helft uns«, sagte Flor, nun ebenfalls an die beiden alten Priester gewandt.

»Ich will eine andere Zukunft haben!«, rief Juan Diego – zuerst in Richtung Monster Maria, doch er hatte keine Asche mehr, um sie zu Füßen der ungerührten Riesin zu verstreuen. Stattdessen wandte er sich an die Patres Alfonso und Octavio. »Lasst mich bitte mit ihnen gehen. Ich habe es hier versucht – lasst es mich jetzt in Iowa versuchen«, flehte der Junge sie an.

»Das ist eine Schande, Edward –«, begann Pater Alfonso.

»Ihr zwei – allein schon der Gedanke! Dass ihr zwei ein Kind großziehen solltet –«, stammelte Pater Octavio.

»Ihr seid kein Paar!«, sagte Pater Alfonso zu Señor Eduardo.

»Du bist nicht einmal eine Frau!«, sagte Pater Octavio zu Flor.

»Nur ein verheiratetes Paar darf –«, begann Pater Alfonso.

»Dieser Knabe darf nicht –«, platzte es aus Pater Octavio heraus, ehe Dr. Vargas ihn unterbrach.

»Welche Chancen hat der Junge denn hier?«, fragte Vargas die beiden alten Priester. »Was sind Juan Diegos Aussichten in Oaxaca, wenn er aus dem Waisenhaus auszieht?«, fragte Vargas, diesmal lauter. »Ich habe eben den Star von La Maravilla gesehen – Das Wunder persönlich!«, rief Vargas. »Wenn Dolores schon keine Chance hatte, wie sehen dann die Chancen dieses Müllkippenkindes aus? Falls der Junge die beiden begleitet«, rief Vargas und zeigte auf den Papageienmann und Flor, »hat er eine Perspektive!«

Das war nicht das geräuschlose Ascheverstreuen, wie es sich die zwei alten Priester ursprünglich vorgestellt hatten. Vargas weckte mit seinem Geschrei die Obdachlosen; auf den hintersten Kirchenbänken hatten sich die Betrunkenen und auch die Hippies erhoben – außer einem, der unter einer Bank eingeschlafen war. Jeder sah die abgewetzten, trist wirkenden Sandalen, wo die Füße in den Mittelgang ragten.

»Wir haben Sie nicht um Ihre wissenschaftliche Meinung gebeten, Vargas«, sagte Pater Alfonso in sarkastischem Ton.

»Bitte nicht so laut –«, begann Pater Octavio.

»Was heißt hier *laut*!«, schrie Vargas. »Was, wenn Alejandra und ich Juan Diego adoptieren wollten –«, fing er an, doch Pater Alfonso war schneller.

»Sie sind nicht verheiratet, Vargas«, sagte Pater Alfonso ruhig.

»Eure Regeln! Was haben eure Regeln damit zu tun, wie die Menschen wirklich leben?«, fragte ihn Vargas.

»Das ist unsere Kirche – das sind unsere Regeln«, entgegnete ihm Pater Alfonso ruhig.

»Wir sind eine Kirche der Regeln –«, begann Pater Octavio. (Das hörte Pepe jetzt zum hundertsten Mal.)

»Wir stellen die Regeln auf«, bemerkte Pepe, »aber können, *sollten* wir sie nicht auch flexibel auslegen? Ich dachte, wir glauben an Barmherzigkeit.«

»Ihr tut ›der Obrigkeit‹ ständig Gefallen – sie ist euch auch etliche Gefallen schuldig, oder nicht?«, fragte Vargas die beiden alten Priester. »Diese beiden sind die beste Chance des Jungen –«, wollte Vargas fortfahren, doch da beschloss Pater Octavio plötzlich, die Obdachlosen aus der Kirche zu vertreiben, und war abgelenkt. Und da jetzt nur noch Pater Alfonso zuhörte, machte Vargas eine Pause, auch wenn es selbst ihm sinnlos erschien, fortzufahren, ebenso wie es zwecklos schien zu hoffen, dass die beiden alten Priester sich überreden ließen.

Juan Diego war es leid, die beiden Patres weiter zu bitten. »Bitte mach einfach irgendwas«, sagte der verzweifelte Junge zu der riesigen Jungfrau. »Angeblich bist du jemand, aber du machst nichts!«, schrie er das Monster Maria an. »Wenn du mir nicht helfen kannst – auch gut, aber kannst du nicht *irgendwas* machen? Mach einfach etwas, wenn du kannst«, sagte der Junge zu der hoch aufragenden Statue, doch seine Stimme erstarb. Er war nicht mit dem Herzen dabei; sein letzter Rest Glauben war weg.

Juan Diego wandte sich von dem Monster Maria ab – er konnte sie nicht mehr ansehen. Flor, die von Anfang an keine Mariaverehrerin gewesen war, hatte der riesigen Jungfrau ebenfalls schon den Rücken zugedreht. Sogar Edward Bonshaw hatte das Gesicht abgewandt, auch wenn seine Hand noch auf dem Sockel ruhte, knapp unterhalb der riesigen Füße.

Die Obdachlosen hatten die Kirche verlassen und sich in alle Winde zerstreut, so dass Pater Octavio sich wieder der unglücklichen Versammlung widmen konnte. Pater Alfonso und Bruder Pepe tauschten Blicke, sahen aber rasch wieder woandershin. Vargas hatte die Jungfrau Maria kaum beachtet, nicht diesmal – das ganze Augenmerk des Arztes galt den beiden alten Priestern. Und Alejandra war in ihrer eigenen Welt, was auch immer das für eine Welt sein mochte: eine ledige junge Frau mit einem einzelgängerischen jungen Arzt.

Niemand bat die riesige Jungfrau um etwas – nicht mehr –, und nur einer der Teilnehmer beim Ascheverstreuen, der bisher kein Wort gesagt hatte, beobachtete sie weiter. Rivera beobachtete sie sehr genau; er hatte sie, und nur sie, von Anfang an nicht aus den Augen gelassen.

»Seht sie euch an«, sagte der Deponiechef zu allen. »Seht ihr es denn nicht? Ihr müsst näher kommen – ihr Gesicht ist so weit weg. Ihr Kopf ist so hoch, ganz oben.« Sie alle sahen, wohin *el jefe* zeigte, nach oben, doch sie mussten näher kommen, um die Augen der Jungfrau Maria zu sehen. Es war eine sehr große Statue.

Die erste Träne des Mariamonsters fiel auf Edward Bonshaws Handrücken; ihre Tränen fielen aus so großer Höhe herab, dass sie beim Auftreffen stark spritzten.

»Seht ihr es nicht?«, fragte der Deponieboss sie erneut. »Sie weint. Seht ihr ihre Augen? Seht ihr ihre Tränen?«

Pepe war jetzt nahe genug; er schaute direkt nach oben, auf die schiefe Nase der Jungfrau Maria, als ihn eine riesige Träne wie ein Hagelkorn traf – und mitten zwischen seinen Augen landete. Noch mehr Tränen trafen die offenen Handflächen des Papageienmannes. Flor weigerte sich, die Hand nach fallenden Tränen auszustrecken, stand aber nahe genug bei Señor Eduardo, um zu spüren, wie sie ihn trafen, und

Flor konnte auch das tränenüberströmte Gesicht der Jungfrau mit der gebrochenen Nase sehen.

Vargas' und Alejandras Neugier hinsichtlich der fallenden Tränen war anderer Art. Alejandra streckte zaghaft eine Hand aus und roch an einer sich in ihrer Handfläche befindlichen Träne, ehe sie die Hand an der Hüfte abwischte. Vargas ging natürlich so weit, die Tränen zu kosten; er reckte auch den Hals, um über das Monster Maria hinweg zu schauen – Vargas wollte sich vergewissern, dass kein Loch im Dach war.

»Draußen regnet es nicht, Vargas«, sagte ihm Pepe.

»Ich wollte nur sichergehen«, entgegnete der Arzt.

»Wenn Menschen sterben, Vargas – ich meine die Menschen, die man nie vergisst, die dein Leben verändert haben –, verschwinden sie nie wirklich«, sagte Pepe zu dem jungen Arzt.

»Ich weiß, Pepe – auch ich lebe mit Geistern«, erwiderte Vargas.

Als Letzte näherten sich die beiden alten Priester der großen Jungfrau; das Ascheverstreuen war schon unvorschriftsmäßig genug gewesen – die wenigen zu Asche verbrannten Dinge, die Lupe wichtig gewesen waren –, und jetzt gab es eine neue Störung, die übergroßen Tränen der doch nicht so unbelebten Maria. Pater Alfonso berührte eine Träne, die Juan Diego ihm hinhielt – eine glitzernde, kristallklare Träne auf der kleinen Handfläche des Müllkippenlesers. »Ja, ich sehe es«, sagte Pater Alfonso möglichst feierlich.

»Ich glaube nicht, dass es einen Rohrbruch gab – in der Decke verlaufen keine Rohre, oder?«, fragte Vargas die beiden alten Priester mit Unschuldsmiene.

»Keine Rohre, das stimmt, Vargas«, antwortete ihm Pater Octavio knapp.

»Es ist ein Wunder, stimmt's?«, fragte Edward Bonshaw, über dessen Gesicht jetzt seine eigenen Tränen liefen, Pater Alfonso. »*Un milagro* – sagt man hier nicht so?«, fragte der Mann aus Iowa Pater Octavio.

»Nein, nein, bitte nicht das Wort *milagro*«, sagte Pater Alfonso zu dem Papageienmann.

»Um *dieses* Wort zu verwenden, ist es viel zu früh – solche Dinge brauchen Zeit. Noch ist es ein ungeprüftes Ereignis, oder eine Reihe von Ereignissen, wie manche sagen würden«, verkündete Pater Octavio, als führe er ein Selbstgespräch oder entwerfe schon mal seinen vorläufigen Bericht für den Bischof.

»Zunächst einmal muss der Bischof informiert werden«, begann Pater Alfonso, ehe Pater Octavio ihn unterbrach.

»Ja, ja, natürlich, doch der Bischof ist nur der Anfang. Wir reden hier von einem *Prozess*«, stellte Pater Octavio fest. »Das könnte Jahre dauern.«

»In solchen Fällen folgen wir einem vorgeschriebenen Verfahren –«, begann Pater Alfonso, brach aber ab; er betrachtete Lupes Tässchen. Juan Diego hielt die leere Tasse in seinen kleinen Händen. »Wenn du alles verstreut hast, Juan Diego, hätte ich diese Tasse gern – für die Unterlagen«, sagte Alfonso.

Die Kirche hatte zweihundert Jahre gebraucht, um zu verkünden, dass Unsere Liebe Frau von Guadalupe Maria war, dachte Juan Diego. (1754 erklärte Papst Benedikt XIV. sie zur Schutzpatronin des damaligen Neuspaniens.) Doch es war nicht Juan Diego, der das erwähnte. Der Papageienmann sprach es aus, im selben Augenblick, als Juan Diego Lupes Tasse Pater Alfonso reichte.

»Sprecht ihr hier von zweihundert Jahren?«, fragte Edward Bonshaw die beiden alten Priester. »Macht ihr hier einen auf Papst Benedikt den Vierzehnten? Mit zweihundert Jahren Verspätung erklärte Benedikt, Eure Liebe Frau von Guadalupe sei Maria. Schwebt euch diese Art Prozess vor?«, fragte Señor Eduardo Pater Alfonso. »Ein sogenanntes Verfahren, das zweihundert Jahre dauern wird?«, fragte der Mann aus Iowa Pater Octavio.

»Bis dahin werden wir alle, die heute die Jungfrau Maria weinen sahen, tot sein, stimmt's?«, fragte Juan Diego die beiden alten Priester. »Keine Zeugen, stimmt's?« (Jetzt wusste Juan Diego, dass Dolores keinen Quatsch erzählt hatte; er wusste jetzt, dass er die Eier für andere Sachen hatte.)

»Ich dachte, wir glauben an Wunder«, sagte Bruder Pepe zu den Patres Alfonso und Octavio.

»Nicht an dieses Wunder, Pepe«, sagte Vargas. »Es geht wieder um die Kirche der Regeln, nicht wahr?«, fragte er die beiden alten Priester. »In eurer Kirche geht es nicht um Wunder, sondern um Regeln, stimmt's?«

»Ich weiß, was ich gesehen habe«, sagte Rivera zu den beiden alten Priestern. »Ihr habt nichts gemacht, *sie* war's.« Rivera zeigte nach oben, auf das Gesicht des Maria-Monsters – es war feucht von Tränen. »Ich bin nicht wegen euch hier, sondern wegen ihr«, sagte *el jefe*.

»Nicht eure diversen Jungfrauen sind ein Haufen Scheiße«, sagte Flor zu Pater Alfonso, »sondern eure Regeln, eure Regeln für uns andere«, sagte sie an Pater Octavio gwandt. »Sie werden uns nicht helfen«, sagte Flor zu Señor Eduardo. »Sie helfen uns nicht, weil sie von dir enttäuscht sind und weil sie mich ablehnen.«

»Offenbar weint das große Mädchen nicht mehr – ihr sind wohl die Tränen ausgegangen«, stellte Dr. Vargas fest.

»Ihr könntet uns helfen, wenn ihr nur wollt«, sagte Juan Diego zu den beiden alten Priestern.

»Hab ich dir nicht gesagt, dass der Junge Eier hat?«, fragte Flor Señor Eduardo.

»Ja, ich glaube tatsächlich, die Tränen sind versiegt«, sagte Pater Alfonso; er klang erleichtert.

»Ich sehe keine neuen Tränen«, pflichtete ihm Pater Octavio bei; er klang hoffnungsvoll.

»Diese drei«, sagte Bruder Pepe plötzlich, die Arme in einer unverhofften Bewegung um das ungleiche Liebespaar und den verkrüppelten Jungen legend, als treibe er das Grüppchen zusammen. »Ihr könnt, ihr *könntet* die Zwangslage dieser drei beenden – ich habe mir angesehen, was getan werden muss und wie man es macht. Ihr könntet das Problem lösen«, sagte Bruder Pepe zu den beiden alten Priestern. »*Quid pro quo* – sage ich das richtig?«, fragte Pepe den Mann aus Iowa. Pepe wusste, dass Edward Bonshaw auf sein Latein stolz war.

»*Quid pro quo*«, wiederholte der Papageienmann. »Man gibt oder erhält etwas für etwas anderes«, sagte Señor Eduardo zu Pater Alfonso. »Mit anderen Worten: ein Handel«, so formulierte es Edward Bonshaw gegenüber Pater Octavio.

»Wir wissen, was es bedeutet, Edward«, sagte Pater Alfonso gereizt.

»Mit eurer Hilfe sind diese drei nach Iowa unterwegs«, machte es Bruder Pepe den beiden alten Priestern klar. »Wohingegen ihr – das heißt, im kirchlichen Sinne, *wir* – ein Wunder, oder auch kein Wunder, herunterspielen oder gar unterdrücken müsst.«

»Keiner hat das Wort ›unterdrücken‹ benutzt, Pepe«, wies ihn Pater Alfonso zurecht.

»Es ist einfach verfrüht, das Wort *milagro* in den Mund zu nehmen, Pepe – wir müssen abwarten«, rügte ihn Pater Octavio.

»Helft uns nur, nach Iowa zu kommen«, sagte Juan Diego, »und dann warten wir die nächsten zweihundert Jahre ab.«

»Das klingt nach einem guten Handel für alle«, meldete sich der Mann aus Iowa. »Übrigens, Juan Diego«, teilte Señor Eduardo dem Müllkippenleser mit, »musste Guadalupe zweihundertdreiundzwanzig Jahre warten, bis sie offiziell zur Schutzpatronin erklärt wurde.«

»Es ist unwichtig, wie lange wir darauf warten, dass sie uns sagen, ein *milagro* ist ein *milagro* – es ist nicht einmal von Belang, was das *milagro* ist«, sagte Rivera zu ihnen allen. Die Tränen des Monsters Maria flossen nicht mehr; der Deponiechef war unterwegs ins Freie. »Wir müssen nicht erklären, was ein Wunder ist oder nicht ist – wir haben es gesehen«, erinnerte sie *el jefe* im Gehen. »Natürlich werden euch die Patres Alfonso und Octavio helfen – um das zu wissen, muss man keine Gedanken lesen können, oder?«, fragte der Müllkippenchef das Müllkippenkind.

»Lupe wusste, dass *diese beiden* ein unerlässlicher Teil deiner Zukunft waren, stimmt's?«, fragte Rivera Juan Diego und deutete dabei auf den Papageienmann und Flor. »Aber glaubst du nicht, deine Schwester wusste auch, dass *sie* dabei helfen würden, dass du von hier wegkommst?«, fragte er und deutete auf die beiden alten Priester.

Der Deponiechef machte lange genug am Weihwasserbecken halt, um sich genau zu überlegen, ob er dessen Inhalt berühren sollte oder nicht. Er berührte das Weihwasser nicht, als er ging – offenbar hatten ihm die Tränen des Monsters Maria genügt.

»Komm nur ja vorbei und verabschiede dich von mir, ehe du nach Iowa ziehst«, sagte Rivera zu dem Müllkippenleser; offensichtlich hatte der Deponieboss kein Interesse mehr, sich außer mit ihm noch mit irgendeinem anderen der Anwesenden zu unterhalten.

»Kommen Sie in ein, zwei Tagen vorbei, *jefe* – dann ziehe ich die Fäden!«, rief Vargas hinter Rivera her.

Juan Diego zweifelte nicht an den Worten des Deponiechefs; er wusste, dass die beiden alten Priester nachgeben würden – und er wusste auch, dass Lupe gewusst hatte, dass es so kommen würde. Und ein Blick auf die Patres Alfonso und Octavio verriet Juan Diego, dass auch sie wussten, dass sie nachgeben würden.

»Wie hieß dieser lateinische Quatsch noch mal?«, fragte Flor Señor Eduardo.

»*Quid pro quo*«, murmelte der Mann aus Iowa leise; er wollte kein Salz in die Wunde streuen.

Jetzt war Bruder Pepe an der Reihe zu weinen – seine Tränen waren natürlich kein Wunder, aber das Weinen bedeutete Pepe, der sich nicht zurückhalten konnte, generell sehr viel. Seine Tränen flossen einfach immer weiter.

»Du wirst mir fehlen, mein lieber Leser«, sagte Bruder

Pepe zu Juan Diego. »Ich glaube, du fehlst mir jetzt schon!«, rief er.

Nicht die Katzen weckten Juan Diego, sondern Dorothy. Dorothy war ein Presslufthammer, und sie war auf ihm; während ihre schweren Brüste direkt über seinem Gesicht schwangen und ihre Hüften vor und zurück schaukelten, raubte die junge Frau Juan Diego den Atem.

»Du wirst mir auch fehlen!«, hatte er gerufen, als er noch schlief und träumte. Und ehe er sich's versah, kam er – Juan Diego konnte sich nicht erinnern, dass sie ihm das Kondom übergestreift hatte –, und Dorothy kam auch. *Un terremoto*, ein Erdbeben, dachte er.

Falls sich Katzen auf dem Strohdach über der Außendusche aufgehalten hatten, waren sie von Dorothys Schreien gewiss vertrieben worden; die Schreie ließen kurzzeitig auch die krähenden Kampfhähne verstummen. Die Hunde, die die ganze Nacht gebellt hatten, setzten ihr Bellen nach kurzer Pause ebenfalls fort.

Im El Escondrijo gab es keine Telefone auf den Zimmern, sonst hätte bestimmt irgendein Arschkoch aus einem der Nachbarzimmer angerufen, um sich zu beschweren. Was die Geister der jungen in Vietnam gefallenen Amerikaner betrifft, die jetzt und immerdar zum Fronturlaub im El Escondrijo weilten, so hatten Dorothys durchdringende Schreie ihre nicht mehr schlagenden Herzen bestimmt ein- oder zweimal zucken lassen.

Erst als Juan Diego ins Bad humpelte, sah er seine offene Viagra-Schachtel; die Pillen lagen neben seinem eingestöpselten Handy auf der Ablage neben dem Waschbecken.

Juan Diego erinnerte sich nicht, das Viagra eingenommen zu haben, doch bestimmt war es eine ganze Tablette gewesen, keine halbe – ob er sie nun in halbwachem Zustand selbst genommen oder ob Dorothy ihm die Hundert-Milligramm-Dosis verabreicht hatte, als er noch tief schlief und vom Ascheverstreuen träumte. (War es wichtig, wie er sie genommen hatte? Genommen hatte er sie auf jeden Fall.)

Schwer zu sagen, was Juan Diego mehr überraschte. War es der junge Geist an sich oder sein Hawaiihemd? Am überraschendsten war, wie das amerikanische Opfer dieses lange zurückliegenden Krieges in dem Spiegel über dem Waschbecken nach einer Spur von sich suchte; doch der junge Soldat spiegelte sich dort überhaupt nicht wider. (Manche Geister tauchen in Spiegeln auf – dieser nicht. Geister lassen sich nur schwer kategorisieren.) Und Juan Diegos Anblick in demselben Spiegel über dem Waschbecken bewirkte, dass der Geist verschwand.

Der Geist, der sich nicht im Badezimmerspiegel widerspiegelte, erinnerte Juan Diego an seinen seltsamen Traum von dem Foto, das der junge Chinese im Bahnhof Kowloon gemacht hatte. Warum waren Miriam und Dorothy auf diesem Foto nicht zu sehen? Wie hatte Consuelo Miriam noch gleich genannt? »Die Dame, die einfach da war« – waren das nicht die Worte des kleinen Mädchens mit den Zöpfen gewesen?

Aber wie kam es, dass Miriam und Dorothy von einem Foto einfach verschwanden?, fragte sich Juan Diego. Oder war es der Handykamera gar nicht erst gelungen, die beiden auf das Foto zu bannen?

Dieser Gedanke, diese *Übereinstimmung* (nicht der junge

Geist oder sein Hawaiihemd), hatte Juan Diego den größten Schreck eingejagt. Als Dorothy ihn in Schockstarre im Bad stehend fand, wo er in den kleinen Spiegel über dem Waschbecken starrte, nahm sie an, er habe einen der Geister gesehen.

»Du hast einen von ihnen gesehen, stimmt's?«, fragte sie ihn; flink küsste sie ihn in den Nacken, ehe sie sich nackt an ihm vorbei zur Außendusche schob.

»Einen von ihnen, ja«, mehr sagte Juan Diego nicht. Er hatte den Blick nicht vom Spiegel im Bad abgewandt. Er spürte, wie ihn Dorothy in den Nacken küsste; er spürte, wie sie sich hinter ihm vorbeischob und dabei seinen Rücken berührte. Doch im Badezimmerspiegel tauchte Dorothy nicht auf – wie der Geist in dem Hawaiihemd spiegelte sie sich nicht wider. Anders als der Geist des jungen amerikanischen Gefangenen hielt Dorothy jedoch nicht an, um ihr Bild im Spiegel zu suchen; sie war so unauffällig hinter Juan Diego vorbeigehuscht, dass er erst bemerkte, dass sie nackt war, als er sie in der Außendusche stehen sah.

Eine Zeitlang sah er ihr beim Haarewaschen zu. Dorothy war eine sehr attraktive junge Frau, dachte Juan Diego, und falls sie ein Gespenst oder, in gewisser Weise, nicht von dieser Welt war, kam es Juan Diego glaubhafter vor, dass sie mit ihm zusammen sein wollte, auch wenn das alles irgendwie unwirklich oder nur eingebildet war.

»Wer bist du?«, hatte Juan Diego Dorothy im El Nido gefragt, doch sie hatte geschlafen oder sich schlafend gestellt – oder Juan Diego hatte sich seine Frage nur eingebildet.

Er verspürte kein Bedürfnis mehr zu wissen, wer sie war. Der Gedanke, dass Dorothy und Miriam Gespenster sein könnten, war für Juan Diego eine große Erleichterung. Die Welt, die seiner Phantasie entsprang, hatte ihm mehr Befriedigung und weniger Leid gebracht, als es die wirkliche Welt je vermocht hatte.

»Wollen wir zusammen duschen?«, fragte ihn Dorothy. »Das wäre lustig. Nur die Katzen und Hunde können uns sehen, oder die Geister, und was kümmert's die?«

»Ja, das wäre ein Spaß«, antwortete Juan Diego. Er schaute immer noch in den Spiegel, als ein kleiner Gecko dahinter hervorkam und mit seinen hellen, starren Augen zurückschaute. Es war klar, dass der Gecko ihn sah, doch als Juan Diego – nur um sicherzugehen – mit den Schultern zuckte und den Kopf von einer Seite zur anderen bewegte, flitzte der Gecko in sein Versteck hinter den Badezimmerspiegel zurück.

»Bin gleich da!«, rief Juan Diego Dorothy zu; die Außendusche (von Dorothy in ihr ganz zu schweigen) sah sehr einladend aus. Und der Gecko hatte ihn zweifellos gesehen. Juan Diego wusste nun, dass er immer noch lebte oder wenigstens sichtbar war. Er war nicht irgendein Geist – noch nicht.

»Ich komme!«, rief Juan Diego in Richtung Dusche.

»Leere Versprechungen«, rief Dorothy aus der Außendusche zurück.

Sie machte seinen Schwanz gern mit Shampoo glitschig und rieb sich dann unter dem Wasser an Juan Diego. Der fragte sich, warum er nie Freundinnen gehabt hatte, die wie Dorothy waren, nahm aber an, dass – selbst als jüngerer Mann – seine Gespräche etwas Gestelztes gehabt hatten, eine scheinbare Ernsthaftigkeit, die die vergnügungslustigen

Mädchen abgeschreckt hatte. Und war Juan Diego vielleicht deshalb anfällig dafür, sich in seiner Phantasie eine junge Frau wie Dorothy *vorzustellen*?

»Mach dir keine Sorgen wegen der Geister – ich fand nur, du solltest sie sehen«, sagte ihm Dorothy in der Dusche. »Sie erwarten nichts von einem – sie sind nur traurig, und gegen ihre Traurigkeit kann man nichts machen. Du bist Amerikaner. Was sie durchgemacht haben, ist Teil von dir, oder du bist Teil dessen, was sie durchgemacht haben – oder so ähnlich«, plapperte Dorothy immer weiter.

Aber welcher Teil von ihnen war wirklich ein Teil von ihm?, fragte sich Juan Diego. Leute – sogar Geister, sofern Dorothy eine Art Geist war – versuchten immer, ihn als »einen Teil von« irgendwas zu vereinnahmen.

Man kann den Müllsammlern das Müllsammeln nicht austreiben – *los pepenadores* werden Fremde sein, wohin sie auch gehen. Wovon war Juan Diego *ein Teil*? Mit ihm reiste eine Art universelle Fremdartigkeit; so war er nun einmal, und nicht nur als Schriftsteller. Sogar sein Name war fiktiv – er hieß nicht Rivera, sondern Guerrero. Der amerikanische Einwanderungsanwalt hatte sich dagegen ausgesprochen, dass Juan Diego Riveras Namen trug. Es reiche nicht, dass Rivera »wahrscheinlich nicht« Juan Diegos Vater war. Rivera lebte; es sähe nicht gut aus, wenn der adoptierte Junge Riveras Namen trug.

Pepe musste dem Deponiechef diese Peinlichkeit erklären; Juan Diego wäre es schwergefallen, *el jefe* zu sagen, dass »der adoptierte Junge« einen neuen Namen brauchte.

»Wie wär's mit Guerrero?«, hatte Rivera vorgeschlagen – und dabei nur Pepe angesehen, nicht Juan Diego.

»Wärst du mit Guerrero einverstanden, *jefe*?«, hatte Juan Diego den Deponieboss gefragt.

»Klar«, hatte der geantwortet; er gestattete sich, einen Blick auf Juan Diego zu werfen, einen kurzen. »Sogar ein Müllkippenkind sollte wissen, woher es kommt«, hatte *el jefe* gesagt.

»Ich werde nie vergessen, woher ich komme, *jefe*«, sagte Juan Diego daraufhin nur – schon wurde aus seinem Namen ein Phantasieprodukt.

Neun Personen hatten das Wunder im *Templo de la Compañía de Jesús* in Oaxaca gesehen – aus den Augen einer Statue waren Tränen gerollt. Es handelte sich um nichts Geringeres als eine Statue der Jungfrau Maria, doch das Wunder wurde nie erfasst, nicht offiziell, und sechs der neun Zeugen waren inzwischen verstorben. Mit dem Tod der überlebenden drei – Vargas, Alejandra und Juan Diego – würde auch das Wunder sterben, oder?

Falls Lupe noch lebte, hätte sie Juan Diego gesagt, die weinende Statue sei nicht das größte Wunder seines Lebens. »Wir sind die Wundersamen«, hatte Lupe zu ihm gesagt. Und war nicht Lupe selbst das größte Wunder? Was sie gewusst, was sie riskiert hatte – wie sie für ihn eine andere Zukunft *gewollt* hatte! Das, wovon Juan Diego ein Teil war, waren diese Geheimnisse. Daneben verblassten alle seine anderen Erlebnisse.

Dorothy redete von irgendwas; sie plapperte immer noch weiter.

»Noch mal zu den Geistern«, unterbrach Juan Diego sie möglichst beiläufig. »Vermutlich kann man sie irgendwie von den anderen Gästen unterscheiden.«

»Dass sie verschwinden, wenn man sie ansieht, macht es ziemlich leicht«, sagte Dorothy.

Beim Frühstück fanden Dorothy und Juan Diego heraus, dass El Escondrijo nicht gerade überlaufen war; es gab kaum andere Gäste, und diejenigen, die zum Frühstücken an die Tische ins Freie kamen, verschwanden nicht, wenn man sie ansah. Die anderen Frühstücksgäste sahen ein wenig alt und müde aus, wie Juan Diego fand, doch er hatte sich an diesem Morgen etwas länger als gewöhnlich im Spiegel betrachtet und musste zugeben, dass er selbst ebenfalls ein wenig alt und müde aussah.

Nach dem Frühstück wollte Dorothy, dass sich Juan Diego die kleine Kirche oder Kapelle ansah, die sich in dem alten Gebäudekomplex El Escondrijo befand; sie dachte, die Architektur würde Juan Diego an den spanischen Stil erinnern, den er aus Oaxaca kannte. (Tja, diese Spanier, die kamen ganz schön herum!, dachte Juan Diego.)

Das Innere der Kapelle war betont schlicht, gar nicht überladen oder kunstvoll. Der Altar sah aus wie ein kleiner Kaffeetisch, einer für zwei Gäste. Es gab einen Gekreuzigten (wobei dieser Jesus nicht übermäßig zu leiden schien) und eine Jungfrau Maria, keine Riesin, sondern eine gerade mal lebensgroße. Die beiden hätten sich fast miteinander unterhalten können. Doch jene vertrauten Gestalten, die Mutter und ihr Sohn, waren unter den Anwesenden nicht die auffälligsten – Maria und Jesus waren es nicht, die Juan Diego als Erste bemerkte.

Es waren die beiden jungen Geister in der vordersten Bankreihe der Kapelle, die Juan Diego in ihren Bann zogen. Die jungen Männer hielten Händchen, und der eine hatte seinen Kopf auf die Schulter des anderen gelegt. Sie schienen etwas mehr als ehemalige Waffenbrüder zu sein, auch wenn sie beide Kampfanzüge trugen. Juan Diego überraschte nicht, dass die seit langer Zeit toten amerikanischen Gefangenen ein Liebespaar waren (oder gewesen waren). Die beiden Geister hatten Dorothy und Juan Diego das Kirchlein nicht betreten sehen; nicht nur dass sie nicht verschwanden, sondern sie schauten weiterhin flehend auf Maria und Jesus – als glaubten sie, allein und unbeobachtet in der Kapelle zu sein.

Juan Diego hätte gedacht, wenn man tot und ein Geist war, würde man – besonders in einer Kirche – anders auftreten. Würde man in diesem Fall nicht auf religiösen Beistand verzichten können? Würde man dann die Antworten nicht schon irgendwie kennen?

Doch diese beiden Geister wirkten genauso ratlos wie alle beunruhigten Liebenden, die je Maria und Jesus betrachtet hatten, ohne zu verstehen. Diese beiden, das wusste Juan Diego, hatten überhaupt keine Ahnung. Diese beiden toten Soldaten waren nicht besser informiert als Lebende; die beiden jungen Geister suchten immer noch nach Antworten.

»Keine Geister mehr – ich habe genug Geister gesehen«, sagte Juan Diego zu Dorothy, woraufhin die ehemaligen Waffenbrüder verschwanden.

Juan Diego und Dorothy blieben an diesem Tag, einem Freitag, und über Nacht noch im El Escondrijo. Sie verließen Vigan am Samstag; sie nahmen wieder einen Nachtflug von Vigan nach Manila. Wieder einmal – sah man von dem einen oder anderen Schiff ab – überflogen sie die unbeleuchtete Dunkelheit der Bucht von Manila.

31

Adrenalin

Wieder eine nächtliche Ankunft in wieder einem anderen Hotel, dachte Juan Diego, doch diese Lobby hatte er schon gesehen – es war das Ascott in Makati City, das ihm Miriam für seine Rückkehr nach Manila empfohlen hatte. Wie seltsam: mit Dorothy dort einzuchecken, wo er sich einmal Miriams vielbeachteten Auftritt vorgestellt hatte.

Wie Juan Diego sich erinnerte, war es von der Stelle, wo sich die Aufzugstüren zur Lobby hin öffneten, bis zur Rezeption ein langer Weg. »Ich bin ein wenig überrascht, dass meine Mutter nicht –«, begann Dorothy; sie sah sich überall in der Lobby um, als Miriam plötzlich auftauchte. Für Juan Diego war es nicht überraschend, dass die Security-Leute die ganze Strecke den Blick nicht von Miriam abwenden konnten. »Welch eine Überraschung, Mutter«, sagte Dorothy lakonisch, wurde aber von Miriam ignoriert.

»Du armer Mann!«, rief Miriam, an Juan Diego gewandt. »Ich vermute mal, du hast genug von Dorothys Geistern gesehen – verängstigte Neunzehnjährige sind nicht jedermanns Tequila.«

»Heißt das, du bist jetzt an der Reihe, Mutter?«, fragte Dorothy.

»Sei nicht vulgär, Dorothy – es geht nie so sehr um Sex, wie du offenbar glaubst«, wies ihre Mutter sie zurecht.

»Das ist nicht dein Ernst, oder?«, fragte Dorothy.

»Es ist an der Zeit – wir sind in Manila, Dorothy«, erinnerte sie Miriam.

»Ich weiß, welche Zeit es ist – ich weiß, wo wir sind, Mutter«, sagte Dorothy.

»Genug Sex, Dorothy«, wiederholte Miriam.

»Haben die Leute jetzt keinen Sex mehr?«, wollte Dorothy von ihr wissen, wurde aber erneut ignoriert.

»Liebling, du siehst müde aus – ich mache mir Sorgen, weil du so müde aussiehst«, sagte Miriam zu Juan Diego.

Der beobachtete Dorothy, als sie den Empfangsbereich verließ; sie hatte eine unwiderstehlich vulgäre Art, und die Security-Leute sahen Dorothy an, als sie auf sie zukam, und sahen ihr hinterher bis zu den Aufzügen, doch sie musterten sie nicht ganz auf dieselbe Art wie vorher Miriam.

»Herrgott noch mal, Dorothy«, murmelte Miriam vor sich hin, als sie sah, dass ihre Tochter beleidigt abgezogen war. Nur Juan Diego hörte sie. »Also wirklich, Dorothy!«, rief Miriam ihr nach, doch anscheinend hatte ihre Tochter sie nicht gehört, und die Aufzugtüren schlossen sich bereits.

Auf Miriams Bitte hin hatte das Ascott Juan Diego ein Upgrade für eine Suite mit voll ausgestatteter Küche gewährt – die Suite lag in einem der obersten Stockwerke. Juan Diego brauchte gewiss keine Küche.

»Nach El Escondrijo, was ungefähr auf Meereshöhe liegt und so deprimierend ist, wie's nur geht, hast du meiner Meinung nach einen Blick von weiter oben verdient«, sagte ihm Miriam.

Trotz des Weiter-oben-Aspekts glich der Blick aus dem Ascott in Makati City – Manilas Wall Street, das Geschäfts-

und Finanzzentrum der Philippinen – dem auf viele nächtliche Skylines, wo sich die gedämpfte Beleuchtung oder die dunklen Fensterfronten von Bürogebäuden mit hell erleuchteten Fenstern von Hotels und Wohngebäuden abwechselten. Juan Diego wollte nicht undankbar erscheinen, schließlich hatte sich Miriam um diesen Blick bemüht, doch die Stadtlandschaft, die er sah, war von universeller Gleichförmigkeit (bar jeder landestypischen Eigenheiten).

Und da, wo Miriam ihn zum Abendessen mitnahm – gleich um die Ecke, im Ayala Center –, war die Atmosphäre der Läden und Restaurants kultiviert, aber hektisch (als hätte man ein Einkaufszentrum in einen internationalen Flughafen verlegt oder umgekehrt). Und doch mochte es gerade an der Anonymität des Restaurants im Ayala Center oder an der Geschäftsreisendenatmosphäre im Hotel Ascott liegen, dass Juan Diego sich veranlasst sah, Miriam eine so private Geschichte zu erzählen wie das, was dem guten Gringo widerfahren war: nicht nur dessen Kremierung im *basurero*, sondern auch sämtliche Verse von *Streets of Laredo*, die Juan Diego nun mit morbid-monotoner Stimme vortrug (denn anders als der gute Gringo konnte er nicht singen). Man darf nicht vergessen, dass Juan Diego tagelang mit Dorothy zusammen gewesen war. Bestimmt dachte er, Miriam wäre eine bessere Zuhörerin als ihre Tochter.

»Würdet ihr nicht auch weinen, wenn ihr nicht vergessen könntet, wie eure Schwester von einem Löwen getötet wurde?«, hatte Miriam die Kinder im Encantador gefragt. Und dann war Pedro eingeschlafen, den Kopf an Miriams Brust gelehnt. Es schien, als wäre der Junge verhext worden.

Juan Diego beschloss, pausenlos auf Miriam einzureden;

wenn er sie nicht zu Wort kommen ließ, würde sie ihn vielleicht nicht verhexen.

Immer weiter erzählte er von *el gringo bueno* – nicht nur wie der todgeweihte Hippie mit Lupe und Juan Diego Freundschaft geschlossen hatte, sondern auch das peinliche Detail, dass Juan Diego den Namen des guten Gringos nicht kannte. Das Manila American Cemetery and Memorial in Makati City, in Fort Bonifacio, hatte Juan Diego auf die Philippinen gelockt, doch, wie Juan Diego Miriam verriet, rechnete er nicht damit, jemals die genaue Lage des Grabes des vermissten Vaters zu finden – nicht in den elf sehr weitläufigen Gräberfeldern, nicht ohne den Namen des Vaters zu kennen.

»Doch versprochen ist versprochen«, wie es Juan Diego gegenüber Miriam in dem Restaurant im Ayala Center formulierte. »Ich habe dem guten Gringo versprochen, seinem Dad die letzte Ehre zu erweisen. Ich schätze, der amerikanische Friedhof ist riesig, doch ich muss dahin – ich sollte ihn mir wenigstens ansehen.«

»Aber sieh ihn dir nicht morgen an, Liebling – morgen ist Sonntag, und zwar nicht irgendeiner«, sagte Miriam. (Man sieht, wie leicht man Juan Diegos Entschluss vereiteln konnte, pausenlos zu reden; wie so oft wussten Miriam und Dorothy etwas, was er nicht wusste.)

Morgen, am Sonntag, fand die alljährliche Prozession statt, die man als Fest des Schwarzen Nazareners kannte. »Das Ding kam aus Mexiko – eine spanische Galeone hat es aus Acapulco nach Manila gebracht. Anfang des siebzehnten Jahrhunderts, schätze ich – ein Haufen Augustinermönche hat das Ding wohl mitgebracht«, sagte ihm Miriam.

»Ein *schwarzer* Nazarener?«, fragte Juan Diego nach.

»Nicht schwarz im Sinne von schwarzer Hautfarbe«, erklärte Miriam. »Es ist eine lebensgroße Holzfigur von Jesus Christus, wie er das Kreuz nach Golgatha trägt. Vielleicht wurde sie aus irgendeinem dunklen, aber ganz sicher nicht schwarzen Holz gefertigt, doch sie ist bei einem Feuer angebrannt.«

»Du meinst, sie ist *verkohlt*?«, fragte Juan Diego.

»Sie brannte mindestens dreimal – zum ersten Mal bei einem Brand auf der spanischen Galeone. Das Ding traf schon *verkohlt* hier ein, doch in Manila geriet der Schwarze Nazarener in zwei weitere Brände. Die Quiapo-Kirche wurde zweimal durch Feuer zerstört, im achtzehnten Jahrhundert und in in den 1920er Jahren«, sagte Miriam. »Außerdem gab es zwei große Erdbeben in Manila, eins im siebzehnten Jahrhundert und eins im neunzehnten. Die Kirche macht ein Riesenthema daraus, weil der Schwarze Nazarener drei Brände und zwei Erdbeben ›überlebt‹ hat, und dann hat das Ding 1945 auch noch die Befreiung Manilas überlebt – übrigens eines der schlimmsten Bombardements auf dem pazifischen Kriegsschauplatz im Zweiten Weltkrieg. Aber warum so ein Gewese wegen einer Holzfigur, die etwas ›überlebt‹ – eine Holzfigur kann doch nicht sterben, oder? Das Teil ist einfach nur ein paarmal angekokelt und dabei immer schwärzer geworden!«, sagte Miriam. »Der Schwarze Nazarener wurde auch einmal angeschossen – in die Wange, glaube ich. Der Schusswaffenzwischenfall fand vor gar nicht so langer Zeit statt – in den 1990ern«, sagte Miriam. »Als hätte Christus auf dem Weg nach Golgatha nicht schon genug gelitten, hat der Schwarze Nazarener sechs Katastrophen ›überlebt‹, sowohl solche von der natürlichen als auch der unnatürlichen Sorte. Glaub mir«, sagte Miriam plötzlich zu Juan Diego, »morgen willst du das Hotel nicht verlassen. Manila ist ein einziges Chaos, wenn die Anhänger des Schwarzen Nazareners ihre verrückte Prozession durchführen.«

»Marschieren da wirklich Tausende mit?«, wollte Juan Diego wissen.

»Nein Millionen«, antwortete Miriam. »Und viele von ihnen glauben, wenn sie ihn berühren, würden sie geheilt – von allem, was sie plagt. Es gibt männliche Anhänger, die sich *Hijos del Señor Nazareno* nennen – ›Söhne des Herrn Nazarener‹ – und deren Hingabe an den katholischen Glauben so weit geht, dass sie sich, wie sie es nennen, mit dem Leidensweg Christi ›identifizieren‹. Vielleicht wollen diese Idioten genau so leiden, wie Jesus gelitten hat«, sagte Miriam; von ihrem Achselzucken lief es Juan Diego kalt den Rücken hinunter. »Wer weiß schon, was solche wahren Gläubigen wollen?«

»Vielleicht besuche ich das Manila American Cemetery and Memorial am *Montag*«, schlug Juan Diego vor.

»Am Montag wird Manila kein Vergnügen sein – sie brauchen einen Tag, um die Straßen zu reinigen, und alle Krankenhäuser sind dann immer noch voller Verletzter«, sagte Miriam. »Geh doch am Dienstag, am besten nachmittags. Die Ultrafanatiker machen alles so früh am Morgen, wie man sie lässt – geh bloß nicht am Morgen hin.«

»In Ordnung«, sagte Juan Diego. Allein schon Miriam zuzuhören machte ihn so müde, als hätte er an der Prozession teilgenommen und dort die bei Massenaufläufen unvermeidlichen Verletzungen erlitten und sei entsprechend dehydriert. Doch trotz seiner Müdigkeit bezweifelte Juan Diego, was Miriam ihm erzählt hatte. Was sie sagte, klang immer so kompetent, doch diesmal klang es übertrieben, sogar unwahr. Juan Diego kam Manila zwar in der Tat riesig vor. Doch konnte eine religiöse Prozession in Quiapo tatsächlich Auswirkungen auf die Gegend um Makati haben?

Juan Diego trank zu viel San-Miguel-Bier und aß etwas Seltsames; an seinem Unwohlsein hätte alles Mögliche schuld sein können. Er hatte die Pekingenten-Lumpia in Verdacht. (Warum auch packte man Ente in eine Frühlingsrolle?) Auch wusste Juan Diego nicht, dass Lechon Kawali frittierter Schweinebauch war, bis Miriam es ihm sagte; und die mit Bagoong-Mayonnaise servierte Wurst kam für ihn überraschend. Später erzählte ihm Miriam, die Mayonnaise werde mit einer Würzsauce aus fermentiertem Fisch hergestellt – von der Juan Diego, wie er glaubte, Magenverstimmung oder Sodbrennen bekam.

Tatsächlich mochten weder das philippinische Essen noch das viele San-Miguel-Bier schuld daran sein, dass er eine Magenverstimmung hatte und sich unwohl fühlte. Der Fanatismus der verrückten Anhänger des Schwarzen Nazareners war ihm nur allzu vertraut und brachte ihn aus der Fassung. Natürlich waren der versengte Jesus und sein schwarz verkohltes Kreuz aus Mexiko gekommen, wie konnte es auch anders sein!, dachte Juan Diego, als er mit Miriam auf den Rolltreppen im Ayala-Einkaufszentrum hoch und runter und anschließend im Hotelaufzug bis ganz nach oben in ihre Suite fuhr.

Wieder einmal wäre Juan Diego beinahe entgangen, wie

sein Hinken immer dann zu verschwinden schien, wenn er mit Miriam oder Dorothy unterwegs war. Und die ganze Zeit wurde er von Clark French mit einer SMS nach der anderen bombardiert. Die arme Leslie hatte Clark ihrerseits eine SMS geschrieben, in der sie ihn darauf hinwies, dass sein ehemaliger Schreibdozent »in den Fängen einer literarischen Stalkerin« war.

Juan Diego wusste gar nicht, dass es so etwas wie literarische Stalker und Stalkerinnen überhaupt gab; er bezweifelte, dass Leslie (die Schreibstudentin) von ihnen belagert wurde, doch sie hatte Clark erzählt, Juan Diego sei von einem »Schriftsteller-Groupie« verführt worden. (Clark blieb dabei, Dorothy schlicht D. zu nennen.) Leslie hatte Clark erzählt, Dorothy sei eine »Frau mit möglicherweise satanischen Absichten«. Das Wort »satanisch« fand Juan Diego immer wieder aufregend.

Es trafen so viele SMS von Clark ein, weil Juan Diego sein Handy vor dem Flug von Laoag nach Manila ausgeschaltet und erst beim Verlassen des Restaurants daran gedacht hatte, es wieder einzuschalten. Mittlerweile waren Clark Frenchs SMS vor lauter Sorge um Juan Diego immer ängstlicher und fürsorglicher geworden.

»Bist du wohlauf?«, begann Clarks nächste SMS. »Was, wenn D. tatsächlich satanisch ist? Ich habe Miriam kennengelernt – sie fand ich satanisch!«

Juan Diego sah, dass er auch eine SMS von Bienvenido versäumt hatte. Clark French hatte zwar den größten Teil der Reisevorbereitungen übernommen, doch Bienvenido wusste nicht nur, dass Mr. Frenchs alter Schreibdozent wieder in der Stadt war; dem Chauffeur war auch bekannt, dass

Juan Diego das Hotel gewechselt hatte. Er stimmte Miriams Warnungen vor dem Sonntag zwar zu, war aber weniger kategorisch als sie.

»Am besten geht man morgen wegen der Menschenmengen auf Tauchstation und macht um die Prozessionsstrecken einen möglichst weiten Bogen«, schrieb ihm Bienvenido. »Ich werde Sie am Montagabend fahren, zu dem Bühnengespräch mit Mr. French und dem anschließenden Dinner.«

»WELCHES Bühnengespräch mit dir am Montag, WELCHES anschließende Dinner?«, schrieb Juan Diego umgehend an Clark French, ehe er die satanische Situation ansprach, die seinen ehemaligen Studenten so beunruhigt hatte.

Clark rief an, um Auskunft zu geben. In Makati City gab es ganz in der Nähe von Juan Diegos Hotel ein kleines Theater – »klein, aber angenehm«, wie Clark betonte. An Montagabenden, wenn keine Vorstellung war, veranstaltete das Theater auf der Bühne Gespräche mit Schriftstellern. Eine örtliche Buchhandlung lieferte Bücher des jeweiligen Autors, die dieser signieren konnte; Clark übernahm häufig die Gesprächsführung. Anschließend gab es für die Teilnehmer ein Abendessen – »zwar nicht sehr viele Leute«, versicherte ihm Clark, »aber eine Möglichkeit für dich, mit deinen philippinischen Lesern in Kontakt zu treten«.

Clark French war der einzige Juan Diego bekannte Schriftsteller, der sich wie ein Presseagent anhörte. Und wie ein Presseagent erwähnte Clark die Medien zuletzt. Es würde der eine oder andere Journalist bei dem Gespräch auf der Bühne und bei dem anschließenden Dinner anwesend sein, aber Clark sagte, er könne Juan Diego vor denen warnen, vor denen er sich vorsehen müsse. (Clark sollte einfach zu Hause bleiben und schreiben!, dachte Juan Diego.)

»Und Freunde von dir werden ebenfalls da sein«, sagte Clark plötzlich.

»Wer, Clark?«, fragte Juan Diego.

»Miriam und ihre Tochter. Ich habe die Gästeliste fürs Essen gesehen – auf der steht nur ›Miriam und ihre Tochter, Freunde des Autors‹. Ich dachte, du wüsstest, dass sie kommen«, sagte ihm Clark.

Juan Diego sah sich vorsichtig in seiner Hotelsuite um. Miriam war im Bad; es war kurz vor Mitternacht – wahrscheinlich machte sie sich bettfertig. Juan Diego humpelte in den Küchenbereich der Suite und senkte die Stimme, als er mit Clark telefonierte.

»D. steht für *Dorothy*, Clark – Dorothy ist Miriams Tochter. Ich habe mit Dorothy geschlafen, ehe ich mit Miriam schlief«, rief Juan Diego seinem früheren Schreibstudenten in Erinnerung. »Ich habe mit Dorothy geschlafen, ehe sie Leslie kennenlernte, Clark.«

»Du hast zugegeben, dass du Miriam und ihre Tochter nicht gut kanntest«, rief Clark seinem ehemaligen Dozenten in Erinnerung.

»Wie gesagt, sie sind mir ein Rätsel, aber deine Freundin Leslie hat ihre eigenen Probleme – Leslie ist einfach eifersüchtig, Clark.«

»Ich leugne ja nicht, dass Leslie Probleme hat –«, begann Clark.

»Einer ihrer Jungs wurde von einem Wasserbüffel niedergetrampelt – derselbe Junge wurde später von einer vertikal schwimmenden rosa Qualle gestochen«, flüsterte Juan Diego in sein Handy. »Der andere wurde von Plankton angefallen, das wie Kondome für Dreijährige aussah.«

»Brennende Kondome – erinnere mich nicht daran!«, rief Clark.

»Keine Kondome – das brennende Plankton sah nur wie Kondome aus, Clark.«

»Warum flüsterst du?«, fragte Clark seinen alten Schreibdozenten.

»Ich bin mit Miriam hier«, flüsterte Juan Diego; er humpelte durch den Küchenbereich und versuchte dabei, die geschlossene Badezimmertür im Auge zu behalten.

»Ich mach dann mal Schluss«, flüsterte Clark. »Ich dachte, Dienstag wäre ein guter Tag für den amerikanischen Friedhof –«

»Ja, nachmittags«, unterbrach ihn Juan Diego.

»Ich habe Bienvenido auch für den Dienstagmorgen gebucht«, sagte ihm Clark. »Ich dachte mir, du würdest dir vielleicht gern die Kirche Unserer Lieben Frau von Guadalupe ansehen – die hier in Manila. Es sind nur zwei Gebäude, eine alte Kirche und ein Kloster, nichts so Bombastisches wie in Mexico City. Kirche und Kloster stehen in einem Slum, *Guadalupe Viejo,* und der Slum steht auf einem Hügel über dem Fluss Pasig«, fuhr Clark fort.

»*Guadalupe Viejo,* ein Slum«, mehr brachte Juan Diego nicht heraus.

»Du hörst dich müde an. Wir entscheiden das später«, sagte Clark abrupt.

»Guadalupe, *sí* –«, begann Juan Diego. Die Tür zum Bad stand offen; er sah Miriam im Schlafzimmer – sie hatte nur ein Badetuch um und zog gerade die Schlafzimmervorhänge zu.

»Das ist ein ›Ja‹ zu Guadalupe Viejo – du willst also hin?«, fragte Clark French.

»Ja, Clark«, bestätigte Juan Diego.

Guadalupe Viejo hörte sich nicht nach einem Slum an – für ein Müllkippenkind hörte sich Guadalupe Viejo mehr nach einem Reiseziel an. Juan Diego kam es so vor, als wäre die bloße Existenz der Kirche Unserer Lieben Frau von Guadalupe in Manila ein besserer Grund für diese Reise auf die Philippinen gewesen als das sentimentale Versprechen, das er dem guten Gringo gegeben hatte. Mehr noch als das Manila American Cemetery and Memorial klang *Guadalupe Viejo* nach einem Ort, wo ein Müllkippenleser aus Oaxaca »enden würde« – um Dorothys unverblümte Formulierung zu verwenden. Und wenn es stimmte, dass ihn eine schicksalhafte Aura umgab, klang dann *Guadalupe Viejo* nicht so, als wäre er genau der richtige Ort für Juan Diego Guerrero?

»Du zitterst ja, Liebling – ist dir kalt?«, fragte ihn Miriam, als er ins Schlafzimmer kam.

»Nein, ich habe gerade mit Clark French gesprochen«, entgegnete Juan Diego. »Es gibt ein Bühnengespräch zwischen Clark und mir – er interviewt mich. Wie ich höre, kommen du und Dorothy auch dorthin.«

»Wir haben nicht oft Gelegenheit zum Besuch literarischer Veranstaltungen«, sagte Miriam lächelnd. Sie hatte ihr Badetuch zum Bettvorleger umfunktioniert, auf ihrer Bettseite. Sie hatte sich schon zugedeckt. »Ich habe dir deine Pillen hingelegt«, sagte sie in sachlichem Ton. »Ich wusste nicht, ob es eine Lopressor- oder eine Viagra-Nacht ist«, sagte ihm Miriam auf ihre unbekümmerte Art.

Juan Diego war sich bewusst, dass er seine Nächte abwechselte: Er wählte die Nächte aus, in denen er vom Adrenalin aufgeputscht sein wollte; er fand sich mit den Nächten ab, in denen er sich, wie er wusste, reduziert fühlen würde. Er war sich bewusst, dass es gefährlich war, die Betablocker auszusetzen – genauer, die Blockade der Adrenalinrezeptoren in seinem Körper zu lösen, um sich einen Adrenalinschub zu verschaffen –, wie er es getan hatte. Doch Juan Diego erinnerte sich nicht mehr, wann es für ihn zur Routine wurde, zwischen »Lopressor- und Viagra-Nächten« zu unterscheiden, wie Miriam es formulierte. Es war schon eine ganze Weile her, dachte er sich.

Juan Diego fand verblüffend, worin sich Miriam und Dorothy glichen; das hatte nichts mit ihrem Aussehen oder ihren sexuellen Vorlieben zu tun. Die beiden Frauen glichen sich darin, wie gut sie ihn manipulieren konnten – ganz zu schweigen davon, dass er dazu neigte, wenn er mit der einen zusammen war, die andere zu vergessen. (Und doch vergaß er beide und beschäftigte sich dann doch wieder zwanghaft mit beiden.)

Dafür, wie er sich aufführte, gab es ein Wort, dachte Juan Diego – nicht nur bei diesen Frauen, sondern auch bei seinen Betablockern. Er benahm sich *kindisch*, dachte Juan Diego – nicht unähnlich dem Verhalten, das er und Lupe bei den heiligen Jungfrauen an den Tag gelegt hatten, als sie zuerst Guadalupe dem Monster Maria vorzogen, bis Guadalupe sie enttäuschte. Und dann hatte die Jungfrau Maria wirklich etwas getan – genug, um die Aufmerksamkeit der Müllkippenkinder zu erlangen, nicht nur mit ihrem Nasentauschtrick, sondern später, nach Lupes Tod, auch mit ihren unzweideutigen Tränen.

Das Ascott war nicht El Escondrijo – keine Geister, falls nicht Miriam einer war, dafür jede Menge Steckdosen, in die Juan Diego sein Handy hätte einstöpseln und aufladen können. Er entschied sich aber für eine Steckdose beim Waschbecken im Bad, weil er dort ungestört war. Außerdem hoffte Juan Diego, dass Miriam – ob Geist oder nicht – vielleicht schon eingeschlafen wäre, wenn er im Bad alles erledigt hätte.

»Genug Sex, Dorothy«, hatte er Miriam wiederholt sagen hören – und, erst kürzlich, »es geht nie so sehr um Sex, wie du offenbar glaubst.«

Morgen war Sonntag. Am Mittwoch würde Juan Diego in die USA zurückfliegen. Er hatte nicht nur genug Sex gehabt, dachte Juan Diego – er hatte auch genug von diesen beiden geheimnisvollen Frauen, wer auch immer sie sein mochten. Wenn er sich nicht mehr zwanghaft mit ihnen beschäftigen wollte, sollte er auch keinen Sex mehr mit ihnen haben, dachte Juan Diego. Er benutzte den Tablettenteiler, um eine der Lopressor-Pillen zu halbieren; er nahm seine verschriebene Dosis Betablocker und zusätzlich die Hälfte einer weiteren Lopressor-Tablette.

Bienvenido hatte gesagt, am besten ginge man am Sonntag »auf Tauchstation«; Juan Diego würde tatsächlich auf Tauchstation gehen – er verpasste den größten Teil des Sonntags in einem reduzierten Zustand. Es ging ihm nicht in erster Linie darum, den Menschenmassen und dem religiösen Irrsinn der Prozession zum Fest des Schwarzen

Nazareners zu entfliehen. Er wünschte nur, Miriam und Dorothy würden endlich verschwinden; er wollte sich wieder reduziert fühlen, wie gewohnt.

Juan Diego bemühte sich, wieder normal zu sein – ganz zu schweigen davon, dass er, wenn auch verspätet, probierte, den ärztlichen Anweisungen zu folgen. (Er dachte oft an Dr. Rosemary Stein, wenn auch nicht unbedingt als seine Ärztin.)

»Liebe Dr. Rosemary«, begann er seine SMS an sie, als er wieder einmal mit seinem schwer bedienbaren Handy auf dem Klo saß. Juan Diego wollte sie wissen lassen, dass er sich ein paar Freiheiten mit seinen Lopressor-Tabletten herausgenommen hatte; er wollte ihr von den ungewöhnlichen Umständen berichten, den beiden interessanten (oder zumindest interessierten) Frauen. Doch Juan Diego wollte Rosemary auch versichern, dass er nicht einsam oder bedauernswert war; auch wollte er ihr versprechen, nicht mehr mit der erforderlichen Dosis seiner Betablocker herumzuexperimentieren, doch nachgerade schien er Stunden zu brauchen, um auch nur »Liebe Dr. Rosemary« einzutippen – das blöde Handy war für jeden Schriftsteller eine Zumutung! Juan Diego vergaß ständig, welche Taste man drücken musste, um einen Großbuchstaben zu schreiben.

Da fiel Juan Diego eine einfachere Lösung ein: Er könnte Rosemary das Foto von ihm mit Miriam und Dorothy im Bahnhof von Kowloon schicken; auf diese Weise könnte seine SMS kürzer und witziger zugleich ausfallen. »Ich habe diese beiden Frauen kennengelernt, die dafür sorgten, dass ich bei meiner Lopressor-Einnahme gemogelt habe. Keine Bange! Bin wieder in der Spur und abstinent. Alles Liebe –«

Das wäre doch die kürzeste Variante, um Dr. Rosemary seine Verfehlung zu gestehen, oder? Und der Tonfall war nicht wehleidig – kein Wort von der Sehnsucht oder der verpassten Gelegenheit in jener Nacht im Auto in der Dubuque Street. Rosemary war ein wenig beschwipst gewesen – vielleicht mehr als nur ein wenig. Sie hatte Juan Diegos Gesicht in beide Hände genommen. »Ich hätte dich gebeten, mich zu heiraten«, hatte sie ihm gesagt.

Der arme Pete war gefahren. Die arme Rosemary versuchte zurückzurudern – sie habe es nicht so gemeint, dass sie Juan Diego wirklich geheiratet hätte. »Ich meinte nur, vielleicht hätte ich dich gefragt«, wie Rosemary es ausdrückte. Und ohne sie anzusehen, wusste Juan Diego, dass sie weinte.

Nun ja – es war für Juan Diego *und* seine liebe Dr. Rosemary das Beste, nicht bei jener Nacht im Auto in der Dubuque Street zu verweilen. Und wie konnte er ihr das in der Kowloon Station aufgenommene Foto schicken? Juan Diego hatte keine Ahnung, wie er es in seinem blöden Handy überhaupt finden sollte – geschweige denn, wie er das Foto an eine sms anhängen konnte. Auf der nervigen Tastatur stand nicht einmal das Wort »clear« für »löschen« ausgeschrieben. Auf der Taste für »löschen« stand clr – Juan Diegos Ansicht nach wäre noch Platz für zwei weitere Buchstaben gewesen. Wütend löschte er seine sms an Rosemary, einen Buchstaben nach dem anderen.

Clark French würde wissen, wie man das Foto fand, das der junge Chinese in der Kowloon Station aufgenommen hatte, und er würde ihm auch zeigen, wie man das Foto samt sms an die Ärztin schickte. Denn Clark wusste mit allem

Bescheid, außer was er mit der armen Leslie machen sollte, dachte Juan Diego, als er zu Bett humpelte.

Keine Hunde bellten, keine Kampfhähne krähten, aber ganz ähnlich wie in der Silvesternacht im Encantador, konnte Juan Diego bei Miriam keine erkennbare Atmung entdecken.

Sie schlief auf ihrer linken Seite, den Rücken ihm zugewandt. Juan Diego dachte, er könne sich auch auf die linke Seite legen und den Arm um sie schlingen; er wollte ihr seine Hand aufs Herz legen, nicht auf die Brust. Er wollte herausfinden, ob ihr Herz schlug oder nicht.

Seine Freundin, Dr. Rosemary Stein, hätte es ihm sagen können: Den Puls fühlt man besser an anderen Stellen. Natürlich tastete Juan Diego Miriam ab – am ganzen Oberkörper! –, doch ihren Herzschlag fühlte er nicht.

Während er überall herumtastete, berührten seine Füße ihre Füße; falls Miriam lebte und kein Gespenst war, musste sie bestimmt gefühlt haben, dass er sie berührte. Juan Diego versuchte tapfer, seine Vertrautheit mit der spirituellen Welt zu erneuern.

Dem in Guerrero geborenen Jungen waren Geister nicht fremd; Oaxaca war eine Stadt voller heiliger Jungfrauen. Sogar der Weihnachtsfeierladen, der Madonnenladen an der Independencia – sogar eine der Sexpuppenkopien der berühmten Jungfrau der Stadt –, war ein wenig heilig. Und Juan Diego hatte im Waisenhaus *Niños Perdidos* gelebt, wo ihn die Nonnen der spirituellen Welt ausgesetzt hatten und die beiden alten Priester im Tempel der Gesellschaft Jesu ebenfalls. Sogar der Deponiechef war gläubig; Rivera hatte Maria verehrt. Juan Diego hatte keine Angst vor Miriam oder Dorothy, wer oder was auch immer sie sein mochten. Wie *el jefe* gesagt hatte: »Wir müssen nicht erklären, was ein Wunder ist oder nicht ist – wir haben es gesehen.«

Es war egal, wer oder was Miriam war. Falls Miriam und Dorothy Juan Diegos persönliche Todesengel waren, ließ ihn das kalt. Sie wären nicht sein erstes oder einziges Wunder. Wie schon Lupe zu ihm gesagt hatte: »Wir sind die Wundersamen.« All das glaubte Juan Diego, er versuchte es zu glauben – er *wollte* es ernsthaft glauben –, während er Miriam weiter berührte.

Dennoch erschrak er, als Miriam plötzlich und heftig einatmete. »Es ist eine Lopressor-Nacht, schätze ich«, sagte sie mit ihrer leisen, rauchigen Stimme.

Er bemühte sich, ihr beiläufig zu antworten. »Woher weißt du das?«, fragte Juan Diego.

»Deine Hände und Füße, Liebling«, antwortete ihm Miriam. »Sie werden schon kälter.«

Tatsächlich verringern Betablocker die Blutzirkulation in die Extremitäten. Juan Diego wachte nicht vor Sonntagmittag auf – mit eiskalten Händen und Füßen. Ihn überraschte weder, dass Miriam verschwunden war, noch, dass sie ihm keine Nachricht hinterlassen hatte.

Frauen wissen, wenn Männer sie nicht begehren: Geister und Hexen, Gottheiten und Dämonen, Todesengel – sogar Jungfrauen, sogar ganz gewöhnliche Frauen. Sie wissen es immer; Frauen merken, wenn man sie nicht mehr begehrt.

Juan Diego fühlte sich so reduziert, dass er sich später nicht daran erinnerte, wie ihm dieser Sonntag und die anschließende Nacht einfach entglitten. Sogar die zusätzliche halbe Lopressor-Tablette war zu viel gewesen. Sonntagabend spülte er die unbenutzte andere Tablettenhälfte ins Klo und nahm nur die verschriebene Dosis. Dennoch schlief er am Montag bis mittags.

Die Schreibstudenten an der Universität von Iowa hatten Clark French einen katholischen Gutmenschen genannt, einen Über-Nerd, und während Juan Diego schlief, hatte sich Clark bestimmt die ganze Zeit um Leslie gekümmert. »Ich glaube, die Hauptsorge der armen Leslie gilt deinem Wohlergehen«, begann Clarks erste SMS an Juan Diego an diesem Tag. Natürlich gab es noch mehr Nachrichten von Clark – die meisten drehten sich um ihr Bühnengespräch. »Keine Bange: Ich werde dich nicht fragen, wer Shakespeares Texte geschrieben hat, und das Thema autobiographische Literatur werden wir ebenfalls ausklammern – so gut es geht!«

Es gab noch mehr über die arme Leslie. »Leslie sagt, sie sei NICHT eifersüchtig – mit D. will sie nichts mehr zu tun haben«, verkündete Clarks SMS. »Für mich steht fest, dass es Leslie ausschließlich darum geht, welche Hexerei, welche Zauberei D. dir antun könnte. Werner hat seiner Mom erzählt, der Wasserbüffel sei dazu ANGESTACHELT worden, ihn anzugreifen und niederzutrampeln – Werner sagte, *D. habe dem Büffel eine Raupe in die Nase gesteckt!*«

Jemand lügt hier, dachte Juan Diego. Er würde es Dorothy durchaus zutrauen, eine Raupe in ein Büffelnasenloch zu schieben, so weit es nur ging. Doch dem jungen Werner würde es Juan Diego durchaus auch zutrauen.

»War es eine grüngelbe Raupe mit dunkelbraunen Augenbrauen?«, schrieb Juan Diego Clark zurück.

»GENAU!«, antwortete ihm Clark. Offenbar hatte Werner

die Raupe aus nächster Nähe sehen können, dachte Juan Diego.

»Eindeutig Hexerei«, schrieb Juan Diego an Clark. »Ich schlafe nicht mehr mit Dorothy oder ihrer Mutter«, fügte er hinzu.

»Die arme Leslie kommt heute Abend zu unserem Bühnenauftritt«, schrieb Clark zurück. »Wird D. ebenfalls da sein? Mit ihrer MUTTER? Leslie sagt, es überrascht sie, dass D. eine noch lebende Mutter hat.«

»Ja, Dorothy und ihre Mutter werden beide da sein«, lautete Juan Diegos letzte SMS an Clark. Sie abzuschicken bereitete ihm ein gewisses Vergnügen. Was Juan Diego auffiel: Hirnlose Dinge zu tun ist etwas weniger stressig, wenn der Adrenalinspiegel nicht ganz so hoch ist.

Waren Männer im Ruhestand deshalb damit zufrieden, in ihren Gärten herumzuwerkeln, Golf zu spielen oder anderen Mist zu machen, wie etwa SMS zu schreiben, einen öden Buchstaben nach dem anderen?, fragte sich Juan Diego. Waren Bagatellen erträglicher, wenn man sich ohnehin reduzierter fühlte?

Er hatte nicht damit gerechnet, dass sich die Lokalnachrichten und die Zeitung, die ihm das Hotel aufs Zimmer brachte, ausschließlich mit der Prozession zum Fest des Schwarzen Nazareners beschäftigen würden. Er war am Sonntag so danebengewesen, dass er nicht bemerkt hatte, wie es den ganzen Tag genieselt hatte – »ein Nordostmonsun«, wie es eine Lokalzeitung nannte. Trotz des Wetters hatten geschätzte 1,7 Millionen katholische Filipinos (viele von ihnen barfuß) an der Prozession teilgenommen; zu den Gläubigen gesellten sich 3500 Polizisten. Wie auch in früheren Jahren wurden etliche hundert Verletzte gemeldet – in diesem Jahr traf es 560 der religösen Eiferer. Drei Gläubige fielen oder sprangen von der Quezon-Brücke, vermeldete die Küstenwache, die mehrere Einsatzteams in Schlauchbooten auf den Fluss Pasig geschickt hatte, um dort zu patrouillieren – »nicht nur zum Schutz der Gläubigen, sondern auch damit sie nach ungewöhnlichen Personen Ausschau halten konnten, die vielleicht ungewöhnliche Aktionen planten«.

Wer sollen diese ungewöhnlichen Personen sein?, hatte sich Juan Diego gefragt.

Die Prozession endete wie immer in der Quiapo-Kirche, wo man einer Tradition namens »Pahalik« frönte – man küsste die Statue des Schwarzen Nazareners. Unmengen von Leuten standen an, drängten sich um den Altar und warteten auf die Gelegenheit, die Statue zu küssen.

Und jetzt sprach ein Arzt im Fernsehen abschätzig von den »kleineren Verletzungen«, die 560 Gläubige in diesem Jahr auf der Prozession des Schwarzen Nazareners erlitten hätten. Der Arzt legte Wert auf die Feststellung, dass die vielen Fleischwunden zu erwarten gewesen waren. »Typische Unfälle, die im Gedränge vorkommen, beim Stolpern beispielsweise – bei den nackten Füßen sind Probleme vorprogrammiert«, sagte der Arzt. Er war jung und wirkte ungeduldig. Und die Unterleibsprobleme?, wurde der junge Arzt gefragt. »Durch falsches Essen verursacht«, sagte der Arzt. Und die vielen Verstauchungen? »Ebenfalls typisch für große Menschenmengen – Stürze durch das viele Stoßen und Schieben«, antwortete der Arzt seufzend. Und die vielen Kopfschmerzen? »Dehydrierung – die Leute trinken nicht genug Wasser«, sagte der Arzt mit wachsender Verachtung. Hunderte Prozessionsteilnehmer wurden wegen Schwindel und Atembeschwerden behandelt; einige seien ohnmächtig geworden, sagte man dem Arzt. »Keine Fußmärsche gewohnt!«, rief dieser und schlug die Hände über dem Kopf zusammen; er erinnerte Juan Diego an Dr. Vargas. (Es fehlte nicht viel, und der junge Arzt hätte laut ausgerufen: »Das Problem heißt *Religion*!«)

Wie sieht es mit den Rückenschmerzen bei den Prozessionsteilnehmern aus? »Dafür kommt alles Mögliche in Frage – eindeutig durch das Schieben im Gedränge verschlimmert«, antwortete der Arzt; er hatte die Augen geschlossen. Und Bluthochdruck? »Auch dafür kommt *alles Mögliche* in Frage«, wiederholte der Arzt mit Bestimmtheit, immer noch mit geschlossenen Augen. »Eine wahrscheinliche Ursache ist das Marschieren.« Seine Stimme war gerade verklungen, als der junge Arzt plötzlich die Augen aufschlug und direkt in die Kamera sprach. »Ich sage Ihnen, wofür die Prozession zum Fest des Schwarzen Nazareners gut ist«, sagte er. »Die Prozession ist für Müllsammler gut.«

Natürlich würde ein Müllkippenkind empfindlich auf diese abwertend klingende Verwendung des Begriffs »Müllsammler« reagieren. Juan Diego stellte sich nicht nur *los pepenadores* aus dem *basurero* vor; neben den berufsmäßigen Abfallsammlern dachte Juan Diego wohlwollend an Hunde und Möwen. Doch der junge Arzt meinte seine Bemerkung keineswegs abwertend. Er hatte nicht viel übrig für die Prozession zum Fest des Schwarzen Nazareners, doch dass sie *gut* für »Müllsammler« sei, war ihm ernst. Er meinte damit, gut für arme Leute – die den Gläubigen folgten und die weggeworfenen Wasserflaschen und Essensbehälter aus Plastik zu Geld machten.

Ah ja – arme Leute, dachte Juan Diego. Es gab gewiss eine Geschichte, die die katholische Kirche mit den Armen verband. Katholische Kirche und arme Leute war eines dieser Themen, über das sich Juan Diego oft mit Clark French stritt.

Natürlich war die Kirche »aufrichtig«, was ihre Liebe zu den Armen betraf, wie Clark immer argumentierte – und das bestritt Juan Diego auch gar nicht. Warum sollte die Kirche arme Menschen nicht lieben?, fragte Juan Diego Clark gewöhnlich. Aber wie steht's mit Geburtenkontrolle, wie mit Abtreibung? Was Juan Diego auf die Palme brachte, war die »gesellschaftliche Agenda« der Kirche. Die kirchlichen Prinzipien – gegen die Abtreibung, sogar gegen Verhütung! – unterwarfen die Frauen nicht nur der »Versklavung durch Gebären«, wie es Juan Diego gegenüber Clark genannt hatte; die kirchlichen Prinzipien hielten die Armen arm oder machten sie sogar noch ärmer. Arme Menschen bekamen besonders viele Kinder, oder etwa nicht?, fragte Juan Diego Clark immer wieder.

Juan Diego und Clark French hatten sich über dieses Thema immer und immer wieder gestritten. Falls es nicht zur Sprache kam, wenn die beiden an diesem Abend auf der Bühne saßen oder anschließend zum Dinner gingen, wie konnte es nicht zur Sprache kommen, wenn sie morgen früh gemeinsam eine römisch-katholische Kirche besuchten? Wie konnten Clark und Juan Diego in der Kirche Unserer Lieben Frau von Guadalupe in Manila nebeneinander bestehen, ohne dass sie wieder auf allzu vertraute katholische Themen zu sprechen kamen?

Schon bei dem Gedanken an dieses Gespräch kam Juan Diego sein Adrenalin in den Sinn – genauer: dass er es brauchte. Nicht nur für den Sex war Juan Diego die Adrenalinausschüttung wichtig, die ihm seit Einnahme der Betablocker fehlte. Der Müllkippenleser war zum ersten Mal auf den versengten Seiten eines Buches, das er vor dem Verbrennen bewahrt hatte, auf eine kurze Geschichte des Katholizismus gestoßen; er hatte im *Niños Perdidos* gelebt – er glaubte, den Unterschied zwischen den unergründlichen religiösen Mysterien und den von Menschen aufgestellten Regeln der Kirche zu kennen.

Wenn er am nächsten Morgen mit Clark French die Kirche Unserer Lieben Frau von Guadalupe besuchte, dachte sich Juan Diego, wäre es vielleicht keine schlechte Idee, heute Abend seine Lopressor-Pille wegzulassen. Wenn man bedachte, wer Juan Diego Guerrero war und woher er kam – nun, wenn *Sie* Juan Diego wären und mit Clark French nach *Guadalupe Viejo* gingen, würden Sie nicht auch so viel Adrenalin wie möglich zur Verfügung haben wollen?

Außerdem war da noch die Tortur auf der Bühne und das anschließende Dinner – er musste den heutigen Abend *und* den morgigen Tag durchstehen, überlegte Juan Diego. Die Betablocker nehmen oder nicht nehmen – das war hier die Frage, dachte er sich.

Die nächste SMS von Clark French war für seine Verhältnisse kurz und bündig. »Nach reiflicher Überlegung«, schrieb er, »lass uns damit anfangen, dass ich dich frage, wer Shakespeares Texte geschrieben hat – wir wissen, dass wir in diesem Punkt einer Meinung sind. Damit können wir das Thema persönliche Erfahrungen als einzige gültige Basis für das Verfassen von Literatur abhaken. Was die Typen angeht, die glauben, Shakespeare sei jemand anderes gewesen: Sie unterschätzen die Vorstellungskraft, oder sie überschätzen persönliche Erfahrungen – ihre Rechtfertigung zum Schreiben von Memoirenliteratur, meinst du nicht auch?«, schrieb Clark French seinem alten Dozenten. Armer Clark – immer noch Theoretiker, auf ewig kindisch, ständig streitsüchtig.

Her mit dem Adrenalin, so viel wie ich kriegen kann, dachte Juan Diego – und nahm erneut seine Betablocker nicht.

32
Nicht die Manilabucht

Das Gute daran, von Clark French interviewt zu werden, war für Juan Diego, dass Clark den größten Teil des Redens übernahm. Das Schwierige daran war, Clark zuzuhören; er dozierte für sein Leben gern. Und wenn man Clark auf seiner Seite hatte, konnte er noch peinlicher sein.

Juan Diego und Clark hatten beide kürzlich James Shapiros Buch *Contested Will: Who Wrote Shakespeare?* gelesen. Beide hatten das Buch bewundert; Mr. Shapiros Argumente hatten sie überzeugt – sie glaubten, dass Shakespeare aus Stratford der einzige Shakespeare war, und sie stimmten darin überein, dass die William Shakespeare zugeschriebenen Stücke weder mit jemandem zusammen noch von jemand anderem geschrieben worden waren.

Doch warum, dachte Juan Diego, begann Clark French nicht, indem er Mr. Shapiros überzeugendste Aussage zitierte, die sich im Nachwort des Buchs befand? (Shapiro schreibt: »Am ärgerlichsten an der Behauptung, Shakespeare von Stratford habe die Lebenserfahrung gefehlt, um diese Theaterstücke zu schreiben, finde ich, dass sie genau das herabsetzt, was ihn so außergewöhnlich macht: seine Phantasie.«)

Warum fing Clark damit an, Mark Twain anzugreifen? Clark hatte auf der Highschool *Leben auf dem Mississippi* lesen müssen, was seiner »Phantasie eine nahezu tödliche Verletzung zugefügt« habe, jedenfalls beklagte das Clark. Twains Autobiographie habe Clarks Wunsch, Schriftsteller zu werden, beinahe im Keim erstickt. Und laut Clark wären *Tom Sawyer* und *Huckleberry Finn* besser ein einziger Roman geworden – »und zwar ein kurzer«, schimpfte Clark.

Das Publikum, merkte Juan Diego, begriff den Sinn dieser Ausfälle nicht, zumal der andere Schriftsteller auf der Bühne (nämlich Juan Diego) noch gar nicht erwähnt worden war. Doch im Gegensatz zum Publikum wusste Juan Diego, was jetzt kam; er wusste, dass noch keine Verbindung zwischen Twain und Shakespeare hergestellt worden war.

Mark Twain gehörte zu den Übeltätern, die glaubten, Shakespeare hätte die ihm zugeschriebenen Stücke nicht verfassen können. Twain hatte erklärt, seine eigenen Bücher seien »schlicht Autobiographien«; wie Mr. Shapiro schrieb, war Twain der Meinung, »bedeutende Literatur, einschließlich seiner eigenen, sei zwangsläufig autobiographisch«.

Doch Clark hatte keine Verbindung zwischen seiner Tirade gegen Twain und seiner Meinung hergestellt, dass Twain auf der falschen Seite der Wer-schrieb-Shakespeare-Debatte gestanden habe, worauf Clark vermutlich hinauswollte. Stattdessen schwadronierte Clark endlos weiter über Twains mangelnde Phantasie. »Schriftsteller, die keine Phantasie haben – Schriftsteller, die nur über ihre eigenen Erfahrungen im Leben schreiben können –, können sich schlicht nicht vorstellen, dass andere Schriftsteller sich irgendetwas vorstellen können!«, rief Clark. Juan Diego hätte sich gern in Luft aufgelöst.

»Aber wer schrieb Shakespeare, Clark?«, fragte Juan Diego seinen ehemaligen Studenten in dem Versuch, ihn zurück zum Thema zu bringen.

»*Shakespeare* schrieb Shakespeare!«, brach es aus Clark heraus.

»Tja, damit ist die Sache entschieden«, sagte Juan Diego. Es gab eine leise Unruhe im Publikum, das eine oder andere Kichern. Clark schien von dem Kichern überrascht, so schwach es auch war – als hätte er das Publikum völlig vergessen.

Ehe Clark fortfahren konnte – indem er sich über die Übeltäter im Lager phantasieloser Schurken Luft machte, die sich der häretischen Ansicht anschlossen, jemand anderes habe Shakespeares Stücke geschrieben –, versuchte Juan Diego, ein paar Worte über Shapiros hervorragendes Buch einzuflechten: dass, wie Shapiro schrieb, »Shakespeare nicht, wie wir, in einem Zeitalter der Memoiren lebte«; dass, wie Mr. Shapiro fortfuhr, »zu seiner Zeit, und mehr als anderthalb Jahrhunderte nach seinem Tod, niemand Shakespeares Werk als autobiographisch behandelte«.

»Glücklicher Shakespeare!«, rief Clark French.

Ein schlanker Arm winkte aus dem wie benommenen Publikum – eine Frau, fast zu klein, um vom Podium aus gesehen zu werden, außer dass ihre Schönheit herausstach (auch wenn sie zwischen Miriam und Dorothy saß). Und selbst aus der Ferne waren die Reifen an ihrem mageren Arm erkennbar von der teuren und Aufmerksamkeit erregenden Sorte, die eine Frau mit einem reichen Exmann tragen würde.

»Glauben Sie, dass Mr. Shapiros Buch Henry James verunglimpft?«, fragte Leslie schüchtern aus dem Publikum. (Es war zweifellos *die* arme Leslie.)

»Henry James!«, rief Clark, als hätte Henry James Clarks Phantasie in jenen verletzlichen Jahren auf der Highschool eine weitere entsetzliche Wunde zugefügt. Die arme Leslie, so klein sie auch war, schien auf ihrem Platz noch kleiner zu werden. Und fiel es nur Juan Diego auf, oder bemerkte auch Clark, dass Leslie und Dorothy Händchen hielten? (So viel zu Leslies Behauptung, sie wolle mit D. nichts mehr zu tun haben!)

»Henry James' Skepsis gegenüber Shakespeare ist nicht leicht festzumachen«, schreibt Shapiro. »Anders als Twain war James nicht bereit, das Thema öffentlich oder direkt anzugehen.« (Nicht unbedingt verunglimpfend, dachte Juan Diego – obwohl er Shapiros Meinung war, der den Stil von Henry James »unerträglich kryptisch und ausschweifend« nannte.)

»Glauben Sie denn, dass Shapiro Freud verunglimpft?«, fragte Clark seine ihn bewundernde Studentin, doch die arme Leslie fürchtete sich inzwischen vor ihm; sie wirkte zu schmächtig, um noch einmal das Wort zu ergreifen.

Juan Diego hätte geschworen, dass das Miriams langer Arm war, der sich jetzt schützend um Leslies zitternde Schultern legte.

»Selbstanalyse hatte Freud dazu befähigt, Shakespeare zu analysieren«, hatte Shapiro geschrieben.

Niemand außer Freud könne sich Freuds Begehren nach seiner Mutter oder Freuds Eifersucht auf seinen Vater vorstellen, sagte Clark – und dass Freud, durch Selbstanalyse, zu dem Schluss gekommen war, dies sei (wie Freud es formulierte) »ein allgemeines Ereignis früher Kindheit«.

Oh, diese allgemeinen Ereignisse früher Kindheit!, dachte Juan Diego; er hatte gehofft, Clark French würde Freud unerwähnt lassen. Juan Diego wollte nicht hören, was Clark French von der Freud'schen Theorie des weiblichen Penisneids hielt.

»Tu's nicht, Clark«, sagte eine kräftiger klingende Frauenstimme im Publikum. Es war Dr. Josefa Quintana, eine äußerst beeindruckende Frau. Sie hielt Clark davon ab, dem Publikum seine Eindrücke von Freud zu schildern – die endlose Geschichte des unsäglichen Schadens an der Literatur und der verletzlichen Phantasie des jungen Clark in einem prägenden Alter.

Wie konnte man hoffen, dass das Bühnengespräch nach einem derart beklemmenden Beginn doch noch in Gang kam? Ein Wunder, dass das Publikum den Saal nicht verließ – abgesehen von Leslie, deren früher Abgang sehr auffällig war. Man konnte es schon fast als Erfolg verbuchen, dass in dem nun ein wenig besser werdenden Gespräch sogar Juan Diegos Romane erwähnt wurden, und als regelrechten kleinen Triumph, dass die Frage, ob Juan Diego ein amerikanischer Autor mexikanischer Abstammung sei oder nicht, angesprochen wurde, ohne dass auf Freud, James oder Twain Bezug genommen wurde.

Doch die arme Leslie war nicht allein gegangen, nicht ganz. Wenn dieses Mutter-Tochter-Gespann auch nicht jedermanns Vorstellung entsprach, machten Leslies Begleiterinnen doch einen kompetenten Eindruck, und wie sie die junge Frau durch den Gang und aus dem Theater geleiteten, ließ vermuten, dass sie es gewohnt waren, das Kommando zu übernehmen. Ja, wie Miriam und Dorothy die zarte, hübsche Frau in ihre Mitte genommen hatten, hätte im Publikum einige Besorgnis erregen können – falls es jemand bemerkt oder überhaupt darauf geachtet hätte. Der schraubstockhafte Griff hätte ebenso gut bedeuten können, dass die beiden sie beruhigten wie dass sie sie entführen wollten.

Und wohin waren Miriam und Dorothy verschwunden?, fragte sich Juan Diego. Warum sollte ihn das interessieren? Hatte er sich nicht gewünscht, dass sie einfach verschwanden? Doch was bedeutete es, wenn sich deine Todesengel entfernen, wenn deine persönlichen Phantasmen dich nicht mehr heimsuchen?

Das Dinner nach dem Bühnengespräch fand im Labyrinth des Ayala Centers statt. Juan Diego wusste zwar, wer seine Leser waren – sie verrieten sich dadurch, dass sie mit den Details seiner Romane vertraut waren –, doch die Dinnergäste, die Clark als »Kunstmäzene« bezeichnete, waren reserviert; ihre Haltung gegenüber Juan Diego war undurchsichtig.

Man sollte nicht generalisieren, was Förderer der Künste angeht. Einige von ihnen haben nichts gelesen; es sind häufig die, die den Eindruck erwecken, alles gelesen zu haben. Die anderen wirken, als wären sie ein wenig neben der Spur; sie scheinen nicht geneigt zu reden oder machen höchstens eine beiläufige Bemerkung über den Salat oder die Sitzordnung. Das sind gewöhnlich die, die alles gelesen haben, was man je geschrieben hat, und auch alle anderen Autoren, die man selbst je gelesen hat.

»Bei diesen Mäzenen muss man sich vorsehen«, flüsterte Clark Juan Diego ins Ohr. »Sie sind nicht das, was sie zu sein scheinen.«

Juan Diegos Geduld mit Clark ging allmählich zu Ende – Clark konnte jedem auf die Nerven gehen. Es gab diese Meinungsverschiedenheiten zwischen Clark und Juan Diego, doch wenn Juan Diego am ehesten mit ihm einer Meinung war, ging seine Geduld mit ihm noch früher zu Ende.

Fairerweise muss man sagen: Clark hatte ihm angekündigt, er solle auf der Dinnerparty mit »dem einen oder anderen Journalisten« rechnen; Clark hatte auch gesagt, er werde Juan Diego vor denjenigen warnen, »vor denen man sich vorsehen« müsse. Aber Clark kannte nicht alle Journalisten.

Einer der unbekannten Journalisten fragte Juan Diego, ob das Bier, das er gerade trank, sein erstes oder zweites sei.

»Sie wollen wissen, wie viele Bier er schon getrunken hat?«, fragte Clark den jungen Mann in aggressivem Ton. »Wissen Sie denn, wie viele *Romane* dieser Mann geschrieben hat?«, fragte Clark den Journalisten, der sein weißes Hemd über der Hose trug. Es war einmal ein Frackhemd gewesen, hatte aber eindeutig schon frischere Zeiten erlebt. Das Hemd mochte in einem früheren Leben gewaschen und gebügelt worden sein, doch wegen seines schmuddeligen Aussehens und einer bunten Fleckenmischung zeugten es wie auch sein Träger – wenn auch nur in Clarks Augen – von einem Leben in dreckiger Unordnung.

»Mögen Sie San Miguel?«, fragte der Journalist Juan Diego und deutete auf das Bier; der junge Mann ignorierte Clark geflissentlich.

»Nennen Sie zwei Titel von Romanen, die dieser Autor geschrieben hat – nur zwei«, forderte Clark den Journalisten auf. »Von den Romanen, die Juan Diego Guerrero geschrieben hat, nennen Sie einen, den Sie gelesen haben – nur einen«, sagte Clark.

Juan Diego könnte sich (*würde* sich) nie wie Clark aufführen, doch Clark rehabilitierte sich mit jeder Sekunde; Juan Diego fiel wieder ein, was ihm an seinem ehemaligen Studenten am besten gefiel – trotz der vielen anderen Arten, auf die Clark Clark sein konnte.

»Ja, ich mag San Miguel«, antwortete Juan Diego dem Journalisten und hielt das Bier hoch, als brächte er einen Trinkspruch auf den unbelesenen jungen Mann aus. »Und das ist wohl mein zweites.«

»Du musst nicht mit ihm reden – er hat seine Hausaufgaben nicht gemacht«, sagte Clark zu seinem ehemaligen Dozenten.

Juan Diego dachte, dass seine Einschätzung von Clark French als nettem Kerl nicht ganz zutreffend war; Clark ist ein netter Kerl, dachte Juan Diego, es sei denn, man ist ein Journalist, der seine Hausaufgaben nicht gemacht hat. (Was Journalisten betraf, die ihre Hausaufgaben nicht gemacht hatten, war Juan Diego ganz Clark Frenchs Meinung.)

Was den unvorbereiteten Journalisten anging, den jungen Mann, der kein Leser war, so hatte er sich entfernt. »Keine Ahnung, wer das war«, murmelte Clark, der von sich enttäuscht war, weil er den betreffenden Journalisten nicht kannte. »Aber *die* kenne ich – *die* ist mir bekannt«, sagte Clark zu Juan Diego und wies auf eine Frau mittleren Alters, die sie aus der Ferne beobachtet und die abgewartet hatte, bis der jüngere Kollege sich davonmachte. »Sie ist ein Alptraum an Unaufrichtigkeit – stell dir einen gehässigen Hamster vor«, zischte Clark Juan Diego zu.

»Vermutlich eine von denen, vor denen man sich vorsehen muss«, sagte Juan Diego; er lächelte seinen Exstudenten wissend an. »Bei dir fühle ich mich sicher, Clark«, sagte Juan Diego auf einmal. Das kam sehr spontan und von Herzen – Juan Diego meinte es ernst: Bei Clark fühlte er sich wirklich sicher. Doch ehe er es sagte, war Juan Diego nicht klar gewesen, wie unsicher er sich gefühlt hatte – und wie lange schon! (Sich sicher zu fühlen ist für Müllkippenkinder nicht selbstverständlich, und Zirkuskinder gehen nicht davon aus, dass ein Sicherheitsnetz aufgespannt ist.)

Clark wiederum fühlte sich bemüßigt, seine großen, starken Arme um die schmalen Schultern seines ehemaligen Dozenten zu legen. »Ich glaube aber nicht, dass ich dich vor *der* schützen muss«, flüsterte Clark in Juan Diegos Ohr. »Sie ist nur eine Klatschtante.«

Clark meinte die Journalistin mittleren Alters, die jetzt näher kam – die Frau, die er als gehässigen Hamster bezeichnet hatte. Meinte er damit, dass ihr Verstand auf der Stelle trat, monotone Umdrehungen auf dem Rad nach nirgendwo machte? Aber was war gehässig an ihr? »Alle ihre Fragen sind wiederaufbereitet – Dinge, die sie aus dem Internet hat. Sie wird jede dumme Frage wiederkäuen, die dir je gestellt wurde«, flüsterte Clark seinem ehemaligen Dozenten ins Ohr. »Sie hat keinen einzigen deiner Romane, aber alles *über dich* gelesen. Bestimmt kennst du die Sorte«, flüsterte Clark weiter.

»O ja, Clark – danke«, sagte Juan Diego sanft und lächelte

seinen früheren Studenten an. Glücklicherweise war Josefa da – die gute Dr. Quintana zog ihren Mann fort. Juan Diego hatte nicht bemerkt, dass er in der Essensschlange anstand, bis er das Bufett sah; es stand direkt vor ihm.

»Nehmen Sie am besten den Fisch«, riet ihm die Journalistin. Juan Diego sah, dass sie sich in der Schlange neben ihm eingereiht hatte, wie es möglicherweise die Art gehässiger Hamster ist.

»Das auf dem Fisch sieht wie Käsesauce aus«, sagte Juan Diego nur; er nahm sich eine Portion koreanischer Glasnudeln mit Gemüse und etwas, das sich vietnamesisches Rindfleisch nannte.

»Ich glaube nicht, dass ich hier schon mal jemanden das zerfetzte Rindfleisch habe essen sehen«, sagte die Journalistin. Bestimmt hatte sie Hackfleisch gemeint, dachte Juan Diego, sagte aber nichts. (Vielleicht *zerfetzten* die Vietnamesen ja ihr Fleisch; Juan Diego wusste es nicht.)

»Die zierliche, hübsche Frau – die heute Abend da war«, sagte die Frau mittleren Alters und nahm sich von dem Fisch. »Die früh gegangen ist«, ergänzte die Journalistin nach langer Pause.

»Ja, ich weiß, wen Sie meinen – Leslie irgendwas. Ich kenne sie nicht«, sagte Juan Diego nur.

»Leslie irgendwas bat mich, Ihnen etwas auszurichten«, sagte die Frau mittleren Alters in vertraulichem (nicht ganz mütterlichem) Tonfall.

Juan Diego wartete; er wollte nicht zu interessiert wirken. Und er sah sich überall nach Clark und Josefa um; er merkte, dass er nichts dagegen gehabt hätte, wenn Clark diese Journalistin schurigelte, nur ein wenig.

»Ich soll Ihnen von Leslie ausrichten, dass die Frau in Dorothys Begleitung nicht Dorothys Mutter sein kann. Leslie sagte, die ältere Frau sei nicht alt genug, um Dorothys Mutter zu sein – außerdem sähen sie sich kein bisschen ähnlich«, sagte die Journalistin.

»Kennen Sie Miriam und Dorothy?«, fragte Juan Diego die abgetakelt aussehende Frau. Sie trug, was man früher eine Bauernbluse genannt hatte – die Sorte schlabbriges Hemd, die amerikanische Hippiefrauen in Oaxaca trugen, die Frauen, die keine BHs anzogen und sich Blumen ins Haar steckten.

»Na ja, ich kenne sie nicht – ich sah nur, dass sie in Leslies Nähe waren«, antwortete die Journalistin. »Und sie sind früh gegangen, mit Leslie. Wenn Sie mich fragen, meiner Ansicht nach war die ältere Frau nicht alt genug, um die Mutter der jüngeren zu sein. Und sie sahen einander tatsächlich überhaupt nicht ähnlich – fand ich jedenfalls«, fügte sie hinzu.

»Ich habe sie auch gesehen«, sagte Juan Diego nur. Man konnte sich nur schwer vorstellen, warum Miriam und Dorothy *bei* Leslie waren, dachte Juan Diego. Aber vielleicht konnte man sich noch schwerer vorstellen, warum Leslie bei ihnen war?

Clark musste auf die Toilette gegangen sein, dachte Juan Diego, denn er war nirgends zu sehen. Doch eine kurios aussehende Retterin war Richtung Juan Diego unterwegs; sie war zwar schlecht genug gekleidet, um ebenfalls Journalistin zu sein, doch in ihren eifrigen Augen erkannte er das Glitzern unausgesprochener Vertrautheit – als hätte die Lektüre seiner Romane ihr Leben verändert. Sie hatte intime Details mitzuteilen, Geschichten zu berichten, wie Juan Diego sie gerettet hatte: Vielleicht hatte sie mit Selbstmordgedanken gespielt, oder sie war mit sechzehn zum ersten Mal schwanger gewesen, oder sie hatte ein Kind verloren, als sie gerade mit der Lektüre von … – nun, solche intimen Details glitzerten in ihren Augen auf, die besagten: Das Lesen deiner Bücher hat mich gerettet. Juan Diego mochte seine eingefleischten Leser. Die Einzelheiten, die sie in seinen Romanen so geliebt hatten, schienen ihm aus ihren Augen entgegenzuleuchten.

Die Journalistin sah die eingefleischte Leserin kommen. Kannten die beiden sich vielleicht sogar?, fragte sich Juan Diego. Die beiden waren etwa gleich alt.

»Ich *mag* Mark Twain«, sagte die Journalistin zu Juan Diego – ihre letzte spitze Bemerkung im Gehen. War das etwa alles, was sie an Gehässigkeit anzubieten hatte?, fragte sich Juan Diego.

»Sagen Sie das auch Clark«, forderte er sie auf, doch das hörte sie vielleicht gar nicht mehr – sie hatte es eilig.

»Verschwinde!«, rief Juan Diegos eifrige Leserin der Journalistin nach. »Sie hat überhaupt nichts von Ihnen gelesen«, sagte sie zu Juan Diego. »Ich bin Ihr größter Fan.«

Um die Wahrheit zu sagen: Die Frau war wirklich groß und bestimmt fünfundsiebzig oder achtzig Kilo schwer. Sie trug an beiden Knien zerrissene Schlabberjeans und ein schwarzes T-Shirt mit einem gefährlich aussehenden Tiger zwischen den Brüsten. Es war ein Protest-T-Shirt, mit dem sie sich auf die Seite einer gefährdeten Tierart schlug. Juan Diego war so was von gestern – er wusste nicht, dass die Tiger in Schwierigkeiten waren.

»Ach nein – Sie essen auch das Rindfleisch!«, rief sein neuester größter Fan und schlang einen Arm, der so kräftig wie der von Clark zu sein schien, um Juan Diegos schmalere Schultern. »Ich sag Ihnen was«, sagte die stämmige Frau zu Juan Diego und nahm ihn mit an ihren Tisch. »Sie erinnern sich an die Szene mit den Entenjägern? Wo dieser Idiot vergisst, das Kondom abzustreifen, und vor seiner Frau anfängt zu pinkeln? Ich *liebe* diese Szene!«, erzählte ihm die Rettet-den-Tiger-Frau, während sie ihn vor sich her schob.

»Nicht jeder mochte diese Szene«, versuchte ihr Juan Diego klarzumachen. Dabei dachte er an die eine oder andere Rezension.

»Shakespeare hat Shakespeare geschrieben, stimmt's?«, fragte ihn die große Frau und schob ihn in Richtung eines Stuhls.

»Ja, ich glaube schon«, sagte Juan Diego vorsichtig. Er sah sich immer noch nach Clark und Josefa um; er mochte seine eingefleischten Leser ja wirklich, aber manchmal waren sie auch ein wenig anstrengend.

Schließlich fand ihn Josefa und nahm ihn mit zu dem Tisch, wo sie und Clark schon gewartet hatten. »Die Rettet-die-Tiger-Frau ist auch Journalistin – eine der guten«, sagte ihm Clark. »Die wirklich *liest*.«

»Ich habe bei dem Bühnengespräch Miriam und Dorothy gesehen«, sagte Juan Diego zu ihm. »Deine Freundin Leslie war bei ihnen.«

»Oh, ich sah Miriam mit einer mir unbekannten Person«, sagte Josefa.

»Ihre Tochter Dorothy«, sagte Juan Diego zu der Ärztin.

»D.«, erklärte ihr Clark. (Offensichtlich hatten Clark und Josefa Dorothy unter sich nur D. genannt.)

»Die Frau, die ich gesehen habe, sah nicht wie Miriams Tochter aus«, sagte Dr. Quintana. »Sie war nicht schön genug.«

»Ich bin von Leslie sehr enttäuscht«, verriet Clark seinem ehemaligen Dozenten und seiner Frau. Josefa schwieg.

»Du bist enttäuscht«, mehr brachte Juan Diego nicht heraus. Doch er musste immer an Leslie *irgendwas* denken. Warum sollte sie mit Miriam und Dorothy irgendwohin gehen? Warum suchte sie überhaupt deren Gesellschaft? Die arme Leslie wäre nicht bei ihnen gewesen, dachte Juan Diego, wenn man sie nicht *verhext* hätte.

Es war Dienstagmorgen in Manila – der 11. Januar 2011 –, und die Neuigkeiten aus Juan Diegos Wahlheimat waren nicht gut. Die Abgeordnete Gabrielle Giffords, eine Demokratin aus Arizona, war in den Kopf geschossen worden; man gab ihr eine gute Überlebenschance, wenn auch mit bleibenden Gehirnschäden. Bei dem Amoklauf waren sechs Menschen getötet worden, darunter ein neunjähriges Mädchen.

Der Schütze in Arizona war ein Zweiundzwanzigjähriger; er hatte mit einer halbautomatischen Pistole der Marke Glock und einem extragroßen Magazin geschossen, das dreißig Patronen fasste. Was der Schütze geäußert haben soll, klang unlogisch und unzusammenhängend – noch so ein durchgedrehter Anarchist?, fragte sich Juan Diego.

Hier bin ich, weit weg auf den Philippinen, dachte Juan Diego, doch wie meine Wahlheimat durch selbstproduzierten Hass und Selbstjustiz zerrissen wird, ist nie sehr weit weg.

Was die Lokalnachrichten betraf – an seinem Frühstückstisch im Speisesaal des Hotels Ascott las Juan Diego den *Manila Daily Inquirer* –, so sah er, dass die gute Journalistin, seine eingefleischte Leserin, ihm nicht geschadet hatte. Juan Diego Guerreros Kurzbiographie war kenntnisreich und enthielt Lob für seine Romane; die stämmige Journalistin, die Clark die »Rettet-die-Tiger-Frau« genannt hatte, war eine wirklich gute Leserin und hatte Juan Diego sehr respektvoll behandelt. Mit dem Foto, das der *Daily Inquirer* abdruckte, hatte sie nichts zu tun, wie Juan Diego wusste; bestimmt hatte ein Arschkoch von einem Bildredakteur das Foto ausgewählt, man konnte die Rettet-die-Tiger-Frau auch nicht für die Bildunterschrift verantwortlich machen.

Auf dem Foto hatte der Gastautor – am Esstisch, mit seinem Bier und dem *zerfetzten* Rindfleisch – die Augen geschlossen. Juan Diego sah nicht nur aus, als schliefe er, schlimmer noch: Er schien weggetreten zu sein, in einem alkoholbedingten Dämmerzustand. Die Bildunterschrift lautete: ER MAG SAN-MIGUEL-BIER.

Juan Diegos Ärger über die Bildunterschrift war eventuell ein früher Hinweis darauf, dass sein Adrenalinwert jeden Moment in die Höhe schießen würde, doch er dachte nicht groß darüber nach. Auch den leichten Verdauungsbeschwerden, die er spürte – vielleicht meldete sich sein Sodbrennen wieder –, schenkte er keine Beachtung. Im Ausland konnte man leicht etwas essen, was der Magen nicht vertrug. Was er gefrühstückt hatte oder das vietnamesische Fleisch vom Vorabend könnte die Ursache sein – jedenfalls vermutete Juan Diego das, als er durch die lange Empfangshalle des

Ascott zu den Aufzügen ging, wo er den wartenden Clark French stehen sah.

»Nun, ich bin erleichtert, dass du heute Morgen die Augen geöffnet hast!«, begrüßte Clark seinen ehemaligen Dozenten. Offensichtlich hatte Clark das Foto von Juan Diego mit geschlossenen Augen im *Daily Inquirer* gesehen. Clark hatte ein Talent dafür, Gespräche im Keim zu ersticken.

Es war wenig überraschend, dass Clark und Juan Diego nicht wussten, worüber sie sich sonst noch unterhalten sollten, als sie im Ascott den Aufzug nach unten nahmen. Das Auto mit Bienvenido am Steuer erwartete sie auf der Straße, wo Juan Diego vertrauensvoll einem der Bombenspürhunde die Hand hinhielt. Clark French, der nie vergaß, seine Hausaufgaben zu machen, begann seinen Vortrag, sobald sie im Auto saßen.

Der Guadalupebezirk von Makati City wurde im 16. Jahrhundert zu einem *barrio* und nach der »Schutzpatronin« der ersten spanischen Siedler benannt – »deine und meine alten Freunde von der Gesellschaft Jesu«, wie es Clark gegenüber seinem ehemaligen Dozenten formulierte.

»Ach, diese Jesuiten – die kommen ganz schön herum«, entgegnete Juan Diego; das waren nicht viele Wörter, doch ihn überraschte, wie schwer es ihm fiel, gleichzeitig zu reden und zu atmen. Er war sich bewusst, dass sich Atmen für ihn nicht mehr wie ein natürlicher Vorgang anfühlte. Irgendetwas saß, äußerst hartnäckig, in seinem Magen; und doch lastete es gleichzeitig sehr schwer auf seinem Brustkorb. Bestimmt war es das Rindfleisch – eindeutig *zerfetzt*, dachte Juan Diego. Sein Gesicht fühlte sich an, als wäre es gerötet; er hatte zu schwitzen begonnen. Trotz seiner Abneigung gegen Klimaanlagen hätte Juan Diego Bienvenido beinahe gebeten, es im Wagen ein wenig kälter zu machen, doch da das Atmen so anstrengend geworden war, hatte Juan Diego plötzlich Zweifel, ob er überhaupt reden konnte.

Im Zweiten Weltkrieg war der Bezirk Guadalupe der am stärksten zerstörte *barrio* in Makati City gewesen, dozierte Clark French. »Männer, Frauen und Kinder wurden von japanischen Soldaten regelrecht abgeschlachtet«, hatte Bienvenido eingeworfen.

Natürlich merkte Juan Diego, worauf das hinauslief – überlasse es Unserer Lieben Frau von Guadalupe, alle zu beschützen! Juan Diego wusste, wie sich die Abtreibungsgegner die Jungfrau von Guadalupe gekapert hatten. »Von der Wiege bis zur Bahre«, intonierten zahlreiche Prälaten der Kirche pausenlos.

Und wie lauten noch die düsteren Zeilen aus dem Buch *Jeremia,* die sie dauernd zitierten? Irgendwelche Idioten hielten bei Footballspielen Schilder mit der Aufschrift *Jeremia 1,5* hoch. Was stand da noch mal?, hätte Juan Diego Clark gern gefragt. Er wusste, dass Clark es auswendig konnte: »Ich kannte dich, ehe ich dich im Mutterleibe bereitete, und sonderte dich aus, ehe denn du von der Mutter geboren wurdest.« (So oder ähnlich.) Juan Diego versuchte, Clark seine Überlegungen mitzuteilen, brachte sie aber nicht über die Lippen; wichtig war nur, Luft zu bekommen. Inzwischen floss ihm der Schweiß in Strömen; seine Kleidung klebte an seiner Haut. Juan Diego wusste, wenn er versuchen würde zu reden, käme er nicht weiter als: »Ich kannte dich, ehe ich dich im Mutterleibe –«, und beim Wort *Mutterleibe* würde er sich vermutlich übergeben.

Vielleicht wurde ihm vom Autofahren übel – eine Art Reisekrankheit?, überlegte Juan Diego, als Bienvenido sie langsam durch die schmalen Gassen des Slums auf dem Hügel über dem Pasig fuhr. Im Hof der alten Kirche samt Kloster hing ein Schild mit einer Warnung: VORSICHT BISSIGE HUNDE!

»Sind *alle* Hunde gemeint?«, ächzte Juan Diego, aber Bienvenido parkte gerade den Wagen. Clark redete immer noch. Keiner hatte gehört, dass Juan Diego versucht hatte, auch etwas zu sagen.

Neben der Jesusfigur am Eingang zum *monasterio* stand ein grüner, mit kitschigen Sternen behängter Strauch, der aussah wie ein geschmackloser Weihnachtsbaum.

»Weihnachten dauert hier scheißlange«, konnte Juan Diego Dorothy sagen hören – oder er stellte sich vor, dass Dorothy es gesagt hätte, wenn sie neben ihm im Hof der Kirche Unserer Lieben Frau von Guadalupe gestanden hätte. Doch Dorothy war natürlich nicht da – nur ihre Stimme. Hörte er Gespenster?, fragte sich Juan Diego. Am deutlichsten hörte er, was ihm vorher nicht aufgefallen war, das wilde, hektische Schlagen seines Herzens.

Die blau gewandete Statue der *Santa Maria de Guadalupe* war halb verdeckt von Palmen, die den rußgeschwärzten Mauern der Anlage Schatten spendeten. Dafür, dass sie eine so unheilvolle Geschichte hinter sich hatte, trug die Statue eine undurchdringlich ruhige Miene zur Schau – diese Geschichte erzählte Clark natürlich auch, sein dozierender Tonfall scheinbar im Rhythmus mit dem trommelnden Pochen von Juan Diegos Herz.

Aus unerfindlichen Gründen war zwar das Kloster geschlossen, doch Clark brachte seinen ehemaligen Dozenten in die Kirche von Guadalupe – die offiziell *Nuestra Señora de Gracia* hieß, wie Clark erklärte. Nicht noch eine Unsere Liebe Frau – genug mit diesen Unsere-Liebe-Frau-Geschichten!, dachte Juan Diego, sagte aber nichts, sondern sparte sich den Atem.

Das Bild von Unserer Lieben Frau von Guadalupe war 1604 aus Spanien hergebracht worden; 1629 wurden Kirche und Klostergebäude fertiggestellt. 1639 erhoben sich sechzigtausend Chinesen und griffen zu den Waffen, erzählte Clark Juan Diego – nannte dafür aber keine *Gründe*! Doch die Spanier trugen das Bild der Jungfrau von Guadalupe mit aufs Schlachtfeld; wundersamerweise kam es zu friedlichen Verhandlungen, und ein Blutvergießen konnte abgewendet werden. (Vielleicht nicht *wundersamerweise* – wer sagt denn, das es ein Wunder war?, dachte Juan Diego.)

Natürlich hatte es noch mehr Ärger gegeben: 1763 wurden Kirche und Kloster von britischen Truppen besetzt, es folgten Brandschatzung und Zerstörung. Das Bild Unserer Lieben Frau von Guadalupe wurde von einem irischen Katholiken, einer »Amtsperson«, gerettet. (Was für eine Amtsperson das wohl gewesen sein mochte?, fragte sich Juan Diego.)

Bienvenido wartete beim Wagen. Clark und Juan Diego waren in der alten Kirche allein, abgesehen von zwei Frauen, die zu trauern schienen; sie knieten in der vordersten Bankreihe, vor dem geschmackvollen, fast zierlich aussehenden Altartisch und dem gar nicht imposanten Porträt der Guadalupe. Ganz in Schwarz und tief verschleiert. Clark sprach aus Achtung vor den Verstorbenen nur im Flüsterton.

Erdbeben hatten Manila 1850 fast dem Erdboden gleichgemacht; das Kirchengewölbe stürzte durch die Erdstöße ein. 1882 wurde aus dem Kloster ein Waisenhaus für die Kinder von Choleraopfern. 1898 besetzte Pío del Pilar – ein Revolutionsgeneral der Philippinen – mit seinen Rebellen Kirche und Kloster, steckte aber, von den Amerikanern 1899 zum Rückzug gezwungen, bei seiner Flucht die Kirche in Brand, wobei Möbel, Dokumente und Bücher ein Raub der Flammen wurden.

Meine Güte, Clark – siehst du denn nicht, dass mit mir etwas nicht stimmt?, dachte Juan Diego, doch Clark sah ihn nicht an.

1935, verkündete Clark plötzlich, habe Papst Pius XI. Unsere Liebe Frau von Guadalupe zur »Schutzpatronin der Philippinen« erklärt. Im Jahr 1941 kamen die amerikanischen Bomber – und bombardierten gnadenlos die japanischen Soldaten, die sich in den Ruinen der Guadalupe-Kirche versteckten. 1995 wurde die Restaurierung von Altar und Sakristei abgeschlossen – damit beendete Clark seinen Vortrag. Die stummen Trauernden hatten sich nicht gerührt; die beiden Frauen in Schwarz, die Köpfe gesenkt, waren so regungslos wie Statuen.

Juan Diego rang weiter nach Luft, doch der stärker werdende Schmerz hatte nun zur Folge, dass er abwechselnd den Atem anhielt, nach Luft schnappte und dann wieder den Atem anhielt. Clark French, wie immer von seiner eigenen Redegewandtheit fasziniert, hatte die Notlage seines ehemaligen Dozenten noch immer nicht bemerkt.

Juan Diego dachte, er könne unmöglich den ganzen Vers *Jeremia 1,5* aufsagen; es waren zu viele Wörter für sein bisschen Atemluft. Er beschloss, nur den letzten Teil zu sagen; Juan Diego wusste, Clark würde seine Worte verstehen. Juan Diego presste die letzten Wörter heraus, nur »und sonderte dich aus, ehe denn du von der Mutter geboren wurdest«.

»Ich ziehe die Variante ›habe ich dich ausersehen‹ deinem ›und sonderte dich aus‹ vor, doch beide sind korrekt«, sagte Clark zu seinem ehemaligen Dozenten, ehe er sich umdrehte und ihn ansah. Clark konnte Juan Diego gerade noch rechtzeitig unter beide Arme greifen, sonst wäre er umgefallen.

In der anschließenden Unruhe in der Kirche beachteten weder Clark noch Juan Diego die stummen Trauernden – die beiden knienden Frauen hatten kaum merklich die Köpfe bewegt. Sie hatten die Schleier angehoben, gerade hoch genug, um das Kommen und Gehen im hinteren Bereich der Kirche beobachten zu können. Clark lief ins Freie, um Bienvenido zu holen, mit dem zusammen er Juan Diego von der hintersten Kirchenbank hob, auf der er ihn zuvor abgelegt hatte. In einer solchen Notsituation, und da sie weit vorn, ganz in Schwarz und tief verschleiert in der spärlich beleuchteten alten Kirche knieten, erkannte niemand in den beiden Frauen Miriam und Dorothy wieder.

Juan Diego war ein Romancier, dem die Chronologie einer Geschichte am Herzen lag; wo man eine Geschichte begann oder enden ließ, wählte er als Schriftsteller immer mit Bedacht aus. Doch war er sich bewusst, dass er im Sterben lag? Bestimmt wusste er, dass seine Atemnot und seine Schmerzen beim Atmen nicht an dem vietnamesischen Rindfleisch liegen konnten, doch was Clark und Bienvenido sagten, schien Juan Diego nicht besonders wichtig zu sein. Bienvenido warnte wohl vor den seiner Ansicht nach »schmutzigen Regierungskrankenhäusern«; natürlich wollte Clark, dass Juan Diego in das Krankenhaus kam, wo seine Frau arbeitete – bestimmt kannte dort jedermann Dr. Josefa Quintana, und dort würde Clarks alter Dozent die bestmögliche Behandlung und Pflege erfahren.

»Wie es das Glück will«, hörte Juan Diego seinen früheren Studenten sagen, vielleicht zu Bienvenido. Das katholische Krankenhaus, das der Guadalupekirche am nächsten liege, sei in San Juan City, wusste Bienvenido, die Stadt San Juan, ein Teil des Ballungsraums Manila, liege neben Makati, nur zwanzig Autominuten entfernt. Mit »Glück« meinte Clark, dass seine Frau in diesem Krankenhaus arbeitete, dem Cardinal Santos Medical Center.

Für Juan Diego war die zwanzigminütige Autofahrt verschwommen wie ein Traum; er bekam nichts mit, was real war. Nicht das Einkaufszentrum Greenhills, das dem Krankenhaus gegenüber lag, ja nicht einmal den Golfclub mit dem seltsamen Namen Wack Wack Golf & Country Club, direkt neben dem Cardinal Santos Medical Center. Clark war besorgt, weil sein lieber ehemaliger Dozent nicht auf Clarks Bemerkung über die Schreibweise von Wack Wack reagierte. »Man *schlägt* einen Golfball doch, Englisch *to whack*, in dem Wort *whack* ist ein h, zumindest sollte es dort sein«, sagte Clark. »Ich war schon immer der Meinung, dass Golfspieler ihre Zeit vergeuden – da kommt es nicht überraschend, dass sie nicht buchstabieren können.«

Doch Juan Diego reagierte nicht; Clarks ehemaliger Dozent reagierte nicht einmal auf die Kruzifixe in der Notaufnahme des Cardinal Santos – nun machte Clark sich *richtig* Sorgen. Auch die Nonnen, die ihre Rundgänge machten, schien Juan Diego nicht zu bemerken. (Im Cardinal Santos, das wusste Clark, war morgens immer der eine oder andere Priester im Haus; sie gaben den Patienten, die es wollten, die Sterbesakramente.)

»Mister geht schwimmen!«, bildete sich Juan Diego ein Consuelo rufen zu hören, doch er konnte das kleine Mädchen mit den Zöpfen nicht in der ihn umgebenden Menschenmenge entdecken. Keine Filipinos sahen zu, und Juan Diego schwamm auch nicht; er ging, ohne zu hinken, endlich. Natürlich ging er verkehrt herum; er ging auf der Himmelsleiter, in fünfundzwanzig Metern Höhe – die ersten beiden der todesverachtenden Schritte hatte er schon hinter sich. (Und dann noch zwei, und dann zwei weitere.) Wieder einmal umgab ihn die Vergangenheit – wie die nach oben gewandten Gesichter in der aufmerksam zu ihm hochschauenden Menschenmenge.

Juan Diego stellte sich vor, dass Dolores da war. Sie sagte: »Wenn du für die heiligen Jungfrauen die Himmelsleiter betrittst, lassen sie dich ewig leben.« Doch für einen Müllkippenleser war Hochseilartistik keine große Sache. Juan Diego hatte sich die ersten Romane, die er las, aus den Höllenfeuern des *basurero* gegriffen; er hatte sich die Hände verbrannt, als er Bücher vor dem Feuer rettete. Was waren schon sechzehn Schritte in fünfundzwanzig Metern Höhe für einen Müllkippenleser? War das nicht das Leben, das er hätte führen können, wenn er mutig genug gewesen wäre, sein Schicksal in die eigenen Hände zu nehmen? Doch wer sieht die Zukunft schon klar und deutlich, wenn man erst vierzehn ist?

»Wir sind die Wundersamen«, hatte Lupe versucht ihm zu sagen. »Deine Zukunft sieht anders aus!«, hatte sie richtig prophezeit. Und tatsächlich, wie lange hätte er sich und seine kleine Schwester wohl am Leben halten können – selbst wenn er tatsächlich Hochseilartist geworden wäre?

Es waren nur noch zehn Schritte, dachte Juan Diego; im Stillen hatte er mitgezählt. (Natürlich wusste niemand in der Notaufnahme des Cardinal Santos, dass er zählte.)

Die Schwester in der Notaufnahme wusste, dass sie ihn verlor; sie hatte schon einen Kardiologen angefordert; Clark hatte darauf bestanden, dass man seine Frau anpiepte – natürlich hatte er ihr auch eine SMS geschrieben. »Dr. Quintana ist doch unterwegs, oder?«, fragte die Schwester Clark; ihrer Ansicht nach war das nicht wichtig, sie hielt es aber für klug, Clark abzulenken.

»Ja, ja, sie ist unterwegs«, murmelte Clark. Wieder schrieb er Josefa eine SMS – so war er beschäftigt. Plötzlich ärgerte ihn, dass die alte Nonne, die sie in der Notaufnahme in Empfang genommen hatte, immer noch da war, ihnen weiterhin nicht von der Seite wich. Und jetzt bekreuzigte sie sich sogar, und ihre Lippen bewegten sich stumm. Was machte sie da?, fragte sich Clark – betete sie etwa? Sogar ihr Beten störte ihn.

»Vielleicht wäre ein Priester –«, fing die alte Nonne an, doch Clark unterbrach sie.

»Nein, kein Priester!«, sagte Clark zu ihr. »Juan Diego würde keinen Priester haben wollen.«

»Nein, das stimmt – das würde er eindeutig nicht wollen«, hörte Clark jemanden sagen. Es war eine Frauenstimme, sehr herrisch, eine Stimme, die er schon einmal gehört hatte – aber wann, aber wo?, überlegte Clark.

Als Clark von seinem Handy aufsah, hatte Juan Diego stumm noch zwei weitere Schritte gezählt – dann noch zwei und noch zwei weitere. (Also blieben ihm nur noch vier Schritte!, dachte er.)

Clark French sah außer der Krankenschwester und der alten Nonne niemanden bei seinem ehemaligen Dozenten in der Notaufnahme. Die Nonne war ein Stück zur Seite gegangen und stand nun in respektvoller Entfernung von der Stelle, wo Juan Diego um sein Leben kämpfte. Doch zwei Frauen – beide in Schwarz und tief verschleiert – kamen im Flur vorbei, sie glitten dahin, und Clark erhaschte nur einen kurzen Blick auf die beiden, ehe sie verschwanden. Er hatte Miriam deutlich sagen hören: »Nein, das stimmt – das würde er eindeutig nicht wollen.« Aber Clark würde nie die Stimme, die er gehört hatte, mit der Frau in Verbindung bringen, die im Encantador den Gecko mit einer Salatgabel aufgespießt hatte.

Selbst wenn Clark French die Frauen auf dem Flur richtig gesehen hätte, hätte er sie nicht für Mutter und Tochter gehalten. So tief verschleiert, wie die beiden waren, und da sie nicht miteinander sprachen, musste Clark French glauben, dass es sich um zwei Nonnen von einem Orden mit völlig schwarzen Ordenstrachten handelte. (Was Miriam und Dorothy anging, so waren sie einfach verschwunden, wie das so ihre Art war. Die beiden verschwanden doch dauernd und tauchten wieder auf, nicht wahr?)

»Ich gehe Josefa suchen«, sagte Clark hilflos zu der Schwester in der Notaufnahme. (Und tschüs – du bist hier eh keine Hilfe!, mochte sie gedacht haben, falls sie überhaupt etwas dachte.) »Kein Priester!«, wiederholte Clark fast wütend zu der alten Nonne. Die Nonne schwieg; sie hatte Menschen auf verschiedenste Arten sterben sehen – der Vorgang war ihr vertraut, ebenso alle Arten verzweifelter Last-minute-Aktionen (wie die von Clark).

Die Krankenschwester wusste, wann ein Herz am Ende war; weder eine Frauenärztin noch ein Kardiologe würde dieses Herz wieder in Gang bringen, das wusste die Schwester auch, ging aber, dennoch, *irgendwen* suchen.

Juan Diego sah aus, als hätte er sich bei etwas verzählt. Waren es nicht nur noch zwei Schritte oder doch noch vier?, überlegte er. Vor dem nächsten Schritt zögerte er. Hochseilartisten (*richtige* Hochseilartisten) hüten sich davor zu zögern, aber Juan Diego bewegte sich einfach nicht weiter. In dem Moment wusste er, dass er nicht wirklich in der Himmelsleiter hing; in diesem Moment wusste Juan Diego, dass das nur seiner Phantasie entsprang.

Darin war er wirklich gut – sich Dinge vorzustellen. Da wusste Juan Diego, dass er im Sterben lag – das Sterben geschah nicht in seiner Phantasie. Und ihm wurde klar, dass Menschen das, genau das, taten, wenn sie starben; das wollten die Menschen, wenn sie dahinschieden – nun, jedenfalls wollte es Juan Diego. Nicht unbedingt ewiges Leben, kein sogenanntes Leben nach dem Tode, sondern das Leben, das er gern geführt *hätte* – das Leben eines Helden, das er sich in seiner Phantasie einmal vorgestellt hatte.

Das ist also der Tod – mehr ist der Tod nicht, dachte Juan Diego. Nun hatte er wegen Lupe ein etwas besseres Gefühl. Der Tod war nicht einmal eine Überraschung. »*Ni siquiera una sorpresa«*, hörte die alte Nonne Juan Diego auf Spanisch sagen. (»Nicht einmal eine Überraschung.«)

Keine Chance mehr, aus Litauen rauszukommen. Kein Licht – nur unbeleuchtete Dunkelheit. So hatte Dorothy den Blick aus dem Flugzeug auf die Manilabucht beschrieben, wenn man sich nachts der Hauptstadt näherte: eine unbeleuchtete Dunkelheit. »Von dem einen oder anderen Schiff mal abgesehen«, sagte sie zu ihm. »Die Dunkelheit ist die Bucht von Manila«, hatte Dorothy erklärt. Diesmal nicht, wie Juan Diego wusste – nicht diese Dunkelheit. Es gab keine Lichter, keine Schiffe – diese unbeleuchtete Dunkelheit war nicht die Manilabucht.

Mit ihrer faltigen linken Hand umklammerte die alte Nonne das Kruzifix um ihren Hals; sie machte eine Faust und drückte den Gekreuzigten auf ihr schlagendes Herz. Niemand – schon gar nicht Juan Diego, der tot war – hörte sie sagen: »*Sic transit gloria mundi.*« (»So vergeht der Ruhm der Welt.«)

Nicht dass jemand an einer so altehrwürdigen Nonne gezweifelt hätte, und sie hatte recht; nicht einmal Clark French, so er denn da gewesen wäre, hätte sich abfällig geäußert. Nicht jeder Zusammenstoß kommt überraschend.

Danksagungen

Julia Arvin · Martin Bell · David Calicchio
Nina Cochran · Emily Copeland · Nicole Dancel
Rick Dancel · Daiva Daugirdienė · John DiBlasio
Minnie Domingo · Rodrigo Fresán · Gail Godwin
Dave Gould · Ron Hansen · Everett Irving
Janet Irving · Stephanie Irving · Bronwen Jervis
Karina Juárez · Delia Louzán · Mary Ellen Mark
José Antonio Martínez · Anna von Planta
Benjamin Alire Sáenz · Marty Schwartz
Nick Spengler · Jack Stapleton
Abraham Verghese · Ana Isabel Villaseñor

Zitatnachweis

Charles Dickens: *David Copperfield*. Deutsch von Gustav Meyrink. Diogenes, Zürich 1982, 2012.

John Irving: *Die wilde Geschichte vom Wassertrinker*. Deutsch von Jürgen Bauer und Edith Nerke. Diogenes, Zürich 1992.

Thomas Hardy: *Der Bürgermeister von Casterbridge. Leben und Tod eines Mannes von Charakter*. Deutsch von Eva-Maria König. Insel Verlag, Frankfurt a. M. 2001.

Thomas von Kempen: *Die Nachfolge Christi. De imitatione Christi*. (Vollständige deutsche Ausgabe.) Deutsch von Johann Michael Sailer. E-artnow, 2014.

Frank A. Maynard: *The Streets of Laredo,* auch bekannt als *The Cowboy's Lament*. In: *Cowboy Songs and Other Frontier Ballads,* collected by John A. Lomax. Sturgis & Walton Company, New York 1910.

William Shakespeare: *Romeo und Julia*. In: William Shakespeare: *Romeo und Julia / Hamlet / Othello. Shakespeares dramatische Werke,* übersetzt von A. W. v. Schlegel und L. Tieck. Herausgegeben und revidiert von Hans Matter. Diogenes, Zürich 1979, 2002.

William Shakespeare: *Was ihr wollt*. In: William Shakespeare: *Ein Sommernachtstraum / Der Kaufmann von Venedig / Viel Lärm um nichts / Wie es euch gefällt.*

Shakespeares dramatische Werke, übersetzt von A.W. v. Schlegel und L. Tieck. Herausgegeben und revidiert von Hans Matter. Diogenes, Zürich 1979, 2002.